MISS
WINTERS
HANG ZUM
RISIKO

Kathryn Miller Haines

MISS WINTERS HANG ZUM RISIKO

Rosie Winters erster Fall

Aus dem Amerikanischen von
Kirsten Riesselmann

Insel Verlag

Die amerikanische Originalausgabe erschien 2007 unter dem Titel
The War Against Miss Winter bei HarperCollins Publishers.

Erste Auflage 2022
insel taschenbuch 4896
© der deutschen Ausgabe Suhrkamp Verlag Frankfurt am Main 2009
© 2007 Kathryn Miller Haines
Vertrieb durch den Suhrkamp Taschenbuch Verlag
Umschlag: Designbüro Lübbeke, Naumann, Thoben, Köln
Umschlagabbildungen: Rüdiger Trebels, Düsseldorf
Druck: CPI books GmbH, Leck
Printed in Germany
ISBN 978-3-458-68196-0

Für meine Mutter,
die mir immer gesagt hat, dass ich
alles schaffen kann,

meinen Vater,
der mir die dafür notwendigen Mittel
zur Verfügung gestellt hat,

und vor allem für Garrett,
der dafür gesorgt hat, dass ich
nicht aufgegeben habe.

1 Der Tor und der Tod

Die Vorsprechen waren glatter Mord.

An Silvester ging ich zum letzten Casting des Jahres 1942 – meine allerletzte Chance, in den nächsten zwölf Monaten von mir behaupten zu können, ich würde in etwas anderem auftreten als in einer Maske, einem Fellkostümchen oder bei Lions-Club-Versammlungen, wo ich Küchengeräte zu verscheuern hatte. Ich versuchte es bei *Darauf können Sie Gift nehmen*, einem neuen Musical, in dem die Deutschen zum Glück mal nicht auftauchten. Leider ließ die Partitur aber darauf schließen, dass auch die westliche Harmonielehre darin kaum eine Rolle spielte. Das Vorsprechen gestaltete sich als der übliche Viehauftrieb, in einem Raum, der groß genug für ein Feldlazarett war. Hunderte von Frauen, jede eine Setkarte in der Hand, reihten sich an der Wand entlang auf, während zwei Männer, ein großer und ein kleiner, vor uns auf und ab paradierten und unsere äußeren Merkmale beurteilten. Ich schaffte es durch »zu alt«, »zu klein« und »zu fett«. Dann blieb einer der Aufsichtsführenden vor mir stehen.

»Name?«, fragte er.

»Rosie Winter.«

Sein Bleistift kratzte über die Klemmmappe. »Sie singen?«

»Wie ein Vogel.«

»Tanzen?«

»Besser als die Pawlowa.«

Er warf einen Blick auf meine Beinchen, an denen so

wenige Muskeln waren, dass es an ein Wunder grenzte, wie man damit überhaupt die Treppen hochkam. »Wo hat man Sie zuletzt sehen können?«

»Auf einem Autorücksitz.«

Ich wurde wegen »zu viel Persönlichkeit« abgelehnt.

An derartige Ausmusterungen war ich gewöhnt, aber die Absage von *Darauf können Sie Gift nehmen* war mehr als nur wieder mal eine nicht ergatterte Rolle in wieder einer dieser üblen Shows. Diesmal war ich offiziell am Ende. Ich hatte seit sechs Monaten kein Engagement mehr bekommen. Es war nicht nur höchste Eisenbahn, sich Gedanken über einen anderen Beruf zu machen, ich würde wohl außerdem auch aus meiner Pension fliegen, einem Etablissement, dessen günstige Zimmer nur an *arbeitende* Schauspielerinnen vergeben wurden. Und als ob das alles nicht schon Grund genug gewesen wäre für eine ordentliche Scheißlaune, hatte sich zudem vor einem Monat die Liebe meines Lebens eingeschifft – er sei zu dem Schluss gekommen, dass die Marine ihm mehr bieten könne als ich.

Auf der Habenseite stand mein Tagsüberjob. Ich arbeitete für McCain & Sohn, ein kleines Detektivbüro an der Fifth Avenue, Ecke 38. Straße, einen Katzensprung vom Broadway entfernt. Den Job hatte ich über die Ladies Employment Guild gefunden (Motto: Mädel, LEG los, auch du bist eine Arbeitskraft!). Als ich dort anfing, gehörten nur zwei Leute dazu: Jim McCain, Eigentümer und Betreiber (und wahrscheinlich auch der »& Sohn« aus dem Firmennamen), sowie seine Sekretärin, eine gut gebaute, gut erhaltene Frau mittleren Alters, die, wie ich eher durch Zufall erfuhr, Agnes hieß. Meistens nämlich wurde sie Süße, Baby oder Zuckerschnecke gerufen. Agnes war zwar ein Quell der Freude in Jims Leben, aber irgendwann war ihm klargeworden, dass er nicht auf Dauer in einem Büro arbeiten konnte, in dem aus-schließlich die Buchstabensuppe in alphabetischer Ord-nung war. Deswegen stellte er mich ein.

Während Agnes tat, was auch immer sie so tat, ging ich ans Telefon, machte Termine, sortierte die Ablage – und ließ meiner Fantasie freien Lauf. Ich war mit Gro-schenheftchen groß geworden, weswegen die Arbeit für einen Privatdetektiv ein Traum für mich war. In mei-nen Gedankenflügen war ich die gepardenhaft grazile Handlangerin eines Meisterdetektivs, dessen stechender Blick in Sekundenbruchteilen Wahrheit von Lüge un-terscheiden konnte. Gemeinsam brachen wir in dunkle Lagerhäuser ein, in bewachte Villen und unterirdische Schlupfwinkel und stellten Bösewichter, die Captain Zero, Der Bluter oder Die Domino-Dame hießen. Aber leider hatten die Groschenheftchen, hatte mein *Dime Detective* da irgendetwas falsch verstanden. Meiner Mei-nung nach war »ermitteln« nur ein Synonym für »war-ten«. Beides schien mir recht stumpfsinnige Arbeit zu sein: Jim wartete in seinem Büro darauf, dass eine Auf-traggeberin anrief. Dann wartete er darauf, dass ein treuloser Ehemann das Haus verließ, in dem sein Flitt-chen wohnte. Und anschließend wartete er auf die Ent-wicklung des Films, seines Affären-Beweismaterials. Nichts davon war irgendwie glamourös.

Zumindest kam es mir so vor. Jims Gewerbe hatte allerdings noch eine andere Seite, eine Seite, die sich unserer Wahrnehmung entzog. Durch die Vordertür traten die Hahnreie und die betrogenen Frauen mit ih-ren verzweifelten, wässrigen Augen. Aber es gab auch einen Hintereingang, und den benutzten die Klienten, denen an Anonymität gelegen war – sie kletterten über die Feuerleiter und durchs Fenster in Jims Büro. Agnes und ich bekamen diese Leute nie zu Gesicht, aber wir hörten das leise Murmeln ihrer Stimmen, wenn sie von Missetaten erzählten, die niemals Gegenstand der Aktennotizen waren, die ich für Jim abzutippen hatte. Ich gab diesen mysteriösen Fremden Namen wie »der Nuschler« und »der Lispler« und war irgendwann in der Lage, sie anhand eines einzigen geflüsterten S-Lauts voneinander zu unterscheiden. Während Agnes und ich unsere Zeit im Vorzimmer verbrachten, spann ich mir zusammen, was im Büro drinnen gerade passierte. Die namen- und gesichtslosen Besucher wurden, auf ihre Sprachticks reduziert, für mich zu Geldwäschern, Betreibern illegaler Wettbuden und Streikbrechern. Agnes hörte meinen Hirngespinsten schweigend zu und deutete nur hin und wieder durch ein schiefes Lächeln an, dass sie mehr wusste, als sie je zugeben würde.

Ich mochte Agnes. Ich mochte den Job. Ich mochte Jim. Er war laut und ungestüm und so unordentlich, dass er manchmal Sachen verlor, von denen er nicht mal gewusst hatte, dass er sie besaß. Ich kannte ihn nicht wirklich gut, aber irgendwie vertraute ich ihm vorbehaltlos. Er war einer der letzten Lichtpunkte in einer Welt, die sich rasend schnell auf die totale Finsternis zubewegte.

Ich ging zu Fuß zu McCain & Sohn und holte mir unterwegs, als Belohnung für mein vergebliches Vorsprechen, bei Frankie's Diner eine tröstende Tasse Kaffee. Beim Betreten unserer Räumlichkeiten stolperte ich über ei-

nen Berg Post, der durch den Türschlitz geworfen worden war. Agnes und ich hatten das Büro an Heiligabend
abgeschlossen, aber im Vorzimmer hing ein scheuß-
licher Gestank – Jim hatte wohl in unserer Abwesenheit
gearbeitet und war so freundlich gewesen, Essensreste
über die Feiertage zum Verrotten dazulassen. Die Heizung hieß mich mit einem Ächzen willkommen, ich
sammelte die Post auf, machte Licht und warf meine
Handtasche auf einen der Empfangssessel. Churchill,
unser Bürotiger, kam hinter dem Topf mit der Dieffenbachie hervor und schenkte mir ein gereiztes Maunzen.

»Hat Papi dir nichts zu futtern gegeben?«, fragte ich
ihn. Churchill antwortete nicht, aber man konnte auch
nicht erwarten, dass sich des Teufels liebstes Kind mit
solchen Formalitäten abgab. Ich holte eine Dose Katzenfutter aus einem Aktenschrank, kippte den Inhalt in
Churchills Schüssel und drückte die Büchse für die
städtische Schrottsammlung flach. Ohne das kleinste
Dankeschön raste Churchill zu seiner Schale und grub
das Gesicht in den unappetitlichen Brei.

Um mich nicht so allein zu fühlen, schaltete ich das
Radio ein und drehte den Suchknopf, bis ich WJZ fand,
wo sie die letzten Stunden des Jahres mit den Spitzen-
reitern von 1942 herunterzählten. Während Kay Kysers
Big Band »(There'll Be Bluebirds Over) The White Cliffs
of Dover« schmachtete, saß ich an meinem Schreibtisch
und sortierte die Post in Briefe, Rechnungen und Sons-
tiges. Im Sonstigen landeten die Zeitungen der letzten
Tage und ein Flugblatt, das irgendeine gute Seele für
wichtig genug gehalten hatte, um es durch den Türschlitz zu schieben. Unter einer kruden Roosevelt-Kari-
katur stand in fetten Lettern: ROOSEVELT BETRÜGT

AMERIKA. Propaganda des Amerikadeutschen Bundes. Großartig. Ich warf das Flugblatt in den Mülleimer und einen Blick in die *Times* vom Tage. Die neue Liste mit den Gefallenen und Verletzten zur See lag vor, praktischerweise gleich nach Bundesstaaten geordnet. Für die Jungs aus New York ging die *Times* noch einen Schritt weiter und schrieb die Namen der Ehefrauen und Eltern sowie die Postadressen dazu. Ich überflog die Liste und war froh, dass der Name, nach dem ich suchte, im Alphabet weit oben hätte kommen müssen. Er war nicht dabei. Jack ging es gut.

Bing Crosby setzte ein mit »Be Careful, It's My Heart«. Ich schaltete das Radio aus.

Als ich die Zeitung zur Seite legte, bemerkte ich ein in Leder gebundenes Kontenbuch mit Goldschnitt. Das Finanzamt hatte Jim letzthin auf dem Amtsweg mitgeteilt, dass von Unternehmen ein gewisses Maß an Buchführung erwartet wurde. Das Thema war mir zu Füßen gelegt worden wie eine ausgeweidete Maus, die ich trotz meines empfindlichen Magens loswerden sollte. Ich öffnete das Buch und überflog die Zahlen, die Jim unter »Sonstige Kosten« eingetragen hatte. Ein Sonnenstrahl stahl sich aus seinem Büro und beschien eine Spalte voller Solls. Eigentlich machte Jim die Tür immer nur dann auf, wenn er gerade hinaus- oder hineingehen wollte, aber jetzt war sie nicht nur unverschlossen, sondern stand sogar eine Handbreit offen.

»Hallo?«, rief ich. Churchill hörte auf zu fressen. Wir verharrten reglos in Erwartung einer Antwort. Als keine kam, ging ich zur Tür und horchte. Churchill ließ seine Mahlzeit stehen und stieß auf der Schwelle zu mir. »Hallo?« Zentimeter für Zentimeter schoben wir uns in den

Raum. War es im Vorzimmer kuschelig warm gewesen, hätte man in Jims Verlies Fleisch lagern können. An der einen Wand standen Bücherregale, statt mit Büchern mit Aktenordnern vollgestopft, die ich noch nie in der Hand gehabt hatte. Ein massiver Schreibtisch aus Eichenholz war nah ans Fenster geschoben und derart mit Papieren überhäuft worden, dass die Arbeitsfläche nicht mehr zu erkennen war. Ein Telefon, das der Schnur zwischen Hörer und Apparat verlustig gegangen war, drohte von einem Stapel alter Telefonbücher zu kippen. Eine leere Flasche Scotch und zwei billige Kristallgläser drängten sich auf einer Kladde. Es gab drei Sessel: einen für den Meister selbst und zwei – die nicht zusammenpassten – für seine Gesprächspartner. Die Wände waren bis auf zwei Zeugnisse nackt: eines von der Polizeischule, eines vom City College.

Der Gestank, von dem ich im Vorzimmer nur einen Hauch abbekommen hatte, mischte sich mit Jims Zigarrenrauch und Churchills Pisse zu einer Duftwolke, die ich, das hätte ich geschworen, förmlich auf der Zunge schmecken konnte. Um den Raum durchzulüften, zog ich die Verdunkelungsvorhänge auf und entdeckte, dass die Fenster bereits offen waren. Auf der Suche nach der Ursache für den Gestank kontrollierte ich den Papierkorb. Leer. Ich öffnete das Schreibtischfach. Die einzigen ungewöhnlichen Gegenstände darin waren eine 38er und eine noch unangebrochene Flasche Gin.

Churchill streifte vor dem Schreibtisch auf und ab und strahlte die Wärme eines Nudelholzes aus. Normalerweise blieb jeder von uns beiden schön in seinem eigenen Revier. Churchills Bestreben, mir jetzt Gesellschaft zu leisten, wertete ich als Affront.

»Hau ab!« Ich zeigte mit dem Finger Richtung Vorzimmer, als Antwort schlich er hinüber zur Schranktür
und rieb sein Hinterteil daran. Ein gequältes Geräusch
entfloh den unteren Gefilden seines Bauches. In dem
Moment, in dem ich sicher war, mir das nur eingebildet
zu haben, kam das Geräusch noch einmal, und zwar
doppelt so laut. Churchills Pfote sauste mit ausge-
fahrenen Krallen durch die Luft und fuhr dann ins Holz
der Schranktür.

»Das reicht jetzt, Churchill. Raus! Schsch!« In der
Hoffnung, ihm einen Schrecken einzujagen, schlug ich
mit der Hand gegen den Schreibtisch, aber er ließ weder von seiner Betätigung ab, noch ließ er mich aus den
Augen. »Ist da was im Schrank? Willst du mir das sagen?« Er gab keine Ruhe und flitzte erst davon, als ich
auf den Schrank zuging. Ich drehte den Knauf und
schaute hinein.

Jim schaukelte an einem Telefonkabel, das erst um
seine Hände und seinen Hals gebunden und dann um
die Kleiderstange geschlungen worden war. Seine Haut
war dunkelblaugrau und hing ihm von den Knochen,
als ob der Kleber, der das alles mal zusammengehalten
hatte, inzwischen nichts mehr taugte.

Ich fuhr zurück und stieß an die Schreibtischecke.
Bei einer ganzen Reihe von Beerdigungen war ich schon
gewesen und hatte massenweise Leichen gesehen, aber
die hatte man immer sauber und hübsch zurechtgemacht, wie Bauchrednerpuppen – nicht wie diese in
einem Moment der Gewalt erstarrte baumelnde Statue.
Ich wollte schreien, aber ein Würgereiz machte diesen
Impuls zunichte. Als er abgeklungen war, hatte ich keinen anderen Wunsch mehr, als meine Augen nie wieder

auf dieses Ding im Schrank richten zu müssen. Ich hatte Angst. Nicht davor, dass derjenige, der das getan hatte, immer noch im Büro lauerte, sondern davor, dass Jim sich aus seiner Schlinge befreien, aus dem Schrank treten und verkünden könnte, für ein frischgebackenes Geschöpf der Nacht wie ihn gehöre es sich einfach, mein Gehirn zu verspeisen.

Aber das hier war nicht die eine gute Gruselgeschichte im *Tales of Terror*-Heftchen des Monats. Das hier war ein Mann, den ich gemocht hatte, und meine Angst würde ihn nicht aus seiner misslichen Lage befreien und ihm die Ruhe geben, die er verdiente.

Zwanzig Minuten später waren die Bullen da. Bis dahin hatte ich die Ginflasche zur Hälfte geleert, mich ausgeheult und einen Trampelpfad in den Dielenboden getreten. Anstatt mich zu verhören, fragte mich ein Bulle in einer zu kleinen Uniform nach meinem Namen und sagte mir dann, ich solle mich vom Acker machen. Das brachte ich nicht über mich. Ich lehnte also am Türpfosten zwischen meinem und Jims Büro und sah durch einen Schleier aus Zigarettenrauch zu, wie mein früherer Boss untersucht, fotografiert und von seiner Schlinge geschnitten wurde.

Der Leiter dieser Unternehmung war ein sauertöpfischer Lieutenant namens Schmidt, der in Jims Sessel saß und einen Block mit Notizen vollkritzelte. Dabei machte er einen derart uninteressierten Eindruck, als sei er in der Oper und müsse gegen die Müdigkeit ankämpfen.

Ich fuhr mir übers Gesicht und zwang den Gin, meinen Kopf freizugeben. »Kann ich noch etwas tun?«

»Nein«, sagte er, »ich glaube, wir haben alles, Schätzchen.«

Ich nickte, hatte aber immer noch keine Lust abzu-
hauen. »Was denken Sie?«

Schmidt packte die Füße auf Jims Schreibtisch und
verschmierte mit seinen Hackenabdrücken die ganzen
Akten. »Worüber?«

»Über den Krieg natürlich«, schnappte ich. Mein Sar-
kasmus prallte an ihm ab. »Die Leiche. Was denken Sie
über die Leiche?«

Er zuckte mit den Schultern, als wolle er sagen:
Kennste eine, kennste alle.

Der Schrank war jetzt leer, sein Inneres wurde gerade
in ein Blitzlichtgewitter getaucht, das mich blendete. Ich
verließ meinen Posten an der Tür und näherte mich
dem Schreibtisch. »Was glauben Sie, wie lange er schon
tot ist?«

Er heftete die Augen auf den Block. Was ich für Notizen zum Fall gehalten hatte, entpuppte sich als Ein-
kaufszettel. »Das muss der Untersuchungsrichter sagen,
aber so aufgebläht, wie die Leiche war, und dann der
Geruch – ich tippe mal, der hat seit Weihnachten hier
gehangen.«

Ich trommelte mit den Nägeln so lange auf die
Schreibtischplatte, bis er zu mir hochsah. »Gibt es irgendeinen Hinweis auf den Täter?«

Er klappte den Notizblock zu und seufzte. »Da gibt's
für mich kein Hängen im Schacht, Schätzchen. Solche
Fälle haben wir andauernd. In der Jahreszeit kriegen
viele Leute Depressionen, seit dem Krieg sogar noch
mehr.«

»Ach ja? Und fesseln sich alle vorher die Hände?«

Er verlagerte die Füße, und die Flecken auf den Papieren bekamen die Form von Halbmonden.

»Lieutenant, sind Sie in einem Stall aufgewachsen?« In seinen Augen tauchte ein Fragezeichen auf, dann schüttelte er den Kopf. »Dann nehmen Sie Ihre Füße von meinen Akten. Das sind verdammt noch mal keine Schuhabstreifer.«

Er ließ die Beine vom Schreibtisch rutschen, womit er ein noch größeres Durcheinander verursachte, und knallte seine Treter Größe 45 auf den Boden. »Sie sind nicht auf den Mund gefallen.«

»Sonst wäre das mit dem Essen auch ziemlich schwierig.« Ich stützte mich mit den Händen auf den Schreibtisch und beugte mich zu ihm hinunter. »Hören Sie, ich habe keine Ahnung, was für ein Spiel Sie hier spielen, aber Jim McCain ist keiner von diesen Weihnachtsselbstmördern. Er ist umgebracht worden, ganz einfach.«

Sein Gesicht hellte sich auf und zeigte sein schönstes Die-Kleine-fängt-ja-an-zu-laufen-Lächeln. »Wie heißen Sie, Schätzchen?«

»Schätzchen ganz sicher nicht.«

»Na gut, Süße. Sie sind nicht zufällig Polizistin oder vielleicht sogar Detektivin?«

Ich suchte nach einem Bären, den ich ihm aufbinden konnte, fand aber keinen. »Sie kennen die Antwort.«

Er blätterte seinen Block durch, bis er auf das gestoßen war, was ich vorher dem anderen Bullen erzählt hatte. »Nein, *Miss Winter*, Sie sind Schauspielerin, und bestimmt eine verdammt gute. Ist sicher nicht einfach für Sie, Ihren Boss hier so zu finden. Ich lege jetzt mal die Umstände zu Ihren Gunsten aus und nehme an, dass

Sie etwas zu emotional reagieren, ein bisschen durcheinander sind.« Er zog ein Päckchen Zigaretten aus der Tasche und bot mir eine an. Mit einem Kopfschütteln lehnte ich ab. »Sie ticken nicht wie ein Detektiv, also fällt Ihnen vielleicht nicht auf, was mir auffällt. Es ist nämlich so: Ihr Freund Jim war finanziell nicht besonders gut dran. Wir haben ein paar Briefe vom Finanzamt gefunden, und es sieht so aus, als ob er das eine oder andere Problemchen gehabt hätte.« Er blätterte flüchtig seine Aufzeichnungen durch und hielt kurz das Flugblatt des Amerikadeutschen Bundes hoch. »Neue Freunde hat er sich wohl auch zugelegt.«

»Das ist nicht seins. Ich habe es in der Post gefunden.«

»Sicher, Schätzchen, ganz wie Sie meinen.« Er verstaute das Flugblatt wieder zwischen seinen Unterlagen und kritzelte etwas dazu. »Und was tut einer, der pleite ist und politisch in der falschen Ecke steht? Natürlich ist das eine feige Nummer, aber was kümmert's ihn. Trotzdem, während er so drüber nachdenkt, kriegt er es doch mit der Angst, ob er die Sache auch wirklich durchgezogen bekommt. Und damit er sich's, wenn er oben steht, nicht doch noch mal anders überlegt, bindet er sich lieber vorher die Hände zusammen.«

Ich richtete mich auf. »Und wie ist er da hochgekommen? Ist er in die Schlinge hineingesprungen, nachdem er sich die Hände gefesselt hat? Oder ist er vielleicht geflogen?«

Der Lieutenant erhob sich und strich sich die Bundfalten seiner mit Essensflecken übersäten Hose glatt. Er war ein dicklicher Typ, und man hätte ewig an ihm herumzupfen können, die Hose hätte trotzdem nicht rich-

tig gesessen. »Ich will mal ganz offen sein.« Er durchbohrte die Luft mit seiner Zigarette. »Jim McCain war
Abschaum, und jeder, der mit ihm zu tun hatte, war auch
Abschaum. Für mich und meine Dienststelle ist das hier
ein Selbstmord, und wenn irgendjemand das bezwei-
felt, dann sorge ich dafür, dass er dasteht wie ein kompletter Idiot.«

Ich versuchte ihm fest in die Augen zu sehen, was
aber so von unten nach oben etwas traurig ausfiel. »Was
hat Jim Ihnen eigentlich getan?«

Er aschte auf den Schreibtisch ab. »Er war ein kor-
rupter Polizist und ein mieser Detektiv. Vielleicht sollten
Sie sich das mal genauer durch den Kopf gehen lassen,
statt hier mit mir zu streiten.«

2 Auf dem Grund

Ich saß in Frankie's Diner auf einem Fensterplatz und sah zu, wie der Leichenwagen kam und wieder abfuhr. Sobald ich mir sicher war, dass auch die Bullen weg waren, ging ich zurück ins Büro und schloss die Tür hinter mir ab. Churchill begrüßte mich mit einem leisen Maunzen und wickelte sich um meine Beine, bis keiner von uns beiden mehr ohne den anderen vorwärtskam. Jims Tür stand immer noch offen, die Lampen in seinem Zimmer verbreiteten ein unheimliches goldenes Licht. Ich konnte den Gedanken nicht ertragen, da wieder hineinzugehen, sank auf meinen Stuhl, griff nach dem Telefon und ließ mir von der Vermittlung Agnes' Nummer geben.

Agnes als am Boden zerstört zu beschreiben wäre ungefähr so treffend gewesen, wie die Deutschen einfach als dickköpfig zu bezeichnen. Die Frau heulte und wehklagte, bis sie keine Stimme mehr hatte. Schließlich begann die Verzweiflung sich auf ihre Atmung auszuwirken, was aus jedem Ausatmen ein langgezogenes schmerzvolles Stöhnen machte.

»Es tut mir so unglaublich leid, Agnes«, sagte ich in einem der seltenen Momente, in denen sie still war.

Ihre Stimme kam zurück, tief, heiser und so zittrig, dass klar war: Sie hatte immer noch genug Tränen, um ein U-Boot zu versenken. »Warum, Rosie? Warum?«

»Ich weiß es nicht.« Churchill flüchtete sich zwischen meine Beine. Sein Schwanz wickelte sich um meine Wade wie das Riemchen einer Römersandale.

»Er war so ein guter Mensch.«

»Stimmt. Ein prima Kerl.« Ich wollte sie trösten, aber zunehmend schien mich das, was passiert war, gar nicht mehr so viel anzugehen. Ich sah Agnes vor mir als altnordische Königin auf einer Bühne, wie sie den Verlust ihres Gefährten beklagte. Es war einfach leichter, mit den Ereignissen zurechtzukommen, wenn ich mir vorstellte, dass man sie als Ganzes in Brand setzen und aufs Meer hinaustreiben lassen konnte.

Ein Rascheln an Agnes' Ende der Leitung ließ darauf schließen, dass sie sich mit einem Taschentuch übers Gesicht fuhr. »Ich weiß, dass er mich geliebt hat. Erst neulich hat er noch gesagt, dass er seine Frau verlässt. Wir wollten gemeinsam fortgehen und in Acapulco heiraten. Habe ich dir das schon mal erzählt?«

»Ja.« Sie hatte mir diese Geschichte schon dutzende Male erzählt, das Einzige, was sich jeweils änderte, war der Ort, an dem die Hochzeitsfeierlichkeiten stattfinden sollten. Ich zweifelte nicht daran, dass Jim ihr solche Versprechungen gemacht hatte, aber im Grunde ihres Herzens wusste Agnes bestimmt, wie leer sie waren.

»An Heiligabend wollte er noch vorbeikommen. Ich hatte Kasseler gemacht. Ich habe meine Zucker-Lebensmittelmarken eingetauscht für die zweite Portion Fleisch. Ich war so wütend, als er nicht aufgetaucht ist.«

Mein Kopf wog ungefähr achtzig Pfund. Ich konnte ihn nur aufrecht halten, indem ich ihn auf meiner Hand abstützte. »Du konntest doch nicht wissen, dass er tot ist.«

Ihre Stimme wurde höher. »Ich habe sogar bei ihm zu Hause angerufen. Ich habe mit seiner Frau geredet. Ich musste einfach wissen, ob er bei ihr war statt bei mir.«

Jim hatte nie über seine Frau gesprochen; dass er überhaupt eine hatte, wusste ich nur von Agnes. Bisher hatte ich immer angenommen, dass sie entweder krank war oder vielleicht überhaupt nicht existierte. Die letzte Version gefiel mir jetzt besser, denn wenn Agnes wirklich mit einer leibhaftigen Frau gesprochen hatte, würde ich das auch noch tun müssen.

»Was hat seine Frau denn gesagt?«, fragte ich.

»Dass sie Besuch hat und sich darum jetzt nicht kümmern kann. Ich habe mich so aufgeregt, dass ich einfach aufgelegt habe.«

»Hast du irgendeine Idee, warum er an Weihnachten noch ins Büro gekommen ist?«

»Keine Ahnung. Vielleicht ein Kunde? Du kennst doch Jim: Sobald es um Geld geht, arbeitet er auch zu den unmöglichsten Zeiten.«

Um zu verdrängen, dass sie die Gegenwartsform gebraucht hatte, kniff ich mir mit Daumen und Zeigefinger in die Nasenwurzel. »Glaubst du, dass irgendjemand wütend auf Jim war und sich an ihm rächen wollte?«

Agnes schniefte. »Ich weiß es nicht, Rosie. Ich –« Sie verschluckte den Rest, und ich sah sie vor mir, die Augen so fest zugedrückt, wie ich es mit meinen Fingern machte, wenn ich beim Trinken aus dem Hahn keinen Tropfen Wasser verschütten wollte. »Wir können gar nichts machen, oder? Es passieren die schrecklichsten Sachen, und wir können nichts dagegen machen.« Ich antwortete nicht. Der Krieg hatte uns beigebracht, dass wir machtlos waren. Egal, wie viel man darüber redete, an der Situation änderte das nichts. »Ich muss los.«

Sie legte auf, und ich starrte auf den Hörer. So hart dieser Anruf gewesen war – der nächste würde noch

viel schlimmer werden. Ich wollte nicht, dass Mrs. Mc-
Cain die Neuigkeiten von jemandem wie Lieutenant
Schmidt zu hören bekam, aber ich hatte nicht die geringste Ahnung, wie man einer völlig Fremden bei-
brachte, dass ihr Ehemann tot war. Ich probte meine
Zeilen wie für ein Tschechow-Stück, und als ich in der
Lage war, sie ohne zitternde Lippen aufzusagen, suchte
ich Jims Privatnummer aus dem Telefonbuch heraus
und bat die Vermittlung um eine Verbindung.

»Hallo, hier bei McCain.« Eine Frau nahm ab, deren
ausländischer Akzent die Silbenzahl eines jeden ihrer
Worte verringerte.

»Mrs. McCain?«, fragte ich.

»Mrs. McCain nicht hier. Kommen bald. Kann ich
ausrichten?«

Auch wenn es unwahrscheinlich schien, dass Mrs.
McCain gerade erst vom Einwandererschiff gestiegen
war – dass Jim die Kohle für ein Dienstmädchen hatte,
hätte ich mindestens genauso wenig erwartet. »Bin ich
da bei Jim McCain? Dem Privatdetektiv?«

»Mr. McCain nicht hier. Kann ich ausrichten?«

Ich räusperte mich und legte mir die Finger an die
Schläfen. Sicher war ich nicht gerade die Königin der
Umgangsformen, aber ich hatte doch den leisen Verdacht, dass man einen Todesfall nicht einfach übers Telefon ausrichten lassen sollte. »Mein Name ist Rosie
Winter. Ich arbeite für Jim. Mrs. McCain soll mich so
bald wie möglich im Büro anrufen.«

»Mrs. McCain nicht da.«

Ich verstärkte den Druck auf meinen Schädel. »Ja,
das habe ich verstanden, aber ich möchte, dass sie mich
im Büro zurückruft. Sagen Sie Mrs. McCain, sie soll Mr.
McCain im Büro anrufen.«

In der nächsten Stunde klingelte das Telefon acht Mal. Einer hatte sich verwählt, drei waren potentielle Auftraggeber, vieren der Anrufer hatte Jim bei unterschiedlichen legalen Rechtsverletzungen geholfen. Ihnen allen erklärte ich, dass wir bis einschließlich Neujahr geschlossen hätten und Jim bis dahin nicht zu sprechen sei. Als das Telefon zum neunten Mal klingelte, steckte ich schon halbwegs in meinem Mantel.

»McCain und Sohn, guten Tag.«

»Jim McCain bitte.« Eine Frauenstimme, glatt wie Porzellan, brach aus dem Hörer.

»Mit wem spreche ich?«, fragte ich.

»Mit wem spreche ich?«, wiederholte sie.

»Mit Jims Assistentin. Wie kann ich Ihnen behilflich sein?«

Das Porzellan wurde zu Stacheldraht. »Meine liebe *Jims Assistentin*, es ist nicht gerade eine angemessene Form der Begrüßung, wenn man als erstes wissen will, mit wem man spricht.«

»Ich habe guten Tag gesagt.« Kampfbereit stellten sich meine Nackenhaare auf. »Und vielleicht dürfte ich Ihnen auch gleich einen Rat geben? Wenn Sie schon jemanden anrufen, dann schmieren Sie doch der Person, die den Hörer abnimmt, ein bisschen mehr Honig ums Maul. Sonst könnte es nämlich passieren, dass sie einfach wieder auflegt.«

»Wie können Sie es wagen, so mit mir zu sprechen!«

Ich ließ die Wut hochkommen und meine Trauer übermannen. »Hören Sie mal, Schwester, Sie haben damit angefangen.«

»Und ich bin auch diejenige, die damit Schluss macht. Geben Sie mir meinen Mann, und dann überlegen Sie sich doch am besten schon mal, wo Sie als nächstes arbeiten werden!«

Der Mantelärmel, in den ich noch nicht geschlüpft war, baumelte an meiner Seite wie ein gebrochener Flügel. »Mrs. McCain?«

»Ich warte. Holen Sie Jim ans Telefon.«

Ich fiel auf den Stuhl und ließ den Kopf so weit nach vorn sinken, bis er auf Holz stieß. »Eigentlich bin ich diejenige, die Sie angerufen hat, nicht Jim.«

Das Geräusch von Papier, das zu einem Ball geknüllt wird, raschelte durch die Leitung. »Jims Taktlosigkeiten interessieren mich nicht. Falls Sie angerufen haben, um irgendetwas zu beichten, verschwenden Sie unser beider Zeit.«

Ich gab alles, um Mitgefühl für dieses Weib zu empfinden, aber ihre Art machte mir das unmöglich. Welche Frau brachte es fertig, seit Weihnachten keinerlei Kontakt mit ihrem Mann zu haben und dabei nicht das kleinste bisschen in Panik zu geraten? Jim war bestimmt kein Heiliger, aber sicher hätte er zumindest so getan, als wäre er besorgt, wenn sich dieses Weibsstück unangekündigt aus dem Staub gemacht hätte.

Sie räusperte sich. »Sind wir dann soweit, *Jims Assistentin*?«

»Nein, sind wir nicht. Erstens ist mein Name Rosie Winter, und zweitens rufe ich nicht an, um irgendetwas zu beichten.« Ich schnappte mir einen Bleistift und ließ die Radiergummiseite über die Schreibtischplatte quietschen.

Jedes ihrer Worte bekam eine Extrabetonung. »Warum. Haben. Sie. Dann. Angerufen?«

»Jim ist tot.«

In der Leitung wurde es still. Churchill kam an der Längsseite des Schreibtischs entlanggelaufen und sprang auf die Arbeitsfläche. Er schlug mit der Pfote nach meinem Stift, bis ich mit dem Gequietsche aufhörte. Dann legte er sich in Lauerstellung platt auf den Bauch und wartete darauf, dass seine Beute ihre Tätigkeit wieder aufnahm.

»Oh«, sagte Mrs. McCain endlich. Im Hintergrund hörte man eine Türklingel, dann hektische Schritte, die über einen Flur trippelten, und danach die Stimme des Dienstmädchens, das mit einer Spur von Hysterie verkündete: »Polizei, Madame. Polizei!« Mrs. McCain räusperte sich erneut, und ihre Stimme wurde weicher, was nicht einer Gefühlsaufwallung zuzuschreiben war, sondern der größeren Entfernung zwischen ihr und dem Hörer. »Danke für den Anruf.«

Ich starrte in Jims Büro und versuchte mir vorzustellen, wie er am Schreibtisch saß und an dem Stummel einer Zigarre sog, die ihm die Zeit bis zum Feierabend verkürzen sollte. »Es tut mir wirklich sehr leid. Falls Sie etwas brauchen, irgendetwas, lassen Sie es mich bitte –«

Sie unterbrach mich. »Ich werde das selbst regeln, denke ich. Einen schönen Abend noch.«

Um halb sieben verließ ich das Büro und ging in Richtung Finanzamt am Times Square, Ecke 42. Straße. Seit September galt die Verdunkelungspflicht, und in den Hochhäusern über Midtown wurden jetzt nach und nach die Lichter gelöscht, so dass die Skyline der Stadt allmählich verschwand. Das Quecksilber hing bei 17 Grad minus, was diesen Silvesterabend zum kältesten seit Beginn der Messungen machte. Erste Feiernde mit knallbunten Papierhüten auf den Wollmützen lieferten einen Vorgeschmack auf die große anstehende Party, während die Straßen, wegen der Treibstoff- und Reifenrationierung völlig verödet, vom leichten Schneefall weiß wurden. Auf Ladenfenster und Telegrafenmasten gekleisterte Hinweisschilder gaben Order aus, sich für die Dauer des Krieges bedeckt zu halten: »Er beobachtet Sie! Der Feind hört zu! Bewahren Sie Stillschweigen – er will wissen, was Sie wissen! Schon Schall kann töten: Werden Sie nicht zum Mörder durch unbedachte Worte!« Ich vergrub mich tief in meinem Mantel und hielt den Blick starr auf den Bürgersteig gerichtet. Die Dunkelheit, die Geschehnisse des Tages und die Schilder zusammengenommen ließen alles zur Bedrohung werden. Ein überquellender Mülleimer wurde zur letzten Ruhestätte einer verstümmelten Leiche. Ein zu früh losgegangener Silvesterkracher zum Schrei einer Frau. Das Echo meiner eigenen Schritte zum rasenden Auftragskiller, der mir auf den Fersen war.

Denk an etwas anderes, befahl ich mir. Ich versuchte mich an irgendein Buch zu erinnern, das ich kürzlich gelesen hatte, aber die einzigen Geschichten, die mir in den Kopf kamen, waren die aus meinen Thrillerheftchen – was mir nicht wirklich weiterhalf. Ich summte ein paar Takte eines Liedes vor mich hin, um dann festzustellen, dass ich mich unbewusst für »I'll Never Smile Again« entschieden hatte. Damit das bloß nicht wahr wurde, brach ich mitten in der Strophe ab. Vermutlich war Shakespeare der Einzige, der hier noch als Ablenkung taugte, und so forschte ich in meinem Gehirn nach dem bisschen, das ich auswendig konnte. Ein Liedchen aus *Macbeth* spülte an die Oberfläche und versetzte mich von jetzt auf gleich mitten hinein in ein schottisches Schloss: »Morgen, und morgen, und dann wieder morgen, / Kriecht so mit kleinem Schritt von Tag zu Tag, / Zur letzten Silb auf unserm Lebensblatt; / Und alle unsre Gestern führten Narren / Den Pfad zum staubigen Tod.«

Das reichte. Ich beschloss, die Sache mit dem Denken ganz sein zu lassen.

Schließlich landete ich am Bahnhof und ging die Treppen bis zum Drehkreuz hinunter. Auf dem Bahnsteig standen außer mir nur eine Handvoll Menschen, die sämtlich aussahen, als seien sie gerade aus der Klapse entlassen worden. Kugellampen tauchten die unterirdische Welt in ein kränkliches gelbes Licht. Eine lecke Leitung verlor in unregelmäßigen Abständen mit einem *Pling Pling Pling* Wasser, war endlich still, nur um dann ihr taktloses Granteln wieder aufzunehmen. Ein Schatten tauchte hin und wieder am Rand meines Gesichtsfelds auf. Immer wenn ich mich umdrehte, um ihn genauer in Augenschein zu nehmen, verlor er sich zwischen den Pfeilern.

Der Seventh-Avenue-Zug hatte zehn Minuten Verspätung. Ich setzte mich ganz hinten in den letzten Waggon und verbrachte die Fahrt damit, jedes Gespräch, das ich mit Jim in den Tagen zuvor geführt hatte, noch einmal durchzuspielen. Er war nicht deprimiert gewesen. Auch die Sache mit dem Finanzamt hatte ihn eigentlich nur amüsiert. Dass er zu Hause Ärger hatte, war offensichtlich, aber das machte Agnes wieder wett. Ich kniff die Augen zusammen und sah Jim vor mir, wie er im Wandschrank hing, wie ein Luftzug seinen Körper zum Schwingen brachte und wie seine seelenlosen Augen plötzlich die Person erkannten, die vor ihm stand. *Es passieren die schrecklichsten Sachen, und wir können nichts dagegen machen.* Agnes hatte den Nagel genau auf den Kopf getroffen. Mir blieb nichts mehr, nichts würde sich mehr ändern lassen. Ich sah wieder auf. Mir gegenüber saß ein riesenhafter Mann, der mir, nur halb hinter einer Zeitung verborgen, mit seinen kleinen engstehenden Augen Zwillingslöcher in den Schädel starrte.

3 Ein Puppenheim

Ich stieg am Bahnhof Christopher Street aus und mischte mich unter den stärker werdenden Fußgängerverkehr – nur für den Fall, dass der Widerling mit den Schweinsäuglein beschließen sollte, mich zu verfolgen. Tat er aber nicht, soweit ich das beurteilen konnte, was mich allerdings nicht daran hinderte, mich anderthalb Häuserblocks weit zum Schatten von zwei Angehörigen der Handelsmarine zu machen. Um kurz nach sieben landete ich heil im George Bernard Shaw House, das ich Heim für Launische Schauspielerinnen nannte. Die Pension befand sich im Greenwich Village, zwischen der 10. Straße und der Hudson Street, und war früher ein bei Seeleuten beliebtes Hotel gewesen. Heute gab sie immer noch ein schönes Beispiel für die Architektur des Sezessionskriegs ab, aber nur, weil der aktuelle Besitzer ein zu großer Geizkragen war, als dass er das Haus auf den Standard des 20. Jahrhunderts gebracht hätte. Ein Starlet, dem eine gute Partie geglückt war, hatte um die Jahrhundertwende herum etwas Geld in die Bude gesteckt und solchen Hallodris wie mir damit ein kostengünstiges Dach über dem Kopf beschert. Einzige Voraussetzung: Man musste den gleichen Berufsweg einschlagen wie die Stifterin.

Egal an welchem Tag man also das Haus betrat, man stieß immer auf Sängerinnen, die im Wohnzimmer ihre Aufwärmübungen machten, auf Tänzerinnen, die das Treppengeländer als Stange benutzten, sowie auf ein halbes Dutzend Frauen, die gegen die Wände redeten, um sich die Zeilen für Vorsprechen und Theaterproben in den Schädel zu hämmern. Es wimmelte von Indizien für unsere Arbeit. Der Wohnzimmertisch war übersät mit alten Ausgaben von *Variety*, *Radio Stars*, *Cue* und *Photoplay*. Ein Bücherschrank brach fast unter dem Gewicht von Sammelalben voller Kritiken zusammen. Das Klavier bog sich unter den Kopien der neuesten Broadway-Partituren, und aus dem Radio dröhnten Sendungen, von denen sich alle 20 Frauen, mit denen ich zusammenwohnte, ihren großen Durchbruch erhofften.

Im Hausflur kam ich an der sogenannten Schandmauer vorbei, einer Wand, an der unsere Pensionsmutter Belle anstelle einer Tapete die Setkarten aller früheren und jetzigen Bewohnerinnen aufgehängt hatte. Weil das Shaw House in Sachen Unterhaltung zwar großzügig, ansonsten aber knapp bei Kasse war, hatte es auch seine Nachteile. Da unsere Miete subventioniert wurde, erwartete man von uns, dass wir uns an eine ellenlange Liste von Hausregeln hielten. Abgesehen davon, dass wir jedes Jahr eine gewisse Zahl an Theaterengagements vorweisen mussten, wurde unser Kommen und Gehen auch noch stärker überwacht als in einem Hochsicherheitsgefängnis. Und es gab so viele Einschränkungen, was unsere Zimmerausstattung betraf, dass es leichter war, die erlaubten Gegenstände aufzulisten als die verbotenen.

Auf Zehenspitzen betrat ich die Diele und hielt nach Belle Ausschau. Eine Woche noch, dann hatte ich die Sechs-Monate-ohne-Arbeit-Marke erreicht. Das hieße für mich: Raus aus dem Bau. Mein Plan sah deshalb vor, Belle so lange aus dem Weg zu gehen, bis ich Arbeit oder sie zur Religion gefunden hatte. Zum Glück schien das Haus an diesem Abend wie leergefegt. Alle, außer meiner besten Freundin und mir, hatten es geschafft, sich in der Silvesternacht engagieren zu lassen, und hüpften jetzt zusammen mit den Ensembles des Stork Club, der Stage Door Canteen oder des neuen Rockefeller Center ins neue Jahr hinein. Die Auftritte dort versprachen bare Münze und flüchtige Romanzen. Gegen ein paar Scheinchen hätte ich nichts einzuwenden gehabt, aber Männer, die mir nichts, dir nichts zur Armee rannten und alles andere zurückließen, wollte ich keine mehr um mich haben. Warum sollte ich mich am Ende des alten Jahres noch mit dem auseinandersetzen, was ich im neuen vergessen wollte?

»Rosie!« Jayne kam die Treppen heruntergerannt, schlang ihre Arme um mich und umarmte mich so fest, dass sie mir fast die Schulter ausgerenkt hätte. Meine beste Freundin war eine zierliche Blondine mit dem Körperbau einer Pariser Vase – untenherum schlank, obenherum üppig – und der Stimme einer Zweijährigen. Sie war ein freundlicher Mensch und arbeitete hart, was in Kombination mit ihrem Aussehen jeden Regisseur, der ihr über den Weg lief, dazu bewegte, ihren beruflichen Werdegang unterstützen zu wollen. Der letzte dieser Knaben hatte sie bis zum Broadway gebracht und sogar die Presse bezahlt, damit die Entdeckung des neuesten It-Girls auch schön bejubelt wurde. Ein Zeitungsartikel nach dem anderen kündete von Jaynes punktgenauer Komik und ihrem bombastischen Aussehen, bis ein einzelner Kritiker, der hier namenlos bleiben soll, sie »Amerikas Quiekling« nannte und sich alle anderen sofort auf seine Seite schlugen, ihre Vorzüge vergaßen und sich nur noch auf ihre Stimme kaprizierten. Die war tatsächlich zu hoch, um im Theater gut zu tragen, was Jayne dazu verdammte, den Rest ihrer Karriere mit Mannequinjobs, Tanzen und Kinderrollen in Radio-produktionen zu verbringen.

»Ist Belle da?«, fragte ich sie mit einem Bühnenflüs-tern. Jayne stieg im selben Tonfall auf meine Heimlich-tuerei ein. »Ist ausgegangen.«

Sie bekam eine etwas großzügigere Umarmung von mir. »Wie war deine Reise?«

»Das darfst du beurteilen.« Sie hielt die rechte Hand hoch und wedelte mit einem Klunker herum, der so groß war, dass ich mich wunderte, warum sie keinen Pa-gen angeheuert hatte, der ihn für sie durch die Gegend schleppte.

Ich bog ihren Finger in verschiedene Richtungen, und verspielt brach sich das Licht in dem Stein. »Da sieh aber mal einer an ... Wann soll denn der große Tag sein?« Jayne war mit einem der Vizes von Mafiaboss Vincent Mangano zusammen, einem Ganoven namens Tony B., der mit ihr für ein paar Tage in die Adiron-dack-Berge gefahren war. Tony war alles andere als red-lich, aber man kam nicht umhin, seinen tadellosen Ge-schmack zu bewundern, wenn es um überteuerte Ge-schenke ging. In den vergangenen Monaten hatte er Jayne derart mit funkelndem Tand überschüttet, dass sie einem Sternbild Konkurrenz machen konnte.

Jayne löste ihre Hand aus meiner. »Das ist kein Ver-lobungsring. Das ist ein Versprechensring.«

»Und was hast du ihm versprochen?«

Sie zwinkerte mir zu. »Dass ich den Ring nicht ver-liere.« Sie nahm mich wieder an die Hand und führte mich nach oben in unser Zimmer. Wir wohnten auf ei-ner Fläche, die kleiner war als ein Viehwaggon und von

einem Heizkörper beherrscht wurde, der wegen der Öl-
rationierung ausschließlich dekorative Zwecke erfüllte.
In hausfraulicher Hinsicht waren wir beide nicht sonderlich begabt, und das sah man: Kleidungsstücke quollen aus Kommoden, Wäsche lugte aus zugestopften
Schreibtischschubladen, und ein windschiefer Weih-
nachtsbaum aus einem Billigladen grüßte vom Fenster-
sims.

Aber es war mein Zuhause, und mir gefiel es.

Jayne verschwand in ihrem Schrank und tauchte mit
zwei randvoll befüllten Martinigläsern wieder auf, die
wir bei einem »Dish Night«-Kinobesuch im Roxy als
Werbegeschenk bekommen hatten. »Ta-da!«

»Immer her damit, solange ich nichts Gegenteiliges
sage!«

Sie setzte sich neben mich auf die Heizung und stieß
mit mir an. »Frohes Neues!«

»Das wird sich erst noch herausstellen.« Ich nahm einen Schluck flüssigen Mut. »Als ich heute Nachmittag
zur Arbeit gegangen bin, habe ich Jim McCain tot in
seinem Schrank gefunden.« Ich leerte das Glas ganz und
fischte die Olive heraus.

Jayne schoss in die Höhe. »Was?«

Während ich ihr von den Ereignissen des Tages berichtete, wurde Jaynes Gesicht zu einem Wimmelbild
voller sich hebender und senkender Augenbrauen, ge-
schürzter Lippen und von innen zerkauter Wangen.

»O Rosie«, meinte sie, als ich fertig war, »ich weiß gar
nicht, was ich sagen soll.«

»Wie wär's mit: Dieses Jahr wird sicher besser als das
letzte?«

»Muss. Der arme, arme Jim.« Sie legte einen Finger
an den Mund und biss auf den Nagel.

»Wie auch immer. Wenn ich mal einen Moment voll-kommen egoistisch sein darf – alles in allem heißt das, dass ich arbeitslos bin. Falls ich hier also rausgeschmis-sen werde, habe ich noch nicht mal genug Kohle, um mir eine neue Wohnung zu mieten.« Und selbst wenn – eine zu finden war sowieso sehr unwahrscheinlich. Neben all den anderen Annehmlichkeiten hatte der Krieg New York auch eine Wohnungsnot beschert.

»Es hat sich also noch nichts für dich ergeben?«

Ich schüttelte den Kopf. »Nein. Schlimmer kann's nicht mehr kommen.« Der Krieg machte alles schwierig, sogar die Schauspielerei. Die Eintrittspreise waren hoch-gegangen, die Theater setzten die Stücke meist schnel-ler wieder ab als im Spielplan vorgesehen, und die Rati-onierung hatte sowohl Tourneetheater als auch kleine Kellerbühnen, von denen unser Überleben in mageren Zeiten abhing, ins Aus getrieben. Sogar die Lichter auf dem Broadway waren der Verdunkelung zum Opfer ge-fallen. Ein Dauerwitz unter meinen Freundinnen war: Wenn du das Glück haben solltest, irgendwo groß raus-zukommen, geh vor Sonnenuntergang zum Theater, falls du deinen Namen noch auf der Leuchttafel lesen willst.

Ich atmete tief ein und wappnete mich, um das Un-aussprechliche zu äußern. »Ich glaube, ich muss lang-sam einsehen, dass meine Schauspielkarriere vorbei ist.«

»Jetzt mach aber mal einen Punkt.« Jayne zog einen Zettel aus der Tasche und winkte mir damit zu. »Ein Peter Sherwood hat angerufen. Er möchte, dass du zu einem Vorsprechen kommst.«

»Wofür?«

Sie schielte auf den Wisch und entzifferte ihre Hiero-
glyphen. »Es geht sogar um zwei Stücke. Das eine ist die
Wiederaufnahme von einem Musical.«

Seit Kriegsbeginn war es schick geworden, Stücke
von vor zwanzig Jahren noch einmal herauszubrin-
gen – als ob man durch die Wiederbelebung der Vergangenheit die Gegenwart in kollektiver Vergessenheit
ignorieren könnte. »Und das andere?«

»Heißt offenbar *Das Ghetto*.«

»Oh, worum es da wohl gehen mag?« Wenn die Ensembles gerade nicht damit beschäftigt waren, den Müll
der letzten beiden Dekaden wieder auszugraben, gaben
sie ihr Bestes, den Krieg auf Verwertbares auszupressen.
Mir gefiel keine der beiden Möglichkeiten. Ich konnte
weder ein Lächeln aufbringen für Inszenierungen, die
vor dem Krieg einfach die Augen verschlossen, noch genug Anteilnahme für die in mir finden, die genau das
Gegenteil taten.

»Vielleicht sind es ja großartige Stücke, großartige
Rollen«, sagte Jayne.

»Irgendwie habe ich da so meine Zweifel. Und wer
zum Teufel ist Peter Sherwood?«

Sie zuckte mit den Schultern. »Ist doch egal. Wahrscheinlich hat er dich irgendwo spielen sehen.« Eine persönliche Einladung zu einem Vorsprechen war wie ein
Sechser im Lotto, aber das änderte nichts an der Tatsache, dass es hier um äußerst armselige Veranstaltungen
ging. »Hast du die Kritiken zu Rubys Stück gesehen?«

»Nein, und das darf auch gern so bleiben.« Ruby
Priest war die jüngste Erfolgsgeschichte unseres Hauses.
Normalerweise freute ich mich über die Erfolge der an-
deren Schauspielerinnen, aber angesichts von Rubys

Charakter wünschte man sich zwangsläufig, sie durch eine Falltür plumpsen und nie wieder auftauchen zu sehen.

Jayne lehnte sich gegen das Fenster. »Sie wird unerträglich werden.«

»Das ist sie doch sowieso schon. Aber jetzt hat sie auch noch einen Grund dafür.«

Jayne musste lachen und bekam einen Schluckauf. Nach zwei Hicksern hatte sie ihn wieder unter Kontrolle und feierte das, indem sie ihr Glas leerte. »Sei nicht sauer«, sagte sie.

»Worüber soll ich nicht sauer sein?« Ich kniff meine Augen zu Schlitzen zusammen. »War das der letzte Rest Alkohol?«

»Nein, war's nicht.« Der Schluckauf kam zurück. Sie legte sich eine Hand auf den Mund, um ihn zu unterdrücken. »Ich habe mich bei Bentleys neuer Produktion beworben.«

»Das ist doch spitze. Du kannst dir ruhig höhere Ziele stecken als ein paar missgünstige Musical-Kritiken.« Lawrence Bentley, ein Schauspieler, der sich zum Schriftsteller gewandelt hatte, war der neue Goldjunge am Broadway. Seine Stücke waren sentimentaler Mist und vermittelten, meist wenig subtil, patriotische Botschaften oder bekräftigten zumindest ethnische und religiöse Stereotypen. Seit Pearl Harbour fraßen die Leute ihm förmlich aus der Hand. Er war derart gefragt, dass pro Abend gleich zwei seiner Stücke irgendwo aufgeführt wurden, ein jedes wetteifernd um dasselbe fantasielose Publikum.

»Danke«, sagte Jayne. »Ich weiß einfach, dass es ab jetzt für uns aufwärts geht.«

»Das hoffe ich sehr.« Ein Laut, den ich als Lachen angelegt hatte, kam als ein Quäken heraus. »Aber ich muss schon sagen, Mädchen, das mit Jim und meiner Arbeitslosigkeit ... Ich glaube, so tief unten war ich noch nie.« Meine Augen brannten, als neue Tränen nach den alten Ausgängen suchten.

Jayne stand auf und stellte feierlich ihr Glas auf die Heizung. »Das reicht jetzt für heute. Zieh dich an. Wir gehen aus.«

Ich fuhr mir übers Gesicht. »Ich bin nicht in Stimmung. Ich möchte ruhig ins neue Jahr rutschen – nur ich und ein bisschen Lachsaft.«

Jayne nahm mich an den Händen und versuchte mich auf die Füße zu ziehen. »O nein, das wirst du nicht. Wenn du hier bleibst, grübelst du den ganzen Abend lang vor dich hin. So beendet man kein Jahr.«

»Ich grüble nicht. Mache ich nie.«

»Rosie.« Sie legte den Kopf auf eine Art schief, die mich sofort an sämtliche Abende erinnerte, die ich voller Selbstmitleid allein in unserem Zimmer verbracht hatte. Es war ein hartes Jahr gewesen.

Ich senkte den Blick. »Außerdem kann es ja sein, dass er heute Abend ...«

»Hast du was von Jack gehört?«

Wenn mir solche Gedanken durch den Kopf gingen, kamen sie mir vernünftig und einleuchtend vor. Wenn jemand anders sie äußerte, fiel mir auf, wie dumm sie waren. Jack Castlegate – Hauptdarsteller, Liebling des Broadway und außerdem derjenige, von dem ich mal gedacht hatte, dass er den Romeo zu meiner Julia spielen würde – hatte sich direkt nach Thanksgiving verpflichtet und war an Bord gegangen. Seitdem hatte ich keinen Mucks mehr von ihm gehört. Man konnte das natürlich dem Krieg in die Schuhe schieben, wie so vieles in diesen Tagen. Auf der anderen Seite musste ich einfach zugeben, dass das Aus der Beziehung wahrscheinlicher war – immerhin hatte der Mann meinen Geburtstag, Weihnachten und jetzt auch noch Silvester verstreichen lassen, ohne mir auch nur den winzigsten Gruß per Feldpost zukommen zu lassen.

»Selbst wenn ich wollte, ich kann nicht. Ich bin blank. Mit viel Glück kann ich mir nächste Woche noch was zu essen kaufen.«

Jayne drückte meine Hand. »Das geht natürlich auf mich.«

Ich atmete tief ein und entrang mir ein Lächeln. »Na gut«, sagte ich, »ich bin dabei, aber ich darf bestimmen: Wir gehen nur dahin, wo die Getränke billig und die Bands groß sind.«

4 Die königliche Familie

Silvester war ein Riesenreinfall. Als wir loszogen, waren schon so viele Leute unterwegs, dass wir uns nur noch mit der Masse treiben lassen konnten. Am Ende standen wir zusammen mit vierhunderttausend unserer engsten Freunde auf dem Times Square. New Yorks größte Party war zwar extrem gut besucht, aber vom Krieg mundtot gemacht worden – als ob alle stillschweigend übereingekommen wären, dass Freudensbekundungen respektlos seien. Um Mitternacht wurde keine Glitzerkugel vom Mast herabgelassen, dafür streiften die Lichtfinger der Luftaufklärungsstationen durch den Nachthimmel. Die Menge schaute in schweigender Ehrfurcht zu, bis die Sängerin Lucy Monroe die Stille mit »The Star-Spangled Banner« durchbrach. Überall um uns herum tanzten, umarmten und küssten sich Soldaten und ihre Mädchen, als ob sie ein ganzes Leben in diesen einen Abend quetschen müssten. Als 1942 zu 1943 wurde, hatte sich meine Trauer darüber, Jack um Mitternacht nicht küssen zu können, in eine schreckliche Angst verwandelt, dass ich weder ihn noch sonstwen jemals wieder küssen würde.

Am nächsten Tag hätte alles ganz anders aussehen können, aber mein Kater und die Abendzeitungen verschworen sich, um das genaue Gegenteil zu bewirken. Das deutsche Radio hatte vorausgesagt, dass der Krieg mindestens zwanzig Jahre dauern würde. Das allein hätte schon gereicht, dazu war aber auch noch die Zahl der Gefallenen des letzten Jahres veröffentlicht worden –

allerdings versteckt in Artikeln, die ihr ungeheuerliches Ausmaß herunterspielten, indem sie daran erinnerten, dass jährlich zehnmal so viele Menschen bei Unfällen starben.

Zwischen einer Reklame für Kriegsanleihen und der Ankündigung einer öffentlichen Auktion versteckt fand sich auch eine Traueranzeige für Jim. Sein Leben war zu einem Identitätstrio zusammengeschnurrt: Privatdetektiv, liebender Ehemann, ehemaliger Polizist.

Am 4. Januar, dem Tag der Beerdigung, hatte Jayne einen Auftrag fürs Radio, also rief ich Agnes an, um zu hören, ob sie dort ihre Aufwartung machen würde. Nach sechs Versuchen und zweiundfünfzigmal Klingelnlassen beschloss ich, ohne Damenbegleitung hinzugehen.

Die Feier für Jim fand in einem Beerdigungsinstitut in der 74. Straße, Ecke Lexington Street, statt. Die Bude war eine einzige geschmacklose Jahrhundertwendebombast-Falle und passte zu Jim so gut wie ein Tranchiermesser zu einem Kleinkind. Schwere, ausgebleichte Brokatvorhänge hingen vor grell tapezierten Wänden, die vom Zigarettenqualm aus Jahrzehnten schmierig geworden waren. Auf jeder nur möglichen Fläche standen Nippes, und auf marmornen Dekortischchen und zierlichen Blumenständern türmten sich Bouquets, deren überwältigender Geruch die Idee nahelegte, in ihnen seien mit Zerstäubern bewaffnete Zwerge verborgen.

Der Raum war voller Leute, die ich nicht kannte. Auf der einen Seite stand eine Gruppe ungemütlich dreinschauender harter Jungs, die wahrscheinlich eine innige Bekanntschaft mit Jims Feuerleiter gepflegt hatten. Die Männer trugen Nadelstreifenanzüge und Ringe am kleinen Finger, sie umarmten sich zur Begrüßung und fal-

teten dann zum Herumstehen die Hände vor dem Geni-
talbereich. Die andere Seite des Raumes war von Herr-
schaften bevölkert, die der Seite »Vermischtes« in der
Times entflohen waren. Die stark geschminkten Damen
dieser Kaste begrüßten sich mit Küsschen, wobei ihre
Wangen sich niemals auch nur im Ansatz berührten.
Herren in Maßanzügen gaben sich gewichtig die Hand,
und ihre Stimmen troffen von einer übertriebenen Emo-
tionalität, die besser zu einem schlechten Sommerthea-
terstück gepasst hätte.

Ich fühlte mich keiner Gruppe zugehörig und heuchelte deswegen Interesse an einer Broschüre, um heimlich den Gesprächen lauschen zu können. Der kleine
Prospekt machte mich darauf aufmerksam, dass man als
Soldat oder als Verwandte eines Soldaten »nie weiß,
wann mit schlechten Nachrichten zu rechnen ist. Deswegen: Seien Sie vorbereitet und kaufen Sie eine Grabstel-
le.«

Die Mafiosi redeten nicht viel, und wenn doch, taten
sie es in einem engen Kreis und mit so gedämpften
Stimmen, dass man nichts verstehen konnte. Ab und an
tauchten sie zum Luftholen auf und ließen Bemerkungen über die schönen Blumen oder die rege Beteiligung fallen – vermutlich in der Hoffnung, durch solcherlei unverfängliche Beobachtungen erscheine ihre
Anwesenheit so normal wie die der Leiche. Als ich meine Abhörversuche gerade aufgegeben hatte, packte ein
Gentleman, dessen übertriebene Schmuckausstattung
ihn als den Anführer kennzeichnete, einen Gangster
niedrigeren Ranges am Arm und führte ihn für eine Pri-
vatunterhaltung beunruhigend nah in meine Richtung.

»Haben wir veranlasst, dass im Büro saubergemacht

wird?«, fragte der Boss. Als ich seine Stimme hörte, klingelte es bei mir – der Lispler!

»Ist wohl nicht notwendig. Man hat mir versichert,
dass keine Namen benutzt wurden.«

Der Lispler legte dem anderen den Arm um die Schultern. »Er war ein guter Kerl, und wir haben uns sehr nah
gestanden, aber jeder hat so seine Fehler. Wir müssen
sichergehen, dass hier keine gemacht worden sind.«

Der Gangster zupfte an seinen Manschetten und
nickte.

Der Lispler sah aus, als wolle er noch mehr sagen,
aber dann zog ein Braunhaariger mit kleinen engstehenden Augen seine Aufmerksamkeit auf sich. Wortlos
blickte der Braune zu mir. Daraufhin rückte der Lispler
die Krawatte gerade und lächelte mich wissend an.

»Wie geht's denn so?«, fragte er mich.

Ich bemühte mich, ob des Angesprochenwerdens
überrascht dreinzuschauen; hätte ich ihn vorher nicht
so angestarrt, hätte er mir das auch sicher abgekauft.
»Ganz prima«, sagte ich mit einem schmalen Lächeln.

Der Lispler nickte und ging mit seinem Kumpel zurück zum Rest der Gruppe.

Während sich die Kleinganoven um Diskretion bemühten, redeten die Abgesandten der besseren Gesellschaft laut durcheinander, mal über Roosevelts Außen-
politik, mal über die Auswirkungen des Krieges auf die
Wirtschaft und ihre Urlaubspläne. Die etwas Mutigeren
warfen Blicke in die andere Zimmerecke und machten
säuerliche Bemerkungen über die Anwesenheit »dieser
Leute«. Jims Name fiel selten – und wenn, dann nur,
weil man sich schnell vergewissern wollte, wie der Ver-
storbene doch gleich geheißen hatte.

Offenbar hatte keiner von ihnen Jim gekannt. Seine Frau aber kannten alle. Bei meinem Telefonat mit Mrs. McCain waren mir für sie die schillernden Adjektive gleich dutzendfach eingefallen – ihre Freunde kannten nur ein Wort: *anspruchsberechtigt*. Jims bessere Hälfte hatte wohl die Taschen voller Geld und so viele poten-tielle Nachfolger für ihn, dass sie eine eigene Unterab-teilung der Armee hätte aufmachen können.

Die Frage war nur: Warum hatte eine Frau wie sie ei-nen Mann wie Jim geheiratet?

Ich reihte mich in die Warteschlange vor dem Sarg ein und beschloss, meine Zeit gut zu nutzen. Vor mir stand ein Mann in einem Kammgarnanzug. Er war un-gefähr sechzig, fast kahl und hatte ein auffälliges Feuer-mal auf der Stirn, dort, wo eigentlich der Haaransatz gewesen wäre. Dieser Schönheitsfehler unterschied ihn vom Rest der Anwesenden, und wahrscheinlich musste er trotz einer privilegierten gesellschaftlichen Stellung ständig darum kämpfen, von einer Welt akzeptiert zu werden, die rechtmäßig die seine war. Sicher sehnte er sich verzweifelt danach, dass jemand ihn im Gespräch als seinesgleichen behandelte.

»Guten Tag«, sagte ich in meinem besten Katharine-Hepburn-Tonfall. »Was für ein tragischer Verlust, nicht wahr?«

Er musterte mich lange und kam zu dem Schluss, dass er mich zwar nicht kannte, ich aber vielleicht trotzdem jemand war. »Guten Tag.« Er gab mir die Hand. »Wo-her kennen Sie Eloise?«

»Aus dem Verein. Und Sie?«

»Aus dem Club.«

Ich nickte wissend. »Es ist reizend, dass sie so viel Unterstützung bekommt.«

»Ja, ja«, pflichtete er mir bei.

Ich beugte mich zu ihm und senkte die Stimme. »Es hat mich einigermaßen überrascht zu erfahren, dass ihr Mann Privatdetektiv war.«

Mein Begleiter kam mir entgegen und gab bereitwillig sein Wissen preis: »So ist es uns wohl allen gegangen. Sie hat ihn niemandem gegenüber je erwähnt.«

»Was denken Sie, warum nicht?«

»Aus Scham natürlich. Eine Fitzgerald sollte sich nicht mit Gesindel einlassen.«

Ich überspielte meine Überraschung mit einem Husten. Cromwell Fitzgerald war einer der größten Stahlunternehmer der Ostküste. Die industrielle Revolution hatte seiner Familie einen Geldsegen in der Liga der Rockefellers und Vanderbilts beschert.

Zumindest hatte man mir das in der Grundschule so beigebracht.

Ich blickte meinem Gegenüber in die Augen. »Aber Eloise hat das *Gesindel* ja immerhin geheiratet. Warum tut man sich das an, nur um den Ehemann dann so lange zu verstecken, bis er tot ist?«

Er kam so nah, dass ich seine Nasenhaare sehen konnte. »Das, meine Liebe, ist die Eine-Million-Dollar-Frage. Vielleicht hätte sie einen weiteren Skandal nicht überstanden.«

Ich lüpfte eine Augenbraue. »Einen weiteren?«

Er musterte mich von Kopf bis Fuß. »Nun ja, Sie sind jung. Wahrscheinlich ist das alles noch vor Ihrer Geburt passiert.« Er kaute an seinen nächsten Worten wie an einem neuen Gebiss. »Das hier ist nicht der erste … Verlust für Eloise. Es war so unglaublich tragisch, besonders als die Anschuldigungen laut wurden. Natürlich ist Eloise vor Gericht von sämtlichen Anklagepunkten freigesprochen worden, aber so ganz ist die Sache wohl leider noch nicht aus dem allgemeinen Gedächtnis verschwunden.«

Die Leiche wartete auf die nächste Trauerbekundung. »Sie entschuldigen mich.«

Er bezog am Sarg Stellung und schaute heimlich auf seine Taschenuhr – es musste schon eine angemessene Zeit verstrichen sein, bevor man weitergehen durfte. Nach ihm nahm ich den Platz auf dem Betstuhl ein und starrte auf den Leichnam. Der tote Jim sah überhaupt nicht aus wie der lebendige. Seinem Anzug fehlten die verräterischen Falten und seinem Mund die Zigarre, an seinem Finger steckte ein glänzender Goldring, den ich schon länger an eines seiner allwöchentlichen Pokerspiele verloren geglaubt hatte. Besonders verstörend fand ich seinen Kopf: Jim ohne Filzhut sah aus wie Jim ohne Arm.

Ich schloss die Augen und betete, dass sein Ende schnell und sein Leben, allem Anschein zum Trotz, ein glückliches gewesen sein möge. Dann bekreuzigte ich mich, stand auf und suchte schon im Gehen in meiner Handtasche nach einem Trinkgeld für das Mädchen an der Garderobe.

»Sie sind sicher Rosie. Ich bin Eloise McCain.« Eine Porzellanpuppe in einem schwarzen Haute-Couture-Kostüm und einem Hut, der wie ein Vogel im Flug aussah, stellte sich mir den Weg und hielt mir die Hand hin. »Sehr freundlich von Ihnen, ihm die letzte Ehre zu erweisen.«

»Das war das Mindeste, was ich tun konnte.« Sie wirkte unnatürlich leicht und erinnerte mich an Puppenmöbel aus Balsaholz.

Ihre großen blauen Augen musterten mich durch das schwarze Netz ihres Hutschleiers. »Es war so nett von Ihnen, dass Sie mich angerufen haben.«

In ihrer Stimme lag eine künstliche Süße, die ihre Aufrichtigkeit fragwürdig erscheinen ließ. Jedes ihrer Worte hatte etwas Doppelzüngiges.

»Ich an Ihrer Stelle hätte es auch lieber so erfahren.« Ich konnte nicht anders, als sie anzustarren: Unter ihrem Hut türmte sich widerspenstiges rotes Haar wie ein Wirbelsturm zu einer Tolle. Sie reichte mir zwar nur bis ans Kinn, aber mit ihrer Ausstrahlung gab sie mir das Gefühl, zu ihr aufblicken zu müssen.

Sie ließ meine Hand los und streckte ihren Arm anmutig nach hinten aus. »Das ist mein Sohn Edgar.« Ein Mann in Marineuniform und mit einem Blick, der alles und jeden als Beute zu betrachten schien, tauchte auf und warf einen Schatten über seine Mutter. Er reichte mir eine Pranke, die mich an die Stahlgreifer erinnerte, mit denen man auf Jahrmärkten nach Plüschtieren angelt.

»Freut mich, Sie kennenzulernen«, sagte ich. »Jim hat immer nur Gutes über Sie erzählt. Über Sie beide.« Ich unterstrich meine Lüge mit einem Hüsteln und zählte im Geiste die Schritte bis zum Ausgang.

Edgar gab meine Hand frei und musterte mich kritisch. »Wie gut kannten Sie ihn?«

Ich war mir nicht sicher, ob diese Frage unverfänglich war oder schon einen Vorwurf enthielt, entschied mich aber für ersteres. Im Zweifel für den Angeklagten. »Ich habe nur ein paar Monate für ihn gearbeitet. Er war ein toller Mensch, fand ich.«

Die Befragung ging weiter. »Sind Sie verheiratet?«

Ich trat von einem Fuß auf den anderen und überlegte, wie ich mich am höflichsten verabschieden konnte. »Nein.«

Edgar hob eine Augenbraue. »Haben Sie mit ihm zu-
sammengelebt?«

»Edgar!« Eloise schaute sich blitzschnell um, ob jemand mitgehört hatte.

»Das ist eine durchaus berechtigte Frage, Mutter. Wir
wissen von Jims Liebeleien, und sie ist definitiv sein
Typ.« Er sprach »Typ« so aus, dass es klang wie »billig«.
Auf meine Schuhe mochte diese Beschreibung zutreffen
– als Charakterisierung meiner Person konnte ich das so
nicht hinnehmen.

Ich fasste ihn am Handgelenk und zog ihn zu mir her.
»Sie haben wohl Ihre Manieren vergessen, Matrose. Dafür entschuldigen Sie sich gefälligst, eher bin ich hier
nicht weg.«

Erst sah er überrascht aus, dann belustigt. Augenscheinlich machte ich keine sehr bedrohliche Figur. »Es
gibt nichts, wofür ich mich entschuldigen müsste«, sagte
er.

»Dann sind Sie offenbar taub, denn ich habe gerade
eine grobe Beleidigung gehört. Soll Mutters kompletter
Verein das mitbekommen, oder kriegen wir das auch
unter uns geregelt?«

Er kämpfte gegen ein Grinsen. »Es tut mir leid, falls
ich mich in Ihnen getäuscht habe.«

Ich schluckte das »falls« herunter und ließ ihn los.
Gerade wollte ich mich abwenden, als er mich am Ellbo-
gen zu fassen bekam. Er schob sich nah heran, bis seine
Stimme nur noch ein Kitzeln an meinem Ohr war.

»Wissen Sie, Rosie – ich wollte Ihnen lediglich entge-

genkommen. Denn was wäre einem Mädchen wie Ihnen
wohl lieber: eine Hure sein oder eine alte Jungfer?« Die
vier golden gestreiften Rangabzeichen blinkten mir von
seinem blauen Ärmelaufschlag entgegen.

Ich riss mich los und griff ins Revers seiner Uniform.
Wieder zog ich ihn so nah zu mir heran, dass ich ihn
hätte küssen können. »Hören Sie, Edgar, ich bin gerade
mal zweiundzwanzig, aber das wird mich nicht daran
hindern, bei Ihnen gleich ganz unsanft die Notbremse
zu ziehen. Ihr Papa war mein Chef und mein Freund.
Wenn Sie auf der Suche sind nach seinen Geliebten,
sind Sie bei mir an der falschen Adresse. Ich bin hier-
hergekommen, um mich von ihm zu verabschieden, und
nicht, um mich beleidigen zu lassen.«

Ich ließ ihn so plötzlich los, dass er fast das Gleichgewicht verlor. Bevor er wieder nach mir greifen konnte,
hatte ich mich schon durch die Menge geschlagen und
ging zur Garderobe.

»Sie müssen Edgar entschuldigen. Er ist heute nicht
er selbst.« Eloise McCain tauchte neben mir auf und
verpestete die Luft mit Chanel No.5.

Ich kramte meine Garderobennummer und ein bisschen Kleingeld heraus. »Mein Gefühl sagt mir, dass er
nie ganz er selbst ist. Und um mich mit seinen unterschiedlichen Persönlichkeiten bekannt zu machen, dafür ist mir meine Zeit wirklich zu schade.«

Eloise legte mir die Hand auf den Arm und zog mich
sanft von der Garderobe weg. Ihr Gesichtsausdruck änderte sich, bis er das widerspiegelte, was man von einer
trauernden Witwe erwartete. Das sah so sorgfältig ein-
studiert aus, als habe sie das Trauern erlernt, indem sie
Trauernde beobachtete. »Er ist böse auf Jim. Sein Tod

kam so plötzlich, so unerwartet.« Sie ließ meinen Arm los und nahm behutsam meine Hand in die ihre. An ihren Fingern glitzerten Steine, die Jim sich nicht hätte leisten können. Ich fragte mich, ob sie sie trug, um der Welt ihren Status vorzuführen oder weil sie Jim gern daran erinnert hatte, dass ihr Leben vor der Ehe sehr viel einträglicher gewesen war. Machte sie sich Gedanken über die Umstände seines Todes, oder war sie zufrieden mit der Diagnose Selbstmord, weil das immerhin bedeuten konnte, dass er sich für ihr Unglück verantwortlich gefühlt hatte?

Jetzt hielt sie meine Hand in ihren beiden, das Ganze sah aus wie ein Sandwich. »Er hat ein Doppelleben geführt. Ich wusste das schon immer, aber für Edgar ist es hart. Er hat Jim vergöttert, und jetzt erfährt er plötzlich von den Mafiakontakten und den anderen Frauen … Nun ja, ich fürchte, das ist ein doppelter Verlust für ihn.«

Ich versuchte meine Hand herauszuziehen, aber sie hielt sie fest. *Diese Frau hat vielleicht schon einmal getötet,* rief ich mir ins Gedächtnis. *Wenn sie dich anfassen will, lass sie.* »Dieses eine Mal verzeihe ich ihm noch. Trauer kann die unangenehmsten Seiten in den Menschen zutage fördern.«

Sie nickte und zwang sich ein Lächeln ins Gesicht. »Ich habe eine Bitte an Sie.« Die glatte Fassade war wieder da, von Trauer keine Spur mehr. In diesem Ton redete sie bestimmt auch mit ihren Hausangestellten. »Wir werden Jims Büro schließen und ausräumen müssen. Ich würde es ja selbst machen, aber … ich glaube, ich bin dazu nicht in der Lage.« Sie warf einen Blick über ihre Schulter. »Und Edgar ist eindeutig nicht der beste Anwärter für diese Aufgabe.«

»Haben Sie mal an ein Umzugsunternehmen gedacht?«

Sie lachte, als hätte ich einen anrüchigen Witz gemacht und sie müsse jetzt die heikle Balance wahren
zwischen höflicher Heiterkeit und Distanz zu einem un-
anständigen Gedanken. »Natürlich werde ich ein Umzugsunternehmen beauftragen, die Sachen in ein Lager
zu bringen, aber vorher müssen die Akten sortiert werden.« Sie kam mir so nah, dass ich die feinen Linien auf
ihrer Alabasterstirn erkennen konnte. »Ich muss Ihnen
sagen, Rosie: Ich bin nicht ganz glücklich damit, wie die
Polizei die Umstände von Jims Tod einschätzt. Vielleicht könnten Sie seine Sachen durchsehen und mir
mitteilen, wenn Sie etwas finden, das diese Umstände
bestätigt oder in Zweifel zieht ...« Sie hielt inne, zauberte ein besticktes Taschentuch hervor und betupfte
sich damit die Haut unter den Augen, da, wo bei normalen Menschen Tränen zu erwarten gewesen wären.
»Würden Sie das für mich tun?«

Ich wand mich. Ich konnte nicht anders. »Vielleicht
rufen Sie besser Agnes an. Sie hat ja viel länger dort
gearbeitet, und bestimmt hat sie den größeren Überblick ...«

Das Taschentuch verschwand. »Mir wäre jemand lieber, der die Aufgabe etwas ... sachlicher angeht. Bitte,
machen Sie es.«

Meine Hand glitt aus ihrer. »Mrs. McCain, ich würde
Ihnen außerordentlich gern helfen, aber Jim ist gestor-
ben, bevor ich für den Dezember bezahlt worden bin.
Und ein Teil des Novembergehalts steht auch noch aus.
Ich kann es mir nicht leisten, weiter für umsonst zu ar-
beiten.«

Ihre Mundwinkel zogen sich nach oben. »Für umsonst? Das haben Sie falsch verstanden, Rosie. Ich würde Sie selbstverständlich für diesen Gefallen bezahlen
und auch alles andere begleichen, was er Ihnen noch
schuldig ist.«

5 Die Gespenstersonate

Am nächsten Morgen war ich gegen neun im Büro, um Jims Akten in die Weinkisten zu verpacken, die Eloise in meiner Abwesenheit hatte anliefern lassen. Schon beim Eintreten fühlte ich mich elend. Die Heizkörper spielten Vulkan und füllten die Räume mit einer Hitze, in der man einen ganzen Truthahn hätte schmoren können. Als ich den Thermostat einstellen wollte, fiel der Griff ab und rollte unter die gusseiserne Heizspule. Mir blieb nur, die Tür zu öffnen und zu hoffen, dass es die Minustemperaturen von der Straße die Treppe hinauf schafften, um das Raumklima wenigstens auf tropisches Niveau zu senken.

Ich hatte das Badezimmerfenster offen gelassen, damit Churchill nach draußen konnte. Anstatt diese Freiheit zu nutzen, hatte er lieber meinen Schreibtisch verwüstet und sowohl seinen Fress- als auch den vollen Wassernapf umgestoßen. Sein Koller und der daraus resultierende Gestank machten mir derart schlechte Laune, dass ich sogar meine Angst vor Jims Büro verdrängte. Ich schob die Kisten zu seinem Schreibtisch und tat mein Bestes, um Churchills Greinen zu überhören. Aber ich war kurz davor, ihn zu schlachten.

Das Zimmer machte einen unveränderten Eindruck. Der Schrank stand offen; man hatte ihn von dem Grauen befreit, das er zuletzt beherbergt hatte. Die Rollläden waren hochgezogen, das Sonnenlicht flutete herein. Zur Sicherheit sah ich noch in der Schreibtischschublade nach – die 38er und die Flasche Gin (jetzt halb leer) waren da, wo ich sie gelassen hatte.

Zur Ablenkung schaltete ich das Radio an und drehte
am Suchknopf, bis ich bei einer fragwürdigen Sängerin
landete, die gerade, eher im Tenor als im Sopran, »He
Wears a Pair of Silver Wings« in der Garry Moore Show
versaubeutelte. Ich sang mit, während ich mich den Akten auf dem Bücherregal zuwandte.

In dem, was Jim dort aufbewahrt hatte, konnte ich
keinerlei System erkennen. Ein Ordner enthielt den jah-
relangen Briefwechsel mit Männern, die ihre Post entweder im Gefängnis von Attica oder dem auf Riker's Is-
land aufgegeben hatten. An den Innendeckel der Akte
war eine Liste der Briefschreiber geheftet, samt einem
detaillierten Überblick über die Daten ihrer Inhaftie-
rung. Die, die schon wieder auf freiem Fuß waren, hatten einen Zusatzvermerk bekommen: »Kontakt besteht
weiter« oder »Kontakt abgebrochen«. Andere Ordner
wiederum enthielten Unterlagen zu bemerkenswert
langweiligen Fällen, bei denen ich nur einen einzigen
Unterschied zu den hunderten im vorderen Büro erkennen konnte: Nirgendwo tauchte der Name eines Auf-
traggebers auf, zur Identifizierung der einzelnen Akten
dienten allein eine Nummer und ein Buchstabe. Außerdem ließen die Fallbeschreibungen Jims übliche Detail-
verliebtheit vermissen – ein einziger prägnanter Satz,
das war alles. Mir schien dieses System so verdächtig,
dass ich mir, während ich mich durch die Ordner arbeitete, die Buchstaben-Zahlen-Codes auf einem Blatt Papier notierte in der Hoffnung, ein Muster zu entdecken.
Falls wirklich eines dahintersteckte – ich fand es nicht.
Nach ein paar Stunden gab ich es auf, mir den Inhalt
eines jeden Ordners anzusehen, und fing an, die Akten
einfach nur noch in eine numerische Reihenfolge zu

bringen. So kam ich eindeutig schneller voran – bis mir aus einem der Ordner einige Dutzend Broschüren entgegensegelten und sich auf dem Boden verteilten.

»Verdammt noch mal.« Während ich mich bückte, um sie wieder einzusammeln, kam Churchill um den Schreibtisch herum spaziert und blieb mitten auf den Heften stehen. »Weg!« Er bewegte sich nicht. »Schsch.« Er stand wie aus Erz gegossen. Ich fischte mir eine der Broschüren und warf damit nach ihm. Er wischte aus meiner Reichweite. Meine Fingerspitzen signalisierten mir, dass ich etwas Vertrautes angefasst hatte. Das glatte Papier, das farbenfrohe Deckblatt, die Strecke mit den Probenfotos: Das waren Programmhefte aus dem Theater!

Ich lud sie alle auf den Schreibtisch und suchte nach einem Hinweis, warum man sie aufbewahrt hatte. Keiner der Hefter, in denen die Broschüren gesteckt hatten, war irgendwie beschriftet, nur auf den obersten war mit Bleistift ein kryptischer Vermerk geschrieben worden: »Was würde Sie schockieren?«

»Wenn mir das Radio in die Badewanne fällt«, sagte ich zu Churchill, »und Katzen, die sprechen können.« Ich sah die Programmhefte auf mögliche Verbindungen zwischen den einzelnen Aufführungen durch. Sicherlich hatte Jim einen Schauspieler observiert, dessen Frau ein Techtelmechtel hinter den Kulissen befürchtete. Aber ich las Besetzungsliste nach Besetzungsliste durch, und kein einziger Name tauchte zweimal auf. Sogar die endlosen Listen mit den Namen der Inspizienten, Bühnenbildner, Tischler und Elektriker wiesen keinerlei Überschneidungen auf. Diese Programmhefte legten ausschließlich Zeugnis ab von der unendlich großen Zahl an Schauspielern und Technikern in New York – es war ein Wunder, dass überhaupt jemand mal mehr als einen Job in dieser Stadt bekam.

Die Stücke trugen ominöse, metaphernreiche Namen wie *Blinde Mäuse*, *Das Schwein und die Drecksau* oder *Franklins Torheit.* Von den meisten Ensembles, die sie auf die Bühne gebracht hatten, hatte ich noch nie gehört. Aber das war nicht weiter überraschend: In New York gab es massenweise Ensembles, die ich nicht kannte und für die ich auch nie arbeiten würde. Trotzdem, eines fiel auf an diesen Produktionen: In keinem der Programmhefte wurde ein Autor genannt, nur bei zweien stand wenigstens »anonymer Urheber« dabei. Und das war nun wirklich verdächtig. Normalerweise würden Dramatiker lieber sterben als auf die Nennung ihres Namens verzichten.

Ich legte die Hefte zur Seite und sah mir den Ordner noch einmal an, aus dem sie herausgefallen waren. Den Innendeckel zierte Jims Gekrakel: eine Liste von Stücken, die mit den Programmheften übereinstimmte, dazu die Daten der jeweiligen Produktionen. Dann folgten ein paar Worte, die für mich überhaupt keinen Sinn ergaben, sowie ein Zitat in einer etwas bedächtigeren Handschrift: »Das Schauspiel sei die Schlinge.« In Jims Büro auf Shakespeare zu stoßen war wie ein überraschendes Zusammentreffen mit Jim in Damenunterwäsche. Was kam als nächstes? Ein Foto von Cary Grant, handsigniert?

Der Ordner enthielt weitere Hefter. Die Akte, die vor den Programmheften eingeordnet war, quoll über mit Zeitungsausschnitten über den jüngsten Streik der Zeitungs- und Briefträgergewerkschaft. Die Akte dahinter enthielt einen Erpressungsfall. In sparsamer Prosa wurde die Geschichte einer Person umrissen, die das Ende ihrer beruflichen Laufbahn befürchtete, falls ein Mitwisser seine Drohung wahr machte und etwas ausplauderte. Von Geld war nicht die Rede. Mit nur wenigen Details hatte Jim seine allgemein gehaltene Beschreibung ergänzt: »Schöne Beine. Guter Vorbau. Schlechte Ausstrahlung.«

In stummem Gedenken schüttelte ich den Kopf.

Während meiner Suche war ein metallisches Klopfen immer lauter geworden, das ich bislang auf die Heizung geschoben hatte. Schließlich ließ es sich nicht länger ignorieren, mir riss der Geduldsfaden, und ich schaute auf.

Ein Mann stand draußen auf der Feuerleiter, das Gesicht von den zur Seite gezogenen Verdunkelungsvorhängen umrahmt. Als er sah, dass ich ihn bemerkt hatte, winkte er und ließ das Klopfen sein. Ich beschloss, mir an Dan Turner ein Beispiel zu nehmen, seines Zeichens *Hollywood Detective*. Ich klappte den Aktenordner zu, ließ meine Hand in die Schreibtischschublade gleiten und zog unbemerkt die 38er heraus. Den Revolver fest umklammernd ging ich zum Fenster und schob es einen Spaltbreit auf.

»Wir haben zu«, sagte ich.

Er setzte seinen aufwendig geschnitzten Spazierstock ab, den er gegen die Stufen der Feuerleiter geschlagen hatte. »Ich habe einen Termin bei Jim McCain.«

Ich musterte ihn von oben bis unten. Er war sorgfältig gekleidet, trug einen wollenen Mantel und einen hohen schwarzen Homburger aus Filz. Sein Kinn wurde von einem gepflegten Spitzbart bedeckt. Ich schätzte ihn auf ungefähr sechzig, aber sicher war ich mir nicht, dafür warf die Hutkrempe einen zu großen Schatten auf sein Gesicht.

»Jim ist nicht da.«

»Wann kommt er wieder?« Seine Stimme war tief und voll, wie die eines Radiosprechers. Er nahm den Hut ab. Ein glatter Kahlkopf kam zum Vorschein. Seine Wangen waren gerötet und zerfurcht, die Nase vom Wind rot-braun.

»Kann eine Weile dauern. Wer sind Sie denn?«

»Ich heiße Raymond Fielding. Meinen Sie, ich dürfte einen Moment hineinkommen? Es ist ziemlich kalt hier draußen, und ich habe meine Handschuhe verlegt.« Als Beweis drehte er seine bloßen Handflächen nach oben und zeigte mir, wie rot die Haut auch dort schon war.

Er sah einigermaßen harmlos aus. Ich öffnete das Fenster ganz, warf dann das Schießeisen in den Papier-korb und überspielte den lauten Aufprall mit einem Räuspern. »Ja, das geht schon in Ordnung.«

Langsam, wie ein widerstrebendes Kind, kletterte er ins Zimmer, ein Bein nach dem anderen. »Sind Sie Jims Sekretärin?«

»So was ähnliches.«

»Ich wollte Ihnen nicht zu nahe treten.« Seine Augen waren blau und vom Alter schon etwas blass. Er mus-terte mich, als wolle er jede Einzelheit zu sofortiger Ab-rufbarkeit speichern.

»Warum sagen Sie das?«, fragte ich.

»Weil Sie keine Sekretärin sind. Sie machen das hier nur wegen des Geldes. Eigentlich haben Sie andere Am-bitionen.« Er hob eine Augenbraue. »Habe ich recht?«

Das Einzige, was mir mehr zuwider war als jemand,

der Vermutungen über mich anstellte, war jemand, der zutreffende Vermutungen über mich anstellte. »Will nicht jeder Mensch lieber jemand anderes sein?«

Er machte eine wegwerfende Handbewegung. »Die ganze Welt ist eine Bühne, / Und alle Fraun und Männer nichts als Spieler. / Sie haben ihren Auftritt, ihren Abgang, / Und jeder spielt im Leben viele Rollen.«

Jim konnte ich das Shakespeare-Zitieren verzeihen, aber diesem Typen nicht. War er bis hierhin nur lästig gewesen, fand ich ihn ab sofort unerträglich.

»Kennen Sie diese Verse?« Sein Tonfall ließ durchblicken, dass er das nicht für wahrscheinlich hielt.

»Sie sind aus *Wie es euch gefällt.*«

»Ich bin beeindruckt.«

Hätte er nicht sein müssen - immerhin hatte er aus dem Stück rezitiert, dem ich meinen Namen zu verdanken hatte.

Ich wandte den Blick ab und tat so, als sei ich in den Akten neben mir auf etwas Hochinteressantes gestoßen. »Hören Sie, Mr. Fielding, Sie werden sehr lange warten müssen.«

Er klopfte leicht mit seinem Stock gegen ein Schreibtischbein, wie um das Möbelstück auf seine Robustheit zu prüfen. »Ist Jim nicht in der Stadt?«

»Sozusagen. Er ist tot.«

Fielding wurde bleich und setzte sich in einer langsamen Bewegung den Hut wieder auf. »Mein Beileid.«

»Davon kann ich mir bestimmt einen Kaffee und einen Donut kaufen.«

»Darf ich fragen, wie es passiert ist?«

Obwohl seine Reaktion echt wirkte, traute ich dem Mann nicht. Er war ein Feuerleiter-Kunde, und das be-

deutete, dass er seine Hände in irgendwelchen schmutzigen Sachen drin hatte. Noch dazu schien er reich zu
sein, und meine flüchtigen Bekanntschaften mit Leuten
dieser Sorte hatten mich gelehrt, dass Geld und Tu-
gendhaftigkeit sich gegenseitig ausschlossen.

»Herzinfarkt«, erklärte ich.

»Das tut mir sehr leid. Ich habe ihn nicht besonders
lange gekannt, aber er schien mir ein guter Mensch zu
sein.« Er blickte mich prüfend an, als sei ich ein Stück
Fleisch und er eine Hausfrau, die überlegte, ob ich für
eine Mahlzeit ausreichte. »Darf ich mich setzen?«

»Das ist ein freies Land.«

Er ließ sich auf einem der beiden Stühle vor dem
Schreibtisch nieder. Das Bein, das ich für steif gehalten
hatte, war künstlich. Es bog sich von der Mitte seines
Oberschenkels aus so elastisch wie ein Billardqueue
nach unten. »Haben Sie meinen Namen schon einmal
gehört?«, fragte er.

Ich verschränkte die Arme vor der Brust und tat mein
Bestes, um verärgert zu wirken. »Nein. Sollte ich?«

Er lächelte und legte die Hände auf dem Stockknauf
übereinander. »Nein. Ich hatte nur gedacht, dass Ihnen
als Jims Assistentin die Namen seiner Klienten geläufig
wären.«

»Waren Sie denn einer?«

»Ja, allerdings ein neuer.« Er hielt inne und wartete
auf eine Reaktion. Wahrscheinlich rechnete er jetzt mit
meinem Bekenntnis, er sei mir doch ein Begriff – da das
aber schlicht und ergreifend nicht der Fall war, wartete
er umsonst.

»Hören Sie, ich weiß nicht, was Sie von mir wollen.
Ich habe keine Ahnung, was Jim für Sie erledigen wollte,

und unglücklicherweise wird er auch nicht mehr herein-
schneien und es mir sagen. Er ist tot, alle Vorgänge sind
abgeschlossen. Sie werden sich an jemand anderes wenden müssen.«

Er schaute mir weiter in die Augen, seine Mundwinkel zeigten aufwärts. »Es tut mir leid, aber das geht
nicht.«

»Warum nicht?«

Fielding lehnte sich auf dem Stuhl zurück und blickte
zu Boden. »Jim war mit einer privaten Angelegenheit
von mir betraut. Er rief mich vor Weihnachten an und
sagte mir, dass er an wichtige Informationen gekommen
sei, gab mir aber keinerlei weitere Details. Ich sollte ihn
heute aufsuchen, um zu erfahren, was er herausgefunden hat.«

»Und? Ich weiß nicht, was Jim wusste. Ich kann Ihnen nicht helfen. Beauftragen Sie doch einen anderen
Detektiv.«

Er sah hoch. »Sie verstehen nicht, Miss ...?«

Ich glitt auf den Schreibtisch und schlug die Beine
übereinander. »Winter. Rosie Winter.«

»Auch wenn Sie nicht wissen, was Jim herausgefunden hat – irgendwo in diesem Büro gibt es Aufzeichnungen darüber, vermutlich unter all den Sachen, die
Sie da gerade einpacken. Die Informationen, die Jim für
mich beschaffen sollte, waren von einer so heiklen Art,
dass ich es nicht wage, zu jemand anderem zu gehen. Je
mehr Leute in diese Sache hineingezogen werden, desto größer wird mein Risiko. Können Sie das nachvollziehen?«

Dass er paranoid war, das konnte ich nachvollziehen.
»Ich denke schon.«

»Ich möchte Sie darum bitten, die Untersuchung für mich fortzusetzen. Das ist nicht allzu viel verlangt. Sie müssen nur sämtliche von Jims Aufzeichnungen ausfindig machen und jeder Spur nachgehen, die er verfolgt haben mag.« Seine Hand verschwand im Überzieher und kam mit einem Packen zusammengerollter Scheine wieder zum Vorschein. Spätestens hier hätte ich einen Schlussstrich ziehen sollen, aber der Geruch des frisch gebackenen Zasters war zu stark.

»Was denken Sie, Miss Winter?«

»Ich könnte mich überreden lassen.« Churchill schlich ins Zimmer und streckte die Hinterbeine, ging dann weiter seines Weges und setzte sich neben Fieldings Prothese. »Was sollte Jim in Ihrem Auftrag tun?«, fragte ich.

»Er sollte mir helfen, ein paar ... verloren gegangene Papiere wiederzubeschaffen.« Egal, was er sagte, es klang nach einem Euphemismus.

Ich nahm einen Stift und einen Stenoblock vom Schreibtisch und gab mich dienstfertig. »Was für welche?«

Er ließ den Blick durchs Zimmer schweifen, und erst nachdem er sich vergewissert hatte, dass wir allein waren, beugte er sich zu mir. »Es tut mir leid, aber es steht mir nicht frei, das zu sagen.«

Ich ließ den Stift wieder sinken. »Damit ich Sie richtig verstehe: Sie wollen, dass ich irgendwelche verschwundenen Unterlagen wiederfinde, aber Sie sagen mir nicht, was für welche?« Ich nahm einen Stapel Briefpapier und hielt ihm den unter die Nase. »Kein Problem. Hier. Fall gelöst.«

»Ich sehe ein, es ist ungewöhnlich, aber Sie müssen mir vertrauen – je weniger Sie wissen, desto besser.«

Ich rollte mit den Augen und betete um Geduld. »Wo hatten Sie die Papiere aufbewahrt?«

Er nahm wieder seine alte Position ein: beide Hände auf dem Stockknauf. »Das einzige Exemplar lag in einem Safe bei mir zu Hause.«

»Wer hatte Zugang dazu?«

Seine Miene blieb gelassen, als wären ihm diese Fragen schon viele Male gestellt worden. »Niemand.«

»Sind Sie verheiratet? Haben Sie Kinder?«

»Weder noch. Außer mir hatte eigentlich niemand Zugang.« Churchill maunzte und drückte seinen Kopf gegen Fieldings künstliches Bein. Als das nicht zu den seiner Meinung nach verdienten Streicheleinheiten führte, fuhr er die Krallen aus und grub sie in Fieldings Hose.

»Churchill, nein!« Ich schlug mit der Hand auf den Tisch, aber er ließ nicht von seinem behelfsmäßigen Kratzbaum ab.

Fielding verfolgte meinen Ausbruch mit einem Ausdruck der Verwunderung, bis er die Katze bemerkte, die an seiner Prothese hing. »Mein Bein!«, jammerte er. Er schlug mit dem Stock nach Churchill, der endlich von ihm abließ und aus dem Zimmer huschte.

»Entschuldigung«, sagte ich.

Fielding untersuchte sein Hosenbein und gewann allmählich die Fassung zurück. »Ist schon in Ordnung«, meinte er, »es blutet ja noch nicht einmal. Nichts passiert. Wo waren wir stehen geblieben?«

Wollte mich dieser Mensch an der Nase herumführen? Wenn er am Bein bluten würde, dann wären Holzsplitter das Einzige, was dabei herauskommen konnte. »Bei der Frage, wer Zugang hat. Sie leben also alleine?«

»Ich habe einen Diener, der aber sicher nicht die Kombination für den Safe kennt – außerdem gäbe es für ihn keinerlei Grund, sich für dessen Inhalt zu interessieren.«

Ich rieb mir die Augen in der Hoffnung, dass dadurch alles, was ich hier sah und hörte, sinnvoller erscheinen würde. »Wenn die Papiere in einem verschlossenen Safe lagen, für den nur Sie die Kombination und zu dem also auch nur Sie Zugang hatten, wer soll sie dann gestohlen haben? Klären Sie mich darüber bitte mal auf?«

»Deswegen hatte ich ja Jim den Auftrag gegeben.«

Ich sah auf die Uhr. Es war kurz vor zwei. Jayne hatte mich überredet, meinen letzten Rest Würde aufzugeben und um drei zu dem Vorsprechen zu gehen, zu dem man mich eingeladen hatte. »Sie haben doch sicher einen Verdacht?«

Ein Lächeln zog sich über sein Gesicht und entblößte Zähne in der Farbe alter Perlen. »Es gibt da einen gewissen Henry Nussbaum. Möglicherweise hat er etwas damit zu tun.«

Ich suchte einen neuen Stift und notierte den Namen. »Hat Jim schon mit ihm gesprochen?«

Fielding stand auf. »Ich glaube nicht. Ich hatte vergessen, Jim von ihm zu erzählen.«

Meine Kinnlade klappte herunter. »Was heißt, Sie *hatten es vergessen?*«

»Ich bin auch nur ein Mensch, Miss Winter. Manchmal habe ich nicht alles im Kopf.« Sorgfältig entnahm er seiner Geldrolle ein paar Scheine. Seine Hände zitterten so sehr, dass das Papier flatterte, als ob es gleich abheben wolle.

»Aber ausgerechnet das haben Sie gerade mal nicht im Kopf gehabt ...«

Fielding antwortete nicht, sondern legte das Geld auf den Schreibtisch. »Ich vertraue darauf, dass das hier für den Anfang ausreicht?«

Es hätte für vieles ausgereicht, unter anderem für drei Monatsmieten außerhalb und sechs Monatsmieten innerhalb des Shaw House. »Wenn ich da noch meckern würde, sollten Sie mich sofort wieder feuern. Wie kann ich mich bei Ihnen melden?«

»Gar nicht. Wenn es nötig sein sollte, werde ich mit Ihnen Kontakt aufnehmen.«

»Das Büro wird geschlossen. Ab morgen bin ich hier nicht mehr zu erreichen.« Ich schrieb meine Telefonnummer auf die Rückseite von einer von Jims Visitenkarten und gab sie ihm. »Das ist meine Pension. Rufen Sie nicht vor acht und nicht nach neun an.«

»Das werde ich nicht, keine Sorge.« Ohne ein weiteres Wort humpelte er zur Bürotür hinaus.

Ich schloss das Fenster über der Feuerleiter und ging auf der Suche nach Fieldings Namen zügig die Akten im vorderen Büro durch. Es war nichts zu finden. Darüber würde ich mir später den Kopf zerbrechen. Ein näselnder Sänger beharrte gerade darauf, dass wir »den Herrgott loben und die Munition weiterreichen« sollten, als ich das Radio ausschaltete. Bevor ich das Licht löschen konnte, tauchte Agnes im Türrahmen auf.

»Ich habe nicht damit gerechnet, dass jemand hier ist.« Sie krallte sich in die Knopfleiste ihres Mantels, als hätte sie Angst, ein Luftstoß würde ihn aufblasen.

»Ich soll hier beim Zusammenpacken helfen.«

»Oh.« Agnes bugsierte ihre Handtasche vom einen Arm zum anderen. Innerhalb der letzten Woche waren ihre Lachfältchen zu Krähenfüßen und ihre rosige Haut gelb geworden. »Gehst du aus?«

»Ich gehe zu einem Vorsprechen.«

Sie nickte wieder, sah aber nicht so aus, als hätte sie mir zugehört. Agnes hatte zwar ohne jeden Zweifel einen Knall, aber dieses Verhalten passte nun doch nicht zu ihr.

»Was tust du hier, Agnes?«

Sie kam vollends herein und nahm ihr rotes Wollkopftuch ab. Langsam wurde ihr bewusst, was ich in ihrer Abwesenheit erledigt hatte. Ihre Augen blieben erst auf Jims Bürotür haften und wanderten dann zu mir zurück. »Ich wollte nachsehen, ob es wirklich wahr ist.«

Ich sank auf einen der Empfangssessel. »Du hättest zur Trauerfeier kommen sollen. Das war ziemlich wahrhaftig da.«

Sie nickte Richtung Boden. Ihre Nägel, von denen der rote Lack abplatzte, bohrten sich in ihre Handflächen. Ihr Haar war ungewaschen und lange nicht gebürstet worden. »Ich wollte ja kommen, ich hatte mich sogar schon angezogen. Aber die Vorstellung, zwischen den ganzen Leuten herumzustehen, die alle nicht wissen, wer ich bin, das konnte ich einfach nicht ertragen.« Ihre Augen rollten nach oben, um die Tränen am Herauskullern zu hindern. »Weißt du, es hat mir nie etwas ausgemacht, seine Geliebte zu sein. Aber jetzt, wo er tot ist, habe ich das Gefühl, dass ich kein Recht zum Traurigsein habe, einfach weil er mir nie wirklich gehört hat.« Ich wusste nicht, was ich sagen sollte, und schwieg. »Wie war es denn?«

»Er war wirklich schön zurechtgemacht.«

Sie atmete tief ein. »Ich denke, ich sollte meinen Schreibtisch ausräumen.«

»Wenn du so weit bist … Es gibt Kisten in Jims … im

Büro drüben, falls du welche brauchst.« Ich rieb mir die Hände und versuchte etwas Tröstliches zu sagen. Mir fiel nichts ein. »Hast du den Mann gekannt, der dir im Treppenhaus begegnet ist?«

Agnes unternahm einen halbherzigen Versuch, ihren Schreibtisch in den Griff zu bekommen. Die Bleistifte stellte sie in eine Kaffeetasse. Das ganze Papier türmte sie – ob die Blätter zusammengehörten oder nicht – zu präzise rechtwinkligen Stapeln. »Welchen Mann?«

»Ein älterer Herr mit einem Stock und einem Bart. Er ist gerade erst gegangen.«

»Mir ist niemand begegnet.«

War er etwa noch im Haus? Oder hatte er sich in die Schatten geduckt, als er Agnes die Treppen hochkommen hörte, und dann gewartet, bis sie im Büro war, bevor er seinen Abstieg fortsetzte?

Ich faltete meine Hände wie zum Gebet. »Weißt du, ob Jim jemals einen Auftrag von einem gewissen Raymond Fielding angenommen hat?«

Sie zuckte die Schultern. »Vielleicht einer von den Feuerleiter-Klienten.«

»Vielleicht.« Ich sah auf die Uhr. »Ich habe noch eine Frage, Agnes.«

»Frag.«

Ich zog den Mantel an und wickelte mir den Schal um den Hals. »Was würde dich schockieren?«

Sie suchte die Bürowände nach einer Antwort ab. »Nichts.«

»Nichts?«

Sie nickte heftig. »Erst der Krieg und dann noch Jim ... mich kann gar nichts mehr schockieren.«

»Na gut.« Ich nahm meine Handtasche und zog die

Handschuhe an. »Morgen bin ich wieder da und bringe das hier zu Ende. Wenn dir heute nicht danach ist, kannst du dich auch morgen noch um deinen Schreibtisch kümmern.«

Churchill schlurrte ins Zimmer und tauchte in die Dieffenbachie. Agnes starrte in Jims Büro, und ich wusste, dass sie ihn an seinem Schreibtisch sitzen sah und hörte, wie er mit dröhnender Stimme rief, sie solle ihren Arsch zum Diktat hereinbewegen. »Wenn es dir nichts ausmacht, hätte ich gern einen Moment für mich allein hier.«

»Natürlich, kein Problem. Vergiss nur nicht abzuschließen.« Ich wandte mich zum Gehen.

»Rosie?«

Ich drehte mich noch einmal um. »Ja?«

Agnes' behandschuhte Fingerspitzen tupften Tränen unter ihren Augen weg, bevor sie dann doch anfingen zu laufen. »Da ist noch eine Sache, um die du dich kümmern musst, und sie ist leider nicht besonders erfreulich. Ich würde dich nicht fragen, wenn es eine andere Möglichkeit gäbe.« Ihre Augen wanderten zu der Dieffenbachie. Eine furchtbare Ahnung ließ, der Hitze zum Trotz, alles in mir gefrieren.

So kam ich zu einem Kater.

6 Frau Warrens Gewerbe

Mein Vorsprechen fand im National Theatre auf der Houston Street, Ecke Second Avenue statt. Es gelang mir, mich an der Gesichts- und Körperkontrolle vorbeizumogeln, dann wurde ich gebeten, einen Monolog aufzusagen sowie zehn Takte eines beschwingten Liedes zu singen. Wie Jayne mich vorgewarnt hatte, ging es hier tatsächlich um zwei Inszenierungen: um ein ödes Kriegsstück und um die Wiederaufnahme eines schlechten Musicals. Der Regisseur des Kriegsdramas war ein angespannt wirkender Mann, der aussah, als hätte er zwei oder drei Jahre nicht mehr geschlafen. Der Regisseur des Musicals schien sehr viel jovialer und ausgeruhter, er war ein rundlicher Kerl mit einem derart ausdauernden Lächeln, dass ich mich fragte, ob er sich gerade erst die Zähne hatte machen lassen.

»Name?«, fragte der Düstere, als ich eintrat.

Ich blieb mitten auf der Bühne stehen und schlug die Hacken zusammen, bedauerlicherweise eher auf Gestapo-Art. »Rosalind Winter.« Der Drama-Regisseur schien bei meinem Namen etwas munterer zu werden, aber wahrscheinlich hatte er einfach nur Blähungen.

»Es heißt, Sie haben eine Katze mitgebracht«, sagte Grinsefetti. Das hatte sich aber schnell herumgesprochen. Im Moment hielt sich Churchill im Foyer auf und terrorisierte die anderen Schauspielerinnen.

»Sie wissen ja«, erwiderte ich, »was man so sagt: Tu alles, damit sie sich an dich erinnern.«

»Was haben Sie heute für uns vorbereitet?«, fragte der Dramakönig.

»Einen Monolog aus der *Herzogin von Malfi*« Dramakönigs Miene blieb unverändert. Grinsefetti verhagelte
es sofort die Laune. Augenscheinlich war er kein Liebhaber der elisabethanischen Tragödie.

»Und was werden Sie singen?«, fragte er.

»›Tea For ›Two‹ aus *No, No, Nannette.*« Prompt erwies
sich Grinsefetti seines Namens wieder würdig, während
Dramakönig im Angesicht der ihm bevorstehenden
Qualen aufseufzte. Ich wartete auf ihren Startschuss und
legte dann mit John Websters Dichtkunst los. Ohne das
kleinste Zögern stürzte ich mich in den Monolog. Ich
sah meinem imaginären Antonio tief in die Augen und
intonierte: »Wie elend ist's um uns bestellt, die hochge-
boren – wir sind gezwungen, selbst zu werben, keiner
wagt es, uns zu freien.« Eine einzelne Träne rann mir
die Wange hinunter.

Derart deutlich fühlte ich den Schmerz der Herzogin,
dass ich meine düstere Stimmung noch nicht mal dann
abgeschüttelt bekam, als der Pianist den Tee für zwei zu
servieren begann. Das Lied kam in meiner Interpretation einem Trauermarsch so gefährlich nahe, dass ich es
mit ein paar peppigen Schrittkombinationen zu retten
versuchte. Leider übersah ich dabei, wo die Bühne zu
Ende war. Während ich zu »Nobody near us to see us or
hear us, No friends or relations on weekend vacations«
durch die Gegend hüpfte, verlor ich plötzlich den Boden unter den Füßen und fiel in den Orchestergraben.

Zehn Sekunden lag ich einfach nur da, dann rief jemand: »Alles in Ordnung?« Ich bejahte, obwohl es mir,
um ehrlich zu sein, sehr viel besser gegangen wäre,
wenn die Musiker am Vorabend ihre Instrumente mit
nach Hause genommen hätten.

»Danke.« Ich klopfte mir den Staub ab und kletterte aus dem Graben. »Viel Glück mit Ihrer Besetzung.«

Sie baten mich nicht, noch zu bleiben.

Ich sammelte meinen Kater ein und beeilte mich, nach Hause zu kommen. Im Flur des Shaw House schaute ich in mein Postfach. Anstatt eines Feldpostbriefs von Jack fand ich eine Karte meiner Mutter, die mich daran erinnerte, dass ich, falls es nicht so gut laufen sollte, jederzeit nach Hause kommen konnte. Haustiere waren in der Pension strengstens verboten, weswegen ich Churchill in meine Handtasche gestopft hatte, bevor ich die Diele betrat.

Belle begrüßte mich an der Empfangstheke. »Hallo, Fremde. Hab' dich lang nicht mehr gesehen. Warum machst du dich so rar?«

Ich erstarrte. Was hatte ich doch für ein Glück; offenbar hatte sie auf mich gewartet. Eine Flasche Whiskey wies darauf hin, dass sie die Eingangstür bereits seit Mittag observierte. »Ach, du weißt ja, wie es ist mit diesen Feiertagen.«

»Hast du Arbeit?« Belle trug einen violetten, mit Federn besetzten Morgenrock aus Samt. Vor zwanzig Jahren und fünfzig Pfund war sie die eine Hälfte eines Vaudeville-Duos gewesen und hatte sich eine derartige Vorliebe für ihre damaligen Kostüme bewahrt, dass sie sie immer noch täglich trug.

»Bloß nicht zu lange drum rumreden, was?«

Belle steckte sich einen Bleistift ins Haar, wo er wahrscheinlich bleiben würde, bis sie sich im Schlaf auf die andere Seite drehte. »Du kennst die Regeln, Rosie. Ich hab' sie nicht gemacht.«

»Nach meiner Rechnung habe ich noch vier Tage.

Was aber sowieso egal ist. Ich habe heute für zwei Shows vorgesprochen und mir fast den Hals gebrochen in meinem Bemühen, sie für mich zu begeistern. Irgendwas wird dabei schon rausspringen.«

Belle nickte und sagte nichts weiter, was bei mir die Alarmglocken läuten ließ, denn normalerweise würde sie an diesem Punkt der Unterhaltung mit einem rasiermesserscharfen Witz parieren.

»Was macht dein neues Jahr bisher?«, fragte ich.

»Soweit. Die neuen Lebensmittelkarten sind da. Denk an das Verfallsdatum.« Die Rationierungsregeln waren komplizierter als Schach. Immer wenn ich gerade dachte, ich hätte die verdammten Dinger kapiert, wurden sie wieder geändert. »Unterschreib das bitte, ja?« Belle reichte mir ein Päckchen Coupons und das Hauskassenbuch und fiel sofort wieder in ihr Schweigen zurück. Just als ich das *r* in Winter kritzelte, dämmerte mir der Grund für ihr Verhalten: Sie hatte Mitleid mit mir. Ich würde eines der Mädchen sein, die aus dem Haus geworfen wurden und von denen man nie wieder etwas hörte. Ich hatte den Weg des theatralischen Scheiterns eingeschlagen.

Aber ich würde nicht kampflos untergehen.

»Neue Regeln?«, fragte ich. Unter dem Kassenbuch lag eine Liste mit der Überschrift »George Bernard Shaw House, Überarbeitete Hausordnung«. Sechsundzwanzig durchnummerierte Paragraphen quetschten sich auf dem Blatt.

Belle nickte. Anscheinend fühlte sie sich nach wie vor verpflichtet, einer Sterbenden gegenüber freundlich zu sein.

»In Regel Nummer drei hast du dich vertippt.«

Das reichte. »Ich muss mich schon immer wieder wundern, dass ihr Mädchen euch nie die Regeln merken
könnt, aber bei welchem Wort ich mich vertippe, das
bekommt ihr immer ganz genau mit.«

»Das kannst du uns nicht vorwerfen, Belle. Wenn du
willst, dass wir uns so was hier merken, dann solltest du
das Ganze etwas lebendiger gestalten, vielleicht mit ein
paar Bildern und mehr Weißraum drum herum.« Meine
Tasche rutschte heftig von rechts nach links. Ich stellte
sie auf den Boden.

Belle stach mit ihrem wurstigen Zeigefinger auf das
Blatt ein. »Wenn man sich Rollen merken kann, kann
man sich auch die Hausordnung merken. Und wenn du
die letzte Ausgabe gelesen hättest, hätte ich sie gar nicht
erst überarbeiten müssen.«

Ich legte mir beide Hände aufs Herz und spielte
großes Entsetzen. »*Ich* habe das zu verantworten?«

»Rosie, ich bin doch nicht blöd. Ich bekomme schon
mit, was hier läuft.«

»Du hast mein Zimmer durchsucht, oder?« Vom Boden erscholl ein unzufriedenes Greinen.

Belle schob ihre Brille die Nase hinunter. »Miaut deine Tasche?«

»Nein, meine Füße maunzen. Ich bin mit ihnen einmal quer durch die Stadt gelatscht.« Ich gab meiner Tasche einen leichten Tritt. Sie fauchte zurück.

Belle holte eine Abschrift der Hausordnung hervor.
»Soll ich sie dir vorlesen?«

»Was? Und den Überraschungseffekt kaputtma-
chen?« Ich nahm ihr die Liste aus der Hand und stopfte
sie in meine Manteltasche. »Das Wesentliche habe ich
verstanden: keine Heizelemente, keine Zigaretten, kein

Alkohol, Männerbesuch nur im Wohnzimmer, im Falle einer Luftschutzübung ab in den Keller. Dir auch ein frohes Neues.«

Meine quäkende Tasche und ich marschierten die Treppe hoch, wo Jayne vor ihrer Kommode Stellung bezogen hatte und sich die blonden Locken ondulierte. Der Gestank von gerösteten Haaren füllte das winzige Zimmer. Zur Begrüßung riss ich das Fenster auf.

»Entschuldigung«, sagte sie.

»Liegt nicht an dir, liegt an dem Zimmer. Wenn die Luft auch nur ein bisschen zirkulieren würde hier drin, würde man den Geruch gar nicht bemerken.« Ich stellte die Tasche auf den Boden und versuchte Frischluft in den Raum zu fächeln.

»Hast du gehört, dass wir neun japanische Schiffe versenkt haben?« Seitdem Jack weg war, hatte Jayne es sich zur Gewohnheit gemacht, jeden Sieg in der Schlacht laut zu verkünden – als wolle sie mir damit sagen, dass Jack nicht nur in Sicherheit war, sondern mit seiner freiwilligen Meldung auch das Richtige getan hatte.

»Und wie viele von unseren haben wir im selben Zug mitversenkt?«, fragte ich.

»Ich weiß von keinem.« Sie bemerkte meine üble Laune und ließ es sein mit dem Krieg. »Wie war das Vorsprechen?«

»Schlechter hätte es nur laufen können, wenn ich dabei versehentlich noch jemanden umgebracht hätte.«

»Hast du Peter Sherwood kennengelernt?«

»Der war entweder nicht da, oder es war ihm zu peinlich zuzugeben, dass er derjenige war, der mich eingeladen hat.« Das Fenster fiel mit einem Schlag zu, nur knapp an meiner Hand vorbei. »Die andere Neuigkeit: Ich bin jetzt Detektivin.«

Sie legte die Brennschere in ihre Halterung zurück und schenkte mir ihre ungeteilte Aufmerksamkeit. »Kann es sein, dass ich für diese Geschichte einen Drink brauche?«

»Keine Ahnung, aber ich könnte definitiv einen gebrauchen.«

Jayne schenkte uns Martinis ein, und ich erzählte ihr von meinem Tag. Als ich fertig war, schüttelte sie den Kopf und machte »ts-ts-ts« zum Inhalt ihres Glases.

»Du willst nicht wirklich für diesen Raymond Fielding arbeiten, oder?«, fragte sie.

»Ich habe mir seine Kohle unter den Nagel gerissen, also schulde ich ihm was. Ich werde die Akten durchsehen, und vielleicht finde ich ja was, was Jim schon wusste. Vielleicht mache ich auch noch ein paar Anrufe. Immerhin hat mich die Witwe McCain um dasselbe gebeten.« Ich kaute an der Unterlippe. »Außerdem habe ich sowieso nichts Besseres zu tun.«

Jayne nickte traurig und schüttete dann ihren Drink in sich hinein. »Ist es nicht komisch, dass du mit der Sache weitermachen sollst, obwohl er weiß, dass du nur für die Ablage angestellt warst?«

Ich fischte eine neue Flasche aus ihrem Schrank und füllte die Gläser nach. »Wie ich schon gesagt habe: Am wichtigsten war ihm Diskretion. Er wollte nicht mit einer anderen Detektei noch mal von vorn anfangen.«

»Aber wenn ihm Diskretion so wichtig ist: Hätte er dann nicht dir gegenüber gar nichts sagen sollen – eben weil doch klar war, dass du von nichts eine Ahnung hast?«

Ich wollte sie gerade bitten, mir das genauer zu erklären, als sie losquietschte: »Rosie! Deine Tasche bewegt

sich!« Die Tasche hüpfte ruckweise und ließ einen gott-
losen Schrei hören. Als ich sie öffnete, schoss Churchill
mit einem Riesensatz aus seinem Kittchen und landete
fauchend in der Gardine.

»Darf ich vorstellen: Churchill. Churchill, das ist
Jayne.« Der Kater ließ sich zu Boden fallen und pirschte
durchs Zimmer, auf der Suche nach einer Angriffsfläche.
Als sich ihm nichts Lohnenswertes in den Weg stellte,
sauste er unter meine Kommode und verschwand so tief
in der Dunkelheit, dass außer seinen goldenen Mandelaugen nichts mehr von ihm zu sehen war.

Kaum eine Minute später klopfte es an die Tür. Bevor
wir auch nur »Nein!« rufen konnten, drehte sich schon
der Türknauf, und Ruby Priest steckte ihren Kopf ins
Zimmer. »Hallo, Mädels!«

»Hallo, du«, sagte ich. Jayne pfefferte die Gläser unter das Bett, während ich mich gegen die Tür lehnte,
damit sie nicht weiter aufgehen konnte. Ruby wohnte
seit Juli im Shaw House und hatte bereits mehr Engagements gehabt als jede andere von uns. Schlimmer noch:
Alle ihre Projekte waren so erfolgreich, dass man kaum
einen Fuß vor die Tür setzen konnte, ohne auf eines von
ihnen zu stoßen. Ruby war auf den Billboards am Times
Square. Sie verhökerte auf WNYC zusammen mit Betty
Grable Kriegsanleihen. Ruby war das Mannequin in den
Zeitungsanzeigen von Macy's. Es war nicht ihr Erfolg,
der sie mir so unsympathisch machte. Aber sie war eine
von den Frauen, die bekamen, was sie wollten, ohne dafür auch nur einen Finger krumm zu machen. Und anstatt sich deswegen in großzügiger Zurückhaltung zu
üben, rieb sie mir ihre Triumphe andauernd unter die
Nase. Das hatte sie bereits so oft getan, dass sie schon

gar nichts mehr sagen musste, damit ich mich in ihrer Gegenwart wertlos fühlte. Wie ein Pawlow'scher Hund führte ich mir angesichts von Rubys Leistungen mein eigenes Versagen wieder und wieder vor Augen.

Ruby lächelte mich so strahlend an, wie sie es auf ihrer Zahnpastareklame tat, und wickelte sich eine glänzende schwarze Locke um den Finger. »Wie waren deine Feiertage?«

»Schön«, sagte ich, »danke der Nachfrage.« Der sanfte Druck von außen ließ nicht nach, aber ich hielt die Tür fest. »Und deine?«

Sie seufzte. »Da gibt's nicht viel zu erzählen. Die Laufzeit von Die Nacht bricht herein ist noch über die Feiertage verlängert worden, deshalb bin ich in der Stadt geblieben und habe Heiligabend ganz ruhig mit Lawrence verbracht.« Ruby sprach nie über ihre Familie. Sie hatte auch noch nie einen Anruf oder Post bekommen, die irgendwelche familiären Bindungen belegt hätten. Eigentlich war das traurig, denn es war offensichtlich, dass Ruby auf irgendetwas von irgendjemandem wartete. Sie war immer die Erste am Briefkasten und am Telefon, wenn es klingelte. Vielleicht hätte man das Schweigen, das diese Familie bewahrte, auch faszinierend finden können, aber wahrscheinlich waren ihre Verwandten einfach genauso genervt von ihr wie ich.

Ich warf Jayne einen Blick zu und rollte mit den Augen. »Und wie geht's Lawrence?«

Ruby lächelte noch zarter, und ihr Blick wurde sanft. »Lawrence ist ein Schatz. Und natürlich ist er immer noch überglücklich über unseren durchschlagenden Erfolg.«

»Natürlich«, sagte ich. »Glückwunsch übrigens. Ich habe von der Kritik in der Zeitung gehört.«

Mit einer einstudierten Handbewegung strich sie sich das Haar aus dem Gesicht. »Welcher?«

»Gab es mehr als eine?«

»Das will ich doch hoffen. Warum sonst Schauspielerin sein?«

»Manche machen es aus Freude und der Kunst wegen.«

»Ach, *liebe* Rosie, diese Leute – falls es sie überhaupt geben sollte – leben nicht in New York.« Sie schnipste eine Strähne weg und lachte. Ich hielt die Tür so fest, dass ich Fingerabdrücke auf dem Lack hinterließ.

Jayne räusperte sich und heuchelte Interesse an unserem ungeladenen Gast. »Aber jetzt ist deine Show doch abgesetzt, oder, Ruby? Wie geht es denn weiter für dich?«

»Ich bin ja noch kaum zum Luftholen gekommen, aber Lawrence hat schon fast wieder ein neues Stück fertig, das in sechs Wochen Premiere haben soll. Er hat mir die Hauptrolle angeboten.«

In mir rumorte es. Wie unfair das war: Ruby wurde für Stücke besetzt, die noch nicht mal fertig geschrieben waren, und ich musste um ein paar Reste aus der Bühnenwelt betteln.

Als hätte Ruby meine Gedanken gelesen, wandte sie sich an mich. »Hast du auch gearbeitet während der Feiertage, Rosie?«

Ich rückte die verschwitzten Handflächen auf der Tür zurecht. »Nicht im Theater.«

Sie schürzte mitleidig die Lippen. »Stimmt ja, du hast ja diesen kleinen Sekretärinnenjob. Schön für dich.«

Ich schob meinen Kopf näher an ihren heran. »Was verdammt noch mal soll das denn bedeuten?«

»Nur dass ich weiß, dass es schon eine Zeit her ist seit deinem letzten Engagement. Da ist es doch gut, wenn du noch was in der Hinterhand hat.« Sie hielt inne und suhlte sich in dem Zorn, der aus meinem Körper sickerte. »Hoffentlich bist du nicht gekränkt, wenn ich das so sage. Ich versuche nur das Positive zu sehen.« Ihre Stimmungswechsel waren noch unvorhersehbarer als die Bewegungen eines zappelnden Babys beim Impfen. »Hör mal, ich habe eine tolle Idee: Ich könnte doch Lawrence fragen, ob er dir eine Rolle in dem neuen Stück gibt! Es wäre bestimmt keine große Rolle, aber das ist Belle ja egal.«

»Das ist eine großartige Idee«, sagte Jayne. Ich duckte mich hinter die offene Tür und schüttelte so schnell den Kopf, dass es mir in den Ohren klingelte. »Ich meine«, fügte Jayne hinzu, »es wäre eine großartige Idee, wenn Rosie nicht schon einen Job hätte.«

»Tatsächlich?«, fragte Ruby. Ich knirschte mit den Zähnen. Hier konnte ich mit Lügen nicht weit kommen. Auch wenn es endlos viele Theater in New York gab, für Ruby war es ein Leichtes herauszufinden, ob ich wirklich ein bezahltes Engagement hatte.

»Sozusagen«, sagte ich. »Es ist noch nicht amtlich, aber es sieht ziemlich gut aus.«

»Was ist es für eine Produktion?«

»Ich will lieber noch nicht darüber reden – nicht dass dann nichts draus wird. Hör mal, Rube, ich bin ziemlich müde, und für heute würde ich's jetzt gern mal gut sein lassen. War schön, dich zu sehen.« Ich versuchte die Tür ganz zu schließen, wurde aber von Rubys blassem wohlgeformten Arm daran gehindert.

»Was ich noch fragen wollte«, sagte sie, »habe ich hier drin eine Katze gehört?«

Ich legte meine Stirn an die Tür. »Nein. Was du gehört hast, war die ganz außergewöhnliche Nachahmung
einer Katze. Mach's noch mal, Jayne.«

Jaynes Mund klappte auf, ihre Augen wurden groß
und leer. Wie aufs Stichwort fing Churchill an hoch-
zuwürgen, was auch immer er in meiner Tasche ver-
schlungen hatte.

»Es *ist* eine Katze!« Ruby drückte mit ihrem ganzen
Gewicht gegen die Tür und schob mich aus dem Weg.

»Ruby«, sagte ich. »Falls hier drin wirklich eine Katze
sein sollte – und ich sage nicht, dass dem so ist –, dann
wäre es schön, wenn die Sache unter uns –«

Sie hielt ihren Kopf in den Flur. »Hey Mädels, Rosie
und Jayne haben eine Katze!« Jede Tür auf der zweiten
Etage flog auf, und unser Zimmer füllte sich mit zehn
girrenden Frauen, die nichts anderes im Kopf hatten, als
das Miezekätzchen unter der Kommode hervorzulo-
cken. Als es schließlich tatsächlich erschien, kämpften
die Frauen um das Streichelrecht mit ähnlichem Einsatz
wie Brautjungfern um den Brautstrauß.

»Ach, ist der süß!«

»Er ist weich wie Seide.«

»Kätzchen, hast du Hunger? Oder Durst?«

Churchill genoss die Aufmerksamkeit und tat so, als
sei er ein normaler Kater. Er rieb sich an Brüsten und
Bäuchen und starrte sehnsuchtsvoll in zehn verschiedene Augenpaare. Erst nach einer Viertelstunde legte
sich die Aufregung. Da war Churchill auf Rubys Schoß
eingeschlafen, den Kopf auf ihren Arm gebettet.

Wir waren starke Frauen, unabhängige Frauen. Wir
lebten allein und sorgten selbst für unseren Unterhalt.
Und trotzdem wurden wir in der Anwesenheit eines

kleinen Säugetiers zu girrenden Wesen und waren süch-
tig nach Klatsch wie nach der Luft, die wir atmeten. Das
konnte mir nur zum Vorteil gereichen. Churchill und
ich waren verbriefte Feinde, aber ich hatte es nicht über
mich gebracht, ihn vor die Tür zu setzen. Wenn jedoch
jetzt eine von ihnen petzte, war das die Chance, ihn loszuwerden – und gleichzeitig ein reines Gewissen zu behalten.

»Merkt euch eines«, sagte ich. »Wir dürfen hier keine
Katze halten. Belle darf nichts von der Katze erfahren.
Wenn eine von euch auch nur einen Mucks sagt, ist die
Katze weg.« Jede einzelne von ihnen nickte und
murmelte ihr Einverständnis. Churchills Schwanz stellte
sich zu einem *J* auf.

»Wir verraten nichts«, sagte Ruby. Und zum ersten
Mal in der Geschichte des George Bernard Shaw House
sollte sie Recht behalten.

Am nächsten Morgen stand ich früh auf und ging direkt ins Büro. Alles sah im Grunde noch genauso aus wie am Vortag. Agnes hatte lediglich Churchills Hinterlassenschaften von meinem Schreibtisch geräumt, und die Heizung schien noch einmal um zehn Grad hochgedreht worden zu sein. In Begleitung des Radios suchte ich zunächst eine Stunde lang nach irgendwelchen Hinweisen auf Raymond Fielding. Alles, was dabei herauskam, waren Hillbilly-Musik und noch größere Hitze. Ich beschloss, frühstücken zu gehen.

Zehn Minuten später hatte ich mir einen Java-Kaffee und einen Donut besorgt sowie den Plan gefasst, noch einmal die Akten durchzusehen, die ich bereits eingepackt hatte. Als ich wieder ins Büro kam, setzte mich der Geruch nach billigem Kölnischwasser fast schachmatt.

»Hallo?«, rief ich. Jims Tür stand offen, aber nicht die blasse Morgensonne füllte das Büro, sondern ein riesenhafter Schatten, der alles Licht schluckte. »Hallo?« Ich folgte dem Schatten bis zu Jims Fenster und stieß auf einen Mann in einem schwarzen schäbigen Wollmantel und einem grauen Opahütchen. Er war so groß wie ein Hochhaus und wog mindestens genauso viel, und als er auf mich zutrat, war seine Ähnlichkeit mit einem Neandertaler problemlos zu erkennen.

Ich hätte mich schnellstens aus dem Staub machen sollen, aber ich wollte meinen leckeren Donut nicht so einfach im Stich lassen. »Kann ich Ihnen helfen?«

In seiner Hand lag ein plumpes Metallgerät, das ich

für eine Steinschleuder hielt. Er umklammerte es, als wolle er gleich damit zur Tat schreiten. »Wo ist der Regler für die Heizung?«, fragte er.

Bei genauerer Betrachtung handelte es sich bei dem Werkzeug in seiner Hand doch eher um eine ziemlich abgenutzte Zange. »Liegt drunter.«

Er schüttelte den Kopf und hielt mahnend die Zange hoch. Augenscheinlich war es ihm lästig, dass er sie überhaupt hatte hervorholen müssen. »Ich habe sie runtergedreht. Ich hasse es, wenn es zu heiß ist im Zimmer.« Das Werkzeug verschwand wieder in seinem Trenchcoat, mit einem metallischen Klicken, das darauf schließen ließ, dass er noch mehrere solcher Gerätschaften mit sich führte.

»Danke.« Ich versuchte mir vorzustellen, welche Sorte Mann ständig derartige Instrumente mit sich herumtrug, ganz ohne Werkzeuggürtel oder Werkzeugkiste. Keine der Möglichkeiten war besonders appetitlich.

Seine Augen schweiften durch das Büro und erfassten die Kisten und Aktenstapel. »Ziehen Sie um?«

Ich versuchte es auf die beiläufige Art. Sollte man sich bei einem Bärenangriff nicht auch so verhalten? »Die Akten müssen weg, wir wollen Platz schaffen.« Ich ging ins vordere Büro und stellte den Kaffee auf meinen Schreibtisch. Er folgte mir in den Empfangsbereich und postierte sich neben der Dieffenbachie. Endlich stand er nicht mehr im Gegenlicht, und ich konnte sein Gesicht erkennen. Es war weich und teigig wie das eines Hochschulsportlers. Hätte man es unabhängig von seinem Körper betrachtet, hätte er harmlos gewirkt. »Entschuldigen Sie, wie war Ihr Name?«, fragte ich.

»Ich hab' ihn noch gar nicht genannt.« Er steckte die

Hände in die Taschen und studierte Wände und Zimmerdecke. »Ich hätte gedacht, dass Sie hier dichtmachen, weil Jim tot ist.«

Ich lehnte mich an meinen Schreibtisch und brach den Donut in zwei Hälften. »Da haben Sie falsch gedacht.«

Er ließ sich auf Agnes' Schreibtisch nieder. Seine Hände kamen wieder zum Vorschein und legten sich auf seine Knie. »Eine Affenschande, was mit Jim passiert ist.« Er sah mich an. Seine Augen waren klein und engstehend, wie die eines Nagetiers. »Eine, die einigermaßen was im Kopf hat, würde das Büro nicht einfach unabgeschlossen lassen nach so was.«

Obwohl er bedrohlich zu wirken versuchte, fand ich ihn eher störend als einschüchternd. Mit Hackbraten und Krampfadern hätte er meine Mutter sein können. »Ein Pfiffikus würde auch nicht mitten am Tag irgendwo einbrechen.«

Er verschränkte die Arme. »Ist ja kein Einbruch, wenn die Tür nicht abgeschlossen ist.« Dann drehte er sich ein wenig zur Seite, so dass ich sein Profil sah, und plötzlich kam er mir bekannt vor.

»Ich kenne Sie!« Ich schnippte mit den Fingern und versuchte mich zu erinnern, wo ich diese Visage schon mal gesehen hatte. »Bei der Leichenschau – Sie waren da mit den anderen Schlägertypen, ... ähm ... Entschuldigung.«

Falls er beleidigt war, behielt er es für sich. »Ich weiß nicht, von was Sie reden.«

In meinem Hirn ratterte es weiter. »Und da war noch was – in der Subway, in der Nacht, als Jim gestorben ist. Sie haben sich hinter einer Zeitung versteckt, während

Sie mich angestarrt haben.« Sein Gesicht blieb vollkommen ungerührt. Der ließ sich nicht so einfach in die Karten schauen. »Ach kommen Sie – ich weiß, dass das Sie waren.«

Er ließ seine Knöchel knacken. »Sie wissen überhaupt gar nichts.«

»Okay, ich weiß *überhaupt gar nichts.*« So langsam war ich offiziell angefressen. »Also, Mister ... oh, tut mir leid, aber da Sie mir Ihren Namen nicht gesagt haben, werde ich mir wohl einen für Sie ausdenken müssen. Wie wär's mit Frank? Wenn Sie sich schon in meinem Büro aufhalten, während ich nicht da bin, gehe ich mal davon aus, dass wir uns beim Vornamen nennen.« Ich biss in meinen Donut. »Wie auch immer, Frank, Sie können gern weiter alles abstreiten, was ich sage, und hier den großen Einschüchterer spielen. Das scheint Ihnen ja zu gefallen. Sie können aber auch mit der Sprache rausrücken und mir sagen, was Sie hier wollen. Ich habe nämlich wahnsinnig viel zu tun und würde es sehr schätzen, wenn Sie zum Punkt kommen, damit wir beide mit unserem Tagwerk weitermachen können.« Ich biss wieder in meinen Donut und spülte ihn mit einem Schluck Kaffee herunter. Frank starrte mich weiter an. »Hätten Sie gern was von dem Donut, Frank?«

Seine Augen schienen noch enger zusammenzuwachsen. »Ja«, sagte er, »gern.«

Widerwillig reichte ich ihm die Hälfte, die ich noch nicht angerührt hatte, und sah ihm dabei zu, wie er sie mit einem einzigen Bissen verschlang. Er suchte auf dem Schreibtisch nach einer Serviette. Als keine aufzufinden war, wischte er sich den Mund mit dem Mantelärmel, auf dem ein Hauch Puderzucker zurückblieb.

»Wie man so hört, übernehmen Sie jetzt Jims Fälle«, sagte er.

»Wer hat Ihnen das denn erzählt?«

Er fasste sich ans Kinn und strich sich über einen Bart, den es vielleicht einmal gegeben hatte. »Ich hab' da meine Quellen.«

»Ist Ihre Quelle einer von Jims Klienten?« Er sagte nichts dazu, sondern trug weiter eine versteinerte Miene zur Schau, die er sich in jahrelanger Arbeit antrainiert zu haben schien. »Ach bitte, Frank, Sie können ehrlich zu mir sein.« Nichts. Ich wusste, er wartete nur darauf, dass ich anfing zu plaudern. Die Frage war lediglich: Worüber? Dass Frank der Braunhaarige von der Beerdigung und aus der Subway war, davon war ich überzeugt, aber ich kam einfach nicht auf den Anlass seines Besuchs.

Sorgfältig wählte ich meine Worte. »Ich schließe einen oder zwei Fälle ab, aus reiner Höflichkeit, aber sonst mache ich nirgendwo weiter.«

Frank nickte ruckartig und klopfte sich die Krümel vom Mantel. Das Telefon schrillte.

»Haben wir's dann?«, fragte ich. Daraufhin zuckte er mit den Schultern. Ich verdrehte die Augen und nahm den Hörer ab. »McCain und Sohn.«

»Rosie?« Eine Kleinmädchenstimme hauchte meinen Namen.

»Das habe ich ja gehofft, dass du das bist«, sagte ich. »Hat jemand angerufen?«

Jayne hatte sich einverstanden erklärt, zu Hause zu bleiben - nur für den Fall, dass ich einen Rückruf bekam. Meine verzweifelte Jobsituation verursachte bei mir schon Wahnvorstellungen.

»Noch nicht.« In ihrer Stimme lag etwas Panisches, das ich so nicht kannte, sie zitterte dermaßen, dass jetzt eigentlich nur noch eine Mitteilung wie *Deine Mutter ist tot und das Kaninchen auch* folgen konnte. Stattdessen sagte sie: »Hast du die Zeitungen gesehen?«

Ich drehte mich von Frank weg und senkte die Stimme. »Nein, warum?« Aus dem Hintergrund brachte uns Edward R. Murrow im Radio auf den neuesten Stand in Sachen Europa. War es sowieso gerade Zeit für seine Nachrichtensendung, oder hatte er den Äther mit den gefürchteten Worten »Wir unterbrechen das Programm« zum Erzittern gebracht?

War Jack irgendetwas passiert?

Jaynes Stimme wurde zu einem Flüstern. »Raymond Fielding ist tot.«

Plötzlich wirkte Frank gar nicht mehr so harmlos. Ich beobachtete ihn aus dem Augenwinkel. »Das ist ja was!«, sagte ich ins Telefon. »Aber keine Sorge, Jayne, da kommt sie durch. Meine Großmutter hatte genau das Gleiche und ist immer noch am Leben.«

»Ist jemand bei dir?«

»O ja«, sagte ich, »und deine Oma ist doch auch eine imposante Frau. Gesund oder nicht, man macht sich doch schon in die Hosen, wenn sie einen nur anschaut.«

Frank gähnte und säuberte sich mit einer Bleistiftspitze die Nägel.

»Soll ich vorbeikommen?«, fragte Jayne.

»Nein, nein. Geh du lieber ins Krankenhaus und kümmere dich um deine Familie. Ich erledige den Rest.«

»Wenn ich in zehn Minuten nicht wieder von dir gehört habe, komme ich.«

»Ist gut, tschüss.« Ich legte auf und atmete einmal tief durch.

Frank beendete seine Maniküre. »Was hat die Großmutter Ihrer Freundin?«

»Wissen sie noch nicht genau. Sie hustet Blut und hat Magenschmerzen.« Unter Franks Mäntelchen machte sich eine Ausbeulung bemerkbar. Mit etwas Konzentration konnte ich einen Lauf und einen Kolben erkennen.

»Raucht sie?«, fragte Frank.

»Nur wenn sie Feuer gefangen hat.« Ich schnappte mir einen Stapel Akten und wühlte ihn ziellos durch. »Bleiben Sie noch lange? Ich frage nur, weil ich mir etwas zum Mittagessen bestellen will, und da möchte ich doch gern sichergehen, dass genug für zwei da ist. Dieser halbe Donut hat mir noch ein bisschen Appetit übrig gelassen.«

Er grunzte. »Sie sind Schauspielerin, richtig?«

Ich unterbrach mein Wühlen und überlegte, was mich verraten hatte. Vielleicht war Frank früher schon mal im Büro gewesen, und Jim hatte dabei eine Bemerkung über mich fallen lassen. Oder es lag eben doch an meiner tadellosen Körperhaltung und meiner gut gestützten Stimme. »Lassen Sie mich raten: Sie sind mein Fan?«

Frank zuckte mit den Schultern. »Machen Sie Filme?«

»Theater.«

Er schüttelte den Kopf. »War noch nie im Theater.« Er beugte sich auf dem Schreibtisch nach vorn, als ob er Rückenprobleme hätte. »Das heißt, Sie tun so, als ob Sie andere Leute sind?«

Ich hockte mich auf den Empfangssessel. »Es ist schon noch etwas mehr als das.«

»Zum Beispiel?«

Hätte er nicht Raymond Fieldings Blut an seinen Händen gehabt, hätte ich ihn zur Hölle geschickt. So aber gab ich alles, um mein Handwerk in weniger als zwanzig Worten zu erklären. »Erst einmal muss man üben. Und dann muss man lernen, wie man seine Stimme einsetzt, wie man sich bewegt, wie man Teil eines Stückes wird.«

»Ich schätze mal, Auswendiglernen ist ganz schön heftig.«

Ich schenkte ihm ein knappes Lächeln. »Man gewöhnt sich dran.«

Seine Augen klebten an mir. »Wie das?«

»Keine Ahnung – es gibt Tricks, um sich den Text einzuprägen. Jeder hat da sein eigenes System.« Machte er sich Sorgen, dass ich etwas gesehen oder gehört und mir unwiderruflich eingeprägt hatte, das nicht für mich bestimmt war?

»Und weinen«, sagte er. »Kann mir nicht vorstellen, wie man das macht, so auf Knopfdruck. Ich wette, man sticht sich ins Auge, wenn gerade niemand kuckt, oder?«

Vermutlich lohnte es sich nicht, ihn in die Feinheiten von Stanislawskis Als-ob-Methode einzuführen. »Stimmt. Es wird viel in Augen rumgestochert – aber nur, wenn gerade mal keine Zwiebeln zur Hand sind.«

Er ließ die Pranken gegen die Schenkel klatschen, um zu signalisieren, dass er jetzt zum eigentlichen Kern der Sache kam. »Und warum wird eine Schauspielerin Privatdetektiv?«

»Ich bin kein Detektiv, Frank. Dafür habe ich doch gar keine Zulassung. Ich spiele doch im Moment nur einen, weil niemand anderes den Job haben will. Auf die Art bekomme ich meine Rollen übrigens meistens.«

Er unterdrückte ein Husten. »Ich wette, Jim hat Ihnen alles beigebracht, was er gekonnt hat.«

»Hängt davon ab. Bei vielem war Jim auch ganz schön zugeknöpft.« Unsere Augen trafen sich, schweigend forderten wir uns gegenseitig heraus. Wenn er mir nicht den Grund für sein Hiersein verriet, bekam er von mir auch nicht mehr als ein paar Allgemeinplätze serviert. Frank sah auf seine Armbanduhr und begann sie stirnrunzelnd aufzuziehen. »Warten Sie auf jemanden?«, fragte ich.

»Ja.« Er schlug mit dem Bein gegen die Seite des Schreibtischs. Im ganzen Büro wummerte es metallisch nach. »Ist kalt draußen. Deswegen bin ich hier. Zum Warten.«

Im Treppenhaus waren panische Schritte auf Stöckelschuhen zu hören. Franks gewaltiger Schädel schwang in Richtung Tür, seine Hand zuckte zu der Beule unter dem Trenchcoat.

»Ganz ruhig, Mann, das ist nur eine Freundin von mir.«

Er ließ den Arm wieder hängen. »Sie haben aber eine Menge Freundinnen.«

»Bislang haben Sie doch nur von zweien gehört. Sogar wenn wir Sie noch dazurechnen, wären wir immer noch nicht genug für eine Party.«

Jayne stürzte ins Büro, blind für Franks Anwesenheit. Für jemanden, der den ganzen Tag neben dem Telefon sitzen bleiben wollte, hatte sie sich ziemlich in Schale geschmissen. »Rosie! Gott sei Dank, dir geht es gut.« Dann sah sie Frank und drehte sich langsam zu ihm, um ihn zu mustern. Als sie seiner ungeheuerlichen Ausmaße gewahr wurde, schrumpfte sie derartig zusammen, dass ich meine Augen anstrengen musste, um sie überhaupt noch zu sehen. »Guten Tag«, sagte sie.

Frank erhob sich vom Schreibtisch, als ob ihm nach Jahren großmütterlicher Anleitung wieder einfiele, wie man sich verhält, wenn eine Frau den Raum betritt.

Jayne legte den Kopf in den Nacken und starrte zu dem Koloss hoch. »Ich wusste nicht, dass du Besuch hast.« Furcht schlich sich in ihre Augen. Sie verdrängte sie mit einem Lächeln, das jeden Mann umgehauen und jede dazugehörige Mutter zutiefst erzürnt hätte.

Ich spielte die Gastgeberin. »Jayne – Frank. Frank – Jayne.«

Frank setzte sich wieder auf seinen Platz. »Sind Sie die Jayne mit der kranken Großmutter?«

»Das ist eine andere Jayne«, erwiderte ich schnell. »Diese hier ist Schauspielerin wie ich.«

Frank verschränkte die Arme. »Sie kennen viele Jaynes.«

»Ist ja auch ein beliebter Name. Da hat wohl dieser Tarzan Schuld dran.« Ich schaute meine Freundin fragend an und wartete darauf, dass sie damit rausrückte, warum sie da war und wie wir hier wieder verschwinden konnten. Sie legte ihre Handtasche auf einem Stuhl ab. Eine Zeitung lugte oben heraus.

»Ich wette, Sie fragen sich, warum ich mir Sorgen um Rosie gemacht habe«, sagte Jayne.

»Ist mir in den Sinn gekommen.« Franks Augen wurden so klein wie Zwillingsrosinen.

»Najaaa ...« Jayne hielt inne und ließ den Mantel von den Schultern gleiten. Darunter trug sie ein marineblaues Wollkleid, das so eng saß, dass ich ein Tuch in ihrer Tasche ausmachen konnte. »Gestern Abend hat Rosie sich eine Lebensmittelvergiftung eingefangen. Eine üble Lebensmittelvergiftung.« Ihre Babystimme wurde noch eine Oktave höher. »Ich habe heute Morgen versucht, sie zu erreichen. Sie war aber nicht zu Hause. Da habe ich natürlich Panik bekommen.« Sie drehte sich so, dass Frank eine gute Aussicht auf ihre Showgirl-Waden hatte. »Und jetzt bin ich den ganzen Weg auf diesen grauenvollen Absätzen hergerannt, um sicherzugehen, dass sie nicht tot ist oder noch schlimmer.« Sie richtete sich das platinblonde Haar und riss die Augen weit auf. Jayne trug sowohl ihre Haare als auch ihre Röcke kurz. Das war ihre Art, sich an den Kriegsanstrengungen zu beteiligen. »Ich sehe bestimmt fürchterlich aus.«

Frank fuhr mit den Augen die Kurven ihres Körpers ab. »Ich finde nicht, dass Sie das tun.«

Sie schürzte die Lippen und drohte mir mit dem Finger. Tony B.s Klunker funkelte im Licht. »Schäm dich, dass du mir solche Sorgen machst. Da denke ich die ganze Zeit, dass du im Krankenhaus liegst, und dabei bewirtest du hier diesen großen gutaussehenden Mann.«

»Sie hätten Ihrer Freundin nicht so einen Schreck einjagen dürfen.« Frank lockerte die Arme und zupfte an seinen Manschetten. Wenn Jayne ihn je zum Auftauen brachte, würde dieser Frühling spät eintreffen.

»Und jetzt musst du alles wieder gutmachen und mit mir Mittag essen gehen, Rosie. Und ich will kein Nein als Antwort hören.« Sie holte eine Puderdose aus ihrer Tasche und puderte sich die Nase. Amerikas Quiekling legte den Auftritt ihres Lebens hin. »Hol deine Sachen, und los geht's.«

»Von mir aus gern«, sagte ich, »aber Frank wartet noch auf jemanden.«

Jayne zog schon den Mantel an. »Er kann doch im Treppenhaus warten.«

Frank stand auf. Sein Leibesumfang schluckte das Licht und führte zu einem Wetterumsturz. »Vielleicht will ich aber nicht im Treppenhaus warten.«

Jaynes Mantel rutschte ihr wieder von den Schultern, und ihre Brüste führten sie zu Frank. Ihre Stimme wurde rauchig, ihre Wangen rosiger. »Frank, ich weiß, Sie meinen es nicht böse, aber in diesem Ton geht das nicht. Rosie kommt mit mir, und wenn Sie uns nicht augenblicklich gehen lassen, kommen wir zu spät. Ich bin zum Lunch mit meinem Freund verabredet, Tony B., und wenn ich nicht pünktlich bin, wird er mir das ewig vorwerfen.« Sie legte ihm die Hand mit dem Ring auf den Mantelaufschlag und strich über den Stoff. »Sie möchten uns doch nicht in Schwierigkeiten bringen, oder?«

Frank schüttelte den Kopf, und ein Anflug von Furcht zog ihm die Farbe aus dem Gesicht.

Sie blinzelte ihm zu. »Dann seien Sie ein Schatz und gehen Sie ins Treppenhaus, damit Rosie abschließen kann.« Widerstrebend tat Frank, wie ihm geheißen wurde. Jayne und ich setzten unsere Hüte auf und schnappten unsere Handtaschen. Währenddessen brannten seine Augen winzige, eng stehende Löcher in meinen Rücken.

»Ist das eine Antwort auf deine Frage?«, fragte Jayne, als wir auf der Straße standen. Ich mühte mich, um mit ihr Schritt zu halten. »Auf welche Frage?«

»Was ich an Tony B. finde, Dummkopf.«

Wir gingen den ganzen Weg zum Times Square zu Fuß und enterten »Horn and Hardart«. Das Café war zugepflastert mit kleinen Schildchen, die darauf hinwiesen, dass Eiersalat, Roastbeef, Hamburger und noch einiges mehr ausgegangen waren und wegen der Rationierung in absehbarer Zeit auch nicht wieder erhältlich sein würden. Ich fischte ein paar Münzen heraus, bis ich genug zusammen hatte für zwei Schinkensandwiches, ein Stück Kuchen und zwei Tassen Kaffee – mit Zichorie gestreckt, dafür frisch aus der Maschine. Nach Jaynes Auftritt war eine Einladung zum Lunch das Mindeste.

»Also: Wer war das?«, fragte sie mich, während wir darauf warteten, dass die Tresenkraft ein zweites Sandwich hinter das Vitrinenglas stellte.

»Ich bin mir nicht sicher. Bei Jims Trauerfeier stand er bei den harten Jungs, und in der Nacht, als Jim gestorben ist, hat er mich verfolgt.«

Jayne schnappte nach Luft. »Glaubst du, er hat Jim –«

Ich unterbrach sie mit einer Handbewegung. »Nein. Dass er nicht Fielding abgemurkst hat, dafür würde ich nicht die Hand ins Feuer legen, aber für Jims Tod ist er, glaube ich, nicht verantwortlich. Es war wirklich merkwürdig: Ich glaube, er war da, weil er etwas von mir wissen wollte. Aber er hat es nicht geschafft, mich danach zu fragen.«

Jayne blinzelte, als ob ihr das Licht in den Augen wehtäte. »Das ergibt überhaupt keinen Sinn.«

»Ich weiß, aber heute ergibt sowieso nichts einen Sinn.« Wir trugen unsere Tabletts nach hinten und suchten nach einem freien Tisch. Ein paar Soldaten auf Urlaub, die sich an Stadtpläne klammerten, machten einen der beiden Tische frei, an denen sie gesessen hatten, und boten Jayne und mir zwei Stühle an.

»Danke«, sagte Jayne und half mir dann, den Tisch außerhalb ihrer Hörweite zu schieben. Mochten sie uns doch begaffen, so viel sie wollten, aber ein gewisses Maß an Privatsphäre brauchten wir. »Soll ich Tony nach ihm fragen?«

»Warum? Hat der jeden Gangster in der Stadt an der Leine?«

Sie zuckte mit den Schultern. »Schaden kann's ja wohl nicht, oder?«

Ich starrte in meinen Kaffee und suchte nach einer passenden Formulierung, um ihr zu erklären, dass ein Gespräch mit Tony keine gute Idee war. Falls er Frank wirklich kannte, war es durchaus wahrscheinlich, dass er mit den Vorgängen selbst etwas zu tun hatte, und das wollte sicher keine von uns beiden wirklich wissen. Außerdem bekam es mir vermutlich schlecht, wenn Frank herausfand, dass ich in seinen Angelegenheiten herumschnüffelte. Ein zweiter Besuch von ihm war das Letzte, was ich jetzt gebrauchen konnte.

»Nein, schaden würd's wohl nicht«, sagte ich, »aber mir wäre es trotzdem nicht recht. Es ist mir ja nichts passiert, und Frank müsste jetzt eigentlich klar geworden sein, dass ich keine Ahnung habe von nichts.«

Jayne zog eine zerknitterte Zeitung aus der Tasche und strich sie glatt. Auf Seite eins brüllte einen die fett gedruckte Titelzeile an: »New Yorker Office of War Information: Jetzt schlägt die Stunde des Patriotismus.« Weiter oben stand der Bericht vom Tod des Dramatikers Raymond Fielding.

»Er hat Theaterstücke geschrieben?«, fragte ich.

»Ich dachte, das weißt du.«

»Wusstest du's?«

»Ja, schon … nachdem ich die Zeitung gelesen hatte.«

Ich zog das Blatt zu mir heran und überflog den Artikel. Am Vortag hatte Fieldings Butler den Dahingeschiedenen mit einer Schussverletzung am Kopf in dessen Schlafzimmer aufgefunden. In den letzten Monaten war bereits zwei Mal bei ihm eingebrochen worden. Ob der Einbrecher dabei irgendetwas gestohlen hatte, wurde nicht erwähnt.

Das Opfer war also ein Dramatiker. Ein überaus produktiver Dramatiker. Ein Dramatiker, über den viel geschrieben und viel gesprochen wurde, der es aber trotzdem nie zu großer Popularität gebracht hatte. Mindestens fünfzig Stücke hatte er geschrieben, die alle mit dem Vermerk »anonymer Autor« auf die Bühne gebracht worden waren. Eine von Fieldings vielen Theorien lautete nämlich, dass der Schriftsteller in der Theaterpraxis unsichtbar bleiben müsse. Die Zeitung hatte eine unvollständige Liste seiner Stücke abgedruckt, von denen ich nicht ein einziges kannte. Offenbar hatte er sich auch ausführlich mit Theorie beschäftigt und einen Wälzer über modernes Theater geschrieben, der an der Universität Standardlektüre war. Er stand mit vielen experimentellen Theatergruppen in engem Kontakt. Daneben war er noch Hobbymaler und als Sohn eines Mannes, der in der Anfangszeit der Ford Motor Company ein Vermögen mit Autoreifen gemacht hatte, so reich, dass er finanziell vollkommen unabhängig lebte. Fielding hatte außerdem im Ersten Weltkrieg gekämpft und dort ein Bein verloren, wofür er mit dem »Purple Heart« ausgezeichnet worden war. Nach seiner Heimkehr hatte er einen Wohltätigkeitsverein für Veteranen gegründet.

Er schien ein derartig feiner Kerl gewesen zu sein, dass sein Nachruf noch nicht einmal auf die Titelseite passte. Die Fortsetzung kam auf Seite zwölf.

»Also, das ist ja ...« Ich schüttelte den Kopf. »Ich hätte eben doch zur Uni gehen sollen.« Dann überflog ich den ersten Teil des Artikels ein zweites Mal. »Wenn du eine Dramatikerin wärst, und du hättest etwas Wichtiges verloren, etwas, das zufällig auf Papier gedruckt ist – was wäre das dann wohl?«

»Ein Theaterstück?«, mutmaßte Jayne.

»Genau, ein Theaterstück. Warum hat er das denn nicht gesagt? Warum die ganze Geheimniskrämerei?«

Konzentriert starrte Jayne auf den Artikel. Für sie standen die Buchstaben auf dem Kopf. »Wenn er für seine kontroversen Stücke bekannt war, vielleicht hat ja in diesem Stück etwas gestanden, das nicht publik werden sollte.«

»Es war ein Theaterstück«, sagte ich. »Wie gefährlich kann so was schon sein?« Meine Gedanken schweiften ab zu dem Stapel Programmhefte, den ich in Jims Büro gefunden hatte. Gerade weil sie alle keinen Autor aufwiesen, musste es sich um Fieldings Stücke handeln. Wenn Jim auch nur so vage Informationen bekommen hatte wie wir, war er wahrscheinlich erst kurz vor seinem Tod darauf gekommen, wonach er überhaupt suchte. Das war zumindest eine Erklärung für das Shakespeare-Zitat. Aber warum hatte Jim Fielding dann angerufen und behauptet, er habe etwas Wichtiges herausgefunden?

Ich hob den Deckel von der Zuckerdose und ignorierte den nachlässig daraufgekritzelten Hinweis, doch bitte nicht mehr als nötig zu nehmen. Vier Würfel für jetzt, eine weitere Handvoll für später in die Tasche. »Auch wenn das Stück kontrovers war: Er hätte mir doch sagen können, dass er ein Manuskript vermisst. Er hätte ja verschweigen können, worum es darin geht.« Ich blätterte auf der Suche nach dem Schluss der Fielding-post-mortem-Lobpreisung die Zeitung durch. Seite zwölf war voller Traueranzeigen, jede mit einem Bild. Ich suchte nach Fieldings Gesicht, konnte es aber nirgendwo entdecken. Daraufhin durchkämmte ich die Texte nach seinem Namen. »Ist das nicht lustig?«

»Was?«

Ich tippte mit dem Finger auf das Papier. »Die drucken ein Bild und schreiben ›Raymond Fielding‹ darunter – dabei ist er es gar nicht.« Das Foto eines Mannes mit vollem weißen Haar, einer Halbbrille und einem mürrischen Schnurrbart zierte neben dem Artikelende die Seite. Ich drehte die Zeitung so, dass Jane einen Blick darauf werfen konnte.

»Wahrscheinlich ein Fehler«, sagte sie. »Das passiert ja dauernd in der Zeitung. Ich habe sowieso den Eindruck, dass die Morgenzeitungen mehr Fehler machen als die Abendzeitungen. Warum das wohl so ist?«

Ich ging nicht auf sie ein und biss in mein Sandwich. »Und wenn es gar kein Fehler ist?«

Jayne nahm ihre Gabel und erstach ein Stück Rhabarber. »Dann gibt es entweder zwei Raymond Fieldings oder –«

»Oder der Typ bei mir hat von Anfang an gelogen. Das würde erklären, warum er nicht gesagt hat, wonach er sucht – weil er es nämlich gar nicht gewusst hat.«

Jayne hob die Gabel wie eine Lehrerin ihren Stock und verteilte Fruchtspritzer über den Tisch. »Du solltest die Polizei anrufen. Wer auch immer das war, er hat wahrscheinlich etwas mit Fieldings Tod zu tun. Die Polizei sollte dem nachgehen.« Sie senkte die Gabel und fischte eine Münze aus der Handtasche. »Hier.« Sie schob sie über den Tisch. »Ruf an. Jetzt.«

Ich seufzte, ließ mein Essen im Stich und ging zum Münzsprecher in der Ecke. Ein Schild ermahnte mich, die Leitung nicht über die Maßen zu beanspruchen, weil »Soldat Joe heute Abend ein Ferngespräch führen muss«. Ich fütterte das Telefon mit einem Zehncent-stück und bat die Vermittlung um eine Verbindung mit der nächsten Polizeiwache. Zwei Telefonistinnen später war ich mit der Mordkommission verbunden, die den Fall Fielding untersuchte.

»Kann ich Ihnen helfen?«, fragte eine Sekretärin in einem Ton, der deutlich machte, dass sie genau darauf überhaupt keine Lust hatte.

»Ich müsste denjenigen sprechen, der die Leitung im Mordfall Raymond Fielding hat.«

»Das ist Schmidt«, sagte sie. »Einen Moment bitte.«

»Warten Sie!« Ich konnte sie gerade noch davon ab-halten, mich auf die elektronische Reise von Telefon zu Telefon zu schicken. »Dieser Schmidt, von dem Sie da reden – ist das etwa der Lieutenant Schmidt mit dem dicken Bauch und der ablehnenden Art?«

Die Verachtung, die sie mich hatte spüren lassen, lös-te sich in Luft auf und wurde ersetzt durch das Wissen um unser beider Seelenverwandtschaft. Offensichtlich hatte Schmidt nicht viele Freunde. »Genau der.«

Ich schloss die Augen und legte die Stirn an die Wähl-scheibe. Schmidts übergroßes Babygesicht mit dem spöttischen Grinsen füllte mein gesamtes Hirn aus.

Wenn ich ihm mit Fielding kam, würde er mir entweder gar nicht erst zuhören oder sofort auch diesen Tod wieder Jim in die Schuhe schieben. »Gibt es sonst niemanden, mit dem ich sprechen könnte?«

Sie lachte, und ein metallisches Surren signalisierte, dass sie andere Anrufe entgegenzunehmen hatte. »Glauben Sie mir, Schwester, wenn das so einfach wäre, wären wir ihn schon längst losgeworden.« Eine Antwort darauf schien sie nicht zu erwarten. »Soll ich Sie durchstellen oder nicht?«

»Nicht«, sagte ich und legte auf.

Als ich zum Tisch zurückkam, hatte Jayne den Kuchen schon aufgegessen und arbeitete sich jetzt durch ihr Sandwich. »Und?«, fragte sie.

Ich glitt auf meinen Stuhl und legte mir meine Serviette wieder auf den Schoß. »Sie kümmern sich drum.«

»Gut. Dann kannst du die ganze Sache guten Gewissens vergessen.«

»So weit würde ich nicht gehen, Jayne. Die Polizei hat viel zu tun. Das wird wohl kaum der einzige Mordfall für sie sein.«

Jaynes großer roter Mund wurde zu einer kleinen Rosenknospe. »Wir gehen aber nicht zurück in Jims Büro.«

Die erste Hälfte meines Sandwichs hatte ich aufgegessen. »Natürlich nicht. Wir haben genug damit zu tun, dem Haus des verstorbenen Raymond Fielding einen Besuch abzustatten.«

8 Der Menschenfeind

Wir schlangen die Reste unseres Mittagessens hinunter und stapften dann die 42. Straße entlang bis zur Park Avenue. Im Grand Central kämpften wir uns durch die Massen und bestiegen einen Vorortzug Richtung Croton-on-Hudson in Westchester County, wo wir uns ein Taxi zu der Adresse nahmen, die in der Zeitung gestanden hatte. Fielding hatte in der Gegend von Mary Pickfords und Douglas Fairbanks' Ostküsten-Anwesen gewohnt, dort, wo der Geruch von Generationen altem Geld wie der von Kirschblüten durch die Lüfte zog und wo der Krieg nur im Kino zu existieren schien. Jedes Haus hatte Aussicht auf den Fluss und lag einen halben Morgen von der Straße weg, hübsch versteckt hinter einem Meer aus Bäumen und sorgfältig beschnittenen Sträuchern. Die wenigen Häuser, auf die wir überhaupt einen Blick erhaschen konnten, waren massive Backsteingebäude mit Säulengängen und Toreinfahrten und Kaminen, die wie Miniaturwolkenkratzer an allen Ecken der Dächer emporragten. Trotz der Einsamkeit um uns herum wurde ich das Gefühl nicht los, dass uns jemand folgte.

Ich bat den Fahrer, uns am Ende der Straße abzusetzen, und steckte ihm ein paar Scheine aus der Rolle zu, die mir der falsche Fielding gegeben hatte. Der frostige Morgen war schon wieder zu einem kalten Nachmittag geworden. Unwetter, die an der Stadt vorbeigezogen waren, hatten die sanft geschwungenen Rasenflächen mit einer weißen Schneedecke überzogen. Der graue

Himmel ließ wissen, dass davon noch mehr zu erwarten stand.

Jayne und ich waren weder für eine lange Wanderung noch für einen kalten Tag angezogen, aber ich zwang uns dazu – für den Fall, dass uns jemand beobachtete –, einen gemächlichen Verdauungsspaziergang zu simulieren. Obwohl einer meiner Schritte so groß wie zwei von ihren war, arbeiteten Jaynes Beine wie Hummelflügel; wenn ich es zugelassen hätte, hätte sie mich überholt, überrannt, über-was-auch-immert.

»Das hier ist eine ganz schlechte Idee«, moserte sie, als sie rechts an mir vorbeizog.

Ich griff nach ihrem Ärmel und hielt sie so lange fest, bis ich aufgeholt hatte. »Langsamer. Es brennt nicht. Wir sind zwei Mädels, die mal kurz Luft schnappen, denk dran.«

»Ich habe Schnee in meinen Pumps. Schnee!« Jayne hielt an und leerte ihre Schuhe aus. In meinen eigenen Füßen wurde aus Schmerz gerade Gefühllosigkeit. Ich konnte mich nur noch vorwärtsbewegen, wenn ich die Zehen fest zusammenpresste, so dass sie die Restwärme hielten, watschelte in diesem Fall aber wie eine Ente.

Deswegen konzentrierte ich mich lieber auf die Hausnummern. »Wir sind fast da.«

Jayne rieb sich die handschuhlosen Hände. »Und was machen wir, wenn wir da sind?«

Vermutlich wollte sie nicht unbedingt die Wahrheit hören. »Wir laden uns selbst ein, nehmen einen Drink und setzen uns vor ein prasselndes Kaminfeuer.«

Fieldings Haus lag auf der Kuppe eines Hügels und war noch weiter zurückgesetzt als die umliegenden. Zwei Reihen von Autos parkten entlang der gewundenen Auffahrt, eine weitere Reihe stand vor dem Haus auf der Straße – es sah aus, als hätte ganz New York seine Benzinscheine aufgebraucht, um hierherzukommen.

»Was machen denn die ganzen Leute hier?«, fragte Jayne.

»Vielleicht eine Totenwache.«

Die einzige Abwechslung auf dem eintönig mit Schnee bedeckten Vorhof waren Pinien, die das ganze Anwesen zu umsäumen schienen. Sobald wir die Bäume hinter uns hatten und auf einer Art Lichtung standen, ragte das Haus vor uns auf. Es war im Tudorstil gebaut und so groß, dass ich es von unserem Standort aus nicht auf einmal in den Blick bekommen konnte.

»Eine geballte Ladung Haus«, sagte ich.

Es war der perfekte Rückzugsort für einen Schriftsteller, dem seine Privatsphäre wichtig ist. Ein schmiedeeisernes Tor, gekrönt mit dekorativen Speerspitzen, stand an der Stelle, wo der Rasen an die Straße grenzte. Ein Steinfliesenweg führte von der Straße zur Haustür, war allerdings so uneben verlegt worden, dass er weniger einladend als abschreckend wirkte. Schwere Vorhänge verdunkelten die bleiverglasten Fenster. Zwillingsgreife bewachten den Eingang.

Das Gute an unserem körperlichen Unbehagen war, dass es uns von der Dummheit unseres Tuns ablenkte.

»Wenn wir drin sind, mach mir einfach alles nach«, befahl ich Jayne, als wir die Haustür erreichten. Ich klingelte. Flugs legten wir Hand an unsere mitgenommenen Erscheinungsbilder: Lippenstifte tauchten aus Handtaschen auf, Finger wurden zu Kämmen, oberste Knöpfe wurden geöffnet, um uns via Décolleté (oder was noch gerade als ein solches durchging) ans Ziel zu bringen. In dreißig Sekunden sahen wir so einladend aus, dass wir Matrosen am Kai hätten zuwinken können.

Ein Butler in voller Livrée öffnete die Tür und ließ uns schweigend eintreten.

Wir betraten ein schwach erleuchtetes Marmorfoyer, das leer war, abgesehen von einem großen vergoldeten Spiegel und einer Säule mit einer Büste obendrauf. In einem Arbeitszimmer vor uns drängten sich Leute, die Cocktails in den Händen hielten und vor einem prasselnden Kaminfeuer in angeregte Unterhaltungen verstrickt waren.

»Was habe ich gesagt?«, flüsterte ich Jayne zu. »Alkohol und Feuer!«

An den Wänden hingen Jagdtrophäen, auf dem Boden lagen Felle, und die Möbel aus dunklen Hölzern und mit Polstern in satten Erdfarben wirkten äußerst robust. Der gigantische steinerne Kamin wurde von Bücherregalen flankiert, die überquollen von schweren Lederbänden. Zu unserer Rechten führten Flügeltüren auf eine Veranda, zu unserer Linken stand ein massiver geschnitzter Schreibtisch. Aus einer Türöffnung, durch die es wahrscheinlich in den Rest des Hauses ging, quollen weitere Gäste.

Jayne stupste mich mit dem Ellbogen an. Ich folgte ihrem Blick zum Kamin, über dem ein Ölbild hing. Es war das Porträt einer etwas jüngeren Ausgabe des Mannes aus der Zeitung. Er stand in einer fantasievollen ländlichen Szenerie samt Cherubim und einem Wasserfall, der den Niagarafällen Konkurrenz machte. In der linken unteren Ecke war das Bild signiert. Ein Selbstporträt.

»Soviel dazu«, sagte ich. »Der Mann, der bei mir war, war nicht Raymond Fielding. Fällt dir irgendwas Komisches an dem Bild auf?«

Jayne trat zurück und betrachtete das Gemälde mit einem Ausdruck, wie ihn die Leute in der Met aufsetzen, wenn sie nach ernsthaftem Kunstgenuss aussehen wollen. »Es ist nicht besonders gut?«

»Keine Beinprothese.«

Jayne zuckte mit den Schultern. »Vielleicht war er eitel. Napoleon hat sicher auch darum gebeten, etwas größer gemalt zu werden.«

»Er hat einen Veteranen-Wohltätigkeitsverein gegründet. Ich kann mir nicht vorstellen, dass jemand, der ein Bein verliert und es sich zur Lebensaufgabe macht, anderen zu helfen, ein solches Ego hat, dass er sich mit zwei völlig intakten Rennkeulen malen lässt.«

Ein Diener mit einem Tablett voller zur Hälfte gefüllter Weingläser schwebte herbei und bot uns etwas zu trinken an. Wir nahmen beide ein Glas und versuchten so auszusehen, als ob wir dazugehörten. »Wer sind diese ganzen Leute?«, fragte Jayne.

Es war eine erlesene Ansammlung von recht schäbig gekleideten Männern und Frauen, die besser zu einer Bahnhofsmission als zu einer elitären Gesellschaft mit Aussicht auf den Fluss gepasst hätten. Jayne und ich pirschten uns an ein Bücherregal heran und konnten so ein kleines Grüppchen belauschen, das mitten in einer Auseinandersetzung steckte.

»Unsinn«, sagte ein Mann in einem zerschlissenen Sportmantel gerade, »*Die lange Reise* ist eindeutig eine Nacherzählung von Homers *Odyssee* und sonst nichts.«

»Erzähl keinen Quatsch«, widersprach eine Frau mit

großen Ohrringen, »es ist eine schlaue Analyse von Hitlers Machtergreifung, die die *Odyssee* als Allegorie benutzt. Da kannst du jeden fragen.«

Der zerschlissene Sportmantel verdrehte die Augen und stieß einen Kollegen an, damit auch der sich über die Ahnungslosigkeit der Ohrring-Frau amüsieren konnte. »Du überfrachtest den Text mit viel zu viel Bedeutung. Ich habe noch keine einzige Inszenierung gesehen, die all das unter einen Hut bekommen hätte. Und kannst du mir auch sagen, warum?«

Großohrring warf die Haare nach hinten. »Weil ich sie noch nicht gemacht habe.«

Ich holte meinen Taschenspiegel heraus, und während ich mich vorgeblich zurechtmachte, schaute ich mir den Rest der Versammlung an. Grinsefetti, der eine der beiden Regisseure bei meinem jämmerlichen Vorsprechen, stand neben der Flügeltür. Sein Komplize, der Dramakönig, hielt sich in der Nähe des Schreibtischs auf und untersuchte einen Brieföffner. Und Rubys Schönling, Lawrence Bentley, saß auf dem Sofa, umgeben von seinem Hofstaat.

Ich griff nach Jaynes Ellbogen und zog sie in eine Ecke. »Das sind alles Regisseure und Dramatiker hier, die den Verlust eines der ihren beklagen und gleichzeitig das feiern, was sein Tod für ihre Karrieren bedeutet.«

»Keine Schauspieler?«, fragte sie.

Ich schaute mir die Leute noch einmal an, aber niemand außer uns sah entsprechend mager und verzweifelt aus. »Nein, wir sind die einzigen. Und dann noch ohne unsere Fotomappen.«

»Was jetzt?«

Als Lamm unter Wölfen fühlte ich mich gar nicht gern. Am liebsten wäre ich gegangen. Aber ich wusste, dass ich diese Chance nicht verstreichen lassen sollte. Wenn irgendjemand uns etwas über Fielding erzählen konnte, dann waren es Regisseure, die ihn verehrten, und Schriftsteller, die ihn verachteten. »Jetzt«, sagte ich zu Jayne, »mischen wir uns unters Volk.«

Jayne drehte eine Runde durch den Raum, auf der Suche nach jemandem zum Plaudern. Ich wählte einen etwas direkteren Ansatz und kämpfte mich zum Sofa durch.

»Lawrence? Dachte ich doch, dass du das bist.« Ich ließ mich neben ihn plumpsen und schlug die Beine übereinander. In seinem Gesicht stand Ratlosigkeit. »Ich bin Rosie Winter, eine Freundin von Ruby.«

»Oh.« Seine Stimme war ganz Connecticut Country Club, sein Anzug maßgeschneidert. »Ich habe noch nie eine Freundin von Ruby kennengelernt.«

»Na ja, du weißt ja, wie sie ist.« Ich lachte ein falsches Lachen. Es war klar, was Ruby an ihm fand. Von nahem sah er sehr gut aus, wenn auch fast ein bisschen feminin. Immer wenn er die Hand bewegte, erinnerte er mich an eine Spitzenklöpplerin – so präzise gestikulierte er. »Wie geht es ihr denn?«

»Ganz ehrlich? Ich habe keine Ahnung.« Er nahm einen Schluck aus seinem Glas, einem königlichen Vorkoster ähnlich. Ich erwischte mich dabei, wie ich nach dem Grund suchte, der ihm bisher den Krieg erspart hatte. Plattfüße, ein schlechtes Gehör oder ein Vater mit Beziehungen? »Wissen Sie«, sagte er, »jetzt, wo ich Sie so ansehe, kommen Sie mir bekannt vor. Sind Sie Schauspielerin?«

Ich bemerkte die missbilligenden Blicke auf den Gesichtern um uns herum und schüttelte den Kopf. Was war vorteilhafter, Regisseurin zu sein oder Schriftstellerin? Ersteres fand er wahrscheinlich anziehender. »Nein, ich bin Regisseurin. Ganz am Anfang noch. Off-off-Broadway-Zeug.«

»Wir haben alle mal angefangen.«

»Da haben Sie Recht.« Ich musste Bentley weiter ins Gespräch verwickeln. »Mir hat *Die Nacht bricht herein* übrigens sehr gut gefallen. Brillantes Stück.«

»Danke sehr.« Er ließ die Augen zu seiner Entourage wandern.

»Es hat mich an Raymond Fielding erinnert.«

Das war's, ich hatte ihn an der Angel. »Wirklich?« Ich nickte übertrieben enthusiastisch.

»An welches Stück?«

Stanislawski, der russische Großopa des Method Acting, kochte jeden einzelnen Moment eines Manuskripts (er nannte das den »Takt«) auf drei Elemente herunter: Ziel, Hindernis und Taktik. Das Ziel ist das, was die Figur will, das Hindernis, was sie daran hindert, es zu bekommen, und die Taktik, die ganz der Situation angepasst werden kann, ist die Methode, mit der man das Hindernis überwindet. Kurz: Mein Ziel war es, so viel wie möglich über Raymond Fielding zu erfahren. Mein Hindernis bestand darin, nicht besonders gut informiert zu sein über den Schriftsteller und sein Werk. Meine Taktik war, das Blaue vom Himmel herunterzulügen.

»Hmm ... vor allem *Der weite Weg*«, sagte ich zu Lawrence, »aber auch ein paar von seinen früheren Stücken. Obwohl Sie nicht so politisch sind wie Fielding, gibt es in Ihren Stücken ein ähnliches Empfindungsvermögen, auch wenn, um ganz ehrlich zu sein«, ich beugte mich vor, damit nur er diesen Kommentar hören konnte, »Ihre Sachen sehr viel unterhaltsamer sind.«

Er beugte sich ebenfalls vor, weil wohl auch er fand, dass man während einer Totenwache nicht unbedingt dabei belauscht werden musste, wie man am Verstorbenen herumkrittelte. »Das habe ich auch immer so empfunden. Natürlich habe ich ihn bewundert, aber viele seiner Stücke verloren sich einfach in theoretischen Einzelheiten. Er hätte bestimmt sehr viel mehr Erfolg gehabt, wenn er die Politik herausgelassen und sich dafür mehr auf das Erzählen der Geschichte konzentriert hätte.«

»Wie wahr, wie wahr.« Ich musste mich sehr zusammenreißen, um nicht die Augen zu verdrehen. Ganz offensichtlich war es Bentleys Wunschvorstellung, dass jeder Schriftsteller den gleichen Müll produzierte wie er selbst. »Kannten Sie ihn?«

»Keiner hat ihn gekannt. Der Mann war ein Eremit. Wir korrespondierten über einen kurzen Zeitraum, aber dann fand ich ihn schnell überraschend«, er suchte mit den Händen nach dem richtigen Wort, »schwierig.«

»Was meinen Sie damit?«

Er fuhr sich mit der Zunge über die oberen Schneidezähne, als wolle er sichergehen, dass keine Speisereste mehr dazwischen klebten. »Obwohl so viele ihn verehrten, war er ein sehr unangenehmer Mensch. Ich hatte ihn einmal um Unterstützung bei meiner Arbeit gebeten, und als Antwort schrieb er mir einen vier Seiten langen giftigen Brief – warum das Ego des Dramatikers das moderne Theater zerstört und warum wir uns immer weiter vom griechischen Ideal des Dramas entfernen. Ehrlich gesagt, habe ich ihn seitdem für verrückt gehalten.«

»Aber wenn Sie ihn nicht mochten, warum sind Sie dann hier?«

»Um ihm die letzte Ehre zu erweisen natürlich. Nur weil ich ihn nicht mochte, heißt das ja nicht, dass ich mich nicht vor dem enormen Beitrag verbeuge, den er für das moderne Theater geleistet hat.« Er zog eine Augenbraue hoch. »Moderne Dramatiker hat er gehasst, aber Regisseure hat er noch viel mehr verachtet. Warum also sind Sie hier?«

»Aus dem gleichen Grund wie Sie, glaube ich.« Ich senkte die Stimme. »Und aus Neugierde.«

Süffisant lächelte er mich an. »Sie brauchen sich nicht vor mir zu schämen. Ich wage zu behaupten, dass jeder Regisseur in diesem Raum gehofft hat, hier einen Stapel mit noch unaufgeführten Manuskripten zu finden.«

Mein Hirn kam kaum hinterher. »Da wissen Sie mehr als ich. Verstehe ich Sie richtig: Bislang ist noch nichts aufgetaucht?«

»Kaum – sonst wären die Leute doch nicht mehr hier.« Er winkte einen Kellner herbei und ersetzte sein leeres Glas durch ein volles.

Ich räusperte mich, um mich dann in die nächste Frage zu stürzen. »Ich habe jetzt schon mit einigen Leuten gesprochen und habe den Eindruck, dass es ein ganz bestimmtes Stück ist, das alle finden möchten. Haben Sie das auch so wahrgenommen?«

Er schwenkte die Flüssigkeit in seinem Glas, bis sie den Rand berührte. »Ach ja – das große amerikanische Stück. Es gibt Gerüchte, dass es schon vor Monaten aus Fieldings Haus gestohlen wurde.« Seine Augen schweif-

ten durch den Raum und suchten nach einem interes-
santeren Gesprächspartner.

»Sie scheinen das zu bezweifeln.«

»Weil ich glaube, dass es ein Märchen ist, das sich ein
mittelmäßiger Schriftsteller ausgedacht hat, der gern ein
Erbe hinterlassen hätte. All die Leute, die nach dem
Stück suchen, verschwenden ihre Zeit und verpassen
dadurch die guten Sachen, die es wenigstens wirklich
gibt.«

Keine Frage, aus wessen Feder diese Sachen wohl
stammten. »Darf ich Sie noch etwas fragen: Wurden Sie
heute hierher eingeladen, oder sind Sie aus eigenem
Antrieb gekommen?« In einer anderen Ecke des Raums
quasselte Jayne mit Grinsefetti. Ich nahm Augenkontakt
mit ihr auf und ließ sie wissen, dass ihre Gesellschaft
erwünscht war.

Bentleys Gesicht wurde ganz schmal vor kaum ver-
hüllter Empörung. »Ich wurde natürlich eingeladen. Sie
etwa nicht?«

Ich zog einen losen Faden aus dem Couchbezug.
»Doch, natürlich. Ich wollte nur wissen, *wer* Sie eingeladen hat.«

Seine Hand kroch auf meine zu. »Ich bin mir nicht
sicher. Ich habe eine einfache Karte mit der Einladung
bekommen, aber ohne Absender. Und Sie?«

»Einen Anruf«, sagte ich. »Aber bestimmt war Ihre
Karte sehr hübsch.«

Jayne kam zu uns herübergetänzelt, ihren Mantel
locker über den Arm geworfen.

»Das ist meine Freundin Jayne«, stellte ich vor. »Jayne,
das ist Lawrence Bentley.«

Er stand auf und gab ihr vornehm die Hand. »Freut
mich.«

»Wir kennen uns«, sagte sie. »Ich habe erst kürzlich bei Ihnen vorgesprochen.« Für den Fall, dass ihr Auftritt Bentley nicht restlos begeistert hatte, holte Jayne ihren Lippenstift aus der Handtasche. Während sie ihn auftrug, folgte er jeder ihrer Bewegungen, und sein Gesicht sprach Bände über diese große Tragödie seines Lebens, die darin bestand, dass er nicht als Kosmetikartikel auf die Welt gekommen war.

Mit großer Geste warf ich einen Blick auf meine Uhr. »Es war eine ganz zauberhafte Unterhaltung mit Ihnen, Lawrence, aber ich fürchte, wir müssen uns auf den Weg machen.«

»So früh?«, sagte er. Als ob er nicht die letzte Viertelstunde versucht hätte, mich loszuwerden.

»Ja, so früh.« Ich stand auf und zog den Mantel an. »Vielleicht könnten Sie mir aber noch sagen, welches Stück aus Ihrer Sicht das beste Beispiel für Fieldings Werk ist?«

Er runzelte die Stirn und suchte angestrengt nach einer Antwort. »Wahrscheinlich *Ende einer Reise*«.

»Danke«, sagte ich, »Sie sind ein wahrer Schatz.«

9 Die beste Zeit deines Lebens

Während Jayne sich auf die Suche nach einer Toilette machte, trieb ich den Butler, der uns in Empfang genommen hatte, in die Enge, weil ich zwei Dinge von ihm wollte: ein Taxi zum Bahnhof und den Namen seines Arbeitgebers. Er und seine Kollegen waren nur für diesen einen Abend von einem Service-Unternehmen angestellt worden. Die einzigen Informationen, die sie bekommen hatten, waren: Ort der Veranstaltung, Zeitpunkt des Dienstschlusses und welche Speisen und Getränke zu servieren waren.

Zehn Minuten später saßen Jayne und ich im Taxi Richtung Bahnhof. Unser Fahrer war ein geschwätziger Knabe, der wie ein Destillierkolben roch. Wir kamen also nicht dazu, uns gegenseitig auf den Stand unserer Erkenntnisse zu bringen, sondern waren voll und ganz damit beschäftigt, den Taximann munter zu halten. Die Atmosphäre im Zug war einer Konversation ebenfalls nicht sehr zuträglich – offenbar hatte jeder Matrose an der Ostküste über die Feiertage seine Familie besucht und musste an diesem Abend zum Brooklyner Marinestützpunkt zurück. Es war neun Uhr, als wir vor dem Shaw House ankamen. Ein unförmiger Schatten löste sich von der Vordertreppe und eilte die Straße hinauf.

Da das Abendessen schon längst vorbei war, ergaunerten wir uns in der Küche ein paar Brötchen, zwei Stück Kuchen und eine Kanne Kaffee und schmuggelten sie hoch in unser Zimmer. Churchill begrüßte uns schon an der Tür mit einem missvergnügten Schnurren, das er erst einstellte, als ich ihm die Hälfte meiner Sahnetorte anbot.

»Katzenfutter«, sagte ich zu Jayne. »Erinnere mich morgen daran, dass ich, egal was ich sonst noch zu tun habe, Katzenfutter kaufe.« Ich schloss das Fenster, das Jayne extra für Churchill offen gelassen hatte, und nahm den Katzenschaden in Augenschein. Er hatte den mit Zeitungen bedeckten Heizkörper mit seinen Kötteln übersät und die Vorhänge mit genügend Flüssigkeit besprüht, um den Stoff von Weiß in Gelb umzufärben. Und als ob das nicht schon gereicht hätte, war es im Zimmer so kalt, dass der Urin gefroren war.

»Ich hasse dich«, teilte ich ihm mit.

»Wenigstens ist er auf die Zeitungen gegangen«, sagte Jayne.

»Pscht. Sag das bloß nicht so laut. Wenn er mitbekommt, dass du etwas gut findest, was er gemacht hat, dann macht er sofort mit Inbrunst das exakte Gegenteil.«

Zum Glück gefriert Gin nicht. Jayne machte uns also Cocktails, während ich die Katzenexkremente beseitigte. Zehn Minuten später saßen wir zu dritt und gegen die Kälte eng aneinandergedrängt auf meinem Bett. Sobald der Alkohol meine Mordlust verringert und der schlappe Kaffee meine Lebensgeister wieder geweckt hatte, zog ich den Nachruf auf Fielding heraus und legte ihn vor uns aufs Bett.

»Also: Was haben wir herausgefunden?«, fragte ich.

Jayne fischte ihre Olive aus dem Glas. »Bei reichen Leuten kriegt man billigen Fusel.«

»Du wirst doch hoffentlich mehr als das in Erfahrung gebracht haben.« Ich lehnte mich nach vorn und stützte mich mit den Ellbogen aufs Bett, damit ich die Zeitung besser betrachten konnte.

»Ich habe ein Vorsprechen.«

»Ist ja ein Knaller.«

»Was soll ich sagen, Rosie? Alle haben nur herumtheoretisiert, und wenn sie das gerade mal nicht taten, haben sie ihre eigenen Produktionen schöngeredet. Das Einzige, was ich über Fielding herausbekommen habe, ist, dass niemand irgendetwas über ihn weiß. Ich glaube, wir haben unsere Suche in der Gerüchteküche angefangen.« Sie leerte ihr Glas und nahm sich stattdessen eine Kaffeetasse. »Und du?«

Churchill belauerte unsere Dinner-Brötchen und hieb eines von ihnen mit der Tatze vom Bett. »Zunächst einmal habe ich die Bestätigung bekommen, dass es wirklich ein Manuskript ist, was fehlt. Laut Lawrence Bentley hat Fielding sehr zurückgezogen gelebt – es heißt, dass sich die Stücke bei ihm nur so stapeln, die noch nicht aufgeführt worden sind.«

»Na großartig, es ist schon schwer genug, an *eines* davon ranzukommen.«

Ich brach das übrig gebliebene Brötchen in zwei Hälften. Für ein Stückchen Butter hätte ich jetzt einen Mord begangen. Hätten wir alle. »Es wird noch besser. Bentley hat seine Einladung zu dem Budenzauber heute per Post bekommen, und ich wette, der größte Teil des ganzen Theaterpacks da ebenfalls.«

Jayne rieb sich die Augen. »Er ist doch gerade erst gestorben. Ich meine, die Post ist ja auf Draht, aber wie um Himmelswillen schafft man es, in zwei Tagen Einladungen zu drucken, abzuschicken und zustellen zu lassen?«

»Mit einer Kristallkugel vielleicht?« Ich tunkte das Brötchen in den Kaffee. Es hing schlaff herunter, bevor es sich in meiner Hand auflöste. »Ich brauche wohl nicht zu erwähnen, dass auf den Einladungen kein Absender war.«

»Viellcicht wissen ja die Hausangestellten was?«

»Auch da bin ich schon einen Schritt weiter: Die wurden nur für diesen einen Tag angestellt und wissen nicht, von wem.«

Jayne ließ sich rücklings in die Kissen sinken. »Wow. Sonst noch was?«

»Ich glaube, zwischen Lawrence und Ruby ist Schluss.«

Jayne grinste gegen ihren Willen. »Weiß sie das schon?«

»Ich hoffe nicht.« Ich strich die Zeitung glatt. »Also, wir haben Folgendes: Jemand, der nicht Raymond Fielding war, hat mich beauftragt, ein verlorengegangenes Stück von Raymond Fielding zu finden, dann hat er den Mann abgemurkst, den er gespielt hat, aber vorher hat er noch schnell jeden Regisseur und jeden Schriftsteller in New York zu einer Feier zu Ehren des Opfers eingeladen. Die Frage ist: Warum?«

Jayne goss sich Kaffee nach und füllte auch meine Tasse auf. »Lass uns vorn anfangen: Der Mörder will das Stück. Die Zeitung schreibt, dass schon zweimal in Fieldings Haus eingebrochen wurde, wir wissen aber nicht, ob dabei etwas gestohlen wurde. Falls ja, könnte das der Grund dafür sein, dass Fielding Jim den Auftrag gegeben hat.« Jayne gestikulierte mit der Tasse. Ein Schwall Kaffee schwappte über den Rand und landete auf meiner Bettdecke. »Unser Doppelgänger bekommt Wind davon, dass das Stück fehlt, und gerät in Panik, weil er es aus irgendeinem Grund haben will. Er weiß, dass Fielding es nicht mehr hat. Und er weiß, dass Fielding einen Detektiv darauf angesetzt hat – also besucht er dich, weil er wissen will, ob du etwas herausgefunden hast.«

Ich schüttelte den Kopf. »Du vergisst das Wichtigste. Zwischen dem Zeitpunkt, wo das Stück verschwunden ist, und dem Besuch des Doppelgängers bei mir sind immerhin zwei Männer krepiert. Wenn unser falscher Fielding das Ding wirklich haben will, dann wäre es aus seiner Sicht völlig unsinnig, die beiden einzigen Menschen, die etwas über dessen Verbleib wissen könnten, umzubringen.«

»Oh.« Jayne streckte die Beine aus. »Vielleicht ist der falsche Fielding ja nicht der Mörder, aber der Gastgeber der Feier heute kann er trotzdem gewesen sein. Vielleicht hat er gedacht, dass ein Schriftsteller oder ein Regisseur etwas über das Stück weiß, und deswegen hat er zur Sicherheit gleich alle zusammengebracht in der Hoffnung, dass einer von ihnen etwas ausplaudert.«

Ein interessanter Gedanke, wenn auch nicht ganz plausibel. Hätte der falsche Fielding als Gastgeber nicht auch anwesend sein können, in einer Verkleidung? »Glaubst du, er war heute Abend da?«

Jayne zuckte mit den Schultern. »Natürlich. Warum nicht?«

Ich versuchte mich zu erinnern, ob einer der Gäste nicht richtig hineingepasst hatte, aber mir fielen nur die ewiggleichen affigen Gesichter ein, die jeder Schriftsteller und jeder Regisseur in meiner Bekanntschaft hatte. »Wie kann ein Theaterstück so wichtig sein, dass jemand so weit geht, nur um es in die Finger zu kriegen?«

Jayne betrachtete ihren Ring und kratzte etwas von der Oberfläche des Steins. »Vielleicht ist es eine Menge Geld wert.«

»Stücke sind nur dann etwas wert, wenn sie noch nicht aufgeführt worden sind und ihr Autor tot ist.«

»Nun ja –«

Ich unterbrach sie mit einem Kopfschütteln. »Schon lange tot. Shakespeare-tot. Nein, hier geht es bestimmt nicht um Kohle – es sei denn, das Stück ist auf die Rückseite von zwanzig Tausendern geschrieben worden.«

Es klopfte an der Tür. Mit gepardenhafter Geschwindigkeit schob Jayne die Martinigläser unter mein Bett, ich warf ein Kissen auf Churchill.

»Herein«, sagte ich. Ruby schob ihren Kopf durch die Tür. Sie war ungefähr so willkommen wie Rasiercreme-Reklame im Grand Canyon. »Oh, du bist's.«

Sie entblößte ihre Reißzähne. »Freut mich auch, dich zu sehen. Tony ist am Apparat, Jayne.«

Während Jayne mit einem begeisterten Quietschen hinausstürzte, verdrehte ich die Augen Richtung Decke. »Ich war doch nur froh, dass du es bist und nicht Belle, wegen der Katze.« Wie auf Zuruf kam Churchill unter dem Kissen hervor. Er streckte seine Beine – eins nach dem anderen – mit einem Zucken, das in der linken Vorderpfote endete, sprang dann vom Bett und zog sich unter die Kommode zurück. »Machst du die Tür wieder zu, bitte?« Sie tat wie geheißen, nur leider von der falschen Seite; wie ein übler Geruch blieb sie im Zimmer. »Kann man dir irgendwie helfen, Rube?«

Ihre Hand verschwand in der Tasche und kam mit einem Stück Papier wieder zum Vorschein. »Da hat jemand für dich angerufen.« Sie warf den Fetzen aufs Bett. »Glückwunsch.«

»Ein Anruf ist noch keine Feldpost, Ruby.« Allerdings hatte sie ihr gesamtes schriftstellerisches Können aufgeboten, damit die Nachricht auf dem Zettel nach gerade noch abgewendetem Weltende klang. »Die Zeit der Dürre ist vorbei: Ich habe eine Hauptrolle angeboten bekommen.« Ein ungewohntes Gefühl blubberte in meinem Bauch, bis ich nur noch grinsen konnte.

Ruby lehnte an der Tür. »Schön für dich. Sag's am besten gleich Belle.«

»Sagen? Diese Nachricht werde ich ihr vorsingen und mich dabei selbst auf der Harmonika begleiten.« Ich las die Notiz noch einmal und fühlte meinen Enthusiasmus abflauen. Zwar hatte ich wirklich eine Rolle angeboten bekommen, aber es war eine Rolle in des Dramakönigs Kriegstrauerspiel. Noch schlimmer, die Bühne, die das Stück produzierte, war das People's Theatre, ein Ensemble, das es seit den staatlich subventionierten Theaterprojekten des Arbeitsamts gab. Das People's Theatre war bekannt dafür, Experimentelles und politisch Spannungsvolles aufzuführen. Kurz: Man hatte mich für acht Wochen Elend rekrutiert.

Ich zwang mich zu einem Lächeln. Ich hatte einen Job. Ich musste nicht ausziehen. Das waren gute Nachrichten. Auf eine Art.

Ruby seufzte schwer, um mich daran zu erinnern, dass sie auch noch da war. Vermutlich gab es nur ein Mittel, sie zum Gehen zu bewegen, und das hatte mit Geschützfeuer und Luftangriffssirenen zu tun.

»Was ist los, Rube?«

Sie senkte die Augen. »Unsere Geldgeber sind abgesprungen.«

»Das ist natürlich ein harter Schlag – tut mir leid.«

Ohne die Unterstützung privater Geldgeber bekam man keine große Aufführung zustande. Wenn sie das Vertrauen verloren und sich zurückzogen, war auch die Produktion verloren – ein Vorgang, der sich seit Kriegsbeginn immer häufiger abspielte. »Das ist aber doch si cher nicht das letzte Wort.«

Sie hob den Kopf und strich sich die Haare aus den Augen. »Ja, sicher. Es liegt auch bestimmt nicht an dem Stück. Du weißt ja, wie diese Geldgeber manchmal sind.« Das wusste ich nicht, nickte aber dennoch verständnisvoll. »Ich bin trotzdem sehr enttäuscht. Meine Existenz hängt von dieser Show ab.«

Falls Ruby wirklich Mitgefühl haben wollte – das hatte ich leider gerade nicht vorrätig. »Sicher hat Lawrence noch andere Eisen im Feuer.«

Ein Schleier legte sich über Rubys Augen, hauchzart wie ein dünner Reifrock. Es war mir noch nie in den Sinn gekommen, dass sie normale menschliche Gefühle hatte. Ich war immer davon ausgegangen, dass die auf ihrem Heimatplaneten verboten waren. »Lawrence und ich haben beschlossen, unsere Beziehung nicht fortzuführen.« Man brauchte kein Grammatikspezialist zu sein, um herauszuhören, dass das Subjekt in diesem Satz eigentlich nur aus Lawrence bestand.

Ich war normalerweise kein hinterhältiges Wesen, noch nicht mal, wenn man mich bis an meine Grenzen brachte. Aber da stand ich nun einmal besser da als Ruby, und prompt vergaß ich mich. Ich wollte von ihr beneidet werden. Ich wollte, dass sie sich genauso fühlte, wie mir zumute war, Tag für Tag, seit wir uns kannten. »Wo du's sagst«, meinte ich, »Lawrence hat sich so merkwürdig benommen.«

Ihre Augenbrauen zogen sich so weit nach unten, bis es aussah, als hätte ihr jemand schwarze Schrägstriche neben die Nase gemalt. »Du hast Lawrence getroffen?«

»Hatte ich das gar nicht erwähnt? Wir sind uns heute Nachmittag bei der Trauerfeier von Raymond Fielding über den Weg gelaufen.«

»Raymond Fielding ist tot?« Rubys Augen wurden vor Schreck ganz groß.

Um zu unterstreichen, dass ich seit neuestem zur Elite gehörte, klimperte ich mit den Wimpern. »Kanntest du ihn?«

»Natürlich.«

Ich schluckte eine höhnische Bemerkung hinunter. »Wie auch immer, Lawrence war ziemlich charmant. Ohne ihn bist du wahrscheinlich besser dran. Ich wäre nicht gern mit einem Mann zusammen, der mit so einer ... Selbstverständlichkeit andere Frauen anflirtet.«

Anstatt meinen Köder zu schlucken, zwang sich die leidgeprüfte Kameliendame ein breites Lächeln ins Gesicht und wechselte das Thema wie die Sommerbettwäsche am ersten Herbsttag. »Ich hoffe, Lawrence wird glücklich. Aber jetzt genug davon. Wie geht es dir eigentlich mit deinem Job? Für einen Detektiv zu arbeiten, stelle ich mir faszinierend vor.«

Das kleine bisschen Schuld, das ich fühlte, weil ich Ruby aufgezogen hatte, machte es mir unmöglich zu flunkern. »Es läuft nicht so gut. Mein Chef ist gestorben, und bis gerade eben war ich arbeitslos.« Noch einmal betrachtete ich das Stück Papier und fragte mich, ob nicht doch alles nur ein grausamer Scherz war. Normalerweise bekam ich keine Rollen, wenn ich sie gerade dringend brauchte. Besetzt wurde ich eigentlich immer nur dann, wenn ich schon für eine andere Produktion engagiert war.

»Das tut mir leid. Er hieß Jim ... irgendwas, richtig?«, fragte Ruby.

»McCain.«

Sie nickte, als sei ihr der Name ein Begriff. »Woran ist er gestorben?«

»Herzinfarkt«, antwortete ich. »Warum fragst du?« Ihre Lippen zitterten, während sie nach einer Antwort suchte. Der Nebel in meinem Hirn lichtete sich. »Du brauchst einen Job, oder?«

Rubys Mund verzog sich zu einem stummen Nein, aber sie nickte.

»Mensch, ich würde dir wirklich gern helfen, aber ich stehe ja selbst im Regen.« Für jede andere aus dem Shaw House hätte ich die »Haushaltshilfe gesucht«-Anzeigen durchgekämmt, bis ich etwas Passendes gefunden hätte. Dass ich in Rubys Fall keinen derartigen Ehrgeiz entwickelte, hatte weniger mit meiner Abneigung zu tun als mit meiner Überzeugung, dass sie meine Unterstützung sowieso nicht brauchte. Wenn ich nur halb so viele Jobs gehabt hätte wie sie, hätte ich bis 1954 nicht mehr arbeiten müssen. »Es gibt immer noch den Marinestützpunkt. Die suchen da wohl ständig Frauen.« Die Zeitungen waren jeden Tag voll mit Fotos von Frauen, die ihren Teil zu den Kriegsanstrengungen beitrugen. Auch wenn ich den Mumm bewunderte, den diese Ladys vom Typ Rosie der Rammbock an den Tag legten – einen derart geisttötenden Neun-Stunden-Tag, dessen einzige Belohnung neben dem Lohnzettel ein großes *F* für Fleiß war, würde ich mir nie antun.

Ruby schnappte hörbar nach Luft. »Das könnte ich nicht.«

Das hatte ich mir schon gedacht, aber mein Vorschlag war ein einfaches Mittel gewesen, um den Grad ihrer Verzweiflung zu ermessen. »Vielleicht fragst du mal die anderen Mädchen. Es gibt ja immer eine, die gerade ihren Job aufgibt oder von einem anderen gehört hat.«

Rubys Gesichtsausdruck wurde säuerlich. »Ich möchte nicht, dass diese Sache die Runde macht. Es wäre mir sehr lieb, wenn das unter uns bleibt.« Ich nickte meine Zustimmung, worauf Ruby aus dem Zimmer stapfte. Bevor ich darüber nachdenken konnte, warum das Universum mich belohnte und sie bestrafte, kam Jayne hereingewirbelt und packte mich an den Händen.

»Was hast du am Freitag vor?« Sie zog mich auf die Füße und drehte sich mit mir in einem unbeholfenen Walzer im Kreis.

»Weiß ich noch nicht.« Ihre Frage klang in meinen Ohren verdächtig. »Warum?«

»Wir dachten, dass du vielleicht mit uns ausgehen möchtest. Tanzen.« Sie wechselte die Richtung und die Geschwindigkeit. Im Tango ging es zum Fenster.

»Mit wir meinst du dich, mich und Tony? Oder dich, mich, Tony und irgendeinen extra hinbestellten Knaben, von dem du mir nichts erzählst, bis ich da bin und dann keine andere Chance habe, als zu bleiben?«

Sie versuchte mich zu drehen, kam aber mit ihren Armen nicht über meinen Kopf. »Tony sagt, er ist nett.«

Ich befreite mich aus ihrem Griff und setzte mich auf die Heizung. »Sicher, ein netter Typ mit einem Eintrag im Strafregister.«

»Wann war das letzte Mal, dass du was im Kalender stehen hattest?«

»Heute. Da steht nämlich 6. Januar, und der gehört schon den ganzen Tag mir.«

Sie versuchte mich wieder auf die Füße zu ziehen, aber ich überließ lieber meinem Hintern die Führung und blieb auf dem Heizkörper kleben. »Los, Rosie. Das wird lustig. Du musst mal wieder raus ins Nachtleben.«

»Die Dinge wenden sich gerade zum Besseren für mich, und ich soll alles wieder kaputt machen, weil ich mir mit irgendeinem Harry die Kante gebe?«

Jayne fischte die Martinigläser unter dem Bett hervor und stellte sie auf den Nachttisch. »Dein Chef ist ermordet worden, ein Gangster hat dich im Büro abgefangen, und der Typ, der dir ein eindrucksvolles Geldbündel gegeben hat, damit du dich auf die Jagd nach einem Stück machst, ist letzten Endes ein Betrüger, vielleicht sogar ein Mörder. Wenn das für dich heißt, dass sich die Dinge zum Besseren wenden, dann will ich lieber nicht wissen, wie ein schlechter Tag bei dir aussieht.«

Ich zog den Zettel aus meiner Tasche und winkte ihr damit zu. »Ich habe einen Job.«

Sie legte sich die Hände aufs Gesicht wie ein Stummfilmstar, der Entsetzen ausdrücken will. »Das ist ja großartig!«

»Freu dich nicht zu sehr. Es ist ein lausiges Stück mit einem unterirdischen Ensemble.«

»Eine Rolle ist eine Rolle – das ist ja fantastisch.« Endlich war es Jayne gelungen, mich auf die Füße zu ziehen, und ich war gezwungen, mit ihr auf und ab zu hüpfen. »Siehst du? Es wird doch noch ein gutes Jahr!«

»Du hast es ja eben schon auf den Punkt gebracht: Das ist nur eine gute Sache auf einer langen Liste voller schlechter.« Sie langte nach meinen Oberarmen, packte herzhaft zu und schüttelte mich leicht. »Jetzt hör auf. Keine bösen Gedanken mehr. Du meine Güte, jetzt musst du aber wirklich mit uns ausgehen am Freitag.«

Ich hörte auf mit der Hüpferei. »Hast du nicht zugehört, was ich gesagt habe?«

»Das müssen wir feiern! Nein ist da keine akzeptable
Antwort.« Sie zog die Ginflasche hervor und prüfte den
verbleibenden Inhalt. »Sollen wir darauf einen trinken?«

»Wir haben schon aus geringerem Anlass einen gehoben.«

Mein Stimmungswandel lockte Churchill unter der
Kommode hervor und zurück aufs Bett. Er stolzierte
über unsere Teller und die Zeitung. Als er sich sicher
war, dass er meine ganze Aufmerksamkeit hatte, stellte
er sich mitten auf Seite eins und bespritzte sie mit Flüssigkeit von der übelriechenden Sorte.

»Was zum Teufel machst du da?«, schrie ich. Er antwortete mit einem zweiten Urinstrahl.

»Ksch ksch.« Ihre lahmen Versuche, ihn von seinem
Tun abzubringen, unterstrich Jayne mit ein paar schlaf-
fen Armbewegungen, die wohl sagen sollten: *Hör sofort
auf!*, in der einfacher gestrickten Katzensprache aber anscheinend hießen: *Dieser lustige Armtanz soll dich zum
Weiterpissen ermutigen.* Wie ein Rasensprenger drehte
sich Churchill um die eigene Achse, bis er, kurz vor der
Austrocknung, einmal quer durch seine Pfütze und dann
vom Papier herunter lief.

Ich starrte auf die Sauerei, die auf Teil eins des Nach-
rufs für »Raymond Fielding, Dramatiker« einen Teich
bildete. Die Flüssigkeit lief langsam die Seite hinunter,
bis sie den oberen Rand der Schlagzeile »New Yorker
Office of War Information: Jetzt schlägt die Stunde des
Patriotismus« berührte.

»Ich bringe ihn um«, sagte ich zu Jayne.

»Wir können doch eine neue Zeitung kaufen.«

»Ja, und wir können auch unsere Laken verbrennen und uns Wäscheklammern auf die Nase stecken, das wird aber sein Leben auch nicht retten.« Ich nahm die rechte obere und die linke untere Ecke der Zeitung zwischen die Finger und bog sie nach innen. Der Urin nahm Kurs auf den Office-of-War-Information-Artikel und zog eine gelbe Linie durch die Worte »der New Yorker Direktor Henry Nussbaum«.

»Was ist das Office of War Information?«, fragte Jayne. Ich zuckte mit den Schultern und überflog den Artikel, so gut ich konnte, ohne mich dabei schmutzig zu machen. Henry Nussbaum, den der falsche Fielding als ominöse Spur zum verlorenen Theaterstück genannt hatte, schien ein hohes Tier in der New Yorker Dependance zu sein. Das Office of War Information hörte sich nach Regierungsbehörde an, aber in Kriegszeiten gibt es Regierungsbehörden wie Sand am Meer, weswegen diese Kategorisierung so allgemein war, wie eine Katze ein Tier zu nennen.

Ich warf die Zeitung in den Papierkorb, marschierte in den Flur und klopfte an die gegenüberliegende Tür. Aus dem Zimmer war geschäftige Betriebsamkeit zu hören. Papier raschelte. Eine Schublade wurde geöffnet und wieder geschlossen. Ein Bleistift rollte über eine harte Oberfläche. »Wer ist da?«, fragte eine entfernt klingende Stimme.

»Rosie und Jayne«, sagte ich. »Können wir einen Moment reinkommen?«

Harriet Rosenfeld steckte ihren Kopf in den Flur und ließ uns dann schweigend eintreten. Sie schloss die Tür hinter uns so schnell, dass die Hälfte von Jayne, hätte sie auch nur eine Sekunde länger gebraucht, im Flur geblieben wäre.

Harriets Oberlippe war mit Wachs bedeckt, auf dem ein Papierstreifen festtrocknete, der später unter Schmerzen weggerissen werden und dabei die feinen dunklen

Härchen unter Harriets Nase mitnehmen sollte. Ihre Haare waren auf Lockenwickler gedreht, ihre Augen wurden von colaflaschendicken Brillengläsern vergrößert. Tagsüber war sie ein sehr hübsches Mädchen, nachts war sie dessen unansehnliche Cousine.

Harriet hatte keine Mitbewohnerin in ihrem Zimmer, was ihre Miete und den ihr zur Verfügung stehenden Platz erhöhte. Die eine Hälfte davon wurde von den normalen Statussymbolen einer Schauspielerin beansprucht: zu viele Kleidungsstücke, die gesamte Max-Factor-Kosmetiklinie, Stapel von Textbüchern, alte Ausgaben von *Variety* und *Cue*. Die andere Zimmerhälfte war zu einem Kriegsmahnmal geworden. Eine Wand war bedeckt mit Zeitungsausschnitten, der Boden lag voller Zeitungen, ein Kurzwellenradio summte die neuesten Nachrichten direkt aus Berlin. Harriet war Jüdin. Während der Krieg für uns eine Unbequemlichkeit war, war er für sie eine tägliche Übung im Nachdenken darüber, was wirklich wichtig ist.

»Was kann ich für euch tun, Mädels?«, fragte sie uns jetzt.

»Wir wollten einfach mal vorbeikommen und Hallo sagen«, meinte Jayne. Sie warf mir einen fragenden Blick zu, der bedeutete: Wie bekommen wir, was wir brauchen, ohne für den Rest des Abends Gefangene dieses Zimmers zu sein? Nicht dass uns Harriets Interesse am Krieg unangenehm war. Und ihre religiösen Überzeugungen waren uns völlig egal. Aber das Mädchen konnte sich einfach bis zum Gehtnichtmehr über diese zwei Themen auslassen, und danach stand uns beiden nicht der Sinn.

»Bist du zur Zeit irgendwo engagiert?«, fragte ich.

Sie ging auf die Schauspielerinnenseite des Zimmers. »Ich habe gerade was am Yiddish Art Theatre an Land gezogen.« Harriet war eine der wenigen Schauspielerinnen unter meinen Bekannten, die für politisches Theater schwärmten. Obwohl sie sich bereitwillig für die Öffentlichkeit schön machte, war ihre Vorstellung von dem, was Theater sein sollte, immer weiter nach links gewandert. Oft saß sie abends mit unseren anderen Mitbewohnerinnen unten und belehrte sie darüber, dass es in ihren Rollen nicht ums Vorantreiben ihrer Karrieren, sondern ums Voranbringen von Ideen zu gehen hatte.

Das war natürlich ein schöner Gedanke, aber er machte nicht satt.

»Großartig«, lobte ich. Dann hatte ich einen Geistesblitz. »Hast du mal was von Raymond Fieldings Sachen gelesen?«

»Fielding. Fielding.« Harriet fuhr mit den Augen zwei wackelige Manuskripttürme ab, die ihr als provisorisches Nachttischchen dienten. »Was hat er denn geschrieben?«

Ja, was *hatte* er denn geschrieben? »Eine ganze Menge. Zum Beispiel ein Buch mit dem Titel *Über Theater* und das Stück *Ende einer Reise*. Ich glaube, das meiste von ihm ist anonym veröffentlicht worden.«

Die Erinnerung blitzte in ihren flaschenbodendicken Linsen auf. »Den kenne ich. Warum fragst du?«

»Aus Neugierde. Er ist gerade gestorben. In dem Nachruf auf ihn waren alle seine berühmten Stücke aufgelistet, und ich habe feststellen müssen, dass ich kein einziges davon gelesen habe. Und ich habe mir gedacht, wenn er wichtig genug war für die Titelseite der *Times*, dann sollte ich vielleicht doch mal seine Bekanntschaft machen.«

Harriet nickte begeistert. »Das ist toll, Rosie. Ich würde mir wünschen, dass sich mehr von den Mädchen hier für ein Theater interessieren, das wirklich von Belang ist. Falls ich etwas von ihm habe, bekommst du es sofort.«

»Danke, das wäre klasse.« Ich blieb vor einem gerahmten Foto von einem Mann in Uniform stehen. »Wer ist der GI hier?«

»Harold Leventhal.« Harriet hob die linke Hand und wedelte mit einem Klunkerchen vor uns herum.

Mit einem Riesensatz war Jayne an ihrer Seite und betrachtete den Stein. »Du bist verlobt?! Herzlichen Glückwunsch! Seit wann denn?«

»Silvester. Zwei Tage später ist er aufs Schiff gegangen.«

»Wie schön, Harriet, ich freu' mich für dich«, sagte ich. So war das eben mit dem Krieg und manchen Frauen: Anstelle der kalten Schulter bekamen sie einen Ring und ein Versprechen. »Wohin ist er verlegt worden?«

»Ich weiß es nicht, und er kann es mir nicht sagen.« Ihrem Ton war anzuhören, dass sie es sehr wohl wusste und er es ihr sehr wohl gesagt hatte. »Er schreibt für *Stars & Stripes.*« Harriet ging auf die Seite des Zimmers, die ganz vom aktuellen Weltkonflikt in Beschlag genommen worden war. Wir gingen mit. Es konnte meiner Einschätzung nach nicht mehr lange dauern, bis beide Hälften zusammengewachsen waren, bis der Papierberg auf dem Boden zu einem Hybrid aus Vorsprechterminen und Kriegspropaganda wurde. Gesucht: Frauen zwischen 20 und 30, mit durchschnittlichem Körperbau und Tanz- sowie Waffenerfahrung.

Jayne warf mir einen ermunternden Blick zu, und ich wagte mich an den Kern der Sache.

»Ich wollte dich noch was fragen«, sagte ich. »Weißt du, was das Office of War Information ist?«

»Du meinst das OWI?« Sie saß jetzt an einem Schreibtisch, auf dem sich ein hoher Stapel Briefe türmte – alle waren Opfer der mutwillig zerstörenden Kriegszensur und ihres dicken schwarzen Stifts geworden. Auf einem Block daneben hatte Harriet Vermutungen darüber notiert, was in ihrer Korrespondenz durchgestrichen worden war.

»Genau das. Was hat es damit auf sich?«

Harriet schob ihre Brille die Nase hoch. »Die gehörten mal zum COI.«

»Zum CO was?«, fragte Jayne.

»Zum Coordinator of Information. Eine Regierungsabteilung, die sich mit Propaganda beschäftigt. Unserer und ihrer.« Sie wies mit dem Kinn auf ein düsteres Plakat, das ein sinkendes Schiff unter der Überschrift »Jemand hat geredet!« zeigte. »Die sind für Plakate wie das da verantwortlich.«

»Und sitzen hier in New York?«, fragte ich.

Sie nickte. »In New York und in Washington. Vielleicht haben sie auch noch anderswo Büros, aber von diesen beiden weiß ich sicher. Warum?« In der Frage lag ein Anflug von Verzweiflung, als sei es Harriets sehnlichster Wunsch, jemanden im Shaw House zu haben, der sich genauso sehr wegen des Krieges sorgte wie sie. Ich verstand ihr Bedürfnis nach etwas Gemeinsamkeit, aber Jayne und ich wollten nicht in eine Diskussion verwickelt werden, von der wir nichts verstanden. Der Krieg war für uns einfach nicht das gleiche wie für sie, und auch wenn es kaltherzig und armselig war: Damals glaubten wir wirklich noch, Europa würde uns in Ruhe

lassen, wenn wir unsere Nase nicht in seine Angelegenheiten steckten.

»Nur so«, antwortete ich Harriet. »Da stand was in
der *Times.* Jayne und ich haben überlegt, wer etwas darüber wissen könnte, und sind auf dich gekommen. Hast
du eine Ahnung, wo dieses Büro liegt?«

Sie tauchte in einen Stapel aus Büchern und Zeitungen ab. Das *Rote Kreuz Erste-Hilfe-Handbuch* stürzte
mit *Mission in Moskau* und Walter Lippmanns *Die
US-Außenpolitik* zu einem wüsten Haufen zusammen.
Triumphierend zog Harriet eine Ausgabe der *Times*
vom Wochenanfang heraus und suchte nach einem bestimmten Artikel über die New Yorker Rekrutierungs-
büros der US-Armee. »Die sitzen anscheinend in Mur-
ray Hill. 42. Straße Nummer 122. Das müsste im Chanin
Building sein. Wenn ihr mögt, kann ich –«

»Nein«, sagte Jayne. »Das war alles, mehr brauchen
wir nicht, aber vielen Dank.«

In dieser Nacht träumte ich von Jack. Wahrscheinlich
vermisste ich ihn. Ich träumte von der Premiere am
People's Theatre. Er hatte Urlaub bekommen, um mich
auftreten zu sehen. Als der Vorhang fiel, erkannte ich
ihn in der Mitte der dritten Reihe. Während das Publikum höflich von seinen Sitzen aus applaudierte, war er
der Einzige, der mir Standing Ovations gab und ausdau-
ernd und begeistert pfiff. Ich versuchte in den Zuschauerraum zu gelangen, aber die schweren Samt- und
Baumwollbahnen vereitelten meine Bemühungen. Als
ich mich endlich freigekämpft hatte und vor den Sitzrei-
hen stand, waren die Lichter gelöscht, die Plätze leer
und Jack nirgends mehr zu sehen.

Am nächsten Morgen wachte ich mit fürchterlichen Kopfschmerzen auf und blieb so lange im Bett liegen, bis das Licht, das durchs Fenster sickerte, meine Todessehnsüchte etwas milderte. Jayne war schon weg, hatte mir aber eine Nachricht hinterlassen: Sie war zum Vorsprechen bei Grinsefetti gegangen und wollte mich gern zum Mittagessen treffen.

Ich bekam meinen Traum nicht mehr aus dem Kopf. Überall immer nur Zeichen zu sehen ist eigentlich nicht meine Art, aber das war vielleicht doch eine Aufforderung, Jack zu schreiben. In Gedanken fing ich einen Brief an, kam aber nicht weiter als »Entschuldige, dass ich mich nicht gemeldet habe«. Eine Entschuldigung, die sich hölzern und unangemessen anfühlte. Wir hatten uns auch vorher noch nie geschrieben. Ja gut, kleine Kärtchen in Premierensträußen, aber die waren knapp und herkömmlich, keine liebestollen Minne-Papierstapel, wie sie Jayne schon von früheren Freunden zugeschickt bekommen hatte. Ich war immer stolz darauf gewesen, dass wir es nicht nötig hatten, uns Gefühligkeiten vorzuspielen, sondern uns unsere Gefühle zeigen konnten. Wie alle großen Schauspieler drückten wir unsere Emotionen nämlich durch unsere Handlungen aus.

Churchill stolzierte um mein Bett herum und wartete darauf, dass ich der Spur, die er am Abend zuvor gelegt hatte, folgte und Kontakt zu Henry Nussbaum aufnahm. Ich kam zum Schluss, dass es einfacher war, mich einem vollkommen Fremden zu stellen, als mich mit jemandem auseinanderzusetzen, der mir nur allzu vertraut war. Also zog ich mich an und ging zur Subway. Um kurz vor zehn stand ich in dem reich verzierten Chanin Building und starrte auf das bronzene Relief der New Yorker Skyline, während ich auf den Aufzug wartete. Zehn Minuten später war ich in der sechsundzwanzigsten Etage, wo ich mein Ziel geortet hatte und mir jetzt den Kopf zerbrach, wie ich weiter vorgehen sollte.

Schon im Eingangsbereich des OWI war nicht zu übersehen, dass es sich hier um eine Meldestelle für Spinner handelte, die glaubten, ihre Nachbarn oder die Nachbarn ihrer Nachbarn unterstützten im Geheimen die Nazis, indem sie Telefonleitungen anzapften oder illegale Post beziehungsweise Radiosendungen empfingen. Eine Gruppe sehr ernsthafter Leute mit nervösem Blick wartete in einer mäandernden Schlange vor dem Schreibtisch einer Empfangsdame. Ich konnte das betreffende Fräulein nicht sehen, aber ich hörte, wie sie mit den immergleichen Sätzen jeden Schlangesteher anbellte: wie die Zettel auszufüllen seien, auf welchen Stapel sie gehörten und dass man sich melden würde, falls ihr Fall zu verfolgen sei. Jeder Dritte versuchte mit ihr zu diskutieren, was aber jeweils nur dazu führte, dass die Dame die Lautstärke aufdrehte und ihre Ansage wiederholte.

Ich vertrieb mir die Zeit damit, Bekanntmachungen der Regierung zu lesen, die davor warnten, das Falsche zum Falschen zu sagen. Als sich die Warteschlange aufgelöst hatte, prüfte ich mein Äußeres im Spiegel der Aufzugtüren, setzte mir keck den Hut schief auf, näherte mich der Empfangsdame und fragte, ob ich den Herrn des Hauses sprechen dürfte.

»Man bittet Mr. Nussbaum nicht zum Gespräch. Er bittet Sie darum.« Sie war stark geschminkt und hatte sich herausgeputzt wie die Andrews Sisters. Ohne die-

sen großen Leberfleck neben der Nase hätte sie als attraktiv gelten können.

»Ich glaube, mich wird er sprechen wollen«, sagte
ich.

Mit ihrem Bleistift klopfte sie einen Morsecode auf
einen Stapel Flugblätter, die die Leistungen schwarzer
Soldaten lobten. »Und warum das?«

Ich beugte mich zu ihr herunter und senkte die Stimme. »Weil ich Informationen für ihn habe. Über die
Deutschen.«

Sie schob mir ein Klemmbrett hin. »Füllen Sie das
aus, geben Sie es mir zurück, Sie werden angerufen, falls
es wichtig sein sollte.«

»Haben Sie mich nicht verstanden?«, fragte ich. »Was
ich weiß, könnte die Wendung im Krieg bringen.«

Der Leberfleck verrutschte, und einen trügerischen
Moment lang sah er aus wie ein schrecklicher Parasit,
von dessen Anwesenheit sie keine Ahnung hatte. »Hören Sie, Schätzchen, jeden Tag kommen hier fünfzig
Leute rein, die alle todsicher sind, dass das, was sie wissen, der Schlüssel zum Sieg ist. Neun von zehn ticken
nicht richtig. Deswegen sage ich Ihnen: Solange Sie
nicht Hitler persönlich sind, kommen Sie nicht in sein
Büro.«

Ein kurzer Späherblick über den Schreibtisch von
Miss Freundlich 1943 ließ mich eine hausinterne Notiz
entdecken, die an zwei Frauen adressiert war: Violet
und Edith.

Im Geist warf ich eine Münze, dann holte ich mit einer zackigen Bewegung Stift und Notizbuch aus der Tasche. »Ich bin beeindruckt, Edith.«

»Woher wissen Sie, wie ich ...?«

Ich schlug das Notizbuch auf und kritzelte irgendwelchen Unsinn auf die erste leere Seite, dann musterte
ich sie eingehend. »Ich muss mich für mein Vorgehen
entschuldigen, aber es gibt eben keinen besseren Weg
zur Überprüfung der Sicherheit, als sich selbst als Teil
des Problems auszugeben. Ich komme vom Effizienzmi-
nisterium. Und leider haben wir eine ganze Reihe Beschwerden über Ihre Dienststelle bekommen.«

»Beschwerden?« Sie stützte das Kinn in die Hand.

»Meine Vorgesetzten wundern sich ein wenig über
die Zahlen, die Ihre Abteilung produziert. Die Eingänge
stehen in keinem Verhältnis zu den Ergebnissen, und
wenn das der Fall ist, können Sie sicher sein, dass Köpfe
rollen.« Verwirrung ließ ihren Leberfleck nach Norden
und ihren Mund nach Süden wandern. »Es gibt Hinweise darauf, dass OZBs hier gleich ein persönliches Gespräch bekommen haben, statt ihre Eingaben über den
normalen Dienstweg zu machen, was die Abläufe erheb-
lich verlangsamt hat, ganz besonders in Fällen zweifel-
hafter Behauptungen.«

Der Leberfleck kehrte an seinen Platz zurück. Auch
wenn Edith keine Ahnung hatte, wovon ich sprach,
nahm sie mir doch so langsam ab, was ich zu sein vorgab. »Was ist ein OZB?«

Eine willkürlich gewählte Abkürzung, die mich amtlich klingen lassen sollte. »Eine Objektive Zeugenbe-
hauptung. Wir nennen sie so, weil es neutraler klingt.
Wie auch immer: Sie halten die Stellung hier ganz vorbildlich. Wenn Sie mit jedem, der hier hereinkommt, so
verfahren wie mit mir gerade, dann kann ich Mr. Nussbaum wohl versichern, dass seine Beschwerden völlig
anlasslos sind.«

Ein Kaugummi, den sie in ihrer Backe zwischengela-
gert haben musste, gewann an Lebhaftigkeit. »Mr. Nussbaum hat sich über mich beschwert? Aber er macht so
einen netten Eindruck. Noch zu Weihnachten hat er mir
eine Stechpalme geschenkt.«

»Darf ich mich setzen?«, fragte ich.

»Natürlich.«

Ich zog mir einen Metallstuhl heran und pflanzte
mich direkt neben ihren Schreibtisch. »Sie sind mir sym-
pathisch, Edith. Offensichtlich arbeiten Sie hart, und
seien wir mal ehrlich: Wir Frauen in Regierungsdiensten
müssen doch zusammenhalten. Was ich Ihnen jetzt sage,
ist absolut vertraulich. Ich kann mich darauf verlassen,
dass es unter uns bleibt?«

»Natürlich.«

»Mr. Nussbaum hat mehrere Beschwerden einge-
reicht, die darauf hinweisen, dass Ihre Professionalität
einiges zu wünschen übrig lässt. Ich bin heute hier, um
auf seine Veranlassung hin eine Untersuchung durchzu-
führen. Aber angesichts dessen, was ich gesehen habe,
glaube ich langsam, dass Mr. Nussbaum, sagen wir mal
so, einfach den Schwarzen Peter weitergereicht hat.« Ich
rutschte auf dem Stuhl ein Stück nach vorn und senkte
die Stimme noch weiter. »Die Erfahrung, dass ein hö-
heres Tier die Schuld für die Defizite seiner Abteilung
einem Rangniedrigeren in die Schuhe schiebt, mache
ich oft. Meistens ist sich derjenige seiner Fehler bewusst,
will aber eben vermeiden, dass man sie bis zu ihm zu-
rückverfolgen kann. Für ihn sind Sie entbehrlich, aber
ob wir Sie deswegen gleich feuern, wie er wollte ...«

Ihr Mund klappte auf, und der Kaugummi fiel auf den
Schreibtisch. »Er will mich feuern ...?!«

Ich winkte ab. »*Falls* wir das wirklich täten, würde Ihrer Nachfolgerin das Gleiche passieren und der danach wieder. Damit er Sie also nicht noch mal hereinlegt, werde ich ihm jetzt einen Überraschungsbesuch abstatten und herausfinden, was in seinem Büro so vor sich geht. Helfen Sie mir dabei, Edith?«

Sie steckte sich den Kaugummi wieder in den Mund und straffte die Schultern. »Was soll ich tun?«

»Sagen Sie ihm, dass ein dringlicher Hinweis an ihn zurückgestellt wurde, der sofort bearbeitet werden muss. Und sagen Sie ihm, mein Name ist Ruby Priest.«

Fünf Minuten später setzte mich Edith mit einem wissenden Zwinkern und einer Tasse lauwarmem Kaffee in einem klaustrophobisch engen Büro ab, das sich am Ende eines langen Flurs befand. Während ich auf Nussbaums Erscheinen wartete, trank ich bedächtig meinen Kaffee.

Das Zimmer war von amtstypischer Eintönigkeit. An einer Wand standen graumetallene Aktenschränke, der Schreibtisch an der anderen Wand passte genau dazu. Durch die schweren Vorhänge konnte man das großartige Chrysler Building sehen, aber die karge Inneneinrichtung ließ diesen Ausblick wirken wie eine fein säuberlich abgemessene Dosis, die weder zu stören noch anzuregen hatte. An den Wänden hingen einige gerahmte Zeitungsartikel, die Nussbaums militärischer Laufbahn vor seinem Eintritt ins OWI Respekt zollten. Der älteste Artikel war von 1918 und berichtete vom Überlebenskampf der Truppen im harten französischen Winter. Nussbaum und ein Mann namens Alan Detmire wurden zitiert und erklärten, wie man die Moral in der

Truppe hochhalten konnte. Nussbaum schwor auf Lie-
dersingen, Detmire auf Sketche.

Nussbaum war also ein Kriegsveteran mit einer
Schwäche für Lagerfeuerlieder. Gut zu wissen.

Auf seinem Schreibtisch lag stapelweise Papier. Der
eine Stapel bestand ausschließlich aus Formularen, wie
Edith mir eines unter die Nase gehalten hatte. Die un-
terschiedlichsten Absurditäten wurden da behauptet.
Auf dem anderen lag ein Mischmasch aus zusammen-
hanglosem Zeug: Romane, Radioprogramme, Zeitungen,
Museumskataloge, Theaterprogrammhefte und Briefe
von Hollywood-Produzenten, die ihre anstehenden Projekte ankündigten. Entweder wurde Nussbaum für seine private Abendgestaltung bezahlt, oder es ging hier
um etwas anderes.

Ich durchwühlte so viel wie möglich und blieb
schließlich an der Zeitung hängen, die ganz oben auf
dem zweiten Stapel lag. Auf der Titelseite wurde prophezeit, was der Präsident an diesem Tag in seiner Rede
vor dem Kongress sagen würde. Ich übersprang das zugunsten eines Artikels über Errol Flynns bevorstehenden Prozess, nahm zur Kenntnis, dass *My Sister Eileen*
nach 866 Aufführungen endlich abgesetzt wurde, und
wandte mich schließlich einer Kurzmeldung über Bentleys Stück zu, dessen Neufinanzierung anscheinend ge-
sichert war. Mitte Februar sollte die Premiere sein, ganz
nach Plan.

Ich hatte gute Lust, die Meldung auszureißen und an
Rubys Tür zu kleben.

»Miss Priest?« Ein Mann in einem grauen, auf die Aktenschränke abgestimmten Nadelstreifenanzug betrat
den Raum. »Ich bin Henry Nussbaum. Es tut mir sehr
leid, dass Sie warten mussten.« Er reichte mir die Hand.

Ich legte die Zeitung weg und erwiderte den Händedruck. Seine Haut war warm, seine Nägel poliert und
manikürt. »Sie müssen sich nicht entschuldigen. Ich habe mich inzwischen auf den neuesten Stand der Nach-
richtenlage gebracht.«

Mit militärischer Präzision – offenbar war er geübt
darin, mit seinen Energien zu haushalten – zog er das
Jackett aus. An seinen Schläfen wuchs kohlraben-
schwarzes Haar. Feine Linien durchzogen seine Stirn
und fächerten sich um die Augenwinkel. Er wirkte wie
Ende vierzig, aber nach der Sorgfalt zu urteilen, mit der
er sein Erscheinungsbild bedachte, war er wahrscheinlich knapp sechzig.

»Ich weiß nicht, was Sie meiner Sekretärin erzählt haben, sie ist ja förmlich aus dem Häuschen.« Er nahm
seinen Platz hinter dem Schreibtisch ein und formte die
Hände zu einem Dreieck. »Was kann ich für Sie tun?«

Ich hatte mich ausschließlich darauf konzentriert, an
Nussbaum heranzukommen. Dass ich dann auch irgendetwas zu ihm sagen musste, hatte ich völlig außer acht
gelassen. Draußen ratterte die Third-Avenue-Linie vorbei und ließ das ganze Gebäude vibrieren.

»Miss Priest?«

Ich sank in mich zusammen. »Ich habe gelogen. Ich
habe keine Informationen für Sie. Ich bin hier, weil ich
welche von Ihnen will.« Er antwortete nicht, wippte aber
mit dem Fuß wie jemand, der signalisieren will, dass seine Zeit kostbar ist. »Ich habe Ihren Namen von jemandem bekommen, der behauptet, Sie hätten ihm etwas
gestohlen. Dieser Jemand hat zwar schon mehrfach gelogen, aber ich wollte der Sache trotzdem nachgehen.
Nur für den Fall.«

Nichts in seinem Gesichtsausdruck deutete darauf hin, dass er wusste, wovon ich sprach – und trotzdem hatte sich seine Mimik so verändert, dass ich es schon bereute, etwas gesagt zu haben. Was, wenn der falsche Fielding Recht hatte und Nussbaum hinter der Sache mit dem Stück steckte? Noch schlimmer: Was, wenn ich hier in eine Falle getappt war und der falsche Fielding sich nicht mal mehr die Mühe machen musste, mich eigenhändig loszuwerden?

»Wer sind Sie?«, fragte Nussbaum.

Ich suchte verzweifelt nach einer Antwort, die ihn zufriedenstellen, mich aber nicht gänzlich verraten würde. »Ich bin Schauspielerin ... und Detektivin.«

»Ein weiblicher Detektiv?« Wie er das sagte, war klar, dass diese beiden Begriffe für ihn nicht kompatibel waren. Eins zu Null für mich. »Wer hat mich dieses Diebstahls beschuldigt?«

Ich zog verschiedene Alternativen in Erwägung. Wenn ich jetzt einfach ging, wäre das Ganze nichts weiter als eine Kaffeefahrt gewesen. Wenn ich einen Teil der Wahrheit sagte, konnte ich vielleicht schlauer aus ihm werden, ohne mich selbst noch weiter reinzureiten. »Ich bin mir nicht sicher. Er behauptete, sein Name sei Raymond Fielding. Was aber nicht sein kann, denn Raymond Fielding ist tot.«

Sein Gesichtsausdruck blieb kühl und unbeteiligt.

»Kommt Ihnen der Name irgendwie bekannt vor?«, fragte ich.

Er runzelte die Stirn. »Nein, tut mir leid. Und was behauptet dieser Mann, soll ich gestohlen haben?«

Ich saß ihm so nah gegenüber, dass es mir schwerfiel zu lügen. In meinen Groschenromanen hätte die Heldin ihren Atem leicht unter Kontrolle bekommen und dem Verdächtigen dann, ohne mit der Wimper zu zucken, in die Augen geblickt. Mir gelang nichts davon, weswegen ich aufstand und langsam im Büro umherspazierte, was ihn aber nur darauf aufmerksam machte, wie groß und schwerfällig meine Füße waren. »Er hat sich nicht besonders klar ausgedrückt. Ich weiß nur, dass es um irgendwelche Papiere geht.«

Am Fenster zog ich die Vorhänge weit genug auseinander, um einen Blick auf die Straße zu werfen. Die unteren Ecken des Gebäudes sprangen hervor, man konnte in einige tiefer gelegene Büros hineinsehen. In jedem saß ein Mann wie Nussbaum, schob Papierkram hin und her und trank dazu endlos viele Tassen Kaffee.

Ich drehte mich wieder zu ihm um. »Wenn Sie Fielding gar nicht kennen, kann man wahrscheinlich davon ausgehen, dass Sie ihn auch nicht bestohlen haben.«

Er lehnte sich in seinem Stuhl zurück. »Das klingt einleuchtend.«

»Ich komme mir sehr dumm vor, weil ich Sie mit dieser Sache belästige. Besonders weil ich selbst so wenige Informationen in der Hand habe. Aber Sie waren meine einzige Spur.« Ich setzte mich wieder und schlug die Beine übereinander. »Darf ich fragen, was Sie hier genau machen?«

»Wir sind eine Unterabteilung der US-Armee, die sorgfältig überwacht, welche Informationen über den Krieg an die Öffentlichkeit gelangen.«

Ich borgte mir bei Jayne die aufgerissenen Augen und die hochgeschraubte Stimme. »Wie das denn?«

Offenbar wirkte ich ausreichend harmlos, denn anstatt mich zum Gehen zu aufzufordern, entschied er sich, mich zu belehren. »Die Deutschen sind auf dem Gebiet der Propaganda, wie wir es nennen, sehr gut geworden. Unsere Aufgabe ist es, die Verbreitung von Fehlinformationen im In- und Ausland zu verhindern.«

»Den Plakaten im Empfangsbereich nach zu urteilen, empfehlen Sie nicht nur den Deutschen, ihre Zunge zu hüten, sondern wollen auch uns zur Diskretion verpflichten, richtig?«

»Jeder muss in Kriegszeiten sein Scherflein beitragen. Unbegründete Gerüchte können der Kampfmoral äußerst abträglich sein. Gleichzeitig muss eine demokratische Regierung, die ihre Pläne der Bevölkerung mitteilt, die Bürger eben dazu anhalten, mit diesen Informationen vertraulich umzugehen.«

Ich nickte, um ihm zu zeigen, wie clever ich war. »Wahrscheinlich liegt Ihnen nicht viel an Leuten, die Ihre Meinung nicht teilen, oder?«

Nussbaum sah mir in die Augen. »Jeder hat das Recht auf freie Meinungsäußerung. Aber wir werben für Patriotismus, das schon.«

»Zum Beispiel mit *rah, rah, siss boom bah* – *Alliierte vor!?*«

Sein Lächeln war so dünn wie eine Schnittwunde von einem Blatt Papier. »So ungefähr. Wir wollen ein positives Image von uns und unseren Alliierten befördern. Umgekehrt missbilligen wir die stereotype Darstellung der Achsenmächte. Wenn sich ein Land im Krieg befindet, kann es vorkommen, dass das Volk die Regierung in Frage stellt. Einige drücken ihr Unbehagen öffentlich aus und bringen so immer mehr anfällige Individuen dazu, ihre Meinung zu teilen, auch wenn sie die vielleicht gar nicht verstehen. Das kann gefährlich sein, wie wir am Aufstieg des Nationalsozialismus gesehen haben. Wenn Gerüchte in Umlauf gebracht werden, die Menschen oder Beziehungen gefährden, bemühen wir uns, die Verbreitung dieser Fehlinformationen zu unterbinden.«

Ein Gedanke blitzte in meinen Hirnwindungen auf. Was, wenn Fielding genau das getan hatte? Falls einige seiner letzten Stücke politischer Natur waren, konnte er schließlich etwas geschrieben haben, das nicht nur die Regierung in Frage stellte, sondern das ganze Land in Gefahr brachte. Vielleicht hatte er aber auch gar nicht vorgehabt, es auf die Bühne zu bringen, und dann hatte es jemand geklaut mit genau dieser Absicht, nämlich potentiell gefährliches Ideengut in Umlauf zu bringen und gleichzeitig Fielding in der Patsche sitzen zu sehen.

Wenn es so war: Wer war dann der falsche Fielding, und warum interessierte ihn das alles?

»Was würden Sie unternehmen, um etwas zu unterbinden, das Sie für gefährlich halten?«, fragte ich.

Nussbaum lachte ein Lachen, das er für entwaffnend hielt, das auf mich aber herablassend wirkte. »Die Leute haben ein Recht auf ihre Ansichten. Wir halten sie natürlich nicht davon ab, ihnen Ausdruck zu verleihen. Falls sie aber vorhaben sollten, eine größere Öffentlichkeit anzusprechen, kontaktieren wir die beteiligten Personen und klären sie über die Risiken auf, die sie verursachen.«

Ich fragte mich, wie derartige Unterhaltungen abliefen.

»Haben Sie noch weitere Fragen, Miss Priest?«

Ich leckte mir über die Lippen. Meine Theorie hatte einen Haken. Wenn Fielding wirklich Staatsgeheimnisse

hütete, dann war der Wert dieser Informationen immer
nur ein sehr kurzfristiger. Das Stück hatte er wahrscheinlich Monate vor seinem Tod geschrieben, und was immer er gewusst hatte, konnte so wichtig jetzt nicht mehr
sein oder hatte zumindest einiges an Sprengkraft einge-
büßt. Da steckte noch irgendetwas anderes dahinter.

»Was würde Sie schockieren?«, erkundigte ich mich
unumwunden.

Nussbaum hielt meinem Blick stand, und ich fragte
mich, ob unsere Regierung schon so weit war, dass sie
aus dem Licht, das sich in einer Pupille brach, Absichten
ablesen konnte. »Ich werde dafür bezahlt, dass ich mich
nie überraschen lasse.«

»Dann werde ich mich hüten, je eine Überraschungs-
party für Sie auszurichten, ohne Sie vorher zu informie-
ren. Aber ich habe nicht gefragt, was Sie überrascht,
sondern was Sie schockiert.« Er blickte mir immer noch
direkt in die Augen, was sich für mich ähnlich merkwürdig anfühlte, wie wenn ich eine Stechmücke auf meinem
Arm anstarrte: So faszinierend dieses Geschöpf aus der
Nähe auch war – trotzdem war es gerade damit beschäftigt, mir Blut aus dem Körper zu saugen.

Schließlich schaute er weg und schlug die Hände zusammen. »Meiner Ansicht nach kaum ein messbarer Unterschied. In meiner Branche gibt es nichts Schockierendes.«

»Vielen Dank.« Ich griff nach meiner Handtasche und
ging zur Tür. »Vielen Dank, dass Sie sich die Zeit für
mich genommen haben.«

Er stand auf und gab mir die Hand. »Es war mir eine
Freude, Miss Priest. Kann ich sonst noch etwas für Sie
tun?«

»Ja«, antwortete ich. »Richten Sie doch Ihrer Sekretärin meine besten Grüße aus. Und lassen Sie sie wissen,
dass ihr Job hier sicher ist.«

11 Schade, dass sie eine Hure war

Nach der Episode in Nussbaums Büro kaufte ich bei
A&P Katzenfutter und nahm dann die Subway zur
53. Straße, Ecke Seventh Avenue. Seit dem Vortag war
es merklich wärmer geworden, so dass das, was eigentlich ein eindrucksvoller Schneesturm gewesen wäre,
zum unbarmherzigen Dauerregen wurde. Trotz des lausigen Wetters drängten sich die Menschen auf den Bür-
gersteigen. Männer, die zum Mittagessen nach Hause
wollten, kurvten auf ihren Fahrrädern mitten durch die
Fußgängermassen. In einer langen Reihe standen Frauen
vor einer Metzgerei, die Lebensmittelkarten in den Händen, und warteten auf ihre Fleischzuteilung. Eine ganze
Traube drängte sich um einen Kiosk und nahm die
Abendzeitungen in Augenschein, während Josef Stalin,
laut *Time Magazine* der Mann des Jahres, von seinem
Hochglanzcover aus in den Regen starrte. Eine Gruppe
Mädchen stand vor einem Briefkasten – jede von ihnen
wartete geduldig, bis die Reihe an ihr war, eine Handvoll Feldpost durch den Schlitz zu werfen. Ein Schild
vorn am Kasten fragte: »Können Sie reinen Gewissens
an einem Briefkasten vorbeigehen?« Konnte ich nicht,
also wechselte ich die Straßenseite.

Ich hatte nicht daran gedacht, einen Regenschirm
mitzunehmen, weswegen ich von Markise zu Markise
rannte, bis ich endlich vor dem Ziegfeld stand, wo Jayne
ihr Vorsprechen hatte. Eigentlich wollte ich draußen auf
sie warten, aber das mir bereits vertraute nagende Gefühl, beobachtet zu werden, machte aus meiner sowieso

schon schlechten Laune eine katastrophale Laune. Ich suchte jedes Grüppchen, jedes Fenster und jeden nassen Passanten nach einem Anhaltspunkt für mein Unwohlsein ab, was aber ausschließlich dazu führte, dass mir noch einmal klarer wurde, wie viele Menschen eine potentielle Gefahr darstellten. Als ich die wachsende Angst nicht länger aushalten konnte, floh ich ins Innere des Theaters und presste meine Nase gegen die kleinen rautenförmigen Fenster in der Tür zum Zuschauersaal.

Das Vorsprechen war gerade zu Ende. Die Tänzerinnen suchten ihre Sachen zusammen, und ein pockennarbiger Bühnenmanager mit der Stimme von Mickey Rooney verkündete zum wiederholten Mal, dass die Entscheidung hinsichtlich der Besetzung in zwei Tagen bekanntgegeben würde. Grinsefetti bedeutete Jayne, zu ihm an den Tisch zu kommen, und die beiden steckten die Köpfe zusammen. Als der Plausch beendet war und Jaynes Blick auf mich fiel, kam sie sofort ins Foyer gestürmt.

»Ich gehe davon aus, dass euer kleines Privatschwätzchen ein Angebot war?«, fragte ich.

»Ja, ich bin gerade zum fünfzigsten Mal Mitglied in einem Revue-Tanzensemble geworden.«

»Gewinnst du eine Armbanduhr, wenn du die Hundert vollmachst?« Ich nahm ihr die Tasche ab, damit sie ihren Mantel zuknöpfen konnte.

»Hoffentlich. O Gott, was für eine grauenvolle Show.«

»Grauenvoll ist vielleicht das falsche Wort. Gut, an Lawrence Bentley reicht sie nicht ran, aber nicht jedes Theater kann nach derartigen Höhen der Mittelmäßigkeit streben.« Wir schoben uns durch die Tür und auf die Straße. »Auf der anderen Seite: Du bist im Ziegfeld. Das ist ja auch nicht gerade nichts.«

»Ich möchte nur irgendwann auch mal eine richtige Rolle haben.« Sie seufzte und streifte sich ein Paar abgetragener Wollfäustlinge über. »Wie war's bei Nussbaum?«

»Interessant. Das OWI geht nämlich nicht nur gegen die Verbreitung pro-deutscher Propaganda vor, es überwacht auch streng alle negativen Meinungen zur Rolle der USA im Krieg. Und zwar nicht nur in Zeitungen und im Radio – vor der Veröffentlichung wird jeder Film, jedes Buch, jedes Lied und jedes Theaterstück überprüft, und wenn denen die Aussage darin nicht gefällt, beerdigen sie die Sache.«

»Wow«, sagte Jayne. »Und was hat das mit Fielding zu tun?«

»Bin ich mir nicht sicher.« Eine Menschentraube hatte sich vor dem Möbelgeschäft B&K gebildet, wo man ein Radio nahe dem Eingang aufgestellt hatte. Wir gesellten uns just in dem Moment zu dem unter dem Vordach zusammengedrängten Grüppchen, als Roosevelt Punkt halb eins seine Rede zur Lage der Nation begann. Siebenundvierzig Minuten lang hörten wir dem Präsidenten dabei zu, wie er unsere Anstrengungen lobte, für fortgesetztes Vertrauen warb und den Sieg innerhalb der nächsten Monate prophezeite. Durch den Wolkenbruch hindurch erinnerte er daran, dass nichts davon umsonst war, und sammelte so wieder alle hinter sich, die genug hatten von Tod und Entbehrung. »In diesem Krieg ums Überleben müssen wir uns nicht nur das Böse vor Augen halten, gegen das wir kämpfen, sondern auch das Gute, für das wir kämpfen. Wir kämpfen für den Erhalt einer großen Vergangenheit – und wir kämpfen für den Aufbau einer noch größeren Zukunft.«

Als sich die Rede ihrem Ende näherte, war mein Gehirn schon längst an einer ganz anderen Front.

»Rosie?« Jayne wedelte mit der Hand vor meiner Nase herum. »Jemand zu Hause?«

Die Menge um uns verlor sich, auf den Gesichtern stand ein seliges Lächeln, die Stimmen klangen unbeschwert und ausgelassen.

»Rosie?«

»Was ist, wenn ich gar nicht zu Nussbaum geschickt worden bin, um Informationen zu bekommen? Wenn ich da hinsollte, um welche weiterzugeben? Vielleicht hat mir der falsche Fielding nur erzählt, dass Nussbaum ein Verdächtiger ist, damit ich da hingehe und die Regierung auf eine heiße Spur bringe?« Das würde erklären, warum Nussbaum so tat, als ob ihm Fieldings Name nichts sagte – weil er ihm wirklich nichts sagte. Ich war hingeschickt worden, um ihn auf den Fall anzusetzen, genauso wie der falsche Fielding mich darauf angesetzt hatte.

»Aber warum?«, fragte Jayne.

»Vielleicht dachte er, je mehr Leute danach suchen, desto besser.«

Jayne hakte sich bei mir unter, und wir gingen wieder hinaus in den Regen. »Das wäre doch gar nicht so schlecht«, sagte sie. »Wenn diese Propagandaleute dafür bezahlt werden, dass sie solche Sachen aus dem Verkehr ziehen, finden sie das Stück bestimmt viel schneller als wir. Und dann brauchen wir uns darum schon keine Sorgen mehr zu machen.« Sie hatte Recht, aber irgendetwas ging bei dieser Rechnung nicht ganz auf. Ich drehte mich auf dem Absatz um und lief zurück Richtung Subway-Station. »Wo willst du hin?« Ich antwortete nicht. »Wir fahren zu deinem alten Büro, stimmt's?«

»Vielleicht.«

»Rosie, du hast gesagt, dass wir da nicht mehr hinge-hen.«

»Nein, *du* hast gesagt, ich soll da nicht mehr hinge-hen. Ich habe nur nicht widersprochen.«

Jayne seufzte und band sich ein Tuch über die Haare. »Du hast Glück, ich bin guter Laune«, meinte sie. »Fünf Minuten gebe ich dir. Ein einziges Anzeichen von Ärger, und ich bin weg.«

Als wir an der 42. Straße aus dem Zug sprangen, setzte der Regen erneut ein und zwang uns, die verbleibende Strecke zu McCain & Sohn im Dauerlauf zu bewältigen. Im Eingangsbereich wrangen wir unsere Kleidung aus, schlüpften aus den Schuhen und verständigten uns dann wortlos darauf, auf Zehenspitzen die Treppe hoch-zuschleichen – nur für den Fall, dass jemand auf uns wartete. Das Gebäude lag in seliger Ruh', als hätte Roosevelts Rede die anderen Mieter derartig aufgehei-tert, dass sie alle zum Feiern außer Haus gegangen wa-ren. Trotz der Stille strahlte es aber die bedrückende Atmosphäre einer besetzten Zone aus, die uns an jeder dunklen Ecke vorsichtig vorbeigehen ließ. Und hinter jeder geschlossenen Tür vermutete ich jemanden, der mit dem Ohr am Holz lauerte, um keine unserer Bewe-gungen zu verpassen.

Mein Plan bestand darin, den Ordner mit den Pro-grammheften aus Jims Büro zu mopsen. Jetzt, wo ich genauer wusste, wonach ich suchte, war ich mir ziemlich sicher, dass ich beim ersten Mal etwas übersehen hatte. Als wir im obersten Stock ankamen, hatte ich von der anstrengenden Leisetreterei einen Krampf im Fuß. Jayne und ich verharrten im Flur vor dem Büro und lauschten nach drinnen. Sobald wir uns vergewissert hatten, dass das einzige Geräusch unser eigener Atem war, drehte ich den Knauf. Die Tür war nicht verschlossen.

Ich stellte mich darauf ein, auf einen unwillkommenen Besucher zu treffen – mit dem Rücken zur Wand, Knarre im Anschlag. Aber anstatt ein Hände-Hoch zu hören, betraten wir ein leeres Büro. Jemand hatte reinen Tisch gemacht: Alle Möbel und – und das war der eigentliche Punkt – sämtliche Akten waren weg. Nur das Telefon stand noch da.

»Wer macht denn so was?«, fragte ich.

»Vielleicht hat Agnes sie weggeräumt.« Jayne streifte durch das vordere Büro und durchsuchte die Schränke.

»Sieht das für dich nach Agnes aus?« Jims Büro war genauso leer. Sogar der Mülleimer, in den ich den Revolver geworfen hatte, war weg. Ich ging einmal quer durchs Zimmer und schnipste dabei mit den Fingern, um mein Gehirn zu schnellerem Arbeiten zu bewegen. Warum hatte jemand ausgerechnet jetzt noch die Akten stibitzt, obwohl es vorher doch mehr als genug Gelegenheiten dafür gegeben hatte? Wenn der Mörder sie haben wollte, hätte er sie doch gleich in der Nacht von Jims Tod mitnehmen können. Es sei denn, er wollte nicht, dass man ihr Fehlen bemerkte und dann die These von Jims Selbstmord in Frage stellte.

»Die Mafiosi vielleicht?«, schlug Jayne vor. »Hattest du nicht erzählt, dass sie bei der Beerdigung über das Büro geredet haben und dass man da aufräumen müsste?«

»Natürlich, das waren bestimmt die.« Auch wenn ich überzeugt klang, ich war es nicht. Der Koloss, den ich Frank getauft hatte, war Profi, und ich konnte mir nicht vorstellen, dass er oder seine Komplizen alles, sogar die Möbel, mitnahmen, um die paar Spuren, die sie mit Jim in Verbindung bringen konnten, zu verwischen.

»Können wir gehen?«, fragte Jayne. »Ich kriege hier Depressionen.«

Wir zogen die Schuhe wieder an und sammelten unsere Sachen ein. Als wir schon fast durch die Tür waren, schellte das Telefon.

»Was soll ich tun?«, fragte ich.

»Geh nicht dran«, meinte Jayne. »Das könnte eine Falle sein. Vielleicht werden wir von denen beobachtet, die die Akten gestohlen haben.«

Wir hatten das Licht im Büro nicht angemacht – von draußen kam genug Tageslicht herein –, so dass wir von der Straße aus unmöglich zu sehen waren. Es konnte uns natürlich trotzdem jemand beim Betreten des Gebäudes beobachtet haben. »Aber wenn es jemand ist, der etwas weiß?«, fragte ich. »Wenn es der falsche Fielding ist?«

Jayne biss sich auf die Lippen, und wir sahen dem Telefon zu, wie es vor Anstrengung bebte.

»Ich gehe dran«, sagte ich. Jaynes Hand griff in die Luft, denn ich hatte den Hörer schon abgenommen. »McCain und Sohn.«

»Das wird aber Zeit«, sagte Eloise McCain. »Ich habe den ganzen Morgen versucht, Sie zu erreichen.«

Lautlos artikulierte ich für Jayne ihren Namen und hockte mich neben dem Telefon auf den Boden. »Es tut mir fürchterlich leid, Eloise, aber ich habe noch ein Leben neben dem Büro. Was kann ich für Sie tun?«

»Sind die Akten gepackt?«

»Ja«, sagte ich. Waren sie ja schließlich auch. Irgendwo.

»Und haben Sie etwas Ungewöhnliches gefunden?«

»Nein. Aber ich habe auch sehr schnell gearbeitet.«

»Vielen Dank für Ihre Bemühungen.« In ihrer Stimme lag in etwa so viel Dankbarkeit, wie Bären Tischsit-
ten kannten. »Wenn es Ihnen recht ist, schicke ich Ihnen
einen Scheck.«

Ich gab ihr die Adresse des Shaw House und hörte,
wie sie jemanden anwies, ihr Stift und Papier zu holen.
Rasch wurde ihr das Gewünschte gebracht. Eine Stimme murmelte eine Frage, auf die Eloise antwortete, das
sei für den Moment alles und die Silberpolitur stehe bei
den anderen Putzmitteln.

»Ein neues Dienstmädchen?«, fragte ich.

»Woran haben Sie das denn erkannt?«

»Anderer Akzent, schnellere Reflexe. Ich wette, sie
hat sogar einen anderen Namen.«

Eloise seufzte. »Wenn Sie sich dann genug darüber
ausgelassen haben, wie ich meine Haushaltshilfen aus-
suche, hätte ich auch noch anderes zu tun. Haben Sie
mir sonst noch etwas zu sagen?«

Ich schluckte an der Wahrheit, bis meine Stimme wieder hell und fröhlich klang. »Nein, ich glaube, das ist
alles.«

»Ich bedanke mich für Ihre Hilfe, Rosie.«

An diesem Punkt hätten wir uns auch für die Zukunft
gegenseitig jede Hilfe zusichern müssen. Stattdessen
entstand eine peinliche Pause, die ich mit den Worten
beendete: »Gern geschehen. Auf Wiederhören.«

Jaynes Fuß klopfte vorwurfsvoll auf den Boden, als

ich den Hörer auflegte. »Du hast ihr nicht gesagt, dass die Akten weg sind.«

»Sie hat auch nicht gefragt. Und sie wird auch nicht fragen. Sie wird ihre Leute schicken, um die Kisten abzuholen, und sie wird ihnen die Hölle heiß machen, wenn sie erfährt, dass die Kisten nicht da sind. Soll sich das doch jemand anderes anhören. Ich wasche meine Hände in Unschuld.« Ich stand auf und klopfte mir den Rock ab.

»Das war's dann, oder? Du suchst jetzt nicht weiter nach dem Stück?«, fragte Jayne.

»Nein, das ist nicht länger unsere Angelegenheit. Falls es das Stück überhaupt gibt und derjenige, der es hat, es an die Öffentlichkeit bringen möchte, hören wir sicher sowieso bald wieder was davon.«

»Und in der Zwischenzeit?«

»Warten wir.«

12 Galante Listen

Den größten Teil des Freitags liefen Jayne und ich im Garment District herum und suchten nach einem Kleid, das zwei Anforderungen erfüllte: Ich musste darin umwerfend aussehen, und ich musste es mir leisten können. Als kein solches spektakuläres Kleidungsstück aufzutreiben war, gingen wir zum Shaw House zurück, wo ich herumschmollte und das Ganze lautstark als ein Zeichen dafür interpretierte, an diesem Abend besser zu Hause zu bleiben.

»Das kannst du nicht machen!« Da Jayne von einem Bekleidungsdilemma wie dem meinigen weit entfernt war, brachte sie nicht allzu viel Mitleid mit mir auf. Sie wollte eines dieser Fähnchen anziehen, die Tony B. ihr gekauft hatte – so tief ausgeschnitten und so hoch geschlitzt, dass der einzige Körperteil, der vor Einblicken sicher sein konnte, ihr Bauch war.

Ich legte mich aufs Bett und hievte mir einen Stapel Magazine auf den Schoß: »Glaub mir, es ist besser für uns alle, wenn ich zu Hause bleibe.« Eigentlich wollten wir in einen Branntweinschuppen gehen, der wegen des Zivilistenengpasses zu einem Gangstertreffpunkt geworden war. Ich war noch nie dagewesen, kannte aber die Art von Kneipen. Eine Frau musste auf jeden Fall ordentlich aufgebrezelt sein, um die Nacht dort zu überleben.

Jayne schürzte die Lippen und schlang die Arme um ihren Brustkorb. »Keine Ausreden, bitte.« Sie fegte hinaus und warf die Tür hinter sich zu. Churchill und ich

gaben uns von dem Melodrama ungerührt und studierten das Foto einer Frau, die sich, in ein rotes Kleid gegossen, über das gesamte Cover des *Detective Fiction
Weekly* hinweg räkelte. So musste eine Frau aussehen,
die mit Tony B. ausgehen wollte. Sie trug sogar eine Pistole.

Beim Durchblättern konnte keine der Geschichten
meine Aufmerksamkeit so recht fesseln. Dafür flatterte
aber ein Beilegzettel aufs Bett, der verkündete, wegen
der kriegsbedingten Papierknappheit werde das Magazin in Zukunft seltener erscheinen. Ich ärgerte mich,
und obendrein erinnerte mich das auch noch an Jack,
der gerade sicher nicht auf der Suche war nach etwas,
das er bei einer Verabredung tragen konnte.

»Wenn er könnte«, sagte ich zu Churchill, »würde er
aber.«

»Rosie?« Jayne öffnete die Tür und steckte den Kopf
wieder ins Zimmer. Ihr Körper folgte – und dahinter
gleich noch ein zweiter. »Heute ist unser Glückstag:
Ruby würde dir eins von ihren Kleidern leihen.« Über
Rubys Armen lagen zehn Abendkleider, jedes in Stil
und Farbe verschieden. Sie entdeckte die Lektüre meiner Wahl und warf einen Blick gen Himmel.

»Danke, aber nein danke.« Ich entließ beide mit
einem königlichen Winken. »In Rubys Fetzen würde ich
mich nicht wohlfühlen.«

»Falls du Angst hast, dass du sie zu sehr ausleierst«,
girrte Ruby, »kann ich dir auch noch einen Hüfthalter
borgen.«

Das war zu viel. Ich warf das Heft zur Seite, fuhr vom
Bett auf und zog den Bauch ein. »Auch wenn ich mir
just darüber keine Sorgen gemacht habe, weiß ich deine

Umsicht sehr zu schätzen.« Ich griff mir eines der Kleider und hielt es mir vor. Der Kommodenspiegel sagte
mir, dass die Farbe schön, aber der Schnitt ganz falsch
war.

Ruby setzte sich aufs Bett und strich die übrigen
Kleider auf ihrem Schoß glatt. »Jayne hat gesagt, dass
du heute Abend ein Blind Date hast.«

»So, hat sie das, ja?« Ich versuchte Jayne einen vernichtenden Blick zuzuwerfen, die aber sah starr aus dem
Fenster.

Ruby ließ die Wimpern flattern. »Falls du jemanden
kennenlernen möchtest – ich kenne da ein paar Jungs in
deinem Alter.«

»Oh, das ist sehr nett von dir, Rube, aber ich würde
doch vorschlagen, dass du dich auf dein eigenes Liebes-
leben konzentrierst.« Ich befreite sie von den anderen
Kleidern und ging hinter einen orientalischen Paravent,
den wir in die Ecke gequetscht hatten. »Wie kommst du
mit der Jobsuche voran?«

»Du brauchst einen Job?«, fragte Jayne.

»Nein«, schnappte Ruby. »Inzwischen haben sich ein
paar Sachen für mich ergeben.«

Ich zog mir ein rotes paillettenbesetztes Etwas über
den Kopf. »Schön für dich. Aber ja wohl nicht in Bentleys Stück, oder? Ich habe gehört, dass er neue Geldgeber gefunden hat.« Ich zog den Reißverschluss hoch
und spähte hinter dem Wandschirm hervor, bis ich mich
im Kommodenspiegel sehen konnte. Das Kleid bauschte
sich über der Brust und ließ meine Hüften knabenhaft
aussehen.

»Ich weiß nicht, was Lawrence macht oder nicht
macht«, sagte Ruby. »Radio WEAF hat mich für eine wö-

chentliche Sendung engagiert, außerdem habe ich eine Rolle in einem Stück am People's Theatre.«

Jaynes Kopf schoss von Ruby zu meinem Spiegelbild. Ich zog mich in meine Ecke zurück. »Ich dachte, das Stück sei schon fertig besetzt?«

»Ja, war es, aber der Regisseur hat sich für eine neue Ausrichtung entschieden.«

Ich riss mir das Paillettenkleid vom Leib und zog dafür etwas Schwarzes, Kratziges an. »Was heißt das?«

Ruby streichelte ihren Pelzkragen, ähnlich wie reiche alte Damen ihren kleinen Hund tätscheln. »Da bin ich mir nicht sicher. Ich weiß nur, dass sie angerufen und mir eine ziemlich große Rolle angeboten haben. Ich musste noch nicht mal zum Vorsprechen.«

Jayne räusperte sich, und ich stellte mich auf die Zehenspitzen, um ihr im Spiegel einen drohenden Blick zuzuwerfen. Leider interpretierte sie meinen Versuch, sie zum Schweigen zu bringen, falsch und erhob ihre Quietschstimme. »Bist du nicht auch in diesem Stück, Rosie?«

»Kein Kommentar«, zischte ich durch die Zähne.

»Tatsächlich?« Ruby warf mir einen Blick zu, der derart herablassend war, dass er eine Krone trug. »Dann ist das ja unser erstes gemeinsames Stück. Das wird ein Spaß!«

»Und wie.«

Sie schaute auf ihre Armbanduhr. »Wenn ihr mich entschuldigt, Mädels, ich muss noch was erledigen.« Sie öffnete die Tür. »Lass dir ruhig Zeit mit den Kleidern, aber sei vorsichtig. Ein paar davon waren sehr teuer.« Sobald sie draußen war, wagte ich mich aus meiner Höhle hervor.

Jayne fläzte auf dem Bett und zog sich Churchill auf den Schoß. »Das ist ein hübsches Kleid.«

»Schon, jetzt muss ich nur noch ein paar Ballons in meinen BH stopfen, und es passt perfekt.« Ich kämpfte mit dem Reißverschluss und ließ das Kleid auf den Boden fallen. »Warum musstest du ausgerechnet sie um Hilfe bitten?«

Churchills Schwanz wickelte sich um Jaynes Handgelenk. »Weil ich will, dass du heute Abend mitkommst.«

»Jetzt möchte ich aber nicht nur nicht ausgehen, jetzt möchte ich auch noch Ruby umbringen.«

Jayne versenkte die Finger in Churchills Nackenfell. »Du weißt, dass das nicht stimmt.«

Ich setzte einen Fuß auf das Kleid und machte absichtlich Falten in den empfindlichen Stoff. »Na gut, umbringen will ich sie nicht, aber ich hätte nichts dagegen, dabei zuzusehen, wie sie sich einen richtig schlimmen Bluterguss fängt. Sie klaut mir meine Rolle.«

»Du spinnst doch.«

Aus purer Boshaftigkeit trat ich nach dem Kleid. »Es gibt ganze zwei Frauenrollen in diesem Stück: eine Gangsterbraut und eine Hexe.«

»Sie hat gesagt, dass sie sich eine neue Ausrichtung überlegen. Vielleicht wollen sie ja jetzt mehr Frauen in dem Stück, damit das Ganze besser ausbalanciert ist.« Jayne packte Churchill unter dem Kinn und zerwuschelte sein Fell.

Ich nahm mir ein anderes Kleid und zog es über den Kopf. »Vielleicht hatte Ruby aber auch noch was gut bei denen und hat mich ausgebootet.« Meine Arme schafften es in die Ärmel, aber mein Kopf fand das Loch nicht. Ich taumelte blind herum, bis Jayne mir zu Hilfe kam und mein Haupt ans Licht brachte.

»Sie wusste doch noch nicht mal, dass man dich für dieses Stück engagiert hat.«

Die Schulternaht riss mit einem befriedigenden Geräusch. »O doch, das wusste sie. Sie hat doch die Nachricht für mich aufgeschrieben. Das ist ihre Rache.«

»Wofür?«

Ich schlug mir gegen den Schädel und hoffte, dass sich so eine logische Erklärung herauslösen würde. Eine flatterte sich auch tatsächlich frei, ich schnipste mit den Fingern. »Nachdem Bentley mit ihr Schluss gemacht hat, habe ich ihr brühwarm erzählt, dass wir ihn getroffen haben und er schwer am Flirten war.«

»Und du glaubst, deswegen will sie sich an dir rächen?« Jayne verlor die Geduld mit mir. »Es ist Freitag, Rosie. Wenn sie sich doch gegen dich entschieden hätten, dann hätten sie längst angerufen. Die lassen dich doch nicht am Montag antanzen und sagen dir dann, dass du gefeuert bist.«

Ich betrachtete mich im nächsten überteuerten, schlecht sitzenden Kleid.

»Wenn Ruby sie darum gebeten hat, schon.«

Um acht war ich ausstaffiert mit Rubys kostbarstem Kleid (brauner Taft, ausgepolstert mit meinen dicksten Socken) und einer Hochsteckfrisur, die meinen Nacken sehr vorteilhaft freilegte. Während Jayne sich noch Nähte auf ihre nackten Waden malte, floh ich vor den Katzenhaaren und ging mit einer Ausgabe von *The Shadow* ins Wohnzimmer.

»Du hast dich ja aufgetakelt«, sagte Belle, als ich die Treppe herunterkam. Sie hielt einen Staubwedel in der Hand, der farblich auf das purpurne, mit Federn verbrämte Kleid abgestimmt war, das sie zum Hausputz angelegt hatte.

»Dich wollte ich sprechen.« Auf einen Moment wie diesen hatte ich nur gewartet, um ihr von dem Coup mit dem People's Theatre zu erzählen. Anmutig trat ich von der letzten Treppenstufe, tänzelte auf sie zu – und stolperte über einen Haufen Gepäck.

»Fährst du weg?«, fragte ich.

Belle schüttelte den Kopf. »Ist nicht meins. Von Veda Dale.«

Veda Dale, eine Tänzerin, war erst vor ein paar Monaten ins Shaw House eingezogen – ein talentiertes Mädchen mit der Grazie von Ginger Rogers und dem Gesicht von Fred Astaire. »Keinen Job?«, fragte ich.

»Keinen Bruder«, sagte Belle. »Ihre Familie hat heute Morgen angerufen. Er ist in Nordafrika erschossen worden. Wenn du jemanden weißt, der ein Zimmer braucht, wir haben wieder eins zu vergeben.«

Mein Verlangen danach, ihr meinen neuen Job genüsslich unter die Nase zu reiben, löste sich in Luft auf. Komisch, wie mich die Trauer anderer Menschen berührte. Einerseits war ich völlig betroffen, hatte aber andererseits das Gefühl, mit knapper Not einer Kugel ausgewichen zu sein. Ich glaubte immer noch daran, dass es nur eine bestimmte Menge an Tod auf der Welt gab – jedesmal wenn jemand starb, besetzte er einen Platz, der schon nicht mehr der von Jack sein konnte.

Belle ging zur Küchentür. »Wie ich höre, kann man gratulieren.«

Ich folgte ihr. »Wovon sprichst du?«

»Von dem Job, den du bekommen hast, du Dummkopf. Ruby hat mir davon erzählt. Sie hat sich so für dich

gefreut, dass sie es nicht für sich behalten konnte.« Ich
ließ ein tiefes Knurren hören. Belle schlenzte ihre Federn in Richtung Wohnzimmer und senkte die Stimme.
»Übrigens: Dein Besuch ist da.«

»Mein was?«

Mit einer Kopfbewegung zeigte sie auf einen Mann,
der mit dem Rücken zu mir saß. »Dein Besuch.« Sie
zwinkerte und entschwand dann durch die Schwingtür
in die Küche. Ich suchte mir einen Winkel, von dem aus
ich den Rücken meines Besuchs besser studieren konnte. Kurz geschorene dunkle Haare über einem mari-
neblauen Wollkolani. Die Schultern kräftig und breit. Er
hielt den Kopf wie ein Mann, der sich seiner Körperhaltung bewusst ist, wahrscheinlich weil ihm ein Regisseur
mal gesagt hatte, dass Schulternhängenlassen nur zu einer einzigen Rolle passt, und zwar zu Quasimodo.

Mein Traum *war* ein Omen gewesen – Jack war zu
Hause! Schnell überprüfte ich meinen Atem auf Mund-
geruch und die Achseln auf Schweißflecken. Dann
stützte ich mich mit dem Arm aufs Treppengeländer
und zauberte ein mildes Lächeln auf meine Lippen.

»Konntest wohl doch nicht wegbleiben, was?«

Edgar McCain drehte sich um, und sein Gesicht wurde von einem Grinsen zerschnitten. »So wie es hier aussieht, hätte ich nicht gedacht, dass es hier Kleidervor-
schriften gibt.«

Ich ignorierte seine ausgestreckte Hand und versteckte meine Enttäuschung unter mehreren Schichten
sorgfältig aufgetragener Verachtung. »Ich habe ein Blind
Date.« Er war drauf und dran zu antworten, aber ich
redete einfach weiter. »Und bevor Sie darauf jetzt eine
witzige Antwort geben, lassen Sie mich noch anmerken,

wie erstaunt ich darüber bin, dass ein Mitglied Ihrer Spezies überhaupt aufrecht gehen kann. Wunder geschehen – jenseits meines Vorstellungsvermögens.«

Seine Augen glitten auf Brusthöhe. »Ich wollte gerade sagen, dass Sie hübsch aussehen.«

»Das hier sind Socken, und Sie sind ein Schwein.« Ich bedeckte mich so gut wie möglich und trat ein paar Schritte zurück. »Welchem Anlass verdanke ich dieses unerwartete und vollkommen unpassende Vergnügen?«

Er griff in seinen Mantel und zog einen Umschlag hervor. Durch das dünne Papier konnte ich den Umriss eines Schecks erkennen. »Meine Mutter bat mich, Ihnen das hier zu bringen.«

Ich nahm ihm den Umschlag ab und stopfte ihn in mein Abendtäschchen. »Das haben Sie jetzt – auf Wiedersehen.«

»Bekomme ich kein Dankeschön?«

Ich knickste, wie man es in einem Abendkleid eben so macht. »Danke. Noch ein Tipp für Sie: Wenden Sie sich in Zukunft doch einfach an die Post. Die sind sehr professionell und, was Zustellung angeht, ganz famos, wie ich gehört habe.«

Er neigte den Kopf, so als stünde er einem sehr kleinen Kind gegenüber. »Aber dann hätte ich Sie doch gar nicht getroffen.«

»Ich wäre geschmeichelt, wenn ich Sie nicht besser kennen würde.«

Das halbe Grinsen verschwand. »Warum gehen wir nicht eine Tasse Kaffee trinken?«

»Wenn Sie mit *wir* sich und mich meinen, dann sage ich: Nein. Sehen Sie, Mr. McCain, ich habe noch etwas vor. Dieser Läufer hier unten bringt Sie auf direktem

Wege zur Tür. Ich garantiere Ihnen, dass Sie letztere erreichen, wenn Sie ersterem einfach folgen.« Ich drückte mein Schundheftchen an die Brust und drehte mich zur Treppe um.

»Nennen Sie mich nicht Mr. McCain.«

Ich hielt ihm weiter den Rücken zugewandt und verdrehte die Augen. »Gut: Captain, Lieutenant, was auch immer.«

»Ich meinte, mein Name ist nicht McCain.«

Neugierde gewann die Oberhand, und ich drehte mich um.

»Jim McCain war nicht mein Vater. Er war mein Stiefvater.« Er nahm den Hut ab und klemmte ihn sich in die Armbeuge. »Mein Nachname ist Fielding. Ist das genügend Anreiz für Sie, mich zu begleiten?«

13 Helden

Ich hinterließ bei Belle eine Nachricht, dass ich auf einen Kaffee in die Charles Street zu Louie's gegangen war, einem Lokal, das bekannt war für günstiges Essen und schummrige Beleuchtung. Zehn Minuten später rührten Edgar und ich in einer Fensternische Kondensmilch in unsere Kaffeetassen und unterhielten uns über den Krieg. Als ihm klar wurde, dass ich dazu weniger beizutragen hatte als die Nacktänzerin Sally Rand Klamotten, zündete er sich eine Zigarette an, schüttelte das Streichholz aus und kam zur Sache.

»Wen hatten Sie erwartet?«, fragte er. Er zog seinen Mantel aus. Darunter trug er dieselbe steife blaue Uniform, die er auch schon bei Jims Trauerfeier angehabt hatte. Auf dem Jackenaufschlag nistete ein goldener Adler und betrachtete mich abschätzig.

Ich tippte mit dem Löffel auf den Rand der Tasse. »Wovon sprechen Sie?«

»Wollte Ihre Verabredung Sie abholen kommen?«

Er bot mir eine Ausflucht, ich nahm sie dankend an. »Ja.«

Während er an seiner Kippe zog, wägte er meine Antwort ab. »Komisch, ich dachte, Sie hätten gesagt, es sei ein Blind Date.«

»Keine Angst, noch ist Ihr Gehirn kein Sieb.«

Er nickte, und die Zigarette wippte im Takt. »Und trotzdem war das erste, was Sie sagten: ›Konntest wohl doch nicht wegbleiben, was?‹«

Ich schaute ihn aus schmalen Augenschlitzen an. Mei-

ne Jack-kommt-zurück-Fantasien würde ich vor ihm sicher nicht preisgeben »Worauf wollen Sie hinaus?« Er
beugte sich über den Tisch, und aus Unbehagen wurde
das Gefühl einer Bedrohung. »Ich merke genau, wenn
Sie lügen.«

Mit einem Schluck Kaffee ging ich gegen seine Häme
an und zwang mich, mir keine Furcht anmerken zu lassen. Er konnte mir nichts tun. Wir waren an einem öffentlichen Ort. »Muss eine ganz schöne Woche für Sie
gewesen sein, Ed. An einem einzigen Tag Vater und
Stiefvater ermordet.«

»Nennen Sie mich nicht Ed.«

»Dann lassen Sie Ihre Armee-Psychospielchen sein.«
Meine blank liegenden Nerven ließen meine Stimme so
hoch werden, dass Hunde um Ohrschützer gewinselt
hätten. »Es war nett, etwas über Ihren Stammbaum zu
erfahren, aber was wollen Sie eigentlich?«

»Ich muss wissen, wo die Akten sind.«

Ich ließ die Wimpern in meiner bestmöglichen Verkörperung von Unschuld flattern. »Das letzte Mal habe
ich sie gesehen, da waren sie in Kisten, die wahrscheinlich mittlerweile in einen Umzugswagen verladen worden sind.«

»Als die Packer kamen, war das Büro leer.«

Ich legte den Kopf schief und prostete ihm mit der
Kaffeetasse zu. »Du meine Güte, das tut mir leid. Vielleicht sollten Sie beim nächsten Mal zusätzlich zu einer
Sekretärin auch noch einen Wachmann einstellen.« Gerade wollte ich die Tasse an die Lippen setzen, da schlug
Edgar sie mir mit seiner Pranke aus der Hand. Dampfen-
de Flüssigkeit landete auf dem Tisch und vorn auf Rubys Kleid. »Was soll das, verdammt noch mal?«

»Das hier ist kein Spiel«, sagte Edgar.

»Und das hier ist nicht mein Kleid.« Die Wut ließ meine Furcht zerbröseln, bis ich nur noch einen Gedanken hatte: Wie kriege ich den Löffel in sein Auge? »Wer zur Hölle glauben Sie, wer Sie sind?« Ich sprang auf und stieß dabei so hart gegen den Tisch, wie ich konnte. Die metallgefasste Kante bohrte sich in Edgars Unterleib, die Tischbeine knallten auf den Boden. Der Lärm zog die Aufmerksamkeit aller auf sich. Der Koch und seine Gehilfen standen in der Küchentür und beobachteten uns unschlüssig aus sicherer Entfernung.

Edgar griff nach meinem Handgelenk und versuchte mich wieder auf meinen Platz zu zwingen. »Sprechen Sie leiser.«

Ich entwand mich seinem Griff und schlug mit der fleckigen Serviette nach ihm. »Leiser? Kumpel, du hast mit dem Mist hier angefangen.« Ich steigerte die Lautstärke, bis ich fast auf Medea-Niveau war. »Wenn man die Polizei ruft, hat man ja wohl alles Recht der Welt, sich dabei die Seele aus dem Leib zu schreien.«

»Alles in Ordnung, Miss?«, fragte ein schwarzer Mann mit weißer Kochmütze zaghaft.

»Ja, alles in Ordnung«, erwiderte Edgar. Wieder griff er nach meinem Arm, aber ich war schneller. Er biss die Zähne zusammen, seine Stimme wechselte von einem Knurren zu einem Zischen. »Fangen wir noch mal von vorn an, Rosie.«

»Sie müssen mich mit einer von Ihren anderen Schnallen verwechselt haben. Ich gehe.« Ich langte nach meiner Abendtasche auf der Bank, konnte sie aber nicht finden. Mit dem Fuß ertastete ich sie auf dem Boden und bückte mich, um sie aufzuheben. Als meine Hand den Riemen berührte, stieß Edgar in der Dunkelheit unter dem Tisch zu mir.

»Ich glaube, gehen ist keine sehr gute Idee.« Er bekam die Tasche zu fassen, und ein paar Momente lang spielten wir Tauziehen.

»Sagen Sie mir einen guten Grund, warum ich bleiben sollte.«

»Ich habe Ihre Tasche.«

Es war eine hübsche Tasche. Außerdem waren mein Lippenstift, mein Schminktäschchen und der Scheck von Eloise darin. »Ich habe noch andere Taschen.«

Seine Stimme wurde fast unhörbar. »Außerdem habe ich eine Pistole.«

Beim Versuch, mich hastig aufzurappeln, stieß ich mir in meiner Panik den Kopf am metallenen Tischgestell. Dumpfer Schmerz breitete sich von meiner Schädelmitte bis in den unteren Rücken hinein aus. Edgar ließ die Tasche los und packte mich am Handgelenk.

Wahrscheinlich sagte ich etwas wie: »Lassen Sie mich los«, aber das Klingeln in meinem Schädel war so laut, dass ich unmöglich unterscheiden konnte, was ich wirklich sagte und was ich nur dachte.

Edgars Stimme blieb leise und ruhig. Jedem Zuhörer musste sein Tonfall freundlich und beruhigend erscheinen, allerdings ohne dass seine Worte für fremde Ohren wirklich zu verstehen waren: »Überlegen Sie mal: Glauben Sie, Ihnen hilft hier jemand? Der Schwarze in der Küche bestimmt nicht. Ich bin ein Offizier in Uniform.«

Er hatte Recht. Auch wenn ich Stammkundin war, würde sich die Belegschaft wohl nicht gleich für mich prügeln. Zog man dann noch in Betracht, wie wenig Trinkgeld ich meistens gab, würde die Kellnerin Edgar eher sogar beim Zielen helfen.

Ich starrte von unten gegen den Tisch und zählte sechs versteinerte Kaugummis sowie einen mysteriösen Knubbel, dessen Herkunft ich voller Ekel einer menschlichen Körperöffnung zuschrieb. Hier wollte ich nicht sterben.

»Wir machen es jetzt so«, befahl Edgar. »Wir stehen auf und setzen uns wieder hin. Sie spielen die reumütige Freundin und stimmen allem zu, was ich sage. Und dann unterhalten wir beide uns ein wenig.« Ich erwog die Alternativen. Ich konnte schreien – gesetzt den Fall, mein Mundwerk funktionierte noch. Aber Edgar war mir unheimlich, mit oder ohne Pistole, und wenn ich ihn noch wütender machte, brachte mich das wahrscheinlich auch nicht schneller nach Hause. Er war im Vorteil. »Was meinen Sie, Rosie?« Ich nickte zustimmend, der Schmerz schwappte durch meinen Schädel, und ich schloss die Augen. »Wenn wir jetzt aufstehen, und Sie rennen los, dann schieße ich. Das verspreche ich Ihnen.« Er ließ mein Handgelenk los, und ich fuhr nach hinten, bis ich an die Bank prallte. Langsam zog ich mich hoch und schloss dabei mit Gott einen Pakt: Ich würde ein braves Mädchen sein, wenn nur der Raum aufhörte, sich zu drehen.

Alle Augen ruhten auf uns. Die Küchenmannschaft stand in der Tür, unsicher, ob Flucht oder Angriff die richtige Maßnahme war.

Edgars Stimme wurde wieder normal, um die Augen herum bildeten sich Knitterfältchen von seinem angestrengt falschen Lächeln. »Du hast überreagiert. Für mich gibt es keine andere. Das musst du doch wissen.«

Das war also die Rolle, die ich spielen sollte: die eifersüchtige Freundin des tüchtigen Matrosen. Das Gute an

der Sache war, soweit man das so sagen konnte, dass ich
endlich einmal meine Zähne in eine Rolle schlagen
konnte, bei der ich sonst immer übergangen wurde.
»Mein Gott, es tut mir leid.« Ich machte große Kuller-
augen, oder hätte es getan, wenn das Pochen in meinem Kopf es zugelassen hätte. »Ich weiß ja, was du für
mich fühlst. Und ich weiß nicht, warum ich immer
Streit suche.« Es kam wieder Bewegung in den Raum.
Die Küchenmannschaft verschwand, das Geräusch der
Schwingtür begleitete die wiederaufbrandenden Gespräche, die das unsrige bald übertönten. Eine hoch-
schwangere Kellnerin wischte den Kaffee weg und
brachte mir für den Fleck auf dem Kleid ein Glas Soda-
wasser. Während ich mich abputzte, griff Edgar zu einer
Speisekarte und täuschte Interesse an den Angeboten
des Abends vor.

Die Kellnerin watschelte zu einem Tisch hinüber, den
gerade einige für einen Ausgehabend zurechtgemachte
Frauen besetzt hatten. Edgar schob die Hand mit der
Handfläche nach oben über den Tisch und bedeutete
mir, dasselbe zu tun. Ich tat wie geheißen, und wie ein
Liebespaar spielten wir mit unseren Fingern und
beugten uns im Gespräch nah zueinander.

»Zunächst einmal möchte ich mich entschuldigen«,
sagte er. Ich schnaubte, versteckte meine Verachtung
aber dann hinter einem simulierten Husten. »Wie Sie
schon sagten, ich hatte eine üble Woche.«

»Das geht nicht nur Ihnen so.«

Seine Hand schloss sich um meine. »Ich werde Ihnen
nicht weh tun.«

»Ein merkwürdige Ansage für jemanden, der hier erst
mit einer Knarre rumfuchtelt.«

Er blickte auf den Tisch hinunter. »Ich habe gelogen. Ich habe keine Pistole.«

»Dann gibt es keinen Anlass mehr für mich zu bleiben.« Mein Hintern hob sich in die Luft, meine Hand glitt aus seiner. Wie eine Schlange folgte sein Arm dem meinigen und bekam ihn zu fassen.

»Wollen Sie nichts über Fieldings verschollenes Stück wissen?«

Ich erstarrte mitten in der Bewegung, Schwänzchen in die Höh', und mein gesunder Menschenverstand kämpfte gegen meine Neugierde. Letztere gewann. Ich sank zurück auf die Bank. »Ich höre.«

Edgar nahm einen Schluck Kaffee und setzte die Tasse dann mit einer Achtsamkeit zurück auf die Untertasse, wie sie Piloten im Landeanflug an den Tag legen. »Wundern Sie sich nicht, dass ich davon weiß?«

»Sollte ich? Sie waren doch sein Sohn.«

Er drehte die Tasse, bis der Henkel auf zwölf Uhr stand. »Mein Vater hat das Theater geliebt. Als Schriftsteller fand er, dass Kunst ihr Publikum herausfordern und zum Denken anregen sollte.«

Die Bank quietschte, als ich mich nach vorne lehnte. »Klingt nach einem anständigen Zeitgenossen.«

»Das müssen Sie beurteilen. Haben Sie viel von ihm gelesen?«

Es gab einiges, durch das ich mich irgendwie hindurchmogeln konnte, aber das hier gehörte nicht dazu. »Nein.«

Er nickte und freute sich entweder über meine Ehrlichkeit oder meine Unwissenheit. »Wie Sie sicher wissen, hat er sehr viel anonym geschrieben. Seine Gründe dafür hat er in *Über Theater* dargelegt, einem Buch, das die meisten Universitäten bis heute zur Pflichtlektüre für ihre Studenten machen.« Edgars Redeweise änderte sich, als hätte er in seinem neuen Soldatenleben nicht allzu oft die Gelegenheit für solcherlei kleine Exkurse in die Vergangenheit – eine Vergangenheit voller Colleges und ähnlichem Etepetete-Kram. Bei der Armee war zwar so einiges möglich, aber die Möglichkeit, seine intellektuelle Überlegenheit zur Schau zu stellen, bekam er dort sicher nicht. Und das schien ihm zu fehlen. »Ihm zufolge muss das ideale Theaterstück organisch gewachsen wirken, ohne dass man den Verfasser darin spürt. Für ihn sollte ein Dramatiker sein wie unsere besten Schauspieler: so vollständig in seiner Rolle gefangen, dass man, wenn man das Stück von der Bühne nehmen würde, unmöglich sagen könnte, wo die Rolle beginnt und wo der Schauspieler aufhört. Deshalb hat er immer für die Vorzüge des totalen Realismus geworben. Außerdem fand er, dass es einfacher sei, die Leute über verblüffende Geschichten zum Zuhören, zum Eintauchen zu bringen als über bestimmte Methoden der Darbietung; damit würde man viel eher diese typische Distanziertheit im Theater überwinden.«

Ich musste an Jims Notiz auf dem Aktenordner denken: Was würde Sie schockieren? »Er hat also die Leute gern überrascht?«, fragte ich.

Edgar nickte. Unsere Hände verharrten in inbrünstigem Gebet, seine rauh und wettergegerbt, meine lackiert und ausgehbereit. »Ich wollte Sie heute treffen, weil ich glaube, dass Jim nah dran war, das verschollene Stück meines Vaters zu finden, und dass es dafür Belege in seinen Akten gibt. Sie können sich vorstellen, wie bestürzt ich war, als ich ins Büro kam, und alles war ausgeräumt.«

»Ehrlich gesagt nicht«, meinte ich. Sein Arm streckte sich wie eine aufwachende Katze und enthüllte eine Armbanduhr mit schwarzem Glattlederband. Es war schon fast halb zehn. Jayne würde einen Anfall bekommen, wenn ich nicht bald wieder auftauchte. »Sie haben mir jetzt eine Menge interessanter Dinge erzählt und mir Bereiche bei Louie's gezeigt, die ich alleine niemals aufgesucht hätte, aber ich verstehe immer noch nicht, warum Sie dieses Stück haben wollen.«

Er rieb sich das Kinn. Barthaarspitzen pieksten durch die Haut, als ob ihm eine Stunde mit mir alles an Männlichkeit abverlangte. »Es war das letzte Werk meines Vaters, und für irgendjemanden ist es so wichtig, dass er ihn deswegen ermordet hat. Reicht Ihnen das als Grund?«

»Ist es denn irgendwas wert?«, fragte ich.

»Nicht in finanzieller Hinsicht. Wenn man bedenkt, was für leidenschaftliche Reaktionen es schon hervorgerufen hat, dann ist es augenscheinlich irgendjemandem sehr viel und den meisten anderen so gut wie gar nichts wert.«

»Vielleicht sollte man es diesem Jemand dann einfach überlassen? Ich meine, wenn das Stück einen Mord wert war, warum wollen Sie sich dann selbst diesem Risiko aussetzen?«

Edgar seufzte und lockerte seinen Griff. »Ihnen das zu erklären ist viel zu kompliziert.«

Das war es sicher nicht, aber ich hütete mich, es jetzt auf die Spitze zu treiben.

»Ich muss einfach wissen«, sagte Edgar, »was in Jims Akten war.« Er starrte mich an. Sein Fuß tappte erwartungsvoll auf den Boden.

Ich konzentrierte mich auf meinen Puls und meine Herzfrequenz und bat meinen Körper, sich zu entspannen – so wie es Spione machen, bevor man sie an den Lügendetektor anschließt. »Wie ich auch Ihrer Mutter schon sagte: Ich habe nichts gefunden. Ich bin alles durchgegangen, bis zum letzten Schnipsel, und habe noch nicht mal einen Ordner mit Fieldings Namen drauf gefunden.«

Er legte den Kopf in die Hände. »Ich habe ihr gleich gesagt, dass wir die Sachen aus dem Büro holen müssen.«

»Es tut mir leid.« Ungehindert stand ich auf und klemmte mir die Tasche unter den Arm. »Kann ich Sie etwas fragen, Edgar?«

Er hob den Kopf. »Sicher.«

»Was für ein Verhältnis hatte Ihre Mutter zu Fielding?«

Er zögerte mit der Antwort, seine Lippen wurden so schmal wie die goldgestickten Streifen auf seinen Manschetten. »Sie waren nie verheiratet, falls Sie das meinen.«

»Ich bin weit davon entfernt, das beurteilen zu können, aber Eloise macht auf mich nicht den Eindruck, als wäre ein uneheliches Kind kein Problem für sie.«

»Mein Vater ließ ihr in dieser Angelegenheit keine große Wahl.«

Ich konnte mir schwerlich vorstellen, dass Eloise das klaglos hingenommen hatte. »Wusste Jim, wer Ihr wirklicher Vater war?«

»Ziemlich wahrscheinlich, ja.« Er merkte selbst, dass das eine merkwürdige Antwort war, aber offenbar war es die ehrlichste, die er geben konnte.

»Hat er mal mit Ihnen oder Ihrer Mutter über Fieldings Manuskript gesprochen?«

»Als das Stück verschwand, war das Verhältnis zwischen meiner Mutter und Jim derartig angespannt, dass
ich mich wundern würde, wenn er auch nur mit dem
Gedanken gespielt hätte, ihr davon zu erzählen.«

Das konnte ich mir vorstellen. Die Umstände seiner
Ermordung waren ja in gewisser Hinsicht ein Indiz dafür gewesen: Jim hatte nicht die Gewohnheit, pünktlich
nach Hause zu gehen. Und wenn er mal auftauchte, bezweifelte ich, dass er oder Eloise dann in Redelaune waren. »Vielleicht aber ja mit Ihnen?«

»Jim war nur dem Namen nach mein Stiefvater. Wir
hatten keine Beziehung zueinander.«

Ein Schauder durchlief mich. Warum hatte sich Jim
mit einer lieblosen Ehe und einem Sohn abgefunden,
der Zuneigung noch nicht einmal dann erkennen würde, wenn sie ihm direkt ins Gesicht sprang? So konnte
es nicht immer gewesen sein, oder? Niemand würde
freiwillig in eine solche Beziehungsfalle gehen. »Wann
haben Sie Fielding zuletzt gesehen?«

Edgars Blick ruhte auf mir, die Angriffslust darin war
etwas Mitleiderregendem gewichen. »Vor Jahren. Er
wollte nicht, dass man ihn für schwach hielt. Nachdem
er sein Bein im Krieg verloren hatte, wurde er zum Ein-
siedler.«

»Standen Sie sich nahe?«

Eine Gefühlsaufwallung machte seine Gesichtszüge
so weich, dass er plötzlich wie eine sehr viel jüngere
Ausgabe seiner selbst aussah. »Sehr nahe. Auch wenn
wir uns nicht gesehen haben – er hat mir fast jeden Tag
geschrieben oder angerufen.«

Vielleicht hätte ich ihm geglaubt, wenn er nur ein einziges Mal in dem Nachruf erwähnt worden wäre.

Edgar bezahlte den Kaffee und bestand darauf, mich zurückzubegleiten. Während unseres Tête-à-Têtes war es draußen kälter geworden. Leichter, träge fallender Schnee machte den Gehweg weiß und meine Schuhe zu einer Katastrophe. Ich suchte den Boden nach vereisten Stellen ab, um bloß nicht das Gleichgewicht zu verlieren und auf seinen Arm angewiesen zu sein. Wir sprachen kein Wort. Die schweigsame Monotonie unseres Spaziergangs ließ die Straße immer länger und meine Schritte immer kürzer werden.

Ein Menschenleben später waren wir am Shaw House angelangt, wo wir an der Vortreppe stehen blieben. Ich zerbrach mir den Kopf, welche Form der Verabschiedung ihm klarmachen würde, dass ich ihn nie wiederzusehen hoffte.

»Es tut mir leid wegen eben«, sagte er.

»Vergessen Sie's. Sie haben viel durchgemacht, und ich kann manchmal die Geduld einer Nonne haben.« Ich hatte das Shaw House so überstürzt verlassen, dass ich keinen Mantel mitgenommen hatte. Jetzt umarmte ich mich selbst, um den Wind nicht an mein nasses Kleid zu lassen.

»Das sagen Sie jetzt.« Während ich zitterte, hüllte sich mein Ritter in Marinerüstung fester in seinen Mantel. »Da die Akten nun einmal verschwunden sind, brauchen wir Ihre Dienste wohl nicht länger. Am besten machen Sie sich auch gar nicht weiter Gedanken über dieses Theaterstück.«

Ich übersetzte mir, was er da gesagt hatte. »Werde ich nicht. Ich arbeite nur gegen Bezahlung.«

»Gut«, sagte er. »Wohin führt Sie denn Ihr Blind Date?«

Ich fragte mich, ob ich es genauso eindrucksvoll hinkriegen würde wie Jayne und ihm mit der bloßen Nennung des Namens schon klarmachen konnte, dass man mir besser nicht ein zweites Mal zu nahe kam. »Ich weiß es nicht. Wir schließen uns meiner Freundin Jayne und ihrem Freund an. Einer von Manganos Leuten. Vielleicht haben Sie von ihm gehört – Tony B.?« Edgar zuckte mit den Schultern. Ich musste unbedingt Jayne dazu ermuntern, sich in Zukunft nur noch mit Gangstern zusammenzutun, die einen höheren Bekanntheitsgrad genossen. »Das *B* steht für die Beine, die er andern gern mal bricht. Wie auch immer. Meine Verabredung ist ein Freund von ihm. Höchstwahrscheinlich ein Mann mit hitzigem Gemüt und langem Vorstrafenregister.« Der Wind frischte auf, aber Edgar machte immer noch keine Anstalten zu gehen. Ich stieg auf die erste Stufe und wippte vor und zurück. »Ich möchte wirklich nicht unhöflich sein, aber wenn ich noch eine Minute länger hier draußen bleibe, müssen Sie mich vom Trottoir meißeln.«

»Natürlich.« Er lüpfte den Hut und setzte ihn wieder auf. »Viel Spaß bei Ihrer Verabredung.«

Jayne war im Wohnzimmer und ruinierte ihr ansonsten perfektes Aussehen mit einem abgrundtief finsteren Blick. »Wo warst du?«

Ich ging schnurstracks zum Spiegel über dem Kamin. »Auf einen Kaffee bei Louie's. Ich habe Belle doch gesagt, dass sie dir Bescheid geben soll.«

Sie näherte sich von hinten und drohte meinem Spie-

gelbild mit dem Finger. »Das war vor über einer Stunde.« Ihre Augen fielen auf das Oberteil des Kleides und
weiteten sich vor Entsetzen. »Du weißt aber schon, dass
man sich eine Tasse an den Mund setzt, oder?«

»Fällt es so auf?«

»Nur, wenn man einen Blick drauf wirft.«

Von meinem Busen bis zur ersten Rockfalte erstreckte
sich der afrikanische Kontinent. Obwohl das Kleid gnä-
digerweise braun war, hatte der Kaffee doch die Frech-
heit besessen, einen dunkleren Farbton anzunehmen.

Ich hastete vom Spiegel zur Treppe. »Ich muss meine
Windeln wechseln.«

Jayne packte mich am Arm und schob mich in Richtung meines wartenden Mantels. »O nein. Du hast den
ganzen Tag gebraucht, bis du dich hierfür entschieden
hast, und wir sind sowieso schon zu spät dran.«

Ich schaute auf die Uhr. »Gar nicht. Tony ist ja noch
nicht mal hier.«

Schwungvoll holte Jayne einen Lippenstift hervor
und trug ihn auf, ohne ihre Standpauke dabei zu unterbrechen. »Er war schon hier und ist wieder gegangen.
Ich habe ihm gesagt, dass ich auf dich warte und wir
dann sofort zusammen rüberkommen.« Sie kniff sich so
lange in die Wangen, bis ihre bleiche Haut Farbe angenommen hatte.

»Geh ohne mich – ich kann weder unter Menschen
noch unter Tiere.«

Jayne nahm meinen Mantel und zwang mir die Arme
hinein. »Du kommst mit und damit basta.« Ihre zierlichen gepflegten Finger drückten die Knöpfe mit solcher Kraft durch die Knopflöcher, dass jeden Moment
mit dem Geräusch von reißender Wolle zu rechnen war.
»Der Wagen wartet.«

Ich seufzte und kniff mir selbst so lange in die Backen, bis sie zur Röte meiner Nase passten. »Nichts liegt mir ferner, als einen Wagen warten zu lassen.«

14 Heilmittel gegen die Ehe

Wir sprangen in Tonys Schlitten, und ein stummer, ganz unter seinem Filzhut verschwindender Fahrer fuhr uns in zu hohem Tempo durch Seitenstraßen, die vom Schnee rutschig waren. In jeder Kurve schlitterte ein Päckchen Benzinrationskarten über die ganze Breite des Armaturenbretts, bis der Fahrer es endlich festhielt. Ich wartete auf Jaynes Frage, mit wem ich überhaupt kaffeetrinken gewesen war und warum ich jetzt den Großteil des Kaffees am Leib trug, aber sie schaute unausgesetzt aus dem Fenster und knotete nervös die Finger ineinander, wie sie es immer machte, wenn sie Angst davor hatte, Tony nicht zu gefallen.

Tony, Tony, Tony. Ich schüttelte den Kopf im Rhythmus seines Namens und spürte die schlechte Laune in mir hochsteigen bei dem Gedanken, einen Abend mit ihm zu verbringen – einen Abend mit dem großen Tony B., der dermaßen mächtig war, dass er meine sonst so selbstsichere Freundin in einen zitternden Spaniel verwandeln konnte. Ich verdrängte den Gedanken an ihn und versuchte, noch einmal meine Unterhaltung mit Edgar durchzuspielen. Familiäre Bindungen hin oder her, irgendetwas stimmte nicht an dem, was er erzählt hatte. Er hätte genug Zeit gehabt, sich die Akten selbst zu holen, auch wenn die Papiere nicht geordnet waren. Nein, Edgar hatte bei seinem Besuch bestimmt nicht nur nach dem Verbleib der Akten forschen wollen. Seine Mutter musste ihn beauftragt haben, in Erfahrung zu bringen, was ich über ihren Inhalt wusste – beziehungs-

weise ob ich überhaupt etwas wusste. Und ich wurde
das Gefühl nicht los, dass ich, wäre ich ehrlich gewesen
und hätte von den Programmheften in Jims Büro erzählt, immer noch unter dem Tisch liegen und Kaugum-
mireste von unten betrachten würde, während das Leben langsam aus mir herausrann.

Wir rasten die 52. Straße hinunter und hielten vor
dem Ali Baba. Der Fahrer öffnete die Tür und half uns
auf die Füße, bevor er zu irgendeiner abgelegenen Garage weiterfuhr, wo man ihm sicher keine Geldstrafe dafür aufbrummen würde, dass er sich an einem für den
Krieg unwichtigen Ort aufhielt. Wir gingen unter einem
hellroten Baldachin hindurch und wurden von einem
Mann mit einer Narrenkappe durch messinggefasste Türen hineingeleitet. Eine Schwarze mit so viel Busen, dass
sie sich selbst hätte als Windfang vermieten können,
nahm uns die Mäntel ab und zeigte uns den Weg zu den
Damentoiletten. Dort kämpften wir inmitten eines Mee-
res von raffiniert gekleideten Platinblonden um den besten Platz vor dem Spiegel und puderten uns die glänzenden Nasen.

Das Ali Baba war halb Neppschuppen, halb Tanzlo-
kal. In den Zwanzigern hatte man hier illegal Alkohol
ausgeschenkt, aber als man das nicht mehr im Verbor-
genen tun musste, hatten die, die mit schlechtem Fusel
gutes Geld gemacht hatten, ihre Kohle in den Club gesteckt und ihn zu einem sehenswerten Ort gemacht, wo
man sich sehen lassen konnte. Tische standen an den
Wänden eines gigantischen, schwach beleuchteten
Raums, der ausstaffiert war wie Hollywoods Traum von
einem Scheichpalast. In regelmäßigen, sehr geringen
Abständen waren Theken platziert, hinter denen Män-

ner in weißen Laken und Frauen in Bauchtänzerinnen-
kluft standen. Wenn man es bis dahin nicht mehr schaffte, konnte man immer noch zu den Kristallspringbrun-
nen zwischen den Theken taumeln, aus denen billiger
Champagner floss, den man in Schuhen und Hüten oder
– für die Konservativeren – in den hunderten peinlich
sauberer Gläser auffangen konnte, die als Pyramiden daneben aufgebaut waren. Ein Messinggeländer vor den
Tischen trennte die Speisenden von den Tanzenden.
Die immens große marmorne Tanzfläche in der Raum-
mitte umgab eine Bühne, auf der eine Bigband gerade
eine düstere Version von »I Left My Heart at The Stage
Door Canteen« zum Besten gab.

Dieser überladene Amüsierbetrieb war frappierend in
einer Zeit, in der wir dauernd dazu angehalten wurden,
bei allem sparsam zu sein und immer an unsere Jungs in
Blau zu denken. Ganz anders als Alan Ladd, der in Hollywoods *Gangsterfalle* vom Gauner zum Kriegshelden
reift, hatte sich die Klientel des Ali Baba mit derart
schmutzigen Moneten aus dem Krieg freigekauft, dass
man davon Flecken an den Händen bekam. Ihre Taschen beulten sich von den Bündeln unrechtmäßig er-
worbenen Geldes, und ihre Konturen ließen die Schul-
terholster voller Knarren erahnen, die noch warm waren
von der Schießerei am Vorabend. Seit Kriegsbeginn war
dieser Schuppen von Tony B. und seinesgleichen in Besitz genommen worden – die Öffentlichkeit wurde dis-
kret davon in Kenntnis gesetzt, dass hier nur persönliche Einladungen zählten und alles hier Erlebte im
Morgengrauen vergessen zu sein hatte. Die meisten
Frauen, die mit ihren glänzenden Haaren und leuchten-
den Kleidern die Tische zierten, wirkten wie Doubletten

aus Pappmaché. Die eigentlichen Ehefrauen waren nämlich viel zu beschäftigt damit, Kinder zu erziehen und
ihrer verlorenen Jugend hinterherzutrauern, als dass sie
an derartigem Amüsement hätten teilnehmen können.
Diese ordinären Mädchen dagegen hatten sich für ein
solches Leben und gegen die Rüstungsfabriken oder
das Women's Army Corps entschieden, weil es einfacher
war, still und hübsch zu sein, als auf eigenen Füßen zu
stehen. Es lag Lachen in der Luft, das den bernsteinfarbenen Brunnen zu entströmen schien, und trotzdem
umgab diese Mädchen ein Hauch von Traurigkeit – als
ob sie wüssten, dass sie nur fürs Wochenende Aschen-
puttel spielen durften. Schon am Sonntag würden sie
wieder in ihre schäbigen Apartments voller Schwarz-
marktgeschenke zurückkehren und Gewehr bei Fuß auf
die nächste Freitagabendeinladung warten.

»Da ist er«, quietschte Jayne, als wir eintraten. Sie
nahm mich an der Hand und zog mich quer durch den
Raum, wo Tony B. an einem Tisch neben der Tanzfläche
Hof hielt.

»Püppchen.« Tony erhob sich von seinem Thron, und
die Meute um ihn verstreute sich, in stillem Wissen darüber, dass alle Geschäfte, die sie gerade noch besprochen hatten, hiermit vertagt worden waren. »Was siehst
du grooß-aar-tig aus.« Tony zog gern die Wörter in die
Länge, als wolle er den Zuhörer daran erinnern, dass
neben vielem anderen auch das Anhalten der Zeit in seiner Macht stand. Er war außerdem recht lässlich in seiner Wortwahl, weswegen ich mir schon seit längerem
sicher war, dass er – seiner Geschäftstüchtigkeit zum
Trotz – Syntax für die anfallende Steuer beim Sünden-
bekenntnis hielt.

Tony landete einen Kuss auf Jaynes Wange und tätschelte ihr den gut gegürteten Hintern.

Sie trat einen Schritt zurück und legte mir den Arm um die Taille. »Du erinnerst dich sicher an Rosie.«

»Ob ich mich erinnere? Natürlich erinnere ich mich an Rose!«

»Rosie, nicht Rose«, sagte ich. Mit ziemlicher Sicherheit war Tony bewusst, dass ich ihn nicht mochte, aber es machte mir trotzdem Spaß, ihn bei jeder sich bietenden Gelegenheit daran zu erinnern. Er kam auf mich zu, als wolle er mich stürmisch umarmen, hielt aber inne, als ich ihm schlicht die Hand hinhielt. Anstatt sie zu schütteln, pflanzte er einen Kuss darauf und bedeutete Jayne und mir dann, auf zwei Stühlen Platz zu nehmen, zwischen denen noch ein leerer stand.

»Was trinken die Damen?« Tony ließ sich auf seinen Stuhl fallen und winkte eine der Ali-Baba-Damen heran.

»Champagner«, sagte Jayne. »Wir haben etwas zu feiern.« Die Band kündigte eine zehnminütige Pause an, und eine Glenn-Miller-Platte nudelte über die Lautsprecher. Tony wies das Mädchen an, eine Flasche aus seinen Privatbeständen zu bringen. Sie verschwand in der Menge, und wir hatten Tonys Aufmerksamkeit wieder ganz für uns.

»Wie ich höre, darf man graduliiieren«, meinte er. »Jayne hat mir erzählt, dass du eine tolle Rolle in so einem Stück gekriegt hast.«

Ich verdrängte alles, was das Gegenteil bewiesen hätte, und beschloss, dass ich für diesen Abend tatsächlich die Hauptrolle in einem guten Stück hatte. »Und ich bin nicht die Einzige«, sagte ich. »Jayne hat einen Ensemblepart in einem großartigen Musical bekommen.«

Tony nahm Jaynes Hand und spielte mit ihren Fingern, als seien sie ein kostspieliges Geschmeide, das er sich hatte zeigen lassen, obwohl er es sich ohnehin nicht würde leisten können. »Ja, kann das denn wahr sein? Wieder so ein lausiger Ensemblepart.«

»Tony.« Jayne senkte die Augen, ihr Gesicht wurde dunkelrot. Einer der vielen Gründe, warum ich meine Freundin bewunderte, war, dass sie Tony niemals benutzte, um voranzukommen. Obwohl er einige Strippen hätte ziehen können, bestand sie darauf, sich jeden ihrer Jobs selbst an Land zu ziehen.

»Ich bin stolz auf dich, Baby. Ich meine ja nur, dass ein Mädchen, das so wuun-der-schöön ist wie meines, ganz weit vorne stehen müsste, damit jeder sie sehen kann.« Das war einer von Tonys Refrains, den er immer dann hervorholte, wenn Jayne einen neuen Job hatte. Und immer verstand sie ihn als Kommentar zu ihrem Versagen. Tatsächlich war Tony aber wirklich stolz auf sie. Es machte ihn nur ganz konfus, dass er anscheinend der Einzige war, der Jaynes Wert erkannte. Und es machte ihn wahnsinnig, dass sie seine einzige Investition war, die sich noch nicht ausgezahlt hatte.

»Ich bin gern im Ensemble«, erklärte Jayne ihrem Schoß.

»Es ist ein großartiges Musical«, sagte ich, auch wenn die Wiederholung die Lüge nicht wahrer werden ließ.

So, wie Jayne jetzt den Kopf hob und sich das Haar aus dem Gesicht strich, machte sie klar: Sie war ein Star, egal, wo sie gerade engagiert war. Ein Lächeln zog sich über ihr Gesicht, als sie sich auf die nächste Szene des heutigen Abends vorbereitete. »Und?«, fragte sie Tony. Die Geheimsprache zweier Leute, die viel zu viel Zeit miteinander verbringen, wurde angewandt und machte aus diesem einen Wort eine ganze Unterhaltung.

»Toilette«, sagte Tony (und sprach es wie ›Tolette‹). »Reizblase.«

»Oh«, sagte Jayne, »das ist ja süß.«

»Hat mein Zukünftiger auch einen Namen oder nur einen Gesundheitszustand?«, erkundigte ich mich.

»Er heißt Al, und er ist ein klasse Typ«, erläuterte Tony. »Gerade frisch rausgekommen, und das Erste, was er zu mir sagt, ist: Ich muss meiner Mama was Gutes tun.«

Ich wusste gar nicht, welchen Satzteil ich zuerst angehen sollte. »Er war also im Kittchen?« Ich stieß Jayne gegen den Oberschenkel und warf ihr einen langen Seitenblick zu, der ihr bedeuten sollte: *Merkst du, wo du mich hier reinreitest?*

Tony zog an den Hemdsärmeln, bis die goldenen Manschettenknöpfe zum Vorschein kamen. »Du hast ihr gar nichts über ihn erzählt, Süße?«

»Du weißt, dass er im Knast war?«, fragte ich sie.

Jayne versank in ihrem Stuhl. »Kann sein, dass Tony es mal erwähnt hat.«

Ich griff nach meiner Abendtasche und versuchte aufzustehen. Tony hob beschwichtigend die Hände. »Mensch, Rose, beruhig dich. Ich würde dich doch nie mit einem Widerling verkuppeln. Al ist einer der größten Gentlemen, die ich kenne.«

Mich beschlich die leise Ahnung, dass ich ihn hier durchaus wörtlich nehmen sollte und der fragliche Knabe sicher nicht nur ein Vorstrafenregister, sondern dazu noch einen erheblichen Leibesumfang und eine beeindruckende Körpergröße hatte. »Keiner von den Jungs hier war noch nie im Knast. Deshalb sind sie noch lange keine schlechten Menschen.«

Ich richtete meine Tasche auf ihn. »Wir beide haben unterschiedliche Standards, Tony.«

Er gab sich geschlagen. »Aber er hat niemanden umgebracht.«

»Ist das deine Messlatte?«

Er ignorierte mich und kippte den Scotch hinunter, an dem er schon seit unserer Ankunft nippte. »Er ist aufgeflogen, weil er Waisenpapier in Umlauf gebracht hatte.«

»Was?«, fragte ich.

»Gefälschte Schecks.«

Ich ließ die Tasche fallen. »Himmel, ich kann kaum glauben, dass das ein Verbrechen sein soll.«

Tony beugte sich über den Tisch, was mich daran erinnerte, dass er Blut an den Händen kleben hatte und die einzelnen Teile meines Körpers mit einem Fingerschnipsen in den Mülleimern dieser Stadt verteilen lassen konnte. Mit einer so knappen Handbewegung, dass sie mir entgangen wäre, hätte ich nicht auf sie gewartet, nötigte er mich zurück auf den Stuhl. Ich gehorchte. »Er hatte eine Schwäche für so eine Lady. Ein ziemlich billiges Flittchen, aber das hat er nicht gemerkt. Sie gibt ihm den Laufpass, behauptet, sie hat jetzt einen gefunden, der genug Geld hat für ihren Lebensstil. Er kann nicht mehr essen und nicht mehr schlafen. Es macht ihn krank. Irgendwann denkt er, wenn er sie zurück will, muss er ihr alles kaufen, was sie haben möchte. Er kauft ihr ein Auto, Pelze, Schmuck, eine schöne Wohnung – was auch immer sie wollte, die Schnecke hat's gekriegt. Alles geht gut, bis die Bank merkt, dass die Schecks, mit denen er das alles bezahlt, gefälscht sind. Er wandert für drei Jahre in den Bau, und sie hat seinen Namen nach einer Woche vergessen.«

Jayne legte ihre Hand auf meine. »Er hat's aus Liebe gemacht, Rosie. Ist das nicht süß?«

Sie hätte mich sonstwo anfassen können, ich wäre nicht berührter gewesen.

»Ein Mann«, sagte Tony, »ein richtiger Mann tut alles für die Liebe.« Sein breites kantiges Gesicht wurde weich, und für einen Moment verlor ich mich in dem Märchen, laut dem sich jede Frau im tiefsten Innern nach einem verantwortungslosen Kriminellen sehnt.

Zum Glück ging das wieder vorbei.

Tony klopfte mit dem Zeigefinger auf den Tisch. »Das bleibt aber natürlich unter uns.«

»Natürlich«, sagte ich.

Die Kellnerin stellte vier Sektflöten und eine in einem versilberten Kühler ruhende Flasche Schampus auf unseren Tisch. Sie entkorkte die Flasche und füllte jedes Glas zur Hälfte voll.

»Das muss ich dir noch sagen«, fuhr Tony fort. »Eigentlich wollte Al heute gar nicht kommen. Er wollte mir sogar weismachen, dass er irgendwas ausbrütet. Wahrscheinlich hat er Angst vor so einer berühmten Schauspielerin wie dir. Ich habe ihm gesagt, mit keiner kann ein Mann soviel Spaß haben wie mit Rose Winter.«

Ich achtete nicht weiter auf ihn und nahm einen großen Schluck Champagner. Gerade als sich eine warme Welle von meinem Nacken aus nach oben auszubreiten begann, sprang Tony auf die Füße und stellte feierlich sein Glas auf dem Tisch ab. »Und hier ist er: unser Mann des Abends.« Ich stierte weiter auf mein Getränk, fest entschlossen, das Unvermeidliche hinauszuschieben. Jayne drehte sich zu Al um und fuhr mit einem Gesicht so bleich wie die Tischdecke wieder zu mir herum. »Wir haben schon auf dich gewartet«, sagte Tony. Um mich in meiner Entschlossenheit zu bestärken, kippte ich den Rest des Champagners hinunter und stand dann so anmutig wie eine Holzpuppe auf.

Hinter mir ließ der Mann, der mich im Büro besucht hatte, »Frank« der Vollstrecker, seine Knöchel knacken und verlagerte das Gewicht von einem Bein auf das andere. Ich suchte mit den Augen das Terrain hinter ihm nach meiner Verabredung ab.

Tony schlang mir einen Arm um die Taille. »Al – Rose. Rose – Al.«

»Frank?«, fragte ich.

Er führte weiter seinen nervösen Tanz auf. »Ich heiße Al.«

Tony rammte mir den Ellbogen in die Rippen. »Ihr beiden kennt euch?«

Al warf mir einen flehentlichen Blick zu.

»Ich muss mich geirrt haben«, sagte ich.

»Ich habe ein Nullachtfuffzehn-Gesicht«, meinte der ehemalige Frank. »Passiert mir dauernd.« Hinter uns kam die Band aus der Pause zurück und spielte mit der »Moonlight Serenade« auf. Scharenweise strömten die Leute auf die Tanzfläche, wo sie paarweise zu Einheiten verschmolzen.

Tony nahm Jayne bei der Hand und zog sie hoch. »Was meinst du, Süße, lass uns doch eine Runde das Tanzbein schwingen, damit die beiden sich ein bisschen kennenlernen können.« Jayne formte mit den Lippen die Worte: ›Schrei, wenn du Hilfe brauchst‹, und lief Tony auf die Tanzfläche nach. Während ich auf Rache sann, tauchten die beiden in der Menge der anderen Gangster mit ihren Blondinen unter.

Al versuchte, bis zur Unsichtbarkeit in sich zusammenzufallen.

»Setzen Sie sich«, wies ich ihn an.

Er tat wie befohlen. »Ich wollte nicht kommen.«

»Habe ich schon gehört.«

Sein Blick sank auf die Höhe meiner Brust und blieb dort hängen.

»Meine Augen sind hier oben, Al.«

»Was ist mit Ihrem Kleid passiert? Haben Sie was drübergegossen?«

Ich verschränkte die Arme. »Das ist kein Fleck, das ist das Design. Wenn Sie ein bisschen Anstand hätten, wüssten Sie das.«

»Na gut.« Er zeigte auf die vierte, unberührte Sektflöte. »Für mich?«

»Nein«, sagte ich, »für mich.« Ich schüttete den Champagner in mich hinein und schob das leere Glas quer über den Tisch. Vor dem Hintergrund unserer gemeinsamen Donut-Geschichte fand ich das nur gerecht. »Wir haben jetzt zwei Möglichkeiten, *Al.* Entweder Sie spucken aus, was das letzte Woche sollte, oder Jayne und ich erzählen Tony B., dass Sie uns bedroht haben. Ich weiß, dass Ihnen diese Vorstellung gar nicht gefällt, und fordere Sie hiermit auf, ganz offen zu sein.«

Er winkte eine Kellnerin heran und bestellte einen Whiskey, pur. Die Kellnerin verschwand, Al stützte sich mit den Unterarmen auf den Tisch und gewann – wie ein platter Reifen im Zusammentreffen mit einer Pumpe – seine Massigkeit wieder. »Ich habe Sie nicht bedroht.«

»Sagen Sie, was Sie wollen, ich bin mir sicher, Tony wird das anders sehen.«

Ein Lächeln deutete sich in seinen Mundwinkeln an, als er den Kopf schüttelte. »Ich habe mit keinem einzigen Wort gesagt, dass ich Ihnen was tun wollte. Oder?«

Ich versuchte mich daran zu erinnern, warum ich mich bedroht gefühlt hatte, aber mir fiel nichts ein. »Vielleicht haben Sie nichts dergleichen gesagt, aber die Drohung war implizit.«

»Wie das?«

Ich zählte die Gründe an den Fingern auf. »Sie haben mein Büro ohne Aufforderung betreten.«

»Die Tür war nicht abgeschlossen.«

Nächster Finger. »Sie wollten mich nicht gehen lassen.«

»Nein, *ich* wollte nicht gehen. Sie konnten kommen und gehen, wie es Ihnen gepasst hat.«

Ich schleppte mich weiter und ließ das mit den Fingern sein. »Sie haben die Hälfte von meinem Donut gegessen.«

»Sie haben ihn mir angeboten.«

Ich beendete meine Erläuterungen und spielte mit dem Stil meines leeren Champagnerglases. »Gut, sagen wir also mal, rein theoretisch, Sie haben mich nicht bedroht. Wenn das so ist: Warum waren Sie dann da?«

Er ließ die Augen über den Tisch wandern. »Das kann ich Ihnen nicht sagen.«

»Wollten Sie die Akten haben?«

Verwunderung zeichnete sich auf seinem Gesicht ab. Entweder war Al ein schauspielerisches Naturtalent, oder er hatte keine Ahnung, wovon ich sprach. »Welche Akten?«

»Herrgott noch mal, ich habe doch gehört, wie Ihre Freunde bei der Trauerfeier davon geredet haben, dass man in Jims Büro noch aufräumen müsse. Alle seine Akten und sogar die Möbel sind verschwunden.«

Die Verwirrung verschwand und machte einem hochmütigen Erstaunen Platz. »Hey, wenn wir ein Büro aufräumen, bekommt das niemand mit. Wir nehmen nur mit, was uns gehört. Wir haben nichts damit zu tun, dass Jim ausgeraubt worden ist.«

»Warum waren Sie dann da?«

Er seufzte. »Sie haben doch gehört: Ich kann es Ihnen nicht sagen.«

Ich verschränkte erneut die Arme. »Dann müssen Sie es eben Tony sagen.«

Die Furcht von vorher war wieder da. Seine Augen waren blutunterlaufen, die Tränensäcke groß genug, um das Gepäck für eine Kreuzfahrt auf der »Queen Mary« darin unterzubringen. »Ich habe da nichts Krummes gedreht.«

»Sagen Sie das Tony. Wenn Sie sauber sind, kann Ihnen das ja egal sein.«

Scheherazade stellte ihm seinen Whiskey auf den Tisch und goß mir Schampus nach. Im Gehen raschelte der Stoff an ihrem Leib so laut, dass die Band davon übertönt wurde.

Al nahm einen großen Schluck und behielt das halbleere Glas in der Hand. »Was ich da gemacht habe, habe ich nicht für Tony gemacht.«

Da kam ich nicht mit, und das sagte ich ihm auch.

»Der Grund, warum ich an diesem Tag da war, hatte nichts mit Tony zu tun.«

Ich schloss die Hand um mein Glas. »Dann waren Sie da gerade Freiberufler? Und augenscheinlich ist das ein Problem für Sie, weil … Warum nur? Weil die Einkommenssteuer dann schwieriger auszurechnen ist?«

Al trank aus und hob das leere Whiskeyglas in die Luft. »Tony ist der Meinung, wer für ihn arbeitet, arbeitet nur für ihn. Deswegen.«

Ich schob ihm die Champagnerflasche hin, und er schenkte sich dankbar nach. Die Band ging zu »String Of Pearls« über, und Tony und Jayne tauchten in der Mitte der Tanzfläche auf. Sie waren so ins Tanzen vertieft, dass die Menge ihnen Platz machen musste. Dafür, dass er seine Tage sitzend und saufend verbrachte, war Tony ein ganz passabler Tänzer. Aber Jayne war umwerfend. Sie zeigte ihr bestes Broadway-Lächeln und folgte jeder von Tonys hölzernen Drehungen mit einer Bravour, wie man sie nur an den Tag legen kann, wenn man in Dutzenden von Revues getanzt hat. Die Leute feuerten sie an und pfiffen, wenn Jaynes Rock sich in die Luft hob, wenn sie mit den Männern um sie herum flirtete, ihnen zuzwinkerte oder wissend zunickte. Tony verschlang das alles mit seinen Augen, und seine Schritte wurden lockerer, während er sich ganz der Musik, dem Rhythmus, Jayne hingab.

»Sie ist eine gute Tänzerin«, meinte Al. Ich nickte und goss den Rest Champagner in mein Glas. Noch eine halbe Flöte, und ich würde aus den Latschen kippen. »Ich habe einem Freund einen Gefallen getan«, sprach er weiter.

»Was?« Ich brüllte gegen die Musik an.

»An diesem Tag. Ich war für einen Freund da. Es ging nicht um Geld oder so was. Meine Zeit gehört Tony, verstehen Sie?«

Mit dem Enthusiasmus einer ausgedörrten Bulldogge schüttete ich den Champagner in mich hinein und stellte das leere Glas auf den Tisch. »Was sollten Sie für Ihren Freund tun?«

Al grunzte und wischte sich mit einer Serviette über die schweißnasse Stirn. »Nur nach Ihnen schauen. Ob es Ihnen gut geht. So was eben.«

Die Sektbläschen waren vom Glas in mein Hirn gewandert und machten es mir sehr schwer, einen Gedanken zu Ende zu denken. Mir fielen Dutzende von Schatten ein, in Seitenstraßen, hinter Säulen, in Hauseingängen. »Sie haben mich verfolgt, richtig?«

Al lockerte sich die Krawatte. »Nicht verfolgt, beobachtet.«

»Sie Dreckskerl. Seit Tagen folgen Sie mir. Wie lange soll das noch so weitergehen?« Al sagte nichts dazu. In seiner Hand schrumpfte das Whiskeyglas zu einem Pillendöschen. »Für wen arbeiten Sie?«

Das Lied war zu Ende, und er senkte die Stimme. »Kann ich Ihnen nicht sagen.«

»Wenn nicht mit Worten, dann sagen Sie es mir eben anders.« Ich versuchte meinen Finger in seinen Arm zu pieksen, um ihm zu demonstrieren, wie ernst ich es meinte, aber der Zement, aus dem er gemacht war, zeigte sich unnachgiebig. »Ich stelle Ihnen eine Frage, und Sie klatschen einmal für Nein und zweimal für Ja. Arbeiten Sie für Edgar Fielding?«

Er warf mir einen langen entrüsteten Blick zu und klatschte dann einmal in die Hände. »Henry Nussbaum?« Die Empörung blieb, dazu mischte sich noch Ratlosigkeit. Er klatschte ein weiteres Mal. »Eloise McCain?« Er zögerte lange genug, um mir zu zeigen, dass ich richtig lag. »Was will sie von mir?«

»Sie ist es nicht.«

Ich schob mich so dicht an sein Gesicht heran, bis seine Knopfaugen dieselbe Größe wie die von Normalsterblichen hatten. »Sie haben aber gezögert.«

Nun war er es, der den Abstand zwischen uns verringerte, bis er so nah war, dass ich sein Mittagessen riechen konnte. »Ich sage Ihnen doch: Sie ist es nicht.« Ich
starrte ihm in die Augen, bis mir jedes rote Äderchen im
Weißen vertraut war. Er sagte die Wahrheit. Noch
schlimmer: Von Nahem fiel es mir schwer, Al zu hassen.
Seine Masse bekam eine gewisse Weichheit, seine harten Linien Kurven, und in seinen kleinen Augen
wohnten eine Wärme und ein Schmerz, wie ich sie mittlerweile bei Männern nicht mehr für möglich gehalten
hatte.

Ich drückte ihm sanft die Hand. »Bitte, sagen Sie es
mir. Ich muss es wissen.«

Er hielt meinem Blick stand und legte den Kopf
schief – seine Art nachzugeben. »Es war Jim.«

15 Der Milch- und Eiermann

Neben der Arbeit als Privatdetektiv und Personenschüt-
zer hatte Jim sich seine Brötchen auch als Verbindungs-
mann für Gefängnisinsassen verdient. Manchmal bezahlte er ihre Rechnungen oder half ihnen, belastendes
Material loszuwerden, auf das die Gesetzeshüter noch
nicht aufmerksam geworden waren. Manchmal aber war
er auch derjenige, der der Mama Blumen zum Geburtstag schickte oder etwaigen Feinden die Nachricht über-
brachte, dass die Schulden in den nächsten ein, zwei
Jahren wohl nicht beglichen werden würden. Allzu viel
Geld machte er nicht damit, aber er kalkulierte den Gefallen mit ein, den man ihm schuldete, sobald man aus
dem Bau wieder draußen war. Die meisten dieser Ganoven wurden zu Jims Schuldeneintreibern. Als Al seine
Strafe fürs Scheckfälschen abgesessen hatte, bekam er
mich zugeteilt.

»Das erklärt natürlich die ganzen Briefe aus Attica,
die ich in seinem Büro gefunden habe«, sagte ich über
den Lärm der Band hinweg. »Aber wenn er Sie auf mich
angesetzt hat, hat er dann gewusst, dass ihm etwas passieren würde?«

Al zuckte die Schultern. »Jeder hier drin glaubt, dass
ihm irgendwas Schreckliches passieren wird. Vielleicht
hat Jim sich noch mehr Sorgen gemacht, als es mit dieser Fielding-Sache losging, und wollte sich absichern,
nur für den Fall der Fälle.«

»Nur für den Fall der Fälle?« Für den Fall der Fälle
zog man sich saubere Unterhosen an. Man leistete sich

eine Versicherung. Aber für den Fall der Fälle stellte man doch keinen Ganoven an, der der Büroangestellten nachspioniert. »Was hat Jim genau gesagt?«

Als Pranken peitschten durch die Luft und untermalten seine Worte in einer Art, die nichts mit dem zu tun hatte, was er zu sagen versuchte. »Dass ich für den Fall, dass ihm was passiert, dafür sorgen soll, dass Sie sich raushalten.«

Mir schwoll der Kamm. Jim hatte sich nicht um mich gesorgt, nein, er hatte mich vom Herumschnüffeln abhalten wollen. »Das haben Sie ja prima hingekriegt. Und was war mit Agnes?«

»Wegen ihr hat er sich keine Sorgen gemacht.«

Ich musste lachen. Agnes mischte sich mehr ein als eine Friseuse an einem windigen Tag. »Warum das denn nicht?«

»Sie ist ihm nicht so in die Quere gekommen. Aber Sie schon – Sie sind schlimmer als die SS.«

»Hat er das gesagt?«

»Vielleicht nicht so direkt, aber gemeint hat er es.«

Ich stützte die Ellbogen auf den Tisch und legte den Kopf in die Hände. »Wenn er so besorgt war, hätte er vielleicht mehr aufpassen müssen, dass ich erst gar nicht in dieses Schlamassel hineingezogen werde. Ich habe mich da nicht selbst reingeritten, Al. Ich bin da reingeritten worden.«

»Ab jetzt können Sie sich wieder raushalten.«

Auch wenn ich gewollt hätte, irgendetwas schien mich immer wieder von neuem hineinzuziehen. Wenn ich hier nicht ordentlich durchgriff, wer würde es dann tun? »Ich glaube, ich habe gar keine Wahl.«

Al warf einen Blick auf seine Armbanduhr und sank

angesichts der späten Uhrzeit erneut in sich zusammen. War er wieder mit dieser treulosen Tomate zusammen, die ihn mit ihrer Habgier ins Gefängnis gebracht hatte, oder hatte er andere Verpflichtungen, die ihn am nächsten Morgen zum frühen Aufstehen zwangen? »Man hat immer eine Wahl, Rosie. Genau deswegen hat Jim mich gebeten, Ihnen zu folgen. Ich bin Ihre Wahl. Ich bin Ihre Fahrkarte raus aus dem ganzen Ärger.«

»Und wenn ich meine Fahrkarte einlöse und auf Ihren Zug aufspringe, wer kümmert sich dann darum, dass derjenige, der Jim auf dem Gewissen hat, bestraft wird?«

Ich rechnete mit einer langen Liste von Unterweltvollstreckern, die die Arbeit schon aufgenommen hatten. Aber ich bekam nur ein Schulterzucken. »So was regelt sich von allein.«

Ich lachte und zerriss meine Cocktailserviette in kleine Streifen. »Dann warten wir also einfach ab und schauen mal, was so passiert?«

Bevor Al antworten konnte, kamen Jayne und Tony zurück an den Tisch. Eine weitere Flasche Champagner tauchte auf, und ich überschritt schnell die Schwelle zwischen beschwipst und stockbesoffen. Anstatt mich jedoch einer angenehmen Trunkenheit hinzugeben, genehmigte ich mir im Gedenken an Jim noch ein paar Gläser, bis mir das vulgäre geschmacklose Ali Baba mit den traurigen Frauen darin derart prachtvoll und erfreulich vorkam, dass ich ein Lied darüber singen musste.

»Ganz ruhig, Rosie«, mahnte Al. »Sei ein braves Mädchen, komm wieder vom Tisch runter und setz dich hin.«

Ich trat ihm leicht in den Magen und prostete dem

ganzen Saal mit meinem achten Glas Schampus zu. »Ich sing' doch nur, Al. Ich hab' ein Goldkehlchen und bin wild entschlossen, es zum Einsatz zu bringen.«

»Lass sie«, sagte Tony. »Kein Problem.«

Er hatte so Recht, dass ich direkt vom Tisch auf seinen Schoß fiel. Er nahm meine freie Hand und half mir auf die Beine. Ich platzierte mein Hinterteil auf seinem Oberschenkel und konnte die Augen nicht mehr von seiner Fliege lassen. »Du bist ein guter Kerl, Tony, auch wenn ich dich nicht leiden kann.« Meine Stimme hörte sich nicht richtig an. In meinem Kopf war sie klar und deutlich, aber wenn ich laut redete, klang sie in der Mitte brüchig und an den Rändern zu weich. Ich ging von der Fliege aus nach oben und zeichnete das Stück Haut unter seiner Nase nach. »Du solltest mal drüber nachdenken, dir einen Schnurrbart wachsen zu lassen. Das sieht bestimmt besser aus mit deinem Zinken.«

Zwei Tonys grinsten mich an, was die Notwendigkeit einer Gesichtsbehaarung noch unterstrich. »Ich werd's mir überlegen. Warum kannst du mich nicht leiden, Rose?«

Ich trank Glas Nummer acht aus und versuchte es auf dem Tisch abzusetzen, aber das verdammte Ding bewegte sich, und die Sektflöte landete klirrend auf dem Boden. »Erstens«, sagte ich zu seiner linken Ausgabe, »heiße ich Rosie. Ich hasse es, wenn man mich Rose nennt. Und zweitens gefällt mir nicht, wie du mit Jayne umgehst.« Ihr Name erinnerte mich daran, dass sie auch noch da sein musste, also stand ich auf, um sie zu suchen, und fand ein Paar von ihr neben Al. »Komm her, Jayne«, sagte ich. Beide Jaynes taten wie geheißen. Ich legte ihnen den Arm um die Hüften, und zu dritt sahen

wir auf die Zwillingstonys hinunter. »Das hier ist meine
beste Freundin, Tony, und wenn ich mitbekomme, dass
du sie runtermachst oder sie nicht anrufst oder was,
bricht mir das Herz. Und weißt du, warum?«

Die Belustigung war aus seinem Gesicht gewichen.
»Warum?«

Ich wollte eine Hand auf Jaynes Schulter legen, ver-
fehlte sie aber. »Weil sie ein gutes Mädchen ist. Ein hin-
gebungsvolles Mädchen. Das einen Kerl verdient, der
ihr die Sterne vom Himmel holt.«

»Ich würde sogar noch mehr tun. Sie muss es nur sagen.« Er nahm Jaynes Hand in seine, und meine Lieb-
lingsblondine schwankte von einer Seite zur anderen,
bis sich ihr Rock in die Luft hob. Sie sah aus wie eine
Blume, und der liebliche Anblick, wie Tony B. meine
Mitbewohnerin umarmte und sie dabei zu einer Blume
wurde, brachte mich zum Weinen.

»Was ist denn, Rosie?«, fragte Jayne.

»Noch nie«, ich rang nach Luft, »noch nie hat irgendjemand mich zu einer Blume gemacht.«

Als ich mich ausgeweint, meinen Mantel identifiziert
und der Band Abschiedsküsse zugeworfen hatte, bot Al
mir an, mich nach Hause zu bringen. Tonys Fahrer fuhr
auf verschlungenen Pfaden, die den Champagner aus
dem Magen auf meinen Rock beförderten. So wurde
wenigstens der Kaffeefleck übertüncht.

»Wo ist Jack?«, fragte ich, in meinem eigenen Erbro-
chenen schmorend.

»Wer?«, fragte Al.

Der Gestank machte mir den Kopf wieder frei. »Jayne.
Wo ist Jayne?«

»Bei Tony«, sagte der Mann der wenigen Worte. »Sie kommt erst morgen früh nach Hause.«

Ich legte den Kopf an das Autofenster, und die vereiste Scheibe ließ mich zu mir kommen. »Hast du eine Freundin, Al?«

»Nein. Nicht mehr.« Er breitete die Arme aus und legte sie auf der Rücksitzlehne ab. »Ich habe eine Mama.«

»Ich habe auch eine Mama«, sagte ich, als ob eine Mutter zu haben ähnlich einzigartig sei wie eine Zwillingsschwester. »Wie ist deine so?«

Al dachte nach. »Kränklich. Und schnell enttäuscht. Und deine?«

»Auch so, obwohl sie wahrscheinlich in einem Wettrennen schneller wäre als deine. Meine findet es ganz schlimm, dass ich Schauspielerin bin.«

Al rieb sich die Augen. »Ja? Wenn sie das nächste Mal wieder so was sagt, sag ihr, dass sie dich wenigstens nicht im Knast besuchen muss.«

Das brachte mich zum Lächeln. Er kannte meine Mutter schlecht. »Was hat Jim gesagt, als er dich beauftragt hat, mich zu überwachen?«

»Eigentlich nichts. Ich sollte einfach ein Auge auf dich haben, weil du ja sein Mädchen warst.«

Ich setzte mich so schnell auf, dass ich mit dem Kopf ans Autodach stieß. »Dieses Arschloch. Wir hatten nichts ... du weißt schon ... *so* was miteinander, Al. Ich habe ihn doch kaum gekannt. Er war mein Chef und ich seine Angestellte. Das war alles.«

Al fuhr zusammen, wahrscheinlich weil meine Stimme so hoch geworden war. »Wie du meinst. Ist ja nicht mein Bier.«

»Aber *meins*. Jim war mehr als doppelt so alt wie ich. Wir hatten nichts am Laufen. Ich war für seine Ablage zuständig.«

»Du warst offensichtlich mehr als das«, sagte Al.

»Was soll das heißen?«

»Nur, dass du ihm mehr bedeutet hast. Krieg das nicht in den falschen Hals.«

Ich sah mein Spiegelbild im Fenster. Meine Haare waren auf Abwegen und meine Augen so klein, dass sie durchaus schon hätten tot sein können. »In welchen Hals soll ich es denn bekommen?«

Al seufzte. »Hast du einen Vater?«

Ich lehnte mich gegen die Tür. »Ich habe ein Grab in Brooklyn.«

»Vielleicht einen Bruder?«

Ich hatte seit Kriegsbeginn nichts mehr von meinem Bruder gehört. Er meldete sich nur, wenn er mit irgendetwas prahlen wollte oder in der Klemme saß. »Nur bei gutem Wetter.«

»Da liegt also dein Problem. Ich weiß nicht, ob Jim ...«, er hob und senkte die Augenbrauen, »oder nicht. Du bist eine attraktive Frau. Ich wette zehn zu eins, dass er daran gedacht hat. Aber wenn jemand dich ›mein Mädchen‹ nennt und eine Menge unternimmt, damit du nicht in Schwierigkeiten kommst, falls er mal nicht da ist, um dich zu beschützen – es kann doch auch sein, dass er dich wie ein Bruder oder Vater mochte, oder?«

Ich wurde knallrot vor Scham. Null zu eins für mein ja sowieso übertrieben aufgeblähtes Ego. »Ich bin ein blödes Schaf.« Al widersprach mir nicht. »Hätte er mir nicht Geld vererben können?«

»Glaub mir, so ist es besser. Beschützt werden ist un-
bezahlbar.«

Als wir vor dem Shaw House hielten, hatte ich das
Erbrochene von meinem Kleid gekratzt und fühlte mich
wieder mehr wie ich selbst. Die letzte Stunde war zu
einem dieser verschwommenen Träume geworden, nach
denen man sich freut, dass sie nicht wirklich passiert
sind, weil sie in echt unvorstellbar demütigend wären.

»Soll ich dich noch reinbringen?«, fragte Al.

Ich schüttelte den Kopf und fummelte sehr lange
an der Tür herum, bis ich endlich raus hatte, wie man
sie öffnete. Eine vereiste Stelle auf dem Gehweg hatte
sich als schwarzer Zementfleck maskiert und zog mir
beim Aussteigen die Füße unter dem Leib weg. Das
letzte bisschen Restalkohol machte einem brennenden
Schmerz Platz.

Mit zwei Fingern hievte Al mich wieder auf die Beine.
»Ich bringe dich zur Tür.«

»Mach aus ›bringen‹ ›tragen‹, und wir sind im Geschäft.«

Das Shaw House hatte zwar keine offizielle Sperr-
stunde, dafür aber eine inoffizielle, die einen nötigte,
die Abende sorgfältig zu planen. An Wochenenden ging
Belle um elf Uhr abends zu Bett, und man kam nur noch
mit einem Schlüssel ins Haus. Hatte man ihn vergessen,
half bis zum Morgen weder Klopfen noch Hupen noch
Schreien: Belle ließ sich nicht aus dem Schlaf reißen.
Man bekam seinen Schlüssel am Einzugstag. Verlor man
ihn – Pech. Wenn man einmal etwas verloren hatte, so
Belle, würde einem das auch gleich ein zweites Mal passieren, von der Jungfräulichkeit einmal abgesehen.

Ich bat Al, mich unter die Straßenlaterne zu ziehen,

damit ich in der Handtasche nach meinem Freund aus Messing suchen konnte.

»Hast du einen Schlüssel?«, fragte Al.

Es sah nicht allzu gut aus. »Jayne hat den Schlüssel.« Ich hockte auf dem Gehweg und wühlte in den paar Dingen, die ich für wichtig genug befunden hatte, um sie in meine Tasche zu stopfen. »Ich habe eine Haarnadel und einen Streifen Kaugummi.«

Al blies sich in die handschuhlosen Hände und begutachtete die Tür. Bevor ich ihn warnen konnte, dass ein Klopfversuch völlig aussichtslos war, verlangte er schon nach der Haarnadel. Wieselflink fuhrwerkte er am Schloss herum, bis es mit einem triumphierenden Klicken aufsprang.

»Wenn du mit Flecken auf Kleidern genauso gut bist, überlege ich mir, ob ich dich einstelle.«

Er reichte mir die Hand und zog mich auf die Füße. »Dein Bein fühlt sich morgen früh bestimmt an wie die Hölle.«

»Es fühlt sich schon jetzt nicht mehr so richtig sagenhaft an. Möchtest du noch auf eine Tasse Tee mit reinkommen?«

Seine Augen suchten die Straße ab. Ich hielt ihn von irgendetwas ab. »Lieber nicht. Bis bald dann.«

»Ich werde nach dir Ausschau halten.« Während er in den Wagen kletterte, hoppelte ich die Stufen hoch und zur Haustür hinein. Wenn ich in der Geschwindigkeit weitermachte, war ich bis Sonnenaufgang nicht im Bett. Ich biss also die Zähne zusammen und humpelte die Treppe hoch, so schnell ich konnte. Churchill begrüßte mich aus den Tiefen des dunklen leeren Zimmers. Als ich mir einen Weg zur Kommode bahnte, zertrat ich harte Brocken Katzenfutter unter meinen Schuhen; der Klang erinnerte an brennendes Holz. Ich machte Licht und besah das Kleid im Spiegel. Es war, mit einem Wort, ruiniert. Zusätzlich zu den Flecken waren durch den Sturz der Stoff am Knie sowie eine Seitennaht aufgerissen.

Churchill kam zu mir und schnupperte an meinem Rock. Als er die Ursache des Geruchs erkannte, sprang er mit einem vernichtenden Blick auf Jaynes Bett.

»Wenn du das schon schlimm findest, kannst du ja mal versuchen, das Ding zu tragen.« Auf einem Fuß balancierend, zog ich das Kleid aus, knüllte es zusammen und warf es in den Mülleimer. Am nächsten Tag würde ich mir überlegen müssen, was ich Ruby erzählen sollte.

Ich wachte erst am frühen Nachmittag auf. Mein Kopf wummerte, mein Sehvermögen war stark eingeschränkt und mein Knöchel auf den Umfang von Boris Karloffs Nacken in *Frankenstein* angeschwollen. Ich fühlte mich dem ruinierten Kleid nicht gewachsen und hielt es für das Beste, auszugehen und mich versteckt zu halten. Vor unserer Zimmertür stolperte ich über einen Stapel Bücher, der dort abgelegt worden war. Wie versprochen hatte Harriet ihre Ausgaben von *Über Theater* und *Ende einer Reise* herausgesucht. Ich klemmte mir beide unter den Arm und schleppte mich die zwei Blocks bis zu Cora Deane's, einem der wenigen Cafés, wo eine Frau zu jeder Tageszeit ein Frühstück bekommen konnte, ohne dass die Kellnerin gleich missbilligend den Kopf schüttelte und sie für eine Prostituierte hielt.

Während ich einen Liter Kaffee trank und dazu meh-

rere Scheiben Toast aß, lasen sich am Tisch hinter mir
ein paar Frauen gegenseitig die Feldpost ihrer neuen
Armeebrieffreunde vor. Als ich ihre Begeisterung über
Männer, die sie nicht mal kannten, nicht länger mitan-
hören konnte, wandte ich mich meiner Lektüre zu. Ich
begann mit *Über Theater*, weil ich glaubte, Fieldings
Stück besser verstehen zu können, wenn ich seine Theorie erst einmal begriffen hätte. Das Buch war mit nur
hundert Seiten überraschend dünn. Aber trotz seiner
Kürze war es ungefähr genauso klar wie die Nachrichten von der russischen Front. Wenn Raymond Fielding
überhaupt eine Leserschaft hatte – ich bezweifelte, dass
er sich darüber Gedanken gemacht hatte –, dann mussten das gebildete, hochfliegende Denker sein, die für
den kleinen Mann nur Verachtung übrig hatten, selbst
wenn sie gleichzeitig bessere Lebensbedingungen für
die unteren Schichten befürworteten.

Nicht dass ich *gar* nichts verstanden hätte. Der Kern
seiner Arbeit bestand offenbar in der These, dass Theater nicht mehr sei als ein Versuch, das Leben nachzuahmen. Und solange wir nicht all unsere Kraft auf das Erreichen dieses Ziels verwendeten, würde das Theater als
Form versagen. Er hasste Stücke, die ihre »Kunstfertigkeit« stolz zur Schau stellten, einen Begriff, den er an-
prangerte als »das unglückliche Ergebnis der Überhö-
hung des Egos vor der Kunst; sobald wir von jemandes
Kunstfertigkeit sprechen, negieren wir automatisch die
Möglichkeit des Erfolgs für ein Theaterstück«.

Fieldings Lieblingswort war »unsichtbar«. Seiner Ansicht nach sollte sich jeder Teilaspekt einer Produktion
in genau diesem Zustand befnden. Bühnenbild, Schauspieler, Regie und Buch sollten so lebensnah sein, dass

man sie für nichts anderes als die Realität halten konnte. Für Fielding war die Inszenierung das Schlimmste, was dem Theater passieren konnte, weil die Bühne für ihn einen sofortigen Rückzug vom Leben und nicht eine Spiegelung des Lebens bedeutete. Das Zweitschlimmste war der Regisseur.

Natürlich konnte man trotzdem nicht einfach echte Leute in eine echte Umgebung setzen und das dann Theater nennen. Ein Schlüsselelement trennte für Fielding Drama vom wirklichen Leben: der Konflikt. Natürlich gab es davon eigentlich in jedem Leben ausreichend, aber den Großteil unserer alltäglichen Beschäftigungen hielt er doch für bar jeglicher dramatischen Hochs und Tiefs. Fielding schrieb: »Wenn wir uns auch bemühen, tägliche Vorgänge zu imitieren, so gibt es doch keinen Grund, darin langweilig zu sein. Einige Ereignisse in unserem Leben sind für die Beobachtung wie geschaffen, andere haben ein Publikum nicht verdient. Wir müssen zwischen diesen beiden sorgsam unterscheiden.«

Ende einer Reise entsprach *Über Theater* sowohl in der Länge als auch in der Dichte. Die Haupthandlung drehte sich um einen Mann, der mitten in einem namenlosen Krieg zu seiner in der Verbannung lebenden Familie zurückzukehren versucht. Auf dem Weg trifft er eine ganze Menge Personen, von denen er immer wieder Hinweise über den Verbleib seiner Familie bekommt. Das Stück war eindeutig als politisches Gleichnis angelegt, aber ich kam nicht drauf, worauf es eigentlich hinaus wollte. Mir wurde nur eine Sache klar: Wenn das hier das beste Beispiel für Fieldings Schriften war, dann konnte es nur einen einzigen Grund geben, warum jemand deswegen sterben sollte – aus Langeweile.

Jayne kam am Samstag nicht nach Hause, und spätestens am Sonntag war ich überzeugt, dass Tony sie für
ein romantisches Wochenende entführt hatte. Am Sonn-
tagabend ging ich früh zu Bett, um eine Begegnung mit
Ruby zu vermeiden. Es war mir das gesamte Wochenende über gelungen, mich vor ihr zu verstecken, aber wenn
wir erst mal gemeinsam auf einer Probebühne standen,
würden mir meine Ausweichmanöver auch nicht mehr
helfen. Ab neun Uhr wälzte ich mich also schlaflos im
Bett – ich dachte an Jack, wie er in den Armen einer
französischen Krankenschwester lag, die Rita Hayworth
verdammt ähnlich sah, und an Jim und den Strick, an
dem er hing und der beim Hin- und Herpendeln leise
knarrte. Die Bilder legten sich im Halbschlaf übereinander, bis es Jack war, den ich in Jims Schrank fand, immer wieder aufs neue. Trotz der Schlinge um seinen
Hals lebte er noch, und jedes Mal, wenn ich die Tür öffnete, hielt er mir einen Stapel gezinkter Spielkarten hin,
während Churchill flüsterte: »Asse zählen viel.«

Um zehn machte ich das Licht wieder an und ließ
den Schlaf wissen, dass ich ihm für den Rest der Nacht
eine Ruhepause gönnte. Churchill lag mit dem Bauch
nach oben auf Jaynes Kissen. Als ihm das Licht der Lampe ins Gesicht schien, öffnete er ein Auge und drehte
dann den Kopf so, dass ihm der Kissenbezug mehr
Schatten spendete.

Die alten Ausgaben des *Dime Detective* waren auch
keine geeignete Ablenkung; keine einzige der Geschich-

ten fesselte meine Aufmerksamkeit. Ich legte die Heft-
chen zurück auf ihren kippeligen Haufen und zog einen
Stapel leerer Feldpostblätter unter meinem Bett hervor.
Lieber Jack ...

Dann starrte ich eine geschlagene halbe Stunde auf
seinen Namen und suchte einen guten Anfang. Wir hatten die Sache zu einem schlechten Ende gebracht. Zu
einem sehr schlechten. Obwohl keiner von uns beiden
offiziell Schluss gemacht hatte, hielt er die Beziehung
ganz offensichtlich für beendet, als er seinen Kram in
einen alten Seesack packte und ging, ohne sich vorher
zu verabschieden.

Unsere Probleme hingen mit der uralten Regel zusammen, dass Schauspieler und Schauspielerinnen
nichts miteinander anfangen sollten. Wann und warum
diese beiden Lebensformen inkompatibel geworden
waren, wusste ich nicht, aber vermutlich hatte man im
Elisabethanischen Theater genau deswegen Männer in
Frauenkleidung gesteckt: um Scherereien zu vermeiden.
Das Leben einer Schauspielerin konnte quälend einsam
sein. Es war verführerisch, unter Gleichgesinnten nach
Kameradschaft zu suchen, und sei es nur aus dem Glauben heraus, dass aus Gemeinsamkeiten gegenseitiges
Verständnis resultierte. Davon abgesehen strahlten
Männer, die in ihrem Beruf Erfolge feierten, eine enor-
me Attraktivität aus. Ein Mann mit Begabung war ein
wirkmächtiges Aphrodisiakum.

Wenn aber in einer Beziehung beide das Gleiche
machten, war es unausweichlich, dass sie unterschied-
lich viel Beifall bekamen. Und das führte zu Problemen.
Bevor Jack sich verpflichtet hatte, war er im Theater
stark gefragt gewesen, so stark, dass er Vorsprechen gar

nicht mehr nötig hatte. Obwohl mir sein Erfolg nichts ausmachte, fand ich es fürchterlich, wie sehr sich dadurch seine Einstellung mir gegenüber zu verändern begonnen hatte. Plötzlich war Jack der Ansicht, er habe das Geheimrezept für schauspielerischen Erfolg entdeckt, und statt sich zurückzulehnen und sich mit mir über meine zugegebenermaßen weniger großen Triumphe zu freuen, erteilte er gute Ratschläge, die meine Errungenschaften zu Beispielen dafür werden ließen, wie man es besser nicht machen sollte.

Nicht dass Jack mich nicht unterstützt hätte, aber er hatte einfach eine andere Vorstellung von unserem Beruf. Für mich war die Schauspielerei ein Job wie jeder andere: Wenn man sich dabei manchmal um des finanziellen Überlebens willen irgendwelchen Blödsinn antun musste – bitte. Ich griff einfach bei jeder Rolle zu und arbeitete auch in Ensembles, die wenig später schon wieder von der Bildfläche verschwunden oder an ihrem künstlerischen Schlusspunkt angelangt sein würden. Mir erschien es so richtig, für Jack aber waren das alles faule Kompromisse. In einer hitzigen Auseinandersetzung warf er mir einmal vor, mit all den Rollen unter meinem Niveau sei ich selbst dafür verantwortlich, wenn das Wort Schauspielerin immer häufiger als Synonym für Hure benutzt würde. Ich schlug vor, seinen Namen zum Synonym für Esel zu machen, und gab ihm eine Ohrfeige.

Jack glaubte an die KUNST (in Großbuchstaben) in allem, was er tat – egal, ob das eine Produktion von *Nora oder Ein Puppenheim* war, die im menschlichen Verdauungssystem spielte (Nora verließ hier ihre Familie nicht aus freien Stücken, sondern wurde zwangsläufig ausgeschieden), oder die Version von *Was ihr wollt*, die über so viele Abende gestreckt wurde, dass sich am Ende niemand mehr entsinnen konnte, was vor zwei Wochen am Anfang passiert war. Für Jack zählte nicht das Honorar, sondern die Frage, ob eine Rolle das Potential hatte, seinen Namen in den Köpfen der Leute zu verankern. Weil er aus einer wohlhabenden Familie kam, konnte er sich diese Einstellung leisten. Ich dagegen musste meine Miete bezahlen und hatte außerdem ein höchst unanständiges Bedürfnis nach drei Mahlzeiten pro Tag.

Aber auch ohne derartige Verpflichtungen hätte ich nicht unbedingt mehr Erfolg gehabt, wenn ich in meinen Rollen wählerischer gewesen wäre. Wir lebten eben nicht in einer perfekten Welt, in der jeder begabte Schauspieler Anrecht auf bedeutungsvolle Arbeit hatte. Die meisten Entscheidungen bei der Besetzung beruhten auf Vettern- und Günstlingswirtschaft und wurden außerhalb des Reichs der Logik getroffen. Und außerdem war ich tatsächlich nicht für jede gute Rolle geeignet. Sosehr ich auch versuchte, das zu verbergen: Auf der Bühne wirkte ich groß und gebieterisch, was die Zahl der Rollen, die ich spielen konnte, deutlich einschränkte. Das aber wollte Jack nicht wahrhaben. Wenn ich scheiterte, lag das an meinem Ungenügen, nicht an meinem Unvermögen.

Jack war wegen mir zum Militär gegangen. Wir hatten eine Auseinandersetzung von der Art gehabt, wie sie charakteristisch war für die Endphase unserer Beziehung. Er hatte mich zur Rede gestellt, weil ich für Jim arbeitete – was für ihn nichts anderes bedeutete, als dass ich meine Schauspielkarriere ein für alle Mal an den Nagel hängte. Ich erklärte ihm, dass dem nicht so war, dass man sich, wenn es mit dem einem Job nicht so gut lief, eben einen anderen suchte, um durch die mageren Zeiten zu kommen. Aber er wollte nichts davon wissen. Bevor ich mich versah, hatte ich ihm empfohlen, von seinem Thron herabzusteigen und einfach mal so zu leben wie alle anderen auch. Dass ihm das Anlass genug sein würde, um aus dem Schauspieler einen Soldaten zu machen, das hatte ich nun nicht unbedingt erwartet.

Aber ich war, um das klarzustellen, nicht der einzige Grund für ihn, sich freiwillig zu melden. Seit Pearl Harbor konnte man gar nicht mehr anders, als sich zur Hilfe verpflichtet zu fühlen. Einer nach dem anderen gingen unsere Freunde erst ins Rekrutierungsbüro und dann aufs Schiff. Am Ende war Jack einer der wenigen Schauspieler um die zwanzig, die überhaupt noch in ihrem Beruf arbeiteten. Auch wenn er es nie zugab, hatte ihm das sicher zu schaffen gemacht – genauso, wie es nicht spurlos an ihm vorübergegangen sein konnte, wenn Soldaten ihn auf der Straße als Heimatschützer auslachten. Diese Seite an ihm hätte ich gern gekannt. Dann hätte ich vielleicht besser damit umgehen können, als er mir nichts, dir nichts zur Grundausbildung verschwand. Und ich hätte vielleicht anders reagiert, als er wieder zurück war und postwendend seinen Einberufungsbefehl erhielt – vielleicht nicht unbedingt mit einer Sturzflut aus Tränen und Anschuldigungen, er tue das nur, um mir weh zu tun, und habe mich nie wirklich geliebt. Wahrscheinlich hatte ich es ihm ziemlich leicht gemacht, ohne Abschied zu gehen.

Ich griff nach dem Stift und kritzelte unter die Anrede *Bitte stirb nicht!*, dann knüllte ich das Papier zu einer Kugel zusammen und warf es gegen den Papierkorb.

Kurze Zeit später musste ich wohl eingeschlafen sein, denn als nächstes bekam ich mit, wie Jayne das Licht löschte und mit solcher Vorsicht im Zimmer herum- schlich, als wolle sie mich auf keinen Fall wecken.

Ich stützte mich auf den Ellbogen und knipste die Nachttischlampe an. »Hallo, Fremde!« Mit dem Rücken zu mir mühte sie sich ab, aus den Kleidern zu kommen. »Hallo. Du kannst ruhig das Licht ausmachen. Brauche ich nicht. Bin fast fertig mit Umziehen.« In ihrer Stimme lag ein Nachdruck, der mich zum Gehorsam zwang, wollte ich nicht ihren Zorn auf mich ziehen. Eigentlich war Jayne der unbekümmertste Mensch auf der Welt und ihr gereizter Ton deswegen ein Zeichen, dass etwas ganz und gar nicht in Ordnung war.

Ich knipste die Lampe wieder aus und sah ihrer Sil- houette dabei zu, wie sie im pulsierenden Licht der Ne- onreklame vom Hotel gegenüber mit ihrer Kleidung kämpfte. »Geht's dir gut?«

»Ja, bin nur müde.« Immer noch mit dem Rücken zu mir schlüpfte sie unter die Bettdecke und zog sie bis zu den Ohren hoch. »Hattest du ein gutes Wochenende?«

Ich lachte in die Nacht hinein und krallte mich in mein Laken. »Es war trostlos, was sich an einem ein- zigen Beispiel veranschaulichen lässt: Den größten Teil des Abends habe ich mit dem Versuch verbracht, Jack zu schreiben.«

»Das ist wirklich trostlos.«

Das anschließende Schweigen, in dem man nur Chur- chills Schnarchen hörte, war so bedrückend, dass es dem ganzen Zimmer den Atem abzuschnüren schien. Mein Instinkt sagte mir, dass Jayne in Ruhe gelassen werden wollte, aber gleichzeitig spürte ich, dass das das

Letzte war, was sie jetzt brauchte. Ich stieg aus dem Bett und setzte mich neben sie. So sanft wie ein Schmetterling legte ich ihr die Hand auf die Schulter und drückte sie. Als Antwort zitterte ihr Arm, und mir wurde klar, dass Jayne nicht deshalb schwieg, weil ihr danach war, sondern weil sie das Schluchzen, das ihren Körper schüttelte, anders nicht mehr unter Kontrolle hatte.

»Was ist denn los?«

Sie legte ihre Hand auf meine, drehte sich zu mir um und zeigte mir in dem flackernden Licht, was sie zwei Tage lang vom Shaw House ferngehalten hatte. Ihr linkes Auge lag unsichtbar in einem Schatten, der über ihrer gezupften Augenbraue anfing und unter dem mit Rouge belegten Wangenknochen aufhörte. Auf ihren Lippen kräuselte sich etwas, als ob sie hastig ein Stück Kuchen gegessen hätte, ohne sich danach die Krümel vom Mund zu wischen. Ich machte die Lampe wieder an. Der Schatten wurde zu einem blauen Auge und die Kuchenkrümel zu schlecht verheiltem Schorf. Ein Riss lief senkrecht über die Ober- und Unterlippe und ließ ihren Mund aussehen wie Lava, die aus einer Wunde in der Erdkruste sickerte.

»Dieser Hurensohn! Ich bringe ihn um!« Ich sprang auf, kam aber nur bis zum Fußende des eisernen Bettgestells, dann zog Jayne mich wieder zu sich hinunter.

»Bitte nicht, Rosie.«

»Warum? Weil er ein netter Kerl ist? Weil du es verdient hast? Sag mir einen guten Grund, warum ich ihm nicht die Fresse polieren soll.«

Jayne machte das Licht wieder aus, vielleicht in der Hoffnung, die Wunden würden verschwinden, wenn ich sie nicht mehr sehen konnte. »Lass es einfach, ja? Ich muss nachdenken, dann wird vielleicht -« Ihre Stimme brach ab. Sie fuhrwerkte in ihrem Nachttischchen herum, bis sie eine Zigarette und ein Feuerzeug gefunden hatte. Die Flamme erhellte für einen kurzen Moment den Schaden, den Tony B. angerichtet hatte, bevor er wieder von der Dunkelheit verschluckt wurde.

»Wann ist das passiert?«

Sie legte den Kopf in den Nacken und atmete aus. Der Rauch trieb als träge Säule durch die Luft. »Am Freitag. Gegen später.« Um die Schmerzen mit der Wärme etwas zu lindern, hielt sie die Hand mit der Zigarette nah an der Wange. »Ich weiß nicht, was los war. Wir haben getanzt, uns amüsiert. Es war einfach nur nett.« Tränen erstickten ihre Worte. Jayne fixierte einen Punkt an der Wand gegenüber, und ich hatte dasselbe Gefühl wie damals, als sie in einer Tragödie eine absolute Fehlbesetzung war. Ihre Hände bewegten sich zu stark, ihr Gesichtsausdruck war zu extrem. Jayne ging es mit der Dramatik so wie einem Klumpfuß beim Steptanz. »Dann hat mir einer von den Männern dort schöne Augen gemacht. Und dafür war Tony plötzlich nicht mehr zu haben. Ich habe versucht, ihn zu beschwichtigen, aber es hat nichts geholfen. Er hat so getan, als ob ich absichtlich mit dem Mann geflirtet hätte.« Ich dachte an Freitagabend zurück. Es ergab keinen Sinn: Jemand, der gern im Rampenlicht steht, zerschlägt doch nicht mutwillig die Glühbirne. »Ich habe versucht, ihm klarzumachen, dass er der Einzige für mich ist, aber da war schon alles aus dem Ruder. Und schneller als ich denken konnte ...«

»Hat er dich geschlagen.«

Ihr Gesichtsausdruck änderte sich, ihr Blick ließ den

Punkt an der Wand los, jetzt schaute sie mich an. »Ich habe einfach nur dagestanden. Ich habe gedacht, dass er wieder aufhört. Ich habe gedacht, dass er aufhört, wenn er das Blut sieht.« Sie zog ihr Nachthemd nach unten und zeigte mir, was ich aus der Entfernung nicht hatte sehen können: Brust, Schultern, Rücken – alles war grün und blau.

Mich überwältigte eine Welle aus Mitleid und Wut. Ich war wütend, weil Jayne mir nicht die Wahrheit sagte, und völlig verwirrt ob der offenkundigen Tatsache, dass jemand sie so verletzt hatte. Wie konnte ich ihr helfen, wenn ich nicht wusste, was wirklich passiert war?

Eine andere hätte vielleicht die wahre Geschichte aus ihr herausbekommen, ich aber fragte nur lahm und unbeholfen: »Warum hast du dich nicht gewehrt?«

Ihre Augen wurden so leer, als ob ich ihr eine komplizierte Mathematikaufgabe gestellt hätte. Mit dem Zeigefinger fuhr sie sich über die geplatzte Lippe und zuckte zusammen. »Ich konnte mich nicht wehren.«

»Natürlich konntest du. Du hättest zurückschlagen können. Du hättest um Hilfe schreien können. Du hättest alles Mögliche machen können.«

»Hätte ich nicht.« Ihre Stimme wurde kräftiger. »Er ist stärker als ich. Und er war vollkommen außer sich. Wenn ich versucht hätte, ihn aufzuhalten, wäre alles nur noch schlimmer geworden.« Sie gestikulierte derart heftig mit der Zigarette in der Hand, dass ich mich wegducken musste, um mich nicht zu verbrennen. »Wenn ich geschrieen hätte, wäre mir niemand zu Hilfe gekommen. Wenn ich zurückgeschlagen hätte, hätte er noch stärker zugeschlagen. Ich bin nicht besonders geschickt. Ich kann mich nicht gut wehren. Ich konnte nur dastehen und alles über mich ergehen lassen. Es tut mir leid, wenn dir das nicht reicht.« Sie zog die Beine an und schlang die Arme um die Knie. Noch nie hatte ich Jayne so niedergeschlagen gesehen.

»Bist du jetzt noch die ganze Zeit bei ihm gewesen?«, fragte ich.

Mit den Fingern tastete sie über ihre Lippen und zog dann ein loses Haar aus dem Wundschorf. »Nein, ich bin nach Hause gefahren.« Ihre Familie betrieb einen Milchhof zwei Stunden nördlich von New York. Seit ich mit Jayne befreundet war, war noch nie einer von ihren Verwandten zu ihren Aufführungen gekommen, genauso wenig wie sie auf Besuch nach Hause gefahren war. »Lange könnte ich es da nicht mehr aushalten, aber ich musste einfach erst mal raus. Ich hatte Angst, dass er mich findet.«

Ich nickte. »Und wie jetzt weiter?«

Sie rollte sich auf die Seite, von mir weg. Vorsichtig tapste Churchill quer übers Bett und legte sich in die Kuhle ihres Bauches. »Erst mal schlafen.«

17 Die Nebenbuhler

Am nächsten Morgen stand ich früh auf und schlich auf Zehenspitzen durchs Zimmer, während Jayne noch schlief. Churchill lag nach wie vor an ihren Bauch geschmiegt und verfolgte mit Schlafzimmerblick meine Geschäftigkeit. Um acht Uhr war ich unten im Esszimmer und frühstückte allein, ein Vergnügen, das mir normalerweise durch die Lappen ging. Im Shaw House bekamen wir, im Tausch gegen unsere Zuckermarken, zwei warme Mahlzeiten am Tag, allerdings von wechselnder Qualität. Stand man vor zehn auf, bekam man einen Stapel Pfannkuchen und eine Tasse Kaffee. Das mochte reizvoll klingen – aber die Köchin, Ellen Deering, war eine Cousine von Belle. Und so wie Belle es mit der Gastfreundlichkeit hielt, hielt Ellen es mit dem Essen, was bedeutete, dass die Pfannkuchen die Konsistenz von Pflastersteinen hatten.

Trotzdem schlang ich mein Frühstück hinunter, in der Hoffnung, mit ausreichend hoher Geschwindigkeit dem Geschmack den Garaus zu machen. Dazu las ich eine liegengebliebene Zeitung. Der Baseballspieler Babe Ruth trat höchstpersönlich in Kinopalästen auf, um junge Leute zur Beteiligung an den Kriegsanstrengungen zu motivieren. Jane Russell war das Lieblings-Pinup-Girl der Streitkräfte. Zwölf Prozent der Beschäftigten in der Filmindustrie hatten sich freiwillig zum Kriegsdienst gemeldet, darunter James Stewart und Clark Gable. Das waren wahrhaft herzerwärmende Geschichten, die zeigten, wie man seinen Ruhm für die gute Sache einsetzen konnte. Aber sie wurden trotzdem ausgestochen von einer Meldung, laut der fünf Brüder vermisst wurden, die in einer Schlacht im Pazifik Seite an Seite gekämpft hatten. Alle fünf aus einer Familie, auf einen Schlag einfach weg. *So* sah die Wirklichkeit nämlich aus.

Ich wollte gerade die Tasse abstellen und das Frühstück für beendet erklären, als Ruby hereinschwebte und die Tür blockierte. Sie trug einen atemberaubenden Anzug aus königsblauer Wildseide – den sie sicherlich noch vor der Rationierung gekauft hatte – und dazu passende Pantoletten. Wahrscheinlich war sie seit sechs Uhr morgens mit ihren Haaren und ihrem Make-up beschäftigt gewesen, damit bei der Probe auch ja keine besser aussah als sie.

»Isst du ganz alleine?«, gurrte sie.

»Bin schon fertig.« Meine Tasse landete auf der Untertasse und schepperte warnend.

»Du hast Glück, dass du so groß bist. Jemand kleineres könnte niemals so viel essen wie du, ohne Probleme zu kriegen.« Ruby gab die Tür frei und setzte sich zu mir. »Wie war deine Verabredung?«

»Klasse.«

Sie saß kerzengerade, die Hände mit den Handflächen nach unten auf dem Tisch. Aber so selbstbewusst das auch wirkte, etwas an ihr kam mir merkwürdig vor, fast so, ob ich sie genauso störte wie sie mich.

»Und du, Rube, was hast du am Wochenende gemacht?«

»Ich?« Sie klimperte mit den Wimpern, um anzudeuten, wie befremdlich sie es fand, von sich selbst zu erzählen. Natürlich nahm ich ihr das nicht ab. »Na ja, eigentlich gar nichts.«

Ich hob fragend eine Augenbraue und bohrte weiter. »Du warst also das ganze Wochenende über hier?«

»Hier und da.« Ihre Serviette hob sich in die Luft und landete anmutig auf ihrem Schoß. »Übrigens, wann darf ich denn mein Kleid zurückerwarten?«

»Bald. Ich habe es in die Reinigung gebracht.« In meinem ganzen Leben hatte ich noch nichts reinigen lassen, hoffte aber, dass der Vorgang eine Weile dauern und das betreffende Kleidungsstück im ungünstigsten Fall sogar untragbar machen konnte.

Ruby legte die Stirn in sorgenvolle Falten. »Es ist dir aber nichts draufgekommen, oder?«

Ich stand auf. »Ich hatte eine Verabredung, Ruby. Ich war nervös.«

Sie schürzte die Lippen zu einem kleinen roten Oval. »Das Kleid hat hundert Dollar gekostet.«

Zu lang gebratene Pfannkuchen verließen meinen Magen und blieben mir in der Kehle hängen. Der Inhalt meines gesamten Kleiderschranks hatte keine hundert Dollar gekostet. Ich hatte gehofft, dass das bei allen anderen auch so war. »Darf ich zu Ende reden?« Schneller, Hirn, schneller! »Ich war nervös und dachte mir, ich lasse es lieber reinigen für den Fall, dass es ... ähm ...« Ich warf einen Blick zur Tür und senkte die Stimme. »Für den Fall, dass es riecht.«

»Oh.« Ihr Acryllächeln kam zurück, und sie rückte ein Stück von mir ab. »Das ist nett von dir. Warum bist du schon so früh auf? Hast du einen neuen Job?«

»Nein, ich gehe zur Probe. Mit dir. Du erinnerst dich?«

Ruby nickte heftig, wie jemand, der vorgibt, etwas zum allerersten Mal zu hören. »Stimmt ja, du bist ja in meinem Stück.«

Ihrem Stück. *Ihrem* Stück. Jayne war verprügelt worden und sagte mir nicht, warum. Jack war in den Krieg gezogen. Mein Chef war tot. Und jetzt wurde mir der einzige potentielle Lichtblick in meinem Leben von Frollein ›Ich bin die Erste! Ich bin die Beste!‹ geraubt. Schlagartig machte ich mir keine Sorgen mehr, weil ich ihr Kleid ruiniert hatte; ich hätte es einfach gleich verbrennen sollen.

Ruby nahm sich einen Pfannkuchen vom Servierteller und kratzte sorgfältig die verbrannte äußere Schicht ab. »Wir könnten uns ja ein Taxi zur Probe teilen. Wann wolltest du los?«

Ich pflasterte mir ein Vierzehn-Karat-Lächeln ins Gesicht. »Das ist unheimlich nett von dir, aber ich muss vorher noch ein paar Dinge erledigen. Wir können uns dann ja ein Taxi nach Hause nehmen.«

Ihr breiter werdendes Lächeln verriet, dass der Vorschlag die pure Scheinheiligkeit gewesen war. »Dummerweise muss ich hinterher nach Uptown. Ich bin zum Mittagessen verabredet, und danach muss ich an meiner Radiosendung arbeiten.«

Ich schnippte mit den Fingern. »Ach stimmt ja, du hast ja diesen kleinen Auftritt im Radio.«

Ein tiefes kehliges Lachen kam aus ihrer Brust. »Ich würde ihn nicht *klein* nennen. Ich habe die Hauptrolle.«

»Das ist großartig, Rube. Wirklich richtig großartig.« Spätestens jetzt hätte ich einfach gehen sollen, aber ich brachte es nicht fertig. Wenn Ruby mir den Tag versaute, versaute ich ihr wenigstens noch die Mahlzeit. »Weißt du, es ist schön, dass du diese Radiojobs so unbekümmert annimmst. Es gibt ja Regisseure, die angeblich denken, dass manche nur Radio machen, um mit ihrer Stimme andere ... Unzulänglichkeiten zu kaschieren.«

Rubys immer noch von der Pfannkuchenkohle verklebte Finger fuhren am Haaransatz entlang und schoben die glänzenden Locken an ihren Platz. »Das ist für mich nun wirklich eindeutig nicht das Problem.«

»Eindeutig nicht.« Ich stand auf, bewunderte jedoch noch einen Moment lang die Kohlekrümel, die wie schwarze Perlen auf weißer Seide an ihrer Stirn klebten. »Aber warte nur ab.«

Weil ich nicht wusste wohin und noch anderthalb Stunden totzuschlagen hatte, beschloss ich, zu Fuß zur Probe zu gehen. Das People's Theatre lag nördlich des Shaw House auf der westlichen 14. Straße, eine Adresse, unter der seit der Jahrhundertwende viele Theater mit kleinem Budget und großem Mundwerk anzutreffen waren. Es war schon am Morgen so warm, dass die Straßenhändler ihre Stände aufbauten und die Lebensmittelgeschäfte ihre Waren auf dem Bürgersteig ausbreiteten, um ihre engen, überfüllten Räumlichkeiten zu entlasten. Leute mit irischem und italienischem Akzent boten Produkte feil, die ich weder brauchte noch bezahlen konnte. Die Augen zweier an den Auslagen entlangschlendernder Matrosen leuchteten bei jedem neuen Detail auf, als ob sie es sich einprägen wollten für den Fall, dass sie das alles nie wiedersahen. Auf der anderen Straßenseite verglich ein Kurier eine Hausnummer mit einer Liste, die er sich vor die Nase hielt, während Frauen hinter Wohnzimmergardinen hervorlugten und mit angespannten Gesichtern das gefürchtete, mit Sternen bedruckte Telegramm erwarteten, das sie an diesem Tag vielleicht er-

reichte. »Das Kriegsministerium bedauert, Ihnen mitteilen zu müssen«, würde darauf stehen, den Rest des
Textes würden die Tränen unlesbar machen.

Als ich am Theater ankam, waren Hut und Mantel von
einem leichten Nebel durchfeuchtet, der aus meiner
ehedem adretten eine zerknautschte, nasse und müf-
felnde Erscheinung gemacht hatte. Da ich immer noch
eine halbe Stunde zu früh dran war und das Gebäude
leer zu sein schien, schlüpfte ich in die Damentoilette
und gab mein Bestes, um mich trocken zu rubbeln.
Nicht mehr ganz so triefend sah ich mich ein bisschen
im Foyer um und betrachtete die gerahmten Fotos und
Zeitungskritiken zu den letzten Inszenierungen.

Das People's Theatre war spezialisiert auf realistische
zeitgenössische Produktionen, die meistens einen poli-
tischen Ansatz hatten. Während der Depression war das
Theater mit einem Musical über die Feuerkatastrophe in
der Triangle Shirtwaist Factory weltberühmt geworden,
weil hier anstelle von Schauspielern echte Überlebende
des Unfalls auf der Bühne gestanden hatten. Viele seiner Produktionen hatten gewerkschaftliche Unterstützung bekommen, während sie von Lokalpolitikern meist
als subversiv und unausgewogen diffamiert wurden. Die
Fotos zeigten ungeschönte, realistische Bühnenbilder
und Schauspieler, die in der nüchternen Beleuchtung
betont ungekünstelt aussahen mit ihren ungekämmten
Haaren, Schmutzflecken und zerrissenen Kostümen.
Wären die Fotos nicht deutlich als Theateraufnahmen
gekennzeichnet gewesen, ich hätte sie sämtlich für Por-
träts von Leuten in Grenzsituationen gehalten, abgedruckt im *Life*-Magazin, damit wir zu Hause im kusch-
ligen Wohnzimmer eine eindrucksvoll menschelnde

Bebilderung zu den Geschichten aus den Zeitungen bekamen.

Neben den Fotos war an einer Wand eine große Ehrentafel aus Messing angebracht, mit den eingravierten
Namen derjenigen, die dem People's Theatre bei seiner
Gründung, seiner Entwicklung und seinem Fortbeste-
hen geholfen hatten. Es waren die üblichen Verdächtigen darunter – betuchte Familien und Industriekapi-
täne, die die Kunst unterstützten, nicht weil sie sich für
Theater interessierten, sondern weil sie eine bestimmte
Ehrentafelquote zu erfüllen hatten. Allerdings tauchten
auch einige namhafte Schauspieler, Regisseure und
Schriftsteller auf, die ihre Karriere vermutlich woanders
gemacht hatten, aber immer noch so sehr ans People's
Theatre glaubten, dass sie sich weiterhin dafür ein-
setzten. Eine auffällige Lücke deutete auf einen Namen
hin, der entfernt worden war, vermutlich nachdem jemand seine Unterstützung zurückgezogen hatte, unzu-
frieden mit irgendeiner Entscheidung des Hauses.

Das alles verhieß nichts Gutes. Ich wollte kein Ensemble mit einer Mission, sondern einfach einen Job.

Als Aufwärmübung für die Leseprobe sprach ich mir
die Namen auf der Tafel laut vor und artikulierte dabei
jede Silbe so übertrieben, bis die Namen jede Bedeutung verloren: Sarah Plotkins. Amos Carraway. Alan Detmire. Georgia T. Boyles. Raymond Fielding.

An dieser Stelle brach ich ab. Fieldings Stücke waren hier aufgeführt worden. Hier! Und dieser andere
Name – Alan Detmire. Hatte ich den nicht schon in
einem der Zeitungsartikel gelesen, die die Wände von
Nussbaums Büro zierten?

Hinter mir erscholl eine Männerstimme: »Gefällt Ihnen das?« Ich wirbelte herum und sah den Regisseur aus meinem Vorsprechen – den Dramakönig – vor mir stehen.

»Äh, hallo«, sagte ich. »Das ist alles sehr ... interessant. Ihr habt hier wohl keine Angst davor, Stellung zu beziehen.« Als ich einen Schritt auf die Fotos zu machte, kam er an meine Seite und betrachtete sie wie ein stolzer Vater die Kunstwerke seiner Kinder.

»Wenn man wahrgenommen werden will, hat man als Theater in dieser Stadt nur eine Chance: Man muss kontrovers sein.« Er gab mir die Hand. Eine schöne Hand. »Ich bin Peter Sherwood.«

Das war der mysteriöse Peter Sherwood, der mich überhaupt erst zu diesem Vorsprechen eingeladen hatte? »Ich bin Rosie Winter, und wenn ich nicht völlig falsch liege, haben Sie mir eine Rolle gegeben.«

Er beäugte mich durch eine Drahtbrille, die vor zehn Jahren modisch gewesen wäre. »Sie sind das Tea-for-Two-Mädchen.«

Auf meinem Scheitel kribbelte es vor Scham. »Richtig.«

»Entschuldigen Sie, dass ich Sie nicht früher erkannt habe.«

»Wahrscheinlich wäre es einfacher für Sie gewesen, wenn Sie zuerst meine Füße gesehen hätten.« Was ich aus der Entfernung für langweilig und spießig gehalten hatte, war von Nahem betrachtet sehr viel aufregender. Er war Anfang dreißig und besaß einen Bücherwurm-Charme, der ihn zu einem Leben hinter den Kulissen verdammte. Seine Haare waren struppig und von unregelmäßiger Länge – er hatte sie entweder selbst geschnitten oder jemandem für diese Ehre deutlich zu we-

nig Geld bezahlt. Gebürstet und gestriegelt wäre er ein
gut aussehender Mann gewesen, aber so, wie er war, war
er viel interessanter.

»Nehmen Sie es nicht persönlich, Rosie. Ich kann
mich selten an die Schauspieler erinnern, für die ich
mich entscheide, was schon der halbe Grund dafür ist,
warum ich sie haben will.« Peter rückte ein Buch zurecht, das unter seinem Arm klemmte. Von dem Leinen-
einband in Rot und Beige hob sich deutlich sichtbar ein
langer deutscher Titel ab. Ein Aufkleber auf dem Buch-
rücken wies das Buch als Besitz der New York Public
Library aus.

»Gutes Buch?«, fragte ich.

Fast schien es ihn zu überraschen, ein Buch unter seiner Achsel vorzufinden, als hätte er sich schon daran
gewöhnt, sechshundert Seiten dicke Wälzer mit sich
herumzuschleppen. »Ein interessantes Buch. Ich würde
nicht so weit gehen wollen zu sagen, dass irgendetwas
gut ist, was die Deutschen dieser Tage so ausspucken.«
Er zwinkerte. »Man weiß ja nie, wer zuhört.«

»Das klingt aber gefährlich.«

»Weil ich ihre Literatur lese oder weil man überhaupt
Zugang zu ihr hat?«

Als er sich näher zu mir beugte, atmete ich einen
Geruch nach Haferbrei und Seife ein. Ich hätte wetten
können, dass er eine Mutter hatte, die zwar von seinem
Beruf nichts verstand, aber trotzdem zu jeder seiner
Premieren kam.

»Beides, schätze ich«, sagte ich.

»Wenn wir den Feind verstehen wollen, müssen wir
doch wissen, was er so liest, oder?«

Henry Nussbaum wäre da sicher anderer Meinung.

Gerade wollte ich ihn fragen, warum er mich damals zu dem Vorsprechen gebeten hatte und ob er Raymond Fielding oder Alan Detmire kannte, als zwei Frauen, die ich noch nie gesehen hatte, das Foyer betraten. Peter begrüßte sie und erklärte ihnen, dass die Leseprobe im oberen Stockwerk stattfand.

»Proben Sie heute zwei Stücke?«, fragte ich.

»Nein, nur eins.«

Ich wartete auf weitere Erklärungen. Als keine kamen, ging ich die Sache offensiv an. »Sind Sie sich dann sicher, dass ich hier sein sollte? Das Stück, für das ich vorgesprochen habe, hatte zwei ältere Männer, eine ältere Frau und mich als Besetzung – und jetzt trippeln hier eine ganze Reihe jüngerer weiblicher Gestalten durch Ihr Foyer.«

»Sie haben eine gute Beobachtungsgabe.«

»Vielleicht bin ich auch einfach nur paranoid. Meine letzten beiden Wochen waren die Hölle, und ich bin völlig übermüdet. Deswegen: Wenn Sie mich wieder rauswerfen wollen, tun Sie es bitte, bevor ich mich zwei Treppen hochgequält habe.«

»Keine Sorge: Ich lasse Sie nicht gehen.« Er verschränkte die Arme vor der Brust und verlagerte das Gewicht von einem Bein aufs andere. Seine linke Schulter saß um einiges höher als die rechte. Nachdem ich mit den Augen seinen Körper abgefahren war, kannte ich den Grund für diese Unregelmäßigkeit: Das eine Bein war kürzer als das andere.

»Polio«, erklärte er.

Ruckartig sah ich wieder hoch, ihm ins Gesicht. »Ich hatte gehofft, ich wäre etwas subtiler. Tut mir leid.«

»Sie müssen sich nicht entschuldigen. Deswegen

muss ich nicht in den Krieg. Meine Mutter hat mir immer prophezeit, dass ich irgendwann mal dankbar dafür sein würde.«

Ich wusste nicht, wohin mit meinem Blick, schaute ihm deswegen einfach weiter in die Augen und wechselte das Thema. »Dann zum Stück – warum die neue Besetzung?«

»Wir haben uns für ein ganz anderes Stück entschieden. Ich sage Ihnen das gleich allen zusammen.«

Ruby hatte Recht gehabt. Das allein ärgerte mich schon.

Bevor Peter mehr sagen konnte, ging die Foyertür auf, und der Teufel höchstpersönlich glitt herein. Er befleißigte sich eines Tonfalls, den man zuletzt in Philip Barrys jüngster Gesellschaftskomödie hatte hören können.

»Peter, Liebling!«

Angesichts dieser ätherischen Schönheit mit dem bösartigen Naturell vergaß Peter mich augenblicklich und warf sich in Rubys Arme. »Ruby! Wie schön, dich zu sehen. Ich hatte schon Angst, dass du nicht kommst.«

Sie entzog sich seiner Umarmung und drohte ihm mit dem Zeigefinger. »Ich würde dich doch niemals enttäuschen, Liebling. Ich habe verschlafen und mich jetzt wahnsinnig hetzen müssen. Bestimmt sehe ich furchtbar aus.« Sie sah genauso aus wie beim Frühstück, nur die Kohlekrümel hatte sie aus dem Haaransatz entfernt.

Peter trat einen Schritt zurück, um sie besser betrachten zu können. »Wenn das deine Vorstellung von furchtbar aussehen ist, dann möchte ich nicht wissen, was dabei herauskommt, wenn du Zeit genug hast.« Obwohl die beiden jetzt auf Abstand gingen, deutete eine gewisse Intimität in ihrer Körperhaltung darauf hin, dass sie bestimmt bald etwas miteinander anfangen würden, falls das nicht längst schon der Fall war.

Ruby wandte sich mir zu. »Rosie, wie schön, dich zu sehen.«

Ich zog eine Augenbraue hoch. Sie erwartete ja wohl nicht von mir, dass ich dieses Spiel von den Freundinnen, die sich lange nicht gesehen hatten, mitspielte. Was hatte sie Peter über mich erzählt? Etwas Schlechtes? Wäre er dann so kumpelhaft gewesen? Vielleicht hatte er aber auch einfach vergessen, was sie erzählt hatte, und merkte erst jetzt, dass ich nicht Freund war, sondern Feind.

Wie auch immer, ich würde es nicht herausbekommen. Peter sah auf die Uhr und klatschte in die Hände. »Meine Damen, wir sollten nach oben gehen. Die Probe fängt an.«

Im zweiten Stock saßen sieben weitere Schauspielerinnen Ellbogen an Ellbogen im Probenraum. Die Inspizientin am Kopfende des Tisches war leicht zu erkennen, an der Uhr, die sie vor sich stehen hatte, dem dicken Stapel Papiere, den sie ordnete, und einem Blick, der klarmachte, dass man bereits jetzt dem Zeitplan hinter-herhinkte. Peter nahm neben ihr Platz, Ruby und ich quetschten uns zu den letzten beiden freien Stühlen durch. Die anderen Schauspielerinnen warfen uns schnelle, abschätzende Blicke zu. Zwei der Frauen waren um die vierzig, eine über sechzig. Der Rest war in unserem Alter oder jünger, alle recht attraktiv, aber auch wieder nicht so schön, dass man ein zweites Mal hingeschaut hätte.

Peter seufzte und setzte ein Lächeln auf, mit dem er uns wohl signalisieren wollte, dass wir uns entspannen konnten. »Herzlich willkommen, meine Damen. Lassen Sie mich Ihnen zu Anfang unsere Inspizientin vorstellen, Hilda Cuthbert.« Hilda nickte und fuhr fort, die vervielfältigten Seiten zu ordnen. Ihr Job war es, uns auf die Finger zu klopfen und darauf zu achten, dass wir den Zeitplan einhielten, nicht aber, unsere beste Freundin zu sein. »Ich danke Ihnen, dass Sie heute hergekommen sind, vor allem denjenigen, die erst sehr kurzfristig Bescheid bekommen haben.« Er nickte Hilda bedeutsam zu, und dicke Papierpacken traten ihre Runde um den Tisch an, jeder von ihnen gestempelt mit dem drohend klingenden Sprüchlein: »Papier sparen, Job behalten«. »Wie Sie wissen, haben wir uns dazu entschieden, in letzter Sekunde ein anderes Stück zu nehmen. Wir haben die Möglichkeit bekommen, ein aufregendes neues Werk zu machen, eines mit etwas mehr Weitblick. Die Kopien gehen gerade herum, ich habe an jede eine Besetzungsliste angeheftet. Bevor wir mit der Leseprobe beginnen, möchte ich noch einmal betonen, dass dieses Stück sich von allen anderen unterscheidet, die bislang am People's Theatre aufgeführt worden sind.« Mein Herz machte einen Sprung. »Obwohl uns das Kontroverse natürlich alles andere als fremd ist«, er unterbrach sich kurz, seine Zuhörerinnen kicherten genüsslich, »ist dieses Stück für uns doch das erste, das nicht nur den Krieg in Europa unter die Lupe nimmt, sondern dies außerdem aus der Perspektive einer Vertreterin einer jeden der beteiligten Nationen tut. Sie werden mir sicher zustimmen, wenn ich dies als reichlich ungewöhnlich bezeichne.«

Wieder murmelten die anderen Frauen zustimmend. Ich sackte so tief auf meinem Stuhl zusammen, dass ich kaum noch über die Tischkante sehen konnte. Der Manuskriptstapel erreichte mich, und widerstrebend nahm ich mir meinen Packen. Während die anderen aufgeregt flüsterten, starrte ich auf die Besetzungsliste und suchte nach der fürchterlichen Rolle, die mir zugewiesen worden war. Aber etwas stimmte nicht. Die Namen der Figuren standen untereinander, daneben die Namen der Schauspielerinnen, aber meiner war nicht dabei.

Auf der nächsten Seite fand ich eine etwas ausführlichere Liste mit weiteren Informationen zur Produktion. Und hier stand auch endlich mein Name, allerdings neben dem abstoßendsten Wort, das man sich vorstellen konnte: Zweitbesetzung.

Ich sog so schnell die Luft ein, dass sich das Blatt auf meinen Mund zubewegte. Zweitbesetzung! Zweitbesetzung? Vielleicht hatte ich etwas falsch verstanden. Vielleicht handelte dieses Stück vom Theater, von Theaterstücken, und die Figuren hatten Fachbezeichnungen statt Namen? Ich überflog den Rest der Seite und stieß ausschließlich auf ziemlich normale Rollennamen, die keinen weiteren Hinweis auf meine These lieferten.

Angesichts einer solchen Degradierung schnappte ich nach Luft. Wie konnte es sein, dass man mir anstelle der Hauptrolle in einem miserablen Stück jetzt diesen entwürdigenden Part zuteilte? Neben mir pflügte Ruby schweigend durch das Manuskript, um sicherzustellen, dass sie mehr Zeilen hatte als alle anderen. Das Ganze ging natürlich auf ihre Kappe. Noch nie war ich derartig gedemütigt worden. Ich war Ensemblemitglied gewesen und hatte namenlose Figuren gespielt, Dienstmädchen und Kammerfrauen, aber ich hatte immer eine eigene Rolle gehabt. Zweitbesetzung war aber keine Rolle, sondern die Versicherungspolice für eine andere, die sich für wichtiger hielt.

Ich wusste nicht, was ich tun sollte. Mein Stolz verlangte danach, mit den melodramatischen Worten »So lasse ich mich nicht erniedrigen!« aus dem Raum zu fegen, aber mein Ego hielt eine solche Szene für untragbar, zumal vor einer Gruppe von Leuten, die diese Geschichte schneller in Umlauf bringen würden als unsere Armee die Lunchpakete für die Soldaten. Also beschloss ich, für die Leseprobe dazubleiben und zu hoffen, dass sich die Situation noch irgendwie klärte. Falls das nicht der Fall sein sollte, wollte ich die Zeit nutzen, um Rachepläne zu schmieden.

Ich schloss die Augen und zählte stumm bis zehn. Als ich sie wieder öffnete, schlug Peter gerade vor, wir sollten uns reihum vorstellen und dabei sagen, welche Figur wir spielen würden.

Die Vorstellungsrunde begann. Keine der Frauen konnte es sich verkneifen, ihrem Namen alle ihre jüngsten Engagements, Erfolge und Auszeichnungen hinzuzufügen. Ich biss die Zähne derart fest zusammen, dass kein Schmelz mehr auf den Backenzähnen war, als ich drankam.

»Ich bin Rosie.« Mein voller Name und die Aufzählung meiner letzten Rollen hätten meinen Abstieg nur noch unterstrichen. »Und offensichtlich«, ich ließ meine Stimme derart frostig klingen, dass sie zur Gertrude im *Hamlet* gepasst hätte, »bin ich die Zweitbesetzung.« Peter zog die Augenbrauen hoch und wartete auf weitere Mitteilungen. Ich faltete die Hände und lächelte süß – ich war fertig.

Ruby hob an zu einer monotonen Rezitation ihrer jüngsten Werbeanzeigen, ihrer Radiosendungen, ihrer Bühnenauftritte und unterbrach sich nur hin und wieder, um ihren Fans Gelegenheit für bewundernde Kommentare zu geben: Sie hatten doch gewusst, dass sie sie irgendwo schon mal gesehen hatten, und war sie nicht irre gut gewesen in wie hieß es noch mal? Ein weiterer Papierstapel ging um den Tisch. Ich brachte die wütende Stimme in mir zum Schweigen – vielleicht war das ja eine korrigierte Besetzungsliste, die bis jetzt zurückgehalten worden war, als Teil einer blöden Übung.

»Das«, sagte Peter, »ist eine letzte Formalität. Ich muss Sie wegen einer Sache warnen: Wir wurden gebeten, die Tatsache, dass wir dieses Stück in die Hände bekommen haben, vertraulich zu behandeln. Um ehrlich zu sein, ist es sogar so vertraulich, dass ich Ihnen noch nicht mal den Namen des Autors nennen darf. Ich weiß, es ist unüblich, aber keine von Ihnen darf über das Manuskript sprechen. Alles, was in diesem Gebäude passiert, muss geheim bleiben. Wenn Sie dem nicht zustimmen können, werden wir Sie von Ihrer Aufgabe entbinden müssen.«

Meine Wut schaltete für einen kurzen Moment einen Gang runter. Konnte es sein, dass ich mitten in das verschwundene Stück hineingestolpert war? Während Peter Hilda anwies, die Regieanweisungen laut vorzulesen, starrte ich auf das Manuskript in der Hoffnung, es möge meinen Zorn besänftigen. Und genau das tat es: Als die Leseprobe begann, löste sich mein Ärger in Luft auf, und an seine Stelle trat die Erleichterung darüber, dass ich diesem hundsmiserablen Stück um Haaresbreite entronnen war.

Der Arbeitstitel lautete *Im Dunkeln*. Die tatsächlich sehr blass bleibenden Protagonistinnen waren acht Frauen unterschiedlicher Herkunft, deren Schicksale mit dem Krieg in Verbindung standen. Da sie natürlich alle unterschiedliche Propaganda vorgesetzt bekommen hatten, stocherten sie, wie der Titel es nahelegte, im Dunkeln hinsichtlich der tatsächlichen Ereignisse. Es gab eine Nazi-Sympathisantin, eine deutsche Hausfrau ohne Parteizugehörigkeit, eine polnische Jüdin, eine Russin, eine britische Rettungssanitäterin, eine Faschistin, eine Japanerin aus einem amerikanischen Umsiedlungslager und eine Oberkommandierende der freiwilligen US-Notdiensthilfe. Aus dieser Figurenkonstellation hätte man sicher ein explosives Drama machen können, aber der Verfasser hatte keinerlei Wert gelegt auf die Erfahrungen der Frauen vor ihrem jeweiligen kulturellen Hintergrund. Er hatte es vorgezogen, sich auf kurze Augenblicke vor dem Krieg und währenddessen zu konzentrieren, die den immergleichen Gedanken transportierten: Sie alle brauchten den Krieg, und sie alle brauchten die Alliierten. Das Ganze war derartig proamerikanisch, dass man es gleich hätte mit rot-weiß-blauer Tinte drucken können. Ruby spielte die heilige Notdiensthelferin, was zwar die beste der acht Rollen war, aber angesichts der manifesten Schwächen im Text auch nicht viel besser, als die Hure mit den schönsten Zähnen zu spielen. Während die Probe weiterging, bezwang ich meine Belustigung über die Mängel des Stücks und durchkämmte mit einem Stift in der Hand das Manuskript nach auch nur entfernt aufrührerischen Details. Ich fand nichts. Wenn jemand verhindern wollte, dass dieses Stück auf die Bühne kam, konnte das nur einen einzigen Grund haben: Er hatte zu viel Respekt vor dem Publikum, um es mit diesem Müll zu behelligen.

Dieses Stück war also nicht *das* Stück. Zwei Tiefschläge an einem Tag.

Am Ende der Probe fragte Peter, ob es noch Anmerkungen gebe. Eine Frau bat um die Klärung einiger Aussprachefragen, dann verteilte Hilda den Probenplan und verkündete, dass wir alle bei jeder Probe anwesend zu sein hatten, auch wenn unsere Szenen an dem jeweiligen Tag gar nicht auf dem Plan standen. Langsam trudelten die Schauspielerinnen aus dem Raum, mit Ruby als Lokomotive vorneweg. Ich zog in Erwägung, ihnen zu folgen, aber mein Körper wollte sich einfach nicht von der Stelle bewegen, bevor ich nicht eine Erklärung für das Geschehene bekommen hatte.

Peter saß noch mit Hilda am Kopfende des Tisches und gab leise Anweisungen für die nächste Probe. Hilda notierte alles auf einem Stenoblock, packte dann den Rest ihres Papierbergs zusammen und ging. Peter hatte offenkundig dasselbe vor, aber bevor er verschwinden konnte, räusperte ich mich geräuschvoll.

»Ach, ich hatte gar nicht gesehen, dass Sie noch da sind«, sagte er.

»Ich bin anscheinend recht leicht zu übersehen.« Ich stand auf, und wir sahen uns über den Tisch hinweg an. »Ich glaube, Sie schulden mir eine Erklärung. Ich bin die Zweitbesetzung, ja? Das ist eine grandiose Nachricht für jemanden wie mich und eine grandiose Art, sie zu übermitteln.«

»Ruby dachte, es würde Sie freuen.«

»Freuen?« Ich stützte die Hände auf den Tisch, um

einschüchternder zu wirken. »Worte wie beleidigen und demütigen wären wohl passender. Warum zur Hölle sollte ich mich freuen?«

»Sie erwähnte Schwierigkeiten mit Ihrer Pension. Sie meinte, das hier würde Ihre Lebensumstände ein wenig stabilisieren.« Er wirkte immer noch vollkommen perplex, und ich fragte mich, ob das, was ich zunächst für Nachdenklichkeit gehalten hatte, nicht vielleicht doch schlichte Dämlichkeit war.

»Könnten Sie mich vielleicht vorher einweihen, wenn Sie das nächste Mal eine derartige Entscheidung treffen?«

»Da muss ich mich wohl entschuldigen. Und Sie haben Recht: Ich hätte Ihnen früher Bescheid geben sollen, aber ich hatte einfach keine Zeit. Außerdem, wenn ich es Ihnen vorher gesagt hätte, wären Sie vielleicht gar nicht erst gekommen.«

Ich lachte, und es war mir völlig egal, wie ich dabei aussah. »Sie sind ein Hellseher! Da könnten Sie ja ein zweites berufliches Standbein draus machen, nur für den Fall, dass Ihr Stück ein Reinfall wird. Wenn Sie mir so unbedingt einen Job verschaffen wollten, warum haben Sie mir dann keine richtige Rolle gegeben? Ich hätte jede dieser Rollen spielen können.«

Er seufzte und legte seinen Packen Papier auf den Tisch. »Die meisten von den anderen haben hier schon gearbeitet. Das ist eine wichtige Produktion für uns, und die Theaterleitung fand es ausschlaggebend, dass wir Darstellerinnen engagieren, die ... bekannte Größen sind.«

Ich wusste nicht, was ich damit anfangen sollte. Auf der einen Seite war es eine vollkommen nachvollzieh-

bare Begründung, vor allem angesichts des schrecklichen Manuskripts. Wenn man schon ein schlechtes
Stück machen muss, braucht man wenigstens gute
Schauspieler. Auf der anderen Seite war ich aber auch
keine Totalniete. Ich hatte so viel Erfahrung, dass jeder,
der mich anstellte, zufrieden sein konnte. »Und warum
dann Ruby Priest? Sie war doch auch noch nie hier engagiert. Ist es ihr Aussehen? Ihr Talent? Die spiele ich
nämlich locker an die Wand.«

Peter setzte sich auf eine Tischecke. »Ich erwarte
nicht, dass Sie das verstehen, aber es war eine wirtschaft-
liche Entscheidung. Ich brauchte einen Namen.«

»Und meine Eltern haben vergessen, mir einen zu geben?« Ich schnaubte und tobte und spielte die beleidigte Leberwurst – und verlor den Rest meiner Glaub-
würdigkeit.

Er blickte auf seine Hände. »Ich kann verstehen, dass
Sie wütend sind.«

»Sie brauchen gar nicht erst damit anzufangen.« Meine Stimme ließ das Gebäude in seinen Grundfesten er-
beben. »Ich habe andere Jobs – richtige Jobs – abgesagt, nur um bei diesem Stück dabei sein zu können. Ich
wollte in diesem Ensemble arbeiten.« Ich log, na und?
»Und anstatt dass meine Karriere vorankommt, erwarten Sie von mir, dass ich hier in der zweiten Reihe tanze
und meinen Namen zwischen denen von Lichttechnik-
assistent und Requisiteur bewundere?«

Er nahm die Hände vom Tisch und rieb sich die Augen. »Ich kann nur sagen, dass es mir leid tut, Rosie. Ich
bin davon ausgegangen, dass Ruby die Sache mit Ihnen
besprochen hat. Ich habe erst in letzter Minute das Stück

gewechselt. Wenn es bei dem anderen Stück geblieben wäre, hätte ich Ihnen die Hauptrolle gelassen, aber als sich die Chance bot, dieses Stück zu machen, musste ich sie einfach ergreifen.«

»Eine tolle Chance. Ich weiß gar nicht, was schlimmer ist – rausgeschmissen zu werden oder aus einem lausigen Stück rausgeschmissen zu werden.«

Er sah über meinen unbeholfenen Versuch einer literarischen Kritik hinweg. »Ich brauche Sie, ich brauche eine zuverlässige Zweitbesetzung. Ruby hat andere Verpflichtungen, und an vielen Proben wird sie gar nicht teilnehmen können. Außerdem kann noch eine ganze Menge schiefgehen zwischen heute und der Premiere. Sie bekommen die volle Gage, und ich werde dafür sorgen, dass Sie mindestens eine Aufführung spielen.«

»Ja, die kleinste Rolle bei einer Sonntagsmatinee. Den Trick kenne ich schon.« Ich presste das Manuskript so fest an die Brust, dass die Büroklammer einen Abdruck auf meiner Haut hinterließ. »Warum haben Sie mich damals dann überhaupt zum Vorsprechen eingeladen?«

»Ich weiß nicht, wovon Sie sprechen.«

»Jetzt tun Sie doch nicht so!« Ich wollte ihm gerade mitteilen, wohin er sich seinen Bedarf für eine Zweitbesetzung schieben konnte, als Belles Gesicht auf der gegenüberliegenden Wand erschien. Vielleicht hatte ich mir diesen Job nicht gerade herbeigesehnt, aber ich brauchte ihn. »Sie haben Glück, dass ich in einer verzweifelten Lage bin, denn sonst ... sonst ...« Mir fiel keine gute Drohung ein, also winkte ich nur ab und stapfte hinaus.

Meine Wut trieb mich die Treppe hinunter, während ich versuchte, mich vom Heulen abzuhalten. Ohne Erfolg. Im Foyer liefen mir bereits heiße Tränen übers Gesicht und benetzten meine Bluse. Ich ließ mich auf eine der Bänke plumpsen und wischte mir über die Augen, was aber die Schleusen nur noch weiter öffnete und die Frage nahe legte, ob man auch im eigenen Salzsee ertrinken konnte.

Beruhige dich, sagte ich mir. *Das ist der absolute Tiefpunkt, es kann also nur besser werden.*

»Rosie?« Ruby kam von der Damentoilette auf mich zu. Wäre ich eine Katze gewesen, hätte ich gefaucht. »Ist alles in Ordnung?«

Ich versuchte mit den Augen zu rollen, aber sie trieben einfach nur auf der Wasseroberfläche. »Rate mal.« Arglos ließ sie sich neben mir nieder, ohne jegliches Bewusstsein für die Gefahr, in der sie schwebte. »Du bist bestimmt furchtbar enttäuscht.« Sie reichte mir ein Taschentuch, das sie sicher extra für diesen Zweck dabei hatte. Ich besudelte es auf unterschiedliche Arten, bevor ich es in der Hand zerknüllte. »Mir ist fast das Herz gebrochen, als ich die Besetzungsliste gesehen habe. Aber das Gute an der Sache ist, dass Belle dich nicht rauswerfen kann, weil du ja bezahlt wirst. Und ich wette, dass die Proben Spaß machen werden. Peter soll ja sehr experimentierfreudig sein.«

Ich konnte ihre gezwungene Fröhlichkeit nicht länger ertragen. »Was hast du da abgezogen, Rube? Hast du jemandem den Telefonhörer in die Hand gedrückt? Oder hat eine Unterhaltung mit Peter gereicht, damit alles so gelaufen ist, wie du es wolltest?«

Ruby legte sich eine Hand an die Brust und schnappte nach Luft. »Du kannst dir sicher sein, dass ich damit nichts zu tun habe. Ehrlich, das ist unglaublich, was du mir da vorwirfst, wo es doch so offensichtlich ist, wie leid es mir tut.«

Ich lachte, meine Nase tropfte. »Leid genug, dass du mir deine Rolle gibst?«

»Das kann ich nicht machen!« Sie rutschte auf der Bank hin und her und wechselte von Empörung zu Mitleid. »Aber wenn ich sonst irgendwas für dich tun kann, egal was, ich tue es sofort.«

Was das anging, hatte ich eine ellenlange Liste an Ideen im Kopf, wovon mich die meisten hinter Schloss und Riegel gebracht hätten. Ich verwarf die fiesesten und hielt mich an die praktikablen. »Na ja, wenn du das wirklich ernst meinst …«

»Meine ich, wirklich.« Ihre Aufrichtigkeit war so fadenscheinig, dass man ins Gefängnis gekommen wäre, wenn man sie in der Öffentlichkeit getragen hätte.

Ich lächelte. »Ich habe einen Gefallen gut bei dir – egal was für einen.«

»In gewissen Grenzen«, sagte sie. »Noch was?«

»Ja. Vergiss dein braunes Kleid.«

Brummelnd akzeptierte Ruby meine Forderung (das Kleid und ein zukünftiger Gefallen) und verabschiedete sich, um zu ihrer Radiosendung bei WEAF zu eilen. Ich blieb noch zehn Minuten auf der Bank im Foyer sitzen, bis ich wieder bereit war für die Welt da draußen.

Meine Erschöpfung war so groß, dass ich mir zugunsten eines schönen langen Nickerchens im Shaw House den Lunch sparen wollte. Ich stieg an der Station Seventh Avenue, Ecke 14. Straße in die Subway, in der nur noch Stehplätze frei waren, und funkelte die gesamte Fahrt über einen Mann an, der so vertieft war in *Das Lied von Bernadette*, dass er mir seinen Sitzplatz nicht anbot.

Als ich nach Hause kam, saß Tony B. auf den Stufen vor dem Shaw House und zog an einem Zigarrenstummel. »Hey Rosie! Kann ich mal mit dir sprechen?« Er bohrte die Schuhspitze in einen Ascheberg, auf dem bereits eine verräterische Menge seiner kubanischen Glimmstängel lag. Augenscheinlich hatte er schon eine ganze Weile auf mich gewartet.

Ich versuchte an ihm vorbei die Treppe hochzusteigen. »Ich möchte nicht mit dir reden.«

»Ist Jayne da?«

»Sie möchte auch nicht mit dir reden.« Ich drängte mich an ihm vorbei und umklammerte fest meine Handtasche. Ein falscher Blick, und er hatte das Ding im Unterleib.

»Kannst du ihr wenigstens die hier geben?« Er wollte
mir einen Strauß roter Rosen in den Arm drücken, die
neben ihm auf dem Boden gelegen hatten.

Ich nahm sein Geschenk an, lächelte nett und warf es
auf die Straße. »Ich sage ihr Bescheid, dass sie mal aus
dem Fenster schauen soll. Auf Wiedersehen, Tony.«
Schwungvoll drehte ich ihm den Rücken zu, aber mein
Versuch, die restlichen Stufen zu erklimmen, scheiterte:
Bevor ich die Tür erreicht hatte, griff er nach meinem
Ellbogen. »Wenn du nicht in fünf Sekunden deine Pfoten von meinem Arm nimmst, fange ich an zu schrei-
en.«

Er lockerte seinen Griff. »Ich muss doch nur wissen,
ob es ihr gut geht. Das ist alles.« Ich wirbelte herum und
war angenehm überrascht, dass er zwei Stufen unter mir
stehen geblieben war. Seine Augen waren noch nicht
mal auf der Höhe meines Kinns. »Du möchtest wissen,
ob es ihr gut geht? Das ist aber süß von dir. Leider geht
es ihr aber überhaupt nicht gut. Sie hat ein Riesenei
über dem Auge, eine aufgerissene Lippe und überall genug Blutergüsse, dass man sie bei entsprechender Beleuchtung für einen Dalmatiner halten könnte. Und,
stolz auf dich?«

Er stolperte rückwärts und musste nach dem Geländer greifen, um sein Gleichgewicht zu halten. »Was zum
Teufel ist mit ihr passiert?«

»Jetzt tu doch nicht so. Soll sie dir verzeihen, weil du
dich nicht mehr daran erinnerst, was du gemacht hast?«

Tony leckte sich über die Lippen, und seine Stimme
wurde so weich wie die einer reumütigen Schnapsdros-
sel am Morgen nach einem weiteren verpatzten Famili-
enausflug. »Was habe ich denn gemacht?«

Ich brachte mich in Position, so dass zwischen unseren Augenpaaren ein perfekter 45-Grad-Winkel entstand. Liebend gern wäre ich jetzt einer dieser ausgebufften Schurken aus meinen *Verblüffende Geschichten*-Heftchen gewesen, die ihre Feinde mit Infrarotlicht plattmachten, mit roten Blitzen, die wie Feuer brannten.

»Du hast sie verprügelt.«

Der letzte Rest von Machogehabe tropfte von ihm herab auf den Gehweg. »Ich schwöre bei Gott, ich habe ihr kein Haar gekrümmt.«

»Auch wenn sie ständig auf dein Getue hereinfällt, ich habe dafür keine Zeit. Auf Wiedersehen, Tony.« Wieder drehte ich mich um, und wieder griff er nach meinem Arm. »Die Drohung von eben gilt noch. Diesmal hast du allerdings nur vier Sekunden, bevor ich loslege.«

»Schau mich an, Rosie. Bitte.« Seine Stimme klang ganz klein und verzweifelt. Wider besseres Wissen wandte ich mich ihm zu. Seine Statur schien stark geschrumpft, was nicht nur an der niedrigeren Treppenstufe liegen konnte. »Schau dir meine Hände an.« Er ließ mich los und hielt die manikürten Händchen hoch wie eine Kosmetikverkäuferin im Kaufhaus Gimbel, die demonstrieren will, wie wirkungsvoll die neue Handcreme ist. »Siehst du was? Irgendwas?« Ich ging näher ran und begutachtete seine Finger. Es war keine Abschürfung oder Prellung zu entdecken. »Sieht das aus, als hätte ich jemanden verprügelt?«

»Vielleicht hast du ja Handschuhe getragen oder einen von deinen Heinis vorgeschickt. Du hast sie schon früher mal geschlagen.« Tony erbleichte. Seine Lippen formten sich bereits zu einer Lüge, aber so weit ließ ich

es gar nicht erst kommen. »Du kannst mir nichts vorma-
chen. Ich sehe ja, wie sie sich benimmt, wenn du dabei
bist.«

Sein Kopf sank Richtung Trottoir. »Ein einziges Mal.«
Er reckte einen Finger in die Luft, um mir die Anzahl
seiner Fehltritte zu verdeutlichen. »Ein Mal ist es passiert.«

»Ein Mal ist genug.«

Er hob den Kopf und faltete die Hände wie zum Gebet. »Ich schwöre bei Gott und bei allen, die mithören,
dass ich ihr seitdem kein einziges Haar mehr gekrümmt
habe. An diesem Abend damals hat sie mir klargemacht,
dass mir das nicht noch einmal passieren darf. Ich habe
es ihr versprochen, und ich habe mich daran gehalten.«

»Und dann hast du ihr als Unterpfand für dein Versprechen einen Ring gekauft.«

Überraschung blitzte in seinen Augen auf. Er hatte
nicht damit gerechnet, dass ich zwei und zwei zusam-
menzählen konnte.

»Ein paar Wochen sind noch kein Marathon, Tony.
Du wirst verstehen, dass ich dich im Verdacht habe,
wenn meine Freundin grün und blau nach Hause
kommt.«

Er nickte so heftig, dass ihm das Kinn gegen das
Brustbein schlug.

»Was ist am Freitag passiert?«

»Sie war wütend auf mich und ist aus dem Ali Baba
abgehauen, kurz nachdem du weg warst. Ich habe am
nächsten Tag versucht sie anzurufen, aber angeblich
war sie nicht da.« Möglicherweise sagte er die Wahrheit.
Da ich stark damit beschäftigt gewesen war, Ruby nicht
über den Weg zu laufen, konnte es durchaus sein, dass

ich seinen Anruf nicht mitbekommen hatte. »Ich wollte ihr Zeit geben, damit sie sich abregen kann. Heute Morgen habe ich wieder angerufen, um mich zu entschuldigen, aber diesmal hieß es, sie will nicht mit mir sprechen. Da bin ich gleich hergekommen, aber eure Hausmutter lässt mich nicht rein.«

Gott segne Belle. Sie hatte mir zwar einen scheußlichen Job aufgezwungen, aber sie wusste, wann Nein Nein hieß. »Warum war sie denn wütend auf dich?«

Tony kratzte sich am Ohr und trat mit seinem teuren Budapester gegen die nächsthöhere Stufe, was eine hässliche Delle im Leder hinterließ. »Weißt du, da war eine Exfreundin von mir da. Jayne hat gesehen, dass wir miteinander geredet haben, und dann hat sie voreilige Schlüsse draus gezogen.«

»Ihr habt nur miteinander geredet, Tony?«

Er nahm seinen Fedora ab und inspizierte die Krempe. »Vielleicht hat sie mir ein kleines Küsschen gegeben, als wir uns verabschiedet haben. Da war nichts Besonderes.«

»Für Jayne anscheinend schon.«

Er trat wieder gegen die Stufe. »An ihrer Stelle hätte ich wahrscheinlich auch gedacht, dass da was abgeht. Ich wäre aber trotzdem nicht so sauer auf sie geworden. Verständlich, oder?«

Das war es natürlich nicht, aber Tony B. und die Logik waren eben nicht die dicksten Freunde. Trotzdem – auch wenn er nicht immer mit der Aufrichtigkeit auf gutem Fuß stand, seine Sorge um Jayne schien echt zu sein.

»Wenn sie dich im Ali Baba gelassen hat, wie ist sie dann nach Hause gekommen?«

»Sie hat gewartet, bis mein Fahrer wieder da war, nachdem er dich und Al weggebracht hat. Er hat sie dann nach Hause gefahren.«

»Und als sie aus dem Wagen gestiegen ist, hat der Fahrer so lange gewartet, bis sie im Haus war?«

»Du kennst Joe nicht! Kann ich mir nicht vorstellen. Auf 'ner Benimmschule ist er nun nicht gerade gewesen.« Tony setzte sich den Hut wieder auf und stopfte die Hände tief in die Taschen. »Du glaubst mir, oder, Rosie?«

»Das Gericht hat sich zur Beratung zurückgezogen.« Ich wollte verflucht sein, wenn da nicht Tränen in seinen Augen schimmerten. Die rochen zwar wahrscheinlich nach Alkohol und wären leicht entflammbar gewesen, aber es waren trotzdem Tränen. Ich boxte ihm locker gegen den Arm. »Ich glaube dir, Tony.«

»Dieses eine Mal, da war ich völlig neben mir. Wenn ich meine fünf Sinne beieinander habe, würde ich so was nie machen. Ich weiß, dass du mich nicht leiden kannst, aber ich liebe Jayne.« Ich hörte ihm schon nicht mehr zu, sondern überlegte angestrengt, wer der Übeltäter dann gewesen sein konnte. Wenn Jayne kurz nach uns gegangen war, hätte sie höchstens eine Stunde später hier sein müssen, ich hätte sie also auf jeden Fall kommen hören müssen. Der Schläger musste sie auf der Straße abgepasst haben.

Das erklärte aber immer noch nicht, warum sie danach nicht nach Hause gekommen war und warum sie die Schuld auf Tony schob.

»Wie schwer ist sie verletzt?«, fragte Tony.

Meine Finger waren schon taub von der Kälte. Als ich die Hände zu Fäusten ballte, fing das Blut langsam wieder an zu zirkulieren. »Sie wird es überleben, aber irgendjemand hat ihr etwas mitteilen wollen, und zwar mit viel Nachdruck.«

Mit einer Drehung landete er einen Schwinger auf dem steinernen Handlauf. Postwendend zeigte sein Gesichtsausdruck Reue ob dieser draufgängerischen Unbeherrschtheit. »Rosie, du musst rausfinden, wer das getan hat.« Er schüttelte die blutige Faust, und der Boden bekam rote Spritzer ab. »Ich schwöre bei Gott, dass ich den Kerl fertigmache.«

»Ich tue, was ich kann.«

Mit der unverletzten Hand tastete er in einer Innentasche seines Jacketts herum. Dann zog er einen Stift und ein Stück Papier hervor und schrieb mir hastig eine Telefonnummer auf. »Wenn du was brauchst, ruf mich an.« Er gab mir den Zettel und ging die restlichen Stufen hinunter, während seine Augen die Straße nach dem Mann absuchten, der sein Mädchen so zugerichtet hatte. »Und sag ihr, dass ich da war und dass es mir leid tut.«

An mehrere Kissen gelehnt saß Jayne auf dem Bett und blätterte in einem *Life*-Magazin, mit einer Geschwindigkeit, bei der sie unmöglich lesen konnte. Churchill hatte es sich auf ihrem Schoß bequem gemacht und schlug mit den Pfoten nach den Hochglanzseiten – nicht, dass er Jayne ärgern wollte, ihm schien einfach das Geräusch zu gefallen, das dabei entstand. Zwei Jugendliche in Uniform grinsten von der Titelseite und zogen halb hüpfend, halb marschierend, beide Beine in der Luft, in einen Krieg, von dem sie mit Sicherheit nichts, aber auch gar nichts verstanden.

»Bist du den ganzen Tag hier gewesen?«, fragte ich.

Churchill warf mir einen Blick zu, der mich dazu bringen sollte, sein Frauchen in Ruhe zu lassen.

»Ich wollte niemandem erklären müssen, was passiert
ist. War sehr angenehm. Ich habe lange geschlafen.« Bei
Tageslicht sahen ihre Blutergüsse erschreckend nach
Motoröltropfen auf weißem Taft aus. Obwohl sich das
Tiefschwarz in Grau und Gelb verwandelt hatte, war
doch kein einziges Fleckchen in ihrem Gesicht heil geblieben.

»Hast du Hunger?«, fragte ich. »Ich kann dir was holen.«

Sie schüttelte den Kopf und blätterte eine weitere un-
gelesene Seite um. »Vielleicht später.«

Ich warf Manuskript und Handtasche auf mein Bett.
Jayne fiel ein, wo ich gerade her kam, sie öffnete den
Mund, um die unheilvolle Frage zu stellen. Mit einer
Handbewegung unterbrach ich sie gerade noch rechtzeitig. »Bevor du etwas sagst, sei gewarnt: Du bekommst
einiges zu hören. Mach also ganz vorsichtig weiter, falls
du unter diesen Umständen überhaupt weitermachen
willst.« Schwerfällig und immer noch schlaftrunken
lehnte sie sich nach vorn. »Wie war die Probe?«

Mit den Händen im Schoß saß ich auf dem Bett, wie
ein braves Schulkind, das gleich ein Gedicht vorträgt.
»Sie haben sich nicht nur für ein anderes Stück entschieden, sie haben auch noch Ruby Priest die Hauptrolle gegeben und mich zur Zweitbesetzung gemacht.«

Die letzten Reste der Schlaftrunkenheit fielen von
Jayne ab. »Zur was?«

»Du weißt schon: Zweitbesetzung – viel Arbeit, keine
Ehre.«

Sie pfefferte das Magazin aufs Bett. Churchill maunzte

und sprang auf den Boden. »Das können sie nicht machen!«

»Sie können, und sie haben.«

»Aber sie haben dich zum Vorsprechen eingeladen.«

»Davon weiß Peter Sherwood nichts mehr.« Da jetzt Jayne an meiner Statt völlig außer sich war, konnte ich mir meine Wut sparen. Dafür zauberte ich ein amüsiertes Lächeln auf mein Gesicht und tat so, als würde ich vom Missgeschick einer anderen berichten. »Das Beste habe ich dir noch gar nicht erzählt. Aus dem miserablen Polen-Stück ist jetzt eins in Rot-Weiß-Blau geworden. Rate mal, von wem ich glaube, dass er der Autor ist.«

Mit gerunzelter Stirn dachte sie nach. »Lawrence Bentley?«

Ich schüttelte den Kopf. »Nein – noch besser: Raymond Fielding.«

Jayne öffnete den Mund, um ihn sofort wieder zu schließen.

Ich ließ mich rücklings in die Kissen fallen. »Keine Sorge: Auch wenn es wirklich von ihm sein sollte, es ist trotzdem nicht das, nach dem wir suchen. Nur ein blöder Zufall. Aber erzähl keinem davon, es ist total geheim.« Mein Aufstöhnen klang beinahe wie ein Schrei. »Mein Leben wird von Ruby Priest und Raymond Fielding ruiniert.«

Jayne zuckte zusammen. »Und was machst du jetzt?«

»Was kann ich schon machen? Immerhin bekomme ich einen Vorschuss und eine feste Gage. Wenn ich jetzt alles hinwerfe, habe ich keinerlei Garantie, dass ich etwas anderes finde, bevor die Woche um ist. Ich sitze in der Falle.«

Jayne schlang die Finger ineinander. In Tonys Ring

brach sich das Licht und warf sein Versprechen an die Wand. »Ich finde, du solltest kündigen.«

Dieser entschieden un-jayne-hafte Vorschlag ließ mich hochfahren. »Was?«

»Du hattest doch sowieso keine Lust, für die zu arbeiten. Du wirst schon einen anderen Job finden.«

»Hast du mich nicht verstanden? Soll ich es etwa drauf ankommen lassen, dass Belle mich aus dem Haus wirft?«

»Und wenn schon. Dann ziehst du eben für eine Weile aus. Wäre das so schlimm?«

»Falls du es nicht mitbekommen haben solltest: Wir haben Krieg. Die Wahrscheinlichkeit, dass ich eine Wohnung finde, ist ungefähr so groß wie die, dass Hitler kapituliert.« Ich senkte die Lider und hoffte, dass Jayne, wenn ich die Augen wieder aufschlug, ihre kleine verstandesmäßige Auszeit beendet hatte. Aber die Mini-kadetten auf dem *Life*-Magazin warfen weiter bewegungslos ihre Beinchen in die Höhe und taten so, als ob der Krieg ein Kinderspiel sei. »Möchtest du mich loswerden oder was?«

»Nein ... Ich finde nur, es läuft so viel schief, da kann es doch sein, dass dir irgendjemand etwas damit sagen will.«

Dieser Logik konnte ich nicht ganz folgen, aber ich wollte auch nicht pingelig sein – wir hatten wichtigere Dinge zu besprechen. »Das muss ich jetzt nicht entscheiden. Du hättest sehen sollen, was für eine Show Ruby abgezogen hat. Ich habe ihr gesagt, dass ich glaube, dass sie hinter der ganzen Sache steckt, und da hatte sie doch wirklich den Nerv, so zu tun, als wäre ich paranoid. Ich sage dir, die hat es faustdick hinter den Ohren.«

Jayne zuckte mit den Schultern und ließ sich abrupt in die Kissen fallen, verzog aber schmerzhaft das Gesicht, als sie auf den Baumwollbezügen landete. Churchill kletterte aufs Bett zurück und reichte ihr zögerlich eine Pfote, vermutlich um zu testen, ob die Luft wieder rein war.

Ich stand auf und verzog mich zum Umkleiden hinter den Wandschirm. »Übrigens, du hattest Besuch.«

Ihre Stimme wurde zu einer straff gespannten Klaviersaite. »Wer?«

»Was glaubst du?« Ich schälte mich aus Rock und Bluse.

»Oh.« Sie wartete einen Moment zu lang. Als ich durch den Schlitz im Wandschirm spähte, sah ich, wie sie ihr sehnsüchtiges in ein ärgerliches Gesicht verwandelte. »Was wollte *der* denn?«

Ich zog ein Sweatshirt und eine Hose über und kam wieder zum Vorschein. »Zum einen: sehen, ob es dir gut geht.«

Jayne schlug Churchills Pfote weg. »Ich hoffe, du hast ihm eine ordentliche Ansage gemacht.«

»Zwei Ansagen, und die Rosen, die er dir mitgebracht hat, habe ich auf die Straße geschmissen.«

Sie erstarrte. »Er hatte Rosen für mich dabei?«

»Ja, ganz schön teure. Wenn du aus dem Fenster guckst, siehst du sie wahrscheinlich noch.«

Sie wurstelte sich aus ihrem Nest und schnitt eine Grimasse, als die blauen Flecken auf Brust und Rippen nicht so schnell mitmachen wollten. Auf der Heizung kniend spähte sie auf die Straße hinunter, wo der Feierabendverkehr aus Tonys Rosen lebhafte rote Kleckse gemacht hatte.

»Du hättest sie nicht wegwerfen müssen«, meinte sie.

»Und du hättest mich nicht anlügen müssen.«

Ihre Wirbelsäule versteifte sich. »Ich habe nicht gelogen.«

Ich kniete mich zu ihr auf die Heizung und legte meine Hand auf ihre. »Es war nicht Tony, der dir das angetan hat. Tony ist zwar ein ganz übler Bastard, der seine
Hände früher schon mal da hatte, wo sie nicht sein
sollten, aber das hier war er nicht.«

Sie wandte sich mir zu, und aus ihren Augen quollen
Tränen. »War er doch. Er hat mich geschlagen.«

»An Weihnachten? Ja, das weiß ich. Aber Freitagnacht
hat er dich nicht angerührt.«

Sie drückte meine Hand so fest, dass ich vor Schmerz
zusammenzuckte. »Er hat dir was vorgemacht, Rosie.
Wem glaubst du, ihm oder mir?«

Ich zog die Hand zurück und probierte sämtliche
Finger durch, um sicherzugehen, dass keiner gebrochen
war. »Wenn du dich hier hinstellen und ihm weiter die
Schuld geben willst, bitte sehr. Aber eins musst du wissen: Wenn du nicht auf der Bühne stehst, bist du eine
erbärmliche Schauspielerin. Ich sehe doch, dass du
lügst. Und vor allem sehe ich, dass er nicht lügt.« In der
Hoffnung, mit einer Berührung den Wahrheitsfluss in
Gang bringen zu können, tippte ich sie an. »Wer hat das
gemacht?«

Ihre Lippen wollten schon wieder Tonys Namen for-
men. Aber dann schluckte sie. »Ich weiß es nicht.« Sie
senkte den Kopf und betrachtete eingehend die stäh-
lerne Heizwendel. »Nach der Party hat mich Tonys Fahrer hier abgesetzt. Ich bin zur Straßenlaterne rüber, um
nach meinem Schlüssel zu suchen, da spricht mich die-

ser Matrose an. Er fängt an, sich richtig nett mit mir zu unterhalten, und tut so, als ob er mich aus einem Stück kennt. Er fragt mich, ob er mir eine Tasse Kaffee spendieren darf. Ich denke, das ist ungefährlich – er hatte ja seine Uniform an und so. Und weil ich wütend auf Tony war, habe ich Ja gesagt, und wir sind Richtung Louie's gegangen.« Ich erstarrte. »Aber noch bevor wir da ankommen, ändert sich sein Tonfall komplett. Er sagt, dass ich dir sagen soll, dass du als Schauspielerin besser bist als als Detektivin, und dass du dich aus dieser Raymond-Fielding-Sache raushalten würdest, wenn du wüsstest, was gut für dich ist. Ich dachte, das war es, jetzt lässt er mich gehen. Aber dann sagt er noch, er befürchtet, dass ich dir das nicht so ausrichte, wie er sich das denkt. Dann schlägt er mir ins Gesicht, und bevor ich überhaupt begreife, was passiert, verprügelt er mich nach Strich und Faden. Ich bin noch nie einem Mann begegnet, der so viel Kraft hat. Als er endlich aufhört, nimmt er mich hoch und sagt mir noch, wenn du deine Nase weiter in die Angelegenheiten von anderen Leuten steckst, sorgt er dafür, dass Tony einen tragischen Unfall hat.« Tränen liefen Jayne über die Wangen. Mit den Händen hatte sie sich so fest ins Fensterbrett verkrallt, dass die Knöchel weiß hervortraten. »Ich hatte solche Angst. Ich dachte, wenn ich sage, dass es Tony war, würdest du dich nicht wundern, warum ich mich nicht mehr mit ihm treffe. Wenn ich mich nämlich von ihm fernhalte, denkt der Typ vielleicht, dass wir Schluss gemacht haben, und lässt ihn in Ruhe.«

»Oh, Jayne.« Mit einer Hand rubbelte ich ihr über den schmalen Rücken, so wie meine Mutter es immer bei mir gemacht hatte. »Und wo bist du das ganze Wochenende gewesen?«

»Ich habe mir ein Zimmer im Martha Washington genommen.« Das Martha Washington war eine Absteige
für zwei Sorten Kundschaft: professionelle Damen und
solche, die sich nicht mehr nach Hause trauten. Der Gedanke, dass jemand Jayne für eins von beiden gehalten
haben könnte, schmerzte. »Ich hatte gehofft, dass mein
Gesicht besser aussieht, wenn ich eine Nacht geschlafen
habe, aber ...« Ihre Tränen kamen jetzt so schnell, dass
sie nur noch im Stakkatorhythmus atmete. »Du musst
dich da raushalten. Bitte. Mir zuliebe.«

»Mache ich, Jayne. Wirklich. Habe ich seit letzter Woche auch nur ein Wort darüber verloren?«

Sie griff nach meinen Handgelenken und zog mich
auf ihre Augenhöhe herunter. »Aber dieses Stück ...
Ich kenne dich doch. Wenn dieser Typ das herausfin-
det ...«

»Ich bin mir ja gar nicht ganz sicher, dass es ein Stück
von Fielding ist, und selbst wenn, wird er es nicht herausbekommen. Ich habe dir ja gesagt, dass es quasi ein
Staatsgeheimnis ist. Wir mussten sogar was unterschrei-
ben.«

Sie schüttelte stumm den Kopf und machte deutlich,
dass ihr das nicht reichte. »Ich möchte keine Angst davor haben, aus dem Haus zu gehen. Genauso wenig, wie
ich die ganze nächste Woche mit Beten zubringen will,
dass ich noch hübsch bin, wenn die blauen Flecken wieder weg sind.«

»Natürlich bist du noch hübsch.« Ich reichte ihr ein
Taschentuch von meinem Nachttisch. So war das nicht
gedacht. Jayne war meine Kumpanin in diesem Abenteuer, die verführerische Sirene, die die bösen Buben
lange genug ablenkte, damit ich den Dingen auf den

Grund gehen konnte. Auf keinen Fall durfte sie grün und blau geprügelt werden.

Mit Vehemenz tupfte sie sich die Augenwinkel, als ob sich ihre Tränen so dazu bewegen ließen, in die andere Richtung zu fließen. »Wenn du irgendwo eine andere Rolle bekommen könntest, würdest du dieses Stück dann sein lassen?« Jayne faltete das Taschentuch und putzte sich noch einmal die Nase.

»Das ist zwar nicht sehr wahrscheinlich, aber würde ich, ja.« Ihre Angst ließ mich ärgerlich werden, was ich aber zu verbergen versuchte. War das Geschehene nicht eher dazu angetan, uns zum Handeln zu zwingen statt zum Rückzug?

Und war mir Jayne nicht eigentlich wichtig genug, um alles zu tun, damit sie in Sicherheit war?

Ich zog meinen Mantel wieder an und schwang mir die Handtasche über die Schulter.

»Wohin gehst du?«, fragte sie.

»Ich ... ähm ... du hast mich gerade drauf gebracht. Fast hätte ich vergessen, dass ich noch etwas zu erledigen habe. Bis später.«

19 Durch den Staub
zu den Sternen

Ich hatte keinen blassen Schimmer, wohin mit mir, ich
wollte nur raus aus unserem Zimmer. Vor dem Shaw
House tappte ich mit dem Fuß in Tonys Ascheresten
herum. Nicht auf Jayne war ich wütend, sondern auf
mich. Seit man Jim von der Schlinge geschnitten hatte,
hatte ich ein Leben geführt wie aus einem meiner Gro-
schenheftchen und war nie auf den Gedanken gekommen, dass das auch Konsequenzen haben konnte. Wegen mir wäre Jayne fast umgebracht worden, und eine
lausige Rolle in einem lausigen Stück aufzugeben war
das Mindeste, was ich ihr schuldete.

Und dafür zu sorgen, dass sie ein bisschen zur Ruhe
kam.

Der Regen vom Morgen war zu einem Schneegestö-
ber geworden, das den Dreck und die Abfälle im Greenwich Village unter einem Puderzuckerüberzug verbarg.
Ich ließ mich auf der Hudson Street Richtung Süden
treiben und hielt immer mal wieder an, um Hüte, Kleider
oder Schmuck in den Schaufenstern zu betrachten.

Bei meinem fünften Halt duckte sich eine Gestalt
zwei Geschäfte weiter in den Schatten des Eingangs. Ich
gab vor, das Geschäft betreten zu wollen – die außerordentlich fesselnde Auslage zeigte die neuen Korsagen,
die es nur gab, weil sie den Bedürfnissen der Rüstungs-
industrie nicht im Weg standen –, und drehte mich genau in dem Moment um, als Al mir nachsetzte.

»Aha!«, sagte ich.

Eine Zigarette hing ihm aus dem Mundwinkel, er trug weder Hut noch Handschuhe. Seitdem ich ihn zuletzt gesehen hatte, hatte sich sein äußeres Erscheinungsbild verändert: Er sah jetzt nicht mehr einfach zerzaust aus, sondern wie der Tod im Apfelbaum.

»Was zum Teufel machst du da?«, fragte er, sehr dezent allerdings, um keine Aufmerksamkeit zu erregen.

»Ich versuche mit dir zu reden«, sagte ich. »Hättest du Zeit für ein spätes Mittagessen?«

Al blieb stocksteif stehen, seine Augen suchten hektisch die Straße nach drohender Gefahr ab. »Ich habe noch zu tun.«

Er folgte mir auf den Fersen, als ich in die Christopher Street einbog. Zu unserer Rechten enterten gerade die letzten Lunch-Hungrigen Schrafft's Restaurant. »Noch zu tun, ja? Ich sage mal so: Ich gehe da jetzt rein, trinke eine Tasse Kaffee und futtere was. Du hast es einfacher und bequemer mit meiner Überwachung, wenn du mitkommst.« Um die Ernsthaftigkeit meiner Einladung zu unterstreichen, nickte ich mit dem Kopf Richtung Tür und betrat das Restaurant. Eine Kellnerin in Rosa, die mehrere Bleistifte in ihrer Tolle stecken hatte, wies mir einen Platz an der Theke zu. Als ich die Karte aufschlug, glitt Al auf den Hocker neben mir.

»Ist ja nicht so schwer, dich zu überzeugen«, sagte ich.

Er zerrte eine zweite Karte aus dem Salz-und-Pfeffer-Halter und klappte sie auf. »Ich esse gern zu Mittag.«

Während wir die Gerichte studierten, die für ein paar Silberlinge zu bekommen waren, klebte eine Gruppe Mädchen – gerade noch im richtigen Alter für Sattelschuhe – an der Süßwarenauslage und kicherte über ihren Schokoeisbechern. Die Kellnerin stellte zwei Tassen Kaffee und ein Kännchen Kondensmilch vor uns ab und eilte dann geschäftig davon, wobei sie Al mit ihrem Hüftschwung ablenkte.

»Wie geht es dir?«, fragte ich.

»Kann nicht klagen.«

»Du siehst fertig aus.«

Fest umklammerte er die Kaffeetasse und hielt sich anschließend beide Hände ans Gesicht, wie um die Wärme dorthin zu transportieren. »Du siehst auch nicht besser aus. Hast du heute Morgen geweint, als du aus dem Theater gekommen bist?«

Der Morgen mit Peter und Ruby tauchte vor meinem inneren Auge auf. Es gab keine Privatsphäre mehr für mich – Al observierte jede meiner Demütigungen. »Ich hatte eine anstrengende Probe. Das ist ein ziemlich gefühlsbetontes Stück.«

Er zuckte mit den Schultern. Leid zu empfinden, um andere damit zu unterhalten, ein solcher Ansatz war ihm fremd.

Ich klappte die Speisekarte zusammen und faltete die Hände darauf. »Hör mal, du kannst so nicht weitermachen, mir überallhin folgen und gleichzeitig für Tony arbeiten. Das bringt dich noch um.«

»Das ist meine Entscheidung.«

»Wie auch immer. Vielleicht weiß ich ja eine Möglichkeit, wie du beides machen kannst, ohne dabei deinen Job aufs Spiel zu setzen. Interesse?«

Er rutschte so nah zu mir heran, wie es der am Boden festgeschraubte Stuhl erlaubte. »Bin ganz Ohr.«

»Es ist so: Jayne ist Freitagnacht zusammengeschlagen worden. Ganz schlimm. Sie traut sich nicht mehr aus unserem Zimmer, geschweige denn aus dem Haus. Ich bin die meiste Zeit bei ihr. Wenn du also Tony vorschlägst, sie zu bewachen, kannst du uns beide gleichzeitig im Auge behalten, in Tonys Auftrag, und es ist lange nicht mehr so anstrengend für dich.«

Dass mein Plan bestechend einfach war, bekam Al nicht mit. Er hatte nur eines gehört. »Wird sie wieder gesund?«

»Ja, wird sie. Außen zumindest.« Ich seufzte und schüttelte den Kopf. Wenn ich jetzt noch dicker auftrug, würde ich vornüber kippen. »Aber solange sie Angst hat, dass ihr das wieder passieren kann, wird sie sich auch nicht richtig davon erholen, fürchte ich.«

Die Kellnerin tauchte erneut auf und trommelte so lange mit dem Bleistift auf ihren Block, bis sie unsere ungeteilte Aufmerksamkeit hatte. Wir bestellten beide Spanische Spaghetti und warteten schweigend, bis sie wieder ging.

»Wer hat das getan?« Al wickelte sein Besteck aus der Serviette, und es fiel ihm klirrend auf die Theke.

»Ich habe keine Ahnung.« Meine Lüge musste ich erst mal mit einem Schluck Kaffee hinunterspülen. Hätte ich Al gesagt, dass meiner Meinung nach Edgar Fielding hinter der Sache steckte, dann hätte ich ihm auch erzählen müssen, dass Jayne nichts passiert wäre, wenn ich mich nicht auf die Suche nach dem Stück gemacht hätte. Das konnte ich nicht ertragen. »Und noch was: Dieser Typ hat nicht nur Jayne bedroht, er hat auch gesagt, dass als nächstes Tony dran ist.«

Al knetete seine Serviette, bis sie in einen Strohhalm gepasst hätte. »Tony B. tut keiner was.«

»Das musst du mir nicht sagen. Deswegen ist es ja so

wichtig, dass du dich an Jayne hängst wie eine Klette.«
Seine Lippen bewegten sich, aber es kam kein Ton hervor. »Ich rede mit Tony, okay? Ich schlage ihm das
vor.«

Er dachte darüber nach. »Und was ist mit dir? Wo
treibst du dich dann rum?«

Ich war mir nicht mehr besonders wichtig. »Weiß ich
noch nicht, aber verlass dich drauf, ich halte mich aus
allen Schwierigkeiten raus.«

Nach dem Essen kaufte ich für Jayne ein paar Karamellbonbons von Schrafft's und befahl Al, nach Hause zu
gehen, sich aufs Ohr zu legen und erst am Dienstagmor-
gen wieder zum Dienst vor dem Shaw House anzutre-
ten. Sein Angebot, mich nach Hause zu eskortieren,
schlug ich aus und stellte mich stattdessen in eine Telefonzelle, die von allen Seiten aus einsehbar war – damit
er bloß nicht dachte, ich führte Verbotenes im Schilde.
Ich warf eine Münze ein und wählte Tonys Nummer.
Eine barsche Männerstimme nahm mich erst ins Kreuz-
verhör, bevor sie mir Tony an den Hörer holte.

»Was für ein charmanter Sekretär«, sagte ich anstelle
einer Begrüßung.

»Man kann gar nicht vorsichtig genug sein. Was macht
unser Mädchen?«

»Ist zunehmend ehrlicher. Und hat Angst. Tony, ich
muss dich um einen Gefallen bitten. Ich möchte, dass du
Jayne Tag und Nacht bewachen lässt, bis diese Sache
ausgestanden ist.«

»Das mache ich höchstpersönlich.«

»Keine gute Idee. Ich glaube, du solltest eine Zeitlang
ein bisschen Abstand halten. Der Täter hat ihr gegen-

über auch eine Drohung gegen dich ausgesprochen, und ich möchte nicht, dass sie sich obendrein noch um dich Sorgen machen muss.«

»Oh.« Tony glaubte mir kein Wort, aber wenn er Jayne wiedersehen wollte, musste er tun, was ich sagte, und das wusste er. »Dann schicke ich No-Neck. Der war mal Preisboxer. Jeder, der sie auch nur schief anschaut, geht mit zwei blauen Augen und einer gebrochenen Nase nach Hause.«

»Ähm … nein, No-Neck auch nicht«, sagte ich, als wäre mir der fragliche halslose Gentleman gut bekannt. »Ich wäre für Al.«

»Al?« Tonys Tonfall machte klar, dass Al für ihn noch in jeder Gurkentruppe der Gurkenkönig war.

»Ja, Al. Jayne kennt ihn, und wenn sie merkt, dass er ihr folgt, bekommt sie keine Panik. Sie soll nicht denken, dass ihr ein Fremder auf den Fersen ist. Glaub mir: Wir brauchen ein vertrautes Gesicht.«

Tony seufzte, und ich hörte einen Stift über Papier kratzen. Ob er einen Dienstplan von enormen Ausmaßen führte, mit dessen Hilfe er immer genau nachvollziehen konnte, welcher seiner harten Jungs gerade welchen Job erledigte? Vielleicht ließ er sie sogar Stechkarten benutzen? »Gut, dann eben Al. Sagst du ihr, dass ich nach ihr gefragt habe?«

»Klare Sache, Tony.« Damit legte ich auf.

Ich stand vor der Telefonzelle und überlegte, wo ich als nächstes hinsollte. Etwas für Jayne arrangiert zu haben war schon mal eine Erleichterung. Aber es war noch nicht genug. Der Täter lief immer noch frei herum und warf sich in die mit Medaillen gespickte Brust wie Helen Hayes bei den Drama League Awards.

»Rosie?«

Hinter mir stand Peter Sherwood, in einen abgetragenen Kamelhaarmantel und einen karierten Schal ge-
wickelt, der sein Gesicht zur Hälfte verdeckte. Mir war
unklar, ob ich besser die Beine in die Hand nehmen
oder mich gleich auf einen Schlag gefasst machen
sollte.

»Oh, hallo.« Mein Lächeln war so falsch und starr,
dass man es in die Alteisensammlung hätte geben können. Ich zog den Mantel fest um mich, nicht weil ich
fror, sondern weil ich darin zu verschwinden hoffte.

Immerhin wirkte auch Peter nicht gerade erfreut,
mich zu sehen, aber er verbarg es besser als ich. »Woh-
nen Sie hier in der Gegend?«

»Ich besuche eine Freundin«, log ich. »Und Sie?«

»Einen Block weiter.«

Beim Austausch dieser Informationen nickten wir
beide so heftig, als wären sie das Faszinierendste, was
uns jemals zu Ohren gekommen war. Hinter uns läutete
ein Mitglied des Roten Kreuzes eine Glocke und bat um
Spenden. Auf der anderen Straßenseite sangen zwei
kleine Mädchen beim Seilspringen vor sich hin: »Morgen gibt es Barsch. Hitler ist ein Arsch. Trini, Bieni, Mus-
solini, schick den Tojo ins Kabini.« Der Wind frischte
auf, eine Zeitung flatterte uns zwischen die Füße. Bevor
sie auf der Straße landete, fing ich sie auf und las den
Blondie-Comicstrip. Gleich zwei Mal. In dieser Folge war
die Heldin sowohl auf Dankwart sauer als auch auf all
diejenigen, die nicht emsig genug Küchenfett sparten.

»Also dann …. bis bald«, sagte Peter.

Ich blickte von meiner Lektüre auf. »Bis dann.« Er
wandte sich ab, und wie ein Dämlack schaute ich ihm

hinterher. Keine zehn Mcter weiter hielt er an und sah zu mir zurück.

»Es tut mir wirklich leid, Rosie.«

Ich zuckte mit den Schultern und schob die Hände mitsamt der Zeitung tief in die Taschen. Anstatt diese Geste als endgültige Verabschiedung zu interpretieren, kam er wieder näher und suchte nach Worten, die ihm meine Vergebung sichern würden.

»Ich bin neu am People's Theatre«, sagte er. »Ich weiß nicht, ob Sie das wussten. Das ist meine erste Inszenierung.« Das war mir nicht bekannt gewesen, entschuldigte aber auch nichts. »Ich stehe unter erheblichem Druck, dass diese Produktion ein Erfolg wird. Wenn dem nicht so wäre, hätte ich manche Entscheidung anders getroffen. Bitte glauben Sie mir, wenn ich sage, dass ich Ihnen unter anderen Umständen mit Freuden eine richtige Rolle gegeben hätte. Aber mir waren die Hände gebunden.«

»Gut zu wissen.« Glauben wollte ich ihm nicht, aber es war wie bei Tony: Seine Aufrichtigkeit durchsetzte die Luft zu einem solchen Grad, dass man sie einfach schlucken musste, wollte man nicht daran ersticken. Ich kaute auf der Unterlippe herum und zwang mich, an Jaynes Gesicht zu denken. »Leider werde ich wohl aussteigen müssen. Meiner Karriere zuliebe möchte ich doch eher andere Projekte verfolgen.«

Peter schürzte die Lippen und nickte. »Das kann ich nachvollziehen. Dann haben Sie die Sache mit Ihrer Pension geklärt?«

Mein Magen zog sich zusammen. »O ja. Die haben da vollstes Verständnis.« Er sah auf die Uhr, dann blickte er sich prüfend um. »Ich wollte sowieso gerade etwas trinken gehen. Würden Sie mich vielleicht begleiten?«

Was er damit bezweckte, war mir nicht klar. Entweder wollte er mich besänftigen, damit ich nicht in der
ganzen Stadt über ihn lästerte, oder er wollte mich überreden, bei der Stange zu bleiben. Auch wenn ich wenig
Lust verspürte, noch einmal wiederzukäuen, warum er
im Unrecht war und ich im Recht, war ich doch neugierig auf seine Argumente.

Außerdem bin ich immer dabei, wenn mir jemand einen ausgeben will.

»Ich könnte mich überreden lassen«, sagte ich.

Wir gingen in Richtung People's Theatre und landeten im John Kelly's, einem kleinen Irish Pub an der
Ecke, wo ein riesenhafter Barmann eine einzige Sorte
Bier und eine einzige Sorte Whiskey ausschenkte, und
zwar aus Fässern, die aussahen, als seien sie per Schiff
mit ihm übers Meer gekommen. Wir setzten uns an einen Tisch nahe der Tür und bekamen alle paar Minuten
einen Schwall eiskalter Luft ab, wenn Gäste kamen oder
gingen.

In der Spelunke war es so dunkel, dass man auf eine
gewisse Privatsphäre vertrauen konnte. Anders als die
meisten Etablissements dieser Art gab sich das John
Kelly's keine Mühe, mit Folkloresouvenirs und markigen
Sprüchen an den Wänden mehr aus sich zu machen.
Vielmehr brachten die dämmrige Beleuchtung und das
dunkle Holz jede Form von Dekoration zum Verschwinden, als Mahnmal für unser aller Vergänglichkeit. Die
einzigen Zugeständnisse an den Krieg waren eine Vase
mit mehreren US-Miniaturflaggen im Fenster zur Straße
und eine Fotografie von Roosevelt über der Bar. Die
Luft war schwer vom Rauch, von Körperausdünstungen
und von der faulig riechenden Mischung aus Öl und

Benzin, die normalerweise unter den Nägeln von Armeemechanikern klebte. Ein Grammophon, dessen Geschwindigkeitsregler dringend hätte justiert werden müssen, gab »In the Mood« zum Besten, und zwar so langsam, dass das Stück seinen ganzen Schwung verlor und zu einem Trauermarsch wurde.

»Ein bezaubernder Ort«, sagte ich.

»Was ihm an Charme fehlt, macht er wett durch Wirksamkeit.« Peter winkte den Barkeeper heran und bestellte zwei Krüge Bier. Der Mann verschwand mit einem Grunzen hinter der Theke und machte sich ans Zapfen. Als er zurückkam, trug er beide Krüge in nur einer Hand und stellte sie so schwungvoll in der Tischmitte ab, dass sie überschwappten. Um bloß keine Zeit mit Freundlichkeit zu verschwenden, zog er kommentarlos wieder ab.

»Vielleicht hätte ich ja lieber einen Whiskey gehabt«, sagte ich.

»Glauben Sie mir«, erwiderte Peter, »das hätten Sie nicht.« Er hob seinen Krug, und wir stießen das billige Glas aneinander. Ich kippte mir den Saft hinter die Binde, bis meine Zunge sich löste und meine Nervosität etwas abflaute.

»Also ....«, begann ich. »Wie lange kennen Sie Ruby schon?«

»Seit ein paar Jahren. Ich war Inspizient bei einem Stück, in dem sie spielte.« Peters Augen glänzten im Dunkeln, und sein Mund wurde zu einer weichen Linie, die besser zum Knutschen als zur Konversation geeignet schien.

»Ein Stück von Lawrence Bentley?«

Die Scheinwerfer eines vorbeifahrenden Taxis erleuchteten einen Moment lang Peters Gesicht. »Nein, das war vor Lawrence. Eigentlich sogar noch vor Ruby. Damals hat sie noch unter ihrem richtigen Namen gearbeitet.« Ich hätte einiges darum gegeben, zu erfahren, welche herkunftstechnische Ungeheuerlichkeit Ruby mit sich herumschleppte, aber vermutlich war jetzt nicht der beste Moment für diese Frage.

»Wenn sie danach ihren Namen geändert hat, war das Stück wahrscheinlich kein großer Erfolg?«

»Schon wieder ein Lob für Ihre Auffassungsgabe.« Er prostete mir zu und leerte sein Glas bis zur Hälfte. »Das Stück war zwar sehr gut, wurde aber nicht gut angenommen. Vielleicht war es ein wenig zu experimentell. Von dem Autor haben Sie wahrscheinlich noch nie gehört.«

Mein Magen zog sich zusammen. »Sagen Sie schon.«

»Raymond Fielding.«

»Ah.« Da war er wieder. »Der Name ist mir geläufig. Ehrlich gesagt, habe ich Sie sogar gesehen. Bei seiner Trauerfeier.«

Er hob eine Augenbraue. »Mir war nicht klar, dass Sie Raymond Fielding gekannt haben.«

Ich ließ die Hände in den Schoss fallen und verknotete sie zu Brezeln. »Habe ich auch nicht. Eine Freundin von mir ist ein großer Fan seiner Werke, deswegen bin ich als Anhängsel mitgegangen. Haben Sie ihn denn gekannt?«

Peter schüttelte den Kopf und hielt das Glas schräg, um die Überreste seines Biers besser in Augenschein nehmen zu können. »Nicht persönlich, aber wir haben eine ganze Zeit lang in Briefverkehr gestanden.«

»Haben Sie sich deswegen entschieden, lieber eines von seinen Stücken zu machen?«

Überraschung wischte ihm alle Farbe aus dem Gesicht. »Sie sind die erste im Ensemble, die das erraten hat.«

»Bekomme ich jetzt meine Rolle zurück?«

Er überging meinen Scherz und wischte den Tisch mit dem Mantelärmel ab. »Ich bewundere Fieldings Arbeiten sehr. Ich habe meine Dissertation über ihn geschrieben, und *Über Theater* konnte ich schon mit achtzehn auswendig.«

»Sie waren quasi von ihm besessen?«

Er lächelte. Diesem hölzernen Kerl waren menschliche Gefühle also doch nicht gänzlich unbekannt. »Ich würde lieber sagen, er hat mich beschäftigt. Nun ja, eines Tages hatte ich auf jeden Fall genug Mut beisammen, um ihm zu schreiben. Mehrere Monate lang haben wir über seine Theorien korrespondiert – besser gesagt: Er legte seine Gedanken dar, ich hofierte ihn. Unser Dialog endete mit der spöttischen Bemerkung von seiner Seite, ich möge doch lieber selbst Theater machen, wenn ich etwas übers Theater lernen wollte, als meine Zeit mit einem alten Theoretiker wie ihm zu vergeuden. Ich habe also als Inspizient angefangen – sein Stück war mein erster Job –, und als mir diese Tätigkeit nicht mehr ganz so neu war, habe ich mich auch im Inszenieren versucht.« Er trank sein Bier aus und starrte in den Krug, als wundere es ihn, dass er sich nicht von selbst wieder füllte.

»Haben Sie danach noch einmal von ihm gehört?«

Er hielt das leere Glas hoch, und der Barmann brachte ihm ein neues. »Er hat mir ein paar kurze Briefchen geschrieben, wenn meine neuen Inszenierungen gut ankamen, einmal hat er auch einen sehr beißenden Kom-

mentar geschickt, völlig zu Recht übrigens, zu einem
unterirdisch schlechten Stück, an dem ich beteiligt
war – jeder mit auch nur einigermaßen Verstand fand es
unter aller Kritik, aber das Publikum fand es großartig.
Als ich dann schon etwas erfahrener war, habe ich ihm
den Floh ins Ohr gesetzt, dass ich unheimlich gern eins
seiner Stücke inszenieren würde. Monate später habe
ich einen Brief von ihm bekommen, in dem stand, er
arbeite gerade an etwas, für das ich seiner Meinung nach
der perfekte Regisseur sei. Er würde sich in Kürze wieder melden ...«

Ich beendete den Satz für ihn. »Und dann ist er ein-
fach abgenippelt.« Zwei neue Biere landeten auf dem
Tisch, unsere leeren Gläser verschwanden. »Aber ist
Im Dunkeln dieses Stück?«

Er legte die Hände um seinen Krug, so dass die Fingerspitzen sich berührten. »Nein. Seit einiger Zeit kur-
siert das Gerücht über ein Stück, das ganz unglaublich
sein soll und das Theater angeblich für immer verändern wird. Jeder mit einem *Variety*-Abonnement hat
darüber gelesen, aber niemand hat es je zu Gesicht bekommen oder weiß, worum es darin geht. Fielding selbst
hat mir gegenüber nur bestätigt, dass es das Stück gibt
und dass es aus seiner Feder stammt. Es ist das Stück,
das er mir versprochen hat.« Mir schwirrte der Kopf,
und zwar nicht nur vom Rauch in der Luft. »Ich bin
froh, überhaupt etwas von Raymond inszenieren zu
können, vor allem, weil es eine Uraufführung ist. Aber
trotzdem, *Im Dunkeln* war offen gestanden eine Enttäuschung für mich. Ich habe den Eindruck, dass er das
Stück nie ganz zu Ende geschrieben hat und es in dieser
Form sicher nicht auf die Bühne bringen wollte.«

Das zweite Bier machte mich waghalsig. »Ich teile diesen Eindruck.«

»Es gefällt Ihnen nicht?«

Mir gingen ein Dutzend kaltschnäuzige Antworten durch den Kopf, aber noch war ich in einem Maße im Besitz meiner geistigen Kräfte, dass ich eine diplomatische wählte. »Es hat ... ähm ... seine Schwächen, finden Sie nicht?«

Das Grammophon wurde richtig eingestellt und eine neue Platte aufgelegt – Spike Jones and His City Slickers. Während Spike sich spöttisch über »des Führers Angesicht« ausließ, nahm Peter seine Brille ab und rieb sich die Augen. »Das Stück hätte sicher mehr Biss kriegen sollen, als es jetzt hat. Ich weiß, auf den ersten Blick kommt es furchtbar oberflächlich daher, aber mit ein paar cleveren Inszenierungsideen lässt sich bestimmt eine starke Geschichte herausschälen.«

Ja ja. Und ich war die Kaiserin von China ... »Aber wie sind Sie denn dann an *Im Dunkeln* geraten?«

»Eine sehr gute Frage.« Er hielt inne und leerte sein zweites Bier. »Das Stück ist mir anonym zugeschickt worden, Absender war aber vermutlich jemand, der Raymond nah genug stand, um von unserer Arbeitsbeziehung zu wissen. Dass das nicht das richtige Stück war, habe ich sofort gemerkt, aber ich dachte ...«

Ich beugte mich so weit vor, bis ich mit der Brust an die Tischkante stieß. »Sie dachten was?«

Er verdrehte die Augen, so als ob er die ganze Sache am liebsten abtun und nie wieder mit mir darüber sprechen wollte, aber dann machte er doch weiter. »Ich dachte, dass es vielleicht so eine Art Test ist. Deswegen habe ich mich so dafür eingesetzt, es zu machen. Wenn

Im Dunkeln ein Erfolg wird, vielleicht schickt mir dann derjenige, den Fielding als Nachlassverwalter eingesetzt hat, auch noch das wichtigere Stück.« Er atmete kurz und heftig aus – mittlerweile schien ihm seine eigene Theorie offenbar lächerlich. »Ich weiß, wie naiv sich das anhört ...«

»Das würde ich so nicht sagen.«

Mit einem Seufzen drehte er das Glas hin und her, als würden die unterschiedlichen Perspektiven das Bier anders schmecken lassen. »Wahrscheinlich ist das nur eine Strategie von mir, um der Wahrheit nicht ins Gesicht sehen zu müssen: Er hatte nie vor, mir sein großes Werk zukommen zu lassen. Dieses Stück jetzt ist so etwas wie mein Trostpreis – ein schlechtes Stück für einen schlechten Regisseur.«

Oooch, buuu-huuuh, dachte ich. *Du hast wenigstens einen richtigen Job.*

»An was denken Sie gerade?«, fragte Peter.

Da ich mich außerstande sah, wahrheitsgemäß zu antworten, stieß ich schnell hervor: »Und wenn er Ihnen das eigentliche Stück gar nicht geben *konnte?*«

»Wie meinen Sie das?«

Ich malte mit dem Finger eine Linie auf das beschlagene Bierglas. »Wenn mit dem Stück was passiert ist, bevor er es Ihnen geben konnte? Sie haben gesagt, dass viele Leute Gerüchte über das Stück gehört haben. Was, wenn es sich jemand unter den Nagel gerissen hat?«

Er fuhr sich mit der Zunge über die Lippen und rückte so nah an mich heran, wie es der Tisch zuließ. Ich konnte auf seiner Nase eine kaum sichtbare weiße Narbe erkennen, die durch Sonne und Alter schon ganz blass geworden war. »Denken Sie sich dieses Szenario jetzt nur aus, damit es mir besser geht, oder wissen Sie Genaueres?«

Mich überkam ein Frösteln, das nichts mit der offenen Tür zu tun hatte. Am besten wäre es gewesen, den Mund zu halten, aber ich hatte das Gefühl, es ihm schuldig zu sein. Wenn jemand wusste, wie das war, auf etwas zu warten, das vielleicht nie eintrat, dann war das ich. »Aus glaubwürdiger Quelle habe ich gehört, dass das Stück gestohlen worden ist.«

Peter zog sich so weit in die Dunkelheit zurück, bis ich seinen Gesichtsausdruck nicht mehr erkennen konnte. »Das stand ja auch in seinem Nachruf, dass in sein Haus zweimal eingebrochen wurde.« Ich nickte heftiger als nötig. »Bei allem Respekt, Rosie, aber ich glaube nicht, dass das irgendetwas beweist.«

»Ich habe für einen Privatdetektiv gearbeitet, den Fielding damit beauftragt hatte, das Stück zu finden.«

»Und hat dieser Detektiv Erfolg gehabt?«

Ich blickte auf den Tisch hinunter, in dem sich das funzelige Deckenlicht spiegelte. »Nein. Er ist ungefähr zur gleichen Zeit ermordet worden wie Fielding, und seine Akten sind verschwunden.«

»Machen Sie Witze?«

»Schön wär's. Aber das sollte Ihnen als Beweis dafür ausreichen, dass das große amerikanische Theaterstück wirklich verschwunden ist und Ihnen nicht so lange vorenthalten wird, bis Sie sich seiner würdig erweisen. Die Frage ist: Wer hat es genommen?«

Peter spreizte die Finger auf dem Tisch und zählte die einzelnen Alternativen an ihnen ab: »Ein konkurrierender Schriftsteller. Eine verbitterte Geliebte. Ein abgewiesener Schauspieler.«

»Ich glaube ja, dass das Stück nicht einfach nur ein Meisterwerk ist, das das Theater revolutionieren würde. Ich glaube, dass es etwas enthüllt, über irgendjemanden oder irgendetwas. Etwas Schockierendes.« Verdammtes Bier – es verhinderte jegliche Selbstzensur. »Derjenige, der es genommen hat, wollte einfach nicht, dass bestimmte Informationen, die in dem Stück stecken, an die Öffentlichkeit kommen.«

»Interessante These. Und Sie wollen danach suchen?«

Ich biss mir auf die Zunge. »Nein. Mein Chef und Fielding sind wegen dieser Sache tot, ich muss nicht unbedingt das nächste Opfer sein.«

Peter runzelte die Stirn. »Da hatte ich Sie anders eingeschätzt. Nach Ihrer Vorstellung heute Nachmittag war ich mir sicher, dass Sie immer alles dransetzen, um zu bekommen, was Sie wollen.«

»Tja, was soll ich sagen? Hunde, die bellen, beißen nicht.«

»Das glaube ich nicht. Ich mache Ihnen ein Angebot: Wenn Sie dieses Stück auftreiben und es mir als erstem zeigen, dann sorge ich dafür, dass Sie die Hauptrolle darin spielen.«

Ich musste lachen. Ich konnte nicht anders. Eine Hauptrolle in einem von Fieldings Katastrophenstücken war das Letzte, was ich wollte. »Da müssen wir Ihr Angebot aber noch mal überarbeiten: Wenn ich mich doch dazu entschließen sollte, nach dem Stück zu suchen, und ich finde es, dann zeige ich es Ihnen zuerst, darf aber immer noch entscheiden, ob ich darin spielen möchte. Seit *Im Dunkeln* denke ich nämlich, dass nur ein unauffindbares Fielding-Stück ein gutes Fielding-Stück ist.«

Peter lächelte. »Touché – auch wenn ich Ihnen versichern kann, dass er einige ganz bemerkenswerte Stücke geschrieben hat.« In einer einzigen fließenden Bewegung schaute er auf seine Uhr und gab dem Barmann ein Zeichen zum Bezahlen. »Verzeihen Sie, ich hatte gar nicht mitbekommen, dass wir hier schon so lange sitzen. Soll ich Sie irgendwohin begleiten?«

»Nein danke. Den Weg schaffe ich alleine.«

Als die Rechnung bezahlt und auch mein Glas leer war, half mir Peter in den Mantel, und wir gingen Seite an Seite hinaus in die Nacht.

»Kann ich noch irgendetwas tun, damit Sie bei *Im Dunkeln* doch nicht aussteigen?«

Ich biss mir auf die Lippe und versuchte, einen klaren Gedanken zu fassen. Denk an Jayne, denk an Jayne, denk an Jayne! »Ich glaube nicht, Peter.«

»Und wenn Sie einfach erst mal bei uns bleiben und nebenher noch für andere Rollen vorsprechen? Sobald Sie ein besseres Angebot bekommen, steht es Ihnen frei zu gehen, und keiner wird es Ihnen übel nehmen.«

Genau dasselbe hatte mir Jayne auch vorgeschlagen. Eigentlich konnte ich damit nichts falsch machen, musste mir nur selbst das Versprechen abnehmen, definitiv, ganz bestimmt, ohne Zögern zu gehen, sobald ein anderes Engagement in Sicht war. Und wenn ich in der Zwischenzeit noch mehr über Raymond Fielding in Erfahrung brachte, wäre das eine ganz zufällige Begleiterscheinung. »Das könnten wir so machen.«

20 Die Maßnahme

Als ich an diesem Abend nach Hause kam, löschte gerade ein Mann mit dem orangefarbenen Helm der städtischen Bauarbeiter die letzte Straßenlaterne vor dem Shaw House. Der Block versank in tiefster Dunkelheit, und man konnte sich kaum vorstellen, dass es jemals wieder hell werden würde. Drinnen war es kein bisschen besser. Eine einsame Lampe warf ihren schwachen Lichtschein einen knappen halben Meter weit in die Diele. In dieser Finsternis stolperte ich zur Treppe, kroch nach oben und hätte mich nicht weiter gewundert, meine Mitbewohnerinnen im Dornröschenschlaf vorzufinden.

Die Tür unseres Zimmers war geschlossen, aber dahinter war eindeutig eine hitzige Diskussion im Gange. Die männliche der beiden Stimmen konnte ich nicht identifizieren, für einen von Jaynes üblichen Begleitern klang sie jedoch viel zu gewählt. Die zweite, weibliche Stimme war tief und besänftigend, auch dann noch, wenn sie vor Zorn rauer wurde. Worüber sie sprachen, war nicht zu verstehen, aber dass sie in unser Zimmer eingedrungen waren, um dort ihr kleines Pläuschchen zu halten, bedeutete ganz sicher nichts Gutes.

Ich bewaffnete mich mit einer Pistole, die ich aus meiner Hand formte. Vorsichtig öffnete ich die Tür, wobei ich mich bemühte, jedes Quietschen zu vermeiden. Unsere ungebetenen Gäste stellten sich heraus als Jayne, Churchill und ein neues Radio auf der Heizung.

»Hallo, Rosie!«, zwitscherte Jayne von ihrem Bett aus.

Als sie die Beule in meiner Manteltasche sah, wurde ihr Willkommenslächeln zu einem Schmollmund. »Ist das eine Pistole?«

Um ihr zu zeigen, dass ich unbewaffnet war, zog ich die Hand hervor und schälte mich dann aus meinen Winterklamotten. »Du hast mir einen Mordsschrecken eingejagt. Woher hast du das Radio?«

Ihr Lächeln kam zurück und kräuselte sich vor warmer Freude, als sie ihr Geheimnis preisgab: »Das hat mir Tony als Genesungsgeschenk geschickt.«

Es war ein neueres Magnavox, kleiner und moderner als das im Wohnzimmer, aus glänzendem Mahagoni, das auch ein prima Möbelstück abgegeben hätte. Fibber McGee und Molly mussten gerade ihre Streiterei wegen einer kurzen Werbepause für Johnsons Möbelpolitur unterbrechen.

»Es gibt Neuigkeiten.« Jayne setzte sich in den Schneidersitz, was sie nur noch kindlicher aussehen ließ. Die blauen Flecken waren in den paar Stunden, in denen ich weg gewesen war, blasser geworden, und ihr Gesicht hatte, wohl auch wegen ihres Stimmungsumschwungs, etwas von seiner Gespensterhaftigkeit verloren.

»Ja und?«, fragte ich.

Kurz sog sie die Lippen ein, die dadurch einiges an Lippenstift einbüßten. Sie zitterte vor Aufregung.

»Raus damit.«

Sie atmete tief ein und legte die Hände in den Schoß. »Ich bin für Lawrence Bentleys neues Stück engagiert worden.«

Ich zögerte und wartete auf die Pointe. »Wirklich?«

»Wirklich!«

Etwas unbeholfen nahm ich sie in den Arm. Ihre Haare waren frisch gewaschen und dufteten nach Gardenien. »Wann hast du's erfahren?«

Sie federte leicht auf dem Bett auf und ab. »Lawrence hat mich heute Nachmittag angerufen. Persönlich. Es ist eine Sprechrolle, mit allem Drum und Dran.«

Dass Jayne an ein und demselben Tag ein Radio und eine Traumrolle bekommen hatte, war ein ziemlicher Zufall, aber ich bemühte mich, diesen Gedanken zu verdrängen. Tony wusste, was Jayne davon hielt, wenn er für sie die Strippen zog. Bestimmt wollte er keinen ihrer berühmten Zornesausbrüche riskieren, schon gar nicht jetzt, wo ihre Beziehung doch eine etwas wacklige Angelegenheit war.

»Wie ist das Manuskript?«, fragte ich. »Ist es schrecklich?«

Sie drückte die Handflächen in die Matratze und dehnte sich wie eine Katze. »Habe ich vergessen. Das Vorsprechen war vor Ewigkeiten. Es ist bestimmt schlecht, aber wen stört das schon!«

»Dann lässt du das Musical also sausen?«

»Natürlich. Ich habe bereits angerufen und mich entschuldigt. Bentley will schon in ein paar Tagen mit der Probenarbeit anfangen.« Sie fuhr sich mit den Fingern Wangenknochen und Lippen nach. »Mit ein bisschen Puder und Lippenstift kann ich mich den Fans doch wieder zeigen.«

»Auf jeden Fall. Du wirst großartig aussehen.«

»Und wo warst du?«, fragte Jayne.

Ich drehte das Radio leiser und versuchte mich daran zu erinnern, was ich ihr als letztes erzählt hatte. Anstatt darauf zu hoffen, dass eine weitere Lüge nicht einer früheren ins Gehege kam, sagte ich ihr die Wahrheit – zumindest einen Teil davon. »Ich habe mit einem Freund zu Mittag gegessen und dir eine Kleinigkeit mitgebracht.« Ich zog den Beutel mit den Karamellbonbons aus der Handtasche und reichte ihn ihr.

Sie öffnete ihn und schien bereit, sowohl das Geschenk als auch meine Erklärung auf einen Schlag zu schlucken. Dann aber fiel ihr doch noch ein, dass meine Freunde auch ihre Freunde waren und dass sie offenbar absichtlich von einem gemeinsamen Mittagessen ausgeschlossen worden war. »Mit wem?«

»Mit Al.«

Ihre Augen wurden groß, und sie hockte sich auf die Knie. »Wenn er dich belästigt, dann sag mir das bloß, dann sage ich Tony …«

Ich winkte ab. »Ganz ruhig – es gibt keinen Grund, gleich die Kavallerie zu rufen. Wir sind wirklich Freunde.«

Ihre hochgezogenen Augenbrauen deuteten zweideutige Interpretationen des Wortes ›Freunde‹ an.

»Nur Freunde«, sagte ich. »Mehr nicht. Anscheinend hat er Jim ziemlich nahe gestanden und ihm zuliebe schon länger ein Auge auf mich gehabt. Wir haben nett geplaudert, und auf dem Heimweg bin ich Peter Sherwood über den Weg gelaufen.«

»Hast du ihn darauf angesprochen, dass du bei der Produktion nicht mehr dabei sein willst?«

Das Bier entfaltete jetzt seine ganze Kraft und machte es mir schwer, unser Gespräch auf die wesentlichen Punkte zu beschränken. »Ja. Er hat es überraschend freundlich aufgefasst. Ich kann so lange dabeibleiben, bis ich was anderes gefunden habe. So oder so, ich habe einen festen Job.«

»Oh. Das ist gut.« Ihr Tonfall klang nach dem exakten Gegenteil.

»Nur damit du's weißt: Mir geht's hier nicht um Raymond Fielding. Mit geht's um Geld.« Ich hätte die ganze Nacht so weitermachen können, sie hätte mir trotzdem nicht geglaubt. Es gab nur einen Grund, der Jayne vielleicht einleuchtete. »Außerdem finde ich Peter Sherwood ... interessant.«

Jayne presste die rechte Hand gegen die linke, bis die Finger sich zu einem *L* verbogen. »Und was ist mit Jack?«

»Was soll mit ihm sein?«

Ihre Stimme bekam etwas ärgerlich Gekünsteltes. Es fehlte nur noch, dass sie zur Babysprache überging. »Es ist bloß merkwürdig, dass du dich für jemand anderes interessierst, das ist alles. Dabei Jack ist doch gerade erst abgereist.«

»Er ist nicht gerade erst abgereist, er ist seit über einem Monat weg. Und du hast mir vor ein paar Tagen selbst eine Verabredung angedreht, du erinnerst dich? Ich wusste nicht, dass ich keine anderen Männer anschauen darf, nur weil mein Exfreund im Krieg ist.«

»Natürlich darfst du, aber ...«, jetzt malträtierte sie zur Abwechslung die Finger ihrer Linken, »mir war nicht klar, dass ihr jetzt ganz offiziell nicht mehr zusammen seid.«

»Wenn wir das noch sind, dann hat er eine sehr spezielle Vorstellung von dem, was eine Beziehung ausmacht. Warum?«

Jayne zuckte mit den Schultern. »Nur so. Ich dachte bloß, weil du doch gemeint hast, du würdest ihm vielleicht schreiben, wegen ...« Sie verschluckte das Satzende, was gut so war, denn es hätte mir bestimmt nicht gefallen.

»Du hast zu viel Radio gehört«, sagte ich. »Nur weil Jack jetzt im Krieg ist, heißt das nicht, dass einer von uns beiden plötzlich erwachsen geworden ist.«

»Die Menschen ändern sich.«

»Die Menschen vielleicht. Schauspieler ändern sich nur, wenn sie einen Garderobier, ein neues Kostüm und eine ausreichend lange Szenenpause zur Hand haben.« Ich setzte mich auf mein Bett. »Er ist derjenige, der gegangen ist, ohne sich zu verabschieden. Dass ich ihm treu bin, ist wirklich das Letzte, was er verdient hat.«

»Ist ja schon gut.« Jayne starrte zu Boden.

»Es tut mir leid.« In meinen Schläfen begann ein Pochen, das sich in den ganzen Kopf hinein auszubreiten drohte. Ich presste die Nägel in die Handflächen und wechselte das Thema. »Wo sind denn eigentlich alle? Unten herrscht vielleicht eine Friedhofsruhe.«

Jayne drehte sich auf den Rücken und streckte die Beine aus. »Bei irgendwelchen Proben wahrscheinlich. Und Belle wollte sich, weil es so ruhig war, endlich mal Sonja Henie in der Eisrevue im Madison Square Garden ansehen.«

»Was ist mit Ruby?« Ich trat meine Schuhe in die Ecke.

Jayne grinste und rieb sich die Hände. »Sie ist auch außer Haus, aber ich habe ein paar interessante Neuigkeiten über sie. Du erinnerst dich, dass sie behauptet hat, sie würde bei einer Radiosendung mitmachen, die heute auf WEAF anläuft? Seitdem du weg bist, habe ich das Radio an und nicht den kleinsten Pieps von ihr gehört. Und noch was: Lawrence hat mir am Telefon aufgetragen, sie soll ihn zurückrufen.«

Ich legte mich ebenfalls auf den Rücken und schloss die Augen. »Vielleicht haben sie die Sendung ja auf einer Stanniolwalze aufgenommen und wollten sie von vornherein nicht live übertragen. Also wirklich, Jayne. Ich bin ihre Zweitbesetzung und nicht ihre Mutter.«

Ein kindliches Lispeln legte sich auf Jaynes Worte. »Nein, sie hat auf jeden Fall gelogen. Bist du gar nicht neugierig, warum sie sich das alles ausgedacht hat?«

Weil sie boshaft ist und will, dass es mir schlecht geht und ich keinen Erfolg habe, gerade wenn es so aussieht, als hätte ich auch mal Glück. »Keine Ahnung.«

Jayne wechselte die Position und senkte ihre Stimme bis auf die Tonhöhe deutscher Spione. »Also, das ist meine Theorie: Als Lawrence angerufen hat, habe ich ihn gefragt, wer sonst noch in seinem Stück mitspielt. Er hat ein paar Namen genannt, aber auch gesagt, dass er die Hauptrollen noch nicht besetzt hat und sich noch ein paar Leute anschauen muss, bevor er mit den Proben beginnt. Ich würde meinen linken Arm drauf verwetten, dass er Ruby überreden will, wieder in sein Ensemble zurückzukommen.«

Wenn Jayne Recht hatte, würde das erklären, warum Ruby eine Zweitbesetzung brauchte: Das Engagement am People's Theatre war für sie eine sichere Bank, aber sie konnte jederzeit ein besseres Angebot annehmen und gehen, ohne ein allzu schlechtes Gewissen zu haben und ohne ihren Ruf als Profi zu gefährden – einfach weil jemand bereit stand, um ihren Platz einzunehmen.

»Wie dem auch sei«, fuhr Jayne fort. »Ich habe Lawrence gesagt, dass ich jemanden wüsste, den er sich anschauen soll.«

»Du möchtest, dass ich zum Vorsprechen gehe? Warum sollte ich? Ruby hat die Rolle doch schon fast in der Tasche.«

Jayne gab mir einen Klaps auf den Oberschenkel. »Du hast in deinem kleinen Finger mehr Talent als Ruby im ganzen Körper. Wenn ich jetzt zufälligerweise vergesse, Ruby die Nachricht von Lawrence auszurichten, ihm aber sage, dass ich das getan habe, dann denkt er, dass Ruby nichts mehr mit ihm zu tun haben will. Und du hast dann nicht nur eine gute Rolle in einem Aufsehen erregenden Stück, sondern dazu noch die Chance, dich ein bisschen an ihr zu rächen.«

Und außerdem hätte ich nichts mehr mit dem People's Theatre zu tun. Jayne war nicht schwer zu durchschauen. Deshalb war Jack auch so plötzlich der beste Freund, den man sich nur wünschen konnte: Solange ich Jack noch im Kopf hatte, dachte ich nicht über Peter nach. Und wenn ich kein Interesse an Peter hatte, gab es keinen Grund mehr für mich, am People's Theatre zu bleiben und auf Lawrence Bentleys Veranstaltung zu verzichten. Sie zog wirklich alle Register, damit ich mit Raymond Fielding und seinem verschollenen Manuskript nicht mehr in Berührung kam. »Er würde mich niemals besetzen, Jayne. Ich bin ein Niemand.«

»Das ist doch Unsinn. Mir hat er schließlich auch eine Rolle gegeben, oder?« *Ja,* dachte ich, *aber nur, weil dein Zampano ihn dazu gedrängt hat.* »Rosie, du bist zu begabt für eine Zweitbesetzung. Das wissen wir beide. Und es klappt ganz bestimmt. Ich weiß einfach, dass er dir die Rolle gibt, wenn du morgen da hingehst.«

Auch wenn ich vielleicht ebenfalls ein Teil von Tonys Deal war und von seinen Maßnahmen profitierte – das Zeug zu einer Lawrence-Bentley-Rolle hatte ich allemal.

Und es bestand kein Zweifel daran, dass das meiner Karriere einen enormen Schub verpassen würde. Trotzdem ...

Ich stand auf und ging zum Fenster. »Ich möchte mich nicht bei Bentley bewerben. Es tut mir leid, was dir passiert ist, Jayne. Aber nur weil irgendein zwielichtiger Kerl seine Muskeln hat spielen lassen, heißt das nicht, dass wir einfach vergessen sollten, was Jim und Fielding zugestoßen ist. Zwei Menschen sind ermordet worden. Wir können nicht so tun, als ob alles in schönster Ordnung wäre.«

»Das sage ich doch auch gar nicht. Ich sage doch nur, dass die Sache gefährlich geworden ist, dass wir uns da raushalten sollten und sich sowieso die Polizei darum kümmert.«

»Tut sie aber nicht.«

»Natürlich tut sie ...« Ihre Stimme brach weg, als sie meinen Gesichtsausdruck bemerkte. »Du hast ihnen damals gar nichts gesagt, oder?«

»Versucht habe ich es, aber ich bin an denselben unmöglichen Bullen geraten, den sie auch auf Jims Fall angesetzt haben. Mit dem stimmt was nicht.«

»Du hättest doch sicher auch mit jemand anderem sprechen können.«

»Da war niemand anderes. Da war nur er.«

»Du hast mich angelogen.« Ihr Gesicht zog sich kummervoll zusammen. Bislang hatte ich sie noch nie enttäuscht – es war kein schönes Gefühl.

»Es tut mir leid. Passiert nicht wieder.«

Sie schien mir nicht zu glauben. Wenn ich nicht aufpasste, würde sie mich von jetzt an immer für eine Lügnerin halten.

»Schau mal, ich weiß, dass ich von Anfang an ehrlich hätte sein sollen. Aber ein bisschen verstehst du doch bestimmt, warum ich so gehandelt habe. Du hast doch auch nicht die Polizei gerufen in der Nacht, als du zusammengeschlagen wurdest.« Damit hatte ich sie. Nach all den Monaten mit Tony hatte auch sie festgestellt, dass Recht und Gesetz nicht immer die beste Lösung waren. »Es war keine Absicht von mir, ich bin da reingeraten, aber jetzt kommt es mir so vor, als ob mich jemand immer weiter in die Sache hineinzieht, egal was ich mache. Entweder kann ich jetzt alles stehen und liegen lassen und mich in Sicherheit bringen, oder ich versuche das Ganze aufzuklären. Vor kurzem hat doch der Präsident gesagt: Wir wissen, dass es ein harter Kampf wird, aber das ist noch lange kein Grund, einen Rückzieher zu machen, solange wir aus den richtigen Motiven heraus handeln.«

»Er wird dich umbringen, Rosie. Wer auch immer es ist, er wird dich umbringen.«

»Dass dieser Mensch es ernst meint, weiß ich jetzt auch«, sagte ich. »Muss ich eben meine Klappe halten. Von jetzt an kein Wort mehr darüber, dass ich nach dem Stück suche. Und dir tut keiner mehr was, versprochen.«

»Wie willst du das denn versprechen?«

»Du hast Begleitschutz.« Ich erzählte ihr von Al. »Aber, Jayne, wir können es auch so machen: Ich spreche bei Bentley vor und gehe bei ihm auf Tauchstation, und Fieldings Name kommt mir nie wieder über die Lippen. Wenn du das willst, mache ich das. Aber bitte denk noch mal drüber nach.«

Jayne strich sich übers Kinn und legte dann die Hän-

de in den Schoß. Ich hatte mich getäuscht: Ihre blauen
Flecken waren immer noch gut zu sehen, so deutlich wie
bunte Glasmalerei.

»Na gut«, sagte sie schließlich. »Tu, was du tun
musst.«

21 Spiel der Illusionen

Am nächsten Morgen verschlief ich und musste ein Taxi zum People's Theatre nehmen, was ich mir eigentlich nicht leisten konnte. Trotzdem kam ich gleich zur allerersten Probe eine Viertelstunde zu spät. Ich schlich mich ins Theater und sah zum ersten Mal den Zuschauerraum. Für eine experimentelle Bühne war er überraschend groß und überladen ausgestattet, mit gut fünfhundert Sitzplätzen. Damit allerdings wirklich mal so viele Leute zu einer Vorstellung kamen, mussten sie wahrscheinlich Freikarten austeilen. Die Schauspielerinnen saßen in der ersten Reihe, einige blätterten in ihren Textbüchern, andere führten leise Gespräche. Sie begrüßten mich mit demselben Enthusiasmus, den Park-Avenue-Ehefrauen ihren Dienstmädchen gegenüber aufbringen, so dass ich mich lieber auf einen der hinteren Plätze zurückzog.

Da Ruby nicht da war, musste ich gleichzeitig die Hauptrolle spielen und den Star mimen. Zum Warmmachen ließ Peter uns paarweise zusammengehen, und zwar sollten sich immer diejenigen zusammentun, deren Figuren im Stück voraussichtlich am meisten Verachtung füreinander übrig hatten. Ich ging zu der »deutschen Hausfrau«, einer Schauspielerin namens Heidi Lambert, die genauso groß war wie ich. Wie auch die Frauen in den restlichen Zweiergrüppchen stellten wir uns vor und plauderten ein wenig. Sobald alle ihre passende Gegenspielerin gefunden hatten, nahm Peter von jedem Paar die eine Hälfte mit ins Foyer. Erst als wir

Zurückgelassenen uns schon nicht mehr wunderten, sondern nur noch langweilten, kam er mit den vier Frauen zurück.

In einer ersten Übung ließ Peter uns in zwei Reihen antreten. Immer zwei standen sich gegenüber mit der Aufgabe, die Bewegungen der anderen nachzuahmen. Diejenigen, die im Saal geblieben waren, führten, die anderen machten jede Geste nach, eifrig um dieselbe Geschwindigkeit bemüht. Als Peter den unklaren Zweck dieser Übung erfüllt zu sehen schien, mussten wir vier, mit denen er nicht gesprochen hatte, Augenbinden anlegen und uns von unseren Partnerinnen im Theater herumführen und vor möglichen Hindernissen warnen lassen. Nachdem wir auch diese Übung hinter uns gebracht hatten, folgten einige weitere auf Vertrauensbildung zielende Aufgaben, die die meisten von uns schon tausende von Malen gemacht hatten. Sobald wir uns mit unserer Partnerin so richtig pudelwohl fühlten, sollten wir die Rollen tauschen, so dass ich nun Heidi führte und sie auffing, wenn sie stolperte.

Komischerweise fanden Heidi und ich keinen gemeinsamen Rhythmus. Im Normalfall wurden die Bewegungen der Vorturnerin irgendwann einigermaßen vorhersehbar, sie aber versuchte dauernd, mich hereinzulegen, und nahm mir jede Chance, ihren nächsten Schritt vorauszuahnen. Und als ich sie als blinde Kuh durchs Theater geleitete, bewegte sie sich so zögerlich, als erwarte sie jede Sekunde, vom Podium zu stürzen. Offenbar hatte ich etwas an mir, das Heidi überhaupt nicht leiden mochte und dem sie nicht über den Weg traute. Da wir bisher kaum zwei Worte miteinander gewechselt hatten, verunsicherte mich das enorm.

Um zwei Uhr mittags war ich soweit, von Bord zu springen und Lawrence Bentley um eine Rolle anzubetteln. Übungen wie diese waren so experimentell wie Butter auf Brot zu schmieren – jedes Angsthasen-Theater veranstaltete genau dasselbe, um im Ensemble Vertrauen und Verträglichkeit herzustellen. Ich hatte also rein gar nichts davon, außer einer gründlichen Verunsicherung, weil mich jemand schon nach kürzester Bekanntschaft komplett zu verachten schien.

Nach einer kleinen Pause erläuterte Peter die letzte Aufgabe des Tages: Jedem Pärchen wurde eine Beziehungskonstellation zugeordnet, innerhalb deren wir eine Szene mit einem bestimmten Konflikt improvisieren sollten. Für diese Übung wünschte er größtmögliche Unbefangenheit, weswegen die anderen Gruppen um Rückzug ins Foyer gebeten wurden, damit wir einzeln mit ihm arbeiten konnten.

Zunächst wollte Peter kurz mit mir allein sprechen. Er zog mich an den Bühnenrand, wo wir die Köpfe zusammensteckten wie eine Footballmannschaft vor dem Spiel. »Ein Mann macht Ihnen leidenschaftlich den Hof, Sie kennen ihn noch nicht lang, aber Sie wollen ihn heiraten«, sagte er. »Ich möchte, dass Sie Ihrer Mutter diese Neuigkeit beibringen und sie von der ganzen Sache überzeugen.«

Ich musste mich beherrschen, um nicht die Augen zu verdrehen. Fand Peter das wirklich innovativ und aufregend? Als Nächstes sollten wir dann wahrscheinlich Kostüme anziehen und Sätze sprechen, die sich jemand anderes ausgedacht hatte.

Unsere Szene ging los. Alles lief wie zu erwarten, bis zu dem Punkt, an dem ich meine Heiratsabsichten ver-

kündete. Ich rechnete damit, dass Heidi den zukünf-
tigen Bräutigam schlechtmachen oder ihrer Sorge Ausdruck verleihen würde, das mit der Hochzeit gehe nun
aber wirklich zu schnell. Stattdessen gab sie mir eine
schallende Ohrfeige, nannte mich eine Hure und rannte
von der Bühne.

Dass ich darauf nicht vorbereitet war, brauche ich
wohl nicht zu betonen. Ich ächzte vor Schmerz, sank auf
die Knie und krümmte mich zu einer Kugel.

»Bitte runter von der Bühne.«

Beim Klang von Peters Stimme fuhr ich zusammen.
Es hätte ja auch eine neuerliche Attacke von Heidi sein
können. Sobald sich diese Sorge als unbegründet her-
ausstellte, hockte ich mich auf meinen Hintern und versuchte Peter in der Dunkelheit auszumachen. »Das ist
gerade leider unmöglich. Aber weil ich ja nur die Zweitbesetzung bin, könnten Sie mir vielleicht sagen, was zur
Hölle das hier sollte?«

Peter stand auf und kam an den Bühnenrand. »Bleibt
das unter uns?«

»Aber sicher.«

Er lächelte, und sein Gesicht nahm eine zartrosa Farbe an. »Ich nenne es gern eine Vertrauensabbauübung.«

»Und was genau ist deren Sinn und Zweck?«

Er zog sich unbeholfen auf die Bühne hinauf und ließ
sich neben mir nieder. »Ich möchte, dass diese Inszenierung mehr wird als nur patriotisches Gequassel. Jede
Figur muss versuchen, das Publikum von ihrem Stand-
punkt zu überzeugen. Jede der acht Frauen glaubt nämlich, dass nur ihre Ansicht die richtige ist, und alle anderen sind der Feind.«

Ich rieb mir die Wange, um sicherzugehen, dass noch
Gefühl darin war. »Wir müssen da also alle durch?«

Er schlang die Arme um die Knie. »Mehr oder weniger. Über jede von Ihnen habe ich Ihren Partnerinnen gemeine, hässliche Dinge erzählt, damit sie den ganzen Tag über skeptisch und wachsam bleiben.«

»Zum Beispiel?«

Er räusperte sich. Vielleicht prahlte er nicht so gern mit seinen Zaubertricks – oder er hatte Angst, dass ich sofort zur Schauspielergewerkschaft rannte. »Na ja, zum Beispiel habe ich über Sie gesagt, dass ich Sie gegen meinen Willen nehmen musste, weil ich von einem Mitglied des Direktoriums dazu gezwungen wurde, und dass Sie sehr deutlich gemacht hätten, nicht lange die Zweitbesetzung bleiben und alles dafür tun zu wollen, um die Rolle zu bekommen, die Sie für angemessen hielten – die deutsche Hausfrau. Ich habe noch ein paar Dinge mehr erzählt, alles reine Hirngespinste natürlich, aber auch alles abgestimmt auf das, was ich über Heidi weiß. Und dann habe ich ihr noch ein ausführliches Rollenprofil für die Szene von vorhin gegeben: Ihre Figur ist aus Europa eingewandert und arbeitet Tag und Nacht, um ihrer Tochter ein besseres Leben zu ermöglichen. Damals in der Heimat war die noch ein richtiger Schatz, aber jetzt ruiniert sie sich selbst, weil sie sich in den angeblichen *American way of life* stürzt – viel Alkohol, Drogen und sich billig an jeden verkaufen, der entweder das eine oder das andere hat.«

Eines musste man Peter lassen: Seine Übung war wirkungsvoll. Auch wenn Schauspielerei nichts anderes war als Schauspielerei – in Heidis Nähe brachten mich keine zehn Pferde mehr.

»Verzeihen Sie mir?«, fragte er.

Ich wusste nicht, was ich ihm verzeihen sollte: dass er

mir diese Übung zugemutet oder dass er die Wirkung versaut hatte, weil er mir die Idee dahinter verriet. »Es gibt nichts zu verzeihen.«

»Da bin ich aber erleichtert.« Er stemmte sich auf die Füße und bot mir eine Hand. Ich kam derart schwungvoll hoch, dass wir fast hintenüber kippten. Einen Augenblick lang standen wir mitten auf der Bühne, unsere Hände berührten sich noch, und unsere Augen strahlten, als wären wir zwei Kindern bei der Schulaufführung von *Unsere kleine Stadt*.

Dann war der Augenblick wieder vorbei.

»Ähem.« Hilda räusperte sich, um auf ihre Anwesenheit aufmerksam zu machen. Sie stand hinten im Zuschauersaal und hatte die Arme über ihrem Klemmbrett verschränkt. »Es tut mir leid, wenn ich störe, aber ich würde gerne kurz mit dir sprechen, Peter.«

Peter ließ meine Hand los, als handle es sich um … na ja, meine Hand, und ging auf Abstand. »Natürlich, Hilda. Sofort.« Er drehte sich wieder zu mir und wischte sich die Hand, die meine gehalten hatte, an der Hose ab. »Bis morgen, Rosie.«

Auf dem ganzen Nachhauseweg goss es wie aus Eimern. Als ich am Shaw House ankam, war ich so nass, dass mir das Wasser in den Schuhen stand. Das halbe Haus hatte sich im Wohnzimmer ums Radio versammelt, wo eine mir unbekannte Sendung lief. Bestimmt hatte es mit dem Krieg zu tun.

Mach, dass es Jack gut geht. *Bitte*.

»Schon mal was von einem Regenschirm gehört?«, fragte Belle. Mit einer Handbewegung dirigierte sie mich vom Holzboden weg auf den Teppich.

»Als ich losgegangen bin, war ich noch trocken«, sagte ich.

Belle wandte ihre Aufmerksamkeit wieder dem Radio zu. »Geh weiter, wir können hier keine Pfützen gebrauchen.«

»Was hört ihr euch da alle an?«

Ella Bart, eine Tänzerin bei den Rockettes, die wild entschlossen war, aus ihren Beinen Kapital als Filmstar zu schlagen, zog sich einen Lolli aus dem Mund und zeigte auf das Magnavox. »*Cavalcade of America.* Gerade ist Paulette Monroe dran.«

Ich nickte, einerseits erleichtert, dass es nichts Wichtigeres war, andererseits irritiert, weil sie sich von derartigen Trivialitäten fesseln ließen. Paulette war eine der Erfolgsgeschichten im Shaw House. Vor zwei Jahren war sie nach Hollywood gegangen, wo sie in Filmen mitspielte, wenn auch in der zweiten Reihe hinter sehr viel berühmteren Stars. Immer wenn sie im Kino oder im Radio auftauchte, bekam das ganze Shaw House das mit – vielleicht in der Hoffnung, dass Erfolg so ansteckend ist wie eine Erkältung.

Ich ließ sie weiterhören und ging die Treppe nach oben in unser Zimmer, wo Jayne im Schneidersitz mit dem Rücken zur Tür auf dem Bett saß. Neben ihr hockte Churchill, schaute ständig zwischen ihr und der Wand hin und her und fragte sich offensichtlich, ob sie verrückt geworden war. Sie wisperte dem grauen, nichtssagenden Putz zu: »Ich habe dich vermisst, Jonathan. An jedem einzelnen Tag habe ich mich gefragt, was du gerade machst und bei wem du gerade bist. Hast du mich auch vermisst? Allzu gern würde ich es glauben. Ich hoffe so sehr, dass ich auch während der Schlacht immer bei dir war und über dich wachte.«

Bentleys dämliches Geschreibsel ließ mich losprus-
ten. Jayne fuhr herum, und erst jetzt sah ich das Manuskript in ihrem Schoß. »Du bist ja schon richtig in die
Arbeit eingestiegen«, sagte ich.

Sie drehte das Skript um, als wolle sie es nicht länger
der Lächerlichkeit preisgeben. »Ich fand, ich könnte
meine Zeit auch mal für etwas Sinnvolles nutzen.« Auf
ihrem Gesicht lag ein sonderbares Leuchten. Für eine
Frau, die grün und blau geschlagen worden war, sah sie
geradezu strahlend aus. »Und außerdem ... hat er mich
umbesetzt. Ich spiele jetzt die Hauptrolle.«

»In Bentleys Stück?« Sie nickte bestätigend. »Wow ...
das ist ja großartig. Wirklich großartig.« Sie hatte mehr
und herzlichere Glückwünsche verdient, aber ich war so
überrascht, dass ich nicht wusste, was ich sagen sollte.
»Dann hat er Ruby wohl abgeschrieben.«

»Ja. Ich habe nachgefragt, und er behauptet, dass sie
jetzt doch beim People's Theatre bleibt.« Sie machte eine Pause und versuchte meine Reaktion einzuschätzen.
»Tut mir leid, Rosie.«

»Ich kann damit leben.«

»Ich weiß, aber wenn Bentley Ruby engagiert hätte,
hättest du wahrscheinlich mit einer besseren Rolle dagestanden.«

»Du dann aber nicht. Glaub mir – es ist alles gut so.«
Ich streckte ihr die Hände hin. »Es ist sogar viel besser
als nur gut. Du bist ein Star!«

Sie erwiderte meinen Händedruck, zog dann aber
schnell die Arme zurück, um nichts von dem Wasser ab-
zubekommen, das immer noch von mir heruntertropfte.
»Du bist ja klitschnass!«

»Im Vergleich zu eben sind das nur noch kleine Rinn-

sale.« Ich zog mir meinen Bademantel an und wickelte
mir ein bereits in der Schmutzwäsche gelandetes Hand-
tuch um die Haare.

»Wie war deine Probe?«

»Nervtötend und faszinierend. Beides.« Ich schleuderte die Pantoffeln von mir und fühlte plötzlich kleine
harte Knubbel unter den Füßen. Als ich das Bein anhob,
entdeckte ich schwarze Kügelchen, die an der Sohle
meiner Strümpfe klebten. Die Kugelspur führte bis zur
Ankleide, wo ich die zerfetzten Überreste meiner einzigen guten Abendtasche fand.

Ich stürzte aufs Bett zu. »Ich bringe ihn um.«

Jayne warf sich zwischen mich und Churchill. »Beruhige dich. Er ist ein Kater. Er weiß es nicht besser.«

»Und ob er das verdammt noch mal weiß!«

»Ist doch nur eine Tasche.« Jayne bückte sich und
nahm den Schaden in Augenschein. »Vielleicht kann
man das reparieren.«

Ich brachte es nicht länger über mich, das Ausmaß
von Churchills Missetat zu betrachten, und starrte das
Katzentier deshalb so lange an, bis es vom Bett sprang
und sich in den Schrank verzog. »Wenn du hier drin
noch einmal irgendetwas anrührst«, teilte ich ihm mit,
»dann repariere ich den Schaden mit Katzendarm.«

»Es ist gar nicht so schlimm.« Jayne hatte die Überreste meiner Handtasche aufgesammelt und legte sie
behutsam auf ihr Bett. »Wenn du die Perlen wieder an-
nähst, fällt das bestimmt keinem mehr auf.« Sie öffnete
den Verschluss, um den abgerissenen Handgriff hinein-
zustopfen, und der Tascheninhalt wurde sichtbar, darunter auch der Scheck von Eloise McCain. »Was ist das
denn?«

»Meine Bezahlung fürs Aktenaufräumen.«

Jayne zog den Scheck ganz heraus und starrte darauf. Da stand, hingezirkelt in Eloises tadelloser Handschrift, das Datum von letztem Freitag. »Deswegen bist du zu Louie's gegangen – wegen der Bezahlung?« Ich nickte. »Wieso warst du dann am Ende voller Kaffee?«

»Weil eine nette Begegnung etwas unangenehm geworden ist. Eloises Sohn ist vorbeigekommen und hat nicht nur den Scheck mitgebracht, sondern wollte auch noch wissen, wo die Akten sind. Er war nicht allzu erfreut, als ich ihm gesagt habe, dass ich keine Ahnung habe.«

Jaynes Kopf fuhr ruckartig nach oben. »Der ist doch in der Marine, oder?« Ich nickte. »Glaubst du, dass er es war, der mich zusammengeschlagen hat?«

»Edgar? Da würde ich drauf wetten. Und jetzt stell dir das noch vor: Er behauptet, Raymond Fieldings Sohn zu sein.«

Sie besah sich die eingeprägte Adresse oben auf der Zahlungsanweisung. »Warum hast du das nicht gesagt?«

»Weil du wolltest, dass ich mich aus der Sache raushalte.«

Sie nickte steif, dann fiel ihr Blick auf Tonys Ring. Lange starrte sie ihn an, wie hypnotisiert. Es wurde so still im Zimmer, dass ich Churchill atmen hörte.

»Wir könnten Tony Bescheid sagen«, sagte ich. »Er könnte sich für dich um Edgar kümmern.«

Sie schüttelte den Kopf. »Wenn Edgar durch die Gegend rennt und erst dich und dann mich bedroht, dann muss er schon wirklich große Angst davor haben, was wir rausfinden könnten.« Sie hielt inne und strich sich die Haare hinter die Ohren. »Wir sollten da mal hin.«

»Wohin?«, fragte ich.

»Zu Eloise.« Sie nahm den zerknitterten Scheck und strich ihn sorgfältig glatt. »Wir müssen unbedingt raus-kriegen, warum sie und ihr Sohn so ein großes Interesse an dem Stück haben.«

»Bist du dir sicher, dass du das machen willst?«

Jayne hob den Kopf und sah mir in die Augen. »Auf jeden Fall.«

Wir nahmen die Subway nach Uptown und kämpften uns durch den dichter werdenden Fußgängerverkehr. Es war erst kurz vor fünf, aber die Gehsteige waren schon jetzt gerammelt voll mit Anzugträgern, die wie die Irren zum nächsten Zug aus der Stadt heraus hasteten. Die Innenstadtbewohner legten ein etwas entspannteres Tempo vor und nahmen sich hie und da eine Abendzeitung mit, deren Titelseiten die neuesten Schlagzeilen aus Europa verkündeten. Was den Kriegsverlauf anbelangte, gab es gute Nachrichten: Die Landstreitkräfte der Nazis waren entlang der afrikanischen Front geschwächt worden. Britische Bomber flogen weiter Angriffe aufs Ruhrgebiet. Die amerikanische Regierung hatte den Anstieg der Getreidepreise gestoppt, damit unsere Bauern mehr Milch- und Fleischprodukte herstellen konnten. Die Passanten schenkten angesichts dieser Nachrichten den Zeitungen ein strahlendes Lächeln, so erleichtert waren sie, dass einmal nicht die Zahl der Gefallenen mit ihren vielen Nullen die Schlagzeilen verstopfte. Und trotzdem waren sie da: Auch wenn die Toten an diesem Tag nicht so zahlreich ausgefallen waren, dass sie sich fünf Zentimeter hohe Buchstaben verdient hätten, zwischen den Zeilen mitzählen konnte man sie doch.

An einer roten Ampel lasen wir zum Zeitvertreib die Schilder, die an den Telegraphenmasten klebten. Das Corps der Notdiensthelferinnen drängte uns, ausschließlich GIs zu ehelichen, wenn wir schon unbedingt heiraten mussten. Eine tränenreiche Mutter mahnte in fetten Lettern: »Ich habe einen Mann hergegeben! Geben Sie wenigstens 10 % Ihres Einkommens in Kriegsanleihen!«

In dieser Angelegenheit würden wir uns noch mal unterhalten müssen.

»Wie sieht unser Plan aus?«, fragte ich Jayne.

Sie dirigierte mich nach rechts. »Wir müssen irgendwie in ihre Wohnung kommen, damit wir uns da umsehen können. Vielleicht lenkt eine von uns sie ab, während die andere den Tatort untersucht.«

Ich blieb abrupt stehen. »Du hast in meinen Krimiheftchen gelesen, oder? Du weißt aber schon, dass das nur Geschichten sind? Das sind keine Gebrauchsanweisungen oder Handbücher.«

»Das heißt aber nicht, dass man sie nicht als Leitfaden benutzen kann.«

Dagegen ließ sich schwerlich etwas einwenden.

Es hatte nie einen Anlass für mich gegeben, Jim zu Hause zu besuchen, und ich wusste auch gar nicht, wo er wohnte. Die Adresse auf Eloises Scheck wies uns den Weg zur Park Avenue, Ecke 50. Straße. Wir gingen zwei Mal den ganzen Block ab, bevor wir merkten, dass die Hausnummer, nach der wir suchten, die ganze Zeit direkt vor uns gelegen hatte: das Waldorf-Astoria.

»Hier wohnt sie?«, keuchte Jayne.

Das Kalk- und Backsteingebäude türmte sich siebenundvierzig Etagen über Straßenniveau – ein Monolith des Geldes und der käuflichen Dinge. Draußen waren mit goldenen Epauletten geschmückte Portiers damit beschäftigt, Wagentüren zu öffnen und die Gäste ins Gebäude hinein- und wieder hinauszugeleiten. Die Flaggen fremder Länder flatterten über dem Eingang,

während die Schuhputzerjungen und die Zeitungsver-
käufer respektvoll Abstand hielten: Versuchten sie in
unserem Stadtteil, ihre Dienste und Waren mit enervie-
rendem Dauerpalaver anzupreisen, taten sie es hier mit
einem subtilen, wissenden Nicken. Wir betraten das
Foyer mit einer Selbstverständlichkeit, als gehörten wir
dazu, und bemühten uns, den Marmorboden, die üp-
pigen Bronzefiguren und die Holzvertäfelung nicht allzu auffällig anzustarren. Überall verteilt waren zierliche
Antikstühlchen, die von dem Gewicht eines Menschen
sicherlich überfordert gewesen wären, und bunte Orient-
teppiche, denen man nicht ansah, dass sie täglich mit
Füßen getreten wurden.

An der Rezeption hatte sich eine kleine Menschen-
menge versammelt, die die Aufmerksamkeit der Hotel-
bediensteten und des Sicherheitspersonals auf sich zog,
so dass wir unbeachtet blieben. Fremdländische Worte
flogen so schnell durch die Luft, dass bestimmt noch
nicht mal jemand, der diese Sprache beherrschte, irgendetwas verstanden hätte. Die Angestellten warfen Ent-
schuldigungen dazwischen, die sie an »gnädige Frau«
und »Ihre Exzellenz« richteten, aber die Tiraden gingen
weiter – wie Arien schraubten sie sich nach oben, und
mit Sicherheit würde der eine oder andere Beschwerde-
führer bald aus schierer Atemnot kollabieren.

»Wenn wir da hoch wollen, dann jetzt«, sagte ich zu
Jayne. »Mir nach.« Ich nahm sie am Ellbogen und führte
sie zu den Aufzügen. Zwischen den Aufzugtüren hing
eine Liste, der die Namen und Suitennummern der
Dauergäste zu entnehmen waren. Mrs. James McCain
wohnte im East Tower, 44. Etage. Wir sahen nach, welcher Aufzug uns dorthin brachte, und drückten den ent-

sprechenden Knopf. Der Aufzugführer war älter als der Erfinder des Aufzugs selbst und begrüßte uns mit einem Lächeln, das ein schlecht sitzendes Gebiss enthüllte. »Sie wird uns umbringen«, sagte ich zu Jayne. »Wir sind eine halbe Stunde zu spät dran. Als mir das das letzte Mal passiert ist, war Eloise außer sich vor Wut.«

»Aber du bist doch ihre Lieblingsnichte«, meinte Jayne. »Sie kann dir doch nicht lange böse sein. Außerdem ist sie in Trauer.«

Der Aufzugführer folgte unserem Geplapper wie einem Tennisspiel, und als wir Atem holten, stellte er endlich die Frage, auf die wir gehofft hatten. »Wollen Sie zu Mrs. McCain?«

»Ja, bitte«, sagte Jayne mit einem Lächeln und zwinkerte ihm zu.

»Vierundvierzigste Etage, wird gemacht.« Er drückte einen Knopf und wischte dann den Abdruck seines Handschuhs von der Messingoberfläche. Als ob der Aufzug von der gleichen altersbedingten Trägheit wie sein Führer befallen sei, quälte er sich nach oben, mit einer Geschwindigkeit, die jedem Fahrgast klarmachte, dass er zwar zu faul zum Treppensteigen sein mochte, aber deswegen bestimmt nicht schneller ans Ziel gelangte.

Ein Menschenleben später kam der Aufzug mit einem Ruck zum Stehen. Seine glänzenden Türen öffneten sich auf ein bescheidenes Vorzimmer mit zwei Topfpflanzen, die den Überlebenskampf ganz ohne natürliche Lichtquelle meisterten. Eloises Duft hing in der Luft, zog sich aber dann plötzlich zurück, wie eine Schlange, die sie beschworen hatte und die ihre Schwelle bewachte.

»Vierundvierzigste Etage«, sagte der Aufzugführer. Wir entstiegen der Kabine, die sich hinter uns mit einem dynamischen *Wuuusch* schloss, das man einem so lahmen Gefährt gar nicht zugetraut hätte. Vom Vorzimmer gingen zwei Türen ab. Eine trug lediglich eine Nummer, an der anderen war eine geschmackvolle Plakette angebracht, auf der *Mrs. James McCain* stand. Ich betastete das Schild, um zu prüfen, ob Jims Name jemals neben dem seiner Frau aufgeprägt gewesen und vielleicht erst letzthin entfernt worden war. Darauf deutete aber nicht das Geringste hin.

Wir legten die Ohren an die Tür und hörten, wie Eloise jemanden harsch anbellte, »doch gefälligst gründlicher zu sein beim Wischen der Böden«. Kaum war der Rüffel erteilt, wurden ihre Schritte plötzlich so laut, dass es sich nur noch um Sekunden handeln konnte, bis wir sie zu Gesicht bekamen.

Wir wichen von der Eingangstür zurück und versuchten uns gerade hinter den Pflanzen zu verstecken, als Eloise aus der Wohnung trat.

»Oh«, sagte sie, »ich wusste nicht, dass jemand da ist.« Sie hatte sich ordentlich in Schale geworfen, trug einen schwarzen Hosenanzug und einen dazu passenden Hut mit Schleier. Über ihrem Arm lag ein warmer Pelz, den sie sicher nicht für den Weg in die Lobby brauchte, und über ihrer Schulter baumelte eine Handtasche aus Krokodilleder, die zu den Reptilienschuhen passte.

Ich kam hinter meiner dürren Palme hervor und schlug mir gegen die Stirn. »Ach, *das* ist Ihre Wohnung. Wir haben uns schon das Hirn zermartert, welche Nummer zu welcher Tür gehört.«

Ihre ringlose Hand streichelte den Pelz, der mit einem Schnurren reagierte. »Was kann ich für Sie tun?«

Ich bemühte mich, mir eine clevere Antwort einfallen zu lassen, und scheiterte. Um wenigstens etwas zum Besten zu geben, sagte ich: »Geld.« In meiner Tasche (billig und ramponiert) kramte ich so lange herum, bis ich ihren Scheck gefunden hatte. »Edgar hat mir den hier überbracht, was ich wirklich sehr zu schätzen weiß. Trotzdem habe ich leider festgestellt, dass die Summe nicht das deckt, was noch an Gehalt ausstand. Edgar sagte, ich müsste das mit Ihnen klären.«

Ihre nachgezeichneten Brauen zogen sich in Richtung Nase zusammen. »Ich hätte gedacht, dass der Betrag großzügig genug ist, um alle Außenstände mehr als zu begleichen.«

Auch wenn ich nicht verzweifelt nach einer Erklärung für meine Anwesenheit gesucht hätte – die Summe war *wirklich* knapp bemessen. Für die letzten sechs Wochen bei Jim hatte ich noch keinen Lohn gesehen, und Eloises Vorstellung von meinem üblichen Gehalt kam nicht im Entferntesten an das heran, was Jim bezahlt hatte.

Ich antwortete mit derselben Hochnäsigkeit: »Ich fürchte, das ist nicht ganz der Fall.«

»Wie viel brauchen Sie, damit wir diese Angelegenheit als geklärt betrachten können?«

Ich nannte eine Summe, die nur wenig über dem lag, was mir zustand – die Unannehmlichkeit, die ich mit meinem Herkommen auf mich genommen hatte, gehörte ja wohl auch ein wenig honoriert. Ihre Hand wurde von der Krokotasche verschluckt. Als sie merkte, dass sie nicht genügend Geld bei sich hatte, seufzte sie ein drittes Mal und kündigte an, ihr Scheckbuch holen zu

gehen. Die Wohnungstür drohte sich gerade hinter ihr
zu schließen, als Jayne hinterherstürzte. »Darf ich reinkommen?«

Eloise warf einen langen Blick auf Jaynes nichtmani-
kürte Hand und trat einen Schritt zurück. »Warum das
denn?«

Um herumzuschnüffeln natürlich.

»Ich müsste mal Ihre Toilette aufsuchen«, sagte
Jayne.

Eloise starrte sie an. Offensichtlich suchte sie nach
einem Anzeichen dafür, dass Jayne log. Als subtile De-
monstration ihrer vollen Blase verlagerte Jayne das Gewicht von einem Bein aufs andere.

An der Art, wie Eloise die Tür aufstieß und Jayne hin-
einließ, war deutlich abzulesen, dass wir ihr jetzt schon
so viele Unannehmlichkeiten bereitet hatten, dass ein
weiterer Missbrauch ihrer Zeit den Kohl auch nicht
mehr fett machen würde. »Den Flur hinunter, erste Tür
rechts.« Sie machte Anstalten, die Tür wieder zu schließen, aber ich nahm mir ein Beispiel an Jayne und
zwängte mich in die Diele.

»Müssen Sie auch zur Toilette?«, fragte sie.

»Nein, aber ich gehe davon aus, dass Sie nicht so unhöflich sind und mich alleine hier draußen stehen lassen.«

Eloise winkte mich in ein Wohnzimmer und verschwand dann im selben Flur wie Jayne. Die Bude hatte
mit Jim so viel zu tun wie ein Babyhäschen mit dem
Blitzkrieg. Sie war nüchtern und modern eingerichtet.
Strahlend weiße Wände bildeten den Hintergrund für
knallbunte abstrakte Wandbilder und Skulpturen. Sach-
liche Holzmöbel ohne jedes Kissen standen vor einem

Kamin aus Metall und Stein. Ich bewunderte die Kunstwerke – beziehungsweise tat so als ob: Bei näherer Betrachtung wurde nämlich klar, dass sie allesamt Versuche eines Amateurs waren.

Um den Urheber dieser Mittelmäßigkeit herauszufinden, ging ich näher an eine der Leinwände heran. Da
das Bild aber so hoch angebracht und die Signatur so
klein war, musste ich auf eine schmale Holzbank klet-
tern, die schon kippelte, als ich nur den großen Zeh darauf setzte. Ich balancierte, so gut es ging, und machte
mich so lang, wie meine Beine es erlaubten. Endlich
konnte ich den Namenszug »E. Fitzgerald« entziffern.

Hinter mir räusperte sich Eloise. Ich geriet auf dem
Bänkchen ins Schwanken und kletterte ohne jede An-
mut zurück auf den Boden. »Sind die von Ihnen?«

Sie setzte sich an einen kleinen Sekretär, klappte ihr
Scheckbuch auf und leckte kurz an der Spitze eines
Füllfederhalters. »Ja.«

»Sie sind sehr gut. Haben Sie jemals ausgestellt?«

Mit einem großen Schnörkel unterzeichnete Eloise
die Zahlungsanweisung. »Sehr, sehr oft.«

»Malen Sie noch?«

Für einen Augenblick wurden ihre Züge weicher.
Auch wenn es absolut nicht zu ihrem Wesen passte –
kurz sah es so aus, als würde sie ihre Deckung aufgeben
und mit mir nicht wie mit einer Untergebenen sprechen,
sondern wie mit einer Künstlerin, die ihre innere Zerris-
senheit verstehen konnte.

Dann war es vorbei.

»Ich weiß nicht, warum Sie das etwas angehen sollte.«
Sie überreichte mir den Scheck, wobei sie darauf ach-
tete, die Tinte nicht zu verschmieren. »Wo bleibt bloß
Ihre Freundin?«

»Immer noch auf dem Topf, nehme ich an.«

Eloise drehte den Kopf horchend Richtung Flur. »Ich höre gar kein Wasser.«

»Vielleicht ist sie noch nicht so weit.«

Sie sah mir in die Augen. Ihre Brauen wölbten sich zu einer schweigenden Frage, auf deren Beantwortung sie aber keinen gesteigerten Wert zu legen schien. Sie wandte sich ab und ging in den Flur hinaus.

Wie aufs Stichwort erschien in diesem Moment Jayne. »Entschuldigung, dass das so lange gedauert hat.«

Eloise wies mit dem Finger zur Tür. »Sie werden jetzt gehen wollen, denke ich?«

»Selbstverständlich«, sagte ich.

Sie brachte uns nicht zur Tür. Draußen im Vorzimmer drückte Jayne auf den Aufzugknopf, während ich mit dem Scheck wedelte, um die Tinte trocken zu bekommen.

»Hast du was rausgekriegt?« fragte ich.

»Sie mag schöne Seifen und dicke Handtücher«, sagte Jayne. »Sonst nichts. Du?«

»Sie ist Künstlerin. Keine sehr gute, aber immerhin ist das eine neue Information. Wir müssen da noch mal rein.«

Jayne nickte. »Warum warten wir nicht, bis sie weg ist, und probieren, ob das Zimmermädchen uns noch mal reinlässt? Sie war ja schon auf dem Sprung, das sollte also nicht mehr allzu lange dauern.«

Der Alte und sein rasender Aufzug tauchten auf und nahmen uns mit auf die Fahrt nach unten. Eine Ewigkeit später traten wir aus der Hotellobby auf die Straße. An einem Kiosk vor dem Waldorf erwarben wir eine Ausgabe der *Times*, um dann in der Nähe herumzulungern und abwechselnd den Hoteleingang zu beobachten, unsere Gesichter gut verschanzt hinter der Nachricht, dass die Franzosen eine Passstraße in Tunesien erobert hatten. Fünf Minuten später stieg Eloise in einen Wagen, den sie anscheinend bereits angefordert hatte. Sobald der Schlitten außer Sichtweite war, gingen wir zurück ins Foyer und baten den rasanten Alten, uns noch einmal in ihre Etage zu fahren.

Gut zwanzig Sekunden klopften wir an Eloises Tür, bevor das Zimmermädchen antwortete. Die Tür öffnete sich einen haarfeinen Spaltbreit. »Ja?« Sie hatte eine heisere Stimme, gewürzt mit einem ausländischen Akzent, den ich nicht zuordnen konnte.

»Hallo«, sagte Jayne. »Meine Freundin und ich waren vorhin hier, und meine Freundin hat wahrscheinlich im Wohnzimmer etwas liegengelassen. Dürften wir reinkommen und es holen?«

»Mrs. McCain ist nicht da.« Nach diesen Worten klang ihr Akzent osteuropäisch, aber auch etwas gekünstelt, als ob sie bei einem Besuch in Warschau Englisch gelernt hätte, aber eigentlich von sonstwoher kam.

»Wir wissen, dass sie nicht da ist«, erwiderte ich. Wieso war das Mädchen so angriffslustig? Ich konnte mir nicht vorstellen, dass Eloise ihre Angestellten gut genug behandelte, um eine derartige Loyalität zu verdienen. »Wir sind ihr in der Lobby begegnet, und sie meinte, wir sollten noch einmal hochkommen und das holen, was ich vergessen habe. Wenn wir deswegen extra noch mal wiederkommen müssten, wäre sie bestimmt sehr enttäuscht.«

Auf der anderen Seite der Tür entstand eine lange Pause. Babys wurden geboren. Soldaten starben. »Sie lügen. Mrs. McCain würde Ihnen das nicht so sagen. Sie kann Sie nicht leiden.«

»Darum sollten wir ja auch gleich noch mal hochfahren«, sagte ich mit zusammengeballten Fäusten, bereit, andere Maßnahmen zu ergreifen. »Sie möchte uns nicht mehr wiedersehen. Und wenn uns jetzt jemand zwingt, ein anderes Mal wiederzukommen, ist sie ganz bestimmt nicht begeistert.« Ich dachte schon, ich hätte sie überzeugt, aber anstatt klein beizugeben und uns reinzulassen, begann sie, die Tür zuzuschieben. Plötzlich war es mir gar nicht mehr so wichtig, Eloises Sachen durchzustöbern. Jetzt wollte ich nur noch diesem Dienstmädchen eine Abreibung verpassen. Ich drückte so heftig gegen die Tür, dass sie das Gleichgewicht verlor und auf ihrem Hinterteil landete.

»Hey!«, rief sie in akzentfreiem Englisch. Sie? Jemand. Dieser Jemand steckte in Dienstmädchenkleidung und sah Ruby Priest zum Verwechseln ähnlich.

23 Die Dame hat ein Herz

»Ruby?« Ohne Make-up, das Haar zu einem unordent-
lichen Knoten gebunden, lag Ruby Priest der Länge
nach auf dem Rücken, die Beine in der Luft, den Schlüp-
fer zur Schau gestellt. Vor lauter Verwirrung kam ich
aus dem Kopfschütteln gar nicht mehr heraus und
lehnte mich mit einem leichten Schwindelgefühl gegen
die Wand. Das durfte doch nicht wahr sein. Das bildete
ich mir wahrscheinlich nur ein.

Ruby stützte sich mit den Händen an der Wand ab
und kam wieder auf die Füße. Verärgerung legte ihr Gesicht in Falten. »Ihr müsst gehen. Sofort.«

»Was machst du hier?«, fragte Jayne.

Ruby griff nach unseren Oberarmen und versuchte
uns durch die Tür hinauszukomplimentieren. »Ich meine es ernst.«

Wir hielten die Stellung und stemmten uns gegen ihren Griff. »Dass du es ernst meinst, ist klar«, sagte ich,
»aber wir bewegen uns nicht einen Millimeter, bevor
wir nicht wissen, was hier los ist.«

Rubys Mund öffnete und schloss sich, während sie
nach einer wirkungsvollen Drohung suchte. Als ihr
nichts einfiel, was unsere Gegenwehr hätte brechen
können, ließ sie los und ging voran ins Wohnzimmer.
»Dann macht wenigstens die Tür zu und sprecht leise.«

Wir hielten den Mund, bis wir wieder in Eloises Mu-
seum der schlechten Kunst und unbequemen Möbel
standen. »Was ist das hier für eine Geschichte, Rube?«,
fragte ich.

Verstimmt ließ sie sich auf dem Bänkchen nieder und untersuchte eine Laufmasche in ihre Strumpfhose. »Ich recherchiere für eine Rolle.«

»Lass mich raten: *Der Diener zweier Herren?*«

Ihre Augen wurden zu schmalen Schlitzen, und man sah förmlich, wie es in ihr arbeitete: Sollte sie weiter gegen unsere Anwesenheit protestieren oder uns die Wahrheit sagen, in der Hoffnung, dass uns das zum Abmarsch bewegen würde?

»Was auch immer du recherchierst«, sagte ich, »du machst es bestimmt nicht für WEAF. Jayne hat nämlich die ganze Zeit Radio gehört, und deine Stimme war bislang noch nicht auf Sendung.«

Jayne nickte bestätigend.

»Seid ihr jetzt beide Detektive? Ich habe euch doch gesagt, dass ich einen Job brauche.«

Ich setzte mich auf einen Stuhl, der an ein mittelalterliches Folterinstrument erinnerte, und hakte entsprechend hartnäckig nach: »Du hast einen Job. Du hast *Im Dunkeln*, und von dem, was dir Bentleys Dreckszeug eingebracht hat, brauchen wir erst gar nicht zu sprechen. Du musst doch im Geld schwimmen.« Warum ich so wütend war, war mir selbst nicht ganz klar. Ruby war einfach nicht diejenige, die bei anderen Leuten saubermachte. Ruby war diejenige, die Dior-Kleider trug und unter der großen Uhr in der Lobby des Biltmore-Hotels an einem Glas nippte und dabei Pläne für den nächsten Rollenklau schmiedete. »Steckst du in Schwierigkeiten?«, fragte ich.

Sie hob das Gesicht gen Himmel. »Ich brauche nur Geld. Ist das so schwer zu verstehen?«

»Ehrlich gesagt, ja. Deine Sammlung mit schicken

Klamotten habe ich doch gesehen. Du brauchst doch kein Geld – du solltest dich mal einen Tag lang in meine Lage versetzen.«

Mit gefalteten Händen erbat sie sich Stärke von einer namenlosen Macht. »Ich habe diese Sachen nicht gekauft, Rosie. Ich habe sie bekommen. Wenn ich es mir hätte aussuchen können, hätte ich lieber Geld genommen.«

Zahlen füllten meinen Kopf und begannen, Walzer zu tanzen. Sie konnte einfach nicht pleite sein. Wir wohnten in derselben Pension, wir mampften dasselbe Essen (wenn sie mal besser essen war, dann ging das auf Kosten eines anderen), wir hatten dieselben Ausgaben. Wie war ein so großes Loch in ihrer Kasse entstanden, dass sie gezwungen war, Eloises Silber zu polieren? »Warum?«

Rubys Augen füllten sich mit Tränen. »Das geht dich nichts an.«

»Ich dachte, wir wären uns einig, dass mich das jetzt schon etwas angeht. Entweder du beichtest jetzt, oder wir setzen ein paar schöne Gerüchte in die Welt.«

Sie ließ den Kopf hängen. »Meine Eltern sind in Europa. Ich habe ihnen versprochen, sie rauszuholen, bevor es da noch schlimmer wird.«

Mir fiel die Kinnlade runter. Meine Überraschung wäre kaum größer gewesen, wenn sie mir erzählt hätte, dass Roosevelt dem Amerikadeutschen Bund beigetreten war.

»Wo in Europa?«, fragte ich.

Ruby zögerte einen Atemzug zu lang. Als Regisseurin hätte ich ihr bei dieser Szene geraten, das Tempo ein wenig anzuziehen, damit es nicht so wirkte, als hätte sie ihren Text vergessen. »Öhm ... Polen.«

Ich hob fragend eine Augenbraue.

»Hast du damit ein Problem?«, schnappte sie.

Jayne legte ihre Hand auf meine und ließ sich in den Sessel neben mir fallen. »Hat sie selbstverständlich nicht. Dann bist du also keine Amerikanerin?«

»Formal nicht, aber ich lebe schon seit vielen Jahren hier. Ich bin bei meiner Tante aufgewachsen.«

Jayne legte die Stirn in Falten. »Aber du hast doch gar keinen ...«

»Akzent?«, ergänzte Ruby. Sie lachte, um zu zeigen, dass sie sogar in dieser Situation noch die Überlegene war. »Ich habe schon als sehr kleines Kind Englisch gelernt. Außerdem war mir schnell klar, dass ich Amerikanerin sein musste, wenn ich Schauspielerin werden wollte.« Sie hielt inne und warf mir einen vorwurfsvollen Blick zu. »Jetzt wisst ihr alles.«

»Das tut mir leid.« Ich senkte den Kopf. Vielleicht sagte sie ja die Wahrheit. Grundsätzlich war es denkbar, dass sie nicht nur selbst ein Mensch war, sondern andere Menschen auch genug liebte, um ein enormes Opfer für sie zu bringen. Wer war ich, um sie in Frage zu stellen? Ich schaffte es ja noch nicht mal, Jack einen Brief zu schreiben.

»Warum gehst du nicht nach Hollywood?«, fragte Jayne. »Mit Filmen kann man eine Menge Geld verdienen. Und du bist gut genug dafür.«

Stolz flackerte in Rubys Augen auf. »Ich weiß, dass ich Talent habe. Aber meine Eltern haben nur die Adresse vom Shaw House.« Sie zupfte eine unsichtbare Fussel von ihrem Rock. »Ich habe über ein Jahr lang nichts mehr von ihnen gehört. Die Nazis ...« Ihre Stimme brach. »Alle meine Briefe sind ungeöffnet zurückgekommen.«

Darauf hatte ich keine schlagfertige Antwort parat. Es gab auch keine. »Das tut mir so leid, Ruby.«

Ihre Hand schnitt durch die Luft. »Was kümmert es dich? Der Krieg war doch eure Aufmerksamkeit so lange nicht wert, bis sie Pearl Harbor bombardiert haben.«

Ich kämpfte gegen die Versuchung, ihr das heimzuzahlen. »Du hast Recht. Es muss sehr ...« Meine Stimme verlor sich. »Mein ... Jack ist vor einem Monat mit dem Schiff ausgelaufen. Ich weiß, das ist nicht dasselbe, aber ich kann mir vielleicht vorstellen, was du ...« Nein, konnte ich nicht. Auch mit meiner losen Verbindung zum Krieg hatte ich nicht die Spur einer Ahnung, was sie durchmachte. »Hättest du doch schon früher was gesagt.«

»Warum?« Ihr Blick war dunkel und stechend, das leuchtende Porzellanpuppenblau war weg. »Damit ihr noch einen Grund mehr habt, mich zu hassen?«

»Wir hassen dich nicht.«

Angesichts der fehlenden Überzeugung in meiner Stimme verdrehte sie die Augen.

»Du bist ein bisschen schwierig«, sagte ich. »Manchmal auch anstrengend. Aber wir haben dich noch nie gehasst. Stimmt doch, Jayne, oder?« Meine Freundin nickte. »Und wenn wir gewusst hätten, dass du Polin bist, hätte das daran nichts geändert.«

Jayne formte aus ihren Fingern erst eine Kirche, dann einen Kirchturm. »Weiß Lawrence das?«

»Um Gottes willen, nein. Lawrence kann ja noch nicht mal ausländisches Essen leiden.«

»Und wie sieht es mit diesem Job hier aus?«, fragte Jayne. »Weiß Eloise nicht, wer du bist?«

Ruby lächelte und betrachtete ihre brüchigen Nägel,

unter denen sich Küchenschmutz gesammelt hatte. »Für jemanden, der so reich ist wie sie, ist sie nicht besonders kultiviert. Außerdem bin ich hier auch nicht ich. Wenn ich mich schon so erniedrige, dann muss ich ja nicht *mich* erniedrigen. Also habe ich eine Figur erschaffen, die keinerlei Ähnlichkeit mit Ruby Priest hat.«

Nach ihrem Erscheinungsbild zu urteilen, konnte diese Figur höchstens alle vierzehn Tage mal ein Bad nehmen. »Wie lange willst du das hier noch machen?«, fragte ich.

»Bis ich genug Geld habe.« Ihre Augen wurden wieder feucht. Sie atmete tief ein, um ihre Gefühlsaufwallung in den Griff zu bekommen.

Jayne zog ein Taschentuch aus der Handtasche. »Du kannst ruhig weinen, Ruby. Ist schon in Ordnung.«

»Ich möchte aber nicht weinen.« Sie blickte zur Decke und kämpfte darum, ihre Emotionen in Schach zu halten. Das sah schön und traurig zugleich aus, aber ich fand es trotzdem zunehmend schwieriger, ihr die ganze Geschichte abzukaufen. Eine Schauspielerin, eine Immigrantin, die ihre Vergangenheit hinter sich lässt und in New York Erfolge feiert? Heißgeliebte Eltern, die in einem fernen Land verschollen sind? Die mutige schöne Heldin, die eine aufblühende Karriere ihrer Familie opfert? Das alles klang doch ein bisschen zu sehr nach einem Twentieth-Century-Fox-Streifen.

»Ihr dürft es niemandem sagen«, bat Ruby.

»Tun wir nicht«, erwiderte Jayne.

»Ich meine es ernst. Nicht ein Wort über meinen Job oder meine Familie, zu keinem. Ich weiß doch, wie ihr zwei seid.«

Hier mahnte die Dame aber zu Unrecht. Es gab wirklich schlimmere Klatschbasen im Shaw House. »Wo wir schon dabei sind …« Ich versuchte mehr Kälte auszustrahlen als Charles Lindbergh auf einer America-First-Kundgebung, bei der er gegen die Alliierten wettert. »Es ist ja nicht gerade so, dass Jayne und ich dir einen Gefallen schuldig sind. Eigentlich glaube ich sogar eher, dass du mir einen schuldest.«

»Was meinst du?«

Ich stand auf und wanderte im Zimmer auf und ab. »Nur, dass du ein bisschen viel verlangst. Die Sache mit deiner Familie zu verschweigen ist keine große Sache, aber was deinen Job angeht, werden Jayne und ich einer ganzen Menge Leute einen Bären aufbinden müssen, weil viele sich schon fragen, wo du eigentlich die ganze Zeit steckst. Wenn wir das geheim halten sollen, musst du schon ein bisschen mehr dafür tun.«

Ruby rieb die Hände aneinander. »Was wollt ihr?«

Jayne konnte ihren Zorn über mein Verhalten kaum zügeln. »Rosie –«

Ich winkte ab. »Wir brauchen eine Spionin«, sagte ich zu Ruby. »Du hast etwas, was uns fehlt: Zugang zu dieser Wohnung. Du musst so viel von Eloises schmutziger Wäsche aufstöbern wie nur möglich.«

Ruby verschränkte die Arme. »Ich lasse mich nicht in irgendeine illegale Sache hineinziehen. Bevor ihr mich erpresst und ich die dreckige Arbeit für euch mache, soll lieber die ganze Welt die Wahrheit über mich erfahren.«

»Hör schon auf«, sagte ich. »Wir wollen doch nicht, dass du irgendwelche krummen Dinger drehst.« Sie behielt ihre unnachgiebige Haltung bei und setzte ein hochmütiges Gesicht auf. Mit Schwert hätte man sie für

Johanna von Orleans halten können. »Wir suchen nach einem Theaterstück«, erklärte ich.

»Du wolltest doch den Mund halten.« Wie ein trotziges Kind stampfte Jayne mit dem Fuß auf.

Ich beachtete sie nicht. »Hör zu: Offenbar ist Raymond Fieldings großes Meisterwerk verschüttgegangen, kurz bevor er gestorben ist. Wir haben herausgefunden, dass deine neue Chefin seine Geliebte war, ihr Sohn ist das Ergebnis dieser Beziehung. Fielding beauftragt Jim McCain, ihm bei der Suche nach dem verlorenen Stück zu helfen, kurze Zeit später sind beide tot. Ich glaube, dass das Stück etwas über jemanden enthüllt, das nicht rauskommen soll. Eine Menge Leute sind wahnsinnig interessiert daran, wo es hingekommen ist, Eloise und Edgar eingeschlossen. Wir würden gerne wissen, warum, und ich schwöre Stein und Bein, dass sich der Grund dafür in diesem Apartment befindet.«

Ruby lehnte sich zurück. Jetzt war sie Kleopatra. »Ihr glaubt aber nicht, dass Eloise das Stück hat?«

»Noch nicht«, sagte ich. »Aber sie und ihr Sohn strengen sich ganz schön an, um es zu finden. Sind wir uns einig?«

Ruby nickte und strich sich den Rock über den Knien glatt. »Ja, ich glaube schon.«

24 Eine Dame in Gefangenschaft

»Du hattest mir versprochen, den Mund zu halten«, sagte Jayne. Wir waren wieder unten auf der Straße und machten, dass wir Land gewannen, bevor Eloise zurückkam – Ruby hatte uns dazu geraten.

»Die Gelegenheit war einfach zu günstig. Du weißt genauso gut wie ich: Falls es in diesem Apartment etwas zu finden gibt, dann findet Ruby es.«

Jayne wich meinem Blick aus. »Ich kann nur nicht glauben, wie ... kalt du warst. Du hast sie regelrecht erpresst, direkt nachdem sie uns erzählt hat, dass – «

»Einen ganz großen Unsinn hat sie erzählt.« Ich knöpfte meinen Mantel zu und stemmte mich gegen den Wind. »Ich glaube ihr kein einziges Wort.«

»Der Krieg macht keinen Unterschied, Rosie. Nicht alle Opfer sind auch gleich nette Menschen.«

»Oh, das glaube ich gern, aber *ihr* glaube ich nicht. Die denkt wohl, sie hat es mit zwei Volltrotteln zu tun.«

»Weil sie Ruby ist oder weil mit ihrer Geschichte etwas nicht stimmt?«

»Beides«, sagte ich. »Denk doch mal nach, Jayne: Die Ruby Priest, die wir kennen, würde keine Minute zögern, ihre Großmutter zu verkaufen, wenn dabei irgendwas für sie rausspringt. Dazu kommt, dass Hauspersonal zur Zeit sehr knapp ist. Du kannst mir doch nicht erzählen, dass bei den Unmengen von stinkreichen Schmutzfinken, die gerade in New York eine Putzhilfe suchen, Ruby *zufälligerweise* just bei Eloise landet.«

Jaynes Nase kräuselte sich, als sie die Schwere der

Beweislast erwog. »Aber wie kann man sich denn so eine Geschichte einfach ausdenken, eine Familie, die vom Krieg auseinandergerissen wird?«

»Wenn es um Ruby geht, ist es manchmal besser, sich nicht allzu viele Fragen zu stellen«, sagte ich. »Fürs Erste haben wir aber jemanden, der uns hilft, auch wenn dieser Jemand dabei einen Flunsch zieht.« Wir gingen die Park Avenue hinunter, der Abend wurde zur Nacht. Seit die Verdunkelung begonnen hatte, war ich nach Sonnenuntergang nicht mehr in dieser Gegend gewesen. Es brachte einen richtig aus der Fassung, dass auch die luxuriösen Hotels und Wohnhäuser dem Gesetz gehorchen und die Lichter abblenden mussten. In der Dunkelheit ließen sich Arm und Reich nicht mehr unterscheiden – mit unseren billigen Mänteln und Handtaschen konnten sogar wir so tun, als ob wir hierhergehörten.

Jayne hielt an, um sich ein Steinchen aus dem Schuh zu holen. Als sie den Pumps wieder auf ihren Fuß schob, schloss auf der Straße eine alte Blechkiste zu uns auf, und die Hintertür flog auf.

»Einsteigen«, sagte eine bekannte Stimme.

»Lauf!«, rief ich Jayne zu.

Alles Weitere passierte wie hinter einem Nebelschleier. Die Stimme wiederholte den Befehl, eine Hand mit einem Revolver unterstrich ihn mit Nachdruck. Ich drehte mich nach Jayne um, um zu sehen, ob sie meinen Ratschlag beherzigt hatte, aber sie klebte immer noch an meiner Seite. Eine zweite Hand kam aus dem Wagen und griff nach meinem Handgelenk. Der Revolver wurde mir gegen die Schläfe gedrückt, meine Glieder erschlafften, ich wurde wie eine Stoffpuppe herumgewirbelt. Dann überfiel mich ein entsetzlicher Brechreiz. So also reagierte mein Körper auf Angst.

»Du auch, Blondchen«, sagte die Stimme. »Steig ein, ganz brav und ruhig, und Rosie kriegt nicht den kleinsten Kratzer ab.«

Meine pochende Schläfe sagte mir, dass es dafür schon zu spät war.

Ich schaffte es auf den Rücksitz des Wagens, Jayne kam gleich hinter mir her. Gegen die hochkommende saure Mischung aus Mittagessen und Panik schluckte ich schwer an. Die Tür ging zu, und ich blinzelte in die dunkle Umgebung und versuchte zu erkennen, wo wir waren und wer außer uns noch da war. Endlich schob sich Edgar Fielding in mein Gesichtsfeld. Sekunden nachdem ich ihn geortet hatte, stöhnte Jayne auf. Auch sie sah ihn also nicht zum ersten Mal.

Die gute Nachricht war: Unser Gegner war ein alter Bekannter. Die schlechte: Unser Gegner war ein alter Bekannter.

Ich schnalzte mit der Zunge und legte eine Hand beruhigend auf Jaynes. Der Brechreiz ließ nach, dafür fing ich an zu zittern, als hätte es einen Temperatursturz gegeben. »Du hast ja doch noch eine Kanone aufgetrieben, Edgar. Schön für dich, aber langsam nehme ich das persönlich. Wenn ich weiter an unsere Freundschaft glauben soll, muss ich darauf bestehen, dass du in meiner Gegenwart unbewaffnet bist.«

Er schwenkte den Revolver so, dass ich direkt in seinen Lauf starrte. »Immer noch die Neunmalkluge?«

»Immer noch so dumm wie ein Sack Bohnen?« Ich drückte Jayne die Hand, um das Flattern aus ihren Muskeln zu vertreiben und meinem eigenen albernen Zittern ein Ende zu bereiten. Wenn wir hier wieder rauskommen wollten, brauchten wir beide einen klaren Verstand. Der Wagen stand immer noch mit laufendem Motor an der Bordsteinkante. Der Vordersitz war von den Rücksitzen mit einer verhängten Scheibe abgetrennt – wir konnten also den Fahrer nicht sehen, er uns aber hören. Beinahe hätte ich ihm gesagt, er solle doch bitte auch an unsere Jungs in Blau denken und den Motor abstellen.

»Verzeihung, wie unhöflich von mir«, sagte ich. »Jayne hast du ja bereits kennengelernt?«

»Das letzte Mal hat sie besser ausgesehen, aber, ja, wir sind uns bereits begegnet.«

Neben mir schnaubte Jayne vor Wut und drückte mir so fest die Hand, dass ich mir sicher war, meine Finger nie wieder geradebiegen zu können.

»Das reicht dann wohl mit dem Smalltalk. Was willst du, Edgar?«

Er ließ die Knarre sinken. »Ich habe gehört, dass ihr meiner Mutter heute einen Besuch abgestattet habt.«

Gehetzt suchte ich mit meinen Augen das Wageninnere nach irgendeinem Hilfsmittel zur Flucht ab. Aber außer uns und dem Revolver war der Rücksitz leer. »Ich weiß nicht, ob ich das einen Besuch nennen würde. Sie hat uns noch nicht mal was zu trinken angeboten.«

Edgar lächelte. Vielleicht war es aber auch ein höhnisches Grinsen, im Dunkeln ließ sich das nicht gut unterscheiden. »Ich war überrascht, als mir Mutter sagte, dass ihr vorbeigekommen seid, vor allem, weil ich euch angeblich dazu aufgefordert haben soll.«

»Der ganze Aufriss hier wegen einer kleinen Lüge? Wenn du dich jedes Mal aufregst, wenn ich ein bisschen flunkere, wird das nichts mit uns beiden.« Ich schüttelte seufzend den Kopf. »Stell dir vor, bis heute hatte ich mir den Scheck noch gar nicht richtig angeschaut, den du mir gegeben hast, und deshalb ist mir erst jetzt aufgefallen, dass ihr mir noch mehr Geld schuldet. Da habe ich mir gedacht, der einzige Weg, an dieses Geld zu kommen, ist wohl ein Besuch bei euch. Das musst du doch verstehen, ein Mädchen muss auch mal was essen.«

Auf meinen Monolog hin begann er ganz langsam zu applaudieren, was wegen der Waffe in seiner Hand nicht besonders gut klang. »Bravo. Das war auch Mutters Erklärung, aber ich traue euch doch noch mehr zu. Ich glaube, ihr seid aus einem ganz anderen Grund bei ihr vorbeigegangen.«

»Ihr habt das schönste Badezimmer von ganz Manhattan.«

»Und wenn es nur um das Geld ging, warum kommt ihr dann jetzt erst aus dem Waldorf?«

»Abendessen«, quakte Jayne.

»Ich soll euch wirklich abnehmen, dass ihr beide im Waldorf diniert habt?«

Ich kam Jayne zu Hilfe. »Was soll ich sagen? Der Scheck von deiner Mama hat mir ein richtiges Loch in die Tasche gebrannt, und die Dame an der Rezeption war überglücklich, ihn zu ihren Gunsten einzulösen. Vielleicht kommst du nächstes Mal einfach mit? Deine Tippse soll mal einen Termin mit uns ausmachen.« Über Jayne hinweg langte ich nach dem Türgriff.

Edgar spannte den Hahn. »Du wirst mir langsam ein bisschen zu keck.«

Ich ließ mich wieder in den Sitz fallen. »Stell dir mal vor, wie es uns geht.«

»Ich hatte euch gesagt, dass ihr zwei euch aus unseren Angelegenheiten raushalten sollt. Ihr scheint aber nicht dazu in der Lage zu sein, also werde ich wohl andere Maßnahmen ergreifen müssen, damit ihr künftig den Mund haltet.«

Ich hielt ganz still. Wenn er mich schon mit Blei vollpumpen musste, dann wenigstens nicht wegen meiner großen Klappe, sondern weil ihn der Finger am Abzug juckte.

Jayne glitt auf dem Sitz so tief nach unten, dass ihr Rock über den Oberschenkelansatz hochrutschte und alles Darunterliegende zur Schau stellte. »Findest du das nicht ein bisschen albern, Edgar?«, fragte sie. »Die ganze Aufregung wegen eines kleinen Theaterstücks – das ist es doch sicher nicht wert, jemanden umzubringen, oder?«

Edgar grinste breit und zeigte so viele Zähne, dass man sich fragte, wie sie alle in seinem Mund Platz hatten. »Was sind schon zwei weitere Leichen?« Er klopfte gegen die Scheibe, die uns vom Fahrer trennte. »Los geht's.«

Ein Gang wurde eingelegt, Jaynes Händedruck brach mir die Finger. Bevor sich der Wagen aber in Bewegung setzen konnte, kam von Jaynes Fenster ein leises Klopfgeräusch.

Edgar ignorierte es. »Ich sagte: Los geht's.«

»Ich kann nicht«, erwiderte eine gedämpfte Stimme. Der Sprecher lispelte, was meine Hoffnung nährte, dass wir von einem Kind chauffiert wurden, das man mit einem strengen Tadel und der Aussicht auf ein paar Süßigkeiten leicht überwältigen konnte. »Da draußen ist jemand. Verstellt mir den Weg.«

Edgar bedeutete Jayne, das Fenster herunterzukurbeln. Sie gehorchte. Edgar bog mir den Arm nach hinten und drückte mir die Revolvermündung fest in den Rücken. In dieser unbequemen Stellung blieb ich hocken, während die Scheibe nach unten fuhr und Al im Fenster sichtbar wurde.

»Was kann ich für Sie tun, Kumpel?«, fragte Edgar.

»Wusste ich's doch, dass ihr das seid«, sagte Al. »Geh' ich doch gerade so die Straße runter und seh' diese beiden Damen und denk' mir: Das sind ja Jayne und Rosie. Wie geht es euch?«

»War schon mal besser«, quietschte Jayne.

»Ich habe gehört, was mit deinem Gesicht passiert ist, Jayne. Du kannst dich drauf verlassen, Tony hat mir freie Hand gegeben, ich kann mit dem Kerl, der dafür verantwortlich ist, machen, was ich will.« Er ließ die Knöchel knacken. »Ich würde ihn liebend gern zu fassen kriegen. Wer ist denn euer Freund hier?«

»Das ist Edgar Fielding«, sagte ich. »Jims Stiefsohn.«

»Der gute Jim. War wie ein Bruder für mich.« Al schaute auf seine Uhr. »Hört mal, ich bin jetzt mit Tony B. verabredet, und er würde sich bestimmt einen Ast freuen, wenn ihr mitkommt. Vielleicht können wir euch auf einen Drink einladen?«

Edgar rammte mir den Revolver zwischen die Rippen. »Viel zu tun«, keuchte ich. »Wirklich viel zu tun.«

Al stützte die Ellbogen in die Fensteröffnung und steckte den Kopf herein. »Ach, jetzt kommt schon – für Tony B. hat man doch immer Zeit. Kennen Sie Tony B., Edgar?«

Edgar schüttelte den Kopf.

»Ein netter Mensch, hat nur zwei schlechte Eigenschaften: Er hasst es, wenn jemand mit seinem Mädchen schlecht umspringt, und er kann nicht damit umgehen, wenn ihn jemand beleidigt.«

Der Revolver fand meine Leber und blieb auf ihr liegen wie ein Tumor. »Trotzdem, wir sind heute Abend
schon verabredet«, erklärte ich. »Sag Tony ganz herz-
liche Grüße.«

Al nickte langsam. »Na gut.« Er richtete sich auf und
trat vom Wagen zurück. »Sag mal, du hast nicht zufällig
eine Knarre im Rücken, oder, Rosie?« Der Lauf bohrte
sich noch tiefer in mein Fleisch, so tief, dass ich mich
wunderte, wie das ohne chirurgischen Eingriff überhaupt möglich war. »Vielleicht interessiert es deinen
Freund hier, dass auf der anderen Seite vom Wagen einer steht und direkt auf seinen Hinterkopf zielt. Er kann
sich also entscheiden. Entweder er erschießt dich, und
das wäre schade, oder er lässt euch beide aussteigen.
Dann gehen wir weg und tun so, als ob nichts passiert
ist.«

Der Revolver zog sich aus meinen Innereien zurück
und verschwand zwischen den Polstern. »Sie übertrei-
ben ein bisschen, Kumpel«, sagte Edgar. »Die Damen
und ich haben nur nett geplaudert, in aller Freundschaft.«

Al rüttelte an der Tür, um zu demonstrieren, dass er
sie durchaus aus den Angeln reißen konnte, wenn es
sein musste. »Wie auch immer, die Damen kommen mit
mir.« Er öffnete den Schlag und zerrte Jayne aus dem
Sitz. Ich krabbelte ihr nach und ging hinter Al in Deckung. Von dieser Position aus wirkte die Straße men-
schenleer. Noch die kleinste unserer Bewegungen hatte
ein Echo.

»Ab jetzt halten Sie sich von den Damen fern. Ich ver-
lasse mich auf Sie«, sagte Al. »Wenn auch nur eins von
Ihren Wagenräder in ihre Nähe rollt, dann sorge ich da-

für, dass Ihr Schießeisen nicht das einzige ist, was zwischen Ihren Sitzen hängt.« Al schlug die Hintertür zu und klopfte gegen das Fahrerfenster. Der Wagen fuhr mit quietschenden Reifen davon.

Wie Zwillinge im Mutterbauch drängten Jayne und ich uns aneinander. Bevor ich meinem übermächtigen Bedürfnis nachgeben konnte, Al zu umarmen, holte er tief Luft, als wolle er zu einem Monolog ansetzen. Sein Zeigefinger stach in die Luft, bereit, jeden einzelnen Punkt seiner Rede abzuhaken. Aber dieser Impuls verflog, er atmete ein zweites Mal tief durch und fuhr mit der flachen Hand durch die Luft. »Steigt nie in ein Auto mit einem bewaffneten Mann«, sagte er.

»Wir hatten keine Wahl«, erwiderte ich.

»Man hat immer eine Wahl. Ein Typ mit 'ner Knarre aufm Rücksitz von 'ner Karre hat nicht vor, dich da wieder rauszulassen, höchstens im Krankenwagen. Verstanden?« Wie er jetzt den Kopf schüttelte, gab er vermutlich eine perfekte Kopie seiner Mutter ab, die den kleinen Al bei einem Kindheitsdelikt ertappt. »War das der Typ, der dich zusammengeschlagen hat, Jayne?«

»Vielleicht«, teilte sie ihren Füßen mit.

»Was hättet ihr gemacht, wenn ich euch nicht gefolgt wäre?«

»Wir hatten einen Plan«, sagte sie.

Ich wand mich aus Jaynes Umarmung. »Hatten wir?«

Sie knuffte mich in die Rippen. »Natürlich hatten wir. Wir sind doch nicht blind da hineingestolpert.«

Das Schaufenster, vor dem wir standen, war voller Fotos von Veteranen, aus diesem Krieg und aus dem davor. Sogar in der Dunkelheit waren die steifen Schwarz-Weiß-Bilder zu erkennen. Manche Soldaten lagen mit bandagierten Unterleibern im Krankenhausbett. Andere saßen im Rollstuhl oder posierten auf Krücken, ein Fünfzig-Watt-Grinsen im Gesicht, das die fehlenden Körperteile nicht überstrahlte. Ein großes Schild in der Mitte der Auslage ermahnte uns: »Ein halber Liter kann einen Mann retten.« Es brauchte wirklich nicht viel, um ein Leben zu erhalten, aber noch weniger, um eines zu beenden.

Al wandte seine Aufmerksamkeit mir zu. »Ich dachte, du hältst dich ab jetzt da raus? Und was macht ihr? Geht Eloise McCain besuchen. Sichere Sache, wenn man Ärger haben will.«

Jayne stellte sich auf die Zehenspitzen und sprach zu Als Brust. »Es war nicht ihre Idee, sondern meine.«

Er schaute erst auf die Uhr und dann auf den aufgehenden Mond, als wäre der ein verlässlicherer Zeitmesser. »Ich muss weg. Ihr nehmt euch jetzt ein Taxi nach Hause, und da bleibt ihr bis morgen früh. Und betet, dass ich Tony nichts davon sage.« Er wandte sich zum Gehen.

Jayne schoss hinter ihm her und stellte sich ihm in den Weg. »Wir sind doch keine Kinder.«

»Habe ich auch nicht behauptet.«

Sie bohrte ihm den Zeigefinger in die Brust. »Hörte sich aber ganz danach an – von wegen: Ich sage es Tony.«

»Mein Job ist es, euch zu beschützen, verstehst du? Oder möchtest du noch mal zusammengeschlagen werden? Kannst es dir aussuchen.«

Jayne streckte die Brust raus. »Rosie und ich wären auch alleine klar gekommen. Oder siehst du irgendeinen Kratzer an uns?« Ihr Tonfall klang kurz angebunden und verärgert. Beinahe ermordet zu werden hatte ihr die Laune gänzlich verdorben.

»Gut. Wenn ihr meine Hilfe nicht braucht, kann ich ja gehen.« Als er zurücktrat, strahlten die Scheinwerfer eines vorbeifahrenden Autos sein Gesicht an, so dass wir es zum ersten Mal an diesem Abend richtig erkennen konnten. Die Augen waren rot gerändert, die Nase leuchtete in einem ähnlichen Purpurrot.

»Bist du erkältet?«, fragte ich.

»Macht euch wegen mir keine Gedanken.« Er zog ein Taschentuch hervor und schnäuzte sich. »Ich bin dann weg. Passt auf euch auf, ihr zwei.«

Mit verschränkten Armen lehnte ich mich gegen einen Laternenpfahl. »Sei nicht so, Al. Wir brauchen dich doch.« Schulterzuckend drehte er mir den Rücken zu. »Wir sind dabei, die letzten Puzzleteilchen in dieser Sache zusammenzusetzen, und vorher wollen wir beide nicht aufgeben. Kurz bevor du aufgetaucht bist, hat Edgar uns praktisch verraten, dass er und seine Mama jemanden umgebracht haben.«

»Ja und?«

Ich riss die Augen auf. »Vielleicht war dieser Jemand Jim.« Al sah nicht sehr überzeugt aus. »Ich glaube langsam, dass es nicht bei Jim und Fielding bleiben wird, da wird's noch andere Tote geben in diesem ganzen Theater. Deshalb müssen wir der Sache einfach auf den Grund gehen, Jim und Fielding und den anderen zuliebe.«

Al drehte sich um. »Und was kann ich da eurer Meinung nach tun?«

»Wir hätten ein paar Fragen«, sagte ich.

Ein feuchter Husten schüttelte seinen Körper. »Vielleicht hab' ich ja ein paar Antworten.«

Er zog eine Packung Luckys hervor, die aussahen, als hätten sie den Großteil ihres Lebens unter einem Sofakissen verbracht.

»Du solltest nicht rauchen, wenn du erkältest bist.«

Auf der Suche nach einem Feuerzeug klopfte er seine Taschen ab. »Wenn ich einen Vortrag hören will, rufe ich meine Mama an.« Er schnalzte eine Zigarette heraus und hatte ihr Ende innerhalb von Sekunden in rot glühende Asche verwandelt.

»Wir müssen wissen, was du weißt«, sagte ich.

Der dünne Rauchfaden, den er ausstieß, schwebte wie ein Fragezeichen über seinem Kopf. »Da fragt ihr den Falschen.«

»Das beurteile ich immer noch selbst.« Mit dem Fuß zeichnete ich einen Kreis aufs Trottoir. »Warum hat Jim Eloise geheiratet?«

»Das kann ich dir nicht sagen.«

Jayne legte ihm eine Hand auf den Arm. »Weil du es nicht weißt oder weil du es nicht sagen darfst?«

Als Blick ruhte auf ihrer Hand. »Weil ich es nicht weiß.« Er entzog sich ihrer Berührung. »Hör mal, ich und Jim waren Geschäftspartner – das war alles. Agnes weiß hundertmal mehr über ihn als ich. Ich hab' überhaupt erst nach seinem Tod erfahren, dass er unter der Haube war.«

Agnes – natürlich! Wenn es einen Menschen auf der Welt gab, der Jim gut gekannt hatte, dann ja wohl seine Sekretärin und Geliebte.

Auf einen Schlag gingen alle heruntergedimmten Straßenlaternen aus. Ein Sirenenheulen durchdrang die Nacht. Fliegeralarm. Einer nach dem anderen schauten wir nach oben und suchten den Himmel nach feind-

lichen Flugzeugen ab. Das Scheinwerferlicht der Flug-
abwehrstationen tanzte strahlenförmig über den wol-
kenlosen Nachthimmel, bekam aber nichts zu fassen.

Al knüllte die Zigarettenpackung zusammen und
schob sie in die Tasche. »Wenn ihr beiden unbedingt
sterben wollt, ist das eure Sache. Ich bin ab jetzt nicht
mehr dabei.«

»Al –«, begann ich.

»Ich meine es ernst. Und kommt dann nicht heulend
angerannt.«

»Gut, Schluss jetzt«, sagte eine hohe Stimme. Der Ke-
gel einer Taschenlampe nahm uns als Geiseln. »Es findet gerade eine Übung statt«, erklärte ein Junge, der
nicht mehr als fünfzehn Jahre alt sein konnte, auch
wenn er offenbar gern älter wirken wollte. Als Luft-
schutzwart versah er in dieser Gegend seine heilige
Pflicht und überprüfte, ob die Verdunkelungsjalousien
heruntergezogen, die Lichter gelöscht und die Straßen
frei waren von all denjenigen, die keinen Grund für ihre
Anwesenheit vorzuweisen hatten. »Sie dürfen sich hier
nicht aufhalten.«

»Ich rufe den Damen nur ein Taxi«, sagte Al. Wie aufs
Stichwort kam eins mit Abblendlicht herangefahren.
»Sind wir hier fertig?«

»Vollkommen«, sagte ich und rutschte hinter Jayne
auf den Rücksitz.

25 Eine Frau ohne Bedeutung

Am nächsten Tag war ich schon früh unterwegs, um erst bei Agnes vorbeizugehen und es trotzdem noch pünktlich um zwölf Uhr zur Probe zu schaffen. Eigentlich hatte ich Agnes anrufen wollen, aber von einem persönlichen Besuch versprach ich mir dann doch mehr. Die kilometerlangen Telefonkabel zwischen uns hätten es ihr vielleicht zu einfach gemacht, das Thema zu wechseln oder sich in ihrer Trauer zu suhlen. Nicht, dass sie dazu nicht das Recht hatte, aber für mich war es wichtig, dass sie sich auf Jims Leben konzentrierte, nicht auf seinen Tod.

Ich nahm einen Bus quer durch die Stadt und kaufte bei einem Zwischenstopp auf der Orchard Street eine Zimmerpflanze für Agnes, in einem Laden, der überquoll vor rot, weiß und blau gefärbten Nelken, die man in Kreuzform gesteckt hatte. Obwohl es noch sehr früh war – zumindest für meine Verhältnisse –, waren in der Stadt schon viele damit zugange, den Krieg als Anlass zu nehmen, um andere Menschen zum Handeln aufzurufen. Gleich neben dem Blumenladen sprachen mich einige Studentinnen an, die sämtlich mit den Abzeichen der Einheiten ihrer Freunde behängt waren, und baten darum, doch bitte jedes überzählige Kleidungsstück für die Aktion »Bündel für Britannien« zu spenden. Im Schaufenster eines Kürschners war nichts zu sehen außer einem Schild, auf dem der Ladenbesitzer um alte Mäntel bat, aus denen er warme Westen für die Handelsmarine machen wollte. Und auf der anderen Stra-

ßenseite führten Mannequins in einer etwas zweifel-
haften Interpretation von Patriotismus Jacken im Mili-
tärstil vor und warben für deren Kauf, denn: »Auch
wenn er ausgemustert wurde, kann er sich immer noch
anziehen wie ein Held.«

Um kurz vor zehn standen meine Pflanze und ich vor
Agnes' Wohnung in der Lower East Side. Aus allen Fens-
tern außer denen von Agnes hingen Fahnen mit blauen
Sternen, die an Ehemänner und Söhne im Krieg erinnerten. Als ich klingelte, bewegten sich ihre Vorhänge.
Damit sie mich besser sehen konnte, trat ich auf die kleine Veranda vor dem Haus und setzte ein Lächeln auf.
Die Tür öffnete sich einen Spalt breit, und sie fragte mit
ihrer dünnsten Stimme: »Ja?« »Ich bin's.« In ihren Augen stand keinerlei Wiedererkennen. »Rosie. Rosie Winter.«

»Rosie?«, echote ein schwaches Stimmchen mit ble-
chernem Klang. Langsam ging die Tür auf, und vor mir
stand Agnes im Bademantel, ohne Make-up und mit
einem wirren Haarschopf, der seit einigen Tagen kein
Shampoo mehr gesehen hatte.

»Geht es dir gut?«, fragte ich.

»Ach, weißt du ...« In ihre sowieso schon geröteten
Augenwinkel quollen Tränen. Nur ein rasch gezücktes
Taschentuch verhinderte, dass ihr ganze Bäche die Wangen hinunterliefen. »Komm doch herein. Was für eine
schöne Überraschung.« Als sie an sich hinuntersah, bemerkte sie, dass sie nur einen Morgenrock trug. »Ich
sollte mir etwas anziehen.« Ihre Augen flogen durch den
Raum, als suchten sie nach dem richtigen Ort für ein
solches Vorhaben. »Bin gleich wieder da.«

Sie verschwand nach oben. Ich trat in ein dunkles

verwahrlostes Wohnzimmer und beschäftigte mich damit, die Zeitungen auf dem Sofa zu stapeln. Die Spuren
eines Staubsaugers auf dem Boden und ein Hauch von
Kiefernnadelduft in der Luft wiesen darauf hin, dass die
Bude schon einmal sehr viel ordentlicher gewesen war.
Ich drehte eine Runde im Zimmer, sah mir die Nippes-
sammlung an und war irritiert. Zwar versank hier alles
im Chaos, aber die Möbel waren luxuriöser, als ich das
von einem Sekretärinnengehalt erwartet hätte. Sie waren in dunklen nachdenklichen Farben gehalten, wie
man das eher von einem Herrenzimmer kannte – zu jemandem wie Agnes passten sie nicht. Vor einem Fenster
stand die Reproduktion eines Chippendalestuhls, daneben ein kleiner Tisch, auf dem sich Magazine stapelten.
Ich hob sie leicht an den Ecken an und entdeckte einen
ganzen Jahrgang der *Saturday Evening Post*, des *Dime
Detective* – und ein Liederbuch, das von der Internatio-
nalen Gewerkschaft der Industriearbeiter herausgege-
ben worden war.

Kein Wunder, dass Jim so gar keinen Platz in Eloises
Wohnung gehabt zu haben schien. Sein Zuhause war
hier.

Ein Blick um die Ecke zeigte mir eine Küche in kompletter Unordnung. Dreckiges Geschirr türmte sich im
Spülbecken. Reste von Mahlzeiten schimmelten auf der
Anrichte. Eine Kaffeekanne stand auf dem Herd und
kochte vor sich hin – der Geruch deutete darauf hin,
dass sich die Flüssigkeit längst in Rauch aufgelöst hatte.
Ich stellte die Flamme ab und ging weiter zum Esszimmer oder vielmehr dem, was in den meisten Wohnungen
das Esszimmer gewesen wäre. Dieses hier barg allerdings weder Tisch noch Stühle, sondern unsere Büro-

einrichtung, die einer Barrikade gleich jeden Zutritt ver-
wehrte.

Über meinem Kopf dröhnten Agnes' Schritte, die
wieder auf dem Weg nach unten war. Ich hastete zurück
ins Wohnzimmer und nahm meinen Platz auf der Couch
ein. Kaum stand sie vor mir, fiel mir die Pflanze ein, und
ich streckte sie ihr entgegen. Sie warf ihr einen benom-
menen Blick zu, als hätte sie Angst, dass sich die Welt in
den letzten Wochen völlig verändert hatte und man jetzt
Blumen anstelle von Hüten und Handtaschen trug. »Die
ist für dich«, sagte ich. »Ein Mitbringsel.«

Sie nahm die Pflanze entgegen, und wieder perlten
Tränen aus ihren Augenwinkeln. »Das ist ganz reizend
von dir, Rosie. So reizend.« Sie seufzte gegen ihre
Schluchzer an und stellte die Pflanze feierlich auf die
Fensterbank. »Es ist schon komisch: Ich habe bisher
keine einzige Blume oder Karte bekommen, die die Rolle gewürdigt hätte, die ich in seinem Leben gespielt habe, und trotzdem fühle ich mich wie eine Witwe. Das ist
jetzt die erste ...« Wieder presste sie sich das Taschentuch auf die Augen. »Es bedeutet mir viel, dass du in mir
mehr siehst als nur eine von vielen Trauernden.« Sie
starrte auf die Pflanze und kam offenbar zu einem inneren Entschluss: Sie hob den Philodendron hoch, wischte
den Staub von der Stelle, an der er gestanden hatte, und
stellte dann vorsichtig meine Pflanze auf ihren neuen
Platz.

Ich sank aufs Sofa, das ein altersschwaches Stöhnen
von sich gab. »Es tut mir leid, dass es dir so schlecht
geht, Agnes.«

Sie zuckte mit den Schultern und drehte die Pflanze
so, dass die Seite mit den meisten Blättern zu uns
zeigte.

»Natürlich musst du dir die Zeit geben, die du brauchst, aber du solltest nicht zulassen, dass Jims Tod dein ganzes Leben bestimmt. Das hätte er nicht gewollt.«

Sie schnüffelte und führte das Taschentuch seiner schon bewährten Bestimmung zu. »Irgendjemand muss doch trauern.«

»Aber das tun doch einige – viele sogar. Ich denke jeden Tag an ihn, und manche von seinen früheren Geschäftsfreunden sind ohne ihn doch völlig verloren.« Mein Vergleich schien mir selbst abgedroschen und grausam. Ich hatte Jim doch kaum gekannt – wer war ich, hier einfach so in die Reste von Agnes' Leben hineinzuplatzen und sie dann auch noch um Hilfe zu bitten? Wo war ich gewesen, als sie verzweifelt war und jemanden in ihrer Nähe gebraucht hätte? »Du kannst doch nicht aufhören zu leben, nur weil er das getan hat. Stell dir vor, du wärest gestorben. Hättest du gewollt, dass er zu Hause in Selbstmitleid versinkt und nichts isst, nicht schläft und sich nicht mehr wäscht?«

Weil sie eine Sekunde zu lange überlegte, wurde mir klar, dass es für Agnes sehr wohl einen direkten Zusammenhang zwischen der Zurschaustellung von Trauer und der Tiefe der Liebe gab. Sie würde ewig trauern, wenn das bedeutete, dass man ihre Beziehung zu Jim dann für mehr als eine bloße Affäre hielt.

Mit der Hand klopfte ich einladend aufs Sofa. »Du bist doch noch jung, Agnes. Es gibt viele Männer da draußen, die würden sich sehr freuen, dich kennenzulernen. Jims Tod ist nicht dein Ende.«

»Wahrscheinlich.« Sie war auf den Zeitungsstapel neben mir gesunken, und ihre Füße baumelten ein ganzes

Stück über dem Boden. In ihrer vorgeblichen Resignati-
on erkannte ich einen hässlichen schwarzen Verzweif-
lungskern, dem ich seit Wochen auszuweichen versucht
hatte. Was bildete ich mir eigentlich ein? Ausgerechnet
ich wollte Agnes sagen, sie solle ihr Leben wieder in die
Hand nehmen?

Konzentrier dich, Rosie.

»Warum stehen Jims Büromöbel in deinem Esszimmer?«

Sie drehte den Kopf in Richtung des fraglichen
Raumes. »Oh. Du hast sie gesehen.«

»Man kann sie schwerlich übersehen.«

Sie biss sich auf die Lippe und wandte den Kopf ab.
»Ich wollte nicht, dass sie sie bekommt.«

»Sie?«

Agnes rieb über die Sofalehne, die mit einem breitge-
streiften dunklen Stoff bezogen war, der jahrzehntealte
Flecken und Brandlöcher kaschierte. »Seine Frau.«

»Wie hast du das alles hierhergekriegt?«

»Ich habe ein paar Möbelpacker bezahlt. Freunde
meines Bruders.«

»Hast du auch die Akten einpacken lassen?«

Sie schaute mich an wie ein Kind, das man beim Flunkern ertappt hatte. »Ja.« Während sie nach einer stich-
haltigen Erklärung suchte, ließ sie den Kopf hängen.
»Das ist doch alles, was von ihm geblieben ist.« Ihre Finger zogen die Streifen auf dem Stoff nach. »Bist du ihr
begegnet?«

Solange sie das Thema von selbst anschnitt – war ich
taktlos, wenn ich darauf einging, wo ich doch gerade
über dieses Thema am dringendsten mit ihr sprechen
wollte? Ich fand: Nein. Vor allem wenn ich so tat, als

wäre ein Gespräch über Eloise McCain wirklich das Letzte, worauf ich Lust hatte. »Ähm, ja. Ich habe sie ein, zwei Mal gesehen.«

Agnes sog scharf die Luft ein. »Und wie geht es ihr?«

»Gut, glaube ich. Ist schwer zu sagen. Sie ist eine sehr kalte Frau.« Agnes nickte enthusiastisch und drängte mich, weiterzureden. Um einen gewissen Unwillen zu heucheln, hielt ich einen Moment inne. »Ihre fehlende Trauer hat mich ein wenig überrascht. Sie verhält sich nicht so, wie man es von einer Ehefrau erwarten würde.«

Ein selbstzufriedenes Lächeln erleuchtete kurz Agnes' Gesicht. Sie lehnte sich zurück und breitete die Arme aus, bis es nicht mehr so aussah, als säße sie auf dem Sofa, sondern stünde vielmehr im Begriff, es zu erobern. »Das wundert mich nicht. Sie hat ihn nicht geliebt. Nie.«

»Aber warum haben sie dann geheiratet?«

Agnes rutschte mit einem schwungvollen Ruck an mich heran. Die trauernde Geliebte hatte sich verabschiedet, dafür kam die Büroklatschbase zum Vorschein, für die ich so schwärmte. »Weißt du, wer Cromwell Fitzgerald war?«

Ich dachte an Jims Trauerfeier, wo der Mann mit dem Muttermal wie ein Wasserfall geredet hatte. »Der Stahlfabrikant?«

»Und Eloises Vater. Er hatte sehr viel Einfluss in der Stadt. Zu seinen besten Zeiten hatte er die gesamte Polizei in der Tasche. Fitzgerald war voller Hass auf die Gewerkschaften und den angeblichen Schaden, den sie seinen Geschäften zufügten. Immer wenn es Gerüchte über einen anstehenden Streik gab, rief er den Polizeipräsidenten an. Und der schickte dann eben mal fünfzig Mann los, um entsprechende Versammlungen aufzu- lösen und jeden zu verhaften, den Fitzgerad für einen Unruhestifter hielt.«

Ich vergaß fast zu atmen, so gebannt hing ich an ihren Lippen. »Und mit welcher Begründung?«

Agnes zuckte mit den Schultern. »Wer braucht schon eine Begründung? Bei der Polizei wusste sowieso jeder, dass das meiste erstunken und erlogen war, aber es war ihnen egal.«

»Und wie passt Jim jetzt ins Bild?«

»Was glaubst du denn? Jim war Polizist, und als ihm klar wurde, dass die Truppe nur Fitzgeralds Marionette war, ist er außer sich geraten.« Ich versuchte mir Jim als einen idealistischen jungen Mann vorzustellen und schaffte es nicht. »Aber anstatt das Ganze zu ignorieren und seine Nase nicht weiter da hineinzustecken, hat er sich gleich an ganz oben gewandt und einen Brief an den Polizeipräsidenten geschrieben – weil er tatsächlich geglaubt hat, dass der gute Mann nicht weiß, wie der Hase läuft. Ein paar Tage später bat man Jim zu einer Besprechung, und als er auftauchte, haben nicht nur der Präsident, sondern auch Fitzgerald und ein paar ange- heuerte Schläger auf ihn gewartet, die Jim schon als Verräter bekannt waren. Sie haben Jim so weit gebracht, dass er nur noch zwei Möglichkeiten gesehen hat: so weitermachen wie bisher und das gleiche Schicksal er- dulden wie die Gewerkschaften – oder den Mund hal- ten, den Job kündigen und seinen guten Ruf behal- ten.«

»Das klingt nicht so schlecht.«

Agnes lächelte. »Es gab noch eine weitere Bedingung.

Fitzgerald hatte eine Tochter, die schnell einen Ehemann brauchte. Wenn Jim sich also für den ange-
nehmeren Weg entscheiden sollte, würde er außerdem
heiraten müssen.«

Da hatten wir ihn also endlich – den Faden, der die
beiden miteinander verband. Ich pflückte ihn aus der
Luft und wickelte ihn mir um den Finger. Dabei rief ich
mir Lieutenant Schmidts blasiertes aufgedunsenes Gesicht in Erinnerung und wie er an dem Abend, an dem
ich Jims Leiche gefunden hatte, Jim als korrupten Bullen bezeichnet hatte. So hatte es wahrscheinlich auch
ausgesehen. Man ritt nicht erst eine Attacke gegen den
Chef und heiratete dann im nächsten Moment dessen
Tochter. »Ich verstehe trotzdem nicht, warum Fitzgerald
gerade Jim als Ehemann für Eloise ausgesucht hat. Jim
muss doch der Letzte gewesen sein, den er sich für seine
Tochter gewünscht hätte.«

Agnes öffnete eine Kristallbonbonnière, die auf dem
Kaffeetisch stand. Sie angelte sich eine Handvoll Minz-
bonbons und bot mir eines an, das ich dankbar annahm.
Einhellig raschelten wir mit dem klebrigen Zellophan.
»Das ist genau der Punkt. Er wollte sie beide bestra-
fen.«

»Warum?«, fragte ich.

Das Bonbon klackerte gegen Agnes' Zähne und
schlingerte dann wie ein Wasserball in der Brandung
träge über ihre Zunge. »Eloise hat in ihrer Familie An-
stoß erregt, weil ...« Sie senkte die Stimme zu einem
Flüstern, dessen Sinn mir nicht im entferntesten klar
war. »Sagen wir einfach, dass sie ihren Sohn nicht im
Rahmen der ehelichen Gemeinschaft empfangen hat.
Dann hat man sie zusammen mit Jim in den Hafen der

Ehe gezwungen, damit sie so nicht nur den Skandal durchstehen musste, sondern eben auch nicht die Art von Mann heiraten konnte, bei dem sie gern gelandet wäre.«

»Jemand mit Geld und gutem Ruf.«

»Ganz genau.«

Ich versuchte mir Eloise vorzustellen, wie sie klein-laut der Anweisung ihres Vaters Folge leistete. War sie denn nicht immer schon ein Prinzesschen gewesen? »Irgendwie passt das nicht zusammen. Wie hat Fitz-gerald seine Tochter zu einer Hochzeit zwingen kön-nen?«

Agnes prustete, was das Bonbon in ihren Hals beför-derte. Sie klopfte sich so lange auf die Brust, bis sich das Geschoss wieder gelöst hatte, hustete aber noch einmal nach, um sicherzugehen, dass die Blockade wirklich ver-schwunden war.

»Alles in Ordnung?«

Sie winkte ab. Erleichterung färbte ihr Gesicht von Rot auf Weiß, und ich spürte, dass gerade ein einziges Starlight Mint Agnes darin bestärkt hatte, weiterleben zu wollen. »Alles gut. Wo war ich?«

Ich biss mein eigenes fades Bonbon in der Mitte durch und zermalmte es zu kleinen Stückchen. »Du wolltest mir erklären, wieso Cromwell Fitzgerald ...«

Irgendetwas lag mir auf der Zunge, etwas, das der Mann mit dem Muttermal mir erzählt hatte. »Moment mal – mir hat jemand bei Jims Trauerfeier von dem Gerücht erzählt, dass Eloise vor ein paar Jahren eine Anklage wegen Mordes am Hals gehabt hat, aber dann doch ir-gendwie freigesprochen worden ist.«

Agnes hätte kaum glücklicher aussehen können, wenn

ich ihr gesagt hätte, dass Eloise um die Ecke gebracht worden sei. »Obwohl sie so viel Geld hat, reden die Leute immer noch darüber.«

»Worüber?«

Agnes schüttelte den Kopf und war plötzlich nicht mehr meine Freundin, sondern eine sehr viel ältere Frau mit einem Erfahrungsschatz, den ich niemals haben würde. »Edgars Vater war Künstler. Eloise war bis über beide Ohren in ihn verliebt. Sie wurde schwanger und ging davon aus, dass er sie heiraten würde. Als die Dinge nicht so liefen, wie sie es sich vorgestellt hatte, fand man ihn zwei Tage später tot auf.«

»Moment – ich dachte, Raymond Fielding ist Edgars Vater?«

»Wer?«

»Der Stückeschreiber.«

»Noch nie von ihm gehört. Jim hat gesagt, dass es ein Maler war. Eloise war die Hauptverdächtige in dem Mordfall, aber anscheinend hat ihr Vater sie aus dem Prozess freigekauft und ihr eine dicke Gefängnisstrafe erspart. Als Gegenleistung dafür musste sie alles tun, was er verlangt hat – unter anderem das Malen aufgeben und heiraten, wen er wollte. Wenn sie nicht tut, was er angeordnet hat – und zwar bis an ihr Lebensende –, wird ihr der Zugriff auf das Familienvermögen entzogen.«

Gedankenverloren ging ich zum Fenster. »Gut, den Grund für die Hochzeit kenne ich jetzt, aber ich verstehe nicht, warum Jim bei ihr geblieben ist. Er mochte Eloise nicht – warum also hat er jahrelang bei diesem Affentheater mitgespielt, vor allem, wenn er doch wusste, was sie getan hat? Der Alte ist doch dann gestorben – ich an seiner Stelle hätte sie noch in derselben Minute verlassen.«

Agnes zerbiss krachend ihr Bonbon. »Sagen wir einfach: Sie hat ihm ein faires Geschäft angeboten. Wahrscheinlich hat Cromwell Fitzgerald das nicht gewusst, aber ein Teil von dem Geld, das er seiner Tochter gab, ist dafür verwendet worden, die Unschuld fälschlich angeklagter Gewerkschaftsmitglieder zu beweisen. Ohne dieses Geld hätte es McCain und Sohn nicht gegeben.«

Ich fragte Agnes, ob ich noch einmal wiederkommen dürfe, um die Kisten mit den Akten durchzusehen, und wir einigten uns auf den nächsten Vormittag. Während der Probe, die ich gerade noch rechtzeitig und im Laufschritt erreicht hatte, perfektionierte ich die Kunst, an etwas anderes zu denken als an das, was ich gerade tat. In der Pause verdrückte ich mich ins Foyer und rief im Shaw House an. Jayne nahm nach dem ersten Klingeln ab.

»Ich warte seit zwei Stunden! Warum hast du mich nicht von Agnes aus angerufen?«

»Keine Zeit«, sagte ich. »Stell dir vor: Agnes hat die Akten.«

»Jims Akten? Nein!«

Hinter mir schlurften die Schauspielerinnen eine nach der anderen aufs Klo und wieder heraus. Ich senkte die Stimme und krümmte mich geradezu um den Hörer. »Ich schwöre, die Kisten stehen in Agnes' Esszimmer, genau so, wie ich sie gepackt hatte. Sie hat sich auch die Möbel bringen lassen. Als Andenken. Und als ob das noch nicht genug Neuigkeiten wären für einen Tag, weiß ich jetzt auch, warum Eloise Jim geheiratet hat.«

Jayne bekam eine Kurzfassung von Agnes' Geschichte.

»Aber was hat das alles mit Raymond Fielding zu tun?«, fragte sie.

»Das weiß ich auch noch nicht, aber gib mir nur ein bisschen Zeit. Morgen gehe ich die Akten noch mal durch.«

Peter schlug gegen die Foyerwand, das Zeichen für das Ende der Pause. Ich verabschiedete mich von Jayne und legte auf.

Wir verbrachten den Nachmittag damit, die letzten verbleibenden Sympathien im Ensemble zu beseitigen, was nicht allzu schwierig war, weil wir sowieso kaum noch miteinander sprachen und man sich mit der Spannung, die im Theater herrschte, ein Nashorn hätte vom Leib halten können. Nach der Probe schnappte ich mir meine Sachen und wollte mich gerade aus dem Staub machen, als Peter mich an der Tür einholte.

»In Eile?«, fragte er. Eine überflüssige Frage, nachdem ich schon mit einem Fuß auf der Straße stand, aber ich antwortete trotzdem: »Nein.«

»Ich wollte Ihnen nur sagen, dass Ruby morgen wieder da ist.«

Früher oder später hatte das passieren müssen, allerdings hatte ich auf später gesetzt. Ich zog mein Bein zurück ins Foyer. »Es wundert mich, wie wenig es Ihnen ausmacht, dass sie kommt und geht, wie es ihr gefällt.«

»Ich treffe sie auch privat.«

Ich hob eine Augenbraue. »Ach ja?« In dem Bild, das ich jetzt heraufbeschwor, saß Ruby in einem Hotelzimmer des St. Regis auf dem Bett, bekleidet mit einem hauchdünnen Negligé, und aß Bonbons.

»Sicher. Wir haben uns öfter abends getroffen, obwohl die Proben natürlich noch mal eine ganz andere Sache sind.«

»Natürlich.« Ich zwang mich zu einer Grimasse. »Wie gut kennen Sie Ruby?«

Peter runzelte die Stirn. »Wir haben nichts miteinander, falls es das ist, was Sie wissen wollen.«

Das Zimmer im St. Regis verschwand. »Wollte ich nicht.«

Nach seinem Gesichtsausdruck zu urteilen, glaubte er mir nicht. »Ruby ist mir ein Rätsel. Für jemanden, der so gern im Mittelpunkt steht, ist sie privat überraschend zurückhaltend. Das hat sie wahrscheinlich von ihren Eltern.«

»Ihren Eltern?«

»Ja, ihr Vater ist Pfarrer und verheiratet mit einer rechtschaffenen Frau, die ihn bei der Gemeindearbeit unterstützt. Beide sehr konservativ, sehr ruhig. Zu Rubys erstem Auftritt, dem, von dem ich Ihnen schon erzählt habe, sind sie damals gekommen.«

Das erleichterte mich ungemein. Ruby hatte definitiv gelogen, und ich war nicht einfach nur ein gehässiger Mensch. »Leben sie hier in New York?«

»Bisher zumindest schon. Ich glaube, ein bisschen weiter nördlich. Sie waren nicht allzu angetan von Rubys Berufswahl, und ich glaube, es gab darüber auch einen heftigen Streit. Ziemlich bald nach ihrem ersten Bühnenauftritt hat sie ja auch ihren Künstlernamen angenommen. Es zeugt von Ironie, dass die Tochter eines Pfarrers eine ›Priest‹ wird, finden Sie nicht?«

»Ruby war schon immer ein kluges Köpfchen.«

Er beugte sich zu mir, aber anstatt dass ich mich darüber ärgerte, erfüllte mich diese intime Geste mit einer inneren Wärme. »Ich bin Ihnen sehr dankbar, Rosie. Auch wenn Ruby zurückkommt: Sie sollen wissen, dass Sie für mich nach wie vor ein fester Bestandteil dieser Produktion sind.«

»Na dann, danke.«

»Ihre Leistung beeindruckt mich sehr. Ich habe schon

vielen Leuten von Ihnen erzählt. Sie stehen zwar bei unserer Produktion nicht an vorderster Front, wie Sie es sich gewünscht hätten, aber ich garantiere Ihnen, dass Sie im Anschluss gleich den nächsten Job bekommen.« Er strich mir sanft die Haare aus den Augen. Meine Kopfhaut prickelte.

Wenn sogar Agnes bereit war weiterzuleben, sollte ich dann nicht ihrem Beispiel folgen? Jack war weg, unsere Beziehung war kaputt, und das Leben sauste an mir vorbei. Es gab sehr viel schlechtere Alternativen als Peter Sherwood.

Ich griff nach seiner Hand. »Hätten Sie Lust, mit mir was trinken zu gehen?«

Sein Lächeln war zart und traurig und sprach von der ganzen Dimension einer verpassten Gelegenheit. »Es tut mir leid, aber ich habe heute Abend schon etwas vor.« Nun war es an ihm, nach meiner Hand zu greifen, und aus einer kurzen Berührung wurde ein Festhalten. »Können wir das ein andermal nachholen?«

Ich hielt mich einen Moment zu lang an ihm fest. Seine Hand war weich und trocken. »Aber sicher.«

Mein Bedürfnis nach Sicherheit und mein Geldmangel führten dazu, dass ich mich zu einem Kompromiss zwischen beiden entschloss und mit der Subway nach Hause fuhr. Da Jayne nicht da war, holte ich mir aus der Küche etwas zu essen und veranstaltete ein Picknick auf meinem Bett, mit Churchill neben mir und dem Komikerduo Burns und Allen im Radio. Wir hatten schon fast das zweite Brötchen und die erste Werbeunterbrechung geschafft, als es an der Tür klopfte.

Bevor ich fragen konnte, wer da war, streckte Ruby

schon ihren Kopf herein. »Bist du beschäftigt?«, fragte sie.

»Kann man so sagen. Was willst du?«

Ihr Blick durchmaß das Zimmer und registrierte jedes Detail unseres liederlichen Lebensstils. In einer uralten Tasse Tee auf der Kommode war die Milch geronnen. Ein BH rankte sich mit seinen Drahtbügeln um den Heizkörper. Die Kleider, die ich bei der Probe getragen hatte, lagen auf dem Boden wie ein Bärenfell. Angesichts unserer Junggesellinnenwirtschaft stieß sie einen tiefen Seufzer aus, dann schob sie sich ganz ins Zimmer. »Wie kommt ihr bei den Proben voran?«

Ich stellte das Radio leiser. »Sehr gut, aber es vergeht kein Tag, an dem wir dich nicht vermissen. Zum Glück kommst du ja morgen wieder.«

»Hat Peter das erzählt?«

»Das und sonst nichts.« Ich gab Churchill den Rest meines Brötchens. Er legte sich bäuchlings darauf, und seine Mandelaugen forderten mich förmlich zu einem Rückeroberungsversuch heraus. »Hast du etwas von deiner Familie gehört?«

Ruby seufzte wieder und schüttelte den Kopf. »Nein.«

»Das ist schade, aber ich würde die Hoffnung nicht aufgeben. Die Post ist manchmal fürchterlich langsam zwischen hier und dem Norden. Immerhin sind es ja auch gute hundertfünfzig Kilometer mitten durch die kriegsgebeutelten Catskills. Zum Glück haben wir gerade Winter, und die Post muss sich nicht zusätzlich noch durch die ganzen Viehherden quälen.«

Ruby fuhr zurück und stieß die Tür zu. »Was soll das? Was willst du von mir?«

»Die Wahrheit.« Ich stand vom Bett auf und stellte mich ihr Aug in Aug gegenüber. »Und nicht länger diesen Unsinn, den du uns gestern aufgetischt hast. Ich weiß von dem Pfarrer und seiner Frau – keiner von beiden scheint sich gerade in Europa aufzuhalten.«

Wäre Rubys Schock nur ein kleines bisschen größer gewesen, hätte man damit den elektrischen Stuhl von Sing-Sing eine Woche lang mit Strom versorgen können. »Wie hast du's herausgefunden?«

Mit verschränkten Armen versuchte ich ihre Haltung nachzuahmen. »Das tut nichts zur Sache. Hauptsache ist, *dass* ich es herausgefunden habe. Warum arbeitest du für Eloise?«

Ihre Nasenlöcher weiteten sich. Was ihr nicht besonders gut stand. »Das muss ich dir nicht sagen. Ich bin dir gar nichts mehr schuldig. Erzähl doch jedem, dass ich gelogen habe. Ist mir egal.«

Ich stieß ihr den Finger gegen das Brustbein. »Auch wenn es dir egal ist, wenn das ganze Haus weiß, woher du kommst – aber dass Mrs. McCain weiß, dass du eine Betrügerin bist, das möchtest du doch sicher nicht. Sie und ihr Sohn sind zu Schnüfflern im Allgemeinen nicht besonders freundlich.«

Ruby erbleichte. So schnell, wie ihre Angst gekommen war, verging sie aber auch wieder. Miss Priest gewann ihre überhebliche Lebhaftigkeit zurück, bis sie mit dem Kopf fast an die Decke zu stoßen schien. »Ich habe Neuigkeiten für dich«, sagte sie. »Ich habe einiges über Eloises Verbindung zu Raymond Fielding in Erfahrung gebracht. Aber wenn du mich unbedingt weiter erpressen willst, vergesse ich vielleicht einfach, was ich herausgefunden habe.«

»Du hast mir also bisher was verschwiegen?«

Langsam zog sich ein Grinsen über ihr Gesicht, bis es von einem Ohr zum anderen reichte. »Ich würde es lieber so sagen: Ich warte ab, bis die Zeit reif ist, um Informationen preiszugeben.«

Das war ein guter Winkelzug – den musste ich mir merken. »Woher weiß ich, dass du nicht schon wieder lügst?«

»Es gibt Beweismaterial. Natürlich habe ich nicht vor, dir auch nur irgendetwas zu zeigen, bevor du nicht versprichst, Eloise gegenüber kein Wort über mich zu verlieren.«

Ich ging ein Risiko ein, aber Ruby schien diesmal die Wahrheit zu sagen. »Leg los. Meine Lippen sind versiegelt.«

Sie machte es sich auf Jaynes Bett bequem, ihr Rock bauschte sich, als würde sie gleich anfangen, ein Solo zu singen. »Eloise stand mal unter Anklage, Edgars Vater ermordet zu haben – seinen *wirklichen* Vater, nicht Raymond Fielding.« Sie sah mich erwartungsvoll an. Augenscheinlich hatte sie sich Applaus oder Hurrarufe oder zumindest ein überraschtes Luftholen erhofft.

»Komm zur Sache – die Wochenschau habe ich auch gesehen. Ich hoffe für dich, dass du noch mehr hast als das. Eloise meuchelt ihren Künstlergeliebten. Papa Fitzgerald kriegt es hin, dass die bestechlichen Bullen, die er sowieso alle in der Tasche hat, sie gehen lassen. Im Gegenzug muss sie jetzt jedem seiner Worte gehorchen, unter anderem einen Mann heiraten, den sie nicht ausstehen kann.«

Ruby schluckte ihre Enttäuschung hinunter und versuchte noch einen draufzusetzen. »Sonst wird sie näm-

lich verstoßen. Eloise setzt also für ihren Vater ein braves Gesicht auf, hat aber sicher nicht vor, für den Rest
ihres Lebens die gehorsame Tochter zu sein. Sie war gut
mit Fielding befreundet, der damals gerade am Anfang
seiner Karriere stand. Es heißt, dass er nicht ganz der
Mann war, der er vorgab zu sein.«

»Er war ein Homo? Das sind doch sowieso die Hälfte
aller Typen beim Theater.«

Ruby warf ihr Haar nach hinten. »Wir reden hier von
vor dem Ersten Weltkrieg, Rosie. Da waren die Leute
noch nicht so aufgeschlossen solchen ... Beziehungen
gegenüber.« Man musste Ruby nicht fragen, was ihre
Haltung in dieser Angelegenheit war. »Anscheinend hat
Fielding sich Sorgen gemacht, dass seine Karriere deswegen Schaden nehmen könnte, und deshalb haben er
und Eloise das Gerücht in die Welt gesetzt, dass Edgar
von ihm ist. Das hat einen Zusammenhang zwischen
Eloise und dem Tod ihres Geliebten weniger plausibel
gemacht, und Fielding hat es den Ruf der Männlichkeit
eingebracht, den er brauchte. Im Gegenzug erklärte
Fielding das Kind inoffiziell zu seinem Sohn, er ging
sogar so weit, ihn in seinem Testament zu berücksich-
tigen. Wenn Fielding starb, sollte Edgar sein ganzes
Vermögen erben, und das würde Eloise die finanzielle
Freiheit geben, sich von ihrer Familie und von Jim zu
trennen.«

Das Ganze wurde immer bizarrer. »Klingt nach einer
verdammt langen Wartezeit.«

»Ich glaube nicht, dass sie vorhatte, lange zu warten.
Immerhin hat sie schon einmal getötet.«

Die Geschichte war rund, die Motive überzeugend,
aber ich wunderte mich trotzdem, warum Ruby sie so

bereitwillig mit mir teilte. »Wo sind die Beweise, von denen du gesprochen hast?«

»Reicht mein Wort nicht?« Mein Blick ließ sie wissen, dass dem nicht so war. Aus ihrer Tasche zog sie einen Packen Papier. »Das hier sind Briefe zwischen Eloise und Fielding, die das ganze Arrangement belegen, außerdem eine Kopie seines Testaments.« Als ich danach griff, hielt sie die Blätter hoch über ihren Kopf. »Ich muss sie morgen wieder zurückbringen.«

»Sollst du.« Sie händigte mir die Papiere aus, und ich überflog sie schnell. Alles war genau so, wie Ruby gesagt hatte. Die Briefe zwischen Fielding und Eloise legten Zeugnis ab von zwei Leuten, die den verzweifelten Wunsch nach anderen Lebensumständen teilten. Fielding brauchte einen tadellosen Ruf. Eloise brauchte Geld, um endgültig mit ihrem Vater und Jim brechen zu können. Verwundert schüttelte ich den Kopf. »Warum in aller Welt hätte sie diese Dinge aufbewahren sollen?«

»Offensichtlich wollte sie sichergehen, dass sie gültige Belege in der Hand hat, mit denen sie die Vereinbarung beweisen kann – für den Fall, dass er sie jemals abstreiten sollte.«

»Warum sollte er?«

Wenn man ihr das breite Grinsen hätte um den Kopf wickeln können – es hätte einmal ganz herum gereicht. »Das ist genau der Haken: Wenn Edgars leiblicher Vater jemals bekannt geworden wäre, wäre das ganze Arrangement geplatzt.«

»Das klingt nach keinem großen Problem. Edgar und Eloise wollen beide das Geld und haben beide nicht das Bedürfnis, den toten Künstler noch mal auszugraben.«

Ruby legte den Kopf schief. »Natürlich nicht, aber das heißt ja nicht, dass Fielding das nicht wollte. Vielleicht hat er ja jemanden gefunden – sagen wir mal, einen Liebhaber –, der seiner Meinung nach sein Erbe mehr verdient hatte. In dem Fall wäre der Ansporn vielleicht groß genug gewesen, die Sache einfach selbst aufzudecken.«

Eine Stunde später kam Jayne nach Hause. Ich machte uns zwei Drinks und füllte sie zusätzlich noch mit den Geschehnissen des Nachmittags ab.

»Eloise und Edgar glauben also, dass aus dem Stück klar wird, dass Raymond Fielding nicht Edgars Vater ist?«, fragte Jayne.

»Ja. Und deshalb müssen sie dafür sorgen, dass es verschwunden bleibt, weil sie sonst ihr gesamtes Geld verlieren.«

»Interessant.« Jayne steckte den Finger in ihr Glas, um die letzten Reste Gin aufzutunken. »Wenn Ruby uns gestern also wirklich angelogen hat – warum arbeitet sie dann für Eloise?«

»Warum macht Ruby alles überhaupt so, wie sie es macht?« Eigentlich standen unsere Hauptverdächtigen jetzt fest, aber Rubys Verhalten war tatsächlich mehr als nur ein bisschen befremdlich. »Vielleicht sucht Ruby auch nach dem Stück. Immer wenn wir darüber gesprochen haben, hätte sie uns ganz einfach belauschen können. Du weißt ja, wie sie ständig ihre Nase in unser Zimmer steckt. Sie hat vielleicht einfach zwei und zwei zusammengezählt und ist von alleine draufgekommen, wer das Manuskript am ehesten hat.«

»Alles ist möglich«, sagte Jayne. »Obwohl: Warum sollte sie es überhaupt haben wollen?«

Diese Frage konnte ich nicht beantworten. »Vielleicht will Ruby es gar nicht für sich. Vielleicht versucht sie es für einen gewissen Schriftsteller zu finden.«

»Du meinst, sie macht das für Lawrence Bentley? Das klingt ein bisschen weit hergeholt.«

»Und die Motive von Eloise und Edgar tun das nicht?« Ich unterdrückte ein Gähnen. Die ganze Sache ermüdete mich. »Bei Fieldings Trauerfeier hat Bentley in sehr deutlichen Worten klargemacht, wie sehr er das allgemeine Interesse an dem vermissten Stück verabscheut. Er wollte mich sogar davon überzeugen, dass es gar nicht existiert. Was, wenn er denkt, dass das Fielding-Stück, sollte es je wieder auftauchen, sein eigenes neues in den Schatten stellt? Immerhin war es nicht ganz einfach für ihn, die Finanzierung dafür zusammenzukriegen. Also ist es eigentlich auch logisch, dass er in so einer Situation jeden Konkurrenten ausschließen möchte.«

»Ruby und er tun also so, als hätten sie sich getrennt, sie lässt sich am People's Theatre engagieren, belauscht uns regelmäßig und arbeitet als Dienstmädchen für die Frau, bei der das Stück am ehesten zu finden ist?«

Ich nickte. »Und wir haben ihr geholfen, indem wir ihr gezeigt haben, dass sie auf der richtigen Spur ist.«

Während ich mein Glas leerte, dachte ich über die Verdächtigen nach. Mitten im Grübeln nickte ich ein und hätte wahrscheinlich die ganze Nacht durchgeschlafen – mit dem Glas noch in der Hand –, wenn das Telefon nicht kurz vor Mitternacht angefangen hätte zu schrillen.

»Rosie!«, brüllte Belle vom Treppenabsatz. Das Glas

fiel mir aus der Hand auf den Boden, von wo aus mich ein ungünstig positionierter Churchill anfauchte. »Rosie! Telefon!« Wenn man mitten in der Nacht einen Anruf bekommt, bedeutet das nie etwas Gutes. Mein Herz hämmerte, als ich auf den Flur stolperte und den Hörer von Belle entgegennahm. Ihr Tonfall passte zu ihrem Aussehen: zerzaust und aus dringend benötigtem Tiefschlaf gerissen. »Weißt du, wieviel Uhr es ist?«

»Noch nicht ganz Morgen?«

Sie stach mir ihren Wurstfinger in die Schulter. »Ich hoffe für dich, dass es wichtig ist. Und der, der da dran ist, soll bloß nicht noch mal so spät anrufen.«

Ich nickte und versuchte sie wegzuscheuchen. Sie rührte sich keinen Meter. »Hallo?«

»Rosie? Hier ist Agnes. Es tut mir leid, dass ich so spät anrufe.«

Meine Knie wurden ganz weich, so erleichtert war ich. Ich lehnte mich ans Treppengeländer und ließ mich auf den Boden gleiten. »Schon gut. Was ist denn los?«

Sie atmete so scharf ein, dass ich Angst bekam, in den Hörer gesaugt zu werden. »Die Akten sind weg.«

»Was?« Mein Kopf schlug gegen das Geländer. In einem seltenen Anflug von Menschlichkeit spürte Belle, dass jetzt nicht der beste Zeitpunkt war, um mich weiter zu reizen, und schwebte davon.

Agnes stöhnte noch einmal. »Da war ein Mann bei mir, der verlangt hat, dass ich ihm die Akten gebe.«

»Was für ein Mann?«

»Ein großer Mann in einer Marineuniform. Er hat keinen Namen genannt.«

Das war auch nicht nötig. Noch auffälliger hätte Edgar nur vorgehen können, wenn er eine Visitenkarte zurückgelassen hätte. »Und du hast ihn einfach machen lassen?«

Ihre Stimme erreichte wagnerianische Höhen. »Sie gehörten mir ja nicht.« Da hatte sie natürlich Recht, aber das änderte nichts an meiner Frustration.

»Hat er dir wehgetan?«

Ihre Stimme wurde leise. »Er hatte einen Revolver. Und ziemlich miese Laune.«

»Nimm es nicht persönlich. So ist er bei jedem.«

»Er hat mich gebeten, dir etwas auszurichten.«

Ich dachte an amputierte Finger in Einmachgläsern voller trüber Flüssigkeit.

»Ich soll dir danke sagen.«

»Dieser Hurensohn.« Ich machte das Licht an, damit Jayne gar keine andere Wahl hatte, als sich aufzusetzen und mit mir zu reden.

»Was ist los? Wer war denn am Telefon?«

»Agnes.« Ich sank auf mein Bett. »Edgar ist heute Abend bei ihr aufgetaucht und hat die Akten mitgenommen.«

»Woher wusste er denn, dass sie da waren?«

»Er muss mir nachgegangen sein.« Als ich meinem Kissen einen Faustschlag versetzte, flogen Federn hoch und schwebten dann langsam wieder herab.

Jayne schirmte ihre Augen vor dem Licht ab. »Jetzt hat er also ... was genau?«

»Ich weiß es nicht, aber es war ihm genug wert, um Jim dafür umzubringen. Das Stück ist so gut wie seins.«

Jayne seufzte und zog sich die Decke bis ans Kinn. »Ist das wirklich so schlimm? Es beweist doch ein für alle Mal, dass Eloise und Edgar hinter der ganzen Sache

stecken. Und wenn sie jetzt genug Hinweise zusammen-
haben, um an das Stück zu kommen, heißt das nicht
auch, dass niemand mehr umgebracht wird?«

Ich wickelte mich in meine Steppdecke und dachte
darüber nach. Edgar hatte die Akten gestohlen. Damit
widerfuhr Jim zwar alles andere als Gerechtigkeit, aber
falls Edgar damit das Manuskript in die Hände bekam,
würde wirklich niemand mehr sterben müssen. Und
auch wenn meine Neugierde auf diese Art sicherlich
nicht befriedigt wurde: Wenn Edgar das verflixte Stück
fand und zerstörte, war das immer noch sehr viel besser,
als zu einer weiteren Beerdigung gehen zu müssen.

»Du hast Recht«, sagte ich zu Jayne. »Wenn Edgar
wirklich findet, wonach er sucht, dann ist das gut.« Und
wenn nicht ... Darüber wollte ich nicht weiter nachdenken.

27 In der Sackgasse

Am nächsten Morgen ließ sich Ruby dazu herab, bei der Probe zu erscheinen, und ich wurde vom Liebling des Regisseurs zur Persona non grata. Nicht nur, dass ich während der Probe kaum noch etwas zu tun hatte, nein, obendrein beachtete Peter mich immer weniger, als wäre ich nicht nur auf der Bühne, sondern auch hinter den Kulissen lediglich ein Ersatz für Ruby gewesen. Die nächsten anderthalb Wochen verbrachte ich schmollend im Zuschauerraum, während die anderen probten, und versuchte mir zweierlei einzureden: Peter musste Ruby seine ganze Aufmerksamkeit widmen, um sie so schnell wie möglich auf den gleichen Stand wie das restliche Ensemble zu bringen. Und: Peter ignorierte mich nur deshalb, damit ich mich genauso fremd und verbittert fühlte wie alle anderen hier auch.

Ruby aber schaffte es weiterhin, nicht so häufig unter Peters Schikanen leiden zu müssen wie der Rest der Truppe, was die Sache nur noch schlimmer machte. So setzte Peter zum Beispiel eine Probe für Freitagabend an, was an sich schon eine Zumutung war, teilte der einen Hälfte des Ensembles allerdings eine frühere Startzeit mit als der anderen. Natürlich gehörte ich zur ersten Gruppe und vergeudete eine Stunde damit, im Foyer auf- und abzulaufen. Als endlich auch die zweite Hälfte aufkreuzte – zuerst entschuldigten sie sich noch, dann wurden sie selbstgerecht –, wurde die Probe ganz abgesagt, weil schon zu viel Zeit und Energie auf die Diskussion darüber verwendet worden war, wer Recht hatte.

Es war nicht weiter überraschend, dass weder Peter noch Ruby sich hatten blicken lassen.

Als Hilda die Probe für geplatzt erklärte, machten sich alle schweigend davon und suchten nach einem angemessenen Zeitvertreib, der sie für den bisherigen Abend entschädigen konnte. Ich war die Einzige, die keine weiteren Pläne hatte, aber anstatt mir zu überlegen, was ich mir Schönes vornehmen könnte, ließ ich mich von einem Gefühl der Verbitterung überwältigen, weil ich einen ganzen Abend zur Verfügung hatte und nichts zu tun. Als ich auf die Straße trat, ging es gegen acht Uhr. Ich war weder müde noch hungrig, noch verspürte ich sonst irgendein Bedürfnis, mit dem man seine Zeit verlässlich füllen konnte. Also beschloss ich, nach Hause zu laufen.

Der Januar war schon fast Februar geworden, aber was eigentlich tiefster Winter sein sollte, hatte kurzzeitig frühlingshafte Temperaturen angenommen. Der Mantel war zwar noch notwendig, aber beim Gehen erwiesen sich sowohl Hut als auch Handschuhe als überflüssig, und ich genoss die Launenhaftigkeit der Natur. Ich war nicht die Einzige, die sich an dem schönen Wetter erfreute. Überall hatten die Leute ihre Fenster weit geöffnet, um einen Winter voller Angst und Verzicht auszulüften. Eine leichte Brise wehte die Klänge abendlicher Radiosendungen die Straße hinunter, wobei sich die Pearl-Harbor-Live-Reportage mit einer Folge des *Lone Ranger* und der herrlichen Stimme von Lily Pons mischte, die an der Met Donizettis *Lucia di Lammermoor* sang.

Die Wut auf Peter trieb mich vorwärts, aber nach vier Blocks und einer umfassenden Analyse seiner wirklich großen Kenntnis der menschlichen Natur klang mein

Ärger ab. Ich beschloss, einen Zwischenstopp im Shaw House einzulegen, Jayne aufzustöbern und mit ihr noch etwas trinken zu gehen.

Zwar war ich jetzt milderer Stimmung, aber dafür wuchs während des einsamen Heimwegs meine innere Unruhe. Eines nach dem anderen verschwanden die Lichter um mich herum, als die Leute ihre Verdunkelungsjalousien herunterließen. Von einem Heimatschutzplakat herab warnte mich eine verwahrlost aussehende Frau: »Es ist gefährlich, wenn Menschen zu schnell ermüden, wenn Köpfe zu langsam denken, wenn Körper nicht genug Abwehrkräfte haben.« Da lag sie richtig. Aber genauso gefährlich war es, zu lange stehen zu bleiben, um Plakate zu lesen. Es waren nicht viele Autos auf der Straße, trotzdem hörte ich auf jedes Reifengeräusch auf dem nassen Straßenbelag – wer konnte schon wissen, ob Edgar enttäuscht von den Akten war und deshalb doch noch aus dem Stegreif ein zweites Treffen inszenieren wollte. Jedesmal, wenn ein Auto an mir vorbeifuhr, zog ich mich in die Schatten der Markisen über den Geschäften zurück, deren Beleuchtung längst gelöscht worden war. Gerade wollte ich mich zu meinen gelungenen Sicherheitsvorkehrungen beglückwünschen, als sich eine Hand um meine Schulter schloss.

»Ruby Priest?«, fragte eine Männerstimme.

Ich schüttelte die Hand ab und machte mich bereit, dem Menschen hinter mir meine Handtasche überzuziehen. »Sie haben die falsche Dame erwischt, Freundchen.«

Mein Verfolger blieb abrupt stehen. »Das tut mir furchtbar leid. Ich hoffe, Sie haben keinen Schreck be kommen. Sie ähneln einer Bekannten von mir.« Ich ging noch ein paar Schritte weiter, bevor ich mich umdrehte. Da stand – die Arme ausgebreitet, die Handflächen nach oben gedreht, um zu demonstrieren, dass er keinerlei Bedrohung darstellte – Henry Nussbaum, der Lieblings-verdächtige des falschen Fielding und Direktor des New Yorker Office of War Information.

Er schüttelte den Kopf. »Ich muss schon sagen, diese Ähnlichkeit ist fast unheimlich.«

Da hatte er Recht – ich hatte mich ihm ja damals in seinem Büro als Ruby vorgestellt. »Das ist auch kein Wunder: Ich bin sie. Ich meine ich. Ich bin ich.« Ich hät-te mir eine dezente Ohrfeige geben können. »Entschul-digen Sie, Mr. Nussbaum, Sie haben mich zu Tode er-schreckt. Ein Mädchen kann ja heutzutage nicht vorsich-tig genug sein.«

»Natürlich, das verstehe ich.« Er zog seine Leder-handschuhe aus, die das milde Wetter sowieso schon längst für überflüssig erklärt hatte. »Das ist allerdings ein glücklicher Zufall, wenn ich das so sagen darf. Ich wollte Sie nämlich ohnehin anrufen, aber dann fiel mir ein, dass ich Ihre Nummer gar nicht habe.«

»Tut mir leid.« War er mir gefolgt? Ich hatte ihm nicht erzählt, wo ich beziehungsweise Ruby Priest wohnte. Vielleicht hatte er mich nur anhand des Namens ausfin-dig gemacht? »Warum wollten Sie mich denn anru-fen?«

»Unser Gespräch hat mich noch lange beschäftigt. Hat dieser Betrüger denn mittlerweile gefunden, wo-nach er suchte?«

Damit bloß keine Pause entstand, plapperte ich los, bevor er hinter seinen Satz überhaupt einen Punkt setzen konnte. »Ich weiß es nicht. Nach meinem Besuch bei Ihnen fand ich, dass es wahrscheinlich am besten wäre, wenn ich mich aus der Sache raushalte.«

»Das war sicher eine kluge Entscheidung.«

Ich versuchte, mich zu erinnern, was ich ihm alles erzählt hatte, aber die Dinge, die ich mir in den letzten Wochen ausgedacht und zusammengeschwindelt hatte, hatten sich so ineinander verwickelt, dass ich keinen Plan mehr hatte, was wer von mir wusste. Wenn das so weiterging, musste ich mir demnächst Notizen machen.

»Nett, Sie getroffen zu haben«, sagte ich, »aber ich muss weiter.«

Er klemmte sich die Handschuhe unter den Arm. »Darf ich Sie ein Stück begleiten?«

Auch wenn er nicht gefährlich wirkte, hatte Jaynes Erfahrung doch gezeigt, dass man nicht vorsichtig genug sein konnte. Ich würde also darauf achten, dass wir auf der Seventh Avenue blieben und uns nahe an der Bordsteinkante hielten – und beim allerersten Anzeichen irgendwelcher Dummheiten würde ich losbrüllen, bis mir die Lungen platzten.

»Natürlich«, sagte ich.

Den ersten Block passierten wir schweigend, während Nussbaum vermutlich überlegte, wie er mir die Frage stellen sollte, wegen der er mich eigentlich hatte sprechen wollen. Obwohl der Abend so mild war, fing ich an zu zittern. Da half es auch nichts, die Hände in die Taschen zu stopfen.

An einer Ampel mussten wir lange warten, bis sie endlich grün wurde. Als hätte er nur auf ein solches Startsignal gewartet, räusperte sich Nussbaum. »Nach Ihrem Besuch habe ich ein paar Nachforschungen über

Raymond Fielding angestellt. Es ist mir peinlich, dass mir der Name nicht gleich etwas gesagt hat, als Sie ihn erwähnten.«

»Haben Sie ihn denn gekannt?«, fragte ich.

Er stürmte mit großen Schritten voran – ich konnte nur im Dauerlauf zu ihm aufschließen. »Ich habe von ihm gehört.« Nussbaum spitzte die Lippen wie jemand, der schwer über etwas nachdenken muss. »Wenn man Mr. Fieldings Hintergrund in Betracht zieht, frage ich mich, ob der fragliche vermisste Gegenstand vielleicht ein Theaterstück sein könnte?«

Beinahe hätte ich bei so viel verspäteter Erkenntnis losgeprustet, fand dann aber ein ernstes Nicken doch angemessener. »Das könnte sein. Aber was glauben Sie, warum behauptet dieser Betrüger, dass Sie die einzige Person wären, die weiß, wo der vermisste Gegenstand ist?«

Er nahm seinen Hut ab und betrachtete eingehend dessen Krempe. »Vielleicht glaubt er, dass das Stück oder sein Inhalt in irgendeiner Weise gefährlich sind. Wenn etwas Kontroverses in Umlauf gebracht wird, sind es immerhin wir, die meist als eine der ersten Organisationen davon in Kenntnis gesetzt werden.«

»Aber er hat ja nicht vom Office of War Information gesprochen, sondern er hat nur Ihren Namen genannt.«

Er setzte sich den Hut wieder auf. »Ich bin immerhin der Direktor des New Yorker OWI. Es wäre nur natürlich, wenn mein Name zum Synonym für die gesamte Organisation geworden wäre.«

Wir kamen an die nächste vierspurige Straßenkreuzung und schwiegen, bis die Fußgängerampel uns das Zeichen zum Weitergehen gab. Nussbaum preschte voran und schlug die Richtung zum Shaw House ein. Um ihm den Weg abzuschneiden, schoss ich an ihm vorbei. »An dieser Stelle muss ich mich verabschieden. Danke für die Begleitung und das Gespräch. Es tut mir leid, dass ich so wenig hilfreich war.« Ich drehte mich auf dem Absatz um und ging auf das Haus zu.

»Wie geht es mit der Schauspielerei voran, Miss Priest?«

Ich erstarrte. Hatte ich ihm erzählt, dass ich Schauspielerin war? Aber auch wenn nicht, man musste kein Meisterspion sein, um auf die Karriere der wirklichen Ruby Priest zu stoßen. »Besser als mit der Detektivarbeit, so viel ist sicher.«

»Wissen Sie, das OWI macht manchmal eigene Beiträge für Film und Radio. Falls Sie Interesse hätten, könnte ich Ihnen bestimmt ein paar Aufträge verschaffen.«

Versuchte er, mich zu bestechen? Warum? »Danke, aber ich komme ganz gut alleine zurecht.«

»Spielen Sie zur Zeit irgendwo?«

Wenn er wusste, womit Ruby ihr Geld verdiente, wusste er doch sicher auch, ob sie gerade ein Engagement hatte. Ich ging wieder ein Stück auf ihn zu und baute dabei einen kleinen Stolperschritt ein, um Zeit zu gewinnen. Was, wenn sein Interesse an Fielding nicht nur vorübergehender Art war? Gab es eine Verbindung zwischen ihm und Edgar und Eloise, hatten sie ihn an ihrer statt geschickt, um herauszufinden, was nicht in den Akten stand?

»Ja, in einem Stück am People's Theatre. Ich komme gerade von der Probe.« Darauf sagte er nichts, wahrscheinlich, weil er es sowieso schon wusste, aber noch keine Einzelheiten über die Aufführung gehört hatte.

»Wie heißt das Stück?«

Ich klimperte kokett mit den Wimpern. »Das darf ich nicht verraten, aber um ehrlich zu sein, der Titel würde Ihnen auch nichts sagen. Es ist noch nie vorher auf die Bühne gebracht worden.«

Er nickte und wandte sich dann zum Gehen. »Vielleicht sollte ich es mir einmal ansehen. Obskures Theater bereitet mir immer viel Vergnügen.«

Im Shaw House schlich ich gleich hinauf in mein Zimmer. Die Begegnung mit Nussbaum hatte einen so schlechten Nachgeschmack bei mir hinterlassen, dass ihn wahrscheinlich noch nicht mal ein Martini wegspülen konnte. Irgendetwas an Nussbaum war faul, aber er hatte es geschafft, unser Gespräch an einem Punkt abzubrechen, an dem ich ihm noch nicht hatte in die Karten schauen können. Unklar war auf jeden Fall, wie er mich aufgestöbert hatte.

Die Lust auf einen Drink mit Jayne war mir vergangen, so dass ich gleich ins Bett stieg und mit Cab Calloway und alten *Variety*-Ausgaben etwas gegen meine Anspannung unternahm. Churchill entschloss sich, für ein bisschen Wärme meine Nähe zu riskieren. Als er sich genüsslich an meiner Seite ausstreckte, musste ich doch tatsächlich den Drang unterdrücken, ihn zu streicheln. Ich war eindeutig zu lange nicht mehr richtig unter Menschen gewesen, wenn ich schon freundschaftliche Impulse einem Kater gegenüber bekämpfen musste.

Während ich mich durch Ankündigungen von Castings las, die schon lange vorbei waren, und durch Kritiken von Produktionen, die bereits wieder abgesetzt waren, wurden meine Lider schwer, und ich begann wegzunicken. Kurz bevor mein Gesicht auf dem Kissen landete, klopfte es an der Tür.

Ich fuhr hoch und rieb mir den Schlaf aus den Augen. Churchill machte einen panischen Satz zur Seite – als wäre ich das hässlichste Mädchen der ganzen Schule und er hätte Angst, mit mir zusammen gesehen zu werden. »Herein«, sagte ich.

Ruby witschte durch die Tür und schloss sie hinter sich. »Bist du allein?«

Sehr, sehr allein. »Nur ich und die Katze.« Churchill warf mir einen Blick zu, der deutlich machte, wie ungern er in einem Atemzug mit mir genannt wurde. »Was ist los?«

»Wie war die Probe?«, fragte sie.

»Ist ausgefallen. Was du bereits wüsstest, wenn du da gewesen wärest.«

»Ich hatte etwas zu erledigen. Eine persönliche Angelegenheit. Warum ist sie ausgefallen?«

Da sie keinerlei Anstalten machte, wieder zu gehen, gab ich ihr die Kurzfassung von Peters jüngstem Spielchen.

»Was für ein mieser Trick«, kommentierte sie.

Unterhielten wir uns hier gerade wie normale Menschen? Ich war mir nicht sicher. »So mies wie genial.«

»Ich hasse es, wenn man meine Zeit derartig vergeudet. Und er weiß das auch.« Eigentlich rechnete ich damit, sie postwendend wieder hinausstürmen zu sehen, nachdem sie nun wusste, was sie verpasst hatte. Stattdessen machte sie es sich auf meinem Bett bequem und tätschelte die Bettdecke in der Hoffnung, Churchill anzulocken.

»Genau darum ging es ja in dieser Übung, Rube. Und das Schöne daran ist, dass Peter nie irgendwas wiederholt. Wir können also ganz beruhigt sein, das war sicher das letzte Mal, dass wir für dieses Stück einen Freitagabend drangeben mussten – mal abgesehen von den eigentlichen Vorstellungsterminen.«

Ruby rollte Churchill auf den Rücken. »Hast du wegen der Probe etwas anderes abgesagt?«

Ich wollte partout nicht zugeben, dass ich kein Sozialleben hatte, also erfand ich etwas. »Kino. Dann was trinken gehen. Das Übliche.«

Churchill schlug mit der Pfote nach ihrem Haar und wurde nachdrücklich daran erinnert, dass man Ruby Priest nicht ohne ihr Einverständnis berührte. »Hat dein Freund dich noch getroffen?«

»Welcher Freund?«

»Ein älterer, sehr gut aussehender Gentleman. Er ist vor dem Haus herumgeschlichen, als ich heimkam, und hat gefragt, ob du da bist. Ich habe ihm gesagt, dass du wahrscheinlich noch bei der Probe bist.«

Alle meine Muskeln hörten gleichzeitig auf zu funktionieren. »Und er hat nach mir gefragt?«

Ruby ließ die Wimpern flattern. »Er nannte dich Rosalind. Aus seinem Mund klang es wie Poesie.«

In meinem Kopf drehte sich alles um die Frage, wie Henry Nussbaum erfahren hatte, dass ich nicht Ruby war. »Wollte er noch was über mich wissen?«

Sie massierte Churchill den Bauch, bis sein Bein vor Wohlbehagen zuckte. »Nur in welchem Theater du probst. Ich habe ihm den Weg erklärt, und dann ist er gegangen.«

Die Fotos! Er musste herumtelefoniert und herausgefunden haben, dass Ruby im Shaw House wohnte. Dann hatte er sich Zugang zum Haus verschafft und unten in der Diele die Porträtbilder an der Wand gesehen. Unter meinem stand mein voller Name. Jetzt musste er nur noch feststellen, dass mein Name nicht zu meinem Gesicht passte, und, puff, war meine Tarnung aufgeflogen.

»Ich wollte dir noch etwas anderes sagen«, fuhr Ruby fort. »Edgar Fielding ist tot.«

Ich schoss so schnell in die Höhe, dass Churchill gegen die Wand prallte. »Was?«

»Sie haben heute morgen seine Leiche in Eloises Wohnung gefunden. Deswegen war ich heute nicht bei der Probe. Die Polizei sagt, es war ein einzelner Schuss in die Schläfe.«

Einen Moment lang fühlte ich eine gewisse Freude darüber, dass Edgar sein Fett wegbekommen hatte. Aber diese Regung war so schnell, wie sie in mir hochgestiegen war, auch wieder verschwunden. Edgar war ein Dreckskerl gewesen, aber das hatte er nun doch nicht verdient. Wichtiger noch: Was hatte das zu bedeuten? War Edgar nur durch Zufall Opfer eines Mordes geworden, oder war davon auszugehen, dass er nicht als Einziger hinter dem Stück hergewesen war?

»Ist irgendwann in der letzten Woche etwas in die Wohnung geliefert worden? Zum Beispiel ein paar Weinkisten?«

Ruby schüttelte den Kopf. »Nicht dass ich wüsste, aber ich durfte sein Zimmer sowieso nicht betreten. Die ganze Wohnung ist auf den Kopf gestellt worden. Eloise hat mich nur dazugebeten, um ihr beim Aufräumen zu helfen.«

Eloise konnte doch ihren eigenen Sohn nicht wegen

des Stückes ermordet haben; das ergab überhaupt keinen Sinn, vor allem nicht, wenn die Akten jetzt schon
wieder verschwunden waren. Aber vielleicht hatte Nussbaum oder Lawrence Bentley oder ...

»Alles in Ordnung?«, fragte Ruby.

»Ich glaube, ich bekomme eine Erkältung.«

Ihre Hände flogen sofort als improvisierte Schutz-
maske vor ihr Gesicht. »Eine Erkältung? Vielleicht sollte
ich dann besser gehen. Ich möchte die Produktion nur
äußerst ungern gefährden.«

»Natürlich«, sagte ich.

Sobald Ruby weg war, lockte ich Churchill wieder an
meine Seite und vergrub mich unter den Decken. Der
Mörder lief also noch frei herum. Und jetzt waren zusätzlich zu dem Stück auch noch die Akten verschwunden, diesmal wirklich. Und der falsche Fielding war ...

»Ihr zwei gebt aber ein hübsches Bild ab.« Jayne war
ins Zimmer gekommen und schleuderte ihre Abendtasche auf die Kommode. Churchill erhob und streckte
sich ehrerbietig. »Ich dachte, du hättest heute Abend
eine Probe?«

»Die hat sich als neue Entfremdungsübung herausge-
stellt. Schon um halb acht war wieder jeder gegen jeden.«

Jayne zog den Mantel aus und entfernte die Strass-
ohrringe aus den Ohrläppchen. »Das ist doch Wahnsinn:
dein ganzer Abend verhagelt – für nichts. Machst du mir
mal den Reißverschluss auf?« Sie trug ein spektakuläres
bronzefarbenes Kleid, das am Rücken bis zur Taille ausgeschnitten war. Mit viel Geduld ließ sich der Reißverschluss dazu überreden, an ihrem Hüfthalter vorbei bis
nach unten zu wandern. »Du hättest mit uns kommen

sollen. Tony hat mich zum Abendessen ins Copacabana ausgeführt.«

»Du warst mit Tony aus?«

»Ich dachte mir, es kann nichts mehr passieren. Jetzt, wo die Akten da sind, wo sie hingehören, hat Edgar doch so schnell keinen Grund mehr, irgendwen zu bedrohen.«

»Das kannst du laut sagen – Edgar ist tot.«

Eine halbe Ewigkeit lang blieb Jayne stehen, mit dem Rücken zu mir, dann drehte sie sich langsam zu mir um. »Seit wann?«

»Sie haben die Leiche heute Morgen gefunden. Und offenbar sind die Akten wieder verschwunden.«

Sie sank aufs Bett und faltete die Hände zum Gebet. »O Gott.« Ihr Gesicht fiel in sich zusammen, ihre Augen wurden feucht. Es war mir ein Rätsel, warum sie ausgerechnet jetzt so emotional wurde. Zwei Männer waren schon tot – warum nun diese Trauer wegen eines dritten, der sie zuerst verprügelt und ihr dann noch gedroht hatte, sie zu ermorden? »Er hat gesagt, es gibt etwas zu feiern, aber er wollte mir nicht sagen, was. Ich dachte, es geht um irgendein Geschäft, das gut gelaufen ist.«

»Von wem redest du? Tony?« Jayne nickte. »Was sagst du da?«

»Al hat Tony gesagt, wer mich geschlagen hat.« In ihren Augen stand die Erkenntnis, dass jetzt eingetreten war, wovor sie sich die ganze Zeit gefürchtet hatte.

»Das würde er nicht tun«, sagte ich. »Das ist nicht Tonys Art. Er würde ihn sich vorknöpfen, sicher. Ihm eine Lektion erteilen. Aber er würde nicht ... nicht dort ...« Bevor ich den Gedanken zu Ende gedacht hatte, unterbrach ich mich. »Das hier hat nichts mit Tony zu tun. Es ist das Stück, Jayne. Es muss einfach so sein. Wir waren nicht die Einzigen, die nicht wollten, dass Edgar es findet.« Was war besser: davon auszugehen, dass Edgar von dem gleichen unbekannten Killer umgebracht worden war, der auch Jim und Raymond auf dem Gewissen hatte? Oder zu hoffen, dass tatsächlich Tony eingeschritten war und wir somit nichts zu befürchten hatten?

»Du hast Recht«, sagte Jayne. »Natürlich hast du Recht.« Sie stand auf und schälte sich aus ihrem Kleid. »Der Mörder läuft also immer noch frei herum. Aber wer ist es?«

»Ein paar Ideen habe ich da.« Ich erzählte ihr von meinem seltsamen Begleitschutz auf dem Nachhauseweg. Während meines Berichts versuchte ich, irgendeinen Sinn in Nussbaums wieder aufgeflammtem Interesse zu erkennen. Was hatten er und Fielding gemeinsam? Sie waren beide Männer, sie waren beide ungefähr gleich alt, aber das waren auch schon alle Ähnlichkeiten. Die einzige Verbindung zwischen ihnen konnte nur das Stück sein – Fielding hatte es geschrieben, und Nussbaum, als Direktor des OWI, wollte nicht, dass es herauskam. Aber der einzige Grund für Nussbaum, dieser Tage die Daumenschrauben anzusetzen, war doch – der Krieg.

Der Krieg.

»Rosie?«

Die Worte purzelten nur so aus mir heraus. »Nussbaum ist ein Veteran aus dem Ersten Weltkrieg. Fielding auch.« Ich stand auf und ging zum Fenster. »Vielleicht ist ja die Verbindung zwischen den beiden nicht das, was sie heute tun, sondern das, was sie mal getan ha-

ben?« Es musste doch ein offizielles Armeeregister geben, dem man entnehmen konnte, ob beide in derselben Einheit gedient oder sich ihre Pfade an einem anderen Punkt gekreuzt hatten. Aber wahrscheinlich konnte
man nicht einfach zum Telefonhörer greifen und dann
Zugang zu einem solchen Register verlangen.

Jayne las meine Gedanken. »Wie willst du das beweisen?«

»Kann ich nicht.«

Sie ließ ihre Nägel gegen die Zähne klackern und
schnipste dann mit den Fingern. »Was ist mit Harriet?
Ich wette, sie weiß, wie wir herausbekommen, was wir
brauchen.«

Jayne warf sich einen Kimono über, und wir stürmten
in den Flur. Harriet Rosenfeld, unsere Kriegsexpertin
vor Ort, die uns schon das OWI nahegebracht hatte, öffnete die Tür sehr viel schneller als bei unserem letzten
Besuch. Diesmal begrüßte uns auch nicht das häusliche
Mädchen mit Brille und Enthaarungscreme, sondern ihre gutaussehende Cousine.

»Rosie? Jayne? Was für eine nette Überraschung. Was
kann ich für euch tun?« Sie ließ uns herein. Ihr Zimmer
hatte sich seit dem letzten Mal stark verändert. Die Anzeichen für ihren Beruf am Theater waren verschwunden. Der Krieg hatte die Überhand gewonnen.

Sicherlich hätten wir uns eine Bemerkung dazu nicht
verkneifen können, wenn wir nicht von Harriets Anblick
so gebannt gewesen wären. Sie trug ein rotes Samtkleid,
das wie eine topographische Karte jede Kurve hervortreten ließ.

»Willst du ausgehen?«, fragte ich.

Sie nickte und nestelte an ihrer kleinen, mit Perlen

bestickten Tasche. »Ich gehe noch auf einen Schlum-
mertrunk mit dem Direktor der United Service Organi-
zations.«

»Was hält denn dein Freund davon?«, fragte Jayne.

Harriet schloss die Tür und drängte uns an die Au-
ßenwand des Zimmers. »Es war seine Idee.« Sie senkte
die Stimme. »Ich sammle Informationen. Harold und
ich arbeiten an einem Artikel über die USO und das,
was sie mit ihrem Geld macht.«

»Für *Stars & Stripes*?«, fragte ich.

»Für jedes Magazin, das ihn drucken will. Ich bin seine Reporterin vor Ort.«

Man musste Harriet einfach bewundern. Sie war
durch nichts von ihrem Ziel abzubringen, kam aber dabei auch zu entsprechenden Ergebnissen.

»Und wie steht's bei euch beiden?«, fragte sie.

»So etwas Aufregendes haben wir nicht vor«, antwortete ich. »Wir dachten, wir kommen einfach mal so vorbei.«

Jayne ging im Zimmer herum und tat so, als läse sie
die Zeitungsartikel an der Wand. »Eine Frage hätten wir
aber auch noch. Und zwar, wie man etwas über einen
Erster-Weltkriegs-Veteranen herausfinden kann?«

Harriet nickte und sagte dann so lange nichts mehr,
dass ich schon dachte, sie hätte die Frage wieder vergessen. »Wenn du meinst: Wie kann man Zugang zur Ar-
meeakte von jemandem bekommen, dann vergiss es.«

»Oh.« Dass unser Vorhaben schlichtweg unmöglich
sein könnte, hatte ich nicht bedacht. »Keine Chance?«

Ein schelmisches Grinsen kroch über ihr hübsches
Gesicht, was es fast noch anziehender machte. »*Du* bekommst keinen Zugang zu der Akte, aber andere
schon.«

»Wer zum Beispiel?«, fragte Jayne.

Harriet deutete mit dem Kopf auf das Foto ihres Verlobten. »Für seine Artikel muss Harold ja immer mal wieder Einzelheiten nachprüfen, was die Karriere dieser Leute angeht – deswegen hat er die Erlaubnis zur Akteneinsicht.« Sie nahm Stift und Block vom Schreibtisch und sah uns auffordernd an. »Wen soll er für euch recherchieren?«

Ich warf Jayne einen schnellen Blick zu. Sollte ich weitermachen? Sie zuckte mit den Schultern, also preschte ich vorwärts.

»Der Erste ist Raymond Fielding.«

Harriet notierte sich den Namen. »Noch jemand?«

»Henry Nussbaum.«

Harriets Stift verharrte über dem Papier in der Luft. »Der Direktor des New Yorker OWI?«

Spontan erschien es mir besser, mich dumm zu stellen. »Weiß ich nicht. Arbeitet da jemand, der so heißt?«

Sie kaufte es mir ab. »Natürlich.« Ich rechnete damit, dass sie uns gleich nach den Gründen für unser Interesse fragen würde, aber sie hielt sich zurück. Harriet schien zu begreifen, dass es eine Sache war, uns einen Gefallen zu tun, eine ganz andere aber, wissen zu wollen, was wir im Schilde führten. »An diese Akte zu kommen könnte schwer werden ... Aber vielleicht kann Harold die hohen Tiere davon überzeugen, dass er einen Text schreibt über den Krieg an der Heimatfront und die militärischen Bemühungen gegen die Gegenpropaganda.« Sie hob das Kinn. »Ein solcher Artikel würde sich sowieso durchaus lohnen.« Sie schrieb Nussbaums Namen unter den von Fielding. »Noch jemand?«

»Das sind alle«, sagte Jayne.

Harriet klappte ihren Notizblock zu. »Ich weiß nicht, wie lange es dauert, an eure Informationen dranzukommen, aber ich tue, was ich kann. Es ist toll, dass ihr beide euch jetzt so für Politik interessiert.«

28 Miss Information

Die Zeitungen am nächsten Morgen bestätigten den Mord an US-Marinekapitän Edgar Fielding. Die jeweils über zwei Spalten laufenden Artikel ließen keinen Zweifel daran, dass Edgar die Welt als Sohn von Raymond Fielding verlassen hatte. Seine Mutter hatte augenscheinlich keinerlei Eile, mit diesem Mythos aufzuräumen. Zwei Tage später sollte an einem streng geheimen Ort eine Trauerfeier stattfinden. Zwar hätte mich Eloises derzeitige Gemütslage schon sehr interessiert, aber ich fand doch, dass es nicht ganz in Ordnung gewesen wäre, die Festlichkeiten zu stören. Also verließ ich mich in Sachen Neuigkeiten aus Eloises Apartment voll auf Ruby.

»Sie macht nichts anderes, als in der Wohnung auf und ab zu gehen, Tag und Nacht. Ich würde sagen, die Frau ist untröstlich, und zwar so richtig.« Zwei Tage nach dem Mord gingen Ruby und ich gemeinsam zur Probe. Ich vertraute ihr zwar immer noch nicht, fand es aber doch merkwürdig beruhigend, dass sie weiter für Eloise arbeitete, auch wenn sie dort ganz sicher keine weiteren Hinweise über den Verbleib des Stückes bekommen würde. Wenn Ruby nichts über die Akten wusste, war es unwahrscheinlich, dass sie oder Lawrence Bentley hinter Edgars Tod – oder dem der anderen – steckte.

Wir betraten das People's Theatre und beendeten unser Gespräch. Peter hatte eine Schweigeeegel aufgestellt, die den ganzen Tag galt, von dem Moment an, in dem wir einen Fuß ins Gebäude setzten, bis zum Ende der Probe. Und als wäre das nicht schon frustrierend genug, mussten wir seit neuestem bereits eine Stunde vor Probenbeginn im Theater sein, um uns in Ruhe vorzubereiten. An Unterhaltungen war nur das erlaubt, was im Textbuch stand. Sosehr mir dieser Versuch auch verhasst war, den Text künstlich mit einer Bedeutung aufzuladen, die er nicht besaß – ich musste zugeben, dass es funktionierte. Die Rage, die jede von uns in der unnützen, schweigend verbrachten Stunde aufbaute, gab den schwachen profillosen Figuren ein Feuer, das nicht heller gelodert hätte, wenn das Manuskript mit Brandbeschleuniger geschrieben worden wäre. Der Wunsch zu reden ließ uns neue Wege finden, die paar Worte, die uns pro Tag zu Verfügung standen, zu artikulieren – wir waren fest entschlossen, mit unserer wenigen Munition die größtmögliche Wucht zu entfalten.

Natürlich konnte Peter es sich nicht erlauben, die so sorgfältig erzeugte feindselige Atmosphäre zu gefährden, indem er uns zu Wort kommen ließ. Am Ende einer jeden Probe zerpflückte er unsere Leistungen und nannte sie hölzern, kindisch, unprofessionell, peinlich, künstlich und absolut unangemessen. Unter stillem Protest mussten wir uns anhören, wie seine Kritik dann persönlich wurde: Wir seien zu alt, zu unattraktiv, zu dick und legten eine Körperhygiene an den Tag, die jeden Eingekerkerten erröten lassen würde. An manchen Abenden waren wir nach solch grausamen Ausfällen nicht entlassen, sondern mussten wieder auf die Bühne steigen und das ganze Stück noch einmal durchspielen, so müde, verletzt und wütend, wie wir waren. An diesem Punkt wurde es dann meistens richtig interessant. Die wenigen

Worte, die wir benutzen durften, reichten lange nicht mehr aus, um auf der Bühne das auszudrücken, was uns auf dem Herzen lag. Wir stampften also mit den Füßen, bis die Bretter bebten, wir schmissen schlecht zusammengeschusterte Möbelstücke durch die Gegend, bis sie hörbar splitterten, und wir ließen unseren Zorn an den Kolleginnen aus, bis jede von uns einen blauen Fleck in Form einer Hand auf ihrem Oberarm hatte. Die Wut, die Peter in uns schürte, war auf ihre Art unglaublich befreiend. Wahrscheinlich fühlte sich der Krieg genauso an.

Und das Stück veränderte sich. Ich hatte hinter den Kulissen aufgeschnappt, dass ich nicht die Einzige war, die das Manuskript widerwärtig fand. Auch wenn ein Oktett wütender Schauspielerinnen das fragwürdige Ausgangsmaterial natürlich nicht ganz wettmachen konnte, war es doch eine Garantie für derart erstaunliche Einzelleistungen, dass man über die Mängel des Textes hinwegsehen konnte. Es war vielleicht ein schlechtes Stück, aber es würde eine tolle Aufführung werden.

Wenn ich die Sache mit kühlem Kopf betrachtete, war ich in einem Winkel meines Herzens ganz froh, nur die Zweitbesetzung zu sein. Teil einer Produktion zu sein, die einen jeden Abend dazu zwang, an tiefen dunklen Stellen zu graben – das musste man erst einmal aushalten. Um die Wut zu empfinden, die Peter von mir forderte, wenn ich denn tatsächlich mal für Ruby einsprang, versetzte ich mich immer wieder in meine letzte Begegnung mit Jack. Als mich das nicht länger zum Weinen brachte, dachte ich mir Szenarien aus. Jack in Gefangenschaft. Jack in einem Arbeitslager. Jack verletzt. Jack tot. Das Schöne am Schauspielern ist ja, dass man sich alles vorstellen darf, sich von jeder möglichen Wirklichkeit überzeugen kann. Das Schreckliche am Schauspielern ist dafür, dass man das alles tatsächlich empfindet, und zwar an fünf Abenden pro Woche und sonntags gleich zweimal. So oft sollte wirklich niemand trauern.

Immerhin kam Peter am Ende einer Probe auf mich zu, nach einer ganzen Woche, in der er kein Wort mit mir gesprochen hatte.

»Haben Sie kurz Zeit, Rosie?« Ich unterdrückte den Reflex, mich umzudrehen und nachzusehen, ob da eine andere Rosie hinter mir stand. Hatte Ruby sich nicht nur meine Rolle, sondern auch noch meinen Namen unter den Nagel gerissen?

»Ich denke schon.« Ich ging zurück ins Foyer und ließ mich auf eine der Bänke plumpsen.

Peter, der zwar meine gedrückte Stimmung registrierte, aber nicht begriff, dass er die Ursache dafür war, lächelte beruhigend. »Wie fanden Sie die Probe heute?«

»Grausam«, sagte ich. »Ich glaube, mittlerweile möchte Sie jede Frau in diesem Theater am liebsten umbringen.« Seine Kommentare nach der Probe waren diesmal derart harsch gewesen, dass er sich wahrscheinlich den ganzen Tag darauf vorbereitet hatte, um nur ja jede von uns an ihrem wundesten Punkt zu treffen.

»Sehr schön. Ich hatte schon Angst, dass mir nichts Wirksames mehr einfällt.« Er lächelte dieses vertraute Lächeln, das mir das Gefühl gab, ich sei die einzige Person im Raum (in diesem Fall eine einfache Übung, immerhin war ich ja auch die einzige). Ich hätte entzückt oder zumindest zufrieden sein müssen, weil er wieder mit mir redete, aber die ganze Situation machte mich

eher mürrisch. Ich schlang die Arme um meinen Oberkörper, wie um mich auf einen Aufprall vorzubereiten.

»Die Probe ist vorbei, Rosie. Sie brauchen nicht mehr
wütend zu sein.«

»Das könnte ich nicht ertragen, ich habe doch sonst
nichts im Leben.« Ich ließ die Arme hängen und versuchte die Schultern zu entspannen. »Wie soll das denn
in der letzten Probenwoche noch werden? Luftangriffe?
Landminen? Chinesische Wasserfolter?«

Er lachte und nahm den Bücherstapel hoch, den er
neben sich abgelegt hatte. »Nein, morgen müssen wir
mit anderen Leuten fertig werden. Ich möchte nicht jeden Elektriker und Bühnenarbeiter in meine Methoden
einweihen. Da schaust du einmal nicht hin, und jedes
Theater in der Stadt macht es genauso.« Sein Lächeln
verblasste. »Würden Sie vielleicht jetzt etwas mit mir
trinken gehen?«

»Ich glaube nicht, dass ich heute Abend die beste Gesellschaft bin.«

Er stupste mit dem Zeigefinger gegen mein Bein. »Es
ist ein Prozess, das ist alles. Ist nicht persönlich gemeint.«

Redete er über die Proben oder über uns? Es war mir
nicht klar. Ich wusste nur, dass ich müde war und es
nicht länger ertragen wollte, wie er mit meinen Gefühlen spielte. »Ich weiß, dass es nur ein Prozess ist, Peter,
und Sie wissen, dass Sie keine Schauspielerin durch die
Hölle treiben können, ohne dass sie sich dabei den
Arsch versengt. Wenn wir gut sind in dem, was wir machen, dann nehmen wir immer auch einen Teil davon
mit nach Hause.«

»Dann reden wir einfach nicht über das Stück. Wir
reden über etwas anderes.«

Ich sah ihm in die Augen. Er meinte es ernst. In der Frage, welcher Peter der wirkliche Peter war, machte der hier gerade einen überlegenen Eindruck.

Ich lächelte. »Ich bin Schauspielerin, und Sie sind Regisseur. Worüber sollten wir sonst reden, wenn nicht über das Theater?«

»Da wird uns schon etwas einfallen.« Wir starrten uns an. Jeder wartete auf die Versicherung des anderen, dass wir das Richtige taten, dass wir keine ungeschriebenen Gesetze verletzten. Unsere Gesichter bewegten sich nach vorn, meines nach rechts, seines nach links, dann ging es nach außen und nach innen, als würden wir uns fragen: *Ist das erlaubt?*

Zeit, das herauszufinden, hatten wir nicht. Bevor unsere Lippen sich öffnen, sich treffen, sich berühren und wieder voneinander lassen konnten, erscholl von der Tür zur Straße ein rasselndes Klopfen. Mit einem Satz wichen wir zurück, jeder ans äußerste Ende der Bank.

»Ja?«, rief Peter.

»Wir suchen Rosie Winter«, hörte man eine gedämpfte Stimme von draußen.

Ich stand auf und schaute durchs Türglas. Zwei weibliche Silhouetten standen im Schein der Straßenlaterne. Peter schloss auf. Das Licht aus dem Foyer fiel auf Jayne und Harriet. Sie standen nebeneinander und hatten beide die Hände in den Taschen und die Hüte schief übers linke Auge gezogen.

»Was macht ihr denn hier?«, fragte ich.

»Wir dachten, wir könnten uns jetzt um diese Angelegenheit kümmern, du weißt ja«, sagte Jayne. »Und vielleicht möchtest du mitkommen.«

»Die USO-Sache«, fügte Harriet hinzu. »Worüber wir

gestern gesprochen haben.« Licht brach durch Wolken, und ich nickte, weil ich endlich kapiert hatte. »Stimmt. Ich hatte vergessen, dass das heute ist.« Peter räusperte sich. »Das ist meine Zimmergenossin Jayne Hamilton und das unsere gemeinsame Freundin Harriet Rosenfeld. Das ist Peter Sherwood.«

Harriet schüttelte Peter die Hand. Jayne tat es ihr nach, nahm sich aber doppelt so viel Zeit dafür, um den Mann genau unter die Lupe nehmen zu können. »Freut mich sehr«, girrte sie.

»Bis morgen, Peter«, sagte ich, schnappte mir Jayne und Harriet und zog sie hinaus in die Nacht.

Wir rannten so schnell davon, als wäre die Flucht vor Peter unsere Hauptsorge. Ein Mann mit einer abgetragenen Melone und einem Hahnentritt-Mantel stellte sich uns in den Weg und streckte uns einen Stapel Flugblätter entgegen. Jayne und Harriet umrundeten ihn eilig, nur ich nahm ihm gedankenlos einen der Zettel aus der Hand. »Von Rassen und Völkern«, stand darauf. »Warum fallen Sie auf die Lüge der Gleichheit herein?« Ich zerknüllte das Flugblatt und schob es schnell in die Tasche, bevor Harriet Wind davon bekam. Um den Mann wissen zu lassen, was ich von seiner Gabe hielt, streckte ich ihm die Zunge heraus.

Sobald wir so weit weg waren, dass Peter uns ohne den Einsatz ausgeklügelter Gestapo-Technik unmöglich belauschen konnte, verlangsamte ich und versuchte mir ein Bild von der Lage zu machen. »Warum die ganze Heimlichtuerei? Hätte das nicht warten können, bis ich wieder zu Hause bin?«

»Peter ist süß«, sagte Jayne. »Ein bisschen abgeschabt an den Ecken, aber es könnte schlimmer sein.«

Von meinem Bauch aus kroch mir die Schamesröte bis in die Haarspitzen. Ich klopfte ihr auf die Schulter. »Beantworte meine Frage.«

»Wir waren gerade in der Gegend«, behauptete sie.

Ich führte sie ins John Kelly's, die Bar, in der Peter und ich vor Wochen gewesen waren. Wir nahmen einen Ecktisch in Beschlag, der von einem überquellenden Aschenbecher beherrscht wurde.

Außer uns waren keine Frauen anwesend. Eine Runde älterer Männer saß über einen großen Bierkrug gebeugt da und erzählte sich Geschichten, offenbar mit einem solchen Inhalt, dass bei unserem Eintreten die Stimmen gesenkt wurden. An der Bar hockten zwei einsame Männer, der eine vertieft in eine Zeitung, der andere mit dem Studium des vernarbten Holzes beschäftigt, auf dem sein Glas abgestellt war. Schräg gegenüber schienen drei Seekadetten unsere Ankunft als Zeichen zu deuten, dass der Abend noch lustig zu werden versprach.

Unsere erste Runde Bier wurde in schmutzigen Henkelkrügen gebracht, die die Fingerabdrücke unserer Vorgänger trugen. Aus dem Grammophon baten uns Sammy Kaye und sein Orchester: »Remember Pearl Harbor«. Als ob wir das vergessen könnten.

»Was gibt's Neues?« Ich zog ein Taschentuch hervor und putzte mein Glas außen ab.

Erst nachdem Harriet sich im Raum umgesehen hatte, rückte sie näher an mich heran. »Es sieht so aus, als teilen deine Jungs noch mehr als nur eine gemeinsame Zeit beim Militär.«

Ich beugte mich zu ihr und legte die Hände um mein Bierglas. »Weiter.«

In diesem Moment näherte sich einer der Kadetten. Das Marinemützchen klemmte unter seinem Arm, die Schuhe waren derart auf Hochglanz poliert, dass wir uns darin spiegelten. Er war das Einzige, was in dieser Bude sauber war.

»Guten Abend, die Damen. Meine Freunde und ich wollten noch in eine Tanzhalle gehen, hier gleich die Straße hoch, und vielleicht würden Sie uns ja begleiten?«

Die Freunde winkten uns von ihrem Tisch aus zu. Jayne wedelte ihm mit ihrem Ring vor der Nase herum. »Verheiratet.«

Harriet ließ den Kopf hängen. »Vermisst.«

Ich krallte mich in mein Taschentuch. »In Trauer.«

Sein Gesicht wurde weißer als seine Uniform. »Verzeihen Sie mir, meine Damen. Einen angenehmen Abend noch.«

Nachdem wir diese Formalität erledigt hatten, nahmen wir alle einen tiefen Schluck Bier. Der Barmann machte das Grammophon aus und dafür das Radio an. Ein Eishockeyspiel der Rangers wurde übertragen. Der Kommentator ließ sich darüber aus, dass die Black Hawks am nächsten Tag ihren gesamten linken Außenflügel an die Armee verlieren würden, weswegen es nur fair wäre, wenn sie dieses Spiel gewannen – sozusagen als verdientes Abschiedsgeschenk.

»Fielding und Nussbaum waren in derselben Kompanie«, flüsterte Harriet.

»Waren sie befreundet?«, fragte ich.

Sie schüttelte den Kopf. »Zweifelhaft. Nussbaum war Zugführer und Fielding ein Fußsoldat. Es hat wohl nachträglich Fragen gegeben, wer in der Nacht, als Fielding sein Bein verlor, die Verantwortung getragen hat.«

»Heißt?«

»Das Bein ist nicht in der Schlacht verloren gegangen. Sie waren im Lager, und Nussbaum wollte Fielding einen Streich spielen, ihm eins auswischen für irgendwas. Er hat einen Knallfrosch im Plumpsklo deponiert. Nur war der Knallfrosch leider kein harmloser Böller, sondern eine Mörsergranate, und die hat dazu geführt, dass Fielding sein Bein verlor und eine Untersuchung angestrengt wurde. Ein Fehlverhalten konnte nicht nachgewiesen werden, und Nussbaums Akte wurde gelöscht.«

»Warum?«, fragte ich.

»Dazu komme ich noch. Bevor er sein Bein verlor, verbrachte Fielding mit seiner Kompanie einen langen, kalten, ereignislosen Hungerwinter in Frankreich. Damit es nicht ganz so eintönig wurde, haben sie sich gegenseitig unterhalten. Fielding und ein anderer Soldat, der vor dem Krieg als Schauspieler gearbeitet hatte, schrieben Gute-Laune-Sketche über das Leben im Feldlager, in die sie auch Details aus dem Leben ihrer Kameraden einflochten. Aber der Winter war noch lange nicht zu Ende, und die Stimmung ging entsprechend den Bach runter, und deshalb haben sie sich schließlich in ihren Witzen auf den Kompanieführer verlegt – und einen ganzen Varieté-Abend auf Nussbaums Kosten zusammengestellt.«

Das alles klang merkwürdig vertraut. Hatten nicht die Artikel an Nussbaums Bürowand über eine ähnliche Geschichte berichtet – Truppen, die sich während der härtesten Kriegsmonate ihr Unterhaltungsprogramm selbst ausdachten? »Und deswegen hat Nussbaum gleich eine Granate in den Lokus gepackt? Wegen ein paar Witzen?«

Harriet trank in einem Zug ihr halbes Glas leer. »In dem offiziellen Bericht über den Unfall beschreiben die, die dabei waren, die Sketche als im Rahmen des Üblichen. Nussbaum hat sich offenbar wohlwollend auf die Schippe nehmen lassen, und niemand ist davon ausgegangen, dass Fielding und sein Schauspielerfreund irgendwie boshaft sein wollten. Das Untersuchungsprotokoll setzt sich noch damit auseinander, ob Nussbaum sich angegriffen gefühlt haben könnte oder nicht, und dann bricht es ab.«

Die Black Hawks schossen ein Tor, und die Männer an der Bar stöhnten auf.

»Bricht ab?«

»Fielding hat Nussbaum verteidigt und erklärt, dass alles nur ein Unfall gewesen ist, nicht mehr. Alle Anklagepunkte wurden fallen gelassen, und Nussbaum konnte seine Laufbahn ohne einen Flecken auf der Weste weiter vorantreiben.« Während ich schlückchenweise von meinem Bier trank, dachte ich nach. Vielleicht hatte Fielding geglaubt, er habe mit seinem Spott teilweise selbst Schuld an dem, was ihm zugestoßen war – und sich entschlossen, Nussbaum aus der Patsche zu helfen. Vielleicht aber hatte Nussbaum auch etwas zu Fieldings Stimmungswandel beigetragen. Auf jeden Fall war Nussbaum zwanzig Jahre später möglicherweise zu der Ansicht gelangt, dass Fielding seine damalige Entscheidung bereute und Rache üben wollte – indem er ein Stück schrieb, das seine Sicht auf die Ereignisse im Feldlager darstellte und Nussbaum ausreichend für den Verlust eines Beines bestrafte.

In diesem Fall wäre es nachvollziehbar, dass Nussbaum das Stück finden wollte, bevor es seinen guten

Ruf zerstörte. Genauso naheliegend war aber natürlich nach wie vor, dass das Stück den wahren Vater von Edgar Fielding benannte, eine Wahrheit, die Edgar und seine Mutter um das beträchtliche Fielding'sche Vermögen gebracht hätte. Wie merkwürdig, dass zwei völlig unterschiedliche Leute gleichzeitig auf die Idee kamen, dass das Stück von ihnen handelte.

»Und was ist mit diesem Schauspieler passiert?«, fragte ich. »Wer war das?«

»Ich dachte mir schon, dass dich das interessiert.« Harriet zauberte einen Block hervor und schlug den Namen nach. »Er heißt Alan Detmire.«

Fast hätte ich mein Bierglas umgestoßen. Alan Detmire?! Dieser Name war in einem der Artikel in Nussbaums Büro aufgetaucht. Und ich hatte ihn auch noch woanders gesehen ...

»Hast du schon mal von ihm gehört?«, fragte Jayne.

»Und ob: Fielding und er sind beide auf einer Ehrentafel im People's Theatre verewigt.«

Jayne rutschte auf ihrem Stuhl hin und her. »Und das ist nicht der einzige Ort, an dem sie beide vorkommen. Wenn das Telefonbuch Recht hat, dann hat Detmire während der letzten zehn Jahre bei Fielding gewohnt.«

29 Der Diktator

Am nächsten Morgen war ich schon um neun Uhr auf dem Weg zum People's Theatre, zur ersten einer Reihe von Technikproben, die die gesamte Woche in Beschlag nehmen würden. Als ich ankam, war das Foyer leer, dafür waren aus dem Zuschauerraum Hammerschläge und die Geräusche anderer bühnenbildnerischer Maßnahmen zu hören. Im Saal saß das halbe Ensemble auf Stühlen herum und sah einer Gruppe Schreiner mittleren Alters – die einzigen, die noch nicht eingezogen worden waren – beim Versuch zu, bemalte Kulissenteile miteinander zu verbinden. Der Lärm war nicht zu ertragen. Ich zog mich ins Foyer zurück und machte es mir mit der aktuellen Ausgabe der *Detective Comics* auf einer Bank bequem.

Aber so sehr ich mich auch anstrengte, es gelang mir nicht, mich auf die Fortsetzung der Abenteuer von Spürnase Slam Bradley und seinem Handlanger Shorty Morgan zu konzentrieren. In meiner Manteltasche suchte ich nach einem Lesezeichen und fand ein zusammengeknülltes Blatt Papier. Ich musste es erst auseinanderfalten, bevor mir wieder einfiel, was es war: das antijüdische Hetzblatt vom vergangenen Abend. Ich wollte es schon zerreißen, als die Unterüberschrift meinen Blick auf sich zog: »Warum fallen Sie auf die Lüge der Gleichheit herein?«

Die Zeitungen bombardierten uns fortgesetzt mit der Feststellung, es gebe zum einen die Wahrheit und zum anderen das, was die Achsenmächte der Bevölkerung in ihren Ländern erzählten. Offensichtlich waren diese Regierungen schlau genug, ihren Bürgern Lügen zu erzählen, die bei ihnen verfingen. Weil alle fest daran glaubten, dass es zum Wohl ihres Landes sei, nahmen sie fürchterliche Umstände und eine unwürdige Behandlung in Kauf. Diese Nationen schafften es, die Bevölkerung bei der Stange zu halten – ihre Soldaten kämpften weiter, ihre Heimatfronten waren opferwillig –, indem sie an das appellierten, was den Menschen am wichtigsten war.

Wenn man an etwas glaubt, ist man zu vielem bereit. Wenn man von der Gefährlichkeit eines Manuskripts überzeugt ist, tötet man sogar, damit es nicht in die falschen Hände gerät. Die Frage war nur: Warum waren anscheinend mehrere Personen davon überzeugt, obwohl die Informationen, vor denen sie jeweils Angst hatten, ganz unterschiedlicher Art waren? Führte jemand die Leute hinsichtlich des Stückinhalts absichtlich auf den Holzweg – oder ging es um etwas völlig anderes?

»Schwierige Lektüre?« Peter tauchte neben mir auf. Er trug eine mit Farbe bespritzte Arbeitshose und ein Hemd von der Sorte, von der ich immer gedacht hatte, dass Holzfäller in Ontario darin zur Arbeit gehen.

Das Flugblatt landete zwischen den Seiten des Comics. »Ich mag die bunten Bilder. Sagen Sie nicht, dass Sie außer für die Regie auch noch für den Bühnenaufbau verantwortlich sind?«

Er setzte sich neben mich und krempelte bedächtig die zu langen Ärmel seines Hemdes hoch. »Ich assistiere. Wenn man hört, was die Bühnengestalter so erzählen, dann inszeniere ich allerdings einen Coup.«

Ein Elektriker zog eine Kabeltrommel quer durchs

Foyer. Dazu trug er noch einen riesigen Scheinwerfer vor sich her, als bräuchte er eine Laterne, die ihm den Weg zeigte.

»Darf ich Ihnen eine Frage stellen?«, begann ich.

»Fragen Sie.«

»Wäre Fielding nicht gegen diesen ganzen Aufwand gewesen?«

Peter sah zu, wie sich der Elektriker zum Theatersaal durchkämpfte. Der Scheinwerfer schlug krachend gegen die schweren Eichentüren. »Raymond war ein brillanter Dramatiker, aber ich finde es trotzdem unvernünftig, auf alles zu verzichten, was das Theater ausmacht. Was ich hier tue, erhebt sich nicht über das Stück, sondern gibt ihm klarere Konturen.«

Ich bezweifelte, dass Fielding das auch so sehen würde.

»Ruby ist etwas dazwischengekommen, sie ist bis heute Nachmittag verhindert. Ich hoffe, es macht Ihnen nichts aus, einzuspringen, bis sie wieder da ist.« Ich nickte, und sein Gesicht wurde ernst. »Wie war es mit Ihren Freundinnen gestern Abend?«

Ich strich mit den Händen über den Umschlag des Comics. »Gut.«

»Waren Sie mit jemandem verabredet?«

»Wie bitte?«

Er stand auf und ging ein paar Schritte zurück. »Geht mich natürlich nichts an.«

Das stimmte. Wahrscheinlich dachte er, wir wären zu einem USO-Tanzabend gegangen. »Nein, schon gut. Wir haben weiter niemanden getroffen.«

Er lächelte den Boden an. »Freut mich, das zu hören.«

So, so – das war ja eine interessante Entwicklung. Konnte es sein, dass Peter genauso unsicher war wie ich? »Es tut mir leid, dass ich Sie gestern einfach so stehen gelassen habe. Das wollte ich nicht.« Ich biss mir auf die Lippen und war mir entschieden im Unklaren darüber, ob er meinen Mumpitz beeindruckend oder abstoßend fand. »Wir waren nicht tanzen. Mir war's lieber, dass Sie nicht wissen, was wir wirklich vorhatten.«

»Nämlich?«

Ich wich zurück, als würde er gleich zum Schlag ausholen. »Ich suche immer noch nach diesem blöden Theaterstück.«

Er runzelte die Stirn und setzte sich wieder zu mir auf die Bank. »Das Stück von Raymond Fielding?«

»Genau.«

»Das klingt für mich nicht so blöd.«

»Vielleicht ist blöd auch nicht das richtige Wort. Auch egal. Ich hatte eine Spur, und meine Freundinnen waren so nett, ein paar Nachforschungen für mich anzustellen. Sie wollten mir gestern einfach selbst erzählen, was sie herausgefunden haben.«

»Ich bin dankbar für Ihre Ehrlichkeit. Den gestrigen Abend hätte ich nämlich schon fast persönlich genommen.«

Dann wusste er wenigstens mal, wie sich das anfühlt.

»Sie haben gesagt, dass Sie eine Spur hatten. Hat sie etwas ergeben?«

»Ja und nein.« Es konnte nicht schaden, von Peter eine Einschätzung zu den Ereignissen zu bekommen. Im schlimmsten Fall hielt er mich einfach für verrückt. »Sie wissen ja wahrscheinlich mehr über Raymond Fielding als sonst irgendjemand, oder?«

»Darüber lässt sich streiten. Warum?«

Ich wappnete mich für die Frage, die ich jetzt zu stellen wagte. »Glauben Sie, dass es mehr als ein Stück gibt?
Ist das möglich?«

Peter lachte in sich hinein. »Möglich ist alles, aber erzählt wurde mir etwas anderes.«

Er wollte noch etwas hinzufügen, aber Hilda klopfte
hinter uns an die Wand. »Alle sind da, wir sind soweit«,
verkündete sie und hob dabei fragend die Augenbrau-
en – immerhin waren wir die einzigen im Foyer.

Peter stand auf und reichte mir die Hand. »Sollen
wir?« Er hievte mich auf die Füße, was ziemlich ritter-
lich gewirkt hätte, hätte ich mehr auf mein Gleichgewicht geachtet und weniger auf die Tatsache, dass er
mich vor Hildas Augen berührte. Sobald ich wieder si-
cheren Stand hatte, ließ er mich los und wies Hilda mit
militärischem Gruß an, uns in den Saal zu führen.

Technikproben sind für die Schauspieler eine lang-
weilige Angelegenheit, für den Regisseur allerdings ein
Balanceakt. Nach wochenlangen Proben ist man endlich
an dem Punkt, an dem der Rohdiamant seinen letzten
Schliff bekommen muss, damit aus einem Manuskript
ein Ereignis wird. Das Problem am People's Theatre war
das gleiche wie an den meisten anderen Theatern auch:
Der ganze Bühnenkram kam auf einen Schlag dazu, was
hieß, dass wir in einer einzigen Probe mit dem Licht,
dem Bühnenbild, dem Ton, den Kostümen und den Requisiten zu Rande kommen sollten. Die wochenlange
Arbeit an der Perfektionierung von Rolle und Motivati-
on ging über den Jordan, während wir mit Requisiten
kämpften, die anders waren als erwartet, mit Bühnentei-
len, die sperriger ausfielen als geplant, und mit Klei-

dungsstücken, in denen wir die Bewegungen nicht aus-
führen konnten, die für unsere Rollen mittlerweile unab-
dingbar geworden waren. Das Licht blendete uns, die
Musik betäubte uns, nach Wochen in unserer Kleingrup-
pe irritierte die Anwesenheit anderer Leute im Saal –
alles in allem fühlten wir uns, als sei die ganze Proberei
vollkommen umsonst gewesen.

Trotz dieser Unannehmlichkeiten hatte ich von meinem Platz im Zuschauersaal aus den Eindruck, dass sich
die Hinzunahme von Licht, Ton und Bühnenbild mehr
als lohnte. Auch wenn sich das Ensemble unglaublich
stümperhaft aufführte – die technischen Elemente gaben allem, was wir taten, eine gewisse Berechtigung, ja,
sie schienen der einzige Grund zu sein, warum wir überhaupt so dreist sein konnten, Eintritt zu verlangen. Für
Raymond Fielding wäre das Meiste sicher ein Zuviel an
Kunstgriffen gewesen, aber was Peter damit bezweckte,
wurde deutlich. Wir brauchten das ganze Zeug, um aus
dem Alltäglichen etwas Außergewöhnliches zu machen.

Während das, was ich sah, meine Laune deutlich hob,
rutschte Peters Stimmung rasch von frustriert zu richtig
übel ab. Zwischen ihm und dem technischen Personal
herrschte Krieg. Längst war er nicht mehr der freundliche, gelassene Mann, mit dem ich gerade noch geredet
hatte. Von Minute zu Minute wurde er mehr zum Tyran-
nen. Das Licht war falsch, die Kostüme scheußlich, und
das Bühnenbild, das er ja mitentwickelt hatte, war nicht
so wie besprochen. Ein winziger Moment hatte anscheinend genügt, und jemand hatte in seiner Abwesenheit
seine ganze Arbeit zunichte gemacht. Er herrschte die
Schreiner an, ihm aus dem Weg zu gehen, er polterte
über die Bühne und schob ganze Podeste mit einer

Leichtigkeit hin und her, dass ich schon sein Hemd plat-
zen sah – es hätte sicherlich einen Oberkörper offenbart,
für den Mr. Universum getötet hätte. Sein Gehabe war
eigentlich nur zu verkraften, indem man sich sagte, dass
das wieder eines von Peters Experimenten war, die das
Ensemble gegen ihn aufbringen sollten. Diese Lesart
kam mir solange zupass, bis er seine Kanonen auf mich
richtete.

»Rosie, Sie müssen in Ihr Licht. Nach links von der
Bühne aus.« Ich ging zwei Schritte nach links und suchte
vergeblich meinen Lichtkegel auf dem Bühnenboden.
Offenbar war er zu schwach. »Sind Sie taub? Ich habe
gesagt, von der Bühne aus nach rechts.« Ich war weder
taub, noch hatte er das gesagt, aber ich gehorchte trotzdem, obwohl mir klar war, dass ich tun konnte, was ich
wollte – er würde immer behaupten, er habe etwas anderes gesagt. Und tatsächlich, Peter kletterte auf die
Bühne und dirigierte mich zu meinem Ausgangsort zurück. Über uns richtete ein Elektriker ein Licht neu aus,
die Klemme mahlte mit einem schrecklichen Quietschen
über das Befestigungsrohr. Ich betete darum, dass die
Jupiterlampe aus ihrer Halterung rutschen und auf Peters Kopf landen möge.

Er verhielt sich nicht nur mir gegenüber so, aber nach
dem fünften Anschiss war ich nicht mehr in der Lage, es
nicht persönlich zu nehmen. Ich wusste nicht, ob ich
weinen oder die Kulissen so umstoßen sollte, dass sich
ein Dominoeffekt ergab. Nach vier Stunden dieser Art
Missbrauchs verkündete Peter eine Mittagspause im Foyer, für die wir bis zur Wiederaufnahme der Probe *exakt*
eine halbe Stunde Zeit hatten. Während wir unsere Sachen zusammensuchten und uns anschickten, schwei-

gend hintereinander aus dem Saal zu schleichen, stand Ruby plötzlich winkend in der Tür.

»Bist du jetzt endgültig wieder da?«, fragte ich sie. In einer Foyerecke hatte man einen Tisch mit Sandwichs für uns aufgestellt. Wir reihten uns in die Essensschlange ein und redeten leise miteinander, um nicht über die Gespräche der anderen hinweg gehört zu werden.

»Warum? Vermisst du mich?«

»Du Ahnungslose«, murmelte ich. »Wie war die Arbeit?«

»Langweilig.« Ruby warf ihre Haare zurück, und der Geruch von Haushaltsreiniger mit der Duftnote Kiefernnadel flutete durch das Foyer. »Ich glaube, ich kündige. Eloise beutet einen von Minute von Minute mehr aus. Außerdem ist es vielleicht gar nicht mehr notwendig, dass ich dort arbeite.«

»Warum das?«

»Es gibt perspektivisch ja schon noch andere Möglichkeiten für mich. Ich hatte doch nicht vor, für den Rest meines Lebens Dienstmädchen zu bleiben.« Innerlich wand ich mich. Wo würde sie als nächstes auftauchen? In Henry Nussbaums Haus oder als Angestellte des rätselhaften Alan Detmire?

Wir aßen kalten Braten auf Roggenbrot und spülten die letzten Reste unserer Bescheidenheit mit Coca-Cola und kleinen abgestandenen Ingwerschnäpsen hinunter. Der Rest des Nachmittags war praktisch die Wiederholung der Qualen vom Morgen, nur dass Ruby jetzt an meiner Stelle die Hauptrolle spielte. Um fünf war die Probe vorbei, und Peter nahm für einen Moment wieder menschliche Gestalt an, bedankte sich für unsere Geduld und erinnerte daran, dass für den nächsten Abend

ein Gesamtdurchlauf angesetzt war. Ich las meine Sie-
bensachen auf und folgte meinen Kolleginnen durchs
Foyer auf die Straße.

»Ist für Sie heute Schluss?« Wie gerahmt stand Peter
in der Eingangstür. Er trug weder Mantel noch Hut, was
bedeutete, dass er mir nach draußen gefolgt war in der
Hoffnung, mich aufhalten zu können.

»Es war ein langer Tag«, sagte ich. Der Wind frischte
auf, mein Schal flappte mir gegen das Kinn.

»Ich hatte gehofft, wir könnten unsere Unterhaltung
fortsetzen.«

Wenn er an diesem Tag netter zu mir gewesen wäre,
hätte ich mir die Chance nicht entgehen lassen, noch
etwas Zeit mit ihm zu verbringen. Aber so ... »Vielleicht
ein andermal. Ich bin erledigt.«

Er legte mir die Hand auf den Arm und rückte näher.
»Kommen Sie schon, Rosie, es ist doch noch früh.« Seine Rehaugen weiteten sich zu maximaler Größe – er
setzte wirklich alle seine Mittel ein, mit denen er Leute
normalerweise gefügig machte. Und es funktionierte
auch bei mir: Ich hatte nicht länger das Bedürfnis, ihn
dafür zu bestrafen, dass er sowohl ein schwieriger Regisseur als auch ein unergründlicher Mann war. Nichts
anderes wollte ich mehr, als an einem abgeschiedenen
Ort so lange mit ihm zu reden, bis die Sonne wieder
aufging.

Dummerweise gab es Wichtigeres, als meine verletzten Gefühle zu hätscheln.

»Lassen Sie uns das an einem anderen Abend machen«, sagte ich. »Wenn ich jetzt nicht nach Hause gehe,
rolle ich mich an Ort und Stelle zusammen und schlafe
auf dem Foyerboden ein.« Sein Gesicht verdüsterte sich,

und ich hasste mich selbst dafür, dass ich unseren bizarren Tanz wieder eine Runde weiterführte. Wenigstens gelang es mir, mein Gefühl für Anstand zu verdrängen und ihm ein flüchtiges Küsschen auf die Wange
zu geben. Seine gerunzelte Stirn glättete sich, und er
ließ mich los.

»An einem anderen Abend«, wiederholte er. Ich hielt
ein Taxi an und ließ mich zur Penn Station fahren.

30 Ein verdienstvoller Versuch

Am Bahnhof wartete Jayne auf mich. Wir nahmen wieder den Zug zu Fieldings Villa in Croton-on-Hudson. Natürlich wusste ich nicht mit Sicherheit, ob Alan Detmire immer noch da wohnte, aber wir konnten dort genauso gut wie überall sonst mit der Suche nach ihm beginnen.

»Wie geht's Lawrence?«, fragte ich Jayne auf der Fahrt aus der Stadt. Auch sie kam gerade von einer Probe, und keine von uns hätte einen Preis für gute Laune gewinnen können.

»Wie immer«, sagte Jayne. »Warum?«

Ich erzählte ihr, dass Ruby vorhatte, lieber früher als später bei Eloise zu kündigen.

»Wenn Ruby das Stück wirklich gefunden haben sollte«, sagte Jayne, »dann verbirgt Bentley das vorbildlich. Wir hätten ihn heute bei lebendigem Leib häuten können – noch unfreundlicher hätte er zu uns gar nicht mehr sein können.«

Dass Bentley unser Mann war, war reine Spekulation. Er hatte kein anderes Motiv als die Angst vor Konkurrenz, und eigentlich konnte ich mir nicht recht vorstellen, dass ein Mann mit seinem Ego sich wirklich Sorgen über den Erfolg eines anderen Stückes machte. Aber Bentley war wenigstens eine bekannte Größe. Ihm alles anzulasten war zunächst einfacher, als hinter den ganzen Geschehnissen Nussbaum zu wittern oder irgendeinen anderen, den wir bisher noch nicht mal zu Gesicht bekommen hatten.

»Ich habe über Detmire nachgedacht«, sagte ich zu Jayne. »In dem Nachruf stand doch, dass Fielding einen Diener hatte. Erinnerst du dich? Wahrscheinlich hat der ihn gefunden.«

»Du glaubst, Detmire war sein Butler?« Hinter Jayne zog Zigarettenwerbung vorbei, die sich auch schon für die Schlacht rüstete: »Camels: Immer als Erste mit im Einsatz« und »Lucky Strike Green ist in den Krieg gezogen«.

»Vielleicht hat er sich auch nur dafür ausgegeben. Ruby hat gesagt, dass Fielding schwul war – kann ja sein, dass Detmire sein Liebhaber war. Das würde auch erklären, warum wir bislang noch nichts von ihm gehört haben.«

Wir nahmen uns am Bahnhof ein Taxi. An Fieldings Haus angekommen, folgten wir dem gewundenen Weg bis zur Eingangstür. Es stand kein Wagen in der Vorfahrt, aber mehrere Fenster waren erleuchtet, so dass sicher jemand zu Hause war. Auf halbem Weg hörten wir ein Radio blechern schmalzen: »I'll Be Seeing You.«

Nachdem wir uns beide mehrmals hintereinander geräuspert hatten – wie ein Orchester, das seine Instrumente stimmt –, drückte Jayne auf die Klingel. Eine Gestalt zeichnete sich undeutlich und verzerrt hinter dem Glas der Tür ab. Eine Stimme versicherte uns, man beeile sich ja schon.

Als die Tür sich quietschend öffnete, stand ein gebeugter Mann vor uns. »Wie kann ich Ihnen behilflich sein?« Er hatte einen leichten Akzent, ein Überbleibsel aus einem Land, das er seit vielen Jahren weder bewohnt noch besucht hatte.

»Wir wollen zu Alan Detmire«, sagte ich in bester Humphrey-Bogart-Manier.

Der Mann betrachtete uns ein wenig zu lang und traf dann stillschweigend eine Entscheidung. »Ich bin Alan Detmire. Wollen Sie nicht hereinkommen?« Er winkte uns hinein, wobei seine Hand wie die einer Aufziehpuppe schlenkerte, und marschierte vor uns her. Sein Gang sah ziemlich komisch aus, so steifbeinig wie der von Hitlers Stechschritt-Sturmtruppen. Wir durchquerten die uns bereits bekannte Empfangshalle und gingen in die Bibliothek, wo uns über dem Kamin Raymond Fieldings Porträt von Raymond Fielding begrüßte. Alan führte uns zum Sofa, auf das wir uns setzten, die Knie zusammengepresst, die Füße flach auf dem Teppich. »Sind Sie von der Polizei?«

»Nein«, sagte ich. Wen wollte der denn hochnehmen? Seit wann stellte die Polizei flotte Bienen in unbequemen Schuhen ein?

Er kommentierte diese Information mit einem Nicken und tat ein paar bedächtige Schritte zum Schreibtisch. »Möchten Sie etwas trinken?«

»Gern«, sagte ich. »Wir würden beide einen Scotch nehmen.«

Alan bereitete die Drinks mit der Routine desjenigen zu, der den Cocktailshaker schon früher in der Hand gehalten hat als die Rassel. Mit der gleichen unerträglichen Langsamkeit, die er bei allem, was er tat, an den Tag legte, brachte er uns die Gläser. Ich war mir nicht sicher, ob er immer in diesem Schneckentempo funktionierte oder ob er absichtlich das Tempo drosselte, um uns zu ärgern. Im Zweifel soll man ja immer für den Angeklagten sein.

»Mr. Detmire«, sagte ich schließlich. »Ich heiße Rosie Winter. Das ist meine Freundin Jayne Hamilton.« Darauf kam keine Entgegnung, also fuhr ich fort. »Haben Sie jemals von Jim McCain gehört?«

Seine Brauen zogen sich zusammen. Er schüttelte den Kopf. »Kann ich nicht behaupten.«

»Und von Henry Nussbaum?«

Er strich sich über das bartlose Kinn. »Entschuldigen Sie, aber warum, sagten Sie, sind Sie hier?«

»Wir sagten noch gar nichts.« Ich trank mir einen Schluck Mut an. »Wir möchten mehr über das Stück wissen.«

»Das Stück?« Ein zufriedenes Lächeln breitete sich auf Detmires Gesicht aus. Ein Augenblinzeln später war es wieder verschwunden, und Brauen und Mundwinkel zogen sich nach unten. »Von welchem Stück sprechen Sie?«

»Fieldings Opus magnum, das Stück, das offenbar so viel Dreck enthält, dass die Leute sich förmlich überschlagen, damit es bloß nicht auf die Bühne kommt.«

»Ich weiß nicht, wovon Sie sprechen.« Alan unterbrach sich und wählte seine nächsten Worte sorgfältig. »Es gibt keine Stücke von Raymond Fielding, die noch nicht zur Aufführung gelangt sind.«

»Was ist mit *Im Dunkeln*?«, fragte ich.

»Dieses Stück wird ja gerade produziert, Miss Winter, es zählt also nicht. Der Korrektheit halber lassen Sie es uns so formulieren: Heute gibt es noch ein Stück von Raymond Fielding, das noch nicht aufgeführt wurde, nach dem kommenden Wochenende gibt es keines mehr.«

Wusste er wirklich nichts von dem Stück? Ich wurde

das Gefühl nicht los, dass hinter allem, was er tat oder sagte, ein bestimmter Vorsatz steckte, als ob das alles nur unserer Erbauung diente. Zum Teil war das sicher ein Erbe aus seinen Tagen als Schauspieler, in denen er fortwährend an ein Publikum sendete, das nicht genügend Grips hatte, um Gefühle auch aus der Entfernung zu verstehen. Aber etwas an ihm stimmte nicht. Irgendwie wurden wir hier gerade in eine Art Spiel verwickelt.

Ich richtete meine Aufmerksamkeit auf Fieldings Bild von Fielding, dann wieder auf Detmire. War ich ihm doch schon einmal begegnet, vielleicht bei der Trauerfeier? Nicht sehr wahrscheinlich. Vielleicht früher? Es war so ähnlich, wie großen Stars in der Theaterkantine zu begegnen: Man war so daran gewöhnt, sie mit Perücke, Make-up und aus der Entfernung zu sehen, dass sie ungeschminkt praktisch nicht zu erkennen waren.

Ich stand auf und ging näher an ihn heran. »Sie sind der falsche Fielding.«

»Bitte?«

Ihm fehlten nur der Spitzbart und der Kahlkopf. »Sie waren es damals, der in Jims Büro gekommen ist und behauptet hat, Raymond Fielding zu sein. Sie haben mir doch den Auftrag gegeben.«

Sein Lächeln wurde breiter, aber er stritt meine Behauptung auch nicht ab.

»Es *gibt* also ein Stück. Und Sie wissen etwas darüber.«

Er verschränkte die Arme vor der Brust und lehnte sich rücklings gegen den Schreibtisch. »Ach ja?«

»Natürlich. Sie müssen, es sei denn ...« Mein Gehirn fiel schneller in den nächsten Gedanken, als ein Holzfass die Niagarafälle hinunterrauschen konnte.

Jayne kam mir zu Hilfe und stellte sich neben mich. »Es sei denn, diese ganze Sache war von Anfang an ein einziger großer Betrug.«

Alans Lächeln erstarb, und er schien an Größe und Masse dazuzugewinnen, als hätten wir bislang nur eine unvollendete Version von ihm vor uns gehabt. »Ich kann Ihnen versichern, dass es ein Stück gibt. Das gab es schon immer.«

Jayne tat einen Schritt auf ihn zu. »Und wo ist es dann?«

Er schnalzte mit der Zunge und füllte sein Glas auf. »Um das herauszufinden, haben wir Mr. McCain und Miss Winter darauf angesetzt.« Er nahm einen Schluck von der bernsteinfarbenen Flüssigkeit und hielt das Glas dann gegen das Licht. »Sprechen die Leute darüber?«

Ich beschloss, dem Kerl einen Knochen hinzuwerfen. »O ja, der eine oder andere schon.«

»Gut, sehr gut.« Detmire senkte das Glas wieder und tauchte den kleinen Finger hinein. »Ich denke, Sie beide sollten jetzt gehen.«

Ich stemmte die Hände in die Hüften. »Alle Spuren führen hierher. Wir gehen erst, wenn wir wissen, was hier vor sich geht. Wo ist das Stück?«

Alan schaute auf seine Armbanduhr und seufzte. »Das ist zum jetzigen Zeitpunkt schwer zu sagen. Vielleicht Uptown. Vielleicht in einem Büro der Regierung. Unter dem Bett einer Schauspielerin. In der Schublade eines konkurrierenden Schriftstellers. Oder vielleicht genau hier, in diesem Zimmer.«

»Was spielen Sie für ein Spiel?«

Detmire betrachtete die Nägel seiner freien Hand.

»Spiel, Miss Winter? Ich spiele gar kein Spiel.«

»Wie Sie das nennen, ist mir egal. Tatsache ist, dass Sie uns nicht die Wahrheit sagen. Sie reden hier um den heißen Brei, während Jim, Raymond und Edgar alle wegen dieses Stücks ermordet worden sind. Also, anstatt in Rätseln zu sprechen, sollten Sie mal zum Punkt kommen und uns verklickern, wo das verdammte Ding steckt.«

Er sah mich lächelnd an. »Das habe ich gerade getan. Sie sind diejenige, die nach Potemkinschen Dörfern sucht.«

Jetzt reichte es mir. Ich stürzte mich auf ihn, fest entschlossen, ihn so lange zu würgen, bis alle Farbe aus seinem Gesicht gewichen war. Bevor ich meinen Vorsatz in die Tat umsetzen konnte, griff Jayne von hinten nach mir und zog mich von ihm weg. »Lass los, Jayne. Das hat er sich selbst eingebrockt.« Meine Arme rotierten wie Windmühlenflügel. Ich sah Jayne schon über meinen Kopf hinwegsegeln, aber sie blieb standhaft und hielt mich an Ort und Stelle.

»Beruhige dich, Rosie.«

»Komm mir nicht mit ›beruhige dich‹. Der Typ verarscht uns doch. Und wenn er mir nicht sagen will, wo das Stück ist, inszenieren wir hier einfach ganz spontan *Salome* und packen seinen Kopf auf einen Teller.«

Jayne schlang die Arme noch fester um mich. »Mach das. Dann findest du nie heraus, was wirklich vorgeht. Willst du das?«

Ich versuchte mich zu ihr umzudrehen, aber es war unmöglich, ihr direkt in die Augen zu sehen. »Wer sagt, dass er uns erzählen wird, was wir hören wollen?«

»Ich«, meinte Detmire.

Jayne ließ mich los.

»Warum setzen Sie sich nicht?«

Ein Vorschlag, auf den ich nicht einging.

»Miss Winter, es wäre wirklich bequemer für Sie. Wenn ich gesagt habe, was ich zu sagen habe, können Sie mich gern weiter bedrohen.« Detmire zog ein silbernes Zigarettenetui hervor und bot uns Rauchwaren an. Jayne nahm gleich für jede von uns eine und dirigierte mich aufs Sofa. »Sie haben mich gefunden, was eindrucksvoll ist, aber ich muss sagen, ich bin enttäuscht, dass Sie mich besuchen, um Informationen zu bekommen, und nicht, um mir welche zu bringen. Ich hatte Raymond noch gewarnt, dass nicht jeder die intellektuelle Kapazität hat, um zu begreifen, was er vorhatte. Von zwei Frauen auf Spurensuche hätte er das wahrscheinlich ohnehin nicht erwarten dürfen.«

Sogar wenn er uns noch erzählen würde, was wir wissen wollten – der Kerl hatte definitiv eine Abreibung verdient.

»Was gibt's denn zu begreifen?«, fragte Jayne.

»Das Stück natürlich.« Detmire öffnete die Arme so weit, als wolle er den gesamten Raum umarmen. »Ich habe Ihnen schon längst verraten, wo es ist, und trotzdem sehen Sie es immer noch nicht.«

»Und das machen Sie uns wirklich zum Vorwurf?«, fragte Jayne. »Sie haben uns nicht gerade viele Hinweise gegeben. Das Stück ist hier, das Stück ist da, das Stück ist überall. Was soll das, sind wir auf Old MacDonalds Farm oder was?«

Ich gab ihr ein Zeichen, den Mund zu halten. Das war es: Plötzlich fügten sich die Puzzleteile zusammen, und endlich verstand ich, um was es hier ging. »Die ganze Welt ist eine Bühne, und alle Fraun und Männer nichts als Spieler«, flüsterte ich.

Jayne stieß mich mit dem Ellbogen an. »Das ist jetzt wirklich nicht der Zeitpunkt für Shakespeare-Zitate.«

Ich wirbelte herum, bis ich Detmire direkt ins Gesicht sehen konnte. »Das haben Sie gesagt, an dem Tag, als Sie mich im Büro besucht haben, und ich verstehe jetzt, warum. Wir sind das Stück. So läuft hier der Hase, oder? Es gibt gar kein Stück, es hat nie eins gegeben. Aber was wir hier machen, was alle machen, die nach dem Ding suchen, das ist das Theater, das Fielding machen wollte: das ultimative Stück, ohne jede Einmischung von einem Autor oder Regisseur. Er hat für den Konflikt gesorgt, wir sorgen dafür, dass es Darsteller gibt, und Sie lehnen sich gemütlich zurück und schauen sich mal an, wie die Sache so ausgeht.«

Detmire lächelte wieder – diesmal breiter als die Grinsekatze. So wie man es tut, wenn man eine Leistung gleichzeitig loben und herabsetzen will, fing er an zu applaudieren, mit aufreizend langsamen Bewegungen. »Bravo, Miss Winter. Ich wäre zwar noch beeindruckter, wenn Sie diese Schlussfolgerung ohne meine Hilfe ge- zogen hätten, aber nichtsdestotrotz: Ehre, wem Ehre gebührt.« Was für ein Typ. »Raymond war besessen da- von, die Grenzen des Theaters abzustecken. Alles, was er schrieb, kreiste um die zentrale Frage: Was ist Thea- ter? Was ändert sich, wenn man das Publikum direkt anspricht? Was ändert sich, wenn man das Bühnenbild weglässt? Was, wenn man es noch nicht einmal mehr auf einer Bühne stattfinden lässt? Und was, wenn die Fi- guren real existierende Menschen sind? Das, was er schrieb, wischte mehr und mehr die Konventionen bei- seite, die wir normalerweise mit dem Format Theater in Verbindung bringen. Am Schluss blieben nur noch Drama und Spektakel. Und trotzdem kam das Publikum und nannte das Kunst.«

Wie schade, dass er nicht erst nach *Im Dunkeln* angefangen hatte, in diese Richtung zu arbeiten.

»Irgendwann war es so weit, dass er Theater nur noch als die künstliche Hervorrufung eines Konflikts sehen konnte. Aber er brauchte einen Testlauf, um zu beweisen, dass seine These stimmte. Und genau darum geht es hier.«

»Wir sind das Stück?«, fragte Jayne. »Wie kann das sein?«

Detmire räusperte sich und nahm einen reinigenden Schluck. »Er wusste schon früh, welche Figuren darin vorkommen sollten – zumindest die meisten. Sie beide waren als namenlose Nebenfiguren angelegt. Er hat sich die Sache mit dem Stück ausgedacht, das über jede seiner Hauptfiguren etwas ans Tageslicht bringt, was nicht an die Öffentlichkeit gelangen soll. Zuerst hat das die Handlung ausreichend vorangetrieben: die Drohung, dass geheime Informationen bekannt werden. Aber Raymond hat sich dann zunehmend Sorgen gemacht, weil der Konflikt sich seiner Meinung nach nicht schnell genug entwickelte. Er liebte das Genre des Mysterienspiels, weil es zeigt, was für ein extrem wirkmächtiger Antrieb die menschliche Neugierde doch ist. Deswegen hat er ein neues Element hinzugenommen: Er hat das Gerücht verbreitet, das Stück, das bis zu diesem Punkt angeblich einfach nur unaufgeführt in seinen Händen war, sei von jemandem mit bösen Absichten gestohlen worden. Dann setzte er Jim darauf an, um das Ganze glaubwürdiger zu machen und die Spieler stärker anzutreiben – immerhin wühlte jetzt jemand in ihrer Vergangenheit herum. Und als Jim und Raymond ermordet wurden, habe ich sozusagen dafür gesorgt, dass die Aufführung weitergeht – ich habe Rosie ins Spiel gebracht und eine Trauerfeier ausgerichtet, bei der die ganze Theatergemeinde über das verschwundene Manuskript spekulierte.«

Jetzt setzte ich mich. Es ging nicht anders. Ich konnte nicht weiter in einer Welt herumstehen, in der ein Mann zwei Leichen so nebenbei erwähnte, als wären sie Zutaten für ein Rezept. »Warum haben Sie das getan? Da sind Menschen ermordet worden. Warum haben Sie dieses lächerliche Experiment einfach weiterlaufen lassen?«

Das Grinsen wich und mit ihm der Eindruck, dass Detmire die Verkörperung der Unmoral war. »Weil ich darum gebeten worden bin. Meine Aufgabe ist es, die Geschehnisse zu dokumentieren und ungestört bis zu ihrem natürlichen Ende kommen zu lassen. Das habe ich Raymond versprochen. Sie können unmöglich verstehen, mit welcher Hingabe er sich diesem Projekt gewidmet hat. Für ihn war es die Krönung seines Lebenswerks, und wenn das bedeutete, dass er dabei ums Leben kam, dann sollte es eben so sein.«

»Das ist ja großartig«, sagte ich. »Ist ja auch sein Leben. Aber was soll Jim dazu sagen? Oder Edgar Fielding? Oder der nächste, den irgendein Spinner meuchelt, um zu verhindern, dass ein Stück auf die Bühne kommt, das es überhaupt nicht gibt?«

»Die Dinge haben sich in einer Weise entwickelt, die Raymond nicht vorhersehen konnte. Sie haben einen etwas unglücklichen Verlauf genommen, aber das ist nicht seine Schuld.«

Ich konnte es nicht mehr länger ertragen. Jim wurde hier zu einem Falschabbieger auf der Landstraße herabgewürdigt. Mir entrang sich ein Schluchzer, und eine große, fette verräterische Träne glitt meine Wange hinunter. Jayne legte mir eine Hand auf die Schulter.

»Es ist nur natürlich, dass Sie wütend sind«, sagte Detmire. »Das war ich auch. Aber ich habe festgestellt, dass große Kunst einfach immer große Gefühle auslöst. Anstatt zu bedauern, dass wir sie empfinden, sollten wir dankbar für den Schmerz sein.«

Ich schüttelte Jaynes Hand ab. »Das ist kein Theaterstück mehr. Das ist das Leben. Da sind wirkliche Menschen gestorben.«

Diesmal weniger um Trost zu spenden, als vielmehr um mich zurückzuhalten, legte mir Jayne wieder die Hand auf den Arm. Detmire hob wie zum Beweis seiner Unschuld die Hände. »Seien Sie wütend, wenn Sie nicht anders können, aber seien Sie nicht wütend auf mich. Ich erfülle nur den Wunsch eines toten Freundes. Dass ich so ehrlich zu Ihnen bin, beweist doch, dass ich niemanden hintergehen wollte. Seit das Projekt läuft, habe ich noch nicht einmal gelogen.« Als ich protestieren wollte, stach er seinen Finger in die Luft. »Nicht ein einziges Mal. Man hätte mich nur fragen müssen, um was es hier geht, und ich hätte sofort gesagt: richtig oder falsch.«

»Soll das jetzt beruhigend klingen?« Ich fuhr mir übers Gesicht und stellte mir vor, wie es sich in ein kubistisches Gemälde auflöste. Wenn meine Augen da wären, wo von Rechts wegen meine Nase sein sollte, würde das plötzlich irgendeinen Sinn ergeben? »Wir hätten also nur einen Mann finden müssen, der sich sorgfältig

versteckt gehalten hat, und ihm die magische Frage stellen müssen, dann hätte er uns sofort nach Oz gelassen?
Warum habe ich bloß daran nicht gedacht?« Ich schlug
mir gegen die Stirn. »Passen Sie mal auf, was ich Ihnen
jetzt sage: Das Theater ist vorbei. Der Vorhang ist gerade gefallen.«

Detmire fuhr sich mit der Zunge über die Zähne. »Es
darf jetzt nicht vorbei sein, Miss Winter. Es läuft immer
noch ein Mörder frei herum, und es gibt immer noch ein
Rätsel zu lösen.«

»Das überlasse ich gern der Polizei, danke. Sobald
die Wind davon bekommen, was hier wirklich vor sich
geht, werden sie den Fall liebend gern übernehmen, da
bin ich mir sicher.«

Detmire ging hinüber zum Kamin und rieb sich vor
den sterbenden Flammen die Hände. »Ach ja? Wenn Sie
auch nur etwas von dem weitererzählen, was Sie von
mir wissen, sage ich der Polizei, dass Sie lügen. Sie wissen so gut wie ich, was man dort von Jim gehalten hat.
Die Polizei würde jede seiner Mitarbeiterinnen für ähnlich verdächtig halten.« Er hielt inne und knöpfte sich
das Jackett zu. »Nein, die Show ist noch nicht vorbei.
Sie müssen alles bis zu seinem natürlichen Ende laufen
lassen, so wie Raymond es gewollt hat.«

Jayne ließ mich los und trat vor. »Wir werden es allen
sagen. Wenn alle wissen, was hier los ist, wird gar nichts
mehr weiterlaufen.«

Detmire nahm einen Schürhaken aus einem Ständer
vor der Feuerstelle und brachte die Scheite wieder zum
Brennen. »Wer würde Ihnen schon glauben, Miss Hamilton? Welche Beweise haben Sie, um zu belegen, dass
etwas nie existiert hat? Das ist ein Dilemma, oder nicht?

Ich weiß das, denn ich habe viele, viele Nächte darüber nachgedacht.« Er hängte den Haken wieder in den Ständer und starrte in die züngelnden Flammen. »Selbst wenn es deutliche, unwiderlegbare Beweise gäbe: Wie würden Sie die Leute davon wissen lassen, was meinen Sie? Mit einer Briefkampagne? Radiosendungen? Zeitungsanzeigen? Es müsste schon etwas in dieser Größenordnung sein. Sie machen sich keine Vorstellung davon, wie groß diese Produktion ist. Von all den Leuten, die beteiligt sind, kennen Sie beide lediglich eine Handvoll, nämlich nur die, zu denen Ihre Figuren Zugang haben sollten. Aber das heißt nicht, dass es nicht noch sehr viel mehr Mitspieler gibt. Was, wenn Sie allen Bescheid geben, von denen Sie denken, dass sie Bescheid wissen sollten, und Monate später merken, dass es immer noch eine Person gibt, die Sie nicht informiert haben und die dieser Fiktion nach wie vor anhängt? Wenn dann auch nur ein weiterer Mensch stirbt – diesmal vielleicht jemand völlig Fremdes –, hätten Sie versagt.« Mir war noch nie so kalt gewesen. Ich schlang die Arme um den Oberkörper und versuchte das Zähneklappern einzustellen. »Sie können jetzt nicht von der Bühne gehen. Der zweite Akt muss erst beendet werden. Und wenn Sie beide da nicht mitmachen, dann kann es gut sein, dass es einen dritten geben wird, und dann einen vierten und einen fünften, bis sich zu Raymond und Jim und Edgar ein ganzer Leichenchor gesellt hat. Möchten Sie dafür verantwortlich sein?«

Jayne zitterte wie ich und rieb sich die Oberarme. »Wir wären nicht dafür verantwortlich. Es wäre nicht unsere Schuld.«

Detmire sah sie an und legte den Kopf etwas schief.

»Wäre es nicht, Miss Hamilton? Sie wissen jetzt Bescheid, und das heißt, Sie machen sich mitschuldig. Vor
wenigen Minuten noch haben Sie mir Vorwürfe gemacht, weil ich die Sache nicht gleich nach Raymonds
Tod gestoppt habe. Glauben Sie mir, ich habe es versucht, genauso wie Sie es versuchen werden – ab dem
Moment, in dem Sie diesen Raum verlassen. Ich musste
aber einsehen – und das wird Ihnen nicht anders gehen –, dass die Kunst ein Eigenleben führt.«

Wir verließen Detmire in vollkommener Niedergeschla-
genheit. Während wir auf den Zug nach Hause warteten,
starrten wir uns an und stotterten ein paar Sätze zusammen, die uns kaum über die Lippen kommen wollten.
Was war der Sinn hinter dieser ganzen Sinnlosigkeit?
Jim und Edgar waren tot, weil sie nach einem Theaterstück gesucht hatten, das es nie gegeben hatte. Raymond
Fielding war tot, weil er so besessen von seiner Kunst
war, dass er alles getan hatte, um ein fiktives Drama am
Laufen zu halten. Und als ob das nicht schon schlimm
genug wäre, glaubte derjenige, der sie alle drei umgebracht hatte, immer noch an die Existenz eines Stücks,
das Vernichtendes über ihn enthüllen konnte. Um das
zu verhindern, war der Mörder sicherlich bereit, ein
weiteres Mal zu töten.

Wir gaben unsere Gesprächsversuche auf. Schweigend fuhren wir in die Stadt zurück, und schweigend
gingen wir zum Shaw House. Sobald wir in unserem
Zimmer waren, sanken wir in einer simultanen Bewegung auf unsere Betten und schlangen die Arme um die
Knie. In dieser Haltung blieben wir lange hocken, bis
uns die Kälte zwang, die Stellung zu wechseln.

Es passieren die schrecklichsten Sachen, und wir können nichts dagegen machen.

Ich räusperte mich. »Wenigstens gibt es jetzt kein verschollenes Stück mehr.«

»Und ich dachte schon, es gäbe keine einzige gute Seite an dem Ganzen.« Jayne fuhr sich mit der Hand übers Gesicht und wandte den Kopf ab. »Übrigens: Danke, dass du mich mitgeschleppt hast.«

»Jetzt schieb mir das nicht in die Schuhe. Dass du mich begleitest, steht so in der vierten Szene, zweiter Akt.«

Sie drehte sich zu mir um und lächelte zum ersten Mal, seit wir bei Detmire aufgebrochen waren. »Sag mir das morgen noch mal. Vielleicht finde ich es dann lustig.« Seufzend betrachtete sie ihre Füße. »Weißt du, was mir fehlt? Der unerschütterliche Glaube daran, dass es nichts gibt, was ich nicht überleben kann. Edgar Fielding hat ihn mir gestohlen, und Alan Detmire hat sichergestellt, dass ich ihn nie mehr zurückbekomme.« Sie seufzte wieder und stützte den Kopf auf die Hände. Churchill sprang auf ihr Bettende und starrte sie an, als hätten diese Worte ihm gegolten. »Was machen wir denn jetzt?«

Ich zuckte mit den Schultern. »Wir gehen weiter zu unseren Proben, und in ein paar Tagen habe ich meine Premiere als Zweitbesetzung in einem beschissenen Stück. Vielleicht versucht jemand jemand anderen umzubringen. Oder das hier ist wie der Krieg: Es dauert viel zu lange und ergibt am Ende so gut wie keinen Sinn.«

Ich stand auf und ging zum Fenster. Die Verdunkelung hatte der Stadt die Sterne wiedergegeben, die den

Nachthimmel mit dem trüben Licht ferner Galaxien er-
füllten. »Es kommt mir so unfair vor, dass derjenige, der
Fielding, Jim und Edgar ermordet hat, eigentlich mani-
puliert worden ist. Wenn Fielding nicht diese bescheu-
erte Idee gehabt hätte, hätte sich der Mörder vielleicht
nie so bedroht gefühlt, dass er ein Verbrechen begangen
hätte. Es ist wie mit dem Erdbeertaschentuch.«

»Mit was?«, fragte Jayne.

»In *Othello*. Othello tötet Desdemona, weil man ihn
glauben macht, dass sie ihm untreu war. Er hat nur ein
Beweisstück: ihr mit Erdbeeren besticktes Taschentuch.
Seine Eifersucht ist ein tragischer Irrtum, und als Jago
ihn täuscht, beginnt sein Fall.«

»Ich glaube, der beginnt schon vorher.«

»Schon gut, wir sind ja nicht im Literaturseminar. Ich
will nur sagen, dass es ungerecht ist, dass jemand oder
auch mehrere überhaupt zu Mördern geworden sind.
Wer weiß, was aus ihnen geworden wäre, wenn Fielding
gar nicht erst mit seinem stumpfsinnigen Experiment
angefangen hätte.«

Jayne wechselte die Position, das Bett knarrte. »Aber
ist eine Tragödie nicht deswegen eine Tragödie, weil sie
dazu bestimmt ist, sich abzuspielen? Ich dachte immer,
tragische Helden tun, was sie tun, weil es ihr Schicksal
ist, und nicht, weil sie einem Irrtum aufsitzen.«

»Schicksal?« Ich wandte mich vom Fenster ab und
lehnte mich gegen den Heizkörper.

»Ja, klar: Unser Mörder ist nicht wegen Fielding zum
Mörder geworden. Er oder sie war zum Töten vorherbe-
stimmt.«

31 Was für eine Idee

Am nächsten Tag kam ich zu spät zur Probe. Sie hatten schon mit Akt zwei angefangen. Anstatt erleichtert zu sein, dass meine Verspätung nicht weiter beachtet wurde, aalte ich mich in Selbstmitleid, weil ich für die Produktion so unbedeutend geworden war. Ruby war wieder da, also hatte ich nichts weiter zu tun, als in der letzten Zuschauerreihe zu sitzen und über die Ereignisse des Vortages nachzudenken, was ehrlich gesagt das Letzte war, was ich brauchen konnte.

Wenn die Entwicklung wirklich nicht mehr aufzuhalten war, gab es dann wenigstens eine Möglichkeit, die Sache zu beschleunigen? Am Schluss des »Stückes« stand sicher die Entlarvung des Mörders, und die konnte nur auf zwei Arten erfolgen: Entweder legte der Mörder ein Geständnis ab, oder es geschah ein weiterer Mord, während eine von uns direkt daneben stand. Da ich noch nicht mal mehr wusste, wie viele Verdächtige im Spiel waren, war es fast unmöglich, an ein Geständnis zu kommen. Bislang hatte das Mordschema so ausgesehen: Jeder, der eventuell etwas über den Verbleib des Stückes wusste, wurde umgebracht. Wenn ich also einen neuerlichen Angriff provozieren wollte, musste ich die »Mitwirkenden« nur davon überzeugen, dass das Stück …

»Rosie, übernehmen Sie doch in Akt zwei.«

Der Klang meines Namens rüttelte mich wach. Peter starrte mich vom Bühnenrand aus an. »Was?«

»Ich hätte gern, dass Sie Akt zwei machen.«

Ich schälte mich aus dem Sitz und stolperte über meine Handtasche. Ruby blickte finster von der Bühne herab, aber ihr Unmut galt nicht mir – es war Peter, den sie mit ihren Blicken durchbohrte. Hatte ich etwas verpasst? Als ich das letzte Mal richtig hingeschaut hatte, war eigentlich alles noch im Lot gewesen.

Während Ruby von der Bühne kletterte, murmelte sie etwas Unverständliches in ihren Bart und verdrehte die Augen. Ich nahm ihren Platz ein und tat während der folgenden köstlichen Stunde so, als wäre ich eine echte Schauspielerin. Um sieben Uhr war ich wieder in zivil.

»Gehst du zu Fuß?«, fragte Ruby, als ich hinter der Bühne meine Sachen packte.

»Nach Hause? Ja, ich glaube schon.«

»Hast du was dagegen, wenn ich dich begleite?«

Eigentlich hätte ich gern in Ruhe meine Gedanken sortiert, aber andererseits war ich auch neugierig, warum ich die Chance bekommen hatte, Ruby zu vertreten, obwohl sie zur Verfügung stand. Ich konnte ja später zu Hause so viel grübeln, wie ich wollte, und ein bisschen harmlosen Klatsch hatte ich mir verdient, fand ich.

Wir verließen das Theater durch den Haupteingang und folgten dann dem Weg, den Ruby einschlug. Dass sie mehrmals hintereinander völlig unsinnig abbog, sollte eindeutig verhindern, dass wir in andere Ensemblemitglieder hineinrannten.

»Warum hat er dich denn heute Abend so abserviert?« Ich fühlte mich mutig. Was war schon Rubys Verachtung angesichts von Mord und Totschlag?

Ruby seufzte und zupfte sich ein Katzenhaar vom Mantel. »Peter ist wütend auf mich.«

»Wieso, was hast du denn gemacht?«

Sie schaute vollkommen entgeistert drein und legte sich eine Hand aufs Herz. »Ich habe gar nichts gemacht. Ich habe nur auf das reagiert, was er gemacht hat. *Ich bin das Opfer.*«

»Und was hat *er* gemacht?«

Sie hob eine Augenbraue und wartete darauf, dass ich einen Kotau vor ihr vollführte, damit von vornherein feststand, wer hier Opfer und wer Missetäter war. Da konnte sie lange warten. Also verdrehte sie die Augen und seufzte zum zweiten Mal. »Es geht um seine lächerliche Werbestrategie. Hast du die Plakate gesehen?« Ich schüttelte den Kopf. »Sie sind einfach nur schwarz – kein Titel, kein Autor, mein Name wird nicht einmal *erwähnt.* Nur diese eine alberne Zeile, die so ungefähr besagt: Wenn Sie etwas über dieses Stück erfahren wollen, müssen Sie es sich schon selbst ansehen.«

»Der Mensch ist von Natur aus neugierig. Ich wette, das wird eine ganz schön erfolgreiche Kampagne.«

Der Wind frischte auf und wehte ihren Hut in Schräglage. »Ja, für ein *alternatives Theater* vielleicht.« Es klang, als hätte sie sich die Zunge an diesen Worten verbrannt. »Aber es gibt auch eine ganze Menge Leute in dieser Stadt, die man nur mit der Garantie auf wirklich große Namen aus ihren Wohnungen locken kann.«

»Mir war gar nicht bewusst, dass du so eine Garantie bist.«

Sie zog ihre Hutnadel heraus und hielt sie in der Faust, bereit zum Gefecht. »Darüber macht man keine Witze, Rosie. Es sind die bekannten Autoren und Darsteller, die einer Produktion erst ihr Daseinsrecht geben. Das Publikum soll ja zu uns kommen und nicht zu einer *Hedda-Gabler*-Inszenierung in irgendeiner Garage in Hoboken.«

»Das People's Theatre hat aber doch einen guten Ruf. Es hält sich ja auch schon eine ganze Weile.«

Sie schickte einen Blick gen Himmel. »Gott – du klingst genau wie *er*.«

Bei diesem Gedanken musste ich ein freudiges Lächeln unterdrücken. »Und du hast mit ihm über seine Werbestrategie gesprochen?«

Sie steckte ihren Hut wieder fest und wickelte sich den Schal mit einer Bewegung um den Hals, die eigentlich für den Umgang mit Federboas reserviert ist. »Jemand musste es ja tun. Sonst ist diese Inszenierung schon im Vorfeld ruiniert.«

In meinen Schläfen pochte es. Warum konnte Ruby mir nicht einfach berichten, was passiert war, ohne alles weitschweifig zu kommentieren? »Und was hast du zu ihm gesagt?«

»Tja ...« Sie nahm Haltung an, wie kurz vor einem großen Monolog über ihre grauenvolle Flucht vor den Nazis. »Ich hatte vor der Probe keine Zeit mehr, um mit ihm zu reden, deswegen habe ich ihn während der Szene von Beverly Dwyer angesprochen. Mal ehrlich, wo sie auftaucht, ist doch sowieso alles zum Gähnen.« Ich nickte. Beverly war durchaus nett, aber sie übertrieb es mit der Idee des naturalistischen Spiels. Alles, was sie machte, war derartig durchdrungen von einem faultierhaften Weltschmerz, dass man ihr am liebsten nur im Kino zugesehen hätte. Da hätte man wenigstens den Projektor schneller laufen lassen können. »Ich habe ihm gesagt, dass in den nächsten Tagen entschieden etwas passieren muss, wenn sich die Show auch verkaufen soll. Außerdem habe ich ihm gesagt, dass ich extrem enttäuscht bin, weil mein Name nicht als Verkaufsargument für das Stück genutzt wird. Und dass es vielleicht eine Vertragsverletzung ist, dass ich nicht auf den Plakaten stehe.«

Wenn man Rubys heiße Luft irgendwie zur Energiegewinnung hätte nutzen können, wäre die Treibstofffrationierung eine Sache von gestern gewesen. »Und was hat er dazu gesagt?«

»Dass der Vorverkauf gut läuft und dass ich mir keine Sorgen machen soll über etwas, was mich sowieso nichts angeht.« Sie rang nach Atem, ihre Hände flogen durch die Luft – die Dirigentin dieser Seifenoper setzte gerade zum finalen Crescendo an. »Und wenn mir seine Art, das Stück zu bewerben, nicht gefiele, könne ich ja gehen. Da habe ich ihm natürlich gesagt, dass er noch dämlicher ist, als ich dachte. Wenn er meinen Namen nicht benutzt, um die Leute ins Theater zu kriegen, wenn er nicht begreift, dass ich bestimmt der einzige Grund bin, warum sie überhaupt kommen, und wenn er sich auch nur für einen einzigen Moment einbildet, dass die Zweitbesetzung eine ähnliche Wirkung entfalten kann, dann irrt er sich wirklich gewaltig.« Ruby hielt inne und bemerkte meinen Gesichtsausdruck. »Ist nicht böse gemeint.«

»Schon gut.«

»Offensichtlich hat er das nicht so gut weggesteckt, sonst hätte er ja dich nicht gebeten, den zweiten Akt zu spielen.« Ich war darauf gefasst, dass sie mir ausführlich den Aberwitz erklärte, der in dieser Entscheidung lag, aber zum ersten Mal zeigte Ruby Zurückhaltung. »Ehrlich gesagt, weiß ich nicht, ob ich Teil einer Show sein will, die sich noch nicht mal Mühe gibt, sich gut zu verkaufen.«

Es fiel mir wahnsinnig schwer, sie nicht anzubrüllen: *Dann geh doch!* »Aber es ist ja nicht so, dass er nichts unternimmt«, sagte ich. »Er will das Stück eben nach Raymond Fieldings Methode verkaufen. Ich finde diesen Plan ziemlich schlau.«

»Das ist ja alles schön und gut, Rosie, aber ein volles Haus bringt das noch lange nicht. Die paar Plakate locken sicher nicht die *wichtigen* Leute an. Ich habe ja nichts gegen die einfallsreiche Idee, den Titel und den Autor im Unbekannten zu lassen, aber der Mann hat ja noch nicht mal eine Pressemitteilung rausgeschickt. Sind wir bei den Barbaren oder was?« Sie blieb stehen und stach mit dem Zeigefinger in die Luft. »Ich hätte nicht übel Lust …« *Reiz mich nicht noch mehr*, betete ich.

» … das Ding selbst zu bewerben.«

»Was?«

»Schau doch nicht so entsetzt. Ich habe nicht vor, ihm seine blöde Überraschung kaputt zu machen. Es sollen lediglich die richtigen Leute Bescheid wissen, dass ein wichtiges Stück auf die Bühne kommt«, sie fasste sich mit den Händen an die Brust und lächelte zum Himmel hinauf, »und zwar mit mir in der Hauptrolle.«

Gerade wollte ich das lautstark als die dümmste Idee aller Zeiten bezeichnen, da kam mir ein Gedanke. Nussbaum hatte in dem Moment Interesse an dem Stück gezeigt, als ich ihm gesagt hatte, dass ich nicht darüber sprechen dürfe. Was würde passieren, wenn Ruby überall streute, dass ein neues Stück Premiere hatte, ein Stück, das erstmalig auf die Bühne gebracht wurde, ein haarsträubendes und unglaublich wichtiges Stück? Würde das nicht alle hinter dem Ofen hervorlocken?

»Mach das ruhig«, sagte ich.

»Meinst du?«

»Auf jeden Fall. Du solltest nur dafür sorgen, dass keiner dich für die Informantin hält – sonst regt Peter sich noch mehr auf. Und sag nicht zu viel. Nur, dass es bedeutend und haarsträubend ist und dass es den Gerüchten zufolge ein bislang unaufgeführtes Stück ist, von einem berühmten Autor. Ach ja, und lass durchblicken, dass du selbst mitspielst.«

»Hmmm.« Ruby klackte mit ihrem Zeigefingernagel gegen die Vorderzähne. »Das könnte ich so machen.«

»Dann müsstest du dich allerdings beeilen. In zwei Tagen ist Premiere.«

Ruby warf den Kopf zurück und lachte. »Süße, ich kann ein Gerücht in zehn Minuten gleich zweimal durch die Stadt gehen lassen.«

Als wir am Shaw House ankamen, fühlte ich mich um zwanzig Kilo erleichtert. Auf der Treppe nahm ich gleich zwei Stufen auf einmal und beschloss, den Rest des Abends mit meinen Groschenheftchen zu verbringen und mir über nichts Gedanken zu machen, was im wirklichen Leben geschehen konnte.

»Hallo du.« Jayne saß auf dem Bett. Ihre Augen waren rot gerändert, und um sie herum hatte sich eine ganze Batterie gebrauchter Taschentücher angehäuft. Churchill machte sich einen Spaß daraus, die Zellstoffbällchen zwischen seinen Vorderpfoten hin- und herzuschlagen.

Ich setzte mich zu ihr aufs Bett und schlenzte ein durchweichtes Taschentuch außer Churchills Reichweite. Im Zimmer selbst ließ sich zunächst kein Grund für ihre Traurigkeit entdecken. Hatte das Radio schlechte

Neuigkeiten gebracht? War ein Telegramm mit Sternen drauf angekommen? Hatte ihr ein Offizier einen Besuch abgestattet, der uns die Nachricht aus erster Hand bringen wollte?

»Was ist los?«

»Er möchte meine Rolle neu besetzen.«

»Bentley?«

Jayne verknotete die Finger rund um ein Taschentuch, das dadurch aussah wie ein Ei im Körbchen. »Anscheinend hat Ruby Interesse bekundet, wieder Mitglied des Ensembles zu sein – und auch wieder seine Freundin zu werden.«

»Moment mal – will sie bei *Im Dunkeln* aufhören?« Das ergab nicht den geringsten Sinn, es sei denn, ihr genügte die fehlende Öffentlichkeit schon als Ausrede.

»Nein. Er will jetzt unsere Premiere wegen ihr nach hinten verschieben. Seine Geldgeber möchten jemand Bekannteren in der Hauptrolle sehen.« Sie versuchte gar nicht mehr, ihre Tränenflut zurückzuhalten. »Dabei lief alles so gut. Lawrence hat mir so oft gesagt, wieviel Talent ich habe. Na ja, ich meine, ich weiß ja, dass ich ohne Tony die Rolle nicht bekommen hätte …«

»Jayne …«

»Nein, ist schon in Ordnung. Ich bin nicht blöd, Rosie. Eine wie ich bekommt eine solche Chance nicht einfach so. Es … es stinkt mir nur einfach, dass man sie mir wieder wegschnappen will. Dabei habe ich so hart gearbeitet.« Sie wischte sich über das Gesicht und putzte sich die Nase, aber die Tränen flossen einfach weiter. Seit Carole Lombards Tod im letzten Januar hatte ich sie nicht mehr so untröstlich gesehen. »Aber wem sage ich das. Sie hat ja mit dir das Gleiche gemacht.«

»Du solltest mit Tony reden«, riet ich.

Ihr Gesicht legte sich wieder in kummervolle Falten. »Er hat schon genug getan. Er braucht nicht unbedingt zu erfahren, dass ich es vermasselt habe.«

Dafür bekam sie von mir einen leichten Klaps aufs Bein. »Du hast nichts vermasselt. Und Tony wird es so oder so erfahren. Besser jetzt, wo er noch Zeit hat, sich mit der Situation zu arrangieren. Wenn er es erst bei der Premiere merkt, will er danach bestimmt Vergeltung üben.«

»Ich möchte es ihm aber nicht erzählen.« Ihr Kiefer spannte sich, ihre Hände krampften sich ineinander.

»Wegen Edgar Fielding?«

Sie zuckte mit den Schultern.

»Tony hat damit nichts zu tun, Jayne. Das weißt du. Auch wenn unser Treffen mit Alan Detmire sonst nicht viel gebracht hat: Wir wissen jetzt immerhin, dass der Spinner, der Edgar umgebracht hat, auch der Mörder von Jim ist.«

»Sicher wissen wir das nicht.« Sie wickelte sich einen Zipfel ihres Satinbettbezugs um den Finger. »Vielleicht sollte ich mit Tony besser Schluss machen. Vielleicht gibt mir jemand mit dem, was passiert, irgendwelche Zeichen.« Sie zog den Stoff so straff, dass der Finger rot anlief. »Außerdem ist es nicht fair, ihn jedes Mal zu Hilfe zu rufen, wenn es nicht so läuft, wie ich will.«

»Findest du, Ruby verhält sich fair? Klar, wir würden alle gern wegen unserer Begabung die großen Rollen bekommen, aber so läuft der Hase nun mal nicht. Es wird immer eine Ruby Priest geben, die sich auf ihr Aussehen und ihre Verbindungen verlassen kann und das bekommt, was eigentlich uns zusteht. Wenn du selbst

mal die Nase vorn haben willst, musst du es eben genauso machen wie sie.«

Jayne starrte auf ihre Füße und wackelte mit den Zehen. »Ich denke darüber nach.«

»Ich meine es ernst, Jayne. Du darfst jetzt nicht den
Kopf in den Sand stecken. Wenn du ihn nicht anrufst,
mache ich das.«

Sie sah mir in die Augen und nickte. »Ich sage ja, ich
denke darüber nach.«

Ich erhob mich und ging zur Frisierkommode. »Heute hatte ich einen Geistesblitz: Was, wenn wir der Presse
stecken, dass am People's Theatre ein Stück anläuft, das
erstaunliche Ähnlichkeit mit dem verschwundenen
Stück von Fielding hat?«

Jaynes verletzte Gefühle waren auf dem Rückzug,
und mit ihnen ihre beleidigte Haltung. »Ist das nicht
gefährlich?«

War es das? Einen möglichen Mörder anzulocken war
vielleicht nicht die beste Idee, aber mir schien es immer
noch ungefährlicher, ihn oder sie in ein Theaterstück zu
locken als zu einer konkreten Person. Das Schlimmste,
was mir bislang in einem Theater passiert war, war die
Degradierung zur Zweitbesetzung. »Bestimmt nicht.
Wir müssen uns nur zurücklehnen und beobachten, wer
alles auftaucht und wer wie reagiert. Wenn jemand auch
nur das Geringste unternimmt, um die Aufführung zu
stören oder zu unterbrechen, haben wir – *zack!* – unseren Mann.«

»Und dann?«

Ich gab mir Mühe, mich nicht darüber zu ärgern, dass
Jayne mich zur Beantwortung von Detailfragen nötigte.
Dass ich mir darüber möglichst noch vor dem Premie-

renabend Gedanken machen musste, war mir auch klar, aber warum sollte ich mich jetzt schon damit auseinandersetzen? Im entscheidenden Moment würde ich schon wissen, was zu tun war.

Mit festem Blick sah ich sie an. »Die Wände haben Ohren. Sagen wir einfach, ich habe einen Plan.«

»Da bin ich ja beruhigt«, erwiderte sie. Aber sie traute mir genauso wenig über den Weg wie ich ihr, was den Anruf bei Tony anging. Deswegen griff ich am nächsten Morgen für sie zum Hörer.

32 Opfer einer großen Liebe

Die nächsten beiden Tage vergingen wie im Rausch. Wir probten von morgens bis abends. Peter steckte derartig tief in der Arbeit, dass ich nur in den seltenen Momenten, in denen ich auf der Bühne stand, Gelegenheit hatte, mit ihm zu sprechen. Aber auch dann beschränkte sich unsere Interaktion auf die Kommentare, die er zu meiner Darbietung abgab. In den Zeitungen tauchten Vorankündigungen zum Stück auf. Kritiker und Klatschreporter gleichermaßen schrieben Dinge wie: »Dem Hörensagen nach ist das Stück, über das niemand spricht, genau das Stück, über das alle schon lange sprechen. Und wenn Sie nicht wissen, wovon ich jetzt spreche, kommen Sie trotzdem, und machen Sie mit bei diesem Spaß. Soweit man hört, wird es ein haarsträubend guter Abend.« Da Ruby ja nicht so gern im Schatten stand, hatte sie es geschafft, dass ihr Name immer mal wieder fiel, und sei es in banalen Randbemerkungen: »Haben Sie sich auch schon gefragt, was aus dem Nachwuchstalent Ruby Priest geworden ist? Ihr Verbleib ist genauso mysteriös wie das Stück, in dem sie gerüchtweise die Hauptrolle spielt. Unsere Anrufe nimmt sie nicht entgegen. Aber spätestens am Donnerstagabend im People's Theatre wird sie den Mund nicht mehr halten können und Dinge sagen, über die viele lieber den Mantel des Schweigens breiten würden.« Eigentlich hätte Ruby überquellen müssen vor Stolz, aber anstatt mir den Erfolg ihrer »Kampagne« unter die Nase zu reiben, bewahrte sie Stillschweigen über ihre Umtriebe. Offensichtlich hatte sie anderes im Kopf.

»Was ist los, Rube?«, fragte ich sie am Abend der Generalprobe. Seit ihrer Ankunft war sie mit einer derartig
schlechten Laune durchs Theater gestapft, dass jeder
vor ihr zurückwich, um bloß nicht ihren Zorn auf sich
zu ziehen.

»Nichts. Alles in Ordnung.« Und damit fuhr sie fort,
alles, was ihr in die Quere kam, wegzustoßen oder ihm
zumindest einen Hieb zu versetzen. Endlich wurde mir
der Grund ihrer Wut klar: Wir waren Zeugen des Tanzes
einer düpierten Frau. Offenbar war Tony bereits eingeschritten und hatte Jaynes Rolle zurückerobert.

Vorsichtig Abstand haltend flüsterte ich ihr zu: »Bist
du sicher?«

Sie sah mich zweifelnd an: Sollte sie mir vertrauens-
voll von dem enormen Schaden berichten, der ihr zuge-
fügt worden war, oder sollte sie ihre Wut so lange hin-
unterschlucken, bis ihr Magen in Flammen aufging? Sie
entschied sich für Letzteres. »Wie ich schon sagte: alles
in Ordnung.«

In der Theaterwelt trägt sich jeder mit dem Glauben,
dass eine schlechte Generalprobe die Voraussetzung für
eine gute Premiere ist. Trotzdem spielt man natürlich
nicht willentlich schlecht – eine absichtlich miserable
Generalprobe setzt, daran glauben ebenfalls alle, den
Theater-Voodoo außer Kraft. Und wenn man gerade einen Durchlauf hingelegt hat, mit dem verglichen ein
Handpuppentheater spannend gewesen wäre, muss man
sich einfach gegenseitig daran erinnern, dass man um
diese leidvolle Situation eben nicht herumkommt. Sie
ist der Garant für den Erfolg, nicht für das völlige Desas-
ter, am nächsten Abend. So war es bislang bei jedem
Stück gewesen, in dem ich mitgespielt hatte: Bei der

letzten Kostümprobe gibt es mindestens eine Totalkatas-
trophe, die einem eine schlafraubende Angst einflößt,
von der man erst vor Publikum am Tag darauf erlöst
wird. Angst kann eine Aufführung definitiv besser werden lassen. Adrenalin auch.

Mit einer eigentümlichen Mischung aus Schadenfreu-
de und Hoffnung, dass bei der Premiere schon alles
glattgehen würde, sah ich also Ruby bei der schlechtesten
Leistung ihrer ganzen Laufbahn zu. Was auch immer sie
so aufgebracht hatte, es führte dazu, dass jede ihrer
Zeilen seelenlos klang und man sich unversehens in ein
Grundschulkrippenspiel hineinversetzt fühlte. Jede ihrer Szenen endete in einem Geschnatter und Gekicher
hinter der Bühne, wo die anderen Schauspielerinnen
sich ungläubig gegenseitig versicherten, dass sie tatsächlich gesehen hatten, was sie gerade gesehen hatten. Peter folgte dem Schauspiel wie versteinert und hegte vermutlich die Hoffnung, dass es sich hier nur um eine
Vergeltungsmaßnahme für seine Übungsmethoden handelte. Als nach dem letzten Vorhang niemand Bravo rief,
verbarg er das Gesicht in den Händen und gab eine
Kreuzung aus Wimmern und Stöhnen von sich.

Vor dem Durchlauf hatte er verkündet, es sei nicht
seine Art, die Generalprobe zu kommentieren – wir
sollten uns danach einfach umziehen, unsere Sachen packen und gehen. Wahrscheinlich fürchtete das ganze
Ensemble, dass er es sich angesichts des eben Gese-
henen noch einmal anders überlegen würde: Man eilte
in die Umkleideräume, zog sich in rasantem Tempo um
und tippelte auf leisen Sohlen aus dem Theater. Weil ich
davon ausging, dass Peter vermutlich der nächsten Eck-
kneipe sein Herz ausschütten würde, wenn ich dafür

nicht zur Verfügung stand, blieb ich noch ein, zwei Minuten sitzen.

»Wie schlecht war es?« Peter kam durch den Zuschauerraum geschlichen und ließ sich in den Sessel neben mich fallen.

»Die technischen Sachen waren großartig, und das Ende war sehr berührend.« Ich knibbelte an meinen Nägeln, bevor mir bewusst wurde, dass das vielleicht als Indiz für mein Flunkern gelten konnte.

»Sie können ruhig ehrlich sein, Rosie. Das sind die Kritiker auch.«

Um weitere Zerstörungsarbeit an meinen Händen zu unterbinden, schob ich sie unter die Oberschenkel. »Ruby hat ein bisschen neben sich gestanden.«

Peter lachte so enthusiastisch, dass sein Kopf von der Rückenlehne abfederte. »Ein bisschen? Ich sage Ihnen, das eben, und dann noch die Informationen, die schon an die Presse durchgesickert sind ... Keine Ahnung, was ich tun soll.«

»Was soll durchgesickert sein?«

Peter verdrehte die Augen und blickte mich finster an. »Bitte, Rosie – ich bin doch nicht blöd. Haben Sie nicht die Zeitungen gelesen? Ruby hat mir klar und deutlich zu verstehen gegeben, wie sehr sie sich darüber aufgeregt, dass ich nicht offensiv Werbung mache. Das ist jetzt ihre Rache.«

Schuldgefühle nagten an mir. »Immerhin hat sie doch das Geheimnis nicht ganz gelüftet. Ich habe noch nirgendwo den Titel oder den Autornamen gelesen.« Hatte ich meine Mitwisserschaft wie zu viel Rouge aufgetragen? »Haben denn schon Leute deswegen angerufen?«

»Pausenlos. Das ganze erste Wochenende ist bereits ausverkauft.«

Ich versetzte ihm einen leichten Faustschlag gegen die Schulter. »Sehen Sie? Das ist doch richtig gut.«

Er versteifte sich unter meiner Berührung. »Es hätte sich auch so verkauft. Ich finde ihr Vorgehen mehr als nur ein bisschen unehrlich. Erstens hatte ich ihr verboten, Werbung zu machen. Und zweitens hört sich das, was sie da bewirbt, an wie ein vollkommen anderes Stück. Das ist Ihnen doch sicherlich auch aufgefallen?«

»Ist das denn wirklich so schlimm? Solange sie in die Vorstellung kommen ...«

Er schlug nach einer eingebildeten Fliege. »Wenn sie deswegen kommen, werden sie enttäuscht sein, weil unser Stück nicht das ist, auf das sie gehofft haben. Schon nach dem ersten Abend wird es die Runde machen, dass das hier nicht Raymond Fieldings lange vermisstes Meisterwerk ist, sondern etwas sehr viel weniger Aufregendes. Und das wird unserer Produktion den Todesstoß versetzen.«

Daran hatte ich nicht gedacht. Im Grunde genommen hatte ich überhaupt noch nicht weiter als bis zur Premiere gedacht. Dass meine Machenschaften für die frühzeitige Absetzung von *Im Dunkeln* verantwortlich sein könnten, war eine furchtbare Vorstellung, vor allem, weil es wahrscheinlich einige Wochen Laufzeit brauchte, bis ich selbst mal einen Fuß auf die Bühne setzte. »Peter, Sie haben eine tolle Aufführung auf die Beine gestellt, und man wird sie wegen ihrer Vorzüge zu schätzen wissen. Vielleicht kommen wirklich ein paar Leute, weil sie mit Fieldings verschollenem Stück rechnen, aber darum werden sie sich gar nicht mehr scheren, wenn sie erst sehen, was Sie aus diesem Stück gemacht haben.«

»Seien Sie nicht so naiv«, schnappte Peter. Sofort änderte sich sein Gesichtsausdruck, er legte mir eine Hand auf den Arm. »Tut mir leid. War nicht so gemeint. Ich habe nur den Eindruck, dass Ruby mit ihrer Aktion etwas kaputt gemacht hat. Jetzt sitzen wir beide im selben Boot: Wir haben beide sehr hart für etwas gearbeitet, von dem wir wenig haben werden.«

»Immerhin ein bisschen Bargeld.« Ich zog meine Habseligkeiten auf den Sitz neben mir und prüfte, ob noch alles da war. »Und wenn ich naiv bin, dann sind Sie ja wohl melodramatisch. Es ist wirklich ein gutes Stück. Ich will hier nicht Ihr verletztes Ego streicheln. Vor einem Monat habe ich von diesem Stück noch überhaupt nichts gehalten, und jetzt würde ich glatt jemanden umbringen, um bei der Premiere mitspielen zu können. Was sagt Ihnen das, hm?«

»Nur, dass ich einen Besetzungsfehler gemacht habe.« Er streckte die Hand aus und berührte leicht meine Wange. »Es tut mir leid. Sie sind eine gute Schauspielerin.«

Ich griff nach seiner Hand. »Danke, aber eigentlich möchte ich eine großartige Schauspielerin sein.«

»Sie sind eine großartige Schauspielerin.« Und dann, einfach so, küsste er mich. Es war ein Kuss von der Sorte, die einen Dinge zurückgeben lässt, die man gar nicht gestohlen hat. Zwei Mal öffnete ich die Augen, zwei Mal fand ich es äußerst seltsam, jemanden anzusehen, dessen Augen geschlossen waren. Als wir endlich voneinander ließen, war ich sprachlos. Ich strich mir mit den Fingern über die Lippen, zu etwas anderem war ich nicht in der Lage.

»Ich mag dich«, sagte er.

»Das will ich doch hoffen. Für eine andere wäre das hier gerade quasi ein Heiratsantrag gewesen.«

Verstohlen ließ er seinen Blick durch den Raum schweifen. »Sollen wir hier nicht einfach mal raus?«

Ich war müde und wusste, dass ich nach Hause gehen sollte, aber der Kuss hatte das Wort *nein* zeitweise aus meinem aktiven Wortschatz gestrichen. »Hast du was vor?«

»Einen trinken gehen. Vielleicht auch zwei.«

Flüchtig sorgte er noch für Ordnung im Theater, löschte die Lichter und verabschiedete sich von ein paar übrig gebliebenen Mitgliedern der Belegschaft, die im Foyer miteinander schwatzten. Durch die Fenster sah ich, dass leichter Schneefall eingesetzt hatte. Draußen blieb gerade ein Pärchen vor dem Plakat von *Im Dunkeln* stehen. Die Frau war gut zu erkennen, jung und hübsch, das lange dunkle Haar vom Schnee weiß überpudert, aber alles, was ich von dem Mann wahrnahm, war seine Marineuniform. Während sie sich den Aushang ansah, legte er die Arme um sie und das Kinn auf ihren Kopf und tat so, als wolle er ein Nickerchen halten. Sie lachte und drehte sich zu ihm um. Das abgeblendete Licht der Straßenlaternen strahlte sie an, und einen schrecklichen Moment lang dachte ich, es wäre Jack, der sie umschlungen hielt, Jack, der sie zum Lachen brachte, Jack, der sie wärmte.

Ging es ihm genauso? Sah er mich an Orten, wo ich unmöglich sein konnte?

»Fertig?«, fragte Peter.

Mein Kopf schmerzte, mein Magen krampfte sich zusammen. »Ich glaube, ich muss doch gute Nacht sagen.«

Peter kam näher und legte mir sanft eine Hand auf die Schulter. »Warum?«

Ein Schluchzen stieg mir in die Kehle. *Reiß dich zu-sammen, Rosie. Du kannst auf dem Nachhauseweg so viel weinen, wie du willst.* »Mir geht es nicht so gut.«

Seine Hand streichelte meine Wange. »Darf ich dich nach Hause begleiten?«

Ich wich zurück, erste Tränen standen mir in den Au-gen. »Nein, nein. Am besten gebe ich einen Teil von meinem hart erarbeiteten Geld gleich wieder aus und nehme mir ein Taxi. Aber danke.«

Ich brauchte ewig zum Einschlafen. Während Jayne ne-ben mir sacht schnarchte, schaltete ich leise das Radio ein und hörte mir die Spätnachrichten auf WNEW an. Die Japaner hatten ihre Angriffe in der Nähe der Salo-moninseln verstärkt, um die Region unter ihre Kontrolle zu bekommen. Am Vortag hatten sie Gerüchten zufolge bereits zwei Schlachtschiffe und drei Kreuzer der Al-liierten versenkt. Unsere Marine beharrte allerdings dar-auf, dass das eine krasse Übertreibung war – wir hatten nicht annähernd so viele Männer verloren, wie die Ach-senmächte behaupteten. Trotzdem: Es hatte Verluste gegeben, und ich kam nicht darum herum, mich zu fra-gen, ob Jack darunter war.

Ob es etwas half, wenn ich ihn genug liebte? Oder machte es vielleicht doch nicht den geringsten Unter-schied, ob einer geliebt wurde oder ob sein Fehlen gar nicht weiter auffiel?

Irgendwann gab mein Körper auf und entließ mich in den Schlummer. Ich schlief ähnlich gut wie während ei-ner Nachtfahrt in einem Pullmanwagen, in einem obe-ren Klappbett, bei strömendem Regen. In meinen Träu-men spielte ich alle möglichen Szenarien für die Premiere durch, kam aber in keinem Fall bis zu einem Ende. Die Szenen blendeten ineinander über, so lange, bis es schien, als könne es niemals eine Lösung geben, sondern nur kleine Ereignisse, die eine unendliche Anzahl anderer Ereignisse lostraten.

»Rosie? Rosie, wach auf!«

Blinzelnd setzte ich eine Reihe facettierter Einzelbilder zur Kontur meiner Zimmergenossin zusammen. Ich rieb mir die Augen, und die Form füllte sich mit Jaynes Gesicht, das direkt über mir schwebte und riesig wirkte. »Was ist?«

»Weißt du, wo Ruby ist?«

Das war nicht die Frage, mit der ich als erstes am Morgen gerechnet hatte. Ich versuchte den zunächst bedeutungslosen Worten einen zusammenhängenden Gedanken abzuringen. »Was?«

Jayne seufzte und wiederholte die Frage in einer Geschwindigkeit, die man sonst nur Steinalten und Taubstummen gegenüber zum Einsatz bringt. Ich setzte mich auf und bemühte mich, die Zeiger auf meinem Wecker zu erkennen. »Ruby? Nein. Wieso?«

Als Jayne auf meine Bettkante plumpste, fiel mir auf, dass sie bereits vollständig angezogen war. Es musste schon fast elf Uhr sein. »Peter Sherwood hat die ganze letzte Stunde immer wieder versucht, sie zu erreichen. Sie sollte eigentlich längst im Theater sein, ist aber bisher nicht aufgetaucht.«

Ich sank in meine Kissen zurück. »Sie ist bestimmt auf dem Weg. Ruby würde nicht einfach nicht auftauchen.« Gähnend reckte ich die Arme. »Ist Peter noch am Apparat?« Mit etwas Abstand fühlte sich mein überstürzter Abgang am Abend zuvor ziemlich bescheuert an. Ich war müde gewesen, das war alles. Er würde das verstehen.

»Nein, aber er hat gesagt, ich soll sie dazu bringen, ihn anzurufen – und zwar in der ersten Sekunde, in der ich sie sehe.« Jayne gab mir einen Klaps aufs Bein. »Wieso lässt dich das so kalt?«

»Erstens mal bin ich noch im Halbschlaf. Der Schmerz, der sich gerade in meinem Bein ausbreitet, bewirkt allerdings schon wahre Aufweck-Wunder. Wieso bist du so besorgt?«

Jayne stemmte die Hände in die Hüften. »Findest du es nicht ein bisschen merkwürdig, dass just das einzige bislang bekannte Ensemblemitglied abhanden gekommen ist – nachdem sich das Gerücht verbreitet hat, dass Fieldings verschollenes Stück heute Abend uraufgeführt wird?«

Ich schüttelte die letzten Überreste von Schläfrigkeit aus meinem Kopf und tastete mit den Füßen nach den Hausschuhen. »Das hatte ich vergessen.«

»Vergessen?!«

»Wiederholst du heute alles, was ich sage?« Es war nicht sie, die mir auf die Nerven ging – ich ärgerte mich über meine eigene Dummheit. »Tut mir leid. Du hast ja Recht. Das könnte wirklich bedeuten, dass Ruby etwas zugestoßen ist. Es könnte aber auch heißen, dass sie es Peter noch mal richtig zeigen will und erst wieder auftaucht, wenn sie sich beruhigt hat.« Ich quälte meine Füße in die Schuhe und merkte zu spät, dass sie nicht zusammenpassten. Einer musste für den richtigen Zweiten weichen.

»Du glaubst also, es geht ihr gut?«

»Sie wird trotzig und verbittert sein, das ja, aber bestimmt nicht in Gefahr.« Nachdem ich auch noch den Rest meiner Kleidung übergezogen hatte, überredete ich Jayne zu einem späten Frühstück im Cora Dean's. Ich brauchte dringend etwas zwischen die Zähne und hätte darauf wetten können, dass sich die Sache mit Ruby in Wohlgefallen aufgelöst hatte, wenn wir zurückkamen. An diesem Tag sorgte ich beim Essen für Chaos. Vor lauter nervlicher Anspannung schaffte ich es, meinen Kaffee umzustoßen. Nach dem Frühstück musste ich mich von den Gedanken an den bevorstehenden Abend ablenken und schleppte Jayne ins Roxy zu einem Nachmittagskurzfilm. Als uns die letzte Filmrolle dazu aufforderte, nach der Vorstellung im Foyer Kriegsanleihen und Briefmarken zu erwerben, war es drei.

Im Shaw House stürzte sich Belle auf uns. »Du sollst Peter Sherwood anrufen. Sofort.«

Jayne und ich tauschten panische Blicke, dann rannte ich die Treppe hoch, immer zwei Stufen auf ein Mal, und verkündete Diane Lemus, sie müsse auf der Stelle auflegen, sonst würde sie den Hörer über Gebühr abnutzen. Das Telefon im People's Theatre klingelte. Und klingelte. Ich nahm mir vor, mich nach dem zwanzigsten Mal zu Fuß auf den Weg zu machen. Bei Nummer neunzehn nahm Peter ab.

»Ruby?«, keuchte er.

»Rosie«, sagte ich. »Stirbst du, oder bist du nur außer Atem?«

»Beides, falls du keine guten Nachrichten hast. Ruby sollte heute Morgen um neun hier sein und ist immer noch nicht da. Bitte sag mir, dass du weißt, wo sie steckt.«

Jayne stellte sich neben mich und drehte den Hörer

so, dass sie mithören konnte. »Nein«, antwortete ich Peter, »sie ist nicht hier. Warum wolltet ihr euch schon so früh treffen?«

»Nachdem wir uns gestern Abend verabschiedet hatten, bin ich ihr noch über den Weg gelaufen. Erst war es nur ein Wortwechsel und dann eine ziemlich hässliche Streiterei. Aber nachdem ich mich überschwänglich entschuldigt habe, hat sie zugegeben, dass sie vielleicht wirklich nicht in Bestform gewesen ist gestern und dass eine letzte Probe wahrscheinlich ganz hilfreich wäre.«

»Ihr seid also im Guten auseinandergegangen?«

»Absolut«, sagte Peter. »Ich bin kurz vor dem Verzweifeln, Rosie. Ich habe die Polizei angerufen, die Krankenhäuser, alles, was mir eingefallen ist. Sie ist einfach verschwunden.«

»Hast du es bei Lawrence Bentley probiert?«

»Natürlich.«

Mir war übel. Jayne machte die Sache auch nicht besser. Bei jeder neuen Enthüllung, die nahelegte, warum wir uns wegen Rubys Verschwinden eben doch Sorgen machen sollten, holte sie tief und hörbar Luft. Mit einer energischen Kopfbewegung schickte ich sie weg und drehte ihr den Rücken zu. »Ich weiß nicht, was ich sagen soll, Peter. Wenn Ruby sauer auf dich wäre, könnte ich mir schon vorstellen, dass sie so reagiert, aber wenn ihr euch wieder versöhnt habt ... Es kann aber immer noch sein, dass sie einfach von irgendwas abgelenkt worden ist. Du solltest die Hoffnung nicht aufgeben.«

»Ich gebe die Hoffnung nicht auf«, sagte Peter. »Aber in fünf Stunden ist Premiere. Wir brauchen einen Plan B, und ich fürchte, der bist du.«

Über die Schulter hinweg warf ich Jayne einen Blick

zu, um sicherzugehen, dass sie das nicht hatte hören können.

»Hast du mich verstanden, Rosie?«, fragte er.

»Laut und deutlich.«

»Wir sind heute Abend ausverkauft, und es haben sich einige Kritiker angemeldet. Ich kann die Sache nicht abblasen. Auch wenn die Ausgangssituation jetzt nicht ideal ist: Du wirst das ganz großartig machen.«

Zwei Gefühle stritten in mir um die Vormacht: Auf der einen Seite frohlockte ich, dass ich die Rolle spielen durfte, auf der anderen Seite hatte ich fürchterliche Angst, dass Ruby irgendwo im Straßengraben lag, wegen mir und meiner großen Klappe. Wenn Ruby tot war, dann war alles so gekommen, wie Detmire vorausgesagt hatte: Mein Versuch, den Mörder auszuräuchern, hatte zu einem weiteren Todesfall geführt. »Machst du's, Rosie?«

Ich rutschte zu Boden und schlug mit dem Kopf gegen das Treppengeländer. »Habe ich eine Wahl?«

33 Der Künstlereingang

»Du sollst die Premiere spielen, oder?« Bevor der Hörer auf der Gabel landete, hing Jayne schon an mir.

»Er braucht mich.«

»Gar nichts braucht der, der muss die Aufführung absagen. Ist dir das nicht klar?« Sie folgte mir zurück in unser Zimmer und bewachte die Tür, während ich alles Notwendige in eine Tasche warf.

»Es wird schon gutgehen, Jayne.«

»Daran erinnere ich dich dann auf deiner Beerdigung.«

»Ich weiß, die Situation ist nicht optimal, aber ich habe einfach keine andere Wahl. Das ist unsere letzte Chance – nach heute Abend wissen alle, dass es das Stück gar nicht gibt. Der sicherste Ort für mich ist auf der Bühne.« Jayne dachte über diese Art von Logik nach, während ich meine fehlende Überzeugung unter einer hastig aufgetragenen Schicht Lippenstift versteckte. In meinen Krimiheftchen gab es zu viele Geschichten, die auf einen Fehler in meiner Theorie hinwiesen. Wenn ich nicht während meines großen Monologs erschossen wurde, konnten immer noch zahlreiche andere zufällige Katastrophen über mich hereinbrechen – fallende Gerüstteile, vergiftetes Wasser, Messer schwingende Schergen in den Kulissen. Das mochte dann so verdächtig sein, wie es wollte: Wenn der Übeltäter sorgfältig plante, konnte er alles, was mir an diesem Abend zustoßen würde, wie einen Unfall aussehen lassen. Und meine Erfahrungen mit der Voreingenommenheit der örtlichen Po-

lizei ließen mich zweifeln, ob in diesem Fall irgendjemand auch nur im Ansatz eine Fehldiagnose in Betracht
ziehen würde.

Am besten stellte ich mich einfach weder unter Lampen noch neben irgendwelche schrägen Typen und
trank außerdem nur das, was ich mir selbst eingeschenkt
hatte. Ach ja, und unter meinem Kostüm trug ich natürlich eine eiserne Rüstung.

»Dann brauche ich für heute Abend noch Verstär-
kung«, sagte Jayne. »Wenn du auf der Bühne stehst,
reicht es nicht, wenn nur ich alleine das Publikum im
Auge behalte.«

Ich setzte den Hut auf, zog den Mantel an und überprüfte noch einmal den Inhalt meiner Tasche. Während
dieser alltäglichen Routine kam mir ein furchtbarer Gedanke: Was, wenn ich das zum letzten Mal tat? Würde
ich mir wünschen, mehr Zeit auf die Verrichtung ganz
normaler Dinge verwandt zu haben?

Hätte ich Jack schreiben sollen?

Jayne bekam ein breites falsches Lächeln von mir
geschenkt. »Bring mit, wen du mitbringen möchtest –
Tony, Al, sonst wen. Aber mach dir keine Sorgen, mir
wird nichts passieren.«

Churchill maunzte und rieb sich an meinem Bein. Da
hatten wir ihn, den Beleg für meinen drohenden Untergang. Wenn sogar der Teufel nett zu einem ist, dann hat
man ganz eindeutig ein Problem.

»Lass das sein, Churchill.«

»Er wünscht dir Glück«, sagte Jayne.

»Er verabschiedet sich von mir.« Sanft schob ich ihn
mit dem Fuß aus dem Weg, worauf er fauchte und zur
Kommode zurückwich. Als ich meinen Hut feststeckte

und den Mantel zuknöpfte, missbrauchte er schon eines der Mahagonibeine als Kratzbaum. Da es weder meine Kommode noch offiziell mein Kater war, beachtete ich ihn nicht weiter, was ihn dermaßen auf die Palme brachte, dass er sowohl seine Lautstärke als auch das Ausmaß des Schadens deutlich erhöhte.

»Du wirst mich vermissen«, teilte ich ihm mit.

Jayne umarmte mich mit der Inbrunst einer Kriegsbraut, trat dann einen Schritt zurück und betrachtete mich, als ob sie vorhätte, mein Abbild für die Nachwelt in Zement zu gießen. »Du hast Recht – alles wird gut ausgehen. Wenn man mal genauer darüber nachdenkt, könnte das heute ja auch dein Abend werden.« Ihr Gesichtsausdruck konnte sich nicht zwischen einem Grinsen und einem überaus besorgten Blick entscheiden – ihre aufmunternd gemeinten Worte hatten die gleiche Qualität wie die Versuche meiner Mutter, mich zu beschwichtigen, wenn ich krank war. Immer hatte sie mir versichert, ich würde ganz bestimmt nicht sterben und sie selbst habe seinerzeit alle meine Symptome gehabt und glänzend überstanden. Aber kaum hatte ich ihr den Rücken zugedreht, hing sie schon am Telefon und jammerte dem Arzt genüsslich vor, ihr geliebtes Kind klopfe bereits an die Pforten des Totenreiches.

Ich hatte Masern, Mumps und Pocken überlebt, ich würde auch das hier überleben.

Als ich um vier Uhr im Theater ankam, war Peter nicht da, was mir ganz recht war. Das Letzte, was ich jetzt brauchen konnte, war seine Premierenhysterie an einem Abend, der so schon schwierig genug werden würde. Hilda ließ mich ein und fuhr dann in ihrer Arbeit fort:

Sie schmückte das Foyer mit Blumen und Fotos und rückte die Bänke zurecht.

»Wo ist Peter?«, fragte ich sie.

»Besorgungen machen, was wahrscheinlich heißt, dass er sich im John Kelly's verkrochen hat und einen nach dem anderen kippt.« So viel zum Whiskey im John Kelly's, der zu schlecht war, um ihn auch nur anzurühren.

Ich schnappte mir eins der Programmhefte. Die mangelnden hellseherischen Fähigkeiten der Druckerei enttäuschten mich: Ruby stand fett oben auf der Besetzungsliste, meinen Namen allerdings konnte ich nirgendwo finden.

»Wir lassen noch ein Einlegeblatt machen«, sagte Hilda.

Ich nickte und versuchte dabei so dreinzuschauen, als wäre es mir wirklich nicht wichtig, ob meine Leistung irgendwo gewürdigt wurde oder nicht. »Wird es ein großer Auflauf heute Abend?«

Hilda wies mit dem Kopf auf das eine Ende der Bank und bat mich wortlos um Mithilfe beim Verrücken. »Riesig. Mehr war in diesem Schuppen noch nie los. Und wir haben nicht einfach nur Masse, wir haben auch Namen. Vielleicht kommt sogar LaGuardia.«

»Der Bürgermeister?« Vor welcher Art von Enthüllung der wohl Angst hatte?

»Ja. Und seine Frau.«

Ich bemühte mich, weiter unbeteiligt zu wirken, was aber nicht geht, wenn man schweres Mobiliar durch die Gegend schleppt. »Darf ich vielleicht mal einen Blick auf die Gästeliste werfen?«

Wir stellten die Bank ab und traten einen Schritt zurück, um unser Werk in Augenschein zu nehmen. »Schau mal, Rosie, es ist schlimm genug, dass du ohne Vorwarnung die Premiere spielen musst. Aber dass du dir auch noch den Kopf darüber zerbrichst, wer alles kommt, obwohl du dann später sowieso nicht über die erste Reihe hinaussehen kannst – das muss wirklich nicht sein. Konzentrier dich auf dich, und überlass den Rest mir.«

Diese Frau konnte mit paranoiden Schauspielerinnen umgehen, und dafür musste man sie einfach bewundern. An einem anderen Abend hätte ich diese Qualität allerdings noch mehr zu schätzen gewusst. »Danke, Hilda, aber ich möchte doch nur sehen, ob meine Freunde Karten reserviert bekommen haben.«

»Geh einfach davon aus, dass es so ist. Jeder, der an der Abendkasse heute deinen Namen nennt, kriegt einen Platz, und wenn ich meine eigene Mutter dafür wieder rausschmeißen muss. Brauchst du sonst noch was?«

Ich dachte an alle möglichen Spielarten von Rauschmitteln, die mich über den Abend bringen könnten, und schüttelte den Kopf. »Eine Stunde allein im Theater wäre gut.«

»Abgemacht. Die Kostümbildnerin sollte in einer Dreiviertelstunde hier sein, aber sie ist nie pünktlich. Die anderen Frauen kommen um halb sechs, um noch mal kurz mit dir deine Szenen durchzugehen. Bis dahin bewache ich diese Türen hier mit meinem Leben.«

Im Zuschauersaal stellte ich fest, dass die Raumtemperatur dringend noch reguliert werden musste, damit menschliches Leben hier überhaupt möglich wurde. Über Nacht war der Bühnenboden schwarz übermalt worden, um die Spuren unserer wochenlangen Proben zu kaschieren. Die dick mit Kreide gezeichneten Linien, anhand deren wir bislang unsere Positionen gefunden hatten, waren durch kurze Klebestreifen ersetzt worden.

Um die Gefühle heraufzubeschwören, die ich für die Darstellung meiner Figur brauchte, versuchte ich mir jeden Moment der letzten Monate vor Augen zu führen, in dem ich mich missachtet und unbedeutend gefühlt hatte: von Jacks Schweigen über Peters ambivalente Zeichen bis hin zu Rubys und Eloises direkten Attacken. Ich ging über die Bühne, flüsterte meine Zeilen vor mich hin und dachte nicht mehr nur an die Worte, sondern an das, was sie bedeuteten. Als ich mich bis zum Ende des Stücks vorgearbeitet hatte, hatte ich Tränen in den Augen und flehte unsichtbare Personen an, mir doch bitte, bitte zu vergeben.

Applaus erscholl von den hinteren Zuschauerrängen. Ich schaute auf. Da stand Peter, mit dem Rücken zur Wand. »Du hast mir meine Zuversicht zurückgegeben«, sagte er.

»Mir war nicht klar, dass du sie verloren hattest.«

»Sagen wir: zwischenzeitlich verlegt.« Er kam zum Bühnenrand und reichte mir eine Hand, um mir herunter zu helfen. Ich landete recht wackelig und schwankte noch stärker, als mich seine Alkoholfahne traf.

»Du hast anscheinend schon vorgefeiert.«

»Das kannst du mir wirklich nicht vorwerfen. Wenn du kurz vor deinem Lebensende stündest, würdest du dir dann nicht auch noch eine letzte kleine Freude erlauben?« Er trug einen blauen Sergeanzug, der den Tag sicher sauber und frisch aufgebügelt begonnen hatte, aber mittlerweile zum Sonntagsstaat eines Saufbruders verkommen war.

»Dein Leben geht nicht zu Ende, Peter. Das hier ist nur eine Theaterproduktion. Nur eine.«

Er schaute an die Decke. Seine Augen hatten rote Ränder, sein Gesicht war fleckig. Er hatte geweint. »Es ist so viel mehr als das.«

Ich zog ein Taschentuch hervor und säuberte ihm sanft das Gesicht. »Warum? Warum ist dir diese Produktion denn so unglaublich wichtig?«

Er hielt meine Hand fest und studierte sie, als ob ihm zum ersten Mal solche Finger auffielen, die den Menschen vom Tier unterschieden. »Ich wollte mich beweisen. Ich wollte ein für alle Mal klarstellen, dass ich bereit bin für Größeres und Besseres.«

»Aber das ist doch klar. Das nimmt dir Ruby doch nicht weg.«

Er ließ mich los und lehnte sich gegen die Bühne. »Es ist nicht nur Ruby. Es ist *Im Dunkeln*. Wir haben hier gute Arbeit geleistet, aber wenn alles vorbei ist, wird man diese Inszenierung vergessen.«

»Was für eine trostlose Aussicht.«

Er drehte sich zu mir, den Kopf schiefgelegt. »Es ist ein schreckliches Stück, Rosie. Das wissen wir beide. Wenn man ein wirklich wichtiges Stück zur Uraufführung bringt, dann wird immer etwas von dem überdauern, was man sich dazu überlegt hat. Meine Regie, meine Textänderungen, meine Besetzung – das wird alles unauslöschlich mit diesem Stück verbunden bleiben. Ich musste diese Produktion machen, und vielleicht sitzt auch der eine oder andere im Zuschauerraum und denkt, ich bin ein guter Regisseur. Aber sogar wenn die Saison ein Erfolg wird: Dieses Stück wird meine Karriere nicht voranbringen.«

»Und wie sähe ein solches Stück aus?«

Er lächelte schwach und strich mir die Haare von der Schulter. »Die Darsteller wären andere. Sie hätten nicht nur Talent, sie würden auch Einfluss nehmen wollen auf jede meiner Entscheidungen. Ich würde mir die Schauspielerinnen nicht wegen ihres Namens oder ihrer bisherigen Engagements aussuchen, sondern danach, was sie mir bedeuten.«

Sein Gesicht schwebte nur wenige Zentimeter vor meinem. Wir atmeten dieselbe Luft, und sein nachmittäglicher Cocktail kam mir gar nicht mehr so fürchterlich vor. »Und das Stück?«

»Das wäre bedeutsam, gut geschrieben, kontrovers – alles, was dieses Stück nicht ist.«

»Und wenn ein solches Stück gar nicht existiert?«

Er wich einen Schritt zurück und nahm meine Hände in seine. »Es existiert. Ich muss es nur finden.«

Ich hätte ihm sagen sollen, dass es das Stück nicht gab, von dem er da träumte. Aber ich konnte den Gedanken nicht ertragen, seine Illusionen zunichte zu machen, vor allem, weil ich ja Schuld hatte an seiner momentanen Situation. »Das wirst du auch«, sagte ich. Meine nächsten Worte wählte ich mit Bedacht. Sie waren grausam, würden Peter aber durch den Abend bringen und waren deshalb gerechtfertigt. »Ich glaube sogar, ich habe es schon gefunden.«

»Du hast das Stück gefunden?«

Ich bereute sofort, was ich gesagt hatte, und stotterte: »Na ja, ich habe eine ziemlich gute Spur.«

Peter lächelte und nickte. »Darauf habe ich so lange gewartet. Was sind schon ein paar Tage mehr?« Der Kuss, den er auf meiner Wange platzierte, war federleicht. »Deine Kolleginnen sind da, du hast zu tun.«

Er öffnete die Saaltüren, und der Rest des Ensembles strömte herein. Sie begrüßten mich mit »Glückwunsch!« und »Ist das nicht aufregend?« und »Ich bin so froh, dass du und nicht Ruby die Rolle spielst!«. Alle scharten sich um mich, während ich ganz benommen dastand, Danke murmelte und mich fragte, ob ich mich nicht immer noch davonmachen konnte.

Aber das war nicht mehr drin. In der nächsten Stunde gingen wir meine Szenen noch einmal durch, um sicher zu stellen, dass ich alle Übergänge parat hatte. Peter saß still im Saal, trank eine Tasse starken Kaffee gegen den Alkohol und trug nichts weiter dazu bei als eine wachsende Ahnung von drohendem Unheil. Sobald wir mit der letzten Szene durch waren, wurde ich in die Ankleide geschickt, wo mich Joan, die Kostümbildnerin, mit ihrem Handwerkszeug und der Uniform einer Notdiensthelferin erwartete, die im Brustbereich viel zu weit war.

»Nervös?«, fragte sie. Sie war eine große Frau mit einer Masse an lockigem Haar, das sie sich mit einem Band aus Baumwollkarostoff aus dem Gesicht hielt. Überall auf ihrem ausladenden Busen verteilt steckten Nadeln im Revers ihres Kleides. Man konnte nur die Köpfe und die Spitzen der Nadeln sehen, die Mittelteile verschwanden im Stoff, so dass es aussah, als hätten sie ihre Haut durchbohrt.

Ich zuckte angesichts des Offensichtlichen die Schultern und behauptete zum Spaß genau das Gegenteil. »Ich bin nie nervös.«

Sie lächelte mich an. Meine Lüge konnte sie schon an meinem rasenden Puls unter ihren Händen fühlen.

»Haben Sie den Eindruck, alles läuft so weit normal?«, fragte ich.

»Was meinen Sie?« Zwischen ihren beiden Vorder-
zähnen war eine Lücke, durch die man bequem mit einer Kutsche hätte fahren können.

»Also, kommt Ihnen das wie ein ganz gewöhnlicher
Premierenabend vor?« .

»Sie sind die erste Zweitbesetzung, die wirklich ein-
springen muss bei uns – falls es das ist, was Sie wissen
wollen.« Das war es nicht, aber die Antwort, die ich er-
hoffte, bekam ich wahrscheinlich sowieso nicht, wenn
ich ihr den Grund für meine Frage nicht verriet. »Peter
kann ganz schön froh sein, dass er Sie engagiert hat.«

Peter war vieles an diesem Abend, aber froh war er
sicher nicht. »Was meinen Sie?«, war es nun an mir zu
fragen.

»Am People's Theatre ist noch nie jemand als Zweitbesetzung engagiert worden. Es gibt eigentlich kein
Budget dafür.« Sie lachte und fischte eine Nadel aus ihrem Kleid. »Verdammt, ich bin ja eigentlich auch nicht
im Budget! Aber Peter hat mit Zähnen und Klauen dafür
gekämpft, Sie einstellen zu dürfen. Wenn das erst mal
raus kommt, wird hier in Zukunft bestimmt jeder Regisseur darauf bestehen. Das Direktorium wird sich freu-
en!« Sie fädelte einen Faden ins Nadelöhr und biss ihn
von der Garnrolle ab. »Für heute Abend muss ich Sie
provisorisch einnähen. Wenn Sie in der nächsten Zeit
regelmäßiger spielen sollten, ändern wir die Kleider
dauerhafter.«

Ich nickte und verspannte mich, als sie die Nadel in
den Stoff unter meiner linken Armbeuge stieß. »Ich
dachte immer, Ruby hat auf einer Springerin bestan-
den.«

Joan zuckte mit den Schultern, was die Nadel von

ßeüßäöüäßüöäüö

üö

ihrem Weg abbrachte und in meine Haut pieksen ließ. »Ich weiß nur, was ich gehört habe. Dem Gerücht nach hat Peter behauptet, dass jedes Profitheater eine Zweitbesetzung hat und dass wir auch eine haben müssen, wenn wir ein Profitheater sein wollen. Vielleicht hat er sich auch von Anfang an Sorgen gemacht, dass Ruby so eine Nummer wie jetzt abzieht. Ich sag' Ihnen, die kann einen Bären dazu bringen, seine eigenen Jungen zu fressen.«

Die Frau war clever. »Aber warum ausgerechnet ich?« »Warum nicht Sie?«

Hilda stürmte unsere Enklave und pochte mit ihrem Klemmbrett gegen die Wand. »In zwanzig Minuten müssen alle auf den Plätzen sein.«

Joan biss den Faden durch, der sie mit mir verband, und machte innen in dem neuen Saum einen Knoten. »Ich weiß, dass Sie nicht nervös sind und das deshalb gar nicht nötig haben. Trotzdem: Hals- und Beinbruch, Kleine! Sie werden fantastisch sein, toi toi toi!« Sie gab mir einen deftigen Klaps und nahm ihren Korb mit Garn und Faden, Nadeln und Klammern. Im Gehen klopfte sie auf meinen Waschtisch, um das Glück zu beschwören, das ich so gut brauchen konnte.

Dann wuselten die anderen Frauen in die Garderobe und zogen sich die einfachen Kleider über, die für ihre unterschiedlichen Nationalitäten stehen sollten. Die Luft wurde schwer von Puder und nervösem Geplauder, das sich die entsetzlichsten Dinge ausmalte, die während der Vorstellung passieren konnten. Alle redeten durcheinander, und ihre Stimmen wurden zu einer Symphonie des möglichen Scheiterns.

»Ich werde ganz bestimmt stolpern. Mitten in meinem

Monolog falle ich vornüber auf die Nase – und das mit
Brooks Atkinson im Zuschauerraum.«

»Pass bloß auf, dass du einen Unterrock anziehst. Ich
bin mal bei der Premiere von *Der Widerspenstigen Zäh-
mung* auf die Bühne marschiert, und niemand hat mir
gesagt, dass man meine Unterhose sehen konnte, immer
wenn ich in meinem Lichtkegel stand.«

»Ich fände es schon fast großartig, wenn mir so was
mal passieren würde. Aber ich bin in diesem lausigen
Stück ja so vernachlässigenswert, dass sie meinen Namen im Programmheft mit unsichtbarer Tinte geschrieben haben.«

Girrend äußerten alle ihre Entrüstung und fuhren
darin fort, sich gegenseitig zu versichern, dass sie Talent
hatten, hübsch aussahen und zu Großem bestimmt waren. Sie flatterten in der Garderobe herum, und ich
musste lächeln. Wie hatte die Gruppe bloß nach all den
Wochen starker Spannungen doch noch zu einer Kameradschaft gefunden, wie es sie in jedem anderen Ensemble auch gab? Peter wäre vor Entsetzen zur Salzsäule
erstarrt.

Ich verließ die Garderobe und schlich mich in die
Kulissen. Durch ein Loch im großen Vorhang beobachtete ich das Publikum, das sich gerade auf seine Plätze
begab. Eloise McCain saß in der dritten Reihe, genau in
der Mitte, mit einem schwarzen Schleier vor dem Gesicht. Weiter rechts sah ich Henry Nussbaum, der mit einer distinguierten älteren Dame redete, seiner Frau vielleicht. Direkt am Gang saß Lawrence Bentley in einem
maßgeschneiderten Anzug und mit sauertöpfischer Miene. Hallelujah, die Mannschaft war versammelt.

Aus den Lautsprechern erscholl die Dabrowski-Ma-

zurka, die polnische Nationalhymne, wurde nach wenigen Sekunden abgebrochen und vom »Star-Spangled
Banner« ersetzt. Beim Einsetzen des bekannten Stücks
spendete das Publikum Beifall, schnappte aber erschro-
cken nach Luft, als die amerikanische Hymne gleich
wieder vom »Deutschlandlied« abgelöst wurde. Wenn
sie das schon schockierte, hatten sie tatsächlich einen
langen unangenehmen Abend vor sich.

Ich trat vom Vorhang zurück und hielt mir kurz die
Ohren zu, um die Menschen da draußen auszublenden.
Hinter mir stand der Requisitentisch, schwer beladen
mit den Utensilien, die wir im Laufe der Vorstellung
noch brauchen würden. Ich nahm die Hände von den
Ohren und schlug auf die hölzerne Tischplatte. Niemand würde sterben, toi toi toi! Ich würde mich nicht
blamieren, toi toi toi!

Beim Weggehen blieb ich mit meinem Rock am Tisch-
bein hängen, das so ramponiert war, dass es wie eine
halb geschälte Banane aussah. Dieses Möbelstück stamm-
te eindeutig aus einem Haushalt, in dem der Teufel mit
den Mandelaugen regierte. Mit meiner Ruhe war es vorbei, jetzt bekam ich Churchill nicht mehr aus dem Kopf.
Dieser blöde Kater mit seinen willkürlichen Zerstö-
rungsaktionen. Wir konnten von Glück sagen, wenn wir
später am Abend nach Hause kamen und von unseren
Möbeln überhaupt noch etwas übrig war. Seit wann hatte er überhaupt Gefallen an Holz gefunden? Ich erinnerte mich nur an eine einzige vorherige Kontaktauf-
nahme mit diesem Material, und das war an dem Tag
gewesen, an dem ich Jim gefunden hatte. Churchill hatte mich damals auf etwas aufmerksam gemacht …

Holz?! Als der falsche Fielding mir in Jims Büro einen

Besuch abstattete, hatte Churchill ihm die Krallen in sein Bein gehauen. Der falsche Fielding hatte nicht geblutet. Er hatte noch nicht einmal reagiert, bis er die Katze an seinen Extremitäten baumeln sah. Aber auf dem Porträt, diesem verdammten Porträt in Fieldings Bibliothek, war ein Mann mit zwei voll funktionsfähigen Gehwerkzeugen abgebildet. Fielding hätte doch niemals ein Selbstporträt gemalt – das passte doch gar nicht zu seiner Idee, nach der ein Künstler in seiner Kunst immer unsichtbar bleiben sollte. Außerdem war Fielding derjenige gewesen, der im Krieg ein Bein verloren hatte, nicht Detmire. Warum also sollte Detmire ebenfalls ein Holzbein haben? Oder hatten tatsächlich beide genau die gleiche Verletzung davongetragen? Oder war der Mann, der sich als Alan Detmire ausgab, ebenso ein Schwindler, wie das Bild kein Selbstporträt war?

Die Musik wurde ausgeblendet, das Licht im Saal wurde schwächer. Jemand nahm mich am Arm und führte mich zurück hinter die Kulissen. Dann bekam ich einen leichten Schubs und stand auf der Bühne.

34 Der Teufel nimmt sich
eine Braut

In völliger Finsternis suchte ich nach der Markierung auf den Bühnenbrettern und nahm dann meine Position fürs erste Bild ein. Als die Lichter angingen, vergaß ich Raymond Fielding und überließ mich ganz der Energie, die von einem hochgradig gespannten Publikum ausgeht. Meine Angst und meine Nervosität flossen ineinander, bis alles außer dem nächsten Moment ausgeblendet war. Ich war furchteinflößend, stolz und stark. Einen flüchtigen Augenblick lang dachte ich an die Stabilität der Jupiterlampen über mir und an die möglichen Reaktionen der Menge in der Dunkelheit vor mir, dann aber ließ das Gefühl der Verantwortung gegenüber meiner Figur diese Ablenkungen nicht mehr zu mir durchdringen. Als wir dem Ende des ersten Aktes entgegenpreschten, hatte ich vergessen, dass außer den sieben Frauen, die sich mit mir die Bühne teilten, auch noch andere Menschen da waren.

In der Pause marschierten wir geschlossen zurück in die Garderobe, durften aber laut Hildas Befehl nicht miteinander sprechen, um die Spannung nicht zu verlieren, in der wir den Akt beschlossen hatten. Fünfzehn Minuten lang pressten wir die Zähne zusammen, während das Gebäude summte von den Geräuschen des Publikums, das die Toiletten aufsuchte, Zigaretten rauchte und sich an der eigens aufgebauten Bar im Foyer Getränke besorgte. Die ganze Zeit über wussten wir, dass sie über das Stück redeten. Ob sich nach der ersten

Hälfte immer noch jemand vor Indiskretionen im zweiten Akt fürchtete?

Eine Klingel beorderte das Publikum zurück auf seine Plätze. Hilda bellte die uns noch verbleibende Zeit in
den Raum, und wir wandten unsere Aufmerksamkeit
unseren groß und ungewohnt wirkenden Gesichtern in
den beleuchteten Spiegeln zu. Mit frischem Make-up,
festgesteckten Frisuren und zurechtgerückten Kostümen gingen wir zurück hinter die Kulissen, atmeten gemeinsam einmal tief ein und stürzten uns in den zweiten
Akt.

Das Stück rauschte schneller als jemals zuvor an uns
vorbei, und wir hatten alle Angst, dass am Ende die tief
empfundenen Gefühle nicht kommen würden, wie sie
kommen sollten. Doch dann begannen die Tränen zu
laufen, und ich musste das Schluchzen nicht spielen – es
war so echt und überwältigend, dass ich meine letzten
Zeilen nur noch hervorstoßen konnte und einen Augenblick lang zweifelte, ob ich mich von diesem Schmerz
jemals wieder erholen würde. Als ich in der Mitte der
Bühne lag, fiel der Vorhang. Durch den Spalt zwischen
seiner Unterkante und dem Bühnenboden sah man das
Saallicht aufflammen. Dann ging der Vorhang wieder
hoch, ich stand auf und gliederte mich in die Ensemble-
reihe ein, damit wir uns gemeinsam verbeugen konnten.
Der Applaus eines ausverkauften Saales dröhnte in unseren Ohren, und schließlich stand das Publikum sogar
auf, um seiner Dankbarkeit Ausdruck zu verleihen. Unsere Menschenkette bewegte sich nach vorn und ver-
beugte sich abermals, dann schlüpften wir in die Kulissen und ließen uns eine nach der anderen los, bis acht
Frauen allein dastanden.

»Glückwunsch!«

»Ich könnte jetzt was zu trinken gebrauchen.«

»Wer hätte gedacht, dass sie bei dem üblen Stück wirklich klatschen?«

Wir waren begeistert, albern und ein bisschen benommen. Ich verteilte Umarmungen wie Pennys an Flüchtlinge und wurde dankbar ein Teil der Gruppe, die nun die Stellen Revue passieren ließ, die gut geklappt hatten, und auch die, die nicht so gut geklappt hatten, obwohl das Publikum das wahrscheinlich gar nicht mitbekommen hatte. Familienmitglieder und Freunde kamen nach hinten, manche mit Blumen, andere mit der Kamera um den Hals. Wir stellten uns gegenseitig vor und bekamen von allen Seiten Lob, das deutlich machte, dass die meisten sich zwar gut unterhalten, aber noch nicht wirklich verstanden hatten, was ihnen da gerade geboten worden war.

»Rosie!« Jayne fegte herein, schlang mir die Arme um die Hüften und hob mich hoch. Bevor ich sie noch richtig erkannt hatte, wirbelte sie mich schon herum, um mich dann unsanft wieder auf die Erde zurückkehren zu lassen.

»Wie fandest du es?«, fragte ich.

Sie beugte sich so nah zu mir, dass ich ihren Pausen-Martini riechen konnte. »Du warst göttlich. Ohne jede Frage. In der letzten Szene hast du mir das Herz gebrochen.« Sie führte ihre geröteten Augen und ein mit Wimperntusche verschmiertes Taschentuch als Beweise für mein Talent vor. »Man kann natürlich nie genau wissen, was die Kritiker von dem Stück halten, aber wenn du nicht mindestens einen Absatz Lob bekommst, fress' ich einen Besen.«

»Rosie!« Tony B. kam mit rotem Gesicht und Nadelstreifenanzug hinter Jayne zum Vorschein. »Du warst
wunderbar. Ganz wunderbar. Ich hatte ja keine Ahnung,
dass du so schauspielern kannst!« Auch wenn seine
Worte an mich gerichtet waren, konnte er seine Augen
doch nicht von meiner Freundin lassen. Er war zwar ein
Dreckskerl – noch dazu einer von Manganos Drecksker-
len –, aber es war deutlich zu sehen, dass er sie liebte.

Ich ließ ihn meine Hand zwischen seine übergroßen
Pranken nehmen. »Danke, Tony, schön, dich wiederzusehen.« Hinter Tony stand Al und sah aus wie ein verloren gegangenes Kind, das seine Eltern in der Menge
sucht.

»Schau mal einer an, wer da ist«, sagte ich. »Sprichst
du jetzt vielleicht sogar wieder mit uns?«

Al sprach lieber mit dem Fußboden. »Jayne hat Hilfe
gebraucht.«

Vor seiner Ehrlichkeit konnte man nur Hochachtung
haben. »Wie hat dir das Stück gefallen?«

Zwar drehte er jetzt den Kopf zu mir, schaute mich
aber immer noch nicht an. Er war viel zu beschäftigt
damit, sich nicht anmerken zu lassen, dass er jede von
Jaynes Bewegungen verfolgte. »Interessant. Hab' noch
nie ein Theaterstück gesehen.«

»Und möchtest du nach diesem jetzt noch mal eins
anschauen gehen?«

Er zuckte mit den Schultern und zappelte herum wie
ein Mann, der dringend eine Zigarette braucht.

»Also«, sagte ich zu den dreien, »ist irgendwas Ungewöhnliches während der Aufführung passiert?«

Sie tauschten Blicke und bestimmten Jayne stillschweigend zur Wortführerin. »Nicht das geringste bisschen«, flüsterte sie.

»Ist jemand früher gegangen?«

»Es war furchtbar voll, Rosie, aber wenn ich richtig gesehen habe, hat sich Ruby in der Mitte des ersten Aktes hereingeschlichen.«

Ruby war also gesund und munter. Das waren gute Nachrichten, obwohl ich jetzt überhaupt nicht mehr verstand, wo sie gesteckt hatte. »Weißt du, wo sie hin ist?«

»Nein«, sagte Jayne, »aber ich habe den starken Verdacht, dass sie im Laufe des Abends noch mal auftauchen wird.«

Eine Stunde nach Vorstellungsende löste sich die Menge langsam auf – mit der Anweisung, sich ins John Kelly's zu begeben, wo noch ein kleiner Empfang stattfinden sollte. Während ich mit Jayne redete, schälten sich die anderen Schauspielerinnen schon aus den Kostümen und schlüpften in ihre Partykleider. Das Theater war fast leer, als ich endlich ihrem Beispiel folgte.

»Soll ich warten?«, fragte Jayne.

»Brauchst du nicht. Geh schon vor und trink einen auf mich. Ich bin in zehn Minuten da.« Ich ging in Richtung Garderobe, drehte mich aber noch einmal um. »Jayne?«

Als Antwort gab sie ein fragendes Summen von sich.

»Ich weiß, das klingt jetzt verrückt, aber ich glaube, Raymond Fielding ist nicht tot.«

»Du hast Recht, das klingt wirklich verrückt.«

»Und wenn schon. Würdest du trotzdem die Augen aufhalten? Wenn er gerissen genug ist, um seinen Tod vorzutäuschen und sich als Detmire zu verkleiden, kann er sich heute Abend auch als wer weiß was ausgeben.«

»An diesem Punkt«, sagte Jayne, »würde mich gar nichts mehr überraschen.«

Die Garderobe war schon dunkel. Ich tastete nach der Zugkette für das Deckenlicht und flutete den Raum mit Helligkeit. Ein riesiger Blumenstrauß thronte auf meinem Garderobentisch. Ich zog eine Margerite aus dem Bouquet, schloss die Augen und atmete tief ein.

»Gefallen sie dir?«

Als ich die Augen wieder öffnete, sah ich Peters Spiegelbild, das mich beobachtete. Ich steckte die schon reichlich mitgenommene Blume zurück in die Vase. »Sie sind wunderschön, aber das wäre nicht nötig gewesen.«

»Und ob es nötig ist, nach deiner Vorstellung eben. Du warst wunderbar.«

Ich drehte mich vom Schminktisch weg und sah ihm in Lebensgröße in die Augen. Sein Anzug wirkte sauberer, seine Ausstrahlung selbstbewusster. »Du weißt ja, was Angst alles vermag – sie kann einen verändern.«

»Das kannst du dir ruhig selbst zugutehalten. Du hast heute Abend viele beeindruckt.«

»Wenn Ruby das hört, wird sie sich nicht gerade freuen.« Ich setzte mich auf meinen Garderobenhocker und zog mir die Nadeln aus den Haaren. »Angeblich war sie vorhin hier.«

In Peters Gesicht, bislang in freundliche vertikale Lachfalten gelegt, dominierte plötzlich die Senkrechte. »Wer hat dir das denn erzählt?«

»Meine Freundin hat sie während der Vorstellung gesehen.«

»Tja, mir hat sie sich nicht zu erkennen gegeben.« Mit den Händen flach auf den Schenkeln rieb er sich die Hosenbeine.

Ich bürstete mir die Haare, bis sie locker und weich auf die Schultern fielen. »Aber es ist ja gut zu wissen,

dass alles in Ordnung ist mit ihr. Ich werde wahrscheinlich nie verstehen, warum sie die Vorstellung heute nicht
gespielt hat – vor allem, weil ihr beiden euch gestern
doch noch versöhnt hattet.«

Er warf einen Blick zur Tür hinaus, dann ließ er seine
Augen auf mir ruhen. »Weißt du viel über Ruby?«

»Nicht besonders. Warum?«

Er setzte sich auf den Hocker neben mich. »Ich hatte
doch erwähnt, dass wir schon bei einem anderen Stück
von Fielding zusammengearbeitet haben, oder?« Ich
nickte. »Sie war sehr jung und hatte ein unglaubliches,
völlig ungeschliffenes Talent. Fielding hatte damals
noch die Angewohnheit, mit allen Schauspielern, die in
seinen Stücken spielten, zu kommunizieren, normalerweise am Telefon oder per Brief, aber in ein, zwei seltenen Fällen machte er eine Ausnahme und traf sich mit
jemandem. Er und Ruby haben sich offensichtlich ange-
freundet – so sehr, dass er während ihrer ersten Monate
in New York ihr Förderer wurde. Aber dann bekam Ruby kurz vor der Premiere eine größere Rolle in einem
sehr viel kommerzielleren Stück angeboten, um die sie
sich beworben hatte, ohne es jemandem zu erzählen.
Sie ist fast kommentarlos aus Fieldings Produktion aus-
gestiegen. Lieber wollte sie eine große Rolle in einem
großen Stück spielen, das ein großer Flop wurde. Fieldings Inszenierung kam allerdings auch nicht gut aus
den Startlöchern. Am Stück lag es nicht, aber die Schauspielerin, die für Ruby eingesprungen ist, hatte nicht die
natürliche Ausstrahlung, wie Raymond sie wollte. Es
gab lauter Verrisse, und zwar wegen ihr, was Fielding
für unentschuldbar hielt – wenn es nach ihm gegangen
wäre, hätten die Schauspieler als Schauspieler ja eigent-

lich gar nicht zu erkennen sein dürfen. Ich muss dir
wohl nicht sagen, dass er sich sehr über Ruby und ihre
Art geärgert hat, sein Stück einfach vom Tisch zu wischen, und dann noch wegen eines anderen, das er für
Theatermüll hielt. Er hat bei mehreren Gelegenheit an-
gedeutet, dass er sich für ihre Selbstsucht noch rächen
würde. Um dem zu entgehen, hat sie einen Bühnenna-
men angenommen, aber natürlich hat er sie trotzdem
gefunden.«

»Wow. Dann dachte Ruby also ... dass sich das verschwundene Stück um sie dreht?« Meine Gedanken
wanderten zurück zu Jims Büro. In seinen Notizen zum
Fall hatte er eine Frau erwähnt, eine mit schönen Beinen
und schlechter Ausstrahlung. Besser hätte er Ruby eigentlich gar nicht beschreiben können, noch nicht einmal, wenn er ihre Setkarte beigelegt hätte.

»Ja, sie ist davon überzeugt, dass Fieldings Stück ihren Untergang bedeutet. Sie hat mir sogar anvertraut,
dass sie Briefe bekommen hat, die genau das besagen.
Schon seit Monaten schickt ihr jemand Andeutungen zu
angeblichen Szenen, in denen Ruby nicht als verzweifelte junge Schauspielerin, sondern als berechnende
Frau dargestellt wird, die sich für nichts zu schade ist –
nicht einmal für die niedrigste Besetzungscouch –, wenn
es nur ihrem Erfolg dient.«

Darum also hatte sie den Job bei Eloise angenommen. Ganz sicher nicht Bentley zuliebe. Sie hatte selbst
das Stück finden wollen. »Aber was hat das mit heute
Abend zu tun?«

Sein Gesichtsausdruck änderte sich. Etwas darin sagte
mir, dass er die ganze Sache arrangiert hatte.

»Du hast Ruby aus dem Stück gedrängt.«

Er atmete tief ein. »Sie ist gegangen, weil ich sie darum gebeten habe.«

»Warum?«

Seufzend stand er auf. »Sie hat Fielding hintergangen.
Er war mein Mentor, und ich war es ihm schuldig, nie
wieder mit ihr zu arbeiten, auch wenn ich ihren Namen
nicht so in den Schmutz ziehen wollte, wie er es gern
gehabt hätte. Ich habe ja schon gesagt, dass ich ihr die
Rolle nur auf dringenden Wunsch des Direktoriums gegeben habe, aber ich fand sie vom ersten Tag an wenig
überzeugend. Wenn dieses Stück trotz seiner vielen
Schwächen ein Erfolg werden sollte, brauchte ich mehr
als nur einen Namen – vor allem keinen Namen, den
Raymond selbst nicht akzeptiert hätte. Ich wusste, dass
du deine Sache besser machen würdest, dass du den
Geist verkörpern würdest, den Raymond sich gewünscht
hätte. Ich wusste aber auch, dass das Direktorium
meinem Besetzungswunsch niemals zustimmen würde,
also hatte ich nur eine Möglichkeit: Sie mussten glauben, dass Ruby uns im letzten Moment im Stich gelassen hat. Es tut mir leid, dass ich dich heute Nachmittag
angelogen habe, aber ich wollte dich nicht zur Kompli-
zin machen.«

Auch wenn er mit seiner Erklärung meiner Eitelkeit
Vorschub leistete, bedeutete das nicht, dass seine Worte
mir missfallen hätten. »Wie hast du Ruby so weit bekommen?«

Er legte den Kopf schief und lächelte mich väterlich
an, als hätte ich gerade etwas besonders Schönes gesagt.
»Wie schon gesagt: Ruby glaubt, dass das verschwundene Stück sie in einem unvorteilhaften Licht zeigt. Gestern Abend habe ich ihr erzählt, dass du weißt, wer es

hat, dich aber weigerst, irgendjemandem Genaueres zu erzählen, wenn du nicht ihre Rolle übernehmen darfst.«

»Was hast du?«

»Ja, ich habe dich da leider mit hineinziehen müssen, Rosie. Es war egoistisch von mir, vor allem weil ... na ja, wer weiß, mit welchen Absichten sie heute Abend noch mal zurückgekommen ist.«

Musste ich ab sofort Angst vor Ruby haben? Diese Vorstellung war grotesk, und trotzdem konnte ich Peter nicht widersprechen. War ihr die Karriere so wichtig, dass sie dafür jemanden umbringen würde?

»Mach dir darüber erst mal keine Gedanken.« Er fasste mir mit einer Hand unters Kinn und hob meinen Kopf ein wenig. »Du musst jetzt deinen Erfolg heute feiern gehen. Auf der Bühne warst du umwerfend. Herzzerreißend. Lebendig. Und das alles in einem schlechten Stück. Wenn du hiernach nicht massenhaft neue Angebote bekommst, dann weiß ich auch nicht.«

Ich kannte diese Geschichten vom Schloss in den Wolken, mit denen Regisseure und Produzenten ihre Schauspieler einzuwickeln pflegten, aber in diesem Moment überließ ich mich gern Peters Fantasien. »Fandest du wirklich?«

»Auf jeden Fall.«

Ich verbannte Ruby aus meinen Gedanken und erlebte die letzten Momente auf der Bühne noch einmal. »Es ist komisch – heute Abend habe ich mich zum ersten Mal wie eine wirkliche Schauspielerin gefühlt. Die ganze Zeit, die ich da oben stand, war mir nur meine Rolle wichtig, nicht weil es mein Job war, sondern weil es meine Aufgabe war.« Ich erschrak selbst ein bisschen

vor meinen großen Worten. »Das ergibt jetzt wahrscheinlich wenig Sinn.«

»Ich verstehe schon, was du meinst.« Er legte mir eine Hand auf den Arm. »Du und ich, wir sind ein gutes
Team. Ich habe es schon mal gesagt: Ich würde sehr
gern wieder mit dir zusammenarbeiten.«

»Nur unter etwas seriöseren Umständen.«

Seine zweite Hand schloss sich der ersten an. »Du
hast dich heute mehr als bewiesen. In Zukunft wird mir
keiner mehr widersprechen, wenn ich dich in einem
Stück haben will.« Mit den Fingern durchkämmte er
meine Haare und zog die letzten Nadeln heraus. »Wir
müssen nur behutsam vorgehen mit unserem nächsten
Projekt. Dieses Stück wird uns das Publikum vielleicht
noch verzeihen, weil wir deutlich über die Vorlage hin-
ausgegangen sind, aber beim nächsten Mal werden sie
nicht mehr so wohlwollend sein. Sie werden in dir dann
nicht mehr die großartige Schauspielerin sehen, die
durch einen dummen Zufall an minderwertiges Material
geraten ist, sondern jemanden, der sich mit schöner Re-
gelmäßigkeit für die falschen Produktionen entscheidet.
Das wird man dir ankreiden, vielleicht sogar behaupten,
dass du schlechtes Theater beförderst, und dann wird
man dich nicht mehr sehen wollen.«

»Mal langsam, Peter. Ich hatte gerade eben meinen
ersten Erfolg. Du musst jetzt noch nicht das Ende meiner Karriere an die Wand malen.«

Er lächelte. »Ich möchte doch nur, dass meine Investition sich lohnt, Rosie. Das ist alles. Ich möchte sicher-
stellen, dass du den richtigen Weg gehst.«

Ich nahm seine Hand aus meinen Haaren. »Das bin
ich für dich, eine Investition?«

Unsere Blicke trafen sich im Spiegel. »Möchtest du das sein?«

Darauf wusste ich keine Antwort.

»Wer ist es, Rosie?«

»Wer ist was?«

»Der Grund, warum du zögerst.«

»Ich zögere doch gar nicht …« Nicht? Wegen Jack etwa? Einfach weiterleben und so? »Da gibt es niemand anderen.«

»Das freut mich.« Er gab mir von hinten einen Kuss auf den Scheitel, und Wärme floss meine Wirbelsäule hinunter. »Wir beide könnten es zusammen weit brin- gen. Ich möchte mir gern einbilden, dass meine Regiear- beit etwas mit deinem Erfolg heute zu tun gehabt hat. Wenn du natürlich auch ohne mich so brillant weiter- machst, habe ich schlechte Karten.«

Ich legte den Kopf zurück, bis ich den echten Peter sehen konnte. »Jedem Reporter werde ich erzählen, wieviel ich von dir gelernt habe. Ich werde doch meine bescheidenen Anfänge nicht vergessen, die kleinen Leu- te. Und wie sollte ich auch, wenn ich sie jedes Mal beim Runterschauen sehe?«

Sein Lächeln verschwand.

»Ich mache Witze, Peter. Ich würde alles dafür geben, um noch einmal mit dir arbeiten zu können.« Ich drehte mich zu ihm um. »Was also wird unser nächstes Pro- jekt?«

Er breitete die Arme weit aus. »Wie wäre es mit Ray- mond Fieldings verschollenem Stück?«

35 Doktor Faustus

Ich musste lachen und erhob mich von meinem Hocker.
»Danke, dass du mich daran erinnerst, Peter. Die erste
Regel der Komödie: Große Witze sind das Ergebnis von
vielen kleinen Witzen.«

Er fasste mich an den Schultern und zwang mich wieder auf den Hocker zurück. »Es ist mir ernst, Rosie. Du
hast gesagt, dass du eine vielversprechende Spur zu diesem Stück hast, und wir wären doch dumm, wenn wir
daraus nichts machen würden. Das Ding ist eine Karrie-
re-Rakete.«

Ich legte die Hände in seine Armbeugen. »Glaub mir,
ich bin wirklich ungern diejenige, die es dir sagt, aber:
Es gibt kein Stück. Es hat nie eines gegeben.«

»Aber du hast gesagt –«

»Du warst betrunken, und ich habe mir Sorgen gemacht. Tut mir leid.«

Womit ich rechnete, war Enttäuschung, vielleicht
auch Trauer, nicht aber ein derart fester Griff um meine
Arme, dass mein Blutkreislauf zum Halten kam. »Sei
nicht albern. Es muss ein Stück geben. McCain wurde
mit der Suche danach beauftragt.«

Als ich versuchte, ihn abzuschütteln, packte er noch
stärker zu. »Woher weißt du von Jim?«

Peter ließ mich los und trat ein paar Schritte zurück.
»Das tut nichts zur Sache.«

»Ach ja? Die Sache ist nur die, dass er tot ist.« Ich
stand auf und ging die Reihe der Frisiertische ab. »Hast
du ihn umgebracht?«

Er wollte etwas sagen, hielt inne und hob die ineinander verschränkten Hände zum Mund. »Er hat sich geweigert, mit mir zusammenzuarbeiten.«

Diese Worte ließen mich erstarren. »Lass mich raten: Fielding hat dir gesagt, dass das Stück verschwunden ist und dass er einen Detektiv engagiert hat, um es wiederzufinden. Du hast Jim einen Besuch abgestattet und wolltest herausfinden, was er weiß, aber Jim ist mit nichts herausgerückt. Wahrscheinlich war er einfach selbst noch kein bisschen weitergekommen und hatte nicht den Mumm, das zuzugeben. Du warst dir sicher, dass er dich anlog, und hast versucht, die Wahrheit aus ihm herauszuquetschen. Aber irgendetwas ist schief gelaufen, und am Ende hast du zwar ohne ein Stück dagestanden, dafür aber mit einer Leiche. Wahrscheinlich hat Jim vorher noch die Schauspielerin erwähnt, die für ihn arbeitet, und deswegen hast du mich aufgespürt und zu deinem Vorsprechen eingeladen. Du wolltest mich so weit einwickeln, dass ich dir alles sage, was du wissen musstest.«

»So war es nicht, Rosie.«

Wie eine Kleinstadtlehrerin fuchtelte ich drohend mit dem Finger vor seinem Gesicht herum. »Du hast ihn umgebracht, du Schweinehund. Wegen eines Stückes. Ein Stück, Peter! Und zwar noch nicht mal eines, in dem du vorkommst, sondern einfach nur eines, bei dem du unbedingt Regie führen möchtest. Wie krank ist das denn?«

Meinen Versuch, einschüchternd zu wirken, beachtete er nicht weiter. Er kam mir so nahe, dass mein protestierender Finger gegen seine Brust stieß. »Es war ein Unfall. Ich wollte ihn nicht umbringen. Wir wurden beide ein bisschen grob zueinander. Du weißt doch, wie Jim war.«

»Nein, aber ich weiß so langsam, wie du bist.«

Wieder erhoben seine Hände Anspruch auf meine Arme. »Du verstehst das nicht, Rosie. Ich brauche dieses Stück. Wir beide brauchen es. Ein solches Stück ist Dynamit in dieser Stadt. Jede große Karriere hat diesen einen entscheidenden Moment, in dem sie die gewöhnlichen Pfade verlässt und außergewöhnlich wird. Dieser Zeitpunkt wäre für uns mit diesem Stück gekommen.«

»Hast du Fielding auch getötet?«

Er ließ mich los. Offenbar war ihm klar geworden, dass er sich mit seiner mündlichen Verteidigung schwertat, wenn er mich gleichzeitig bedrohte. »Natürlich nicht. Wie kannst du so etwas sagen? Ich habe Raymond angebetet.«

»Sicher, aber wie war das mit seinem Sohn?«

Er legte sich die Finger an die Schläfen. »Das war nicht sein wirklicher Sohn. Raymonds Werk war ihm egal, er hat sich nur um seinen eigenen Ruf gekümmert. Wenn er oder seine Mutter das Stück gefunden hätten, hätten sie es sofort zerstört.«

»Woher wusstest du, dass die Akten bei ihnen waren?«

Er antwortete nicht.

»Du hast mich an dem Tag belauscht, als ich Jayne angerufen und ihr erzählt habe, dass die Akten bei Agnes sind, oder? Du wolltest sie wahrscheinlich an dich bringen, aber Edgar war schneller. Dann bist du in seine Wohnung eingebrochen, hast die Akten geklaut und bist den Zeugen gleich mit losgeworden.«

»Er hatte mir das Stück versprochen«, sagte Peter.

»Wie das?«

Die Arme hingen ihm schlaff an den Seiten herunter. »Hat er einfach.«

»Wie? Was für Worte genau hat Fielding benutzt?«

Als stünde er noch halb unter Narkose und müsse erst wieder den Schädel freibekommen, schüttelte er heftig den Kopf. »Raymond hat mir erzählt, dass er etwas Außergewöhnliches geschaffen hat. Etwas, das das Drama an sich für immer verändern würde und an dem ich unbedingt teilhaben müsse. Er hat gesagt, ich sei der einzige Regisseur, den er überhaupt nur in dessen Nähe lassen würde.«

Ich musste lachen. Ich konnte nicht anders. Alles war plötzlich so offensichtlich.

Peter dachte wohl, ich würde mich über ihn lustig machen, und runzelte die Stirn. »Es war ihm wirklich ernst damit, Rosie. Er teilte meine Begeisterung. Er wollte mir dabei helfen, Karriere zu machen. Wusstest du, dass er Regisseure eigentlich verachtet hat? Seiner Meinung nach machen sie Theaterstücke kaputt, weil sie einem Manuskript immer noch ihre eigene Interpretation überstülpen. Er fand, ein guter Dramatiker müsse den Schauspielern alles Notwendige mit auf den Weg geben können, während Regisseure die Arbeit am Stück durch ihr Ego nur erschweren. Das hat er mir so gesagt, aber er hat trotzdem immer wieder betont, dass er nur für mich ein Stück schreibt. Kannst du dir das vorstellen?«

»Es gibt kein Stück, Peter«, flüsterte ich.

»Sag das nicht noch mal.«

Ich wich zurück, bis ich an den Schminktisch stieß. »Das Stück ist nichts weiter als eine Erfindung von Fielding. Er hat nur das Gerücht verbreitet, dass es Leben zerstören und Karrieren befördern kann – und dass es verschwunden ist. Wir sind seine Figuren, unsere Aufgabe ist es, das Stück zu finden, und wir stehen uns alle im Weg rum. Unsere Handlungsmöglichkeiten bestehen nur darin, uns gegenseitig umzubringen, einen nach dem anderen, bis der Letzte von uns mit leeren Händen übrig bleibt. Dieser Letzte, das solltest du sein, Peter. Du hast Jim und Edgar aus dem Weg geräumt. Fielding hat damit gerechnet, dass du für das Stück zum Mörder wirst. Er hat dich überhaupt nicht wertgeschätzt. Du warst seine Marionette, wie ich auch. Er wollte beweisen, dass Theater eine sich selbst erschaffende Bestie ist, dass ein Drama weder Schauspieler und Regisseure noch Häuser oder Textbücher braucht. Sondern nur einen zentralen Konflikt, der die Handlung vorantreibt. Es tut mir leid.«

Er senkte den Kopf. »Das kann nicht wahr sein. Natürlich gibt es ein Stück.«

Ich wedelte mit der Hand direkt vor seinen Augen hin und her. »Denk doch mal nach: Niemand hat es je zu Gesicht bekommen. Jeder, der davon gehört hat, hat sich völlig unterschiedliche Dinge darunter vorgestellt. Fielding hat sich darauf verlassen, dass Egoismus und Paranoia ihm schon dabei helfen werden, sein Werk als bedeutend durchzusetzen. Er hat sogar jemanden dafür vorgesehen, das Ganze zu dokumentieren. Ich habe den Mann kennengelernt. Er ist mir gegenüber mit der Wahrheit darüber rausgerückt, was hier eigentlich vorgeht.«

Peter stand stumm da. Langsam drang zu ihm durch, was ich ihm da erzählt hatte, und plötzlich quoll die Wut in ihm hoch, so stark, dass man seine Halsschlagader deutlich hervortreten sah. Er hob den Blick vom Boden und suchte nach etwas, woran er seinen Zorn entladen konnte. Dann nahm er die Blumenvase und schleuderte sie in den Spiegel, wobei sowohl Vase als auch Spiegel zerbarsten. Scherben flogen durch die Luft, ich ging in Deckung und kroch zur Tür.

Vernehmlich war in diesem Moment das Geräusch einer Knarre zu hören, deren Hahn gespannt wird. »Rosie, ich wollte das hier nicht böse enden lassen. Ich hatte gehofft, du wärst kooperativer.«

Als ich mich umdrehte, sah ich den Lauf einer Pistole auf mich gerichtet. »Sei doch vernünftig. Warum sollte ich dich anlügen?«

Er bedeutete mir mit der Waffe, mich wieder auf den Frisierhocker zu setzen, und lehnte sich mit dem Rücken gegen die Tür. »Das weiß ich auch nicht. Ich weiß nur, was einen Sinn ergibt und was nicht. Sag mir, wo das Stück ist.«

»Das habe ich gerade getan.«

Er streckte den Arm, um den Rückstoß gut auffangen zu können. »Du hast zehn Sekunden. Was ist dir wichtiger: das Stück oder dein Leben?«

Bevor ich auf die Ironie in dieser Frage hinweisen konnte, stieß Jayne von außen die Tür auf. Sie rammte sie Peter in den Rücken, was ihn von den Füßen riss und die Pistole quer durch den Raum schlittern ließ. Als sie in der Mitte des Zimmers ankam, knallte Peter gerade mit dem Kopf auf den Boden.

»Uups.« Jayne ließ ihren Blick über die zerbrochene Vase und die Pistole schweifen.

»Gutes Timing«, sagte ich.

»Ist er ohnmächtig?«

»Wenn er noch ohnmächtiger wäre, könnten wir seiner Mutter unser Beileid aussprechen.« Ich grinste sie
an wie ein Einfaltspinsel. »Würdest du bitte die Pistole
an dich nehmen?«

»Das wird nicht nötig sein«, sagte eine Stimme. Ich
drehte mich um. In der Garderobentür stand Alan Detmire und zielte genau auf mein Herz.

Ich räusperte mich. »Schön, Sie zu sehen, Mr. Fielding. Sie sind doch Raymond Fielding, oder?«

»Sie sind ja doch schlauer, als ich dachte, Miss Winter.«

»Seien Sie bloß nicht zu beeindruckt – Ihre Verkleidung war einfach ein bisschen wacklig auf den Beinen.
Haben Sie sich das Stück angesehen?«

»Leider nicht. Es war ausverkauft.«

»Hätten Sie doch meinen Namen erwähnt, dann hätte
Sie die Dame an der Theaterkasse sofort durchgelas-
sen.«

»Wenn ich daran nur gedacht hätte. Ich habe schon
gehört, dass Sie sehr gut waren.«

»Danke. Das kann man nicht oft genug gesagt kriegen.«

Er dirigierte mich neben Jayne. Dass sie so vollkommen ungerührt wirkte, brachte mich nur noch mehr aus
der Fassung. »Wenn ich mich recht entsinne, hatte ich
Sie beide gebeten, den Dingen ihren Lauf zu lassen. Es
bringt nichts, wenn man zu stark eingreift.«

»Ich verstehe«, sagte ich, »aber ich wurde dann doch
ein wenig nervös, als mein eigener Tod ein Teil der
Handlung wurde.«

»Für die Kunst müssen wir eben auch mal ein Opfer
bringen, Miss Winter.«

»Könnte mein erstes Opfer nicht einen etwas gerin-geren Umfang haben, ein Ziegenbock oder ein Lamm zum Beispiel?«

Peter stöhnte, seine Lider flatterten.

»Bitte gehen Sie ein Stück zur Seite«, sagte Fielding.

Jayne und ich taten wie befohlen – je weiter wir uns von Peter entfernten, desto näher rückten wir zusam-men. »Bei allem Respekt«, sagte ich, »aber spielen Sie an dieser Stelle für Ihre Verhältnisse nicht ein bisschen zu sehr den Deus ex machina?« Jayne warf mir einen fra-genden Blick zu. Mit einer Handbewegung teilte ich ihr mit, dass ich das später erklären würde. »Ich meine ja nur: Wie soll sich die Handlung denn noch normal ent-wickeln, wenn Sie hier einfach so hereinplatzen und die Regie übernehmen?«

»Ein notwendiges Übel, Miss Winter. Hätte Miss Ham-ilton sich ferngehalten, hätte ich mich glücklicherweise nicht einmischen müssen. Ich habe übrigens alle Türen des Theaters abgeschlossen, um jede weitere nicht im Manuskript vorgesehene Unterbrechung zu vermeiden. Natürlich werden die Dinge sich jetzt etwas anders ent-wickeln. Das Gute daran ist: Ich finde, zwei Morde auf einmal sind sehr viel interessanter als nur einer. Das wird die Sache sicherlich beschleunigen. Würden Sie mir da zustimmen?«

»Nein, eigentlich nicht.«

Er stieß Peter mit dem Fuß an. »Leider, leider ist es in diesem Punkt aber nicht Ihre Entscheidung, sondern die von Mr. Sherwood. Habe ich Recht, Peter?«

Peter stöhnte erneut. Fielding trat so weit zurück, dass Peters Blick sofort auf ihn fallen musste, sobald er wieder zu sich kam. »Peter? Peter?«, rief er. Peter blinzelte stark, während er etwas zu erkennen versuchte. »Peter«, sagte Fielding noch einmal, und das Wort klang nicht länger nach einem Namen, sondern nach einer Verhöhnung. »Wachen Sie auf. Die Vorstellung ist noch nicht vorbei.«

Endlich waren Peters Augen offen. Er setzte sich langsam auf, stützte sich mit der einen Hand ab und massierte sich mit der anderen die wachsende Beule am Kopf. »Braver Junge«, sagte Fielding. »Wissen Sie, wo Sie sind?«

»Im Theater.«

Fielding lächelte. »Und wissen Sie, was passiert ist?«

Peter schaute sich um, betrachtete Fielding, Jayne, mich und die zerbrochene Vase. Dann fuhren seine Augen unsere Reihe ein zweites Mal ab und blieben schließlich an dem alten Mann mit der Pistole hängen. Seine Augen wurden groß, seine Lippen bewegten sich geräuschlos, und mit der Hand, die eigentlich für seinen schmerzenden Schädel reserviert war, zeigte er plötzlich auf Fielding. »Wer sind Sie?«

Fielding schnalzte mit der Zunge. »Ich bin enttäuscht, Peter. Für jemanden, der behauptet, mich zu verehren, haben Sie Ihre Hausaufgaben nicht sehr gut gemacht.«

Peter rieb sich die Augen, um sicherzugehen, dass seine Vision Wirklichkeit war. »Sie sind tot.«

»Schhhh ...«, machte Fielding.

Peter schüttelte den Kopf und zuckte zusammen, als diese Bewegung seine Qualen verstärkte. »Wie kann das sein? Raymond Fielding ist tot. Ich war doch bei seiner Trauerfeier.«

»Die war inszeniert«, erklärte ich. »Seit Jahren hat niemand mehr Fielding zu Gesicht bekommen, es war also leicht für ihn, einen Knaben namens Alan Detmire aus dem Weg zu räumen und sich als er auszugeben.«

»Das kann doch nicht stimmen«, wandte Peter ein. »Warum sollte er so etwas machen?«

Ich tat einen Schritt auf ihn zu und bemühte mich, noch ein Fitzelchen des Menschen in ihm zu entdecken, den ich im letzten Monat kennengelernt hatte. »Ich habe es dir doch gesagt: Es hat nie ein Stück gegeben. Fielding hat sich die Sache mit dem kontroversen bahnbrechenden Manuskript als ein Experiment ausgedacht, um das Konzept Theater einer Prüfung zu unterziehen. Detmire hat seine Methode wahrscheinlich nicht besonders gut gefallen, und Fielding hat gemerkt, dass er die Handlung in Gang halten muss, bevor die Leute das Interesse verlieren. Deswegen hat er seinen Geliebten umgebracht, es so aussehen lassen, als sei er selbst der Ermordete, und das Gerücht gestreut, dass der Mord wegen des verschwundenen Stücks passiert ist.«

Peter sah jetzt wieder zu Fielding hin. »Stimmt das?«

Fielding trat auf ihn zu und beugte sich steif aus der Taille zu ihm hinunter. »Miss Winter hat eine sehr lebendige Vorstellungskraft. Ich habe niemanden umgebracht. Musste ich gar nicht.«

»Eloise?«, quietschte Jayne.

»Fast, Miss Hamilton. Die liebe, liebe Eloise konnte den Gedanken nicht ertragen, dass unser kleines Geheimnis herauskommt. Sie hat früher schon aus geringerem Anlass getötet, und ich hatte keinen Zweifel daran, dass sie es wieder tun würde, um ihr Geld und ihren Ruf zu schützen. Aber ich habe mich geirrt. Ihr Sohn musste für sie die Drecksarbeit erledigen. Ich gestehe, dass ich das eingefädelt habe. Ich habe sie eines Tages wissen lassen, ich hätte vor, früh zu Bett zu gehen sowie eine Schlaftablette zu nehmen. Der arme Edgar hatte mich noch nie zuvor gesehen, weswegen er sich nicht sicher sein konnte, wer der Mann in meinem Bett wirklich war.«

»Das ist alles?«, sagte ich. »Nicht eine Träne für den Mann, den Sie doch angeblich geliebt haben?«

»Alan war, wie alle anderen auch, nur eine Figur in meinem Stück, Miss Winter. Die Zeit für seinen Abgang war gekommen. Es musste sein, um die Geschichte weiterzutreiben. Ich bin mir sicher: Hätte er die Wahl gehabt, er hätte sein Leben gern für mich hingegeben.«

Eigentlich schade, dass wir nie erfahren würden, was Alan dazu zu sagen gehabt hätte.

»Sie sehen also, Peter, Sie dürfen Miss Winter nicht alles glauben. Genauso wie ich Alan nicht ermordet habe, gibt es natürlich auch ein Stück. Rosie möchte nur nicht, dass Sie es bekommen. Sie hatte es selbst, aber als Sie ohnmächtig waren, habe ich es ihr abgenommen. Und wenn Sie jetzt bereit wären, mir zu helfen, gebe ich es Ihnen als seinem rechtmäßigen Besitzer.«

Bevor ich auch nur einen Schritt nach vorn machen konnte, packte Jayne mich am Arm und hielt mich zurück. »Hör bloß nicht auf ihn, Peter. Er ist ein Mörder und ein Lügner!«, beschwor ich ihn.

Unverwandt blickte Fielding Peter an, der von meinen Worten ungefähr so viel mitbekommen zu haben schien wie eine Ameise, der man von einer bevorstehenden Steuererhöhung erzählt. »Sie haben richtig gehört, Peter: Das Stück gehört Ihnen – mit einigen wenigen Vorbehalten. Ich weiß, dass Sie Jim und Edgar umgebracht haben. Ich habe genug Beweismaterial, um das zu belegen. Und wie es scheint, weiß auch Miss Winter darüber Bescheid. Sie wissen jetzt außerdem, dass ich am Leben bin. Wenn Sie mein Geheimnis bewahren, bewahre ich auch Ihres. Wir sitzen im selben Boot. Verstehen Sie das?«

Peter nickte. Fielding seufzte und wedelte mit der Pistole in Jaynes und meine Richtung. »Das Problem sind jetzt natürlich diese beiden hier. Keine von ihnen ist vertrauenswürdig. Sie haben zudem keinerlei Anlass, unsere Geheimnisse als solche zu wahren. Wenn Sie also von mir bekommen möchten, was Sie so unbedingt wollen, dann müssen Sie sie aus dem Weg räumen. Sobald Sie das getan haben, gebe ich Ihnen das Manuskript und helfe Ihnen, den ganzen Zwischenfall so aussehen zu lassen, als gehe er auf das Konto von jemandem, der etwas gegen Miss Winter hat. Sind wir uns einig?«

Nachdenklich starrte Peter zu Boden. »Ich möchte das Manuskript sehen.«

Fieldings Körper straffte sich, sein Lächeln wurde so breit, dass es demnächst von seinem Gesicht abrutschen musste. »Ich dachte mir schon, dass Sie das sagen würden.« Er langte in seinen Mantel und zog einen dicken Stapel Papier heraus, der mit Messingstiften gebunden war. »Hier ist es.« Peter griff ins Leere, als Fielding den Packen schnell zurückzog. »Sobald Ihre Tat vollbracht ist, gehört es Ihnen, und Sie können damit machen, was immer Sie wollen.«

»Glaub ihm nicht«, sagte ich. »Das ist ein Köder. Es gibt kein Stück. Das ist alles nur ein Spiel.«

Fielding klemmte sich den Blätterstapel unter den Arm und zielte mit der Pistole auf meine Brust. »Halten Sie den Mund, Miss Winter. Auch wenn ich Peter die Genugtuung gönne, Sie beide zu töten, werde ich es auch ohne Zögern selbst tun.« Er nickte Peter zu – war sein Auftreten eben noch ruhig gewesen, zitterte er plötzlich vor Ungeduld. »Haben Sie Ihre Entscheidung getroffen, Mr. Sherwood? Sie sollte Ihnen nicht allzu schwer fallen. Mein Stück wird Sie nicht nur zu einem Regiestar machen, die Zeitungen werden sich außerdem monatelang mit den Mutmaßungen über die Todesumstände Ihrer Hauptdarstellerin beschäftigen. Der Name Peter Sherwood wird bald in aller Munde sein.«

Peter rappelte sich hoch und ging auf Fielding zu. Er streckte die Hand aus, in die Fielding behutsam die Pistole legte. »Bewegt euch«, sagte Peter zu uns. Er winkte uns in die Ecke, die am weitesten von der Tür entfernt war. Jayne griff nach meiner Hand, ich schloss die Augen und betete um ein schnelles Ende. Draußen in der Nacht sang ein Ziegenmelker sein trauriges Lied, und ich machte im Geist eine Liste von allen mir bekannten Theaterstücken, in denen ein Vogel als Todesbote auftrat. Was zur Hölle hatte ein Ziegenmelker überhaupt mitten in der Stadt zu suchen? Ein Schuss löste sich, so laut, dass er alle anderen Geräusche auslöschte. Mir entrang sich ein Schluchzer, und ich klammerte mich fester an Jaynes Hand. Wieder wurde eine Waffe abgefeuert, Jaynes Körper fiel auf meinen. Wir kippten gemeinsam um. Als ich meine Augen wieder öffnete, sah ich gerade noch, wie Fielding zu Boden stürzte.

»Alles in Ordnung, Rosie«, sagte Al. »Sind beide unschädlich.«

Peters Stöhnen drang zu uns herüber, ein Blutgeysir schoss ihm aus der Schulter und färbte sein Hemd in einem aufsehenerregenden Rubinrot. Fielding lag bewegungslos neben der Tür, sein falsches Bein in einem

Winkel abgespreizt, für den jedes Showgirl ihren Mo-
natslohn gegeben hätte. Wie Gulliver zwischen den
Liliputanern stand Al breitbeinig über ihnen. »Wo ist
Jayne?«, fragte ich.

»Ich bin hier, du Trottel.« Sie war schon aufgestan-
den und reichte mir die Hand. »Warum habt ihr so lange gebraucht?«, fragte sie Al.

Er zuckte mit den Schultern und schob seine Kanone
zurück in das Halfter unter dem Mantel. »Die Türen waren abgeschlossen. Mussten erst noch eine Haarnadel
auftreiben.«

»Habt ihr die Bullen gerufen?«, fragte sie.

»Erledigt Tony gerade«, sagte Al. »Ihr beiden macht
jetzt hier die Biege und lasst mich aufräumen.«

»Willst du sie umbringen?«, fragte ich.

»Nein«, sagte Al. »Ich bringe gar niemanden um. Ich
werde nur dafür sorgen, dass sie offen und ehrlich sind.
Da bin ich manchmal sehr überzeugend.«

Später an diesem Abend bekam ich die Einzelheiten des Vorgefallenen nachgeliefert. Jayne war vor dem Theater auf Ruby gestoßen, die am Bühneneingang herumlungerte, stocksauer war und obendrein noch getrunken hatte. Jayne lieh ihr ein angeblich mitfühlendes Ohr, und Ruby ließ sich wütend darüber aus, dass ich das Manuskript gefunden hatte und jetzt zusammen mit Peter gemeine Pläne schmiedete, um sie zugrunde zu richten. So dämmerte Jayne der Grund für Rubys Verschwinden, und dann wurde ihr auch klar, dass etwas im Gange war.

»Du hast dir gleich gedacht, Peter glaubt, ich habe das Stück, und deswegen bin ich in Gefahr?«, fragte ich.

Jayne zuckte mit den Schultern. »So weit war ich wahrscheinlich noch gar nicht. Ich habe mir gedacht: Peter wird von dir wissen wollen, wo das Manuskript ist, dann sagst du ihm, dass es gar kein Stück gibt, und dann wird er wütend.«

»Hast du diese Theorie auch Ruby mitgeteilt?«

Jayne grinste. »Nein. Ihr habe ich gesagt, dass du das Stück aus Sicherheitsgründen wahrscheinlich im Shaw House gelassen hast – wenn du es überhaupt hast. Ruby hätte uns hier gerade noch gefehlt.«

Eine kluge Entscheidung. Das Tohuwabohu, das Ruby vermutlich beim Durchwühlen unseres Zimmers angerichtet hatte, machte mir da fast gar nichts mehr aus.

Ruby hatte sich dann tatsächlich verabschiedet. Bevor

Jayne aber ins Theater zurückging, erzählte sie Tony und Al, was ihrer Meinung nach vorging. Die drei schmiedeten einen Plan: Jayne sollte mich suchen gehen. Wären wir in fünf Minuten nicht wieder draußen, sollte Al nachkommen und schauen, ob alles in Butter war. Wenn ihm irgendetwas komisch vorkam, wollte Al Tony ein Zeichen in Form eines Vogelrufs geben, Tony wiederum wollte sich am nächstbesten Telefon bereithalten und in diesem Fall sofort die Polizei rufen.

»Warum wollte Tony nicht selbst bei der Aktion dabei sein?«, fragte ich. »Einfach nur die Bullen rufen, das ist doch nicht sein Stil.«

»Tony ist gerade auf dem Weg der Besserung«, erläuterte Jayne. »Ich möchte kein Blut mehr an seinen Händen sehen, weder echtes noch eingebildetes.«

Nach unserer Rettung war Al bei einem blutenden Peter und einem ohnmächtigen Raymond Fielding zurückgeblieben.

»Was hast du zu Peter gesagt?«, fragte ich ihn.

»Ich habe ihm erklärt, dass es bei den Bullen bestimmt einen guten Eindruck macht, wenn er singt. Und ich habe ihm erzählt, dass ich Beziehungen habe und nicht in den Knast muss, auch wenn ich jemand mal ein bisschen zu nahe trete.«

Ich runzelte die Stirn. »Wirklich?«

»Natürlich nicht, du dumme Nuss. Ich habe ihn angelogen.«

Ich legte ihm einen Arm um die Schultern. »Nein, du hast geschauspielert. Willkommen in der Theaterwelt.« Al musste eine ziemlich überzeugende Vorstellung geboten haben, denn Peter tat wie geheißen, als Lieutenant Schmidt und seine Jungs eintrafen: Er gestand sämtliche seiner Verbrechen und petzte auch gleich noch die Machenschaften des immer noch ohnmächtigen Raymond Fielding. Schmidt allerdings gratulierte ihm nicht zu seiner Ehrlichkeit, sondern legte ihm Handschellen an, verlud ihn in einen Krankenwagen und ließ ihn ins Gefängnishospital bringen.

Am nächsten Morgen marschierte ich zu Ruby und bedankte mich dafür, dass sie Jayne gegenüber so offen gewesen war. Ob mir das nun passte oder nicht, diesmal hatte sie mir mit ihrer großen Klappe das Leben gerettet.

»Nichts zu danken.« Sie warf ihr dunkles glänzendes Haar so schwungvoll nach hinten, dass es mir durchs Gesicht peitschte. »Ich bin nur froh, dass niemand Schaden genommen hat. Außer deine Karriere als Schauspielerin natürlich.«

Ich versuchte, in Sachen Haarwurf mit ihr gleichzuziehen, und verrenkte mir dabei den Nacken. »Was meinst du denn damit?«

Sie beugte sich nah zu mir und tat vertraulich, obwohl ihre Lautstärke eindeutig für jeden Zuhörer innerhalb eines Fünf-Meilen-Radius bestimmt war. »Ich meine nur, dass ich an deiner Stelle *Im Dunkeln* aus meinem Lebenslauf streichen und meinen Namen ändern würde. Dieses Stück wird dich sonst verfolgen wie ein übler Geruch.« Sie warf einen prüfenden Blick in den Spiegel und ging in die Diele. »Ich würde mich gern noch weiter mit dir über alles unterhalten, aber ich bin zum Lunch verabredet. Tschüsschen.«

»Tschüsschen.« An der Porträtwand blieb ich vor ihrem Foto stehen. Jemand hatte ein Kaugummi daruntergeklebt. Ich knibbelte es ab und presste es mit Nachdruck auf ihre Nase – so war ich schon nicht die Einzige, die fürs Leben gezeichnet war.

Fielding und Sherwood erholten sich beide von ihren Schussverletzungen. Schmidt verhaftete Fielding wegen betrügerischen Auftretens als Detmire und wegen Vorspiegelung seines eigenen Todes, konnte ihm aber sonst nichts anhängen. Eloise wurde wegen Mordkomplotts abgewatscht, Peter des schweren Mordes an Jim McCain und Edgar Fielding angeklagt. Die Geschichte verdrängte sofort jede Berichterstattung über den Premierenerfolg von *Im Dunkeln*. Stattdessen schrieben die Zeitungen über Fieldings bizarre Auffassung von experimentellem Theater, über Eloise McCain, die von einem nichtexistenten Stück besessen war, über Peter Sherwoods bedingungslose Bereitschaft, seinem Mentor Gefolgschaft zu leisten, und natürlich über Lieutenant Schmidts clevere Aufklärung dieser durch und durch schmutzigen Angelegenheit. Ich wurde ein einziges Mal erwähnt – allerdings hatten sie meinen Namen falsch geschrieben und meine Rolle zurechtgestutzt auf »die glückliche Zweitbesetzung, die ihren großen Durchbruch nur wegen eines Mordes hatte«. Die Nachrichtenagenturen nahmen die Geschichte auf, und wochenlang quoll aus den Zeitungen und Radios der Stand der Ermittlungen – so bekam wenigstens auch wirklich jeder, der eventuell in Fieldings Stück verwickelt war, die Wahrheit mit. Dann hatten ein paar Leute in Warschau keine Lust mehr auf ein Leben im Ghetto, und das öffentliche Interesse an dem Fall ließ nach.

Am People's Theatre beschloss man, *Im Dunkeln* auszusetzen, und zeigte stattdessen eine ganze Reihe Kurzfilme über die Zustände in japanischen Umsiedlungsla-

gern. Weil die Inszenierung ruhte, war in Rubys Ter-
minplan plötzlich wieder Spielraum, so dass Lawrence,
der Jayne endgültig die romantische Hauptrolle versprochen hatte, sein Manuskript noch einmal umschrieb.
Er baute eine polnische Krankenschwester in die Handlung ein, die am Vorabend von Jaynes Hochzeit nach
Amerika kommt und zwei Seiten lang über ihr elendes
Leben monologisiert, seitdem ihr GI-Freund sie für eine
andere Frau verlassen hat. Auch wenn Jayne den Mann
am Ende kriegte – Rubys acht Minuten auf der Bühne,
ihr überzeugender polnischer Akzent und ihre darstel-
lerische Meisterleistung brachten viele Kritiker dazu, sie
für den Drama League Award vorzuschlagen.

Zwei Wochen nach dem Premierenabend verlief mein
Leben wieder in geordneten Bahnen. Ich war bei vier
Vorsprechen gewesen und zog tatsächlich einen Job in
einer Rüstungsfabrik in Erwägung, um mich über die
Runden zu bringen. Außerdem hatte ich neun Briefe an
Jack geschrieben, von denen ich keinen einzigen abge-
schickt hatte.

»Hallo«, sagte Jayne von ihrem Posten auf dem Bett
aus. Sie hatte es sich gemeinsam mit Churchill vor einer
Schachtel Schokolade gemütlich gemacht, in der noch
Tonys mitgeschickte Grußkarte steckte. Jayne beschränkte ihren Verzehr auf die linke Hälfte der Schachtel und ließ Churchill mit der rechten machen, was er
wollte. »Wie geht's, wie steht's?«

»Gut«, sagte ich. Ihre Beiläufigkeit wirkte aufgesetzt,
als wollte sie mich mit ihrer Frage hinhalten. »Warum?«

»Nur so. Übrigens, du hast Post.« Sie hob eine Augenbraue. »Feldpost.«

Ich schnappte mir den Brief von ihrem Bett und stibitzte gleich noch ein Stück Schokolade aus ihrer Hälfte der Schachtel. Es war mit Kokosnuss gefüllt. Igitt.

»Willst du den Brief nicht lesen?«

»Noch denke ich drüber nach.« Ich hielt den Brief ins Gegenlicht und versuchte seinen Inhalt zu erraten.

Jayne griff nach meinem Arm. »Wenn du ihn nicht öffnest, mach' ich das.«

»Immer sachte mit den jungen Pferden.« Ich setzte mich aufs Bett und öffnete vorsichtig den Umschlag. Mit einem tiefen dramatischen Atemzug entfaltete ich das Blatt und drehte Jayne den Rücken zu.

»Und?«

Ich starrte auf die mir unbekannte Handschrift, die in winzigen Buchstaben auf das kleine Blatt gequetscht worden war. »Ist nicht von ihm. Hat jemand aus seiner Einheit geschrieben, ein M. Harrington.«

»Das ist ja wirklich das Allerletzte – er macht mit dir Schluss und zeigt dann dein Foto überall herum.« Sie versuchte an den Brief zu kommen, aber ich wedelte sie weg.

Ich musste ihm für den Fall, dass ihm etwas zustößt, versprechen, Kontakt mit Ihnen aufzunehmen. »Er ist vermisst.«

»Vermisst?«, fragte Jayne. Unfähig zu einer Antwort, ließ ich den Brief los. Er segelte mir in den Schoß. Sie angelte danach und las die Worte, die ich schon längst auswendig wusste. »Jack?«

Ich nickte. *Für den Fall, dass ihm etwas zustößt.* »Das ist ein Scherz, oder? Er spielt mir irgendeinen gemeinen Streich, weil er mir eine Lektion erteilen will, meinst du nicht?« Jayne legte ihre Hand auf meine und drückte sie. »Vermisst heißt ja nicht tot, oder? Es heißt noch nicht mal verwundet. Es heißt nur … nicht da.«

»Genau«, sagte Jayne. »Ganz genau. Der taucht schon wieder auf.«

Jayne hatte natürlich Recht: Jack ging es gut. Das war einfach so. Ihm durfte nichts Schlimmes passiert sein. Und trotzdem: Der Schmerz in meinen Knochen sprach eine andere Sprache. Neben meiner besten Freundin brach ich zusammen und klammerte mich an sie. Als wollte er unbedingt auch in die Umarmung miteingeschlossen werden, drückte Churchill sich eng an meine andere Seite. Ich hätte so gern geweint, aber die Tränen wollten nicht kommen. Ich hatte sie wohl auf der Bühne gelassen.

Über Pseudostücke und geltungssüchtige Regisseure konnte man den Kopf schütteln, sie absonderlich finden, aber so sehr ich die Tatsache gern verdrängt hätte: Wir steckten mitten in einem Krieg, und das stach alles andere aus. Jack war für mich zu einem Phantom geworden, zu einer Erinnerung, die immer blasser wurde, je länger er weg war. Vielleicht wusste ich nicht mehr genau, was ich eigentlich von ihm wollte, aber ich liebte ihn immer noch. Und eines wusste ich sicher: Wenn etwas vermisst wurde, konnte ich gar nicht anders, als danach zu suchen – auch wenn es vielleicht nie wirklich da gewesen war.

Danksagung

Ohne die Mitarbeit, die Recherchen, die Unterstützung und die Anregungen vieler wunderbarer Menschen hätte Rosie niemals das Licht der Welt erblickt. Zu ihnen gehören: mein wundervoller Agent Paul Fedorko, der immer weiß, was zu sagen und wann es zu sagen ist; Erin Brown, die als Lektorin dieses Projekt überhaupt erst zu HarperCollins holte; und Sarah Durand, die großartige Arbeit geleistet hat, nachdem Erin schon wieder woanders war.

Wenn man das Schreiben lernen will, begibt man sich am besten mitten unter begabte Autorinnen und Autoren. Genau das tat ich, nachdem ich die unschätzbaren Mitglieder des SPEC und der Fiction Critique Group Without a Name (Leute, wir sollten uns wirklich mal einen Namen geben) ausfindig gemacht hatte, allen voran Paula Martinac und Ralph Scherder, die sich nie scheuten, mich darauf hinzuweisen, dass man zwar »palavern«, »schwadronieren« und »kaltmachen« schreiben kann, es aber auch nicht immer unbedingt tun muss.

Ewig dankbar bin ich meinem guten Freund und ersten Leser David L. White, der sich immer die Zeit genommen hat, einen weiteren von vielen Entwürfen durchzusehen. Auch seiner Frau Allison Trimarco schulde ich für alle Zeiten Dank – als echte New Yorkerin hat sie mir freudig alle bizarren und belanglosen Fragen beantwortet, die ich ihr ins Gesicht geschleudert habe.

Ich bedanke mich auch bei meiner Schwester Pamela Nicholson für ihre Unterstützung – über einen ganzen Ozean hinweg hat sie mich immer wieder angespornt.

Und natürlich muss ich an dieser Stelle meine treuen Gefährten Mr. Rizzo, Chonka und Violet erwähnen. Ich könnte auch ohne Hunde schreiben, aber warum sollte ich?

Inhalt

Die Detektivin aus Melbourne – scharfsinnig, sexy und souverän

Wenn Monsieur Anatole die gewitzte Detektivin Phryne Fisher in sein Restaurant einlädt, ist von vorherein klar, dass er ihr nicht nur seine köstliche Zwiebelsuppe vorsetzen wird, sondern auch einen Fall für sie hat: Seine Verlobte ist verschwunden, und Miss Fisher soll herausfinden, wer sie entführt hat.

Alle Spuren führen nach Paris – und Phryne zurück in ihre eigene Vergangenheit zwischen Spanischer Grippe, Rive Gauche und großen Gefühlen …

Glamourös, klug und unabhängig, eine moderne Frau und eine gewitzte Detektivin – das ist Miss Phryne Fisher. Die wohlhabende englische Aristokratin lässt sich in den wilden 1920er Jahren in Melbourne nieder, wo sie ihr Single-Dasein in vollen Zügen genießt – und nebenbei einen Mordfall nach dem anderen löst. Nicht immer zur Freude der örtlichen Polizei.

Kerry Greenwood, Mord in Montparnasse. Miss Fishers mysteriöse Mordfälle. Aus dem australischen Englisch von Regina Rawlinson und Sabine Lohmann. insel taschenbuch 4781. 370 Seiten. Auch als eBook erhältlich

Mit Charme, Chuzpe ... und einer Beretta

Glamourös, klug und unabhängig, eine moderne Frau und eine gewitzte Detektivin – das ist Phryne Fisher. Die wohlhabende englische Aristokratin lässt sich in den wilden 1920er Jahren in Melbourne nieder und lebt mit ihren beiden Adoptivtöchtern in St. Kilda, wo sie ihr Single-Dasein in vollen Zügen genießt – und nebenbei einen Mordfall nach dem anderen löst. Nicht immer zur Freude der örtlichen Polizei.

Das kleine Städtchen St. Kilda steht kopf: Der Zirkus ist in der Stadt, und in wenigen Tagen wird die große Blumenparade stattfinden. Und natürlich wird die allseits beliebte Phryne Fisher die »Queen of Flowers« sein. Mitten in den turbulenten Vorbereitungen wird plötzlich eines der Blumenmädchen halbtot am Strand aufgefunden, kurz darauf ist auch Phrynes Adoptivtochter Ruth wie vom Erdboden verschluckt.

Nun ist Phryne Fishers Spürsinn gefragt. Unerschrocken, mit Charme und Chuzpe ermittelt sie zwischen Tee und Tango, unter Puppenspielern und Halunken und schreckt weder vor ehemaligen Liebhabern noch vor Elefanten zurück ...

Kerry Greenwood, Tod am Strand. Miss Fishers mysteriöse Mordfälle. Aus dem australischen Englisch von Regina Rawlinson. insel taschenbuch 4705. 361 Seiten.

TATJANA KRUSE

DER GÄRTNER WAR'S NICHT!

Die K&K-Schwestern ermitteln

Konny und Kriemhild, beide über sechzig, führen nicht sonderlich erfolgreich eine Pension in der Provinz. Eines Tages wird die Idylle durch einen Mord gestört – und die Schwestern entpuppen sich als wahre Meisterdetektivinnen …

In die Beschaulichkeit der Bed-&-Breakfast-Pension der Schwestern Konny und Kriemhild platzt eine Band junger Musiker, die den Haushalt ordentlich auf den Kopf stellt – bis einer von ihnen tot aufgefunden wird.

Hat der Gärtner den Gast versehentlich mit seinem Aufsitzrasenmäher umgefahren? War es wirklich ein Unfall? Oder nicht doch Mord? Kurzentschlossen nehmen die Schwestern die Ermittlungen selbst in die Hand – ihr Haus, ihre Regeln.

All das vor den Augen eines zufällig anwesenden Hotelkritikers. Und der Pensionskatze: dem unsäglich hässlichen Sphynx-Kater Amenhotep. Das Chaos ist perfekt!

Tatjana Kruse, Der Gärtner war's nicht! – Die K&K-Schwestern ermitteln. insel taschenbuch 4565. 316 Seiten

Piraten, Meerjungfrauen und ein Schatz – Konny und Kriemhild auf einem Roadtrip in ein maritimes Abenteuer, bei dem Blut und Lachtränen fließen …

Drei Fremde schlagen die Pension von Konny und Kriemhild kurz und klein und verlangen von den beiden Schwestern, ihnen die Millionen auszuhändigen, die der Kommodore, Kriemhilds verstorbener Kapitänsgatte, ihnen schulde. Hat der Kommodore tatsächlich illegal einen antiken Schatz gehoben, seine Crew übers Ohr gehauen, den Schatz zu Geld gemacht und irgendwo gebunkert?

Auf der Suche nach der Wahrheit begeben sich Konny und Kriemhild – mit dem Kommodore im Handstaubsauger und Nacktkater Amenhotep in der Transportbox – auf einen Roadtrip in den hohen Norden. Dabei bekommen es die Frauen aus der Provinz mit knallharten Rockern, Hardcore-Kiffern, Hehlern und einer Frau zu tun, die behauptet, die Geliebte des Kommodore gewesen zu sein. Eine Achterbahnfahrt der Emotionen für die Schwestern und ein großes Vergnügen für die Leserinnen und Leser …

Tatjana Kruse, Meerjungfrauen morden besser – Die K&K-Schwestern ermitteln. insel taschenbuch 4655. 320 Seiten.

»**Ein hoch spannender Krimi.**«
Radio Bremen

Patsy Logan, 38, deutsch-irische Kommissarin beim Münchner LKA, ermittelt in einem angesagten Online-Unternehmen. Schnell zieht der Fall immer weitere Kreise, der mediale und der interne Druck sind enorm. Und auch Patsys Privatleben gerät zunehmend in Schieflage …

Harte Landung ist der Auftakt zu einer neuen Krimireihe um Hauptkommissarin Patsy Logan. Schlagfertig und eigensinnig liefert die »Frau der Stunde« Ergebnisse – mit klarem Verstand, trockenem Humor und einem Instinkt, der niemandem unheimlicher ist als ihr selbst.

Ellen Dunne, Harte Landung. Ein Fall für Patsy Logan.
Kriminalroman. insel taschenbuch 4588. 441 Seiten.

Düster wie München im November: Patsy Logans neuer Fall

Ein ertrunkener Ire wird aus dem Schwabinger Bach im Englischen Garten gefischt. Spuren gibt es keine, Motive dafür umso mehr. Keine gute Ausgangslage für Patsy Logan, deutsch-irische Kommissarin bei der Münchner Mordkommission. Mehr als je zuvor ist ihr Instinkt gefragt – doch ausgerechnet der scheint sie plötzlich im Stich zu lassen.

Patsy Logan ist im seelischen Tief: ihr Kinderwunsch will sich nicht erfüllen, die Hormonbehandlungen setzen ihr zu. Da kommt ihr der Fall um einen toten Iren gerade recht: Donal McFadden, ein Mann mit Charme und vielen Feinden, war in München, um seine Exfrau Fiona zurückzugewinnen, wenn nötig mit Gewalt. Doch ob er aus Versehen im Wasser gelandet ist oder jemand nachgeholfen hat, lässt sich nicht sagen. Gründe, ihn loszuwerden, hatten jedenfalls viele – Gelegenheit auch. Patsys Theorien führen eine nach der anderen in die Sackgasse. Erst ein zweiter Todesfall scheint einen entscheidenden Hinweis zu liefern. Ungünstig nur, dass Patsys Krise sich ausgerechnet jetzt wieder in den Vordergrund drängt ...

Ellen Dunne, Schwarze Seele. Ein Fall für Patsy Logan.
Kriminalroman. insel taschenbuch 4683. 379 Seiten.